Sara Paretsky

Die verschwundene Frau

SERIE PIPER

Zu diesem Buch

Der stadtbekannte Showmaster Murray Ryerson, Vic Warshawskis erste Flamme, hat Vic zur Premierenfeier seiner neuesten Show eingeladen. Genervt vom Medienzirkus der Eitelkeiten, macht sie sich auf den Heimweg. Doch die Fahrt wird unvermutet zum Alptraum: In einem der düstersten Viertel Chicagos taucht plötzlich eine Frau in Vics Scheinwerferlicht auf. Die junge Nicola Aguinaldo liegt schwerverletzt auf der Straße und stirbt wenig später im Krankenhaus an Verletzungen, die auf schwere Mißhandlung schließen lassen. Als am nächsten Morgen ihre Leiche verschwindet, noch bevor ein ausführlicher Obduktionsbericht erstellt werden konnte, ist Vics Argwohn endgültig geweckt ... Couragiert und einfallsreich folgt Vic Warshawski der Spur zu den mächtigsten Männern Chicagos und stößt dabei in ein lebensgefährliches Wespennest aus Korruption und politischen Intrigen.

Sara Paretsky, 1947 in Kansas geboren, gehört zu den Mitbegründerinnen der amerikanischen »Sisters of Crime« und ist eine der renommiertesten Kriminalschriftstellerinnen weltweit. Sie wählte die Stadt zu ihrem Wohnort, die bis heute eine Hauptrolle in ihren Romanen spielt: Chicago. Dort lebt auch ihre berühmte Heldin Vic Warshawski, die in ihrem neuesten Roman »Ihr wahrer Name« ihren zehnten Fall besteht.

Sara Paretsky

Die verschwundene Frau

Ein Vic Warshawski Roman

Aus dem Amerikanischen von
Sonja Hauser

Piper München Zürich

Von Sara Paretsky liegen in der Serie Piper außerdem vor:
Geisterland (2988)
Schadenersatz / Eine für alle (Doppelband, 3595)
Schadenersatz(5507)
Deadlock (5512)
Fromme Wünsche (5517)
Tödliche Therapie (5535)
Blood Shot (5589)
Sisters in Crime (Hrsg., 5602)
Brandstifter (5625)
Windy City Blues (5650)
Hände hoch, Kleiner (Hrsg., 5651)
Hamlets Dilemma (Hrsg., 5652)
Eine für alle (5685)

Ungekürzte Taschenbuchausgabe
1. Auflage April 2002
3. Auflage Juni 2002

Titel der amerikanischen Originalausgabe:
»Hard Time«, Delacorte Press,
New York 1999

Umschlag: Büro Hamburg
Isabel Bünermann, Meike Teubner
Foto Umschlagvorderseite: Ralph Gibson
Foto Umschlagrückseite: Jack Perno
Satz: Uhl + Massopust, Aalen
Druck und Bindung: Clausen & Bosse, Leck
Printed in Germany ISBN 3-492-23558-1

www.piper.de

Für Miriam

Die Fußnotenkönigin, ohne Verweis,
in dem Jahr, in dem du nichts geschrieben hast.
(Ach, abgesehen von diesem Essay über Schanghai,
dem über Benjamin, einem kleinen theoretischen Text.)

Revanchier dich
in dem Jahr, in dem du schreibst.

Inhalt

1 Medienzirkus

Lacey Dowell umklammerte ihr Kruzifix, die schneeweißen Brüste vorgereckt, während sie vor ihrem unsichtbaren Angreifer zurückwich. Einzelne rote Haarsträhnen lugten unter ihrer Haube hervor; mit ihren geschlossenen Augen und der gerunzelten Stirn schien sie die Grenze zwischen Agonie und Ekstase überschritten zu haben. Mir persönlich war das zuviel Gefühl auf einmal.

Also drehte ich mich weg, aber da war sie schon wieder, die roten Haare wirr, die Brüste immer noch vorgereckt, und nahm den Hasty Pudding Award von einer Schar Harvardianer entgegen. Ich weigerte mich, die Wand zu meiner Rechten anzusehen, wo sie, den Kopf in den Nacken geworfen, über einen Scherz des Mannes lachte, der ihr gegenüber auf einem Stuhl saß. Ich kannte und mochte den Mann, und deshalb war mir sein Gesichtsausdruck kriecherischer Jovialität peinlich. Murray Ryerson war einfach ein zu guter Journalist, um sich so zu prostituieren.

»Was ist bloß in ihn gefahren? Oder besser gesagt: Was ist nur in mich gefahren, daß ich in meiner Bar einen solchen Medienzirkus zulasse?«

Sal Barthele, die Inhaberin des Golden Glow, hatte sich zwischen der Chicagoer Schickeria, die sich in ihrem Lokal drängte, zu mir durchgezwängt. Sie war so groß – über einsachtzig –, daß sie mich sogar in dieser Menge entdecken konnte. Nach einem Blick auf ihre vertäfelten Wände, die jetzt als Projektionsflächen dienten, rümpfte sie angewidert die Nase.

»Ich weiß es auch nicht«, sagte ich. »Vielleicht will er Hollywood beweisen, was für ein cooler Insider er ist, und den Leuten zeigen, daß er eine kleine Bar kennt, von der sie noch nie was gehört haben.«

Sal schnaubte verächtlich und ließ dabei den Blick über

den Raum schweifen, um eventuelle Probleme sofort zu entdecken – Gäste, die zu lange auf ihre Drinks warten mußten, oder Kellner, die nicht mehr weiterkamen. In der Menge befanden sich Berühmtheiten von den lokalen Fernsehsendern, die sich eifrig so postierten, daß ihre Kameras Lacey Dowell sofort erwischten, sollte diese jemals auftauchen. Beim Warten drückten sie sich so nahe wie möglich an wichtige Leute von den Global Studios heran. Murray selbst beschäftigte sich gerade intensiv mit einer Frau in einem Silbergazekleid. Sie hatte sehr kurze Haare, hohe Wangenknochen und einen breiten, leuchtend rot geschminkten Mund. Als hätte sie meinen Blick gespürt, drehte sie sich um, sah mich einen Moment lang an, unterbrach Murray und deutete mit dem Kopf in meine Richtung.

»Mit wem redet Murray denn da?« fragte ich Sal, aber die hatte sich bereits einem schwierigen Gast zugewandt.

Ich drängte mich durch die Menge und stieß gegen Regine Mauger, die verhutzelte Klatschkolumnistin des *Herald-Star.* Sie sah mich feindselig an. Da sie mich nicht kannte, konnte ich ihr auch nicht nützen.

»Könnten Sie vielleicht ein bißchen aufpassen, junge Frau?« Regine hatte sich so oft liften lassen, daß ihre Haut aussah wie über Knochen gespanntes Papier. »Ich versuche, mich mit Teddy Trant zu unterhalten!«

Das hieß, sie versuchte, ihre knochigen Schultern so nahe an Trant zu drücken, daß er sie bemerkte. Trant war bei Global Leiter der Sektion Mittlerer Westen und im Jahr zuvor, als Global den *Herald-Star* sowie die damit verbundenen Lokalblätter aufgekauft hatte, von Hollywood hierher geschickt worden. Niemand in Chicago hatte ihm besondere Beachtung geschenkt, bis Global eine Woche zuvor damit begonnen hatte, sein Fernsehnetz auf dem Markt zu lancieren. Global hatte den Chicagoer Channel 13 als Flaggschiff erworben und Lacey Dowell, den Star von Globals unglaublich erfolgreichem Romantik-Horrorstreifen, für die erste Sendung der Reihe »Hinter den Kulissen von Chicago« mit Gastgeber Murray Ryerson, »dem Mann, der Chicago von innen nach außen kehrt«, verpflichtet.

Global startete eine »Hinter den Kulissen«-Serie auf jedem seiner Hauptmärkte. Da Lacey, der Global-Star, aus Chicago kam, war sie genau die richtige Wahl für diese Stadt. Scharen jubelnder Teenager hatten sie genauso begeistert am Flughafen O'Hare empfangen wie wir seinerzeit die Beatles. Heute abend warteten sie vor dem Golden Glow auf sie.

Die Leute aus der Medienwelt konnten gar nicht genug bekommen von Edmund Trant. Klatschkolumnisten wie Regine Mauger berichteten darüber, welche Restaurants er besuchte oder wie seine telegene Frau ihr großes Haus in Oak Brook einrichtete. Und als man die Einladungen für die Party im Golden Glow verschickt hatte, waren alle Leute, die irgendwie mit den Chicagoer Medien zu tun hatten, ganz heiß darauf gewesen, die Karte mit dem Silberrand in ihrer Post zu finden.

Regine und die anderen Klatschkolumnisten interessierten Trant an jenem Abend nicht sonderlich: Ich erkannte den Speaker des Repräsentantenhauses vom Bundesstaat Illinois, des Illinois House, und ein paar andere Landespolitiker in der Gruppe, die um ihn herumstand, und hatte das Gefühl, daß er sich am ausführlichsten mit einem Geschäftsmann unterhielt. Regine, die nicht sonderlich erfreut darüber war, links liegengelassen zu werden, musterte intensiv den Saum ihrer schwarzen Satinhose, um mir bewußt zu machen, daß ich ihn heruntergerissen oder sonstwie beschädigt hatte. Während ich mich weiter in Richtung Bar vorarbeitete, hörte ich sie zu ihrer Kollegin von der *Sun-Times* sagen: »Wer ist denn diese unbeholfene Frau?«

Ich drückte mich zu der Wand hinter Sals hufeisenförmiger Mahagonitheke. Da ich in Begleitung von Mary Louise Neely und ihrem jungen Schützling Emily Messenger war, wußte ich, daß es ein langer Abend werden würde. In ihrer gegenwärtigen Euphorie würde Emily jede Bitte, vor ein Uhr morgens das Lokal zu verlassen, ignorieren. Es passierte nicht allzuoft, daß sie ihre Freundinnen neidisch machen konnte, und so war sie fest entschlossen, den Abend bis zur Neige auszukosten.

Emily war wie die meisten Teenager völlig weg von Lacey.

Als ich Mary Louise und ihr mitgeteilt hatte, daß ich zwei Gäste mitbringen und sie mich begleiten konnten, wenn sie wollten, war Emily vor Aufregung ganz blaß geworden. Sie sollte in der folgenden Woche zu einem Sommersprachkurs nach Frankreich aufbrechen, aber das war absolut langweilig im Vergleich zu der Aussicht, sich im selben Raum aufzuhalten wie Lacey Dowell.

»Die ›Mad Virgin‹ hatte sie verzückt gehaucht. »Vic, das werde ich dir nie vergessen.«

Lacey hatte diesen Spitznamen wegen ihrer Hauptrolle in einer Horrorfilm-Serie über eine mittelalterliche Frau erhalten, die offenbar bei der Verteidigung ihrer Keuschheit zu Tode gekommen war. Dann und wann tauchte sie unter den Lebenden auf, um sich an dem Mann zu rächen, der sie vergewaltigt hatte und der ebenfalls von Zeit zu Zeit wieder aufkreuzte, um junge Frauen zu bedrohen. Trotz des neofeministischen Anstrichs der Handlung segnete Lacey immer das Zeitliche, nachdem sie ihren ewigen Feind besiegt hatte, während irgendein hirnloser Held seine geistlose Geliebte in den Arm nahm, die sich zuvor neunzig Minuten lang die Seele aus dem Leib geschrien hatte. Die Filme hatten so etwas wie Kultstatus bei den Angehörigen der Generation X – ihre übertriebene Ernsthaftigkeit verwandelte sie automatisch in eine überzogene Satire auf sich selbst –, aber die eigentlichen Fans waren Emily und ihre Teenagerfreundinnen, die Laceys Frisur, die kniehohen Schuhe mit den über Kreuz geschlossenen Riemen sowie die schwarzen Oberteile mit hohem Kragen, die sie privat trug, zu ihrem Kleidungsstil erkoren hatten.

Als ich am anderen Ende der Theke angekommen war, stellte ich mich auf die Zehenspitzen, um nach Emily und Mary Louise Ausschau zu halten, aber die Menge war einfach zu dicht. Sal hatte sogar sämtliche Barhocker in den Keller getragen, damit mehr Platz für die Leute war. Ich preßte mich so eng wie möglich an die Wand, während gestreßte Kellner mit Hors d'œuvres und Flaschen vorbeihuschten.

Murray hatte sich mittlerweile zusammen mit der Frau in dem Silbergazekleid ans entgegengesetzte Ende der Theke bewegt. Er schien sie gerade mit der Geschichte zu unterhalten, wie Sal ihre hufeisenförmige Theke aus den Resten eines Herrenhauses an der Gold Coast gerettet hatte. Damals, in den Anfängen ihrer Zeit als Lokalbesitzerin, hatte sie mich und ihre Brüder dazu gebracht, über den Schutt zu klettern und das Ding herauszuhieven. Als ich sah, daß die Frau den Kopf mit einem künstlichen Lachen in den Nacken warf, war ich mir ziemlich sicher, daß Murray ihr erzählt hatte, er sei ebenfalls mit von der Partie gewesen. Irgendwie erinnerte mich das Gesicht oder auch der Schmollmund, den die Frau beim Zuhören machte, an jemanden, aber ich wußte nicht, an wen.

Sal blieb noch einmal mit einem Tablett voll Räucherlachs bei mir stehen. »Ich muß hierbleiben, bis der letzte draußen ist, aber du brauchst dich nicht rumzuquälen – los, verdrück dich nach Hause, Warshawski.«

Ich nahm etwas Räucherlachs und erklärte ihr ein wenig mürrisch, daß ich auf Mary Louise und Emily warten mußte. »Soll ich dir ein bißchen an der Theke helfen? Dann hätte ich wenigstens was zu tun.«

»Mir wär's lieber, wenn du nach hinten gehst und die Teller spülst. Du weißt ja, daß es hier normalerweise nichts zu essen gibt, und meine kleine Spülerin weiß gar nicht mehr, wo ihr der Kopf steht. Soll ich dir die Flasche Black Label bringen?«

»Ich muß noch fahren. Was anderes als San Pellegrino gibt's heute abend nicht.«

Murray gesellte sich mit seiner Begleiterin zu uns und legte den Arm um Sal. »Danke, daß du das Golden Glow zur Verfügung gestellt hast. Weißt du, ich dachte, wir sollten an einem Ort feiern, der wirklich typisch für Chicago ist.«

Dann stellte er sie seiner Begleiterin vor. »Das ist Sal Barthele. Sie sorgt mit dafür, daß Chicago sein besonderes Flair erhält. Und das ist Alexandra Fisher. Sie ist aus Chicago geflohen. V. I. Warshawski kennst du ja.«

»Ja, ich kenne Vic.« Sal wand sich aus Murrays Umarmung. »Hör auf, so anzugeben, Murray. Wir fallen nicht alle in Ohnmacht, weil du mal fünfzehn Minuten vor 'ner Kamera gesessen hast.«

Murray warf den Kopf zurück und lachte. »Das macht diese

Stadt so toll. Aber eigentlich habe ich Alex gemeint. Sie und Vic haben zusammen Jura studiert.«

»Tatsächlich?« Ich erinnerte mich nicht an den Namen.

»Ich hab' mich ein bißchen verändert.« Auch Alex lachte und packte meine Hand mit festem Griff.

Ich drückte zurück, fest genug, um sie zu überraschen. Sie hatte die Muskeln einer Frau, die regelmäßig mit Gewichten arbeitete, und die vorstehenden Knochen eines Menschen, der sich praktisch ausschließlich von Salat ernährt. Ich hingegen hatte die Muskeln einer Straßenkämpferin von der South Side und wahrscheinlich die entsprechenden Manieren.

Ich wußte immer noch nicht, woher ich sie kannte. Die tiefrot gefärbten Haare trug sie an den Seiten kurz. Am Oberkopf hatte sie sie mit etwas Brillantineähnlichem, das aber auf jeden Fall deutlich teurer war, nach hinten gekämmt. Bevor ich sie etwas fragen konnte, trat ein junger Mann mit kragenlosem weißem Hemd zu uns und murmelte Alex etwas über »Mr. Trant« zu. Sie verabschiedete sich mit einem kurzen Winken von Murray und mir und folgte dem jungen Mann ins Zentrum der Macht. Die Klatschkolumnistin Regine Mauger, die immer noch auf ein Opfer wartete, wollte sie aufhalten, um einen Kommentar von ihr zu bekommen, aber da war Alex schon in der Menge verschwunden.

»Na, was meinst du, V. I.?« Murray holte sich die Hälfte des Räucherlachses von Sals Tablett und spülte ihn mit einem Schluck Bier hinunter.

Erst da fiel mir auf, daß er sich für sein Fernsehdebüt den Bart abrasiert hatte. Ich hatte miterlebt, wie dieser feuerrote Bart in den Jahren unserer Zusammenarbeit und auch Rivalitäten allmählich rotbraun und schließlich grau meliert geworden war, aber sein nacktes Kinn hatte ich noch nie gesehen.

Das tat mir irgendwie weh – der dumme Murray, da plusterte er sich so auf für die Medien –, also sagte ich hastig: »Ich finde, sie hat tolle Muskeln.«

»Ich meine nicht die Frau, sondern meine Sendung, Warshawski.«

Ich wandte den Blick nicht von der Mahagonitheke. »Ich

finde, du räumst Lacey den gleichen Stellenwert ein wie damals Gantt-Ag oder anderen Storys, bei denen wir zusammengearbeitet haben.«

»Mein Gott, Warshawski, mußt du immer gleich so kritisch sein?«

»Ich wünsch' dir Glück, Murray, wirklich.«

Dann betrachtete ich sein Gesicht. Das, was er in meinen Augen sah, ließ ihn den Blick abwenden. Er schenkte Sal ein weiteres übertriebenes Grinsen und nahm sie noch einmal in den Arm, bevor er sich in die Richtung in Bewegung setzte, in der seine Begleiterin sich jetzt befand. Als ich ihm nachschaute, merkte ich, daß jemand die Kamera auf uns gerichtet hatte: Er hatte Sal also fürs Fernsehen umarmt.

»Ich habe den Eindruck, Murray hat sich das Golden Glow bloß ausgesucht, damit er diesen Hollywood-Typen beweisen kann, daß er sich mit Schwarzen abgibt«, sagte Sal und sah ihm stirnrunzelnd nach.

Ich sagte nichts, aber letztlich pflichtete ich ihr bei.

»Diese Alex Fisher gehört zur juristischen Abteilung von Global«, sagte Sal, den Blick immer noch auf den Raum gerichtet. »Sie haben sie eigens von Kalifornien hier rübergeholt. Ich hab' schon wegen der Haftungsfrage mit ihr zu tun gehabt. Stell dir vor, ich hab' doch tatsächlich 'ne Versicherung für heute abend abschließen müssen. Und die Leute von Global haben die Kosten dafür erst übernommen, als ich ihnen erklärt habe, daß das Gesundheitsamt Fragen über das Essen hier im Golden Glow stellt und ich die Sache wahrscheinlich abblasen muß.«

»Und warum haben sie's nicht einfach irgendwo anders gemacht?«

»Nun, weil sie für den Partyservice zahlen, aber das habe ich ihnen erst heute vormittag gesagt. In Hollywood heißt es, daß man sich's mit Global nicht verscherzen darf, aber hier in dieser Stadt sind sie fremd.« Sie lachte und verschwand in der winzigen Küche.

So gegen Mitternacht kam an der Tür Unruhe auf. Ich hoffte, daß Lacey der Grund für diese Uruhe wäre, damit ich endlich Emily einsammeln und nach Hause fahren konnte, aber es waren nur ein paar Spieler von den Bulls, also langweilig für Emily und ihre Freundinnen. Als die Menge für die Männer Platz machte, entdeckte ich Mary Louise und Emily, die sich direkt neben dem Eingang postiert hatten, damit Emily von Lacey sofort ein Autogramm bekommen konnte, wenn diese eintraf. Emily war genauso gekleidet wie die Mad Virgin: Sie trug ein schwarzes Oberteil, eine Stretchhose sowie Schuhe mit Plateausohlen der Marke Virginwear, die Global gehörte.

Mary Louise hatte offenbar einen Deal mit einem der Sicherheitsbeamten gemacht. Sie war selbst zehn Jahre lang bei der Polizei gewesen und hatte deshalb noch Verbindungen. Jedenfalls hatte der diensthabende Beamte Emily direkt hinter die Absperrseile aus rotem Samt gesetzt, die den Eindruck vermitteln sollten, daß das Golden Glow so etwas wie einen Eingangsbereich hatte. Er hatte ihr sogar einen Barhocker organisiert. Ich war ein bißchen neidisch, denn mir taten die Beine von der stundenlangen Herumsteherei allmählich weh.

»Warten Sie auch auf Lacey?«

Als ich mich umdrehte, sah ich, daß ein Fremder mit mir sprach, ein kräftiger, ein paar Jahre jüngerer Mann als ich, mit lockigen braunen Haaren und der Andeutung eines Schnurrbarts.

»Ich bin mit dem Bräutigam befreundet«, sagte ich, »aber ich habe leider eine junge Frau dabei, die erst hier weggeht, wenn sie ein Autogramm von Lacey hat.«

»Eine Freundin des Bräutigams? Ach so, jetzt verstehe ich, das war ein Scherz«, sagte er mit einem Lächeln in den Augen. »Und ich bin mit der Braut befreundet. Zumindest sind wir im selben Haus aufgewachsen, und sie war ganz aufgeregt, als sie mir erzählt hat, daß sie nach Chicago zurückkommt.«

»Ist sie denn wirklich von hier? Wenn Schauspieler sagen, daß sie aus Chicago kommen, meinen sie damit normalerweise Winnetka oder New Trier, aber nicht die Stadt selber.«

»Doch, doch. Wir sind in Humboldt Park aufgewachsen. Bis wir zwölf waren, haben wir immer zusammengesteckt, damit die Größeren uns nicht ständig piesackten. Dann hat sie irgendwann 'ne Rolle im Fernsehen gekriegt und sofort sagenhaften Erfolg gehabt. Heute behaupten genau die gleichen Typen, die ihr früher immer im Treppenhaus aufgelauert haben, plötzlich, daß sie mal mit ihr befreundet waren, aber so leicht läßt sie sich nicht drankriegen.«

»Erinnert sie sich noch an Sie?« Eigentlich interessierte mich das nicht sonderlich, aber ein bißchen Small talk würde helfen, den Abend schneller vergehen zu lassen.

»Klar. Sie hat mir 'ne Einladung für heute abend geschickt. Aber sie will sich nicht allein mit mir treffen.« Er streckte die Hand nach einer Flasche Bier aus und schüttelte dabei den Kopf, als wolle er einen lästigen Gedanken loswerden. »Warum auch? Und mit welchem Bräutigam sind Sie befreundet? Arbeiten Sie fürs Fernsehen?«

»Nein, nein. Ich kenne bloß Murray Ryerson, das ist alles.«

»Sie arbeiten für ihn?« Er nahm einen Teller mit winzigen Sandwiches vom Tablett eines vorbeigehenden Kellners und reichte ihn mir.

Ich sage den Leuten nicht gern, daß ich Privatdetektivin bin – das ist fast so schlimm wie ein Arzt auf einer Party, denn jeder hat irgendwelche Probleme, für die er dann sofort eine Lösung erwartet. Auch dieser Abend war da keine Ausnahme. Als ich dem Mann sagte, was ich beruflich machte, meinte er, vielleicht könne ich ihm ja helfen. In seiner Fabrik hätten sich in letzter Zeit merkwürdige Dinge ereignet.

Ich unterdrückte ein Seufzen und fischte in meiner Handtasche nach einer Visitenkarte. »Rufen Sie mich an, wenn Sie sich an einem Ort, an dem ich mich voll und ganz auf Sie konzentrieren kann, mit mir darüber unterhalten wollen.«

»V. I. Warshawski? Ecke Leavitt Street und North Avenue? Das ist gar nicht weit von mir weg.«

Bevor er noch etwas sagen konnte, wurde es wieder unruhig an der Tür. Diesmal war es tatsächlich Lacey. Edmund Trant löste sich sofort von der Schar seiner Bewunderer und ging hinüber zu Lacey, um ihr die Hand zu küssen, und gleich begannen die Kameras zu surren. Murray kämpfte sich gerade rechtzeitig zu den beiden vor, um vor laufenden Kameras einen Kuß von Lacey zu bekommen. Der Polizist an der Tür begrüßte Lacey und führte sie zu Emily. Ich sah zu, wie sie

Emily umarmte, ihr ein Autogramm gab und sich dann in die Arme eines anderen Global-Schauspielers warf.

Während ich mich zu Mary Louise und Emily vordrängte, bewegte sich Lacey mitsamt ihrer Gefolgschaft in die Mitte des Raumes. Der Mann, mit dem ich mich soeben unterhalten hatte, schaffte es, sich direkt hinter den Kellner zu stellen, der ihr gerade einen Drink reichte. Ich beobachtete die beiden. Lacey begrüßte ihn voller Freude, also hatte er wahrscheinlich die Wahrheit über ihre gemeinsame Kindheit erzählt. Aber offenbar versuchte er dann, ernsthaft mit ihr über etwas zu reden, was völlig deplaziert war in einem öffentlichen Rahmen wie diesem. Trotz des gedämpften Lichts von Sals Tiffany-Lampen sah ich, daß Lacey rot wurde. Sie wandte sich mit hochmütiger Geste von dem Mann ab, und er machte den Fehler, sie an der Schulter zu packen. Der Beamte, der den Barhocker für Emily organisiert hatte, drängte sich durch die Menge zu den beiden hinüber und dirigierte ihn zur Tür. Als Mary Louise, Emily und ich das Lokal ein paar Minuten später verließen, stand der Mann auf der anderen Straßenseite und starrte zum Golden Glow herüber. Dann steckte er die Hände in die Hosentaschen und ging weg.

»Vic, du hast mir eine solche Freude gemacht«, seufzte Emily, als wir die Schlange der Lacey-Fans passierten. »Die warten jetzt schon Stunden drauf, sie zu sehen, und mich hat sie in den Arm genommen und mir ein Autogramm gegeben. Vielleicht komme ich sogar ins Fernsehen. Wenn mir vor zwei Jahren jemand gesagt hätte, daß irgendwann jedes Mädchen in Chicago neidisch auf mich sein würde, hätte ich ihm nicht geglaubt. Aber jetzt ist es wahr geworden.«

2 Die Frau auf der Straße

Emily plapperte während des ganzen Weges zum Wagen aufgeregt vor sich hin und schlief dann auf dem Rücksitz erschöpft ein. Mary Louise machte es sich auf dem Beifahrersitz bequem und schlüpfte aus ihren Stöckelschuhen.

»In dem Alter bin ich die ganze Nacht aufgeblieben, um die Hochzeit von Diana und Charles anzuschauen«, sagte sie. »Emily hat Lacey wenigstens anfassen dürfen.«

Ich hatte als Teenager zum O'Hare-Flughafen hinausfahren wollen, um zusammen mit meinen Altersgenossen auf Ringo und John zu warten, aber damals war meine Mutter schwer krank gewesen, und ich wollte nicht, daß sie sich Sorgen machte, weil ich spät in der Nacht mit dem Bus und der Hochbahn in der Gegend herumfuhr. »So ein Typ wollte mit Lacey sprechen, als wir gegangen sind. Er hat gesagt, sie sind zusammen in Humboldt Park aufgewachsen. Stimmt das?«

»Freut mich, daß du mich fragst.« Im Licht der Straßenlaternen entlang des Inner Drive sah ich Mary Louises Gesicht. »Seit du uns vor zwei Wochen zu dem Abend eingeladen hast, habe ich fast nichts anderes getan, als mir Fakten über Lacey Dowells Leben einzuverleiben. Da wird's allerhöchste Zeit, daß du auch was davon hast. Laceys eigentlicher Name ist Magdalena Lucida Dowell. Ihre Mutter war Mexikanerin, ihr Vater Ire; sie ist das einzige Kind der beiden und in Humboldt Park aufgewachsen. Sie hat die St.-Remigio-Schule besucht, bei allen Schulaufführungen mitgespielt und schließlich ein Stipendium für die Northern Illinois gekriegt. Die machen da viel Schauspiel und Theater. Vor zwölf Jahren hat sie dann ihre erste große Filmrolle bekommen, als …«

»Schon gut, schon gut. Du weißt sicher auch, was sie für 'ne Schuhgröße hat und welche Farbe sie am liebsten mag.«

»Grün, und die Schuhgröße ist vierzig. Und ihr ist das *chorizo* aus ihrem Viertel immer noch lieber als das ganze schicke Essen in L. A. Ha, ha. Ihr Vater ist bei einem Arbeitsunfall ums Leben gekommen, und ihre Mutter wohnt mit ihr zusammen in einem hübschen Haus mit Meerblick in Santa Monica. Angeblich unterstützt Lacey St. Remigio finanziell. Es heißt, daß sie den Kardinal daran gehindert hat, die Schule zu schließen, indem sie die Stipendienkasse aufgestockt hat. Wenn das stimmt, ist das eine hübsche Leistung.«

»Allerdings.« Die Ampel am Lake Shore Drive schaltete auf Grün, und ich lenkte den Wagen auf die Spur, die in nördliche Richtung führte.

»Aber etliches von dem, was ich dir gerade gesagt habe, hättest du auch in Murrays Interview hören können. Hast du dir das denn nicht angeschaut?«

Ich zog eine Grimasse. »Ich glaube, die Tatsache, daß er das Interview gemacht hat, war mir so peinlich, daß ich mich nicht richtig auf das konzentriert habe, was er gesagt hat.«

»Nun geh nicht so hart mit ihm ins Gericht«, meinte Mary Louise. »Schließlich muß er auch von was leben, und du hast selber gesagt, daß die Leute von Global immer wieder seine wichtigsten Storys gestrichen haben.«

Sie hatte recht. Ich wußte, daß Murray seit der Übernahme seiner Zeitung durch Global ziemliche Schwierigkeiten gehabt hatte. Zwar hatte er weiter recherchieren dürfen, aber alle Storys, die die Leute von Global als politisch zu heikel erachteten, waren einfach nicht gedruckt worden. »Wir müssen auf die Leute hören, die uns in diesem Staat einen Gefallen tun«, hatte Murray verbittert eine Aussage seiner Vorgesetzten zitiert, als diese kurzerhand einen Artikel über das neue Frauengefängnis in Coolis kippten, an dem er monatelang gearbeitet hatte. Dann hatte er noch ein weiteres Zitat seines Herausgebers hinzugefügt: *Die Amerikaner sind solide Geschichten gewöhnt. Sex, Sport und Gewalt – das sind solche soliden Sachen. Die Manipulation von Rentenfonds und die Bestechung von Beamten gehören nicht dazu. Kapiert, Murray?*

Ich hatte völlig vergessen, wie gut Murray die Kunst beherrschte, alle Widernisse zu überstehen. Kaum jemand dürfte überraschter gewesen sein als ich, eine der begehrten Einladungskarten zur Global-Party im Golden Glow zu bekommen – besonders weil darauf stand, daß wir dort Murrays Debüt als Chicagos »Hinter den Kulissen«-Reporter feiern würden. Ich dachte lieber nicht darüber nach, was Murray angestellt hatte, um sich den Job zu angeln. Von sich aus würde er es mir jedenfalls nicht erzählen. Als ich bei ihm anrief, um ihn danach zu fragen, meldete sich eine Assistentin, die mir höflich versicherte, sie würde alle Nachrichten an ihn weiterleiten. Er selbst war nicht zu sprechen.

Ich wußte, daß Murray diskret die Fühler nach Reportageaufträgen auf nationaler Ebene ausgestreckt hatte. Aber er war ein paar Jahre älter als ich, und wenn man erst mal über vierzig ist, beginnen die Unternehmen einen als Belastung zu empfinden. Man ist zu teuer und kommt allmählich in ein Alter, in dem man anfängt, seine Krankenversicherung tatsächlich zu nutzen. Außerdem hatte er die gleichen Probleme, außerhalb der Stadt zu arbeiten wie ich, weil sein Insiderwissen sich ausschließlich auf Chicago bezog. Also hatte er der Realität ins Auge geblickt. War das etwa ein Verbrechen?

Um zwei Uhr morgens mitten in der Woche war nicht viel los auf dem Drive. Rechts von mir verschmolzen Himmel und See zu einem langen schwarzen Strich. Wir waren ganz allein am Rand der Welt, der lediglich vom silbrigen Licht der Straßenlaterne erhellt wurde. Ich war froh über Mary Louises Gesellschaft; sogar ihre Monologe darüber, wieviel der Babysitter fürs Aufpassen auf Emilys kleine Brüder verlangte, oder darüber, wieviel sie vor dem Sommersemester noch erledigen mußte – neben ihrer Teilzeittätigkeit für mich studierte sie Jura –, wirkten beruhigend. Ihr Jammern hielt mich davon ab, darüber nachzudenken, wie unsicher mein eigenes Leben war, was meine Ressentiments gegen Murray förderte, weil er sich dem Fernsehen verkaufte.

Ich beschleunigte auf einhundertzehn Stundenkilometer, als könnte ich so meiner Gereiztheit entkommen. Mary Louise, die nicht umsonst früher bei der Polizei gewesen war, protestierte lautstark, als wir über eine Hügelkuppe an der Montrose Avenue segelten. Ich verlangsamte artig vor unserer Ausfahrt. Der Trans Am hatte mittlerweile zehn Jahre auf dem Buckel, und das sah man ihm auch an, aber Kurven nahm er immer noch wie ein junger Hüpfer. Erst an der Ampel an der Foster Avenue war ein leichtes Röcheln des Motors zu hören.

Je weiter wir in westlicher Richtung fuhren, desto mehr war los auf den Straßen: Aus den Schatten tauchten Betrunkene auf, und auf dem Asphalt lagen Bierdosen. Die Stadt verändert ihren Charakter hier in der Gegend alle paar Häuserblocks. Mary Louise lebt in einem ruhigen Wohnviertel; gleich daneben befindet sich ein Abschnitt, in dem gerade erst ins Land gekommene russische Juden und Hindus direkt nebeneinander untergebracht sind, und daran schließt sich ein Areal an, in dem Chicagos Ärmste und Verzweifeltste vor sich hin vegetieren. Direkt am See ist Uptown am rauhesten. Am Broadway kamen wir an einem Mann vorbei, der an einen Abfallcontainer pinkelte, hinter dem gerade ein Pärchen Sex hatte.

Mary Louise sah auf den Rücksitz, um sich zu vergewissern, daß Emily immer noch schlief. »Fahr zur Balmoral Avenue und dann auf die andere Seite rüber, da ist es ruhiger.«

An einer Kreuzung stand ein Mann, der mit einem schmuddeligen Schild um Essen bettelte. Er wankte mit unsicheren Schritten zwischen den vorbeifahrenden Autos hindurch. Ich ging fast auf Schrittgeschwindigkeit herunter, bis wir an ihm vorbei waren.

Abseits des Broadway waren die meisten Straßenlaternen kaputt, die Lampen zerschmettert und nie durch neue ersetzt worden. Den Körper mitten auf der Straße sah ich erst, als ich fast schon darüberfuhr. Ich bremste abrupt und riß das Steuer nach links. Mary Louise schrie auf und packte mich am Arm. Der Trans Am schlingerte über die Straße und landete an einem Hydranten.

»Vic, tut mir leid. Ist dir was passiert? Ich hab' gedacht, du überfährst ihn. Und Emily, mein Gott…« Sie löste den Sicherheitsgurt mit zitternden Fingern.

»Ich hab' ihn gesehen«, sagte ich mit erstickter Stimme. »Ich hab' gebremst. Mich am Arm zu packen, nützt da auch nicht viel.«

»Mary Lou, was ist denn los?« fragte Emily, die inzwischen aufgewacht war, mit erschreckter Stimme.

Mary Louise war bereits hinten bei ihr, während ich noch an meinem Sicherheitsgurt herumfummelte. Emily war nichts passiert; sie hatte nur Angst. Sie versicherte Mary Louise immer wieder, daß ihr nichts fehlte, und stieg schließlich aus, um es ihr zu beweisen. Mary Louise sah sich ihren Nacken und ihre Schultern genau an, während ich eine Taschenlampe aus dem Handschuhfach holte.

Nachdem Mary Louise sich vergewissert hatte, daß Emily wirklich unverletzt war, hastete sie zu der Gestalt auf der Straße. Ihre berufliche Routine war stärker als die vier Bier, die sie im Verlauf des Abends getrunken hatte. Daß sie beim

Gehen ein wenig unsicher wirkte, war eher auf den Schock zurückzuführen.

»Vic, es ist eine Frau. Sie atmet kaum noch.«

Im Licht meiner Taschenlampe sahen wir, daß die Frau noch sehr jung war. Sie hatte dunkle Haut und dichte schwarze Haare, die ihr wirr ins Gesicht hingen. Ihr Atem kam blubbernd und keuchend, als sei ihre Lunge mit Flüssigkeit gefüllt. So etwas hatte ich schon einmal gehört, als mein Vater damals an einem Lungenemphysem gestorben war, aber diese Frau hier sah viel zu jung aus für eine solche Krankheit.

Ich richtete den Strahl der Taschenlampe auf ihre Brust und wich entsetzt zurück. Die Vorderseite ihres Kleides war voller Blut. Es war durch den dünnen Stoff gedrungen, so daß er wie ein großer Verband an ihrem Körper klebte. Schmutz und Blut zogen sich in breiten Streifen über ihre Arme; ihr linker Oberarmknochen ragte aus ihrem Fleisch wie eine Stricknadel aus einem Knäuel Wolle. Vielleicht war sie, benommen von Heroin oder Wild Rose, vor ein Auto gelaufen.

»Vic, was ist los?« Emily stand jetzt zitternd neben uns.

»Schätzchen, sie ist verletzt, und wir müssen Hilfe holen. Im Kofferraum sind ein paar Handtücher. Könntest du die bitte herbringen, während ich die Sanitäter rufe?«

Das beste Mittel gegen Angst ist Aktivität. Emily ging mit knirschenden Schritten über zerbrochenes Glas zum Wagen, während ich mein Handy herausholte und die Notrufnummer wählte.

»Nimm du die Handtücher; ich kümmere mich um die Sanitäter.« Mary Louise wußte aufgrund ihrer Zeit bei der Polizei genau, welche Informationen die Leute vom Notdienst brauchten, um so schnell wie möglich zum Unfallort zu kommen. »Wir haben hier eine Verletzte. Sieht aus wie Fahrerflucht. Wir sind Ecke Balmoral Avenue und ...«

Ich breitete die Handtücher über die Frau und rannte zur Straßenecke, um festzustellen, wo genau wir uns befanden. An der Glenwood Avenue, gleich östlich von der Ashland Avenue. Ein Wagen bog gerade in die Straße; ich winkte ihn weiter. Der Fahrer brüllte mir zu, daß er hier wohne, doch ich besann mich auf meinen Vater, der Verkehrspolizist gewesen war, und blaffte ihn an, die Straße sei gesperrt. Der Fahrer fluchte, versuchte aber nicht weiter, an mir vorbeizukommen. Ein paar Minuten später traf mit quietschenden Reifen ein Notarztwagen ein. Ihm folgte ein Streifenwagen der Polizei mit Blaulicht.

Die Sanitäter machten sich sofort an die Arbeit. Während sie der Verletzten eine Atemmaske überstülpten und sie in den Wagen schoben, begann sich eine Menge von Schaulustigen zu versammeln: die für die Uptown so typische Mischung aus schwarzen und indianischen Gesichtern sowie Leuten aus dem Nahen Osten. Zwei Mädchen mit Kopftüchern deuteten und plapperten wild durcheinander; ein Erwachsener trat aus einem Wohnhaus, gab einer von ihnen eine Ohrfeige und zog sie beide hinein.

Ich suchte in der Hoffnung, eine Brieftasche oder irgend etwas anderes zu finden, das zur Identifizierung der Verletzten beitragen konnte, mit meiner Taschenlampe auf dem Boden herum, wurde aber schon bald von einem der Polizisten aufgehalten, der mich mit der Bemerkung, die Sichtung des Unfallortes sei Sache der Polizei, zu Mary Louise zurückführte.

Mary Louise legte schützend den Arm um Emily, während wir Fragen beantworteten. Die Beamten sahen sich mit mir zusammen den Trans Am genauer an. Der Hydrant hatte die Motorhaube aufspringen lassen und die vordere Radachse verbogen.

»Sind Sie die Fahrerin des Wagens, Ma'am?« fragte mich einer der Beamten. »Kann ich Ihren Führerschein sehen?«

Ich holte ihn aus der Tasche. Er übertrug die daraufstehenden Angaben langsam auf seinen Bericht und überprüfte schließlich, ob ich irgendwelche Verwarnungen wegen Trunkenheit am Steuer hatte. Als seine Nachforschungen negativ ausfielen, ließ er mich sehr zum Vergnügen der kichernden Schaulustigen mit kleinen Schritten auf einer geraden Linie gehen.

»Würden Sie mir bitte sagen, wie das passiert ist, Ma'am?«

Ich sah Mary Louise an, beantwortete aber dann doch selbst die Frage: kein Licht von den Straßenlaternen, Körper mitten auf der Straße, Ausweichmanöver, Kollision mit dem Hydranten.

»Und was hatten Sie überhaupt hier auf dieser Straße verloren, Ma'am?«

Normalerweise erkläre ich einem Polizisten auf eine solche Frage, daß ihn das nichts angeht, aber normalerweise habe ich auch keine Sechzehnjährige mit vor Schreck weißem Gesicht dabei. Arme Emily. Der Abend war für sie sowieso schon verdorben; da brauchte ich mich nicht auch noch mit der Polizei herumzustreiten. Also sagte ich artig, ich habe Mary Louise und Emily nach Hause bringen wollen und eine Abkürzung über die Seitenstraßen genommen. Zwar habe sich dieser Weg als der längere erwiesen, aber wenigstens habe die Verletzte so eine Chance bekommen. Eigentlich ärgerte mich nur, daß der Wagen nun Schrott war. Da bekam ich ein schlechtes Gewissen: Eine junge Frau kämpfte mit dem Tod, und ich machte mir Gedanken wegen meinem Wagen. Aber größere Reparaturen oder gar ein neues Gefährt waren in diesem Sommer in meinem Budget einfach nicht vorgesehen. Wieder einmal mußte ich an den opportunistischen Murray denken.

»Und wo waren Sie mit der jungen Frau?« hakte der Beamte mit einem skeptischen Blick nach, der verriet, daß er sich fragte, was zwei erwachsene Frauen mit einem Teenager vorhatten, mit dem sie möglicherweise nicht einmal verwandt waren.

»Wir waren zu der Party mit Lacey Dowell eingeladen«, sagte Mary Louise. »Ich bin Emilys Pflegemutter und lasse sie in ihrem Alter noch nicht allein zu solchen Veranstaltungen. Sie können Detective Finchley im First District anrufen, wenn Sie irgendwelche Fragen haben – er war vier Jahre lang mein Vorgesetzter und kann Ihnen erzählen, wie Emily und ich zusammengekommen sind.«

Danach war die Situation weniger angespannt. Einer der Beamten kannte Finchley, und wenn Mary Louise eine von ihnen war, dachten sie wohl, konnte sie kaum in kriminelle Machenschaften verwickelt sein. Die Beamten halfen mir, den Trans Am von dem Hydranten wegzuschieben. Sie fuhren uns sogar nach Hause. Mir war das ganz recht, denn so mußte ich nicht auf den 22er Bus warten.

Als wir losfuhren, sahen uns die Schaulustigen amüsiert nach. Der Zwischenfall hatte ein für sie befriedigendes Ende gefunden: Die Polizei brachte drei weiße Frauen mit dem Streifenwagen weg.

3 Hausbesuch

Mein Vater lag im letzten Stadium seiner Krankheit auf der Straße. Er hatte sein Sauerstoffzelt am Gehsteigrand zurückgelassen und schnappte nach Luft. Bevor ich zu ihm gehen und ihm aufhelfen konnte, kam ein Streifenwagen um die Ecke und überfuhr ihn. Ihr habt ihn umgebracht, ihr habt ihn umgebracht, versuchte ich zu schreien, aber es kam kein Ton heraus. Bobby Mallory, der älteste Freund unter den Kollegen meines Vaters, stieg aus dem Wagen, sah mich ohne jedes Mitleid an und sagte: »Ich nehme dich wegen Erregung öffentlichen Ärgernisses fest.«

Das Telefon riß mich aus meinem Alptraum. Ich streckte den Arm aus und murmelte »Ja?« in den Hörer.

Es war mein Nachbar von unten. Seine Stimme klang besorgt. »Tut mir leid, Schätzchen, daß ich Sie aufwecke, aber hier unten sind ein paar Polizisten, die sagen, Sie waren heute nacht in einen Unfall mit Fahrerflucht verwickelt. Die haben wie verrückt bei Ihnen geklingelt, und die Hunde sind fast durchgedreht, da hab' ich mal nachgesehen. Natürlich ist Mitch gleich rausgestürzt, neugierig, wie er ist, und der eine von den Polizisten hat sofort angefangen von wegen, hier in der Stadt gibt's doch wohl 'ne Verordnung, daß man Hunde an die Leine nehmen muß, aber ich hab' ihm gesagt, na, soviel ich weiß, gilt das nicht für zu Hause, und wer sind Sie überhaupt, warum machen Sie hier so 'nen Krach, aber da hat er seine Dienstmarke rausgezogen ...«

»Hat er tatsächlich was von Fahrerflucht gesagt?« fragte ich und richtete mich verschlafen auf.

»Er hat mir seine Dienstmarke unter die Nase gehalten und nach Ihnen gefragt, aber natürlich hat er Ihren Namen nicht richtig gesagt. Was ist denn passiert, Schätzchen? Sie haben doch nicht wirklich jemanden angefahren und dann liegenlassen, oder? Ich hab' Ihnen ja immer schon gesagt, Sie sollen mit der Karre nicht so schnell durch die Stadt flitzen, aber wenigstens stehen Sie zu Ihren Fehlern und würden nicht einfach jemanden im Graben liegenlassen. Das hab' ich dem einen von den zweien auch gesagt, aber der hat sich aufgeführt wie Dirty Harry. Hat wohl gedacht, ich hab' Angst vor ihm, dabei hab' ich früher Typen verprügelt, die waren doppelt so groß wie der...«

»Wo sind sie jetzt?«

Mr. Contreras ist durchaus in der Lage, sich ein oder zwei Tage lang aufzuregen, wenn er erst mal in Fahrt ist. Er ist in Rente, aber obwohl ich weiß, daß er früher mal bei Diamond Motors an der Drehbank gearbeitet hat, kann ich ihn mir eigentlich nur mit einem Hammer in der Hand vorstellen. »Die sind unten in der Eingangshalle. Ist wahrscheinlich besser, Sie stehen auf und reden mit denen, Schätzchen, auch wenn das ziemliche Pißnelken sind, entschuldigen Sie meine Ausdrucksweise. Ganz anders wie der Lieutenant oder Conrad oder die anderen Polizisten, die Sie kennen.«

Es war fast schon heroisch von ihm, Conrad Rawlings im selben Atemzug mit Lieutenant Mallory zu nennen, denn Mr. Contreras war alles andere als glücklich über meine Beziehung mit Conrad gewesen. Seine übliche Eifersucht auf die Männer, mit denen ich zusammen war, hatte sich durch Conrads Hautfarbe noch verstärkt. Mr. Contreras war ziemlich froh gewesen, als Conrad meinte, die Sache mit uns funktioniere einfach nicht – allerdings nur, bis er merkte, wie wichtig mir die Geschichte gewesen war. Ich hatte eine ganze Weile gebraucht, bis ich mich von der Trennung erholt hatte.

Ich legte auf und tappte zum Bad. Früher, mit dreißig, hatte für gewöhnlich eine lange Dusche genügt, um mich nach einer kurzen Nacht wieder frisch zu machen, aber jetzt, mit über vierzig, brauchte ich einfach meinen Schlaf. Ich ließ mir kaltes Wasser auf den Kopf prasseln, bis ich anfing, mit den Zähnen zu klappern. Allmählich begann sich mein Kreislauf zu regen. Allerdings floß immer noch nicht genug Blut in meinen Kopf, als daß ich mich einem Gespräch mit der Polizei gewachsen gefühlt hätte.

Während ich mich abtrocknete, hörte ich, daß sie an meiner Wohnungstür Sturm klingelten. Ich schaute durch den Spion. Es waren zwei Beamte, der eine klein und mit einem braunen Polyesteranzug, der schon ein paarmal zu oft durch den Trockner gejagt worden war, und ein großer mit einem Gesicht voller Aknenarben.

Ich öffnete die Tür bei vorgelegter Kette und streckte nur die Nase hinaus, so daß sie nicht sahen, daß ich nackt war. »Ich mache Ihnen auf, sobald ich was anhabe.«

Der Kleinere versuchte, die Tür aufzudrücken, aber ich machte sie zu, bevor er sich mit ganzer Kraft dagegenstemmen konnte, ging mit meiner Jeans in die Küche, um mich anzuziehen, und stellte den kleinen Espresso-Kocher auf die Herdplatte. Nachdem ich in meine Kleider geschlüpft war, ging ich wieder zur Tür.

Der Kleinere bleckte die winzigen Zähne, die ein bißchen an einen Hecht erinnerten. »V. I. Warshki? Polizei. Wir hätten ein paar Fragen an Sie.«

»Warshawski, nicht Warshki«, sagte ich. »Mein Nachbar hat mir schon gesagt, daß Sie von der Polizei sind, aber trotzdem hätte ich gern noch einen Dienstausweis gesehen. Dann können Sie mir erklären, warum Sie da sind.«

Der Größere holte seine Dienstmarke aus der Tasche und hielt sie mir den Bruchteil einer Sekunde vor die Nase. Ich packte sein Handgelenk, damit ich mir den Ausweis genauer ansehen konnte. »Detective Palgrave. Und Ihr Kollege heißt wie? Detective Lemour. Danke. Sie können schon mal im Wohnzimmer Platz nehmen, während ich mich fertig anziehe.«

»Äh, Ma'am«, sagte Palgrave. »Es macht uns nichts aus, wenn Sie keine Strümpfe anhaben. Wir wollen Ihnen ein paar Fragen über die Frau stellen, die Sie heute nacht gefunden haben.«

Eine Tür am unteren Ende der Treppe fiel ins Schloß. Mitch und Peppy begannen, gefolgt von Mr. Contreras, nach oben zu rennen. Die Hunde drückten sich an den beiden Beamten vorbei und begrüßten mich mit Freudengeheul, als hätten sie mich zwölf Monate nicht mehr gesehen, nicht zwölf Stunden. Lemour holte mit dem Fuß nach Mitch aus, erwischte aber nur seinen Schwanz. Ich packte beide Hunde am Halsband, bevor Schlimmeres passierte.

Als sie mich begrüßt hatten, wollten sie die Prozedur unbedingt mit Lemour wiederholen. Peggy ist sandfarben, ihr Sohn Mitch zur Hälfte schwarzer Labrador und riesig. Wie alle Golden Retriever sind die beiden unverbesserlich friedliebend, aber wenn sie einen hechelnd anspringen, können sie ziemlich wild aussehen. Jedenfalls würde unser Besucher nicht versuchen, sich an ihnen vorbei in die Wohnung zu drängen.

Mr. Contreras hatte gerade noch gesehen, wie Lemour versuchte, Mitch einen Tritt zu versetzen. »Hören Sie zu, junger Mann, es ist mir egal, ob Sie Polizist sind oder Politesse, aber diese Hunde wohnen hier und Sie nicht. Sie haben kein Recht, nach ihnen zu treten. Ich könnte Sie dem Tierschutzverein melden. Glauben Sie, Ihre Mutter und Ihre Kinder würden in der Zeitung gern was über 'nen Polizisten lesen, der Hunde mißhandelt?«

Der Beamte war nicht der erste, der sich von Mr. Contreras aus der Fassung bringen ließ. »Wir wollen mit der Lady über einen Fall von Fahrerflucht reden, der sich heute nacht ereignet hat. Nehmen Sie Ihre Hunde mit nach unten und lassen Sie uns in Ruhe.«

»Zufällig, junger Mann, gehört der Golden Retriever der Lady. Wir kümmern uns gemeinsam um die beiden. Wenn sie sie also hier bei sich haben will, soll mir das recht sein. Und wenn Sie meinen, daß sie etwas mit der Fahrerflucht zu tun hat, dann haben Sie sich geschnitten. Ich kenn' sie jetzt seit zwölf Jahren, und die Frau würde genausowenig einen Menschen überfahren und einfach liegenlassen, wie sie 'ne Leiter nimmt und zum Mond hochklettert. Wenn da jemand versucht, Ihnen was anderes weiszumachen, hat er sich geirrt. Rufen Sie mal lieber im Revier an und lassen Sie sich die richtige Adresse und das richtige Autokennzeichen geben. Sie vergeuden hier nur Ihre eigene Zeit und die von uns allen ...«

»Äh, Sir.« Palgrave versuchte schon seit ein paar Minuten, Mr. Contreras' Redeschwall zu unterbrechen. »Wir beschuldigen sie überhaupt nicht, irgend jemanden überfahren zu haben. Wir wollen ihr nur ein paar Fragen über den Zwischenfall stellen.«

»Und warum haben Sie das nicht gleich gesagt?« fragte Mr. Contreras in erregtem Tonfall. »Ihr Freund hier hat sich aufgeführt, als hätte sie den Papst überfahren und auf der Straße verbluten lassen.«

»Wir müssen feststellen, ob diese Warshki-Frau die andere Frau angefahren hat oder nicht«, sagte Lemour.

»Warshawski«, sagte ich. »Kommen Sie doch rein und setzen Sie sich. Ich bin gleich bei Ihnen.«

Ich ging in die Küche, um den Herd abzustellen. Lemour, der offenbar Angst hatte, daß ich mich versteckte oder irgendwelche Beweisstücke verschwinden ließ, folgte mir.

»Die Maschine macht zwei Tassen Kaffee«, sagte ich. »Wollen Sie eine?«

»Nun hören Sie mal zu, Prinzessin, werden Sie ja nicht frech. Ich will jetzt ein paar Antworten von Ihnen hören.«

Ich goß mir einen Kaffee ein und sah in den Kühlschrank. Die letzten paar Tage hatte ich wegen einer Zeugenaussage im Illinois House in Springfield verbracht. Das einzige, was im Kühlschrank auch nur annähernd nach etwas Eßbarem aussah, war ein trockener Kanten Roggenbrot. Ich warf einen skeptischen Blick darauf, während Lemour hinter mir vor Wut schäumte. Ohne ihm Beachtung zu schenken, ging ich mit meinem Kaffee ins Wohnzimmer. Detective Palgrave stand ziemlich steif da, und Mr. Contreras hielt in meinem guten Sessel sitzend Mitch am Halsband zurück.

»Detective, gibt es irgendwelche Neuigkeiten über die Frau, der ich heute nacht geholfen habe?« fragte ich Palgrave.

»Man hat sie ins Beth Israel Hospital eingeliefert, aber ...«

Sein Kollege fiel ihm ins Wort. »Hier stellen wir die Fragen, Warshki, und Sie antworten. Ich möchte eine vollständige Beschreibung der Begegnung, die Sie heute nacht auf der Straße hatten.«

»Ich heiße Warshawski. Möglicherweise ist es ein Hinweis

auf Legasthenie, wenn Sie nicht alle Silben in einem langen Wort aussprechen können, aber dagegen hilft sogar noch im Erwachsenenalter eine Sprachtherapie.«

»Äh, Ma'am«, sagte Palgrave, »könnte ich Sie bitten, uns zu beschreiben, was heute nacht passiert ist? Wir versuchen, mehr über den Vorfall herauszufinden, und bräuchten jemanden, der uns sagen kann, was passiert ist.«

Ich schüttelte den Kopf. »Ich weiß auch nichts über die Frau – sie lag einfach auf der Straße. Die Straßenbeleuchtung auf dem Abschnitt der Balmoral Avenue funktioniert nicht, also habe ich sie erst gesehen, als ich nur noch ungefähr drei Meter von ihr entfernt war. Ich habe sofort gebremst, und der Wagen ist gegen einen Hydranten geknallt, hat aber nicht die Frau erfaßt. Meine Beifahrerin, die zehn Jahre lang bei der Chicagoer Polizei gearbeitet hat, hat die Sanitäter gerufen. Wir haben gesehen, daß die Frau einen gebrochenen Arm hatte und Schwierigkeiten beim Atmen. Die Vorderseite ihres Kleides war blutig. Etwas anderes weiß ich nicht über sie. Ich weiß weder, wie sie heißt, noch, wie sie dorthin gekommen ist oder ob sie jetzt noch lebt.«

»Wieviel haben Sie gestern abend getrunken?« fragte Lemour.

»Drei Flaschen Mineralwasser.«

»Sie sind sich sicher, daß Sie sie nicht doch angefahren haben und das Ganze jetzt als gute Tat kaschieren wollen?«

»Äh, Doug, warum unterhalten wir uns nicht mit der Beifahrerin? Die könnte doch die Informationen von Ms. Warshki – Entschuldigung, Ma'am, wie war gleich noch mal der Name? Warshouski? – egal, ihre Informationen bestätigen.«

»Sie hat sich so lange Zeit gelassen, die Tür aufzumachen«, brummelte Lemour. »Die hat sicher die andere angerufen und ihr vorgebetet, was sie sagen soll.«

»Natürlich können Sie sich mit Ms. Neely unterhalten«, sagte ich. »Aber die Beamten heute nacht haben die Sache bereits vollständig aufgenommen. Sie haben mich sogar einen Alkoholtest machen lassen. Warum sehen Sie sich den Bericht nicht einfach an?«

Palgraves Gesichtsausdruck wurde starrer. »Äh, Ma'am,

kann Ihre Beifahrerin die Tatsache, daß Sie den Alkoholtest gemacht haben, bezeugen? Denn nach unseren Informationen hat dieser Test nicht stattgefunden, weil Sie sich geweigert haben.«

Ich starrte ihn an. »Ich habe den Bericht unterschrieben, und in diesem Bericht stand auch die Aussage, daß ich nichts getrunken habe. Zeigen Sie ihn mir.«

Palgrave trat unruhig von einem Fuß auf den anderen und erklärte mir, sie hätten den Bericht nicht dabei. Lemour hätte mich am liebsten auf der Stelle wegen Totschlags verhaftet; er behauptete, ich versuche, mich aus der Sache herauszuwinden. Palgrave sagte ihm, er solle sich beruhigen, und fragte mich, ob Mary Louise tatsächlich zehn Jahre bei der Chicagoer Polizei gewesen war.

»Ja, das stimmt. Sie können Bobby Mallory fragen, Lieutenant Mallory vom Central District«, sagte ich. »Ich rufe ihn gern für Sie an. Oder Terry Finchley, ihren unmittelbaren Vorgesetzten.«

»Das wird nicht nötig sein, Ma'am«, sagte Palgrave. »Wir werden mit dieser Ms. Neely reden, und wenn sie den Alkoholtest bezeugen kann, reicht das wahrscheinlich. Um ganz sicher zu gehen, daß Sie die Frau nicht angefahren haben, werden wir uns auch Ihren Wagen noch ansehen.«

»Wer ist eigentlich die Frau von heute nacht?« fragte ich. »Warum ist es so wichtig, daß Sie jemanden finden, den Sie für den Unfall verantwortlich machen können?«

»Wir wollen Sie nicht dafür verantwortlich machen«, sagte Palgrave. »Sie wurde Opfer eines Unfalls, und Sie waren am Unfallort.«

»Ach was, Detective«, sagte ich. »Ich bin zufällig vorbeigekommen, nachdem jemand sie auf der Straße hat liegenlassen. Ich habe sie nicht dorthin gelegt und sie nicht angefahren. Ich habe lediglich meinen Wagen bei dem Versuch, ihr auszuweichen, zu Schrott gefahren.«

»Tja, in dem Fall wird ein Blick auf Ihren Wagen wahrscheinlich reichen, um uns letzte Sicherheit zu verschaffen«, sagte Palgrave. »Wir werden ihn abschleppen und von unseren Fachleuten untersuchen lassen. Wir setzen uns dann mit

Ihnen in Verbindung, wann Sie ihn abholen können. Wo ist er jetzt?«

»Ich konnte nicht mehr damit fahren, deshalb ist er immer noch am Unfallort. Die Adresse können Sie in dem Bericht im Polizeirevier nachlesen.«

Lemour hätte beinahe einen Tobsuchtsanfall bekommen, wenn Palgrave ihn nicht beruhigt hätte. Als sie endlich gingen, war ich ziemlich ausgelaugt. Wer war die Frau bloß, daß die Polizei einen solchen Wind machte? Aber zuerst mußte ich mich um meinen Wagen kümmern. Wenn die Beamten schon so wild darauf waren, einen Schuldigen zu finden, wollte ich sicher sein, daß der Trans Am keine kompromittierenden Spuren aufwies, wenn er ins Polizeilabor abtransportiert wurde.

Ich rief den Automechaniker an, den ich immer kontaktiere, wenn mir nichts anderes übrigbleibt. Luke Edwards gehört zu den wenigen Leuten, die noch wissen, welche Funktion ein Vergaser hat, aber er wirkt so deprimierend auf mich, daß ich mich wirklich nur im Notfall mit ihm in Verbindung setze. Er meldete sich mit seiner üblichen matten Stimme. Luke identifiziert sich so vollständig mit Motoren und Maschinen, daß es ihm schwerfällt, mit Menschen zu sprechen. Besonders angespannt ist unser Verhältnis zueinander, seit ein Sattelschlepper einen Wagen demoliert hat, den er mir geliehen hatte. Bevor ich ihm erklären konnte, was ich brauchte, sagte Luke, er wolle nichts hören, seit der Geschichte mit dem schrottreifen Impala wisse er, daß man mir kein Auto anvertrauen könne.

»Ich hab' drei Monate gebraucht, bis alle Lager von dem Motor weich wie Butter gelaufen sind. Es wundert mich nicht, daß du den Trans Am zu Schrott gefahren hast. Du weißt einfach nicht, wie man mit 'nem Wagen umgeht.«

»Luke, bitte vergiß die Geschichte mal 'ne Minute. Ich möchte, daß ein unabhängiges Labor sich meinen Wagen ansieht und beglaubigt, daß ich damit keinen Menschen angefahren habe. Ich verlange gar nicht, daß du das selber machst. Ich möchte nur, daß du mir ein gutes Labor empfiehlst.«

»Alle wollen immer alles sofort, Warshawski. Du wirst warten müssen wie die andern auch.«

Ich mußte mich beherrschen, nicht loszubrüllen. »Luke, ich

brauche ein Labor, bevor die Polizei sich meinen Wagen ansieht. Ich bin einer Frau, die auf der Straße lag, ausgewichen und gegen einen Hydranten gefahren. Und jetzt möchte sich einer von den Bullen 'ne Menge Arbeit und offizielle Ermittlungen sparen. Ich möchte 'nen offiziellen Laborbericht, den ich ihm unter die Nase halten kann, für den Fall, daß er seine Hausaufgaben nicht macht.«

»So, so, dann ist also die Polizei hinter dir her? Wird auch langsam Zeit, daß jemand was gegen deine kriminelle Fahrerei unternimmt. War nur 'n Scherz. Beruhige dich, ich helf' dir schon. Wende dich an die Leute von den Cheviot-Labors, draußen in Hoffman Estates. Die sind ganz schön teuer, haben aber einen bombensicheren Ruf beim Gericht. Meine Freunde und ich haben die schon ein paarmal bemüht – ich kann ja für dich anrufen und 'nen Termin mit ihnen ausmachen. Sag mir, wo die Kiste steht, dann schick' ich Freddie mit dem Abschleppwagen hin, der kann den Trans Am zu den Leuten von Cheviot bringen. Und wenn er 'nem Bullen begegnet, soll er den in deinem Namen überfahren?«

Wenn Luke witzig zu sein versucht, ist das fast noch schlimmer zu ertragen als seine Depressionen. Ich gab mir Mühe zu lachen und legte auf. Mr. Contreras, der mich mit besorgtem Blick beobachtete, erklärte mir, ich habe das Richtige getan, solle aber noch mehr unternehmen.

Was, wußte ich allerdings nicht so genau. Eigentlich blieb mir nur übrig, Mary Louise anzurufen. Sie war gerade dabei, einen von Emilys kleineren Brüdern anzuziehen, der sich lautstark dagegen wehrte. Als ihr bewußt wurde, was ich da sagte, beendete sie ihre Versuche mit dem Jungen und schenkte mir ihre ungeteilte Aufmerksamkeit.

»Ich kenne niemanden, der Lemour heißt, aber ich frage mal Terry«, versprach sie mir. »Ich hab' den Bericht heute nacht genau gelesen, bevor ich ihn unterschrieben habe, und da stand drin, daß wir die arme Frau nicht angefahren haben. Daran ist nicht zu rütteln. Also sollte es keine Probleme geben. Ich sage ihnen das auch, wenn sie bei mir auftauchen. Ich muß Nathan noch schnell in den Hort bringen, aber danach rufe ich sofort Terry an.«

Terry Finchley, ihr unmittelbarer Vorgesetzter in den vier letzten Jahren, die sie bei der Polizei verbracht hatte, war mittlerweile der große Star beim Dezernat für Gewaltverbrechen. Und Mary Louise hatte bei ihrem Abschied dafür gesorgt, daß sie ihn auch später noch jederzeit anrufen konnte.

Mary Louise und ich hatten uns sogar bei einigen Fällen kennengelernt, in denen Terry Finchley und ich miteinander zu tun gehabt hatten. Ich habe ihn immer gut leiden können, aber seit die Sache zwischen Conrad und mir aus ist, gibt er sich mir gegenüber ein bißchen zurückhaltend, weil er und Conrad ziemlich eng befreundet sind. Obwohl Conrad sich von mir getrennt hat und nicht umgekehrt, ist Terry der Ansicht, daß ich seinen Freund ziemlich schäbig behandelt habe. Doch er ist ein zu aufrichtiger Mensch, um sich auch Mary Louise gegenüber distanziert zu verhalten, nur weil sie für mich arbeitet.

»Werden Sie den Lieutenant anrufen und sich beschweren?« fragte Mr. Contreras. Damit meinte er Bobby Mallory, den alten Freund meines Vaters.

»Ich glaube nicht.« Bobby würde nämlich eher mich wegen meiner Einmischung in polizeiliche Ermittlungen anblaffen als im Rogers-Park-Revier anzurufen und sich über Lemour zu beschweren. Wahrscheinlich würde er sagen, wenn ich schon unbedingt Räuber und Gendarm spielen wollte, müßte ich auch die Konsequenzen tragen, die das mit sich brachte.

4 Auf der Suche nach einem fahrbaren Untersatz

»Tja, und was wollen Sie jetzt machen, Schätzchen?« fragte Mr. Contreras.

Ich runzelte die Stirn. »Ich möchte rausfinden, wer die Frau auf der Straße ist, denn dann verstehe ich wahrscheinlich auch, warum die Beamten unbedingt einen Schuldigen für den Unfall suchen. Aber als erstes brauche ich einen Wagen. Wer weiß, wie lange es dauern wird, bis der Trans Am wieder einsatzbereit ist, wenn die Polizei ihn sich erst mal vornimmt.«

Ich rief bei meiner Versicherung an, aber die konnte mir auch nicht weiterhelfen. Der Trans Am war zehn Jahre alt; er hatte nur noch Schrottwert. Sie würde mir weder das Abschleppen noch die Reparatur noch einen Leihwagen zahlen. Ich war nicht sonderlich freundlich zu dem Vertreter, aber der erklärte mir nur, eine Versicherung für einen so alten Wagen sei sowieso Unsinn.

Ich knallte den Hörer auf die Gabel. Wieso hatte ich diesem Idioten und der Gesellschaft von Halsabschneidern, die er vertrat, bloß das schöne Geld in den Rachen geworfen? Dann setzte ich mich mit ein paar Leihwagenfirmen in Verbindung und mußte feststellen, daß ich Hunderte, ja vielleicht sogar tausend Dollar für ein Mietauto ausgeben müßte, wenn mein Trans Am ein paar Wochen lang nicht zu gebrauchen wäre.

»Vielleicht sollte ich ein paar tausend Dollar zusammenkratzen und mir einen gebrauchten Wagen kaufen, der noch so gut ist, daß ich ihn verkaufen kann, wenn der Trans Am wieder in Ordnung ist. Oder ein Motorrad, eine Harley zum Beispiel.«

»Keine Harley«, sagte Mr. Contreras. »Carmen Brioni, ein alter Freund von mir – lange vor Ihrer Zeit –, ist immer mit ’ner schönen großen Honda 650 in der Stadt rumgefahren und hat sich eingebildet, daß er noch ’n Teenager ist. Aber irgendwann hat ihn ein Sattelschlepper in der Nähe von Lockport vom Highway gedrängt. Von da an hat er kein Wort mehr gesagt und sieben Jahre lang vor sich hin vegetiert, bis der liebe Gott endlich ein Einsehen gehabt und ihn zu sich genommen hat.«

Gemeinsam sahen wir uns die Anzeigen in der Zeitung an, aber die deprimierten mich nur noch mehr: Alle auch nur einigermaßen straßentauglichen Wagen kosteten drei- bis viertausend Dollar. Und obendrein würde ich noch einen ganzen Tag brauchen, um überhaupt einen aufzutreiben.

»Warum überlassen Sie die Sache mit dem Wagen nicht mir?« fragte Mr. Contreras. »Ich hab’ den meinen damals verkauft, wie ich hierher gezogen bin, weil ich mir die Versicherung und die ganzen anderen Ausgaben dafür von meiner Rente nicht leisten konnte. Deswegen bin ich auch aus meinem alten Viertel weggezogen, als Clara gestorben ist. Die meisten von meinen Freunden haben sowieso nicht mehr in der Stadtmitte gewohnt, weil sie dort zuviel Angst hatten, also war das kein Gesichtspunkt. Und hier war ich nahe genug an der Bahn und konnte zu Fuß einkaufen gehen. Außerdem habe ich so keine Probleme mit der Parkerei. Aber ich weiß immer noch, wie ein guter Motor klingen muß. Was stellen Sie sich denn vor?«

»Einen Jaguar XJ-12«, sagte ich, ohne zu zögern. »Hier steht einer für grade mal sechsunddreißigtausend. Ein Kabrio, noch mit der alten Karosserie, bevor die Leute von Ford dran rumgefuhrwerkt haben.«

»Ist aber nicht sonderlich praktisch. So ein Jaguar hat nämlich so gut wie keinen Rücksitz. Und wo sollen dann die Hunde hin?« Er brachte mich zum Lachen, und das freute ihn so, daß er strahlte.

»Ja, genau, die Hunde«, sagte ich. »Tja, dann werde ich mir wohl eine ziemlich alte Kiste zulegen müssen. Es sei denn, ich trenne mich ganz von dem Trans Am. Aber ich kaufe nur was, wenn das wirklich eine vernünftige Alternative zum Mieten ist.«

Er ließ seinen schmutzigen Finger über die Seite gleiten und murmelte dabei mit glänzenden Augen leise die Texte vor sich hin.

Zwar hat er seine eigenen Freunde und kümmert sich um den kleinen Garten in unserem winzigen Hinterhof, aber trotzdem ist ihm sein Leben zu langweilig – deshalb mischt er sich auch immer wieder in meine Angelegenheiten ein.

Während Mr. Contreras die Anzeigen durchging, überflog ich die Nachrichten, um zu sehen, ob dort schon etwas über die Frau auf der Straße stand. Ich fand einen kleinen Artikel über Commonwealth Edisons Unfähigkeit, die Stadt ausreichend mit Strom zu versorgen, und einen über Feuersbrünste in Florida, doch den größten Raum der Titelseite nahm ein Bericht über das Fernsehdebüt von Global ein.

Murray beschrieb darin sein Interview mit Lacey Dowell. Zum erstenmal seit zehn Monaten war wieder etwas von ihm auf der Titelseite zu lesen, und zum erstenmal seit drei Monaten überhaupt wieder in der Zeitung. »Tja, offenbar hast du dir bis jetzt einfach die falschen Storys ausgesucht, Murray«, murmelte ich. Zuerst pushte die Zeitung vier Tage lang den neuen Fernsehsender von Global, dann hatte besagter Sender sein Debüt, und schließlich beschrieben sie noch in der Zeitung, was schon im Fernsehen zu sehen gewesen war. Ein hübsches Paket, ja, aber waren das auch Neuigkeiten?

Sogar Regine Maugers Kolumne war an eine deutlich sichtbare Stelle gerückt, weil sie sich darin mit der Global-Story beschäftigte. *Teddy Trant strahlte gestern abend,* gurrte sie, *und zwar nicht nur des sanften Lichts aus Sal Bartheles Tiffany-Lampen wegen. Flankiert von Jean-Claude Poilevy, dem Speaker von Illinois House, und Lacey Dowell hat er allen Grund, sich über den Eindruck zu freuen, den er in Chicago macht.*

Dann beschrieb Regine die anderen Gäste, unter ihnen auch Mitglieder der Illinois Commerce Commission, den Bürgermeister und seine Frau, die ich in der Menge der Leute überhaupt nicht gesehen hatte, sowie natürlich die Mitarbeiter der Chicagoer Fernsehstudios, die ziemlich eingeschnappt reagieren, wenn man sie nicht wahrnimmt.

> Murray Ryerson, der sein Markenzeichen, den roten Bart, eigens für diesen Anlaß abrasierte, gab sich vor der Kamera von Anfang an, als hätte er nie etwas anderes gemacht. Seine Begleiterin an jenem Abend war Alexandra Fisher von Global, die atemberaubend aussah in ihrem Abendensemble von Armani. Aber von dem tiefen Ausschnitt sollte man sich nicht täuschen lassen: Wenn sie wieder in ihre Bürokleidung schlüpft, kann sie sich mit den härtesten Männern messen.
>
> Natürlich ergeben sich bei solchen Anlässen auch immer Probleme. Wir haben gehört, daß Lucian Frenada, der aus dem Viertel stammt, in dem Lacey seinerzeit aufgewachsen ist, sich in der Hoffnung, Lacey an eine alte Romanze zu erinnern, eine Einladung erschlichen hat. Officer Mooney von der Chicagoer Polizei konnte ihn hinauskomplimentieren, bevor er Zeit hatte, eine große Szene zu machen.

Lacey wollte sich nicht dazu äußern, doch Alex Fisher meinte, die Schauspielerin mache sich Gedanken wegen des Mißverständnisses. Andere Anwesende wie zum Beispiel die Chicagoer Pivatdetektivin V. I. Warshawski, die früher mal mit Ryerson zusammen war, machten sich offensichtlich Hoffnungen, ein paar Brosamen von einem der üppigsten Tische seit Jahren zu ergattern.

Der letzte Satz ließ mich so abrupt von meinem Stuhl aufspringen, daß Peppy erschreckt bellte. Dieses verdammte, mindestens fünfzigmal geliftete Klappergestell war also ganz schön angefressen gewesen, weil ich ihr auf die Chanel-Hose gestiegen war. Ich wollte Brosamen von den Hollywoodstars ergattern? Und ich sehnte mich immer noch nach Murray? Ich wußte nicht, welche dieser Andeutungen mich mehr verärgerte.

Ja, ich hatte tatsächlich einmal etwas mit Murray gehabt, aber das war so lange her, daß nicht mal mehr ein Archäologe Spuren von der Sache gefunden hätte. Ich hatte damals schon sehr bald gemerkt, daß es ein Riesenfehler gewesen war, mit jemandem ins Bett zu gehen, der so auf Konkurrenzkampf aus war wie Murray. Wer hatte sich überhaupt die Mühe gemacht, Regine Mauger von der Geschichte zu erzählen? Murray selbst vielleicht, weil er verletzt darüber war, daß ich nicht begeistert genug auf sein Fernsehdebüt reagiert hatte? »Der schwirrt um die Kamera wie Fliegen um den Scheißhaufen«, sagte ich erbost.

Der Artikel erinnerte mich daran, daß Alexandra Fisher gesagt hatte, sie habe zusammen mit mir Jura studiert. Während Mr. Contreras sich weiter intensiv mit den Anzeigen beschäftigte, ging ich zu dem Schrank im Flur und holte den großen Koffer heraus, in dem ich alle möglichen Erinnerungen an meine Vergangenheit aufbewahre. Ganz obenauf lag, eingewickelt in eine Baumwollhülle, das Konzertgewand meiner Mutter. Ich konnte der Versuchung nicht widerstehen, die Hülle zurückzuschlagen und die Finger über die Silberspitze und die schwarze Seide gleiten zu lassen. Der Stoff brachte sie so greifbar zu mir zurück, als halte sie sich im Nachbarzimmer auf. Sie hatte immer gewollt, daß ich unabhängig leben konnte und nicht die Kompromisse machen mußte, die sie der Sicherheit wegen eingegangen war. Als ich ihr Kleid in meiner Hand spürte, wünschte ich sie mir zurück, wünschte mir, daß sie mich vor den großen und kleinen Schlägen des Lebens beschützte.

Doch dann legte ich das Kleid entschlossen beiseite und wühlte in dem Koffer herum, bis ich das Verzeichnis der Jura-Studenten fand. Wir hatten einen Michael Fisher gehabt und einen Claud, aber keine Alexandra. Ich wollte das Heft gerade zuklappen, als mein Blick auf den Namen über dem von Claud fiel: Sandra Fishbein.

Auf dem Foto war ein trotziges Gesicht mit breitem Mund und dichten wilden Locken zu sehen. Sie war die Zweitbeste in unserem Kurs gewesen und als Aufmischerin verschrien. Jetzt fiel mir wieder ein, daß sie mich damals ziemlich angeblafft hatte, weil ich mich nicht an ihrem Sit-in für die Einrichtung von Damentoiletten beteiligt hatte.

Du bist aus der Arbeiterschicht, hatte sie mir nicht zum erstenmal gesagt, *gerade du solltest dir nicht von der herrschenden Klasse auf den Zehen rumtrampeln lassen.* Ich erinnerte mich ganz genau: Sie stammte aus einer Familie, in der die Kinder zum High-School-Abschluß eine Europareise geschenkt bekamen. Die Tatsache, daß ich, vielleicht als einzige des Kurses, aus der Arbeiterschicht kam, gab ihr offenbar das Gefühl, meine Unterstützung oder meine Billigung oder meine Hochachtung zu brauchen – was genau, habe ich nie herausgefunden.

Es ist deine herrschende Klasse, und es sind deine Zehen, hatte ich damals geantwortet, und das hatte sie nur noch wütender gemacht. *Wenn du kein Teil der Lösung sein willst, bist du ein Teil des Problems,* hatte sie mich angeherrscht. Ach, die altbewährte, abgedroschene Rhetorik. Sie hatte mir zu meinem Entschluß, als Pflichtverteidigerin zu arbeiten, gratuliert und war selbst in den Mitarbeiterstab eines schnieken Richters gegangen.

Ja, ja. Und am Ende war unsere kleine Radikale in Hollywood gelandet, hatte sich die wilde Mähne stutzen lassen, ihren Namen geändert und ihr politisches Bewußtsein amputiert. Kein Wunder, daß sie mich im Golden Glow so herausfordernd angestarrt hatte.

Ich legte das Verzeichnis weg. Als ich Jura studierte, litt mein Vater unter einem Emphysem, und seine Krankheit beeinflußte damals alle meine Entscheidungen, angefangen bei der zu heiraten, um so vielleicht noch ein Enkelkind in die Welt zu setzen, bevor er starb, bis zu der, mich von der Hochschulpolitik abzuwenden. Ich hatte mich seinerzeit für die Tätigkeit als Pflichtverteidigerin entschieden, um in Chicago und in seiner Nähe bleiben zu können. Er war zwei Jahre später gestorben. Meine Ehe hatte auch nicht viel länger gehalten. Und ein Kind hatte ich nie gehabt.

Die Hunde liefen rastlos hin und her, ein sicheres Zeichen dafür, daß sie unbedingt raus mußten. Ich legte das Seidenkleid sorgfältig wieder zusammen und schob den Koffer in den Schrank zurück. Dann versprach ich den Hunden, mit ihnen spazierenzugehen, sobald ich einen Blick in mein elektronisches Notizbuch geworfen hätte. Um ein Uhr sollte ich mich mit einem meiner wenigen wichtigen Klienten treffen – wichtig hieß soviel wie hoher Vorschuß, gute Rechnung, prompte Bezahlung. Doch wegen der Verzögerung, die ich Lemour und seinem Kollegen zu verdanken hatte, war es mittlerweile schon nach elf. Ich hatte also kaum noch Zeit, mit den Hunden zu gehen und etwas zu essen. Da sich in meinem Kühlschrank abgesehen von dem alten Brot ohnehin nur eine Orange befand, beschloß ich, die Hunde an die Leine zu nehmen und zusammen mit ihnen etwas zu essen zu holen.

Über Nacht war aus dem kühlen Frühlingswetter die drückende Schwüle des Sommers geworden. In der Nähe meines Wohnhauses gibt es keine Parks, und ich konnte den Hunden nicht zumuten, in dieser Luft fünf Kilometer zum Park und wieder zurück zu laufen. Als wir am Lebensmittelladen ankamen, hatte sogar Mitch aufgehört, an der Leine zu zerren, und freute sich darüber, sich im Schatten des Gebäudes ausruhen zu können. Ich holte eine Trinkschale für die Hunde aus meinem Rucksack und kaufte eine Flasche Wasser für sie, bevor ich mich um mein eigenes Essen kümmerte und mir schließlich noch einen Cappuccino in dem kleinen Stehcafé auf der anderen Straßenseite gönnte.

Während wir gemächlich wieder nach Hause trotteten, dachte ich über die Frau auf der Straße nach. In der Dunkelheit hatte ich nicht so genau beurteilen können, was mit ihr passiert war, aber der Oberarmknochen, der aus ihrem Fleisch herausragte wie ein Stock aus einem Sumpf, deutete auf Gewalteinwirkung hin. Der größere der beiden Beamten hatte gesagt, daß man sie ins Beth Israel bringen würde. Das kam mir ziemlich gelegen, weil Max Loewenthal, der Leiter des Krankenhauses, mit einer meiner besten Freundinnen liiert war.

Als wir an der Racine Avenue um die Kurve bogen, verlangsamte ein brauner Chevy mit allen möglichen Antennen neben den Hunden und mir. Detective Lemour kurbelte sein Fenster herunter und rief »Warshki!«. Ich schenkte ihm keine Beachtung.

Da schaltete er seinen Lautsprecher ein und teilte der ganzen Nachbarschaft mit, daß ich die Hunde lieber nicht von der Leine lassen solle. »Sie halten sich wohl für besonders schlau mit Ihren Freunden im Revier, Warshki, aber ich rücke Ihnen nicht von der Pelle, das werden Sie schon noch sehen. Sobald Sie irgendwo ein Stoppschild nicht beachten, bin ich da, also passen Sie mal lieber auf, was Sie machen.«

Eine Frau mit einem kleinen Kind an der Hand sah zuerst mich an und dann den Polizeiwagen, und zwei Jungen starrten mit offenem Mund von der anderen Straßenseite herüber. Ich blieb stehen und warf Lemour eine Kußhand zu. Er wurde vor Zorn ganz rot, doch sein Kollege versuchte, ihn zu beruhigen. Schließlich fuhr er mit quietschenden Reifen an.

Warum bloß interessierten sich die Beamten so sehr für die Frau von der Straße? Vielleicht war ja nur Lemour so ehrgeizig, aber seine Drohung machte mich fast so nervös, wie er es vermutlich beabsichtigt hatte. Ich zog die Hunde die Racine Avenue entlang zu meinem Haus. Allmählich hatte ich das Gefühl, daß meine Entscheidung, den Trans Am von einem unabhängigen Labor begutachten zu lassen, eine ziemlich gute Idee gewesen war.

Mr. Contreras hatte mir einen Zettel in seiner ausladenden, krakeligen Schrift hinterlassen, auf dem stand, er sei unten in seiner eigenen Wohnung, um ein paar Anrufe wegen der Anzeigen zu erledigen. Ob ich ihm die Hunde vorbeibringen würde, bevor ich in die Stadt fuhr? Ich duschte noch einmal, weil ich völlig verschwitzt war, und rief dann in Max Loewenthals Büro an, während ich mich abtrocknete.

Max war in einer Besprechung, was mich nicht wunderte. Zum Glück war seine Sekretärin nicht in die Mittagspause gegangen und tat mir den Gefallen, die Unterlagen nach einer unbekannten Verletzten durchzugehen. Ich gab ihr meine Handynummer für den Fall, daß sie etwas herausfand, und zog mich in neuer Rekordzeit an: sandfarbener Hosenanzug, schwarzes Top, dazu silberne Ohrringe. Ein bißchen Make-up konnte ich noch in der Hochbahn auflegen.

Ich hatte keine Zeit mehr fürs Frühstück, also nahm ich einen von den Äpfeln, die ich gerade gekauft hatte, stopfte meine Pumps in meine Aktentasche und rannte mit den Hunden nach unten. Mr. Contreras gab mir einen Zwischenbericht, obwohl ich ihm erklärte, daß ich in Eile sei und zu Darraugh Graham müsse.

»Tja, dann gehen Sie mal lieber, Schätzchen«, sagte Mr. Contreras, folgte mir zum Flur und sah mir von der Wohnungstür aus nach. »'nen Kunden, der seine Rechnungen pünktlich zahlt, darf man nicht warten lassen. Ich hab' die Fühler ausgestreckt nach 'nem Buick Century mit hundertfünfzigtausend Kilometern und 'nem Dodge mit ein bißchen weniger aufm Buckel, aber wahrscheinlich mit mehr Rost. Wann kommen Sie wieder zurück? Soll ich mir die Autos ohne Sie anschauen, oder was?«

»Genau, Mr. C. Suchen Sie sich den Wagen Ihrer Träume aus, dann fahre ich mit Ihnen in der neuen Kiste zum Essen ins Berghoff.«

Die Hunde waren davon überzeugt, daß ich vorhatte, zum See zu gehen, und versuchten, mich zu begleiten, aber ich machte ihnen die Tür vor der Nase zu. Der Weg zur Hochbahn brachte mich wieder ins Schwitzen. Die zweite Dusche hätte ich mir sparen und dafür etwas frühstücken können.

Ich betrat den Bahnsteig der Red Line in südlicher Richtung. Die Red Line. Ein paar Jahre zuvor hatte die Stadtverwaltung die Züge mit einem Farbcode versehen. Früher hatte man sich an den Schildern orientiert, die die Endhaltestelle angaben, doch plötzlich war aus der Howard Line, mit der ich mein ganzes Leben lang gefahren war, die Red Line geworden, und aus der O'Hare Line wurde die blaue. Plötzlich wirkte Chicago nicht mehr wie eine Großstadt, sondern wie ein Provinznest. Und was war, wenn man farbenblind war? Woher sollte man dann wissen, ob man sich in der Brown oder der Orange Line befand? Um die Sache noch schlimmer zu machen, hatte die Verwaltung Fahrkartenautomaten installiert. Jetzt mußte man eine Rückfahrkarte kaufen, auch wenn man nur eine einfache brauchte; die Automaten gaben kein Wechselgeld, und es standen nirgendwo Menschen, die einem halfen, wenn man aus Versehen den falschen Bahnsteig erwischte.

Und noch eins: Wenn der Zug dann schließlich eintraf, funktionierte die Klimaanlage nicht. Ich ließ mich auf einen Sitzplatz sinken, zu verschwitzt, um einen weiteren Gedanken aufs Make-up zu verschwenden. Meinen Blazer legte ich ordentlich auf meinen Schoß und versuchte, die fünfzehnminütige Fahrt absolut bewegungslos dazusitzen. Ich fuhr gerade an der Randolph Street die Rolltreppe hoch, als Cynthia Dowling mich aus Max Loewenthals Büro anrief. »Vic, ich fürchte, ich habe schlechte Nachrichten. Die Frau ist im OP gestorben.«

5 Die Probleme anderer Leute

Der diensthabende Arzt war Dr. Szymczyk gewesen. Die Frau auf der Straße hatte nicht nur einen gebrochenen Arm und schwere Quetschungen an beiden Beinen gehabt, und so war es gar nicht so leicht gewesen, die Todesursache auszumachen. Nach einem Blick auf die Röntgenaufnahmen allerdings war Dr. Szymczyk zu dem Schluß gekommen, daß die Unterleibsverletzungen die schwerwiegendsten gewesen waren.

Cynthia las mir den Befund des Arztes vor: *Die Patientin litt unter fortgeschrittener Bauchfellentzündung; der gesamte Bauchraum war mit Kot gefüllt. Es war zu spät, ihr noch zu helfen. Der Zwölffingerdarm war gerissen, wahrscheinlich bereits, bevor der Arm brach, denn der Bruch sah ziemlich frisch aus. Die Gerichtsmedizin wird klären müssen, wann und wie der Frau die Verletzungen zugefügt wurden.* »War es das, was Sie hören wollten, Vic?«

Arme Frau, dachte ich, was für ein schreckliches Ende. »Sie haben nichts gefunden, was zu ihrer Identifizierung beitragen könnte? Wissen Sie, wann sie in die Gerichtsmedizin geschickt wurde?«

»Augenblick... ja, hier steht's. Dr. Szymczyk hat den Zeitpunkt des Todes für sieben Uhr zweiundfünfzig eingetragen. Dann wurde die Polizei gerufen, und die Frau wurde um halb elf ins Leichenschauhaus gebracht.«

Ich blieb mitten auf dem Gehsteig stehen. Ein paar Jahre zuvor hatte ich mir geschworen, mich nicht mehr in anderer Leute Angelegenheiten einzumischen, weil mir das ohnehin niemand dankte oder zahlte. Und ich hatte keine Lust, diesen Schwur jetzt zu brechen.

Eine Frau, die in Richtung State Street eilte, stieß mit mir zusammen, so daß die Handyverbindung unterbrochen wurde. »Bloß, weil Sie ein Handy haben, gehört Ihnen noch nicht die ganze Straße!« rief sie mir über die Schulter zu.

Aggression auf dem Gehsteig, das war wohl die neueste Form der städtischen Unhöflichkeit. Ich steckte das Telefon in meine Aktentasche und ging in das Gebäude der Firma Continental United. Die gewölbten Glaswände reflektierten die anderen Häuser; drinnen herrschte arktische Effizienz. Der Schweiß in meinem Nacken und unter meinen Achseln trocknete sofort. Vor Kälte zitternd fuhr ich mit dem Aufzug nach oben.

Während einer Besprechung, in der es um die Einstellung eines neuen Leiters der Papierabteilung sowie um die Kontrolle von Lieferwagen aus dem Werk in Eustace, Georgia, ging, dachte ich darüber nach, welche Offenbarungen das Fasten dem Menschen brachte. Seit den Snacks auf dem Fest vom Vorabend war der Apfel, den ich mir auf dem Weg nach draußen geschnappt hatte, das einzige gewesen, was ich gegessen hatte. Von wegen erhöhte Wahrnehmung! Ich mußte die ganze Zeit ans Essen denken. Allerdings versuchte ich, interessiert und freundlich zu wirken, und hoffte, daß das allgemeine Gemurmel meinen knurrenden Magen übertönte. Zum Glück hatte ich schon so viele ähnliche Besprechungen hinter mir, daß es mir nicht schwerfiel, hin und wieder eine intelligente Zwischenfrage zu stellen, über die müden Scherze des stellvertretenden Leiters der Personalabteilung zu lachen und schließlich zu versprechen, daß ich die Nachforschungen innerhalb von drei Tagen zu einem Ergebnis bringen würde, vorausgesetzt, ich müßte nicht nach Georgia.

Als die Konferenz um vier zu Ende war, lief ich im Flur Darraugh Graham höchstpersönlich über den Weg. Die Höflichkeit, aber auch die Tatsache, daß ich weitere Aufträge von ihm brauchte, zwangen mich dazu, mich mit ihm über seinen Sohn, über die politische Situation in Italien, wo er ein großes Werk besaß, und über den Auftrag zu unterhalten, den ich soeben bekommen hatte. Ich konnte mich glücklich schätzen, daß Darraugh weiterhin mir treu blieb und nicht einen meiner großen Konkurrenten wie Carnifice beauftragte. Natürlich stellte Carnifice die Sicherheitskräfte, die Continental United zum Schutz der Geldtransporte brauchte. Soweit ich weiß, hat sich das Unternehmen auch um den Personenschutz gekümmert, als Darraugh vergangenen Winter in Argentinien war. Aber er verschafft mir immer noch eine ordentliche Menge Arbeit, für die mehr Kombinationsgabe als Muskelmasse nötig ist – da bin ich es ihm schuldig, mir seine privaten Probleme anzuhören.

Er legte mir kurz die Hand auf die Schulter und schenkte mir zum Abschied ein kurzes Lächeln. Daraufhin hastete ich zum Aufzug und stürzte mich unten im Eingangsbereich sofort auf den Stand, wo es gefrorenen Joghurt zu kaufen gab, Schokolade und Vanille mit Nüssen, Früchten und kleinen Waffelstückchen. Frühstück und Mittagessen in einem riesigen Becher. Ich setzte mich auf einen der spindeligen Stühle, um meine Pumps aus- und meine Laufschuhe anzuziehen. Man kann mich mit kleinen Dingen glücklich machen: Ein bißchen Essen und Behaglichkeit reichen im Regelfalle schon.

Nachdem ich genug gegessen hatte, um meinen Blutzuckerspiegel auf Vordermann zu bringen, rief ich Luke an und fragte ihn nach meinem Wagen. Meine gute Laune verflog auf der Stelle: Seiner Schätzung nach würden sich die Reparaturkosten auf zweitausendneunhundert Dollar belaufen.

»Freddie hat ihn für dich zu Cheviot geschleppt und ihn sich angesehen, wie er ihn da abgeladen hat. Die Vorderachse und der Kühlergrill sind verbogen, und wie Freddie hingekommen ist, hatten sich die Leute aus der Gegend schon die Batterie, das Radio und ein paar Reifen gekrallt. Und bevor du zu jammern anfängst: 'ne große Werkstatt würde dir mindestens 'nen Tausender mehr abknöpfen.«

Ich sank auf den Stuhl zurück. »Ich hab' überhaupt nicht gejammert. Das Geräusch, das du eben gehört hast, waren meine letzten Kröten, die soeben gurgelnd im Golf von Mexiko verschwunden sind. Hast du in dieser Schätzung schon eingerechnet, daß ich dir damals geholfen habe, die Gangster von deinem Hof zu vertreiben?«

»Du hast nichts getan, was ich nicht selber hätte machen können, Warshawski, aber ich weiß, daß du den Wagen nie im Leben reparieren könntest.«

Ich verkniff mir eine bissige Bemerkung. »Und was ist mit den Leuten von Cheviot? Was sagen die über den Wagen?«

»Die werden dir frühestens morgen nachmittag Bescheid geben können. Ich habe hier einen Zettel von Rieff, der arbeitet bei Cheviot. Er sagt, sie brauchen den Obduktionsbericht über das Unfallopfer und am besten auch noch die Kleidung, die die Frau zum Zeitpunkt des Unfalls anhatte. Das wird dich noch mal mindestens 'nen Tausender kosten. Ich werde mit den Reparaturen natürlich erst anfangen, wenn die fertig sind und du mir grünes Licht gegeben hast. Aber weißt du was, Warshawski? Weil du mir damals mit den Gangstern geholfen hast, berechne ich dir das Abschleppen nicht.«

»Luke, du bist die Großzügigkeit in Person.«

Die Ironie hätte ich mir sparen können. »Eine Hand wäscht die andere.«

Ich drückte auf den Aus-Knopf, bevor ich wütend werden konnte. Ich hatte drei Nächte vor seiner Werkstatt verbracht, eine Gruppe von Teenagern erwischt, die Jungs so erschreckt, daß sie sich nicht mehr trauten wiederzukommen, und Luke schließlich in der Hoffnung, irgendwann einmal eine verbilligte Reparatur von ihm zu bekommen, einen ordentlichen Nachlaß gegeben.

Zweitausendneunhundert Dollar Reparaturkosten plus einen weiteren Tausender für die Begutachtung bei Cheviot. Und noch mal ein- oder zweitausend für einen Ersatzwagen? Vielleicht war es besser, wenn ich mir wochenweise ein Auto mietete. Natürlich konnte ich auch den Trans Am zum Schrottwert verkaufen und mir einen besseren Gebrauchtwagen leisten als die, mit denen Mr. Contreras sich gerade beschäftigte, aber ich liebte meinen kleinen Sportflitzer einfach.

Frustriert schlug ich mit der Faust auf den Tisch. Warum nur bekam ich die Sache mit dem Geld nie in den Griff? Schließlich arbeite ich hart und kümmere mich ordentlich um meine Klienten. Jetzt bin ich über vierzig und muß am Monatsende immer noch jeden Cent umdrehen. Angewidert betrachtete ich die geschmolzenen Joghurtreste in dem Becher. Durchweichte Waffel- und Fruchtstückchen schwammen in einer beigefarbenen Sauce. Das Ganze sah aus wie die künstlerische Darstellung meines Lebens. Ich stopfte den Becher in einen überquellenden Abfalleimer neben der Tür und ging hinaus, um mit der Blue Line zu meinem Büro zurückzufahren.

Da gerade Rush-hour war, kam fast sofort ein Zug, sogar einer von den neuen, schnellen mit funktionierender Klimaanlage. Zwar war das kein Ausgleich für alles, was an diesem Tag schon schiefgegangen war, aber es tat trotzdem gut. Schon zehn Minuten später war ich an der Damen Avenue und wieder draußen in der feuchten Hitze.

Ich sah, daß ein neues Café eröffnet hatte, und blieb stehen, um mir einen Espresso zu gönnen und mir ein *Streetwise*-Heft von Elton zu kaufen, der diese Kreuzung bediente. Seit ich mein Büro in der Gegend hatte, waren wir uns soweit nähergekommen, daß wir uns grüßten und uns gegenseitig fragten, wie es so ging.

Als ich das Büro zwei Jahre zuvor nach Bucktown verlegt hatte, war das einzige Flüssige, das man in der Gegend glasweise bekommen konnte, ein Bier und ein Schnaps. Inzwischen machen die Kneipen und Handleser von Humboldt Park Cafés und Fitneßstudios Platz, weil immer mehr Angehörige der Generation X dorthin ziehen. Das kann ich ihnen nicht verdenken; schließlich hatte ich damals als eine der ersten den Impuls zu der Sanierungswelle gegeben.

Das Gebäude im Loop, in dem mein Büro seit den Anfängen untergebracht gewesen war, war vor über einem Jahr der Abrißbirne zum Opfer gefallen, die nicht nur Mosaikböden und Messingaufzugtüren mit Ornamenten, sondern auch die kaum je funktionierenden Toiletten und elektrischen Leitungen zerstört hatte, welche dafür sorgten, daß die Miete erschwinglich blieb. Nach dem Ende des Pulteney-Gebäudes hatte ich in der Stadtmitte nichts mehr finden können, was meinen preislichen Vorstellungen auch nur annähernd entsprochen hätte. Eine Bildhauerfreundin hatte mich daraufhin überredet, mit ihr zusammen Raum in einem umgewandelten Lagerhaus in der Leavitt Street gleich Ecke North und Damen Avenue zu mieten. Ich hatte den Vertrag unterzeichnet, bevor die Gegend in wurde, und war ausnahmsweise einmal schlau genug gewesen, mir die Bedingungen für sieben Jahre zu sichern.

Die Stadtmitte fehlt mir, denn dort habe ich beruflich meist zu tun, aber mit der Hochbahn oder dem Wagen brauche ich bloß zehn Minuten dorthin. Immerhin hat das Lagerhaus einen Parkplatz, den ich meinen Klienten zuvor nicht bieten konnte. Und viele von den Nachforschungen, die ich früher zu Fuß erledigen mußte – von der Autozulassung über die Sozialversicherung bis zum Grundbuchamt –, mache ich nun übers Internet. Nur am Telefon melde ich mich immer noch persönlich, denn Menschen, die Probleme haben, unterhalten sich nicht gern mit dem Anrufbeantworter.

Als ich im Büro ankam, zeigte ich dem Futon hinter meinem Fotokopierer die kalte Schulter und fuhr den Computer hoch. Dann ging ich ins Internet, loggte mich bei LifeStory ein und gab Namen und Sozialversicherungsnummer des Mannes ein, dem Darraugh die Leitung seiner Papierabteilung übertragen wollte.

Die meisten Privatdetektive nutzen einen Dienst wie LifeStory. Daten, die die meisten Normalsterblichen für vertraulich halten – das Einkommen zum Beispiel oder die Steuer oder die Ausbildungsbeihilfe oder die Kredite oder die Geschwindigkeitsübertretungen mit dem Auto –, sind für Leute wie mich zugänglich. Theoretisch muß man etwas über die betreffende Person wissen, ihre Sozialversicherungsnummer beispielsweise oder den Mädchennamen der Mutter, um an diese Informationen zu kommen, aber auch das läßt sich ganz leicht umgehen. Als ich mir vor zwei Jahren einen Internetanschluß besorgt hatte, war ich schockiert gewesen, wie einfach es ist, an geschützte Daten heranzukommen. Jedesmal, wenn ich mich bei LifeStory einlogge, zuckte ich erneut erschreckt zurück, aber natürlich bleibe ich weiterhin Mitglied.

Der Text auf dem Bildschirm fragte mich, wie detailliert ich Bescheid wissen wolle. Ich klickte die Sparte »Ausführliche Information« an und erhielt die Auskunft, daß ich achtundvierzig Stunden auf den Bericht warten müsse – es sei denn, ich sei bereit, zusätzliche Gebühren zu zahlen. Ich entschied mich für den langsameren, billigeren Weg und lehnte mich auf meinem Stuhl zurück, um meine Aufzeichnungen durchzugehen. Der Rest der Arbeit konnte bis morgen warten, wenn ich – hoffentlich – wieder ein bißchen fitter wäre. Dann hörte ich den Anrufbeantworter ab und rief im Leichenschauhaus an.

Dr. Bryant Vishnikov, der dortige Gerichtsmediziner und der einzige Pathologe, den ich persönlich kenne, war bereits mittags nach Hause gegangen. Als ich dem Mann am Telefon erklärte, daß ich Privatdetektivin sei, für Max Loewenthal vom Beth Israel arbeite und etwas über die Frau erfahren wolle, die am Vormittag zu ihnen geschickt worden sei, versuchte der Mann, mich auf den folgenden Morgen zu vertrösten, wenn Vishnikov wieder da wäre.

Ich hörte den Fernseher, der so laut im Hintergrund lief,

daß ich die Kommentare von Chip Caray über das Spiel der Cubs verstehen konnte. Es ist erstaunlich, wie wenig wirkliche Informationen Sportreporter über das laufende Spiel geben. Ich konnte nicht mal beurteilen, wer am Schlag war.

»Die Cubs sind morgen auch noch da und Sie vielleicht auch, aber ich kann nicht so lange warten«, erklärte ich dem Mann vom Leichenschauhaus.

Er seufzte laut und vernehmlich und rückte mit seinem Stuhl zurück.

»Sie haben die Obduktion noch nicht gemacht«, sagte er, nachdem er mich vier Minuten hatte warten lassen. »Sie ist so spät reingekommen, daß der Doc nicht mehr anfangen konnte, und offenbar wollte er das selber machen.«

»Ist sie inzwischen identifiziert?«

»Ja, sieht fast so aus.«

Er ließ es mich deutlich spüren, daß ich ihn beim Fernsehen gestört hatte. »Und – wie heißt sie?«

»Nicola Aguinaldo.«

Er sprach den Namen so undeutlich aus, daß ich ihn bitten mußte, ihn zu buchstabieren. Dann schwieg er wieder.

»Verstehe«, sagte ich. »Aber ist sie so berühmt, daß ich den Namen kennen sollte?«

»Ach, ich dachte, Sie sind so scharf auf Informationen, weil die Frau aus dem Gefängnis abgehauen ist und so.«

Ich schnappte erstaunt nach Luft. »Ich weiß ja, daß es ganz schön unangenehm ist, was für sein Geld zu tun, aber könnten Sie mir bitte sagen, welche Informationen Sie sonst noch haben?«

»Nun regen Sie sich mal nicht auf«, brummte er. »Ich hab' hier noch vier Leute, die sich gern ihre verstorbenen Anverwandten anschauen würden.«

»Sobald Sie mir gesagt haben, wie lange Nicola Aguinaldo schon auf der Flucht war, können Sie die Öffentlichkeit wieder mit Ihrem Charme beglücken.«

Er las mir die Einzelheiten ziemlich schnell und mit monotoner Stimme vor. Dann legte er auf. Nicola Aguinaldo war am Sonntag morgen bei Schichtwechsel aus einem Krankenhaus in Coolis, Illinois, geflohen. Die Frauenhaftanstalt hatte sie zur Behandlung einer angeblichen Eierstockzyste dorthin gebracht, und Nicola Aguinaldo hatte sich mit dem Wäschelaster aus dem Staub gemacht. In den folgenden achtundvierzig Stunden war sie zur North Side von Chicago zurückgekehrt, ihrem Mörder über den Weg gelaufen und gestorben.

6 Signor Ferragamo, vermute ich

Der Mann vom Leichenschauhaus hatte mir Nicola Aguinaldos letzte bekannte Adresse nicht genannt, aber vielleicht stand die gar nicht in dem Bericht. Ich sah ins Telefonbuch, doch niemand dieses Namens wohnte in der Gegend, in der Mary Louise und ich die Frau gefunden hatten – wenn sie sich mit einem Zuhälter oder Dealer in die Haare geraten war, konnte sie gut und gerne weit, weit weg von zu Hause gelandet sein. Obwohl jemand, der aus dem Gefängnis ausbricht, sich normalerweise auf den Weg zu seinen Verwandten macht.

Ich nagte an meinem Stift herum, während ich über diese Frage nachdachte, und wandte mich dann wieder dem Computer zu. Die gängige Software kannte keine Frau namens Aguinaldo, also würde ich sie mit Hilfe der Arrest- und Verhandlungsberichte finden müssen, und an die ist gar nicht so leicht heranzukommen. Da ich keinen direkten Zugang zum AFIS-System habe, bedeutete das, daß ich alle Verhandlungsberichte einen nach dem anderen durchgehen mußte, ohne irgendeinen Hinweis auf das Datum der Festnahme zu haben. Das konnte sogar mit dem Computer ein paar Wochen dauern. Ich rief Mary Louise an.

»Vic! Ich wollte dich nach dem Essen anrufen, wenn hier nicht soviel los ist, aber so ist es auch gut. Du mußt nur einen Augenblick warten, bis ich den Jungs die Pizza gegeben habe.«

Ich hörte, wie Josh und Nathan sich im Hintergrund darüber stritten, wer dran war mit der Auswahl des Videos, und dann Emily, die ihnen mit tiefster Teenager-Verachtung erklärte, wie dumm sie waren, wenn sie sich dieses doofe, langweilige Tape mit den Space Berets noch einmal anschauen wollten. »Und ich will keine Pizza, Mary Louise, die macht zu dick.«

»Lacey Dowell ißt wahrscheinlich nie Pizza«, brüllte Josh.

»Nein, die trinkt das Blut von widerlichen kleinen Jungs.«

Mary Louise rief Emily zu, sie solle den Hörer auf die Gabel legen, sobald sie am Apparat im Schlafzimmer sei. Kurz darauf war die Kabbelei im Hintergrund nicht mehr zu hören.

»Ich weiß nicht, was ich mir dabei gedacht habe, drei Pflegekinder bei mir aufzunehmen«, sagte Mary Louise. »Obwohl Fabian mir genug Geld für eine gute Haushaltshilfe gibt, ist die Sache gnadenlos. Vielleicht sollte ich mich von Jura auf Sozialarbeit verlegen und Teenagern erklären, wie furchtbar es ist, Kinder allein aufziehen zu müssen.

Aber nun zum eigentlichen Thema: Über Lemour kann ich dir nichts Erfreuliches berichten. Terry sagt, er hat sogar bei seinen Kollegen einen schlechten Ruf. Im Lauf der Jahre hat es ungefähr ein Dutzend Beschwerden gegen ihn gegeben, weil er zu brutal vorgegangen ist. Aber noch schlimmer ist, daß das Rogers-Park-Revier den Bericht verloren hat. Terry hat nachgefragt, woher sie wußten, daß sie zu dir kommen müssen, wenn sie den Bericht nicht hatten, aber darauf wußten sie auch keine überzeugende Antwort. Ich hab' die Namen von den beiden Beamten heute nacht nicht mitgekriegt, und du?«

Ich spürte, wie sich mir der Magen zusammenkrampfte. Nein, ich hatte tatsächlich etwas so Grundlegendes vergessen, wie die beiden nach ihrem Namen zu fragen. Es blieb uns nichts anderes übrig, als uns auf die Suche nach den Sanitätern zu machen, auch wenn das zeitraubend werden würde.

»Ach, noch eins«, sagte ich. »Die Frau, die wir gefunden haben, ist inzwischen gestorben – sie hatte schwere Unterleibsverletzungen und ist aus Coolis abgehauen. Könntest du herauskriegen, wann sie festgenommen wurde und warum?« Ich buchstabierte für Mary Louise den Namen »Aguinaldo«.

Eigentlich hatte ich nicht vorgehabt, mich in den Fall Nicola Aguinaldo einzumischen, aber jetzt sah es fast so aus, als hätte ich gar keine andere Wahl.

Nicht einmal nach Detective Lemours Andeutungen, daß ich betrunken gefahren sein könnte, war es mir in den Sinn gekommen, meinen Anwalt anzurufen. Aber wenn das Rogers-Park-Revier den Bericht verloren hatte, brauchte ich Freeman Carter, um herauszubekommen, was lief. Wenn ein fauler Beamter beschloß, mir einen Totschlag anzuhängen, würde Freeman mir aus der Patsche helfen müssen.

Freeman wollte gerade sein Büro verlassen, aber als ich ihm kurz beschrieb, was in den vergangenen vierundzwanzig Stunden passiert war, stimmte er mir zu, daß der Fall zu ernst war, als daß er ihn an seine Praktikantin weitergeben konnte. Nachdem ich ihm erzählt hatte, daß die Beamten vom Rogers-Park-Revier behaupteten, den Bericht verloren zu haben, ließ er mich eine ausführliche Beschreibung des ganzen Vorfalls in sein Diktaphon sprechen.

»Wo ist dein Wagen, Vic?« fragte er schließlich noch.

»Als ich ihn das letzte Mal gesehen habe, hat er mit einem Hydranten in der Edgewater Avenue geknutscht.«

»Ich bin spät dran und habe keine Zeit, irgendwelche Spielchen mit dir zu spielen. Aber wenn die Behörden den Wagen morgen sehen wollen, mußt du in der Lage sein, ihn vorzuzeigen. Und leg dich um Himmels willen in der Zwischenzeit mit keinem Polizisten an. Du hast mir den Fall übertragen, und ich verspreche dir, mich drum zu kümmern. Also keine übereilten Aktionen heute nacht, okay, Vic?«

»Das ist alles eine Frage der Definition, Freeman, aber ich glaube, das Gefährlichste, was ich heute noch vorhabe, ist der Versuch, einen fahrbaren Untersatz zu finden.«

Er lachte. »Gar nicht so schlecht, wenn du deinen Sinn für Humor nicht verlierst. Wir unterhalten uns gleich morgen früh.«

Nachdem er aufgelegt hatte, versuchte ich, über meine weiteren Schritte nachzudenken. Ich rief Lotty Herschel an, die ich seit dem Studium kenne. Sie ist mittlerweile Mitte Sechzig, arbeitet aber immer noch voll als Perinatologin im Beth Israel Hospital und leitet außerdem eine Klinik für einkommensschwache Familien am westlichen Rand von Uptown.

Als ich ihr alles erzählt hatte, war sie entsetzt. »Das kann ich fast nicht glauben, Vic. Ich werde Max fragen, was mit der jungen Frau passiert ist, als sie bei uns eingeliefert wurde, aber ich glaube nicht, daß das erklärt, warum die Beamten dir keine Ruhe lassen.«

Ihre Anteilnahme sorgte dafür, daß es mir augenblicklich besser ging. »Lotty, ich muß dich um einen Gefallen bitten. Kann ich auf einen Sprung zu dir kommen?«

»Wenn du schnell machst. Max und ich wollen in einer halben Stunde weggehen. Könntest du mit dem Taxi kommen?«

Es war kurz vor sieben, als ich am nördlichen Lake Shore Drive aus dem Taxi stieg. Viele Jahre lang hatte Lotty nur ein paar Minuten von ihrer Klinik entfernt im oberen Stockwerk eines zweigeschossigen Hauses gewohnt, das ihr gehörte. Als sie letztes Jahr fünfundsechzig geworden war, hatte sie beschlossen, nicht mehr die Energie fürs Hausbesitzerdasein aufbringen zu wollen, und sich eine Eigentumswohnung in einem der Jugendstilhäuser mit Blick auf den See gekauft. Ich war es immer noch nicht gewöhnt, es mit einem Mann am Empfang zu tun zu haben, wenn ich sie sehen wollte, aber auch froh, daß sie an einen sichereren Ort gezogen war. Früher hatte ich mir immer Sorgen gemacht, wenn sie morgens ganz allein in die Klinik ging, denn jeder Süchtige am Broadway wußte, daß sie Ärztin war.

Der Mann am Empfang erinnerte sich wieder an mich, wartete aber lieber trotzdem auf Lottys Erlaubnis, mich heraufzulassen. Lotty stand bereits oben, als der Aufzug den achtzehnten Stock erreichte.

»Ich bin schon auf dem Weg nach draußen, Victoria, aber wir könnten gemeinsam runterfahren, und du kannst mir alles erzählen, während ich dich nach Hause bringe.«

Eine Fahrt mit Lotty am Steuer war fast mehr Abenteuer, als ich mir für das Ende eines anstrengenden Tages wünschte. Sie hält sich für Sterling Moss und die Straßen der Stadt für eine Rennstrecke; eine ganze Reihe von Wagen mit ruiniertem Getriebe und zerbeulten Kotflügeln hat sie nicht vom Gegenteil überzeugen können. Wenigstens hatte der Lexus, den sie nun fuhr, auch auf der Beifahrerseite einen Airbag.

»Die Sanitäter müssen in der Notaufnahme einen Bericht

abgegeben haben«, sagte ich, während wir über den Diversey Parkway fuhren. »Von dem hätte ich gern eine Kopie – hoffentlich stehen da die Namen der beiden Beamten drin, die uns in der Nacht befragt haben. Vielleicht ist sogar eine Kopie des Polizeiberichts dabei, der laut Aussage der Beamten vom Rogers-Park-Revier verschwunden ist.«

»Verschwunden? Glaubst du, sie haben ihn absichtlich verschwinden lassen?«

»Diesem Lemour traue ich das schon zu. Aber Berichte gehen immer wieder mal verloren; ich versuche, deswegen nicht paranoid zu werden – jedenfalls noch nicht. Könntest du bitte die Hände auf dem Steuer lassen, auch wenn du dich aufregst?«

»Vic, es geht nicht, daß du zu mir kommst, mich um Hilfe bittest und dann anfängst, mich zu kritisieren«, herrschte sie mich an, wandte den Blick aber gerade rechtzeitig wieder der Straße zu, um einem Fahrradfahrer auszuweichen.

Ich gab mir größte Mühe, nicht allzu deutlich hörbar nach Luft zu schnappen. »Außerdem hätte ich gern das Kleid, das Nicola Aguinaldo zum Zeitpunkt ihres Todes getragen hat. Die Laborleute von Cheviot müssen es sich ansehen, um festzustellen, ob Spuren von einem Wagen – besonders von meinem Wagen – an dem Stoff sind. Im Leichenschauhaus wollten sie mir nicht sagen, ob ihre Kleidung auch dort ist, aber ich wette, daß sie noch im Krankenhaus liegt, vorausgesetzt, sie ist nicht im Abfall gelandet. Könntest du Max für mich bitten, sie aufzutreiben? Oder mir die Erlaubnis zu geben, daß ich die Leute in der Notaufnahme selber anrufe? Tut mir leid, aber das müßte noch heute abend sein – je länger wir warten, desto wahrscheinlicher ist es, daß die Kleidung verschwindet.«

Lotty bog an der Racine Avenue nach links ab, nachdem die Ampel auf Rot geschaltet hatte – sogar, nachdem der Verkehr in östliche Richtung bereits durchbrauste –, aber ich sagte kein Wort, damit sie nicht auch noch einen Bus oder einen Sattelschlepper schnitt.

»Das können wir telefonisch von Max' Wagen aus erledigen. Das heißt, wenn es mir gelingt, ihn von Walter Huston und seinem Pferd abzulenken.« Ihr Tonfall wurde sarkastisch: »Max hat eine Vorliebe für alte Western, die in krassem Widerspruch zu seiner anderen großen Leidenschaft, der für chinesisches Porzellan, und auch zu Lottys Geschmack steht.«

»Du wirst dir also einen Western antun, bloß weil Max diese Filme liebt?« Ich grinste sie an, als sie den Wagen vor meinem Haus anhielt. »Nun, Lotty, du hast zwar mehr als sechzig Jahre gebraucht, aber jetzt lernst du endlich, dich der männlichen Autorität voller Anmut zu unterwerfen.«

»Also weißt du, Vic, mußt du das wirklich so ausdrücken?« schnaubte sie und beugte sich dann über den Sitz, um mir einen Kuß auf die Wange zu drücken. »Bitte unternimm keine gewagten Schritte in diesem Fall. Du bist mitten in einem Sumpf, meine Liebe, da ist es wichtig, daß du genau aufpaßt, wo du hintrittst. Versprochen?«

Ich ließ mich einen Augenblick länger von ihr drücken. »Versprochen. Ich werde versuchen, vorsichtig vorzugehen.«

»Ich rufe dich morgen früh an, meine Liebe, wenn ich mit Max gesprochen habe.« Sie drückte mich noch einmal kurz und legte dann den Gang ein. »Vergiß nicht, daß du am Montag abend bei mir zum Essen eingeladen bist.«

Mr. Contreras wartete bereits auf der Vordertreppe auf mich. Er hatte den ganzen Tag am Telefon verbracht, um einen geeigneten Wagen für mich zu finden, und wollte unbedingt mit mir darüber reden. Er hatte einen alten Buick in Park Ridge aufgetrieben, den er für das günstigste Angebot hielt, und mit dem Verkäufer einen Besichtigungstermin für den Abend vereinbart – was bedeutete, daß wir zu einer schönen langen Fahrt mit öffentlichen Verkehrsmitteln kamen, weil ein Taxi bis nach Park Ridge mindestens vierzig Dollar kosten würde.

Als Lotty über die Kreuzung gebraust war, war mir eingefallen, daß ich wahrscheinlich Schleuderspuren auf der Straße hinterlassen hatte. Und die wollte ich – natürlich vorausgesetzt, man konnte sie noch sehen – fotografieren, bevor es dunkel wurde. Mr. Contreras, der für solche Dinge immer zu haben war, rief den Besitzer des Buick an, um ihm zu sagen, daß wir uns ein bißchen verspäten würden. Ich ging mit den Hunden schnell einmal um den Häuserblock und holte dann meine Kamera und ein Vergrößerungsglas.

Anschließend fuhren wir mit der Red Line zur Berwyn Avenue, die nur fünf Häuserblocks vom Unfallort entfernt lag. Das goldene Licht der untergehenden Sommersonne ließ die Straßen weniger heruntergekommen erscheinen als mitten in der Nacht. Ein paar Jungen radelten vorbei, manche von ihnen zu zweit auf einem Fahrrad, und wir sahen auch einige Skateboarder. Rollerskater gab es keine – die Inline-Skates findet man eher in der Welt der Yuppies weiter im Süden.

Ecke Balmoral Avenue war eine Gruppe von Mädchen mit Seilhüpfen beschäftigt. Zwei davon trugen ein T-Shirt à la Lacey Dowell und hatten die dunklen Haare wie sie nach hinten gekämmt – die Fühler von Global Entertainment reichten sogar bis in die Einwandererviertel.

Als ich mir die Straße genauer ansah, merkte ich, daß ich völlig umsonst gekommen war. Der Hydrant, den ich mit dem Trans Am erwischt hatte, war ein wenig verbogen, und noch nach fast achtzehn Stunden zeichneten sich Bremsspuren von meinen Reifen auf dem Asphalt ab. Aber es war nicht festzustellen, wo Nicola Aguinaldo gelegen hatte. Sie war noch nicht tot gewesen, also hatte niemand ihre Konturen mit Kreide nachgezeichnet. Ich fotografierte die Bremsspuren und den Hydranten mit Hilfe des Blitzes, weil es ohne bereits zu dunkel gewesen wäre.

Die Mädchen hörten mit dem Seilspringen auf und starrten mich an. »Sie kennen Morrell, Miss?« »Fotografieren Sie mich auch, Miss?« »Nehmen Sie mich auch in das Buch, Miss? Morrell hat mit mir geredet, nicht mit ihr.«

Sie begannen, sich in Positur zu stellen und einander wegzuschieben.

»Wer ist denn Morrell?« fragte ich. Vielleicht war ja ein Polizeibeamter hier aufgekreuzt und hatte behauptet, er schreibe ein Buch.

»Morrell schreibt ein Buch über Leute, die aus dem Gefängnis geflohen sind.«

Ich starrte das etwa neunjährige Mädchen mit dem Zopf an,

der bis zum Bund ihrer Shorts reichte. »Aus dem Gefängnis geflohen? Heißt das – war er heute hier?«

»Nicht heute, aber sonst an den meisten Tagen. Machen Sie jetzt ein Foto von mir?«

Ich machte Fotos von den Mädchen als Gruppe und einzeln und versuchte, sie dazu zu bringen, daß sie mir mehr über Morrell erzählten. Sie breiteten hilflos die Hände aus. Er kam immer wieder vorbei und unterhielt sich mit manchen der Eltern, besonders mit Aishas Vater. Sie wußten nicht, wer er war oder wo man ihn finden konnte. Nach einer Weile gab ich es auf und wandte mich wieder der Straße zu. Ich ging mit dem Vergrößerungsglas auf Hände und Knie, während Mr. Contreras neben mir stand und aufpaßte, daß niemand mir eins über den Kopf zog.

»Haben Sie was verloren, Miss?« »Suchen Sie Ihren Ring?« »Gibt's eine Belohnung? Wir können Ihnen helfen.«

Ich ging in die Hocke. »Wißt ihr, daß hier gestern nacht eine Frau angefahren worden ist? Ich bin Detective. Ich suche nach Spuren von dem Unfall.«

»Sind Sie wirklich Detective? Wo ist denn Ihre Pistole?« fragte ein Mädchen, und ein anderes sagte: »Detectives sind immer Männer. Laß dir nichts vormachen, Sarina.«

»O nein, es gibt auch weibliche Detectives, und ich bin eine«, erklärte ich.

Die Mädchen begannen, das Areal um den Gehsteigrand nach Spuren abzusuchen. Ich fand an der Stelle, an der Nicola Aguinaldo meiner Ansicht nach gelegen hatte, so etwas wie Blut und fotografierte diese Stelle aus mehreren Perspektiven. Dann kratzte ich ein bißchen davon ab und gab die Probe in ein Papiertaschentuch. Sonderlich überzeugend wäre das Ganze vor einem Gericht und Geschworenen sicher nicht, aber etwas Besseres hatte ich nicht.

Die Mädchen kamen zu dem Schluß, daß Sarina recht hatte: Ich war offenbar tatsächlich Detective, denn sie hatten im Fernsehen gesehen, daß jemand genau das gleiche machte. Danach brachten sie mir die unterschiedlichsten Dinge, von einer leeren Annie-Greensleeves-Flasche bis zu einem knöchelhohen Converse-Turnschuh. Ich inspizierte ihre Funde mit ernster Miene. Plötzlich entdeckte ich inmitten der Sachen, die sie mir hinhielten, ein Metallstück. »Das ist doch Gold, Miss, oder? Ist es wertvoll? Kriegen wir eine Belohnung?«

Es war kein Gold, nicht einmal Metall, sondern schweres Plastik, ganz neu und mit Sicherheit noch nicht lange hier auf der Straße. Das Ding hatte die Form eines griechischen Omega, aber es war kein Glücksbringer, sondern eher so etwas wie ein Anhänger von einem Handtaschenreißverschluß oder vielleicht auch einem Schuh. Ich hatte das Gefühl, daß ich den Designer kannte, aber so aus dem Stand konnte ich das Zeichen nicht einordnen.

Mr. Contreras wurde allmählich unruhig: Er wollte nun wirklich hinaus nach Park Ridge und sich den Wagen ansehen, den er ausgesucht hatte. Ich steckte das Omega in die Tasche und stopfte die restlichen Sachen, die die Mädchen gefunden hatten, in einen Abfalleimer.

»Wer von euch ist die älteste?« fragte ich.

»Sarina ist zwölf«, sagten sie wie aus einem Mund.

Ich gab dem Mädchen meine Visitenkarte und drei Dollar. »Das Geld teilt ihr euch; das ist eure Belohnung dafür, daß ihr mir bei der Spurensuche geholfen habt. Und die Karte ist für euren Freund Morrell. Wenn er wieder herkommt, gebt ihr sie ihm, ja? Mein Name und meine Telefonnummer stehen drauf. Er soll mich anrufen.«

Die Mädchen drängten sich um Sarina. »Was steht drauf?« »Mensch, Sarina, sie ist tatsächlich Detective, da steht's.«

Ihre Kommentare verhallten, als wir um die Ecke bogen und zur Hochbahn gingen. Mr. Contreras sagte mir alles Wissenswerte über den Buick Skylark, den wir uns ansehen wollten. »Er will siebzehnhundert dafür, aber der Wagen hat schon über hundertfünfzigtausend Kilometer auf dem Buckel. Wahrscheinlich können Sie ihn ein paar hundert Dollar runterhandeln. Allerdings sollte sich Ihr Freund Luke die Kiste anschauen, bevor Sie sie kaufen – heutzutage sind ja so viele Chips und Sachen in den Autos, daß man gar nicht mehr weiß, was in so einem Motor vor sich geht.«

»Ja, mein Freund Luke.« Ich mußte an unser Gespräch vom Nachmittag denken. »Der verlangt vermutlich erst 'ne Hypothek auf meine Wohnung, bevor er einen Finger für mich rührt. Nach den Schätzungen, die Luke mir heute durchgegeben hat, überlege ich schon, ob ich mir nicht einfach ein paar Wochen lang 'nen Wagen mieten soll. Auch fünfzehnhundert Dollar sind noch viel mehr, als ich eigentlich für so eine Übergangslösung ausgeben möchte. Und wenn das Ding so viele Kilometer auf dem Tacho hat, krieg' ich's sicher nicht so leicht wieder los.«

Mr. Contreras sank sichtlich in sich zusammen. Schließlich hatte er einen ganzen Tag für die Suche nach einem passenden Wagen geopfert und mich vor dessen Begutachtung sogar noch bei meiner albernen Spurensuche unterstützt. Schuldgefühle sind kein guter Grund für schlechte Geschäftsentscheidungen, aber ich konnte es einfach nicht ertragen, ihn so niedergeschlagen zu sehen. Also holten wir uns Falafel-Sandwiches und eine Cola aus einem Laden unter den Gleisen der Hochbahn und gingen die Treppe hinauf, um uns auf die erste Etappe unserer Reise zu machen.

Als wir schließlich an der Adresse in Park Ridge ankamen, hatte ich die Nase von den öffentlichen Verkehrsmitteln so voll, daß ich fast jeden Preis bezahlt hätte, um wieder einen eigenen fahrbaren Untersatz zu haben. Inzwischen hatten wir die Red Line nach Howard hinter uns und dann die alte Skokie Swift – die jetzige Yellow Line – und schließlich noch die Warterei auf den örtlichen Bus, der uns knapp acht Kilometer weiter nach Westen brachte, zu einer Haltestelle, von der aus wir die Adresse zu Fuß erreichen konnten.

»Wenn wir den Wagen nicht kaufen, müssen wir heute nacht vielleicht in dem Wald campieren, an dem wir vorbeigekommen sind«, erklärte ich Mr. Contreras, als wir uns auf den Weg machten. »Auf dem Schild steht, daß der letzte Bus Grass Point um halb zehn verläßt, und jetzt ist es Viertel vor neun.«

»Tja, dann müssen wir ein Taxi nehmen«, keuchte Mr. Contreras. »Zu dem Taxi zurück zur Hochbahn lade ich Sie ein, Schätzchen.«

Als wir schließlich bei der Adresse ankamen, sah ich, daß der Wagen nicht so schlecht war, wie ich befürchtet hatte. Der Rost an der Fahrertür und am Kofferraum ließ ihn ziemlich heruntergekommen aussehen, und auch die Reifen waren abgefahren, aber eine Fünfzehn-Kilometer-Spritztour zum Flughafen und zurück förderte keine Motorschäden zutage. Der junge Mann, der den Skylark verkaufen wollte, hatte im Frühjahr seinen Ingenieursabschluß in Champaign gemacht. Er hatte den Wagen zu Beginn seines Studiums gebraucht gekauft, fünf Jahre lang jeden Tag gefahren und wollte ihn jetzt, weil er einen gutbezahlten Job gefunden hatte, loswerden. Während wir uns über den Skylark unterhielten, konnte er den Blick nicht von dem Ford-Truck lösen, den er sich zur Feier seines Berufsanfangs geleistet hatte. Schließlich bekamen wir den Skylark ohne allzu langes Feilschen für zwölfhundert Dollar.

Mr. Contreras überraschte mich, indem er zwanzig sorgfältig gefaltete Zwanziger aus der Innentasche seiner Jacke holte: »Das ist mein Anteil am Familienwagen«, sagte er, als ich sein Angebot auszuschlagen versuchte. Auch meiner Bitte, den Skylark nach Hause zu fahren, kam er nicht nach.

»In der Nacht seh' ich nicht mehr so gut, Schätzchen. Ich mach' mir schon richtig Gedanken darüber.«

»Tja, dann nichts wie zum Arzt«, sagte ich. »Ihre Augen dürfen Sie nicht vernachlässigen. Vielleicht brauchen Sie ja eine neue Brille oder haben den grauen Star, und dann müssen Sie sich jetzt drum kümmern.«

»So alt bin ich auch wieder nicht«, herrschte er mich an, während er den Sicherheitsgurt anlegte. »Sie sind ja schon fast so schlimm wie Ruthie; die wollte mich auch in ein Altersheim stecken. Ich seh' immer noch so gut, daß ich das Ding erkennen kann, das sie von den Mädels auf der Straße bekommen haben. Was ist das überhaupt?«

Ich hatte das Omega während unserer langen Fahrt völlig vergessen. Jetzt holte ich es aus der Tasche und zeigte es ihm. Er wußte genausowenig damit anzufangen wie ich, doch als wir wieder zu Hause waren – nach zwanzig Minuten im Gegensatz zu den siebenundachtzig, die wir aus der Stadt heraus gebraucht hatten –, holte ich ein *Mirabella*-Heft aus dem Altpapierstapel. Ich ging es Seite für Seite durch und sah mir die Werbeanzeigen genau an. Auf der Innenseite des hinteren

Umschlags wurde ich schließlich fündig. Ein Paar Slippers von Ferragamo stand vor einem rosaroten Seidentuch, und zwei Omegas wie das, das die Mädchen auf der Straße gefunden hatten, waren auf den Riemen über dem Rist eingestickt.

»*Va bene,* Signor Ferragamo«, sagte ich laut. Ein Hufeisen also, kein Omega. Das Logo von Ferragamo. Ich hatte es gekannt, weil ich eine Woche zuvor ein Paar Pumps von Ferragamo anprobiert hatte. Meine geliebten roten Schuhe von Bruno Magli waren nach all den Jahren so abgetreten, daß nicht einmal mehr der alte Signor Delgado in Harlem sie noch retten konnte.

Ich war zu dem Schluß gekommen, daß ich mir in diesem Sommer keine Schuhe leisten konnte, die fast dreihundert Dollar kosteten – eine weise Entscheidung angesichts der Ausgaben, mit denen ich mich im Augenblick konfrontiert sah. Und ich konnte mir auch nicht vorstellen, daß sich irgend jemand von den Einwanderern an der Balmoral Avenue und Glenwood Avenue solche Schuhe leisten konnte. Wer in der Stadt, überlegte ich, während ich ins Bett ging, betrachtete wohl gerade voller Ärger den beschädigten Riemen seines Schuhs oder seiner Handtasche?

7 Habeas Corpus?

Mary Louise rief mich früh am Morgen an. »Vic, ich muß gleich los und Nate zum Sommerhort bringen, also kann ich nicht so lang reden, und ich habe auch nicht so viel herausgefunden: Nicola Aguinaldo hat als Kindermädchen für eine Frau namens Baladine draußen in Oak Brook gearbeitet. Sie war zwei Jahre bei ihr beschäftigt, als sie eine Goldhalskette mit kleinen Diamanten oder Rubinen im Wert von vierzig- oder fünfzigtausend Dollar gestohlen hat. Die Leute haben Anzeige erstattet...«

»Die Baladines?« fiel ich ihr ins Wort. »Robert Baladine?«

»Ja, Robert, Eleanor und ihre drei Kinder. Kennst du die?«

»Nein, so würde ich das nicht ausdrücken. Der Typ ist ein

so großer Fisch, daß ich ihn nicht mal mehr als Konkurrenz sehe. Baladine ist der Leiter von Carnifice – du weißt schon, diese riesige Privatdetektei. Aber in der Größe heißt das, glaube ich, anders, ›Sicherheitsdienst‹ oder so.«

»Jedenfalls hat Mrs. Baladine diese Halskette geliebt – Robert hat sie ihr anläßlich der Geburt des kleinen Robbie geschenkt und so weiter und so fort, also hat sie wie gesagt Anzeige erstattet und sich nicht erweichen lassen. Die Verteidigung hat versucht, ins Feld zu führen, daß Nicola Aguinaldo sich bis dahin nichts hatte zuschulden kommen lassen und daß sie nicht nur ihre Mutter, sondern auch noch ihre zwei Kinder allein versorgen mußte, aber in dem Monat war mal wieder ein harter Kurs gegen Ausländer fällig, und so hat sie fünf Jahre gekriegt. Im Gefängnis hat sie sich vorbildlich geführt und sich sogar bis zur Näherei hochgearbeitet, was in Coolie eine privilegierte Tätigkeit ist. Nach fünfzehn Monaten ist sie dann abgehauen. Ihre letzte bekannte Adresse war an der Wayne Street, ungefähr zweihundert Meter von der Stelle entfernt, wo wir sie gefunden haben.« Sie las mir die Adresse sowohl von Nicola Aguinaldo als auch von den Baladines vor.

»Aber jetzt muß ich los – Natie hat schon Angst, daß er die Eröffnungsfeier verpaßt. Er freut sich so drauf, die Flagge zu hissen und die Reveille zu spielen. Wer weiß – vielleicht geht er ja zum Militär oder zur Polizei, wenn er erwachsen ist.«

»Vielleicht spielt er auch nur das Horn. Ich kauf' ihm eins zum Geburtstag.«

»Wehe, Vic! Sonst kann er jeden Morgen um sechs unter deinem Fenster üben!«

Es war noch nicht ganz acht, als sie auflegte, also zu früh, um schon einen Lagebericht von Freeman erwarten zu können. Und Vishnikov würde ich Gelegenheit geben, in Ruhe seine Jacke auszuziehen und einen Kaffee zu trinken oder wie sein morgendliches Ritual auch immer aussehen mochte. Ich machte inzwischen im Wohnzimmer Gymnastik einschließlich Hantelübungen. Danach legte ich die Hanteln sogar wieder in den Schrank zurück, bevor ich im Leichenschauhaus anrief. Vishnikov war gerade mit einer Obduktion beschäftigt und wollte nicht gestört werden. Ich hinterließ eine Nachricht und ging mit den Hunden spazieren.

Die Luft war schwer und feucht, aber die Hitze noch nicht so unerträglich wie später am Tag. Ich joggte mit den Hunden zum Lake Michigan und wieder zurück, ein hübscher Ausflug von etwas mehr als fünf Kilometern. Die Polizei hat eine großangelegte Kampagne gegen Leute gestartet, die ihre Hunde nicht an die Leine nehmen oder im See schwimmen lassen, aber ich hatte Glück und schaffte es, Mitch und Peppy ins Wasser und wieder heraus zu bekommen, ohne mir eine Verwarnung einzuhandeln.

»Lemour ist mir vielleicht auf den Fersen, aber ein Frühaufsteher ist er mit Sicherheit nicht«, sagte ich auf dem Rückweg zu den Hunden.

Als ich zu Hause war, rief ich sofort wieder bei Vishnikov an, aber der nahm immer noch keine Gespräche entgegen. Ich wollte so schnell wie möglich hinaus nach Oak Brook und mich mit Eleanor Baladine über Nicola Aguinaldo unterhalten beziehungsweise mir Nicola Aguinaldos Wohnung in Uptown ansehen. Wichtiger war im Augenblick eigentlich nur, an das Kleid heranzukommen, das Nicola Aguinaldo in jener Nacht getragen hatte. Ich machte mich auf den Weg ins Büro. Sobald ich dort war, rief ich Lotty an.

»Du hast Glück, Vic: Der Diensthabende in der Notaufnahme war so gewissenhaft, daß er die Vorschriften alle genau befolgt und sogar die Kleidung in einen Sack gestopft und mit einem Etikett versehen hat. Willst du die Sachen abholen?«

»Nein. Ich will nicht, daß irgend jemand auf die Idee kommt, ich könnte mir daran zu schaffen gemacht haben. Könnte der Mann von der Notaufnahme veranlassen, daß sie zu Cheviot geschickt werden? Zusammen mit einer Notiz, wo die Sachen waren, seit man sie der armen Ms. Aguinaldo gestern ausgezogen hat. Soll ich Max selber anrufen und darum bitten? Oder könntest du das machen?«

Sie sagte, wahrscheinlich würde alles schneller gehen, wenn sie sich selbst darum kümmerte. »Und was den Bericht der

Sanitäter anbelangt: Max wird Cynthia bitten, dir eine Kopie davon zu faxen.« Dann legte sie auf, weil der nächste Patient bereits vor ihrem Sprechzimmer wartete.

Zu den Dingen, in die ich beim Einzug in mein neues Büro investiert hatte, gehörten detaillierte Straßenkarten von den meisten Bundesstaaten sowie eine Kommode, in der ich sie verstauen konnte. Ich holte die Karten für das ländliche Georgia, wo sich eines der problematischen Gebiete von Continental United befand, in der Hoffnung heraus, nicht persönlich hinfahren zu müssen, um herauszufinden, warum auf der County Road G immer so viele Reifen platzten. Als ich gerade auf der Karte eine Linie von Hancock's Crossing, dem Ort, wo sich das Lager von Continental befand, zu der Kreuzung County Road G/Ludgate Road zog, rief die Sekretärin von Freeman Carter an.

»Freeman möchte mit dir sprechen, Vic. Er hätte noch einen Termin um Viertel nach zwölf frei und läßt fragen, ob du in seinem Büro vorbeikommen könntest.«

Ich dankte ihr und wandte mich wieder meinen Karten zu. Mit ziemlicher Sicherheit hatte ein Fahrer oder ein Kurier an der Ecke eine Werkstatt, jedenfalls jemand, der dafür sorgen konnte, daß die Lastwagen eine bestimmte Strecke wählten, auf der der Betreffende dann Nägel ausstreute. Dann blieb den Fahrern nichts anderes übrig, als per Anhalter bis zu der Werkstatt zu fahren, wo sich die Leute dann um die Reifen kümmerten. Ich rief den Personalchef an, mit dem ich mich am Vortag unterhalten hatte, und bat ihn, mir Kopien der Reparaturrechnungen zuzufaxen. Es wäre ein ziemlicher Aufwand, wenn ich nach Georgia fahren und mich persönlich mit den Leuten dort auseinandersetzen müßte, also hoffte ich, den Fall vom Telefon aus lösen zu können.

Vishnikov rief zurück, als ich mich gerade auf den Weg zu Freeman Carter machen wollte. »Vic! Was ist denn los? Soll ich dir helfen, 'ne Leiche zu verstecken?«

»Dazu könnte es durchaus noch kommen, wenn ein gewisser Lemour von der Polizei mich weiter so drangsaliert. Aber hier geht's um eine Leiche, die ihr schon habt – Nicola Aguinaldo. Sie ist gestern im OP des Beth Israel gestorben und zu spät zu euch gekommen, als daß du dich noch mit ihr hättest beschäftigen können.«

Schweigen am anderen Ende. »Das ist merkwürdig. Jetzt erinnere ich mich wieder: Sie ist am späten Vormittag reingekommen. Ich hab' sie mir rasch angeschaut – irgendwie sah die Sache ungewöhnlich aus, also wollte ich die Obduktion persönlich machen, aber sie war nicht... Wart mal einen Augenblick, während ich das überprüfe.«

Er legte den Hörer weg. Ich hörte, wie Stühle gerückt wurden, dann Stimmengemurmel und eine Tür, die sich schloß. Ich wartete gut fünf Minuten, bis Vishnikov sich wieder meldete.

»Vic, da ist ziemlich was schiefgegangen. Irgendsoein Idiot hat die Leiche gestern nacht freigegeben. Ich kann nicht mal rausfinden, wer – es ist ein Formular ausgefüllt, aber nicht unterschrieben worden.«

»Der Familie freigegeben?« fragte ich erstaunt. »Als ich gestern abend angerufen habe, hatten die keinerlei Namen von Verwandten.«

»Auf dem Formular steht, daß die Mutter von der jungen Frau Anspruch auf die Leiche erhoben hat. Wie das dann weiterging – nun, das steht hier nicht. Ich muß los. Ich muß...«

Ich sprach hastig, damit er mich hörte, bevor er auflegte. »Wieso war ihre Leiche ungewöhnlich, und warum wolltest du sie dir persönlich ansehen?«

»Das fällt mir im Augenblick nicht ein. Im Moment kann ich mich nur darauf konzentrieren, den Idioten zu finden, der die Leiche ohne Vollmacht freigegeben hat.« Dann knallte er den Hörer auf die Gabel.

Es war das erste Mal in den vier oder fünf Jahren, die ich nun schon mit Vishnikov zusammenarbeitete, daß er so in die Luft gegangen war. Ich fragte mich, ob Lemour die Leiche beseitigt hatte, bevor eine Obduktion beweisen konnte, daß ich die Frau nicht angefahren hatte beziehungsweise daß sie überhaupt nicht Opfer eines Unfalls geworden war. Vielleicht hatte Lemour sie ja selbst umgebracht und versuchte nun, jemanden zu finden, dem er den Mord anhängen konnte. Und als ich mich weigerte, dieser Jemand zu sein, wandte er sich eben an einen Freund im Leichenschauhaus, der die Leiche stillschweigend verschwinden ließ.

Während ich mich mit Vishnikov unterhalten hatte, war das Fax vom Beth Israel gekommen. Ich steckte es in meine Aktentasche und hastete zum Wagen, um zu Freeman Carters Büro im Loop zu fahren.

In Freemans Kanzlei gab es die für Anwälte im Finanzbezirk üblichen Mahagonimöbel und Kunstgegenstände. Nachdem seine Sekretärin mich in sein Büro geschickt hatte, erhob er sich, um mich zu begrüßen. Sein Sommeranzug war maßgeschneidert und ließ seine Brust ein bißchen breiter wirken. Sein weißblondes Haar war genauso sorgfältig geschnitten wie der Anzug. Nicht zuletzt wegen seiner Größe macht er vor Gericht Eindruck, und er hat auch die nötigen geistigen Fähigkeiten, um diesen Eindruck zu untermauern, was mir persönlich noch wichtiger ist.

»Vic, ich habe mich mit Drummond von der Staatsanwaltschaft unterhalten, und er hat ein paar Telefonate für mich erledigt.« Er setzte sich auf die Kante seines Schreibtischs. »Das Rogers-Park-Revier hat den Bericht verloren, aber die Beamten, die am Unfallort waren, sind gebeten worden, den Vorfall zu rekonstruieren. Sie sagen, du hättest dich geweigert, einen Alkoholtest zu machen…«

»Das ist eine unverschämte Lüge.« Ich spürte, wie ich vor Wut rot wurde. »Sie haben mir kein Blut abgenommen, aber ich bin auf einer geraden Linie gegangen. Freeman, ich fahre nicht, wenn ich Alkohol getrunken habe, und an dem Abend hatte ich lediglich drei Flaschen Pellegrino intus.«

»Sie sind zu spät am Unfallort aufgetaucht, um den Unfall selbst gesehen zu haben, also beschuldigen sie dich nicht, daß du die Frau angefahren hast. Aber die Leute von der Staatsanwaltschaft sagen, wenn du die Fahrerflucht zugibst, ist deine Zulassung als Privatdetektivin und vor Gericht nicht gefährdet.«

Ich war so wütend, daß das Blut in meinen Ohren hämmerte. »Das ist unglaublich! Ich werde doch keinen Meineid leisten, weil ein paar Bullen zu faul sind, ordentliche Ermittlungen durchzuführen.«

»Immer mit der Ruhe, Vic. Ich kann's dir nicht verdenken, daß du wütend bist, aber laß mich bitte ausreden. Ich habe Drummond gesagt, daß dieser Vorschlag inakzeptabel ist – wenn sie allerdings behaupten, du hättest dich geweigert, einen Bluttest machen zu lassen, muß ich mir der Basis, auf der ich mich bewege, hundert Prozent sicher sein.«

»Wenn ich fahrlässig oder vorsätzlich etwas verbocke, mache ich mich nicht aus dem Staub, aber heute, wo jeder Präsident und Senator ungestraft lügen kann, ist ein Ehrenwort ja offenbar nicht mehr viel wert.« Ich versuchte, ein bißchen ruhiger zu werden. »Ich habe dir die volle Wahrheit über die Sache mit Nicola Aguinaldo gesagt, keine geschönte Wahrheit wie vor Gericht. Frag Mary Louise. Sie ist nicht von mir abhängig, und sie war in der Nacht dabei.«

Er betätigte die Gegensprechanlage. »Callie, Vic wird Ihnen ein paar Telefonnummern geben, bevor sie geht. Von Mary Louise – wie ist ihr Nachname? – Neely. Sie soll so schnell wie möglich zu mir kommen, um hier so eine Art Aussage zu machen. Gehen Sie meinen Terminkalender durch und sehen Sie nach, wo sich noch Zeit für sie finden läßt.«

Dann wandte er sich wieder mir zu. »Es würde mir sehr helfen, wenn du dem Polizeilabor deinen Wagen zur Verfügung stellen könntest. Wo ist er, Vic?«

Ich sah ihn mit verkniffenem Lächeln an. »Der ist bei Cheviot. Sobald die Leute da ihre ganzen Tests und Fotos gemacht haben, kann die Polizei ihn haben. Weißt du, gestern morgen, als Lemour und sein Kollege bei mir aufgekreuzt sind, hat alles noch nach einer Routinesache ausgeschaut. Wenn es in so einem Fall keinen Zeugen gibt, der den Wagen identifizieren könnte, gehen die Beamten normalerweise ganz nach Vorschrift vor. Ich hab' den Wagen bloß zu Cheviot bringen lassen, weil Lemour so aggressiv war, daß ich meine Bedenken hatte. Eine halbe Stunde später hat er mich auf der Straße bedroht, und da habe ich mich in meiner Vorsicht bestätigt gefühlt.«

Freeman lächelte nun seinerseits verkniffen. »Vic, es sieht dir ähnlich, alles selbst in die Hand zu nehmen. Die Polizei braucht deinen Wagen als Beweisstück in einem Totschlagsfall. Könntest du mir als deinem langjährigen Anwalt einen großen Gefallen tun und den Trans Am bis heute abend vorbeibringen? Dafür wäre ich dir wirklich dankbar. Sag Callie Bescheid – die sagt Drummond, daß die Polizeitechniker den Wagen von Cheviot abholen können. Und beginn um Himmels willen keinen Rachefeldzug gegen Lemour. Deine Zeit kannst du wirklich besser nutzen. Aber jetzt muß ich los zu einer Besprechung, und zuvor würde ich mir gern noch ein Sandwich kaufen.«

Als er zur Tür ging, sagte ich: »Bevor du verschwindest, Freeman: Hast du gewußt, daß die Tote vor ihrer Festnahme draußen in Oak Brook bei den Baladines als Kindermädchen gearbeitet hat? Ich gehe mal davon aus, daß das derselbe Baladine ist, der Carnifice Security leitet. Macht er in irgendeiner Weise seinen Einfluß auf die Staatsanwaltschaft geltend?«

»Könntest du das bitte auch Callie sagen? Sie wird das ebenfalls notieren.«

»Und noch was Interessantes: Die Leiche der Frau wurde heute nacht vom Leichenschauhaus freigegeben. Bevor Vishnikov sie obduzieren konnte. Wer könnte so etwas besser arrangieren als ein Polizeibeamter?«

»Vic, hör auf mit der Hexenjagd auf Lemour. Egal, wer diese Frau war und was Lemour oder vielleicht sogar Baladine mit ihr vorhat: Sie ist es nicht wert, daß du deinen Beruf aufs Spiel setzt. Und offen gestanden hast du weder die finanziellen Ressourcen noch die Körperkraft, um dich mit jemandem wie Baladine anzulegen, also überlaß die Sache der Chicagoer Polizei, ja?«

Ich preßte die Lippen zusammen, folgte ihm aber hinaus ins Vorzimmer, wo Freeman Callie eine ganze Reihe von Anweisungen gab – die meisten davon betrafen andere Mandanten. Meinem Fall wandte er sich ganz am Schluß zu.

»Vic hat ein paar Informationen für Sie. Sie wird Ihnen sagen, wo ihr Wagen ist, damit Sie Gerhardt Drummond von der Staatsanwaltschaft anrufen und es ihm mitteilen können, stimmt's, Vic?« Er bedachte mich mit einem boshaften Grinsen und setzte sich in Richtung Aufzug in Bewegung.

Als ich Callie Mary Louises Telefonnummer und alles

andere gesagt hatte, ging auch ich hinaus. Unten im Eingangsbereich rief ich selbst Mary Louise an, um ihr mitzuteilen, was Freeman wollte, erreichte aber nur ihren Anrufbeantworter. Sie war ziemlich viel unterwegs wegen der Kinder, ihrer Arbeit für mich und ihrer Kurse. Ich hinterließ eine möglichst genaue Erklärung auf Band und bat sie, meine Handynummer zu wählen, falls sie irgendwelche Fragen hatte.

Dann ließ ich stirnrunzelnd den Blick über die Fast-food-Stände im Eingangsbereich schweifen. Früher hatte man in den kleinen Läden im Loop eine hausgemachte Suppe oder ein ordentliches Sandwich bekommen, aber in den neuen Gebäuden waren die ganzen Läden ins Innere verlagert, an die sogenannten Plazas, wo man das Geschäft besser kontrollieren konnte. Und auch dort waren die kleinen Coffee-Shops inzwischen Fast-food-Ketten gewichen. Ich kaufte mir etwas, das sich »Griechischer Salat« nannte – wahrscheinlich, weil sich obenauf zwei Oliven und ein Häppchen Feta-Käse befanden –, und ging zu meinem Auto.

Mary Louise hatte mir am Morgen die Privatnummer der Baladines gegeben. Ich setzte mich in meinen Wagen, versuchte, beim Essen keine Ölflecken auf mein Revers zu kleckern, und rief in Oak Brook an. Wenn Robert Baladine beschloß, mir die Beine brechen oder eine Bombe in mein Büro werfen zu lassen, konnte Freeman ja ein paar hundertmal »Hab' ich's dir nicht gesagt« an meinem Krankenbett rufen.

Es meldete sich eine Frau mit starkem Akzent. Nach einer ganzen Weile guten Zuredens stellte sie mich zu Eleanor Baladine durch. »Ms. Baladine? Mein Name ist V. I. Warshawski. Ich bin Detective. Wußten Sie, daß Nicola Aguinaldo aus dem Gefängnis ausgebrochen ist?«

Am anderen Ende der Leitung war es so still, daß ich einen Augenblick lang dachte, die Verbindung sei unterbrochen worden. »Ausgebrochen? Wie hat sie das denn gemacht?«

Die Antwort war so merkwürdig, daß ich gern gewußt hätte, was sie dachte. »Ich werde Ihnen sagen, was ich weiß, wenn wir uns treffen. Wir müssen uns so bald wie möglich unterhalten. Können Sie mir beschreiben, wie ich zu Ihnen komme? Ich habe Ihre Adresse, aber in den Vororten kenne ich mich nicht aus.«

»Äh, Ms.... Muß es unbedingt heute nachmittag sein?«

Hatte sie einen Termin mit dem Bridge-Club? Nein, die reiche Frau von heute machte so etwas nicht mehr. Wahrscheinlich wollte sie zum Tennis oder zu ihrer Kunstgruppe.

»Ja. Je schneller ich an Informationen herankomme, desto schneller finde ich auch heraus, wo sie hinwollte, als sie aus Coolis geflohen ist. Soweit ich weiß, war sie zwei Jahre lang bei Ihnen beschäftigt. Ich würde gern erfahren, was Sie über ihre Bekannten wissen.«

»Sie war mein Kindermädchen. Ich habe mich mit ihr nicht über ihre Bekannten unterhalten.«

»Trotzdem werden Sie wohl irgendwelche Referenzen verlangt haben, als Sie sie eingestellt haben.« Ich versuchte, vernünftig zu klingen, nicht wie eine gereizte alte Linke.

»Na schön.« Nach einem tiefen Seufzer gab sie mir genaue Anweisungen, wie ich am besten zu ihr käme: Ich sollte dem Eisenhower Expressway bis ganz zum Ende folgen, dann auf die Roosevelt Road fahren und schließlich in die kurvigen kleinen Straßen in einer der exklusivsten kleinen Wohnanlagen der Gegend.

8 Ein Plausch am Pool

Als ich eine halbe Stunde später in die Gateway Terrace einbog, dachte ich, daß »Wohnanlage« im Sinne von gemeinschaftlichem Leben wirklich ein merkwürdiges Wort war für eine Ansammlung von Häusern, die die Menschen so gründlich isolierten. Jedes dieser Häuser – wenn man ein Gebäude mit zwanzig Zimmern und vier Kaminen so nennen kann – lag so weit hinter Bäumen und Zäunen versteckt, daß man nur Teile der Fassaden oder Giebel sah. Es gab keine Gehsteige, weil von hier draußen ohnehin niemand zu Fuß in die Stadt oder ins Einkaufszentrum gehen konnte. Ich kam an ein paar Kindern auf Fahrrädern vorbei und wurde meinerseits von einem Jaguar XJ-8 Kabrio, in dem eine Frau mit wehenden blonden Haaren saß, sowie von einer schwarzen Mercedes Limousine überholt. Sonst tat sich auf der Straße nichts, bis ich die Nummer dreiundfünfzig erreichte. Ein ganz schöner Kontrast zu den Straßen von Uptown, die immer voller Menschen und Müll waren.

Ich stellte den zerbeulten Skylark vor dem Tor ab und suchte nach dem Eingang. Ein großes Schild teilte mir mit, daß das Anwesen von Total Security Systems (einer Tochter von Carnifice Security) bewacht wurde und der Zaun unter Strom stand, es sich also nicht lohnte, darüber zu klettern. Vielleicht, dachte ich, hatte eine der Spitzen da oben die Unterleibsverletzungen von Nicola Aguinaldo verursacht. Es konnte ja gut sein, daß sie von Coolis hierher geflohen war, um Hilfe bei ihrer früheren Arbeitgeberin zu suchen, daß sie sich dabei auf dem Zaun aufgespießt und sie sie schließlich in der Nähe ihrer Wohnung abgeladen hatten, damit man einen zufällig vorbeikommenden Fahrer wie mich für ihre Verletzungen verantwortlich machen konnte.

Während ich den Blick über das Anwesen schweifen ließ, bemerkte ich, daß jemand auf der anderen Seite mich dabei beobachtete. Ein ungefähr zehnjähriger Junge mit rundem Gesicht trat näher, als er sah, daß ich ihn entdeckt hatte. Er trug eine Jeans und ein T-Shirt mit dem Emblem der Space Berets – der große Action-Hit von Global – auf der Brust.

»Hallo«, rief ich ihm zu. »Ich bin Detective V. I. Warshawski aus Chicago. Deine Mutter erwartet mich.«

»Sie müssen erst im Haus anrufen«, sagte er, kam näher und deutete auf eine Nische mit einem Telefon darin.

Der Stahlkasten war so glatt, daß ich ihn nicht bemerkt hatte. Als ich die Hand danach ausstreckte, glitt die Abdeckung mit einem leisen Geräusch zurück, aber bevor ich den Hörer dahinter nehmen konnte, öffnete mir der Junge schon das Tor.

»Eigentlich darf ich das nicht, aber wenn Sie bei der Chicagoer Polizei sind, geht das wahrscheinlich in Ordnung. Ist irgendwas mit Nicola?«

Ich war verblüfft und fragte mich, ob seine Mutter ihm von mir erzählt hatte. »Wie kommst du denn auf die Idee?«

»Polizisten waren bis jetzt bloß ein einziges Mal hier, und zwar, als Mom Nicola hat festnehmen lassen. Sollen Sie diesmal Rosario mitnehmen?«

Ich bat ihn, einen Augenblick zu warten, bis ich meinen Wagen aus der Einfahrt weggebracht hätte, doch er meinte, er würde gern mit mir zum Haus hochfahren, und setzte sich auf den Beifahrersitz. Er war ein bißchen pummelig und ziemlich klein für sein Alter – ich hatte ihn auf jünger geschätzt als er sein mußte –, und er bewegte sich unbeholfen, wie Kinder es oft tun, die man wegen ihrer Größe hänselt.

»Nach 'nem Polizeiauto sieht der Wagen aber nicht aus«, meinte er mit flacher Stimme.

Es lag so viel Einsamkeit und Würde in dieser Stimme, daß ich ihn nicht anlügen wollte. »Ich bin nicht bei der Polizei, sondern Privatdetektivin. Und ich habe ein paar Fragen über Ms. Aguinaldo. Klingt fast so, als hättest du sie gut leiden können.«

»Sie war in Ordnung.« Er zuckte mit den Achseln. »Hat sie irgendwas angestellt?«

»Nein. Jedenfalls nicht, daß ich wüßte. Und selbst wenn, interessiert mich das nicht.«

Inzwischen waren wir am oberen Ende der Auffahrt angelangt. Hier gabelte sie sich, so daß man entweder zur Garage fahren konnte, die groß genug war für vier Wagen, oder zum Haus, das ausreichend Platz für vierzig Bewohner bot. Ich lenkte den Skylark an den Rand des Weges und stellte ihn hinter einem Mercedes Geländewagen im Wert von hundertfünfunddreißigtausend Dollar ab. Auf dem Nummernschild stand GLOBAL 2. An welchem Luxusgefährt befand sich wohl das Schild mit der Aufschrift GLOBAL 1? Vielleicht an einem Lamborghini?

Ich hätte dem Jungen gern ein paar Fragen über Nicola Aguinaldo gestellt, hatte aber Skrupel, das ohne Wissen seiner Mutter zu tun. Und ohne ihm vorher gesagt zu haben, daß Nicola tot war. Vielleicht war ich auch einfach nur feige – wer konnte schon wissen, wie sensibel ein Kind auf das Ableben seines ehemaligen Kindermädchens reagierte?

»Warum sind Sie dann hier?« fragte der Junge.

Ich zog eine Grimasse. »Ms. Aguinaldo ist letzte Woche aus dem Gefängnis ausgebrochen. Bevor sie …«

»Wirklich?« Seine Miene hellte sich auf. »Cool! Wie hat sie das denn gemacht? Oder glauben Sie, ich verstecke sie?«

Nach dieser Frage machte er ein mürrisches Gesicht. Bevor ich ihm eine Antwort geben konnte, kam ein Mädchen von der Garagenseite des Hauses gerannt und rief »Robbie!«. Die Kleine war vielleicht sieben oder acht; die Haare klebten ihr am Kopf, und ihr Badeanzug war patschnaß. Im Gegensatz zu ihrem pummeligen blonden Bruder war sie dunkelhaarig und schmal wie ein Windhund.

Mein kleiner Begleiter starrte geradeaus. Als das Mädchen den Wagen sah, kam es auf uns zugerannt.

»Robbie! Du weißt genau, daß Mom einen Anfall kriegt, wenn sie dich da drin sieht.« An mich gewandt fügte sie hinzu: »Er soll mehr zu Fuß gehen und nicht die ganze Zeit mit dem Auto fahren. Sie sehen doch, daß er ein Gewichtsproblem hat. Sind Sie die Polizistin aus Chicago? Sie sollen hintenrum fahren; da wartet Mom auf Sie. Sie wollte, daß Rosario Ihnen das Tor aufmacht, wenn Sie kommen, aber offensichtlich hat Robbie Sie schon reingelassen.«

Robbie stieg aus, während sie mir das alles mitteilte. Die Kleine wiederholte einfach die Kommentare der Erwachsenen, ohne sich selbst Gedanken zu machen. Offenbar hatten sich die Baladines schon so oft mit Fremden über Robbies Gewichtsprobleme unterhalten, daß es ihr ganz natürlich erschien, mir davon zu erzählen. Ich hätte ihm gern etwas Aufmunterndes gesagt, aber er war schon auf der anderen Seite des Hauses.

»Weißt du, es gibt Schlimmeres im Leben als Übergewicht«, erklärte ich der Kleinen, während ich mit ihr an der Garage vorbeiging.

»Ja, zum Beispiel Stehlen und ins Gefängnis gesteckt werden. Das hat Nicola gemacht, und da haben wir Rosario für sie eingestellt. Ich war erst sechs, als sie Nicola verhaftet haben, da hat's nichts ausgemacht, daß ich geweint hab'. Ich hab' auch geweint, als Fluffy von 'nem Auto angefahren worden ist.«

»Du bist ziemlich sensibel, was?« sagte ich voller Anteilnahme.

»Nein, das ist nur was für Heulsusen. Ich mach' das jetzt nicht mehr, aber Robbie hat wegen Nicola noch geweint, und da war er schon fast elf. Er hat sogar geweint, als Fluffy 'nen toten Vogel angeschleppt hat. Dabei ist das nun mal so in der Natur. Mom! Sie ist hier! Sie hat Robbie im Wagen vom Tor zum Haus mitgenommen!«

Wir waren mittlerweile an der hinteren Seite der Garage angelangt, wo ein Fünfundzwanzig-Meter-Pool sowie ein Tennisplatz den Baladines Gelegenheit boten, sich von den wie auch immer gearteten Anstrengungen ihres Tages zu erholen. Beide wurden von Bäumen gesäumt, die angenehmen Schatten spendeten.

Zwei Frauen lagen auf gepolsterten Liegestühlen, die Augen hinter riesigen Sonnenbrillen verborgen. Ihre Badeanzüge brachten die Körper, die durch sorgfältige Pflege perfektioniert worden waren, bestens zur Geltung. Die beiden hoben den Blick, als das Mädchen und ich uns näherten, unterbrachen aber keineswegs ihre zwanglose Unterhaltung.

Eine dritte Frau, ebenfalls mit einem Körper, den sich nur reiche Müßiggänger leisten können, stand am seichten Ende im Pool. Sie trainierte zwei kleine Mädchen, die in der Bahn neben ihr schwammen. Zwillingsjungen sprangen am tiefen Ende ins Wasser und jagten einander mit Plastikwaffen, von denen ein paar am Rand des Pools herumlagen, neben ihnen Space-Berets-Actionfiguren. Die hatte ich bei Mary Louise schon einmal gesehen – ihre Jungs sammelten sie.

»Keine so unruhigen Züge, Utah«, sagte die Frau im Pool. »Rhiannon, die Arme nicht so hoch aus dem Wasser. Jetzt noch eine Bahn, ihr beiden, und zwar ruhiger. Jason und Parnell« – hier hob sie die Stimme – »wenn ihr nicht aufhört, so einen Krach zu machen, verschwindet ihr aus dem Pool, bis wir hier fertig sind.«

Sie stellte sich mit dem Rücken zu mir, während Utah und Rhiannon noch einmal fünfundzwanzig Meter schwammen, diesmal deutlich ruhiger. Die Kleine, mit der ich gekommen war, beobachtete sie mit kritischem Blick.

»Utah ist meine Schwester. Sie ist besser als ich in ihrem Alter, aber inzwischen bin ich auch besser in Form. Und ich bin eindeutig besser als Rhiannon. Wollen Sie's mal sehen?«

»Nicht heute«, sagte ich. »Deine Schwester heißt Utah – heißt du dann Wyoming oder Nevada?«

Die Kleine sprang in den Pool, ohne mir Beachtung zu schenken. Das Wasser bewegte sich dabei kaum. Ungefähr nach einem Drittel der Bahn tauchte sie wieder auf. Sie war deutlich besser in Form als ich.

Die Frau hob Utah aus dem Pool und stemmte sich dann selbst mit einer einzigen kräftigen Bewegung heraus. Eine vierte Frau, die so dunkel und rund war wie eine Figur auf einem Gemälde von Gauguin, trat aus dem Schatten und schlang ein Handtuch um das kleinere Mädchen. Schweigend reichte sie der Mutter ein weiteres Handtuch und ging dann mit Utah weg.

»Ich bin Eleanor Baladine. Ich hoffe, Sie haben mir etwas Wichtiges zu sagen, denn Sie stören gerade bei meinem Trainingsprogramm.«

»Für die nächste Olympiade?« fragte ich.

»Sie finden das vermutlich witzig«, sagte sie mit kühler Stimme. »Robert und ich wissen nicht, wie gut unsere Mädchen eines Tages vielleicht noch werden, aber möglicherweise schaffen sie es in zehn Jahren tatsächlich in ein Team. Besonders Utah – obwohl Madison auch immer besser wird. Und Rhiannon Trant macht sich ebenfalls sehr gut, obwohl sie erst letzten Sommer angefangen hat.«

Rhiannon Trant? Tochter von Edmund, dem neuen obersten Boß von Murray? Das erklärte das Global-Nummernschild an dem Mercedes. »Wunderbar. Es wäre ja schade, wenn sie nur so zum Spaß schwimmen würden.«

»Niemand schwimmt nur so zum Spaß. Entweder man läßt sich auf einen Wettbewerb ein, oder man hat keine Motivation, ins Wasser zu gehen. Ich habe einmal eine Olympia-Teilnahme um sechs Zehntelsekunden verpaßt. Ich möchte nicht, daß es meinen Mädchen genauso ergeht.«

Dann gab sie Madison eine Anweisung. Eine der Frauen auf den Liegen, die offenbar das Gefühl hatte, daß Rhiannon zu kurz kam, setzte sich auf und rief ihr etwas Aufmunterndes zu. Wenn sie Edmund Trants Frau war, wunderte es mich nicht, daß Klatschkolumnistinnen wie Regine Mauger ihr nachstellten. Das lag nicht nur an ihren goldblonden Haaren und ihrer braunen Haut, sondern auch an der Art und Weise, wie sie sich bewegte, sogar auf einem Liegestuhl, und nicht zuletzt an ihrem Lächeln. Offenbar amüsierte es sie, daß sie sich etwas daraus machte, wie ihre Tochter sich in diesem Privatpool schlug. In ihrer Gegenwart fühlte ich mich genauso pummelig und unbeholfen wie Robbie in der seiner Schwester.

»Ich bin Detective V. I. Warshawski«, sagte ich, während ich auf die beiden Frauen auf den Liegen zuging, »und würde Mrs. Baladine gern ein paar Fragen über Nicola Aguinaldo stellen.«

Eleanor Baladine beeilte sich zu erklären: »Das frühere Kindermädchen von Madison und Robbie, wißt ihr, die wegen Raubes nach Coolis gekommen ist…«

»Das war doch eher Diebstahl, oder?« unterbrach ich. »Oder ist sie eingebrochen und hat eine Waffe benutzt?«

»Entschuldigen Sie bitte, Detective.« Mrs. Baladines Stimme troff vor Sarkasmus. »Aufgrund meiner mangelnden Erfahrung mit kriminellen Handlungen kenne ich mich mit diesen Unterscheidungen nicht aus.«

»Wie sind Sie seinerzeit an Ms. Aguinaldo gekommen?« fragte ich.

»Über eine Agentur. In solchen Fällen wenden wir uns alle immer an Help Across Borders – die sind normalerweise sehr zuverlässig. Sie haben mir versichert, daß Nicolas Aufenthaltsgenehmigung in Ordnung ist, und für ihre Referenzen gebürgt. Sie konnte sehr gut mit den Kindern umgehen, was mich nicht überrascht, weil sie selbst eins hatte…«

»Ich dachte, sie hätte zwei«, fiel ich ihr ins Wort.

»Vielleicht haben Sie recht. Das ist jetzt schon ein paar Jahre her; ich erinnere mich nicht mehr so genau. Madison! Konzentrier dich auf deine Hüften! Du verläßt dich viel zu sehr auf deine Beine. Du bist ein Seehund mit kleinen Flossen; nun zeig uns, wie du sie bewegst.«

»Sie hat hier gewohnt? Mit ihren Kindern?«

»Aber nein. Ich leite hier keinen Kindergarten, und außerdem muß sich jemand, der bei mir arbeitet, auf seine Arbeit konzentrieren.«

»Wie oft hat sie ihre Familie dann gesehen? Und wie ist sie zu ihr gekommen?«

»Ich habe ihr immer den Sonntag freigegeben, auch wenn das für uns oft gar nicht so angenehm war. Außer auf Reisen, da habe ich sie immer gebraucht. Haben Sie Kinder? Nun, dann wissen Sie wahrscheinlich nicht, wie schwierig es ist, mit drei kleinen Kindern zu verreisen. Die Mädchen haben nichts als Unsinn im Kopf, und mein Sohn ist gern allein und verschwindet an Orte, wo niemand ihn finden kann, weil er sich einfach nicht körperlich betätigen will.« Sie wandte den Blick dabei nicht vom Pool und hob und senkte die Arme wie Flossen, um Madison dazu zu bringen, daß sie sich richtig bewegte.

Die anderen beiden Frauen pflichteten ihr bei, daß es in der Tat schwierig sei, Kinder auf Reisen zu bändigen. »Sie brauchen einfach einen regelmäßigen Tagesablauf und ihre Freunde«, erklärte eine von ihnen.

Und Pools und Schipisten und weiß Gott, was sonst noch. »Und wenn Nicola ihre Kinder am Sonntag sehen wollte, hat jemand sie zur Bahn gebracht?«

Mrs. Baladine wandte den Blick einen Moment von ihrer Tochter ab und musterte mich abschätzig. »Der Diebstahl ist jetzt mehr als zwei Jahre her. Ich kann mir nicht vorstellen, daß die Beförderungsfrage irgend etwas damit zu tun hat.«

»Ich würde gern herausfinden, wer sie im Auto mitgenommen haben könnte, als sie aus Coolis geflohen ist. Sie kann von dort aus nicht den ganzen Weg nach Chicago zu Fuß gegangen sein. Hat irgendein Mann sie an ihren freien Tagen abgeholt? Oder eine Freundin? Oder haben Sie oder Mr. Baladine sie zur Bahn gefahren?«

»So viel Zeit hatten wir nicht. Manchmal hat Robert sie mitgenommen, wenn er zu einer Besprechung nach Oak Brook mußte, aber normalerweise hat sie den Metra-Bus unten an der Gateway Terrace genommen. Ein- oder zweimal hat er sie bis ganz nach Hause gebracht, wenn er sowieso in die Stadt mußte. Ich wußte, daß das eine weite Fahrt für sie ist, also habe ich sie die Nacht in der Stadt verbringen lassen und die Kinder am Montagmorgen selbst für die Schule fertig gemacht.«

»Und sie hatte vor der Halskette noch nie etwas gestohlen, oder? Können Sie sich erklären, was sie zu dem Diebstahl getrieben hat?«

»Sie war arm und wir reich. Was sollte es sonst für einen Grund geben?« Sie hatte den Blick mittlerweile wieder auf den Pool gerichtet, aber ihre starre Körperhaltung verriet mir, daß sie mehr wußte.

»Ich versuche herauszufinden, mit welchen Menschen sie in ihrer Freizeit zu tun hatte. Ob sie von einem Mann abhängig war, der unbedingt Geld brauchte, oder ob sie angefangen hat, Drogen zu nehmen...«

»Ja, genau, Eleanor«, meldete sich die dritte Frau zu Wort. »Sie muß eine Menge Männer gekannt haben; vielleicht hat sie einer von denen angegriffen. Ist nicht einer von ihnen mal am Wochenende hier rausgekommen?«

»Sie angegriffen?« fragte ich. »Wer hat denn etwas davon gesagt?«

Die Frau sah Eleanor Baladine an oder bewegte zumindest die dunkle Sonnenbrille in ihre Richtung und sprang dann hoch. »Jason und Parnell sind viel zu überdreht. Es wird Zeit, daß sie aus dem Pool kommen und heimfahren. Du bist wirklich ein Schatz, Eleanor, daß du sie hier toben läßt, während du deine Mädchen trainierst.«

»Wollten Sie mir sagen, daß Sie bereits von dem Angriff auf Ms. Aguinaldo gehört haben, obwohl die Öffentlichkeit noch gar nicht darüber informiert ist, Ma'am?« fragte ich.

Sie lachte. »Ach, ich und mein loses Mundwerk. Mein Mann sagt, er kann mich nicht mal nach der Uhrzeit fragen, ohne daß ich ihm die ganze Speisenfolge fürs Abendessen herunterbete. Ich habe keine Ahnung, warum ich das gesagt habe, es ist mir einfach so herausgerutscht.«

»Und was sagen Sie?« fragte ich Eleanor Baladine. »Hat sie Ihnen von dem Angriff auf Ms. Aguinaldo erzählt? Oder war's umgekehrt?«

»Hören Sie zu, wie Sie auch immer heißen mögen: Ich habe

allmählich die Nase voll davon, daß ständig Leute in meinem Privatleben herumschnüffeln. Nicola war die schlimmste Sorte Ausländer, die man sich vorstellen kann. Sie hat gelogen und gestohlen und meinem Sohn abergläubischen Unsinn erzählt. Ich war offen gestanden froh, als sie schließlich ins Gefängnis kam. Wenn sie ausgebrochen ist und verletzt wurde, nun, dann hat sie sich das wahrscheinlich selbst zuzuschreiben.«

»Ich glaube, Verletzungen wie die ihren hat sich niemand selbst zuzuschreiben. Sie ist ermordet worden, und zwar auf übelste Weise. Jemand hat sie mit so heftigen Tritten oder Schlägen traktiert, daß ihr Darm gerissen ist, und sie dann auf der Straße liegenlassen. Sie ist gestorben, weil ihr ganzer Bauchraum mit Kot gefüllt war. Das ist ein unglaublich schmerzhafter Tod. Wenn Sie das alles schon wußten, bevor ich hierhergekommen bin, nun, dann würde ich gern mehr über das Verhältnis zwischen Ihnen und Ihrem Mann und Ms. Aguinaldo erfahren.«

Die Kinder waren mittlerweile aus dem Pool geklettert. Die Mädchen drängten sich bei ihren Müttern zusammen, doch die Zwillingsjungen gingen mit ihren Space-Berets-Waffen aufeinander los. Jetzt trat die dunkelhäutige Frau wieder zu uns, um Madison in ein Handtuch zu hüllen. Das Mädchen ergriff ihre Hand.

Mrs. Trant legte den Arm um Rhiannon. »Die Verletzungen klingen scheußlich, Detective, aber vielleicht könnten wir uns darüber ein andermal unterhalten.«

Eleanor Baladine war da schon härter im Nehmen. »Ich möchte den Namen Ihres Vorgesetzten und auch Ihren, Detective. Nur weil wir hier in den Vororten wohnen, bedeutet das noch lange nicht, daß mein Mann keine einflußreichen Leute in Chicago kennt.«

»Das glaube ich Ihnen gern, Mrs. Baladine. Schließlich ist er der Chef von Carnifice. Wie ich Ihnen schon ein paarmal gesagt habe, ist mein Name V. I. Warshawski.« Ich holte eine Visitenkarte aus meiner Handtasche. »Und ich bin Privatdetektivin, nicht bei der Chicagoer Polizei.«

Eleanor bedachte mich mit einem funkelnden Blick und holte tief Luft.

»Sie sind Privatdetektivin? Wie können Sie es wagen, sich hier auf meinem Anwesen einzuschleichen und dreiste Fragen zu stellen? Verlassen Sie sofort das Grundstück, sonst rufe ich die Polizei und lasse Sie wegen Hausfriedensbruchs verhaften.«

»Ich darf Sie daran erinnern, daß Sie mich eingeladen haben hierherzukommen.«

»Aber jetzt lade ich Sie wieder aus. Verschwinden Sie. Und nehmen Sie meinen Sohn nicht wieder im Auto mit, sonst zeige ich Sie wegen Entführung an. Sie sabotieren meine Bemühungen, ihn zum Abnehmen zu bringen.«

Ich konnte mir ein Lachen nicht verkneifen. »Sie sind schon eine merkwürdige Frau, Mrs. Baladine. Da wird Ihr früheres Kindermädchen ermordet, und Sie machen sich Gedanken über das Gewicht Ihres Sohnes. Vielleicht ist er nicht gerade scharf auf Salat und Fitneßstudios wie Sie und Ihre Freundinnen, aber ich finde ihn ganz sympathisch. Stellen Sie ihn nicht immer bloß vor Fremden. Und bitte werfen Sie meine Visitenkarte nicht weg. Egal, ob ich nun Polizistin bin oder Privatdetektivin – ich ermittle im Fall Aguinaldo. Wenn Sie es sich anders überlegen und mir sagen wollen, was Sie über Nicolas Privatleben wußten, dann rufen Sie mich doch an.«

Eleanor ließ meine Visitenkarte auf den Boden fallen und trat mit den Füßen darauf herum. Dann klatschte sie in die Hände und wandte sich den Mädchen zu. »Madison, Rhiannon, zurück in den Pool. Ich möchte ein Wettschwimmen über zwei Bahnen sehen. Die Siegerin bekommt einen Becher gefrorenen Joghurt.«

Als ich an der Garage vorbeiging, hörte ich Mrs. Trant sagen: »Ich finde, Rhiannon hat genug für heute, findest du nicht auch, Schätzchen?«

9 Kindermund tut Wahrheit kund

Während ich mich mit dem Öffnungsmechanismus des Tores abmühte, tauchte Robbie aus dem Gebüsch auf. Vielleicht war seine Mutter alles andere als zufrieden mit seinen sportlichen

Fähigkeiten, aber durch die Büsche konnte er sich winden wie eine Schlange.

Wir sahen einander schweigend an. Das Haus war so weit entfernt, daß ich nicht das geringste von Eleanor Baladines Trainingsversuchen oder dem Kreischen der Jungen im Pool mitbekam.

Je länger das Schweigen dauerte, desto schwerer würde es Robbie fallen, überhaupt etwas zu sagen, also eröffnete ich das Gespräch. »Tut mir leid, daß ich dir nichts über Nicolas Tod sagen konnte, bevor deine Schwester aufgetaucht ist.«

Der Junge wurde rot. »Wie haben Sie... Sie haben Mom doch nicht erzählt, daß ich gelauscht habe, oder?«

Ich schüttelte den Kopf. »Ich hab' gar nicht gemerkt, daß du da bist – du bewegst dich für einen Stadtmenschen wie mich viel zu geschickt im Gebüsch.«

»Woher wissen Sie dann, daß ich gehört habe, wie Sie sich mit ihr unterhalten haben?«

Ich lächelte. »Das ist eine Frage der Logik. So was lernt man in der Detektivausbildung. Ist wahrscheinlich ganz schön anstrengend, mit drei so besessenen Sportlern wie deiner Mutter und deinen Schwestern zusammenzuleben, was? Ist dein Vater auch so verrückt aufs Schwimmen?«

»Nein, der spielt Tennis. Ist zwar nie richtig gut gewesen wie Mom – sie hat jede Menge Pokale, bloß keine olympische Medaille, also sollen wir das für sie erledigen. Ich hab's versucht, wirklich, aber... aber wenn sie einen ständig hänseln...«

»Nicola hat das nicht gemacht, oder?« fragte ich, bevor er zu weinen anfangen konnte.

Er lächelte mich dankbar an. »Nicola hat nicht so gut Englisch gesprochen. Sie hat ein bißchen Spanisch gekonnt, aber ihre Muttersprache war Tagalog, das reden die Leute auf den Philippinen, und da war sie her. Sie hat immer gesagt, es ist wichtiger zu lesen und viele Sachen aus Büchern zu wissen, als schwimmen zu können. Ohne Bildung konnte sie nur Kindermädchen sein oder putzen. Sie hat mir den Nachthimmel erklärt, damit ich mich an den Sternen orientieren kann. Ich hab' mir ein Buch über die Sternbilder in Spanisch und Englisch besorgt, und das hat Mom wütend gemacht; sie war der Meinung, daß Nicola Englisch lernen soll, nicht ich Spanisch. Vielleicht hat Nicola mich auf Tagalog ja auch Pummelchen genannt.«

Das schien sein Versuch zu sein, einen Scherz zu machen, also lachte ich ein bißchen mit ihm. »Wer waren denn die Frauen, die heute da waren?«

»Ach, das sind Freundinnen von Mom. Mrs. Trant; ihre Tochter und Madison sind in derselben Klasse. Und Mrs. Poilevy. Parnell und Jason Poilevy. Ich soll mit ihnen spielen, weil ihr Vater wichtig für meinen Vater ist, aber ich kann die beiden nicht leiden.«

Poilevy. Der Speaker von Illinois House. Er hatte bei dem Fest am Dienstag abend neben Edmund Trant gestanden.

»Erzähl mir von der Halskette«, sagte ich zu Robbie.

»Was soll damit sein?«

»Weißt du, ob sie wirklich wertvoll war? Und glaubst du, daß sie tatsächlich verschwunden ist?«

»Sie wollen wissen, ob Mom nur so getan hat, als ob sie weg ist, damit sie auf Nicola losgehen kann?«

Man kann über die Kinder von heute sagen, was man will – die ganzen Krimis, die sie sich im Fernsehen anschauen, lassen sie schon sehr früh begreifen, was Betrug bedeutet. »Ja, so ähnlich.«

»Sie können sich gar nicht vorstellen, wie hart Mom ist. Wenn sie Nicola hätte loswerden wollen, dann hätte sie sie einfach vor die Tür gesetzt. Nein, nein, Nicola hat die Halskette schon gestohlen.« Er runzelte die Stirn. »Sie hat sie ganz in der Nähe von ihrer Wohnung verkauft. Als Mom hier großen Zirkus gemacht und die Polizei gerufen hat, haben die Beamten die Kette in so 'nem Schmuckladen gefunden.«

»Du meinst in einem Pfandhaus«, sagte ich.

»Ja, genau, in einem Pfandhaus. Und der Mann vom Pfandhaus hat Nicola auf dem Foto erkannt. Ich weiß noch, daß Dad gesagt hat« – hier wurde er wieder rot – »›die dumme Kuh hat bloß zwölfhundert Dollar für eine Halskette gekriegt, die fünfzigtausend wert ist‹.«

»Weißt du, warum sie die Halskette überhaupt gestohlen hat?«

»Ihre Tochter hat Asthma, und das ist ziemlich schlimm geworden, und da mußte sie mit ihr ins Krankenhaus, aber wahrscheinlich hat Nicola kein Geld dafür gehabt. Ich hab' gehört, wie sie Mom um ein Darlehen gebeten hat, ein paar tausend Dollar. So viel Geld hat Mom ihr nicht geben können; es hätte Jahre gedauert, bis Nicola das abbezahlt hätte. Ich hab' ihr fünfhundert Dollar gegeben – das Geld, das ich mir von den Geburtstagsschecks meiner Großeltern zusammengespart habe –, aber Dad hat das irgendwie rausgefunden und die Schecks sperren lassen. Und dann haben er und Mom mich gezwungen ...«

Er zog an seinem T-Shirt, so daß die finsteren Gesichter der Space Berets darauf höhnisch grinsten. Als er den Mund wieder aufmachte, sprach er so hastig und monoton, daß ich kaum verstand, was er sagte. »Sie haben mich gezwungen, in dieses Lager für dicke Kinder zu gehen, wo man den ganzen Tag laufen muß und zum Abendessen bloß Karotten kriegt. Und als das vorbei war, hatten sie Nicola schon festgenommen und vor Gericht gebracht. Ich hab' sie nie mehr gesehen. Ich dachte, wenn sie aus dem Gefängnis abhaut ... aber jetzt ist sie tot. Wer hat sie umgebracht? Sie haben Mom gesagt, daß sie zu Tode getreten worden ist?«

Wenn ich gewußt hätte, daß dieser sensible Junge unser Gespräch belauschte, hätte ich Eleanor ihren Tod weniger anschaulich geschildert. »Der Arzt im Krankenhaus, der versucht hat, sie zu retten, hat gesagt, daß sie seiner Meinung nach geschlagen oder getreten worden ist, aber keiner weiß, wer's war. Ich hoffe, daß ich das herausfinden kann. Hat sie dir je was über die Leute erzählt, mit denen sie in ihrer Freizeit zu tun hatte? Ob sie vor irgend jemandem Angst hatte oder jemandem Geld schuldete?«

»Eigentlich nur, daß sie Angst hatte, die Leute könnten sie schlagen, weil sie nicht sonderlich groß war. Einmal war Mom so wütend auf sie, daß sie Angst hatte, sie könnte irgend etwas nach ihr werfen. Sie ... es war schrecklich, sie hat Mom angefleht, daß sie ihr nichts tut. Ich wünschte ...« Er begann zu weinen. »Scheiße, Scheiße, Scheiße. Nur Heulsusen weinen. Scheiße.«

Bevor ich ihn irgendwie trösten konnte, verschwand er schon ins Gebüsch. Ich setzte mich in den Wagen. Doch dann kam mir der Gedanke, daß der Junge vielleicht noch in Hörweite war, und ich stieg wieder aus.

»Ich lasse meine Visitenkarte hinter diesem Pfosten«, sagte ich mit lauter Stimme. »Wenn du mich anrufen möchtest – meine Nummer steht drauf.«

Das Anwesen war so gepflegt, daß nirgends Kiesel oder Zweige herumlagen, mit denen ich die Visitenkarte hätte beschweren können. Schließlich riß ich einen Zweig von einem Busch und legte ihn zusammen mit der Karte hinter den Torpfosten. Als ich das Tor öffnete, hörte ich, wie ein Motor angelassen wurde. Der Mercedes Geländewagen näherte sich mit hoher Geschwindigkeit und hatte mich überholt, bevor ich in die Gateway Terrace einbiegen konnte. Am Steuer saß Mrs. Trant. Sie und Mrs. Poilevy trugen immer noch ihre großen Sonnenbrillen, so daß sie aussahen wie die bedrohlichen Actionspielzeuge am Poolrand.

Ich lenkte den Wagen hinaus, und bevor ich die erste Kreuzung erreichte, war der Mercedes bereits verschwunden.

Ein paar Minuten später war ich wieder auf den großen Straßen, wo Bürogebäude und Einkaufspassagen das Anwesen der Baladines wie einen weit entfernten Garten Eden erscheinen ließen. Dort draußen stehen Gebäude unterschiedlichster Größe und Form willkürlich nebeneinander, als hätten die Bauunternehmer es besonders eilig gehabt, die Gegend zu besiedeln. Das Ganze erinnerte mich an eine riesige Schachtel mit Pralinen, die jemand alle gierig angebissen hatte.

In der Ferne tauchte die imposante Chicagoer Skyline auf. Ich lenkte den Wagen auf den Expressway wie einst König Arthus, der im Nebel Avalon erblickt und voller Freude darauf zureitet, obwohl die pockennarbigen Wohnhäuser und ausgebrannten Gebäude entlang des Eisenhower Expressway auch kein erfreulicherer Anblick waren als die westlichen Vororte.

Ein Dröhnen im Auspuff des Skylark lenkte mich von meinen Gedanken an die Baladines ab. Ich hatte das, weswegen ich eigentlich zu ihnen gefahren war, nicht bekommen: Die Namen von Leuten, die Nicola Aguinaldo möglicherweise die

Verletzungen zugefügt hatten. Was hatte ich überhaupt erfahren? Daß die Reichen anders sind als wir Normalsterblichen?

Nun, anders als ich sind sie allemal. Das Viertel, in dem ich aufgewachsen bin, war Uptown sehr viel ähnlicher als Oak Brook. Bei mir in der Gegend wußte jedes Kind, was ein Pfandhaus war, weil wir oft diejenigen waren, die von unseren Eltern mit dem Radio oder dem Mantel oder was auch immer für die Miete dran glauben mußte, hingeschickt wurden.

Ich wußte dafür nicht, wie das Leben mit einem Kindermädchen war. Redeten die mit ihren Anbefohlenen über ihr Privatleben? Wahrscheinlich konnte man nicht zwei Jahre lang mit einem Menschen unter einem Dach wohnen, ohne etwas über diesen Menschen zu erfahren – immer vorausgesetzt, man fand eine gemeinsame Sprache.

Hatte Nicola damit gerechnet, daß der kleine Robbie Mitleid mit ihr haben würde? Ein sensibler, übergewichtiger Junge wäre in diesem sportbesessenen Haus sicher ein leichtes Ziel gewesen. Vielleicht hatte Nicola einfach genug gehabt von der Mom – mir war das schon nach knapp zwanzig Minuten so gegangen –, und sie hatte beschlossen, ihr nicht nur die Zuneigung ihres Sohnes, sondern auch ihre Halskette zu stehlen. Zwar hatte ich nicht vor, Nachforschungen in der Diebstahlssache von damals anzustellen, aber ich fragte mich trotzdem, ob Nicola Aguinaldo wirklich eine asthmatische Tochter hatte.

Und was war mit dem Dad? Robbie hatte meinen Gedanken, daß Eleanor Baladine möglicherweise nur einen Vorwand gesucht hatte, um Nicola feuern zu können, ziemlich schnell begriffen. Und die Freundinnen von Eleanor wußten definitiv etwas, das hatte ich an ihrer starren Körperhaltung und den verstohlenen Blicken gesehen. Hatte Robert sich etwa auf ein Techtelmechtel mit dem Kindermädchen eingelassen an jenen Tagen, an denen sie freihatte und er sie nach Chicago fuhr? Hatte sie vielleicht gedacht, er würde ihr zu Hilfe kommen, nachdem sie aus dem Gefängnis geflohen war, ja, möglicherweise sogar Eleanor ihretwegen verlassen? Hatte er sie unter Umständen ermordet, damit sie keine Unordnung in sein glückliches Familienleben brachte?

Allmählich begann die Rush-hour. Die Fahrt nach Hause dauerte fast doppelt so lange wie die in die Vororte, und der Auspuff wurde auf dem Weg vom Eisenhower zum Kennedy Expressway in nördlicher Richtung immer lauter. Als ich den Wagen endlich vor meiner Wohnung abstellte, vibrierte mein ganzer Körper. Das war mit Sicherheit kein Auto, mit dem ich den Rest meines Lebens verbringen wollte.

Mr. Contreras war zusammen mit den Hunden hinterm Haus und widmete sich seinen Tomaten. Ich rief ihnen von meiner Veranda aus zu, und Peppy kam hoch, um mich zu begrüßen. Mitch kaute an einem Ast und hob kaum den Kopf.

Während ich eine Jeans anzog, ließ Peppy mich nicht aus den Augen. Es war klar, daß sie mich begleiten wollte, wenn ich das Haus verließ. »Ich will nach Uptown, altes Mädchen. Was ist, wenn mich da jemand angreift, und du bist tagelang im Wagen eingesperrt? Na ja, so lange bleibt ein Auto in der Gegend normalerweise nicht unbehelligt stehen. Außerdem müßte ich die Fenster offenlassen, wenn du dabei bist – da könnte doch jemand vorbeikommen und dich stehlen oder dir weh tun.« Aber gegen die Sehnsucht in ihren bernsteinfarbenen Augen hatte ich einfach keine Chance. Nachdem ich meine Pistole aus dem Safe geholt und die Sicherung überprüft hatte, legte ich Peppy an die Leine und rief Mr. Contreras, der immer noch unten bei seinen Tomaten war, zu, daß ich sie mitnehmen wolle.

Als ich den Wagen zwischen einem verrosteten Chevy und einem leeren Gurkenglas abstellte, fragte ich mich, was Nicola Aguinaldo wohl gedacht hatte, wenn sie am Sonntag die lange Fahrt nach Hause machte. Vorortbus zum Zug, Zug zur Union Station, zu Fuß zur State Street, Hochbahn bis Bryn Mawr und dann die sechs Häuserblocks bis zu ihrer Wohnung an der Wayne Street. Das dauerte mehr als zwei Stunden, selbst wenn alle Verbindungen einwandfrei klappten. Und wenn sie dann daheim war, fand sie dort keinen Pool und ordentlich gepflegten Rasen für ihre Kinder vor, sondern nur ein winziges, mit Glasscherben übersätes Geviert vor ihrem Haus. Wenn sie sich auf etwas mit Baladine eingelassen hatte, dann vielleicht in der Hoffnung, ihren Kindern den Weg aus der Wayne Street zu erkaufen.

Die Mädchen, die mir am Abend zuvor geholfen hatten, die Straße abzusuchen, spielten wieder dort. Ich nahm das leere Gurkenglas vom Boden, bevor jemand darüber fuhr oder es durch die Gegend schleuderte. Da ich nirgends einen Abfalleimer entdecken konnte, warf ich es durch das offene hintere Fenster in den Skylark. Peppy streckte sofort den Kopf heraus, wohl, weil sie hoffte, daß ich sie brauchte. Die Mädchen entdeckten sie und hörten auf zu spielen.

»Ist das Ihr Polizeihund, Miss?« »Beißt der, Miss?« »Kann ich ihn streicheln?« »Bleibt der im Wagen?«

»Sie ist ganz lieb und hat's gern, wenn man sie begrüßt. Soll ich sie rauslassen?«

Sie kamen nervös kichernd auf den Wagen zu. Peppy ist ein ausgesprochen wohlerzogener Hund. Als ich sie herausließ, tänzelte sie ein paar Minuten vor Freude herum und setzte sich dann, um den Mädchen eine Pfote hinzustrecken. Sie waren entzückt. Ich zeigte ihnen, wie Peppy einen Hundekeks aus meinem Mund nahm und sich unsere Nasen dabei sanft berührten.

»Darf ich das auch machen, Miss?« »Haben Sie sie gekriegt, wie sie noch ganz klein war?« »Ui, Derwa, sie mag dich, sie hat dir die Hand geleckt!« »Mina, gleich beißt dich der Polizeihund!«

»Erinnert sich eine von euch an Nicola Aguinaldo?« fragte ich so beiläufig wie möglich. »Ich würde mich gern mit ihrer Mutter unterhalten.«

»Hat sie das Goldding gestohlen, das wir gefunden haben?«

»Sei nicht albern«, sagte ein Mädchen mit dicken Zöpfen und Kopftuch. »Wie kann sie denn was stehlen, wenn sie im Gefängnis ist?«

»Stimmt. Der Missus hat's nicht gefallen, wie der Mister Sherrees Mutter angeschaut hat, das stimmt. Also hat sie so getan, wie wenn Sherrees Mom was gestohlen hat«, meldete sich ein drittes Mädchen zu Wort.

Ein anderes erklärte, Sherrees Mom habe die Halskette wirklich gestohlen und sei deshalb eine Diebin, aber wieder ein anderes meinte: »So darfst du nicht über Sherrees Mom und den Mister reden.«

»Aber es ist die Wahrheit! Das heißt doch nicht, daß Sherrees Mom was Schlimmes gemacht hat wie Minas Mom, ihr wißt schon...«

Da gab ihr jemand eine Ohrfeige. Bevor die Auseinandersetzung eskalieren konnte, herrschte ich die Mädchen an, sie sollten still sein.

»Mir ist es egal, was irgendwelche Mütter denken, sagen oder machen – das geht nur sie was an. Aber ich will mit Sherrees Großmutter sprechen. Kann mir eine von euch zeigen, wo ich die finde?«

»Die sind umgezogen«, sagte Sarina, das älteste von den Mädchen.

»Wohin?« fragte ich.

Sie sahen einander an, plötzlich mißtrauisch geworden. In einer Welt illegaler Einwanderer bedeuten Detectives, die Fragen über die Familie stellen, nie etwas Gutes. Nicht einmal Peppy und der zerbeulte Skylark konnten aus mir etwas anderes machen als eine gebildete Weiße, die zwangsläufig etwas mit den Behörden zu tun hatte.

Nach einigem Hin und Her einigten sie sich darauf, daß ich mit einer von ihren Müttern sprechen könnte. Zu diesem Zweck wurde Mina ausgewählt, denn sie hatte auf der anderen Seite des Flurs von Sherree gewohnt, und ihre Mutter hatte auf Sherree aufgepaßt, als das Baby gestorben war.

»Was für ein Baby?«

»Sherrees kleine Schwester«, meldete sich ein kleines Mädchen, das bis dahin geschwiegen hatte, zu Wort. »Sie hat die ganze Zeit gehustet, und Señora Mercedes hat sie ins Krankenhaus gebracht; da hat...«

»Halt den Mund!« Das große Mädchen mit dem langen Zopf gab ihr eine Ohrfeige. »Ich hab' dir gesagt, du darfst mit uns spielen, wenn du den Mund hältst – aber jetzt quatschst du wieder alles aus wie immer.«

»Stimmt überhaupt nicht!« heulte die Kleine. »Und Mommy sagt, du mußt sowieso auf mich aufpassen.«

»Mina!« sagte ich, alles andere als sicher, wer damit gemeint war. »Gehen wir zu deiner Mutter. Die zwei hier sollen ihr Problem unter sich ausmachen.«

Ein Mädchen mit kurzem, lockigem Haar sah mich an. Während der Diskussion hatte die Kleine sich am Rand der Gruppe gehalten. Offenbar wurde sie von den anderen nicht voll akzeptiert.

»Wahrscheinlich ist es in Ordnung, wenn Sie mitkommen«, sagte sie, nicht sonderlich begeistert. »Aber meine Mom hat Angst vor Hunden; Ihren Hund können Sie nicht mitnehmen.«

Ein halbes Dutzend schriller Stimmen versprach, auf Peppy aufzupassen, doch ich hielt es für besser, sie wieder in den Wagen zu verfrachten. Auch ein wohlerzogener Hund kann in Gegenwart von Fremden die Geduld verlieren, und Kinder konnten sie nicht daran hindern, mir zu folgen, wenn ihr das in den Sinn kam, oder einer Katze auf der anderen Seite der Straße nachzujagen.

10 Übersetzungsschwierigkeiten

»Meine Mom spricht nicht viel Englisch«, warnte Mina mich, als sie mich ins Haus führte.

»Meine hat's auch nicht sonderlich gut gekonnt.« Ich folgte ihr die schmale Treppe hoch, wo der Geruch von altem Fett und Schimmel mich an die Mietskasernen meiner Jugend erinnerte. »Wir haben Italienisch miteinander gesprochen.«

»Meine Mom spricht nur Arabisch. Und ein bißchen Englisch. Sie werden also mit mir reden müssen, wenn Sie kein Arabisch können.« Während wir die Stufen hochgingen, holte sie ein Fransentuch aus ihrer Jeanstasche und band es sich um die Locken.

Minas Mutter, Mrs. Attar, empfing mich in einem Wohnzimmer, wie ich es ebenfalls aus meiner Kindheit kannte. Wenn meine Mutter mich zu Besuchen bei Nachbarn mitnahm, saß ich oft zwischen solchen Möbeln: dick gepolsterte Sitzgruppen mit Plastikschonbezügen, ein großer Fernseher mit einem Webteppich aus der alten Heimat und gerahmten Familienfotos darauf.

Mrs. Attar war eine korpulente Frau mit besorgtem Gesichtsausdruck, die ihre Tochter nicht von ihrer Seite ließ. Trotzdem bot sie mir eine Tasse starken, süßen Tee an. Sie war nicht reich, aber bessere Manieren als die Leute in Oak Brook hatte sie allemal.

Ich nippte dankbar an dem Tee, denn die Hitze, die draußen schon schlimm genug gewesen war, wurde hier drinnen fast unerträglich. Nachdem ich mich für den Tee bedankt und den Webteppich auf dem Fernseher bewundert hatte, wandte ich mich meinem eigentlichen Thema zu. Ich konnte nur hoffen, daß Mina das, was ich sagte, richtig übersetzte.

»Ich habe schlechte Nachrichten über Nicola Aguinaldo. Sie ist letzte Woche aus dem Gefängnis geflohen. Haben Sie das schon gewußt? Sie ist gestern gestorben. Jemand hat sie schwer verletzt, als sie zu diesem Wohnhaus unterwegs war, und ich würde gern herausfinden, wer das getan hat.«

»Was? Was sagen Sie?« fragte Mrs. Attar.

Mina sagte etwas auf arabisch. Mrs. Attar fragte nach weiteren Informationen. Mina wandte sich wieder mir zu und übersetzte. Auch das kannte ich. Nach einer gewissen Zeit war das Englisch meiner Mutter ganz ordentlich gewesen, aber ich konnte mich noch gut an die demütigenden Treffen mit Lehrern oder Ladeninhabern erinnern, bei denen ich Dolmetscherin spielen mußte.

»Die Mädchen sagen, Sie haben auf Sherree aufgepaßt, als das Baby im Krankenhaus war. War das, nachdem Nicola ins Gefängnis gekommen war? Ich weiß, daß das Baby schon vorher krank war.«

Mina übersetzte, zuerst das, was ich gesagt hatte, dann die Antwort ihrer Mutter. »Meine Mutter erinnert sich nicht, daß Sherree hier war.«

»Aber du erinnerst dich, oder?« sagte ich. »Das hast du doch mit deinen Spielkameradinnen beredet, bevor du mich heraufgebracht hast.«

Sie sah mich mit verschlagenem Blick an, erfreut darüber, die Kontrolle zu haben. »Hier in diesem Haus gibt es so viele

Kinder, daß sie sie wahrscheinlich durcheinandergebracht haben. Sherree ist nicht hiergewesen.«

Mrs. Attar stellte ihrer Tochter eine Frage. Wahrscheinlich wollte sie wissen, worüber wir uns unterhielten. Während die beiden miteinander sprachen, lehnte ich mich auf dem knisternden Plastik zurück und überlegte, wie ich Mrs. Attar zum Reden bringen konnte. Es war mir letztlich egal, ob sie je auf Sherree Aguinaldo aufgepaßt hatte. Ich brauchte nur die gegenwärtige Adresse von Sherree und ihrer Großmutter beziehungsweise die Namen von Männern, mit denen Mrs. Attar Nicola Aguinaldo zusammen gesehen hatte.

Ich wandte mich direkt an Mrs. Attar und sprach ganz langsam. »Ich komme nicht vom Amt. Nicht vom Jugendamt und auch nicht von der Einwanderungsbehörde.«

Ich machte meine Handtasche auf und breitete ihren Inhalt auf dem überfüllten Kaffeetisch aus, meine Kreditkarten und meine Lizenz als Privatdetektivin. Mrs. Attar wirkte einen Augenblick lang verwirrt, schien aber dann zu begreifen, was ich ihr zu zeigen versuchte. Sie sah sich meinen Führerschein und meine Lizenz genau an und buchstabierte meinen Namen auf beiden Ausweisen. Sie reichte sie ihrer Tochter und bat sie um eine Erklärung.

»Sehen Sie?« sagte ich. »Keine Polizeimarke.«

Als Mrs. Attar sich schließlich mir zuwandte, sagte sie in stockendem Englisch: »Heute ist?«

»Donnerstag«, sagte ich.

»Einer vorbei, zwei vorbei, drei vorbei ist?«

»Das wäre Montag, Ma«, mischte Mina sich verärgert ein und fügte etwas auf arabisch hinzu.

Ihre Mutter legte ihr leicht die Hand auf den Mund. »Ich spreche. Männer kommt. Früh, früh, erste Gebet. Ist … ist …«

Sie sah sich hilfesuchend im Zimmer um und zeigte dann auf ihre Uhr. Schließlich drehte sie den Zeiger auf halb sechs zurück.

»Ich wecke Mann, ich wecke Mina, ich wecke Söhne. Zuerst wasche. Schaue hinaus, sehe Männer. Ich Angst. Frau hier, hat Green Card, ich finde.«

»Derwas Mom«, mischte Mina sich ein, schmollend, weil

sie die Sache nicht mehr in der Hand hatte. »Sie hat eine Aufenthaltsgenehmigung. Mama hat sie gebeten, die Männer zu fragen, was sie wollen. Sie haben nach Abuelita Mercedes gesucht, also ist Mama sie wecken gegangen – die sind keine Moslems und müssen nicht um halb sechs aufstehen wie wir.«

»Ja, ja. Abuelita Mercedes, sehr gute Frau, sehr gut für Mina, für Derwa, nimmt Sherree, wenn ich arbeite, wenn Mutter von Derwa arbeitet. Alle Kinder sagen ›Abuelita‹, heißt ›Großmutter‹, nicht nur für eigene Kinder. Ich nehme ihn …«

»Sie, Mama; bei Mädchen heißt das *sie,* nicht *ihn.*«

»Sie. Ich nehme sie, Sherree. Männer kommen hierher« – sie deutete auf den Stuhl, um mir zu zeigen, daß sie diesen Raum meinte – »ich sage, sie meine Mutter, das alles meine Kinder.«

»Und dann?«

»Gehen wieder. Nicht gut, hier bleiben. Männer gehen, andere Männer kommen, nicht gut.«

Wahrscheinlich meinte sie, Abuelita Mercedes hatte gehen müssen, bevor weitere Leute von der Einwanderungsbehörde nach ihr suchten. »Wissen Sie, wohin sie gegangen ist?«

Sie zuckte seufzend mit den Achseln. »Besser nicht wissen. Will keine Probleme.«

Ich fragte Mrs. Attar, ob sie irgendwelche Männer kannte, mit denen Nicola ausgegangen war. Mrs. Attar zuckte nur wieder mit den Achseln – sie könne mir nicht helfen. Als ich mich dann nach Mr. Baladine, dem Chef, der sie manchmal nach Hause gefahren hatte, erkundigte, hob Mrs. Attar die Hände mit den Handflächen nach oben, um mir zu zeigen, daß sie mich nicht verstand. Nicola war eine gute Mutter gewesen – das war der einzige Grund, warum sie für reiche Fremde arbeitete; sie mußte Geld verdienen für ihre beiden kleinen Mädchen. Sie war jede Woche nach Hause gekommen, um sie zu sehen; sie war niemals zu spät dran gewesen und hatte nie Zeit für Männer gehabt. Mina grinste süffisant, als sie das hörte – ich fragte mich, ob die Kinder mir vielleicht eine andere Geschichte erzählen würden.

»Amerika nicht gut. Baby krank, Mutter kein Geld, Mutter muß in Gefängnis gehen. Warum? Warum Leute nicht helfen?«

Sie wandte sich Mina zu, um dieser ihre Gedanken genauer zu erklären. In Ägypten würde eine Mutter ihr krankes Kind in eine Klinik bringen, wo man sich auf Staatskosten darum kümmerte. Dann brauchte die Mutter nicht zu stehlen, um die Krankenhausrechnungen bezahlen zu können.

»Jetzt Mutter tot, und warum? Nur will helfen Baby. Amerika nicht gut.«

Mir fiel kein überzeugendes Gegenargument ein, also bedankte ich mich dafür, daß sie mir zugehört und mir einen Tee gemacht hatte, und ließ mich von Mina nach draußen begleiten. Mittlerweile waren ihre Freundinnen verschwunden. Ich versuchte, Mina ein paar Fragen über Nicola Aguinaldo zu stellen, herauszufinden, ob sie mit irgendwelchen Männern zusammengewesen war oder was die Leute auf der Straße sich über sie erzählten, aber die Kleine war beleidigt darüber, daß ihre Freundinnen sie im Stich gelassen hatten. Sie zog verärgert die Schultern hoch und erklärte mir, ich solle mich um meine eigenen Angelegenheiten kümmern. Viel anderes blieb mir auch nicht übrig, also setzte ich mich in den klapprigen Syklark und fuhr weg.

An dem Park an der Foster Avenue hielt ich an, um ein bißchen mit Peppy spazierenzugehen. Da die Polizei hier Streife fuhr, um Leute mit ihren Hunden zu beobachten, ließ ich sie nicht von der Leine. Das gefiel ihr überhaupt nicht – besonders weil die Eichhörnchen sich frei bewegen konnten –, aber anders als ihr Sohn riß sie mir nicht fast den Arm aus dem Gelenk, wenn ich sie nicht laufen lassen konnte.

Nicola Aguinaldo war also aus Coolis geflohen, ohne zu wissen, daß ihre Mutter die gemeinsame Wohnung verlassen hatte. Und dann? War sie nach Hause gekommen und hatte festgestellt, daß ihre Mutter verschwunden war, Baladine um Hilfe gebeten und war schließlich verprügelt worden? Oder hatte sie sich mit einem früheren Liebhaber aus der Gegend getroffen und war von ihm zusammengeschlagen worden?

»Die Frauen am Pool wissen was, aber was? Über Nicola Aguinaldos Flucht, ihre Verletzungen oder ihre Beziehung zu Robert Baladine. Aber ich weiß immer noch nicht mehr über Nicolas Privatleben als heute morgen«, sagte ich mit so ernster Stimme, daß Peppy besorgt die Ohren anlegte.

»Und dieses süffisante Grinsen von Mina, als ihre Mutter gesagt hat, Nicola hätte keine Zeit für Männer gehabt, das kann alles mögliche bedeuten. Die anderen Mädchen haben angedeutet, daß Mrs. Attar genug Zeit für Männer hatte, also könnte das süffisante Grinsen von Mina ihrer Mutter gegolten haben. Vielleicht weiß Mina aber auch etwas über Nicola, das sie nicht sagt. Jedenfalls war das der Blick von jemandem, der das Geheimnis eines anderen Menschen kennt, soviel steht fest.«

Und was war mit diesem Morrell, von dem die Kinder gesprochen hatten, dem Mann, der sich mit Leuten unterhielt, die aus dem Gefängnis geflohen waren? Konnte es sein, daß er eine Rolle bei Nicola Aguinaldos Ausbruch oder vielleicht sogar bei ihrem Tod gespielt hatte?

Und wer hatte Nicolas Leiche abgeholt? Abuelita Mercedes, die Frau, die alle in der Gegend nur »Großmutter« nannten? Wenn ja, woher hatte sie gewußt, daß Nicola tot war? Von Morrell? Wer war er – ein Sozialarbeiter? Ein Journalist? Ich glaubte nicht, daß er von der Einwanderungsbehörde war. Und ich hielt ihn auch nicht für einen Polizisten – er war schon vor Nicolas Tod in der Gegend gewesen.

Ich zog Peppy von einer toten Möwe weg. Hätte doch bloß Vishnikov am Mittwoch die Obduktion von Nicolas Leiche durchgeführt. Wenn sie sich in Coolis wegen einer Eierstockzyste in ärztliche Behandlung begeben hatte, waren ihre Unterleibsverletzungen vielleicht darauf zurückzuführen, obwohl der Arzt im Beth Israel der Meinung gewesen war, sie sei geschlagen oder getreten worden. Ihre äußeren Verletzungen waren noch ganz frisch gewesen, als ich sie gefunden hatte, und auch den Arm hatte sie sich erst kurz zuvor gebrochen; es sah tatsächlich danach aus, als wäre sie von einem Auto angefahren worden. Wenn dem so war, gab es dann einen Liebhaber, der sie verprügelt hatte? Wieder wanderten meine Gedanken zu Robert und Eleanor Baladine zurück.

Ich konnte mir eine ganze Menge Situationen vorstellen, in

denen ein Mann auf die Idee kommen konnte, sich auf eine Affäre mit einem im Haus wohnenden Kindermädchen einzulassen, aber hätte er dieses Kindermädchen des Diebstahls bezichtigt, um sich selbst zu schützen? Hätte das Mädchen sich hilfesuchend an ihn gewandt, sobald es aus dem Gefängnis entkommen wäre? Und dann – ja, was dann?

Robert Baladine war jedenfalls mit Edmund Trant, dem Leiter der Medienabteilung von Global Entertainment, befreundet – beziehungsweise die beiden Ehefrauen waren dicke Freundinnen. Und auch die Frau des Speaker von Illinois House gehörte zu der Gruppe. Für erfolgreiche Geschäftsmänner war es gar nicht schlecht zu wissen, daß ihre Gattinnen sich gut mit der Frau von einem der mächtigsten Männer im Land vertrugen.

Ich überlegte, was Murray über das Verhältnis zwischen Edmund Trant und Robert Baladine wußte. Oder über das zwischen Trant und Poilevy. Ich scheuchte Peppy auf den Rücksitz des Skylark und fuhr nach Hause.

11 Sauber – jedenfalls an der Oberfläche

Ich erreichte Murray zu Hause. »Murray, ich bin's, V. I. War 'ne ganz schöne Show am Dienstag abend – ich hab' gesehen, daß sogar die *New York Times* sich herabgelassen hat, Notiz von Chicago zu nehmen und dir ein paar Zeilen zu widmen.«

»Danke, Vic.« Er klang argwöhnisch.

»Sogar ich bin in einem Nebensatz erwähnt«, fuhr ich fort. »Hast du dich mit Regine Mauger über mich unterhalten? Brosamen vom Tisch der Global-Mächtigen sind wirklich lecker. Wahrscheinlich wären nur ein paar solcher Brosamen nötig, um mir einen neuen Wagen zu beschaffen.«

»Mein Gott, Vic, laß mich in Ruhe! Meinst du denn, daß ich Regine auf die Idee gebracht habe, über dich zu schreiben? Wenn irgend jemand sie nervt, dann stürzt sie sich eben auf ihn. Ich habe keine Ahnung, was du getan hast, um sie zu verärgern – vielleicht hast du ja bei ihr daheim angerufen und sie mit Fragen gelöchert wie mich jetzt. Jedenfalls ist sie im Golden Glow zu mir gekommen und hat mich gefragt, wer du bist und wer dir 'ne Einladung verschafft hat.«

»Ich würde bloß gern wissen, wer ihr von der uralten Geschichte mit uns erzählt hat.« Ich klang aufrichtig verwundert; und als er stotternd etwas erwiderte, meinte ich: »Entschuldigung. Ich hab' dich eigentlich nicht angerufen, um dich auf den Arm zu nehmen. Es freut mich, daß der Abend so gut gelaufen ist. Ich wollte mit dir reden, weil ich auf dem Heimweg – im wahrsten Sinne des Wortes – über etwas Merkwürdiges gestolpert bin.«

Ich schilderte ihm kurz den Hergang der Geschichte. »In der Zeitung habe ich nichts darüber gefunden, obwohl sie am Sonntag aus Coolis ausgebrochen ist. Aber heute habe ich etwas Seltsames erfahren. Sie war eine Filipina und illegal hier. Bevor sie ins Gefängnis gekommen ist, hat sie sich um die Kinder von Robert Baladine gekümmert. Meinst du nicht, daß das ein paar Zeilen in der Zeitung wert wäre? Schließlich ist Baladine der Geschäftsführer von Carnifice Security.«

»Ich schreibe nicht über Leute, die illegal hier sind, aus dem Gefängnis ausbrechen und hinterher sterben, Vic. Ich kann den Leuten von der Lokalredaktion Bescheid sagen, aber wenn die Sache am Sonntag passiert ist... heute ist schließlich schon Dienstag.«

Ich beachtete seinen kühlen Tonfall überhaupt nicht. »Hast du gewußt, daß Eleanor Baladine eine fanatische Schwimmerin ist? Sie hat seinerzeit ganz knapp die Qualifikation für die Olympischen Spiele verpaßt und ist wild entschlossen, daß ihre Kinder sie einmal schaffen werden. Ich bin heute nachmittag draußen bei ihr gewesen und habe die Kinder im Pool trainieren sehen. Es waren übrigens auch die Tochter von Edmund Trant und die Söhne von Jean-Claude Poilevy da. Übrigens: ›Utah‹ und ›Madison‹ erinnern dich doch auch eher an Straßenrouten als an kleine Mädchen, oder?«

»Wenn du damit andeuten möchtest, daß Edmund Trant und Jean-Claude Poilevy sich mit Robert Baladine zusammengetan haben, um Baladines früheres Kindermädchen umzubringen, hast du dich in eine ganz schön absurde Theorie verrannt, Warshawski. Aber ich muß jetzt los, sonst komme ich zu spät zum Essen.«

»Sandy Fishbein oder Alexandra Fisher oder mit wem du auch immer gehst, wird schon fünf Minuten warten können, ohne daß es deiner weiteren Fernsehkarriere schadet. Die Beamten vom Rogers-Park-Revier haben den Bericht verloren und behaupten, ich sei betrunken gefahren und habe mich geweigert, einen Alkoholtest machen zu lassen. Sie wollen, daß ich gestehe, Fahrerflucht begangen zu haben. Dafür versprechen sie, die Sache nicht weiter zu verfolgen. Findest du das nicht auch merkwürdig?«

Er schwieg eine ziemliche Weile. »Das ist allerdings ungewöhnlich. Trotzdem glaube ich nicht, daß Baladine sich mit Trant und Poilevy gegen dich verschworen hat.«

Ich spielte mit der Telefonschnur. »Ich behaupte ja auch gar nicht, daß es irgend jemand auf mich abgesehen hat – ich meine, auf mich persönlich. Aber ich glaube, daß jemand seinen Einfluß im Rogers-Park-Revier geltend macht und den Staatsanwalt dazu bringen will, den Fall sauber abzuschließen. Und weil ich zufällig vorbeigekommen bin und den Notarzt gerufen habe, habe ich jetzt die ehrenvolle Aufgabe, für dieses saubere Ende zu sorgen. Weißt du, Poilevy könnte Baladine einen Gefallen tun, indem er den Staatsanwalt dazu bringt, Dritte daran zu hindern, daß sie Fragen über Baladines Verhältnis zu seinem Exkindermädchen stellen. In dieser Stadt sind schon merkwürdigere Dinge passiert, tja, und ich wäre eine angenehme Lösung für die ganze Sache gewesen, nur wußten sie nicht, daß ich Privatdetektivin bin und meine Beifahrerin Expolizistin. Und außerdem habe ich meinen Wagen zur Begutachtung in ein unabhängiges Labor schicken lassen. Übrigens zusammen mit der Kleidung, die Nicola Aguinaldo zum Zeitpunkt ihres Todes getragen hat.«

»Vic, du weißt, daß ich dich wirklich gut leiden kann, aber ich bin spät dran, und ich habe keine Ahnung, warum du mir das alles erzählst.«

Ich unterdrückte ein ungeduldiges Seufzen. »Was weißt du über Trants und Poilevys beziehungsweise über Poilevys und

Baladines Zusammenarbeit? Irgend etwas, das mir sagen würde, ob Poilevy hinter dieser Sache stecken könnte?«

»Nichts. Außerdem habe ich nicht vor, in Edmund Trants Leben herumzustochern. Nicht mal dann, wenn ich dafür zusehen dürfte, wie Eleanor Baladine ihn mit einer Peitsche um den Pool jagt.«

»Weil du weißt, daß er ein Saubermann ist? Oder weil du Schiß hast, dich mit deinem obersten Boß anzulegen?«

»Mein oberster Boß ... oh.« Dann schwieg er. Als er wieder etwas sagte, klang er nicht mehr so verärgert wie zuvor. »Hör zu, Vic. Vielleicht hab' ich tatsächlich Schiß, aber du weißt genau, wie ich mir den Arsch aufgerissen hab', nachdem Global den *Star* gekauft hat. In neun Monaten habe ich insgesamt drei Angebote gekriegt, und keins davon war ernsthafter Journalismus – damit gibt sich heutzutage so gut wie niemand mehr ab. Ich bin jetzt sechsundvierzig. Wenn ich anfange, Trant oder seinen Freunden auf den Schlips zu treten, stehe ich vielleicht schon bald auf der Straße. Und 'nen Typen, der seinem eigenen Chef was am Zeug flickt, will niemand. Du meinst also, daß ich für die Sache mit dem Fernsehen meine Seele verkauft habe. Du kannst mir ruhig was von wegen Moral erzählen, du Königin der Unbestechlichen, aber in dieser Stadt gibt's jede Menge dunkle Machenschaften aufzudecken, ohne daß ich mich mit Trant anlege.«

»Ich will dir ja gar nicht moralisch kommen. Aber eins geht mir nicht aus dem Kopf: Was ist, wenn Baladine mit dem Kindermädchen geschlafen und die Frau dann reingelegt hat? Vielleicht hat er ihr die Halskette geschenkt und hinterher behauptet, daß sie sie gestohlen hat.«

Je mehr ich sagte, desto alberner klang es, aber ich konnte nicht mehr aufhören. »Tja, und dann ist sie weggelaufen und hat Geld gebraucht und den einzigen Menschen in ihrem Bekanntenkreis angerufen, der welches hatte – Baladine ...«

»Hast du denn irgendwelche Beweise für deine Behauptungen?«

Ich überspielte meine Verlegenheit und sagte: »Nun, die drei Frauen in Oak Brook wissen mit Sicherheit etwas über Nicola Aguinaldo – sie wußten schon von ihren Verletzungen, bevor ich etwas davon erwähnt hatte, und dabei stand nichts darüber in der Zeitung. Und noch eins: Ihre Leiche ist aus dem Leichenschauhaus verschwunden, bevor Vishnikov die Obduktion durchführen konnte.«

»Vic, ich habe das Gefühl, du hast deine Hausaufgaben nicht ordentlich gemacht«, sagte Murray. »Carnifice führt Coolis für den Staat Illinois. Also wußte Baladine, daß Nicola Aguinaldo entkommen war. Schließlich ist er Geschäftsführer des Unternehmens, das das Gefängnis leitet. Und wahrscheinlich hat er sich im Leichenschauhaus nach ihr erkundigt, nur schneller als du. Es überrascht mich deshalb nicht sonderlich, daß die Ladys schon Bescheid wußten. Tut mir leid, Vic, aber so ist das nun mal. Natürlich könnte ich mich mit Trant über die Geschichte unterhalten – soviel ich weiß, könnten die Leute in Hollywood eine gute Story brauchen, und in der hier würden sich Keanu Reeves und Drew Barrymore wunderbar machen ... Aber ich an deiner Stelle würde die Finger von der Sache lassen, wenn dir nicht jemand 'ne Menge Geld dafür bezahlt.«

Er legte auf, bevor ich etwas erwidern konnte. Meine Wangen waren tiefrot. Aus Ärger oder aus Verlegenheit? Vielleicht war es eine Mischung von beidem. Er hatte gar nicht so unrecht: Wie kam ich auf die Idee, so viel Zeit mit der Angelegenheit zu vergeuden, wenn ich keinen Auftraggeber hatte und deshalb kein Geld zu erwarten war? Ganz zu schweigen von den Kosten für den kaputten Wagen.

Ich bin nur ein paar Jahre jünger als Murray; also konnte ich es ihm nicht verdenken, daß er sich nicht mit seinem Boß anlegen wollte – schon gar nicht aufgrund der dürftigen Argumentation, die ich ihm soeben präsentiert hatte. Nun, natürlich hat Murray im Vergleich zu meinen spartanisch eingerichteten vier Zimmern und dem klapprigen Skylark eine Eigentumswohnung am Lincoln Park und ein Mercedes Kabrio, aber wenn man auf die Fünfzig zugeht, beginnt sich jeder allmählich zu fragen, wovon man im Alter leben wird. Jedenfalls geht es mir manchmal so.

Murrays spöttische Bemerkung ärgerte mich, machte mich aber auch verlegen. Den folgenden Vormittag konzentrierte ich mich auf die Dinge, für die ich bezahlt wurde, und nahm mir nur die Zeit, mich bei den Cheviot-Labors nach meinem Trans Am zu erkundigen. Alles in Ordnung, erklärte man mir. Ich hatte in der Sache ein so unsicheres Gefühl, daß ich die Leute dort bat, mir per Bote einen Bericht zu schicken, bevor sie den Wagen der Polizei überließen, und holte eine leere Aktenmappe für den Bericht der Sanitäter heraus, den Max mir zugefaxt hatte. Es stand »Ehemaligen-Fonds« darauf. Der Ordner stammte noch aus der Zeit, als ich während meines Jurastudiums Geld für mich und meine Kommilitonen gesammelt hatte – hauptsächlich, um Kontakte zu Unternehmen aufzubauen, die später möglicherweise eine Privatdetektivin brauchen konnten. Im Augenblick mochte ich mich nicht damit beschäftigen, das Schild neu zu beschriften. Ich würde mich ganz auf meine eigentliche Arbeit konzentrieren und auch nicht in der Ferragamo-Boutique nachfragen, woher der kleine Anhänger stammen konnte, den ich zusammen mit den Mädchen auf der Straße gefunden hatte.

Ich druckte den LifeStory-Bericht über den Bewerber aus, über den ich für Darraugh Graham Erkundigungen einziehen sollte, dann setzte ich mich mit ein paar Banken und früheren Arbeitgebern des Mannes in Verbindung und stellte eine hübsche kleine Mappe über ihn zusammen. Anschließend wandte ich mich meinen Straßenkarten vom ländlichen Georgia zu.

Um zwei Uhr traf der Bote mit dem Bericht von Cheviot über meinen Wagen ein. Ein Mann namens Rieff hatte ihn unterzeichnet. Nach gründlicher Untersuchung des vorderen Endes von meinem Trans Am hatte er abgesehen von ein paar toten Fliegen keinerlei organische Stoffe am Lack, an den Rädern oder am Kühlergrill entdecken können. Rieff war bereit, vor Gericht auszusagen, daß der Trans Am außen keinerlei verdächtige Spuren aufwies. Mit dem Inneren hatte er sich nicht beschäftigt. Für seine Arbeit berechnete er mir den bescheidenen Betrag von tausendachthundertachtundsiebzig Dollar.

Ich stellte einen Scheck aus und faxte den Bericht dann meinem Anwalt mit der Bitte, mir die Sache so schnell wie möglich vom Hals zu schaffen. Freeman rief mich etwas später an, um mir mitzuteilen, daß der Bericht von Cheviot die Verantwortlichen inoffiziell überzeugt habe, daß sie aber nicht bereit seien, das offiziell zuzugeben. Freeman erklärte das folgendermaßen: »Du hast einen solchen Zirkus gemacht mit dem Trans Am. Jetzt zahlen die Bullen es dir heim und werden den Wagen nicht so schnell rausrücken.«

Die Beamten vom Rogers-Park-Revier hatten den Bericht immer noch nicht gefunden, doch Freeman glaubte, sie davon abgebracht zu haben, daß sie mich wegen Nicola Aguinaldos Tod noch weiter belästigen würden. Mary Louise hatte außerdem Finchley gebeten, in dem Revier anzurufen und den Leuten dort zu sagen, daß ich eine Expolizistin als Zeugin hatte.

»Danke, Freeman. Nur der Neugier halber: Unternehmen die Leute von der Polizei sonst noch irgendwas, um herauszufinden, wer Nicola umgebracht hat, jetzt, wo sie gemerkt haben, daß sie mich nicht so leicht einbuchten können? Und werden sie versuchen, ihre Leiche zu finden? Ihre früheren Nachbarn haben keine Ahnung, wo ihre Mutter jetzt wohnt.«

»Vic, das ist alles nicht deine Sache. Ich habe den Leuten von der Staatsanwaltschaft gesagt, daß wir kein Interesse an der Aufklärung ihres Todes haben und die Angelegenheit auf sich beruhen lassen, wenn sie dich nicht weiter belästigen. Ich weiß auch nicht, warum ihnen das so wichtig ist, aber ich glaube, daß du dir fürs erste keine Gedanken mehr darüber machen mußt. Überlaß der Polizei die Aufklärung des Falles Aguinaldo. Du weißt selbst, wie oft in dieser Stadt jemand Fahrerflucht begeht. Da sind die Ermittlungen bei den siebenhundert Morden, die's jedes Jahr hier gibt, einfach wichtiger.«

Er schwieg, als erwarte er einen Widerspruch meinerseits. Als ich nichts sagte, meinte er: »Ich fahre übers Wochenende mit einem Mandanten zum Fliegenfischen nach Montana, also versuch, dich bis zum Dienstag nicht verhaften zu lassen, ja?«

»Das soll wahrscheinlich witzig sein, also lache ich jetzt mal, aber wenn du das nächste Mal der Staatsanwaltschaft etwas in meinem Namen versprichst, würde ich dich bitten, zuerst mit mir zu reden, ja?« Ich legte auf.

Also war die ganze Aufregung um Detective Lemour und meinen Wagen lediglich ein Sturm im Wasserglas gewesen? Aber jemand hatte Nicola Aguinaldo umgebracht. Und die

Frauen in Oak Brook hatten von ihrem Tod gewußt, bevor ich es ihnen sagte. Gut, Murray hatte schon recht: Eine von ihnen war mit dem Leiter des Unternehmens verheiratet, das Coolis für den Staat führte, und die Frau war sein Kindermädchen gewesen. Folglich hatte er vermutlich als erster davon erfahren. Aber schließlich gab es keinen Obduktionsbericht und keine Zeitungsartikel über den Fall, und da mußte man sich doch fragen, woher die Frauen Bescheid wußten, oder?

»Laß die Sache auf sich beruhen, Vic«, sagte ich zu mir selbst. »Sonst kriegst du nur Schwierigkeiten.«

Ich stürzte mich wieder auf meine Karten von Georgia. Als ich mich gerade mit einem Verzeichnis der Leute beschäftigte, die in der Nähe der Werkstatt wohnten, in der die Lastwagen von Continental United mit neuen Reifen ausgestattet wurden, klingelte das Telefon.

Es war eine Frau mit leiser, sanfter Stimme. »Ich rufe im Auftrag von Mr. Baladine an und hätte gern mit I. V. Warshawski gesprochen.«

Also würde die Sache mit Nicola Aguinaldo mir doch keine Ruhe lassen. Ich bekam ein flaues Gefühl im Magen.

»I. V. Warshawski war das Pseudonym von Isaac Bashevis Singer, als er in den dreißiger Jahren für den *Daily Forward* geschrieben hat. Mein Name ist V. I., und ich bin Privatdetektivin. Welchen von uns wollen Sie nun?« Wenn ich nervös bin, werde ich immer leicht aggressiv.

Die Frauenstimme klang weiterhin sanft. »Spreche ich mit Ms. Warshawski? Mr. Baladine möchte sich heute nachmittag mit Ihnen unterhalten. Wissen Sie, wo unser Büro ist?«

Das klang sehr nach einem Befehl, und mit Befehlen hatte ich noch nie viel anfangen können. »Ich weiß, wo Ihr Büro ist, aber ich habe heute nachmittag keine Zeit, nach Oak Brook zu fahren.«

»Würden Sie bitte einen Augenblick warten?«

Ich stellte das Telefon auf laut, damit ich sie hörte, wenn sie sich wieder meldete, und wandte mich dem Computer zu. Leichte Tanzmusik drang aus dem Apparat, dann ein kurzer Werbetext: »Können Sie Ihrem Kindermädchen vertrauen? Carnifice Security zeigt Ihnen, wie Sie Ihre Angestellten bei der Arbeit überwachen können. Unser Unternehmen übernimmt außerdem die Überprüfung von Einstellungsreferenzen. Setzen Sie sich mit uns in Verbindung.« Es folgte eine 800er Nummer.

Danach war wieder die Tanzmusik zu hören und fast unmittelbar darauf die sanfte Stimme. »Mr. Baladine hätte um fünf Uhr für Sie Zeit.«

»Um fünf Uhr hätte ich Zeit, wenn *er* zu mir ins Büro kommt. Aber da müßte er zuerst den ganzen Nachmittag auf dem Eisenhower Expressway im Stau stehen, und das will er wahrscheinlich nicht. Wie wär's mit morgen?«

»Mr. Baladine muß morgen nach Washington. Könnten Sie mir eine Uhrzeit nennen, zu der es Ihnen möglich wäre, heute noch nach Oak Brook zu kommen?«

Ich hatte keine Lust, die lange Fahrt auf mich zu nehmen, um mich von ihm ausquetschen zu lassen, aber andererseits hätte ich mich gern persönlich mit ihm unterhalten, also machte ich ein Angebot, das mich davor bewahrte, mitten in der Rush-hour zu fahren. »Wie wär's mit sieben?«

Wieder hörte ich zuerst die Musik und dann den Anfang des Werbetextes. Schließlich teilte sie mir mit, Mr. Baladine würde sich freuen, wenn ich um halb sieben bei ihm sein könnte.

Ich erklärte ihr, ich würde es versuchen, und wandte mich dann nachdenklich meinem Computer zu. Bevor ich mich wieder mit der langweiligen Georgia-Geschichte beschäftigte, loggte ich mich bei LifeStory ein und erkundigte mich, welche Informationen der Dienst über Robert Baladine hatte. Ja, teilte ich dem Computer mit, ich sei durchaus bereit, einen Aufpreis für die sofortige Bearbeitung zu zahlen.

12 In der Höhle des Löwen

Das Hauptquartier von Carnifice war genau das richtige für reiche Eltern oder multinationale Unternehmen: riesige Perserteppiche auf hochglanzpoliertem Parkett, Schreibtische und Vitrinen, für die sicher ein paar Bäume im Regenwald geopfert worden waren, Türen, die sich nur mit Hilfe von Magnetstreifenkarten oder Wachleuten öffneten, schließlich eine hübsche junge Frau, die einen vom Wachmann im Eingangsbereich zum eigentlichen Bestimmungsort brachte. Das war ein ganz schöner Unterschied zu Warshawski Investigations, wo die Privatdetektivin höchstpersönlich oder die auf Stundenbasis beschäftigte Assistentin den Kunden in ein umgebautes Lagerhaus führte.

Meine junge Begleiterin lächelte höflich, als ich mich über die Inneneinrichtung äußerte, doch als ich sie fragte, wie lange sie schon bei Carnifice arbeite, erklärte sie mir, die Unternehmensregeln untersagten ihr, Fragen zu beantworten.

»Sie dürfen mir also nicht einmal sagen, wieviel Uhr es ist oder wie das Wetter wird?«

Sie lächelte nur wieder und öffnete die Tür zu Baladines Büro für mich. Dann nannte sie der Frau im Vorzimmer meinen Namen – übrigens absolut fehlerfrei – und ging, zu meiner Enttäuschung allerdings nicht rückwärts, nach draußen.

»Ah, Ms. Warshawski. Ich sage Mr. Baladine, daß Sie hier sind.« Haut und Haare der Frau waren genauso glatt wie ihre Stimme. Das Kleid, das sie trug, hatte wahrscheinlich soviel gekostet wie die Reparatur meines Trans Am, und vermutlich wäre hinterher noch genug Geld für eine Tankfüllung Benzin übriggewesen.

Baladine ließ mich zwölf Minuten lang warten – exakt so lang, wie ich zu spät dran war. Dies war ein perfektes Bestrafungssystem, zweifelsohne erlernt durch die Leitung von Privatgefängnissen im ganzen Land. Ich schlenderte im Zimmer herum, während ich wartete, und betrachtete die Fotos eines schlanken, braungebrannten Mannes mit verschiedenen Scheichs und Präsidenten sowie die unterschiedlichsten Erinnerungsstücke, darunter auch eine Auszeichnung vom Präsidenten und ein Modell der Frauenhaftanstalt von Coolis. Dafür interessierte ich mich besonders. Auf den ersten Blick konnte ich nirgends einen Fluchtweg entdecken. Die hintere Seite grenzte an den Smallpox Creek, und hier befanden sich keinerlei Fenster oder Tore. Um die Vorderseite wanden sich drei Schichten Stacheldrahtzaun.

»Interessieren Sie sich für Sicherheitsfragen in Gefängnissen, Ms. Warshawski?«

Der schlanke, braungebrannte Mann von den Fotos stand hinter mir. Ich drehte mich zu ihm um und schüttelte die Hand, die er mir hinstreckte. Er war fünfzehn Jahre älter als seine Frau, das hatte ich im Verlauf meiner nachmittäglichen Recherchen herausgefunden, sah aber aus, als könnte er es im Pool oder auch anderswo durchaus noch mit ihr aufnehmen.

»Nur für die in Coolis, Mr. Baladine – ich habe gerade überlegt, wie eine zierliche Frau wie Nicola Aguinaldo es schaffen konnte, an diesen ganzen Zäunen und Wachhäuschen vorbeizukommen.«

»Tja, die arme Nicola. Soweit ich weiß, hat sie vorgegeben, krank zu sein, so daß man sie in die Krankenstation von Coolis gebracht hat. Von dort aus war es leichter zu entkommen. Sie hat ein unglückliches Leben gehabt, und nach allem, was ich gehört habe, war ihr Tod auch ziemlich schrecklich.« Er legte mir eine Hand auf die Schulter und dirigierte mich in sein eigenes Büro. »Claudia, können Sie uns etwas zu trinken bringen? Ich habe gehört, Sie mögen Black Label, Ms. Warshawski.«

»Nicht, wenn ich hinterher noch über den Eisenhower Expressway fahren muß. Für mich bitte nur ein Mineralwasser, danke.« Ich hatte mich über ihn informiert, da durfte es mich nicht überraschen, wenn auch er Erkundigungen über mich eingezogen hatte.

In seinem Büro befanden sich noch weitere Fotos und Auszeichnungen. Dazu kamen Möbel aus exotischen Harthölzern, teure Teppiche und Kunstgegenstände. Ein Diplom von der Naval Academy hing an gut sichtbarer Stelle direkt neben seinem Schreibtisch, gleich daneben ein Bild des viel jüngeren Baladine, der gerade Nixons Verteidigungsminister an Bord eines Zerstörers die Hand schüttelt.

»Ja, ich war in den sechziger Jahren in Vietnam. Und hinterher habe ich ein paar Jahre lang mein eigenes Schiff kommandiert.«

»Das war, bevor Sie zu Rapelec gegangen sind, stimmt's?«

Ich sagte das, ohne ihn anzusehen, weil ich ihn nicht mit den

Ergebnissen meiner eigenen Nachforschungen beeindrucken wollte. Ich wußte, daß er bei Rapelec im Bereich Systementwicklung begonnen und sich dann zum Leiter der U-Boot-Abteilung und schließlich der Herstellung von Waffen für schnelle Eingreiftruppen hochgearbeitet hatte. Doch dann hatte das Ende des Kalten Krieges die Bedeutung dieser Abteilung geschmälert. Vor fünf Jahren hatte er als Manager bei Carnifice angefangen. Das Geschäft mit den Privatgefängnissen gehörte zu den Unternehmensbereichen, die unter seiner Leitung am schnellsten gewachsen waren.

Claudia brachte eine Flasche Malvern-Wasser und schenkte uns beiden ein Glas davon ein. Dabei erinnerte sie ihren Chef mit leiser Stimme, daß die Konferenzschaltung mit Tokio eine halbe Stunde später hergestellt würde.

»Danke, Claudia.« Er wartete, bis die Tür sich geschlossen hatte. »So ein Bild gibt Ihnen wahrscheinlich nicht soviel wie mir, denn soweit ich weiß, standen wir in der Vietnam-Frage auf unterschiedlichen Seiten.«

Nun gut, er hatte ungefähr dreitausend Angestellte, die für ihn alles über mich herausfinden konnten, von meinen Trinkgewohnheiten bis zu meinen studentischen Protestaktionen, aber wohl war mir bei der Sache trotzdem nicht. Ich wußte, daß ich mich zusammenreißen mußte, um nicht aus der Fassung zu geraten – wahrscheinlich wußte er aufgrund seiner Nachforschungen über mich schon, daß das meine Schwachstelle war.

»Ich war auf der Seite von Washington und Jefferson«, sagte ich, »möglicherweise also auf der Seite der Naivität und des Idealismus. Und Sie?«

»Naiv bin ich mit Sicherheit noch nie gewesen. Weder hinsichtlich der inneren Feinde Amerikas noch hinsichtlich der äußeren.« Er bot mir einen Platz neben einem Beistelltischchen an.

»Für Sie war das also ein ganz logischer Schritt von der Ermordung der Leute in Simbabwe zur Inhaftierung von Amerikanern. Obwohl ich nicht so genau verstehe, warum Simbabwe ein Feind von Amerika war.«

Da huschte kurz ein Ausdruck des Erstaunens über sein

Gesicht. Die Tatsache, daß Rapelec in den achtziger Jahren geheime südafrikanische Kampftruppen für Vorstöße nach Simbabwe mit Waffen ausgestattet hatte, war die versteckteste Information gewesen, die ich im Verlauf meiner nachmittäglichen Nachforschungen ausgegraben hatte. Vermutlich hatte die Sache nichts mit dem Fall Nicola Aguinaldo zu tun, aber sie warf doch ein bestimmtes Licht auf Baladines Charakter.

»Leider ist es in Fragen der nationalen Sicherheit nicht möglich, idealistisch zu sein. Ich bin der Meinung, daß das den Leuten vorbehalten ist, die nicht bereit sind, sich die Hände schmutzig zu machen. Aber vielleicht sollten wir uns jetzt den Fragen zuwenden, mit denen wir uns im Augenblick auseinandersetzen müssen. Meine Frau war ziemlich aus der Fassung darüber, daß Sie sie gestern befragt und sich als Detective der Chicagoer Polizei ausgegeben haben.«

Ich schüttelte den Kopf. »Ich habe mich nicht als Polizistin ausgegeben. Ich bin Privatdetektivin und habe eine gültige Lizenz des Staates Illinois.«

Er lächelte mich von oben herab an. »Sie wissen ganz genau, daß meine Frau Sie niemals hereingelassen oder gar mit Ihnen gesprochen hätte, wenn sie gewußt hätte, daß Sie nicht bei der Chicagoer Polizei sind.«

Ich lächelte zurück. »Sie sollten stolz auf mich sein, Baladine – schließlich beweist es, daß ich keine Angst davor habe, mir die Hände schmutzig zu machen.«

Er runzelte kurz die Stirn. »Vielleicht sollten Sie das lieber anderswo als ausgerechnet meiner Familie gegenüber unter Beweis stellen. Das gilt besonders für meinen Sohn, der leider selbst ein wenig naiv ist und deshalb leicht Opfer von Leuten wird, die diese Schwäche ausnutzen wollen.«

»Ja, wahrscheinlich hält jeder die eigene Familie für unantastbar, egal, wieviel er mit der Weltpolitik zu tun hat. Aber das macht die Sache ja gerade so verwirrend, finden Sie nicht? Jeder, sogar Gaddafi, hat eine Familie, die er für unantastbar hält. Jeder hat außerdem seinen eigenen Standpunkt, und wer könnte schon beurteilen, welcher Standpunkt zuverlässiger oder schützenswerter ist?«

»Und welchen Standpunkt wollten Sie vertreten, als Sie

meine Frau aus der Fassung gebracht haben?« Er versuchte, einen gelassenen Tonfall zu wahren, aber er wurde unruhig, weil er sich in eine philosophische Diskussion hatte verwickeln lassen, bei der ich mich ihm als überlegen erwies. Seine Hände blieben ruhig, aber die Ader an seiner Schläfe zuckte. Ich ließ mir meine Erleichterung nicht anmerken.

»Meinen eigenen, Mr. Baladine. Sie haben ja eine ganze Menge Geld investiert, um etwas über meine Trinkgewohnheiten herauszufinden, da wissen Sie sicher auch, daß man versucht hat, mich festzunehmen, weil ich angeblich Fahrerflucht begangen habe. Das Opfer war übrigens Ihr früheres Kindermädchen. Oder ist die ganze Sache etwa von Ihnen und Jean-Claude Poilevy veranlaßt worden?«

Er lachte, doch das Lächeln erreichte seine Augen nicht. »Es ehrt mich, daß Sie so viel Achtung vor meinem Einfluß haben, aber ich glaube, Nicolas Tod war einfach ein unglücklicher Zufall. Sie ist aus dem Gefängnis geflohen, dann wurde sie überfahren. Ich kann nicht einmal sagen, daß mir das leid tut, denn sie war eine Lügnerin und Diebin. Das stärkste Gefühl, das ich hinsichtlich dieser Angelegenheit habe, ist Verärgerung, denn nun hat mein hypersensibler Sohn wieder Probleme wegen dieser Geschichte.«

»Der arme Robbie«, sagte ich. »Er ist einfach nicht der richtige Sohn für einen so männlichen Vater. Vielleicht ist er nach der Geburt vertauscht worden und eigentlich das Kind eines Künstlers.«

Er verstand die Ironie nicht und verzog nur das Gesicht. »Manchmal glaube ich das fast. Seine kleine Schwester ist viel stärker als er. Aber Sie haben meine Frau nicht befragt, um herauszufinden, ob J. C. und ich Sie beschatten, weil Sie zu dem Zeitpunkt noch gar nicht wußten, daß wir befreundet sind.«

Meine Nachforschungen hatten ihn also doch ein bißchen aus der Ruhe gebracht, sonst hätte er sich nicht so genau mit der Chronologie befaßt. »Ich hatte gehofft, daß Ihre Frau mir etwas über Ms. Aguinaldos Privatleben sagen könnte, aber offenbar hat sie sich nicht sonderlich für die Frau interessiert, die sich die ganze Zeit um ihre Kinder gekümmert hat. Doch vielleicht haben Sie ja da ein bißchen tiefer geschürft?«

»Was soll denn das heißen?« Er nahm sein Wasserglas in die Hand und musterte mich über seinen Rand hinweg.

Ich schlug die Beine übereinander. »Carnifice bietet seinen Kunden eine Überwachung der Angestellten bei der Arbeit sowie die Überprüfung ihrer Referenzen an. Ich gehe davon aus, daß Sie beide Angebote bei Nicola Aguinaldo genutzt haben.«

»Wissen Sie, das ist die alte Geschichte vom Schuhmacher, dessen Kinder nie richtige Schuhe an den Füßen haben: Wir haben uns voll und ganz auf die Referenzen der Agentur verlassen, von der wir auch früher schon unsere Kindermädchen bekommen haben. Ich bin gar nicht auf die Idee gekommen, daß Nicola illegal hiersein könnte. Natürlich wußte ich von ihren Kindern, aber ich habe mich nicht für ihr sonstiges Privatleben interessiert, jedenfalls nicht, wenn es nicht meine eigene Familie betroffen hat.« Er zwang sich zu einem Lächeln.

»Dann wissen Sie also nicht, an wen sie sich gewandt haben könnte, nachdem sie letzte Woche geflohen war? Ihnen ist nichts bekannt über eventuelle Liebhaber, die sie verprügelt haben könnten?«

»Sie verprügelt?« fragte er. »Ich dachte, sie sei von einem Wagen überfahren worden. Natürlich nicht von Ihrem.«

»Sehr witzig«, sagte ich. »Ihre Frau und ihre Freundinnen wußten, daß Nicola geschlagen worden war. Wenn sie das nicht von Ihnen wußten, woher dann?«

Wieder zuckte die Ader an seiner Schläfe, doch er legte die Fingerspitzen aufeinander und sagte von oben herab: »Ich werde nicht versuchen herauszufinden, wer was zu wem gesagt hat. Das ist kindisch und unprofessionell, das sage ich oft unseren neuen Mitarbeitern. Vielleicht habe ich mich mit meiner Frau über das Thema unterhalten, bevor ich alle Informationen von der Staatsanwaltschaft und der Chicagoer Polizei hatte. Die letzte Information, die ich von ihnen erhalten habe, ist jedenfalls, daß Nicola überfahren wurde und der Fahrer geflohen ist.«

»Dann sollten Sie mit den Ärzten sprechen, die sie sich angesehen haben. Zwar ist ihre Leiche verschwunden, was bedeutet, daß keine Obduktion möglich ist, aber der Arzt in der Notaufnahme des Beth Israel hat gesehen, daß sie aufgrund eines Schlages gestorben ist, der ihren Dünndarm perforiert hat. Das ist mit Sicherheit eine andere Todesursache als ein Unfall.«

»Sie wollten von Eleanor also nur etwas über Nicolas Privatleben erfahren. Es tut mir leid, daß wir Ihnen da nicht helfen können.«

»Die Frau hat – wie lange? – zwei Jahre? für Sie gearbeitet, und Sie wissen nicht, mit wem sie sich in ihrer Freizeit getroffen hat? Aber daß ich gern Whisky trinke, kriegen Sie innerhalb eines Nachmittags heraus? Ich könnte mir vorstellen, daß Ihnen das Wohl Ihrer Kinder ein bißchen wichtiger ist als mein Privatleben.«

Er kicherte. »Nun, vielleicht interessieren Sie mich einfach mehr als eine windelwechselnde Einwanderin.«

»Auf Ihren Sohn scheint sie ziemlichen Eindruck gemacht zu haben. Das hat Ihnen nicht zu denken gegeben?«

Er verzog ein wenig angewidert den Mund. »Robbie hat geweint, als die Katze einen Vogel gefangen hat. Er hat wieder geweint, als wir die Katze einschläfern haben lassen. Auf ihn machen viele Dinge Eindruck. Vielleicht hilft die Militärschule dagegen.«

Der arme Junge. Ob er wußte, was ihm bevorstand? »Und wieso wollten Sie, daß ich die ganze Strecke bis zu Ihnen fahre?«

»Ich wollte sehen, ob Sie die Fahrt tatsächlich auf sich nehmen.«

Ich nickte, ohne etwas zu sagen. Er hatte also beweisen wollen, daß er eine große Nummer war und ich nur ein kleiner Fisch. Sollte er doch denken, daß ihm das gelungen war.

»Sie sind seit sechzehn Jahren Privatdetektivin, Vic.« Er benutzte nun ganz bewußt meinen Vornamen: Ich war ja ein kleiner Fisch, da konnte er mich ohne weiteres von oben herab behandeln. »Wie kommen Sie eigentlich zurecht? Ihre Einnahmen decken doch kaum Ihre Ausgaben.«

Ich erhob mich grinsend. »Wissen Sie, das hat mit Idealismus und Naivität zu tun, Bob. Und natürlich auch mit der Neugierde darauf, was als nächstes passiert.«

Er lehnte sich auf seinem Ledersessel zurück und verschränkte die Hände hinter dem Kopf. »Sie sind eine gute Privatdetektivin, da sind sich alle einig. Aber es heißt auch, daß Sie sich immer wieder bei Fällen engagieren, die wenig Erfolg versprechen. Haben Sie nie daran gedacht, Ihr Büro aufzugeben und für ein Unternehmen wie das meine zu arbeiten? Dann bräuchten Sie sich keine Gedanken mehr über das Einkommen zu machen. Sogar für die Rente wäre gesorgt.«

»Soll das vielleicht ein Jobangebot sein?«

»Nun, Sie könnten darüber nachdenken. Ein direktes Angebot ist es nicht. Was würden Sie tun, wenn ein Unternehmen wie Continental United plötzlich aufhörte, Ihnen die kleinen Aufträge zu geben? Die großen Sachen erledigen wir schon für sie; es ist gut möglich, daß sie uns eines Tages auch noch die kleinen geben.«

Mein Alptraum seit Jahren, aber ich zwang mich zu lächeln und hoffte, daß dieses Lächeln meine Augen erreichte. »Tja, dann würde ich meine CD-Sammlung verkaufen und eine Weile in Italien leben.«

»Dafür reichen Ihre CDs nicht.«

»Ihre Leute waren ganz schön gründlich, was? Nun, dann würde ich vermutlich auf die Straße gehen und mir das Essen mit den anderen Obdachlosen teilen. Vielleicht könnte ich ja auf Ihren alten Schuhen kauen – ich meine, möglicherweise haben Sie ja einen von Ferragamo, an dem das Emblem fehlt und den Sie sowieso wegwerfen wollten.«

Er starrte mich an, ohne ein Wort zu sagen. Bevor ich nachbohren konnte, kam Claudia herein, um ihm zu sagen, daß die Konferenzschaltung mit Tokio hergestellt sei.

Ich lächelte. »Bis dann, Bob.«

»Ja, Ms. Warshawski. Ich bin mir sicher, daß wir uns wiedersehen werden.«

Die junge Frau, die mich bis vor Baladines Büro gebracht hatte, wartete bereits, um mich wieder zurückzubegleiten. Hatten sie vielleicht Angst, daß ich mich verirrte? Oder daß ich mir eins von den High-Tech-Spielzeugen von Carnifice unter den Nagel riß und möglicherweise noch ein paar Kunden dazu? Das fragte ich sie, aber natürlich untersagten die Regeln des Unternehmens es ihr, meine Frage zu beantworten.

13 Samstag im Einkaufszentrum

Das letzte pinkfarbene Licht erhellte den Himmel im Westen, als ich nach Hause fuhr. Ich ging noch einmal mit den Hunden spazieren und setzte mich dann zusammen mit Mr. Contreras in den Innenhof, bis die Mücken uns vertrieben. Wir sprachen darüber, wie die Cubs sich in den folgenden Spielen schlagen, ob Max und Lotty je heiraten würden und ob ein Knoten in Peppys Brust bedeutete, daß wir zum Tierarzt gehen mußten. Und die ganze Zeit überlegte ich, wie Nicola Aguinaldo wirklich gestorben war.

Baladine war beunruhigt genug gewesen, um mich nach Oak Brook zu zitieren und mir abwechselnd zu drohen und mich bestechen zu wollen. Vielleicht hatte der Sinn des Unternehmens lediglich darin bestanden, mir seine Stärke zu demonstrieren, aber dafür wirkte er eigentlich zu kultiviert. Hatte meine letzte Bemerkung über seine Schuhe ihn tatsächlich aus der Fassung gebracht oder hatte ich mir das nur eingebildet?

Und wer hatte sich Nicolas Leiche so schnell unter den Nagel gerissen? Ihre Mutter vielleicht oder Baladine, der nicht wollte, daß Vishnikov eine Obduktion an ihr vornahm? Das konnte ich mir kaum vorstellen, denn die Leiche war erst spät in der Nacht abgeholt worden, und Vishnikov hätte die Obduktion bis dahin schon längst hinter sich gebracht.

»Was denken Sie denn die ganze Zeit, Schätzchen? Jetzt frag' ich Sie schon das dritte Mal, ob Sie 'nen Grappa wollen, aber Sie starren in die Luft, als würde da draußen vor dem Fenster ein UFO rumfliegen.«

»Ich denke an die arme junge Frau auf der Straße«, sagte ich. »Wieso ist sie so wichtig? Man könnte meinen, daß sie eine flüchtige irakische Dissidentin oder so was Ähnliches ist, so wie die Leute sich um sie reißen.«

Mr. Contreras freute sich, sich mit mir über das Thema unterhalten zu können, doch eine Stunde später hatte ich immer noch nicht das Gefühl, mehr zu wissen. Schließlich erklärte ich ihm, ich müsse ins Bett, und ging nach oben. Es war noch nicht einmal zehn, aber ich fühlte mich zu erschöpft, um noch irgend etwas anderes zu tun als zu schlafen.

Am Samstag wachte ich so früh auf, daß ich ausgiebig joggen gehen konnte, bevor die Hitze sich über die Stadt senkte. Ich hatte sogar noch Zeit, kurz mit den Hunden zu schwimmen, und war trotzdem bereits um acht mit dem Duschen fertig.

Von den Frauen am Pool der Baladines war mir zwei Tage zuvor die Gattin von Teddy Trant noch am zugänglichsten erschienen. Vielleicht konnte ich sie im Lauf des Vormittags irgendwo treffen.

Es war mühsam, die gesamte Computerausrüstung im Büro zu haben. Wenn Carnifice mich schluckte, würde Baladine mir wahrscheinlich genug zahlen, um alles zu Hause zu installieren. Doch bis dahin mußte ich ins Büro, um Informationen über die Trant-Familie zu erhalten. Ich wollte weder das Geld noch die Zeit investieren wie tags zuvor bei Baladine – schließlich brauchte ich nur Mrs. Trants vollständigen Namen und ihre Privatadresse. Ihr Vorname war Abigail; sie hatte den Namen ihres Mannes angenommen, und sie wohnten zusammen mit ihrer neunjährigen Tochter Rhiannon ein bißchen mehr als sechs Kilometer nordwestlich von den Baladines. Ich packte ein Fernglas, ein paar Tageszeitungen und eine Ausgabe des *Streetwise*-Magazins ein und machte mich mit dem Skylark wieder einmal auf den Weg in Richtung des Eisenhower Expressway und der westlichen Vororte.

Sobald ich Thornfield Demesne erreichte, war mir klar, daß der Wagen sich nicht für die Observation eignete, denn er hob sich auffällig von den Range Rovers und anderen Gefährten mit Allradantrieb ab, die offenbar nötig waren, um die gefährliche Strecke zwischen heimatlichem Anwesen und Shopping Center zu bewältigen. Außerdem konnte man seinen Wagen auf den baumbestandenen, kurvigen Straßen vor den riesigen Grundstücken nicht einfach abstellen. Der Eingang zu der Siedlung wurde von einem Wachhäuschen geschützt, das sich seinerzeit gut an der Berliner Mauer gemacht hätte. Überdies fuhr in regelmäßigen Zeitabständen der Wagen eines privaten Sicherheitsdienstes – wahrscheinlich von Carnifice – herum, um Pöbel wie mich wieder über die Grenze zurückzuschicken.

Ich lenkte den Skylark zu einer etwa fünfzehn Meter vom Eingang entfernten Biegung und holte meine Straßenkarten heraus. Einmal würde ich dem Wächter vermutlich weismachen können, daß ich mich verfahren hatte. Die Karten vor mir auf dem Lenkrad ausgebreitet, versuchte ich, das Fernglas einzusetzen, konnte aber nur Bäume und Blätter sehen. Wenn ich hier ernsthaft Beobachtungen anstellen wollte, mußte ich mir ein Pferd oder ein Fahrrad besorgen. Ich wollte gerade zum nächstgelegenen Einkaufszentrum fahren, um mir ein Fahrrad zu kaufen, als sich die Tore zu der Siedlung öffneten und der Mercedes Geländewagen mit dem GLOBAL-2-Nummernschild herausschoß.

Ich wendete den Skylark so elegant es ging und folgte dem Geländewagen unauffällig. Sobald wir uns auf der Hauptstraße befanden, ließ ich ein paar Wagen zwischen mein Auto und Abigails. Zu meiner Erleichterung fuhr sie am Oak Brook Shopping Center vorbei – ich hätte keine Ahnung gehabt, wie ich dort ein zufälliges Treffen hätte herbeiführen sollen. Wir waren bereits ein paar Kilometer in südlicher Richtung unterwegs, als der Mercedes bei einem Schild mit der Aufschrift »Leafy Vale Stables« abbog.

Zum Glück lag das belaubte Tal auf der anderen Seite der Ställe und des Hauses; ich konnte den Mercedes von der Straße aus ganz deutlich sehen. Ich hielt an und beobachtete, wie das kleine Mädchen, das ich schon am Pool der Baladines gesehen hatte, auf der Beifahrerseite aus dem Wagen sprang. Auch Abigail Trant stieg aus und begleitete die Kleine zu einem der Gebäude. Rhiannon trug Reitkleidung, die Mutter knielange Shorts und dazu ein enges Top. Abigail schien einer Frau Anweisungen zu geben, die den Kopf voller Respekt ein wenig schräg legte. Dann gab Abigail ihrer Tochter einen Kuß und kletterte wieder in ihren Geländewagen. Ich lenkte den Wagen zum Straßenrand, wo ich bei Bedarf wenden konnte. Der Mercedes setzte sich in Richtung Oak Brook in Bewegung.

Sie wollte tatsächlich zum Shopping Center. Ein zwangloses Gespräch über eine Lebensmitteltheke hinweg hätte ich mir noch vorstellen können, aber in dem exklusiven Friseursalon, auf den sie zustrebte, war das eine andere Sache. Ich stellte den Wagen in gehörigem Abstand hinter ihrem Mercedes auf der Ostseite des Einkaufszentrums ab und ging ihr nach zum Parruca Salon. Die innen mit rotem Leder verkleidete Doppeltür öffnete sich für Abigail Trant. Der Türsteher begrüßte sie mit Namen. Die Tür schloß sich wieder, während sie sich – ganz große Dame – nach seinem Befinden erkundigte.

Wenn ich nicht gerade behauptete, die neue Shampooneuse zu sein, konnte ich ihr kaum folgen. Ich fragte mich, wie lange die Prozedur wohl dauern würde. Mit Sicherheit so lange, daß ich mich auf die Suche nach einer Toilette und einem großen Glas Eistee machen konnte.

Eine halbe Stunde später kehrte ich zurück und wartete mit meiner Zeitung vor der Tür. Es gab keine Sitzplätze, weil Menschen sich normalerweise nicht vor einem Einkaufszentrum aufhielten, sondern darin, um zu konsumieren. Je höher die Sonne am Himmel stieg, desto schmaler wurde der Schatten, den die Gebäude warfen. Ich drückte mich gegen die Steinmauer, die den Parruca Salon von dem benachbarten Laden für Sportmode trennte, und versuchte, mich auf die Probleme im Kosovo zu konzentrieren.

Teenager schwärmten an mir vorbei und unterhielten sich über Frisuren, Kleidung, Jungs, Mädchen. Einsame Menschen marschierten mit grimmigem Gesicht in das Zentrum, als sei das Einkaufen eine beschwerliche Last. Hin und wieder öffneten sich die roten Ledertüren des Parruca Salons, um eine Kundin hinein- oder herauszulassen. Als meine Bluse schließlich so durchgeschwitzt war, daß ich mit dem Gedanken spielte, in den Laden für Sportmode zu gehen und mir eine neue zu kaufen, kam Abigail Trant endlich heraus.

»Bis nächste Woche dann, Mrs. Trant«, sagte der Türsteher und nahm sein Trinkgeld mit einem Kopfnicken entgegen.

Ich löste mich von der Mauer. Abigails blondgesträhntes Haar war sorgfältig gekämmt, im genau richtigen Maß angedeuteter Unordnung, das Make-up dezent und die Fingernägel schimmernd wie Perlen. In meinem verschwitzten Zustand auf sie zuzugehen, erschien mir fast wie ein Sakrileg, aber ich tat es trotzdem.

Sie wirkte erstaunt, rief aber nicht sofort nach einem Mann vom Sicherheitsdienst. Ganz offensichtlich erinnerte sie sich noch an meinen Besuch bei Eleanor Baladine zwei Tage zuvor. Doch wie sich schon bald herausstellte, hatte sie genug damit zu tun, sich mit dem Kindermädchen ihrer eigenen Tochter zu beschäftigen – über das von Eleanor wußte sie nichts.

»Wissen Sie, Teddy und ich sind erst vor achtzehn Monaten wieder nach Chicago gekommen – da war das Mädchen, das da neulich umgekommen ist, gar nicht da. Ich fürchte, ich kann Ihnen keine Fragen über sie beantworten.«

»Hätten Sie zehn Minuten Zeit für einen Kaffee und wären bereit, mir ein paar andere Fragen zu beantworten?«

Ganz kurz erschienen in ihren Mundwinkeln Grübchen. »Ich bin noch nie von einem Detective befragt worden – vielleicht hilft mir das, die Mädchen besser zu verstehen, die ich für die ›You-Can-Do-It‹-Stiftung sponsere. Viele von ihnen sind schon vor der High-School das erste Mal festgenommen worden, normalerweise wegen Ladendiebstahls.« Sie warf einen Blick auf ihre Uhr. »Ich habe knapp fünfzehn Minuten vor meinem nächsten Termin.«

In der Coffee-Bar war so viel los, daß wir uns gleich an die Theke setzten. Dort klärte Mrs. Trant mich über ein paar Dinge auf – sie war nicht allzuweit von hier aufgewachsen, hatte zusammen mit Jennifer Poilevy die Schule besucht und war höchst erfreut gewesen, als Global sie und ihren Mann von Los Angeles zurück in den mittleren Westen geschickt hatte.

»L. A. ist keine gute Stadt, um ein Kind aufzuziehen. Man lebt dort wie in einem großen Schaufenster, und die Kinder müssen sich viel zu früh an das Erwachsenenleben gewöhnen. Hier hingegen kann Rhiannon ein ganz normales Kind sein.«

Mit ihrem Schwimmtraining, ihrem Pferd und all den anderen Dingen, die das einfache Leben so mit sich brachte. Aber ich wollte, daß Abigail Trant mir weiterhalf, also behielt ich meine sarkastischen Gedanken für mich.

»Ich habe nicht den Eindruck, daß Eleanor Baladines Kinder auch so viel Freiheit haben«, sagte ich. »Obwohl ich glaube, daß die Mädchen das Schwimmtraining gar nicht so ungern machen.«

»Ich muß Eleanor wirklich bewundern. Es ist ein Glück, eine Begabung zu haben, die einen so vollständig ausfüllt. Und es ist großartig von ihr, daß sie Rhiannon ebenfalls unter ihre Fittiche genommen hat, insbesondere deshalb, weil Rhiannon allmählich besser wird als Madison. Aber ich persönlich bin der Meinung, daß es keinen Sinn hat, Kinder allzusehr anzutreiben. Wissen Sie, wenn sie erst in die Pubertät kommen, könnte sich das als Schuß vor den eigenen Bug erweisen.«

Ich brummte etwas Unverbindliches. »Sie haben gesagt, daß Sie mit Jennifer Poilevy aufgewachsen sind. Kennen Sie Eleanor Baladine auch schon seit Ihrer Kindheit?«

Nach einem kurzen Blick auf ihre Uhr erzählte mir Abigail Trant, sie habe Eleanor vier Jahre zuvor kennengelernt, noch bevor sie nach Oak Brook gezogen waren, als ihre beiden Ehemänner begonnen hatten, Geschäfte miteinander zu machen. »BB hat viele von Globals Sicherheitsfragen gelöst, und die beiden haben sich von Anfang an glänzend verstanden. Und natürlich ist Jean-Claude Poilevy uns sehr behilflich gewesen, als wir hierhergezogen sind.«

Ich konnte mir schon vorstellen, wie hilfreich der Speaker von Illinois House sein konnte, wenn jemand mit viel Geld auftauchte – da ließ sich schon mal der eine oder andere Bebauungsplan großzügig auslegen; Global kam in den Genuß von Steuervorteilen; für das Anwesen in Thornfield Demesne wurden spezielle Konditionen ausgehandelt. »Ich weiß, daß das Gefängnis Baladine sofort informiert hat, als Nicola Aguinaldo geflohen ist, also wußte Eleanor über ihren Tod Bescheid, bevor ich kam. Haben Sie eine Ahnung, warum sie so durcheinander war?«

Abigail zuckte mit den Achseln. »Es ist ziemlich schlimm, wenn die Kinder so unmittelbar mit Gewalt in Berührung kommen. Schließlich hat die Frau sich um Eleanors Kinder gekümmert.«

Ich lächelte, wie ich hoffte, verschwörerisch. »Ich weiß ja, daß sie Ihre Freundin ist und Sie sich schon seit Jahren kennen, ... aber ich habe gesehen, wie sie mit ihrem Sohn umgegangen ist, und da hatte ich nicht gerade den Eindruck, daß sie eine sehr herzliche und besorgte Mutter ist.«

Abigail lächelte ebenfalls, ließ sich aber nicht auf das Spiel ein. »BB ist ein unglaublich sportlicher Mann, und seine Zeit bei der Marine war der wichtigste Teil seines Lebens. Es ist verständlich, daß sein einziger Sohn ihm ähnlich werden soll und er und Eleanor vielleicht nicht immer sehen, wie hart sie mit ihm umspringen. Aber heutzutage ist die Welt für Jungen nun einmal hart, da ist es besser, er lernt früh, sich darin zurechtzufinden. Wenn das alles war, was Sie wissen wollten... Ich muß jetzt los; heute abend kommen zwanzig Gäste zum Essen, und die Leute vom Partyservice brauchen mich.«

Während sie von ihrem Barhocker schlüpfte, sagte ich: »BB hat mich gestern abend zu sich ins Büro gerufen und mir gedroht, mich aus dem Geschäft zu drängen, wenn ich weiter Fragen darüber stelle, wie das Kindermädchen seiner Kinder umgekommen ist. Haben Sie eine Ahnung, warum?«

Sie blieb neben ihrem Barhocker stehen. Ein Mädchen im Teenageralter fragte, ob wir nun endlich wüßten, ob wir gingen oder blieben, schließlich warteten andere Leute auch auf einen Sitzplatz. Die Unhöflichkeit der jungen Frau veranlaßte Abigail, die Hand auf den Hocker zu legen und zu sagen, daß wir noch ein paar Minuten brauchen würden. Die junge Frau stöhnte entnervt auf, schwang herum und stieß dabei absichtlich mit ihrer Tasche gegen Abigail.

»Freche Gören«, sagte Abigail Trant. »Deshalb darf Rhiannon auch nicht hierher. Ich will nicht, daß sie sich solche Manieren angewöhnt. Erzählen Sie mir doch ein bißchen von Ihrem Geschäft. Ich nehme an, es ist nicht so groß wie Carnifice.«

Ich war richtig dankbar für den unhöflichen Teenager, denn wenn die junge Frau nicht gewesen wäre, hätte Abigail schon längst wieder in ihrem Mercedes gesessen. Ich erklärte Abigail in kurzen Zügen die Unterschiede zwischen Warshawski Investigations und Carnifice Security. Sie begann, echtes Interesse zu entwickeln, vergaß die Zeit und fragte mich, wie ich Privatdetektivin geworden sei, was für eine Ausbildung ich genossen habe, wie lange ich schon im Geschäft sei.

»Sind Sie gern selbständig? Bleibt Ihnen da überhaupt noch Zeit für Ihr Privatleben?«

Ich gab zu, daß es um mein Privatleben nicht allzugut bestellt war. »Aber es ist mir lieber, auf eigene Rechnung zu arbeiten als für ein großes Unternehmen wie Carnifice. Und ich hab's gern, wenn ich weiß, daß meine Arbeit ein Problem gelöst hat.«

»Glauben Sie denn, daß BB Sie tatsächlich vom Markt verdrängen könnte?«

Ich zuckte mit den Achseln. »Ich weiß es nicht. Aber es würde mich interessieren, warum er mir damit droht, wenn ich Fragen über sein ehemaliges Kindermächen stelle.«

Sie tippte mit einem perlweißen Fingernagel auf die Theke. »Ich glaube nicht, daß irgend etwas Geheimnisvolles am Ableben der jungen Frau ist. Ich denke, das hat eher etwas mit BBs Persönlichkeit zu tun. Sie sind zu ihm nach Hause gekommen und haben seine Frau und seinen Sohn befragt; das gibt ihm das Gefühl, verletzlich zu sein. Er droht Ihnen, weil es ihm dann nicht mehr soviel ausmacht zu wissen, daß eine Privatdetektivin mit einem ziemlich kleinen Unternehmen es geschafft hat, seine ganzen Sicherheitsvorkehrungen zu umgehen.« Sie warf einen Blick auf ihre Uhr und stieß einen kleinen Schrei aus. »Um Himmels willen! Jetzt muß ich aber wirklich los!«

Sie bahnte sich gekonnt einen Weg durch die Menge der Kauflustigen. Das Treffen mit Abigail Trant hatte mich ziemlich deprimiert – daran waren nicht nur ihr perfektes Aussehen und ihre perfekten Manieren schuld, sondern auch, daß sie im Hinblick auf Nicola Aguinaldo möglicherweise recht hatte. Sie war erst fünfunddreißig, aber in puncto Charme und Wendigkeit war sie mir haushoch überlegen – kein Wunder, daß sie wichtige Gäste in Oak Brook bewirtete, während ich völlig verschwitzt zu meinem Wagen ohne funktionierende Klimaanlage zurücktrottete.

Als ich die Stadt wieder erreicht hatte, war ich von der Hitze so erschöpft, daß ich nicht mehr ins Büro ging. Eigentlich hatte ich vorgehabt, mich noch einmal mit dem Auftrag von Continental United zu beschäftigen, aber statt dessen fuhr ich nach Hause, duschte und legte mich hin.

Während ich versuchte, über die Mittagshitze hinwegzudösen, tauchte mein Gespräch mit Abigail immer wieder in meinen Träumen auf. In manchen davon bemitleidete sie mich wegen meines mangelnden Privatlebens. In anderen sah sie zu, wie BB Baladine mich bedrohte. Durch einen Alptraum, in dem Baladine mich würgte und Abigail Trant sagte: »Ich habe Ihnen doch gesagt, daß er sich nicht gern drohen läßt«, wachte ich schließlich ganz auf.

»Ich habe ihm nicht gedroht«, sagte ich laut. »Es war genau umgekehrt.« Was sollte ich denn tun, mich von Baladine zurückziehen, weil er jede Annäherung als Aggression interpretierte? Nun, vielleicht hatte Abigail Trant im Hinblick auf Baladines Charakter recht, aber meiner Meinung nach steckte hinter der Geschichte mehr – sie hatte etwas mit Nicola Aguinaldo zu tun. Nachdem sie aus dem Gefängnis geflohen war, war sie vielleicht an Baladine herangetreten, und er hatte das als Drohung interpretiert, sie niedergeschlagen und sie überfahren. Und als er dann in seinen Wagen gestiegen war, hatte sich das Ferragamo-Emblem von seinem Schuh gelöst.

Doch das waren alles nur Spekulationen – abgesehen von der Tatsache, daß Nicola Aguinaldo tot war. Hätte ich doch bloß mit ihrer Mutter sprechen können! Warum war Abuelita Mercedes genau zu dem Zeitpunkt, als ihre Tochter gestorben war, so plötzlich verschwunden? Vielleicht würde ich, wenn ich in das Viertel zurückkehrte, in dem Nicola gelebt hatte, den rätselhaften Mr. Morrell finden, den Mann, der Fragen über Leute stellte, die aus dem Gefängnis entkommen waren. Ich machte mir einen Espresso, um die Schläfrigkeit zu überwinden, die mir von dem Dösen in der Hitze geblieben war, und zog mich wieder an.

Ich warf meinen verschwitzten Pullover in den Wäschekorb und wählte meine Kleidung sorgfältig – Abigail Trant hatte mir das Gefühl gegeben, schmuddelig und grobschlächtig zu sein. Ich mußte über mich selbst lachen, zog aber trotzdem eine saubere Leinenhose und dazu eine weite weiße Bluse an und legte sogar ein bißchen Lippenstift und Rouge auf. Das Ergebnis war weit entfernt von Mrs. Trants Perfektion: Immer gleich attraktiv auszusehen, ist wie jede andere Fähigkeit – man muß viel üben, um wirklich gut zu sein. Vielleicht halfen wöchentliche Besuche bei Parruca auch ein bißchen dabei.

Der Samstag ist in Uptown genau wie in Oak Brook der Tag, an dem man Besorgungen macht, aber die Mädchen hier arbeiteten und nahmen keine Reitstunden. Als ich auf die Klingel von Mrs. Attar drückte, kam Mina an die Tür, die schmollte, weil sie Staub wischen mußte. Die Mädchen hatten jemanden namens Aisha erwähnt; dieser Morrell hatte sich mit Aishas Vater unterhalten. Nach ein bißchen Murren führte Mina mich zur Wohnung von Aisha, die sich zwei Häuser weiter befand.

Aishas Vater war zu Hause und paßte auf einen kleinen Jungen auf, der lediglich eine Windel trug. Der Mann begrüßte mich zurückhaltend und wich nicht aus der Tür. In gestelztem, aber ganz passablem Englisch fragte er mich, was es mich angehe, ob er eine Tochter namens Aisha habe. Als ich ihm den Grund meiner Frage erklärte, schüttelte er den Kopf. Leider, so sagte er, führten die Mädchen aus der Gegend Fremde gern an der Nase herum. Er kenne niemanden namens Morrell. Seine Frau wisse möglicherweise, wer diese Frau namens Abuelita Mercedes sei, aber sie sei gerade auf dem Markt, und ihm persönlich sage der Name nichts. Wenn ich ihn bitte entschuldigen würde, er sei sehr beschäftigt. Ich reichte ihm meine Visitenkarte mit der Bitte, mich anzurufen, falls er doch noch etwas von Mr. Morrell hören sollte. Die Karte flatterte auf den Boden vor ihm, wo ich sie liegenließ.

Es war ziemlich demütigend, für jemanden von der Einwanderungsbehörde gehalten zu werden. Oder für die Agentin eines ausländischen Geheimdienstes.

Ich hätte durchaus etwas Sinnvolleres mit dem restlichen Nachmittag anfangen können, fuhr aber nach Hause und beschäftigte mich mit ein paar Drucken, die ich auf einem Flohmarkt entdeckt hatte. Auf einem der Bilder war eine junge Frau zu sehen, die ungefähr so alt war wie Nicola Aguinaldo. Sie trug eine Art Mieder und betrachtete das Fenster; besonders gefiel mir, daß sie sich in dem Glas spiegelte.

Ich begann mir Gedanken über das T-Shirt-Kleid zu machen, das Nicola angehabt hatte. Das Labor hatte nach eigener Aussage lediglich die äußere Seite des Stoffes auf Materialien untersucht, die von einem Auto stammen konnten. Vielleicht verriet mir die innere Seite etwas darüber, wie Nicola Aguinaldo ums Leben gekommen war.

Nach einer Weile beschloß ich, tatsächlich im Labor anzurufen, aber natürlich war am Samstagnachmittag niemand da. Also blieb mir nichts anderes übrig, als mir die Nachricht auf dem Anrufbeantworter anzuhören und selbst etwas auf die Mailbox des Mannes zu sprechen, der den Bericht über meinen Trans Am unterzeichnet hatte.

Am Sonntag ging ich wieder früh am Morgen mit den Hunden schwimmen. Zu Hause erklärte ich Mr. Contreras, ich würde Peppy mit ins Büro nehmen, wo sie mir Gesellschaft leisten konnte. Ich versprach ihm, vor vier zurück zu sein, denn er, die Hunde und ich wollten zusammen mit Mary Louise und ihren Pflegesöhnen ein Picknick machen. Mary Louise und ich treffen uns normalerweise einmal pro Woche, um geschäftliche Fragen zu besprechen; diesmal hatten wir beschlossen, das Treffen mit einem Familienausflug zu kombinieren.

»In Ordnung, Schätzchen. Aber haben Sie 'ne Wasserschüssel im Büro? Unsere Prinzessin braucht zwischendurch mal was zum Trinken.«

»Natürlich. Schließlich ist mir nichts wichtiger als das Wohlergehen von Peppy. Und mein Büro ist vollklimatisiert.«

Peppy lief schwanzwedelnd die Treppe mit mir hinunter. Mitch blieb bei Mr. Contreras. Als wir das Gebäude erreichten, in dem sich mein Büro befand, rannte sie zuerst in das Atelier von Tessa Reynolds. Tessa ist Bildhauerin. Sie arbeitete gerade mit Marmor; der Staub ließ ihre kurzen Dreadlocks im grellen Licht schimmern. Sie winkte mir mit ihrem sehnigen

Arm zu und kraulte kurz den Hund, war aber zu sehr in ihre Arbeit vertieft, um eine Pause zu machen.

Wenn Tessa keine Zeit für mich hatte, blieb mir nichts anderes übrig, als mich ebenfalls an die Arbeit zu machen. Während ich meinen Computer hochfuhr, holte ich meine Telefonbücher heraus und begann alle Leute mit dem Namen Morrell im Stadtgebiet anzurufen. Ich redete nicht lange um den heißen Brei herum, sondern sagte sofort, was Sache war: V. I. Warshawski, Privatdetektivin, auf der Suche nach einem Mann, der sich nach Einwanderern in Uptown erkundigte. Die Hälfte der Leute, deren Nummer ich wählte, war nicht zu Hause, und die andere Hälfte hatte entweder keine Ahnung, was ich da redete, oder tat zumindest so.

»Hör auf damit, Warshawski, und beschäftige dich endlich mit den Sachen, die du wirklich erledigen mußt«, murmelte ich und steckte eine CD-Rom mit den Telefonnummern und Adressen von Georgia in den Computer. Telefonnummern zu überprüfen war hirnlose Arbeit; meine Gedanken wanderten immer wieder zurück zu Nicola Aguinaldo. Baladine hatte gesagt, sie habe vorgegeben, krank zu sein, um in die Krankenstation zu kommen. Mary Louise hatte mir erzählt, im Gefängnisbericht sei die Rede von einer Eierstockzyste gewesen. Wußte Baladine, daß es eine solche Zyste nicht gab? Oder daß der Bericht eine Fälschung war?

Als ich noch als Pflichtverteidigerin gearbeitet hatte, waren meine Mandanten normalerweise nicht ausreichend medizinisch versorgt worden. Ein Mann, dessen Tumor aufs Zwerchfell drückte, beispielsweise, war in Einzelhaft gestorben, weil er zu laut um Hilfe gerufen hatte. Es fiel mir schwer zu glauben, daß die Häftlinge in Coolis menschlicher behandelt wurden und daß es Nicola Aguinaldo gelungen war, eine Krankheit vorzutäuschen. Und wie hatte sie es nach ihrer Flucht so schnell nach Chicago geschafft?

Ich legte meine Notizen über Georgia weg und ging an den Schrank, um meine Landkarten von Illinois herauszuholen. Peppy, die unter dem Tisch lag, hob den Kopf, um zu sehen, ob ich vorhatte, das Büro zu verlassen. Sie senkte ihn wieder, als ich an meinen Schreibtisch zurückkehrte.

Das Krankenhaus von Coolis befand sich am nordwestlichen Ende der Stadt, dem Ende, wo auch das Gefängnis war, dem Teil, der am schnellsten wuchs. Wenn Nicola Aguinaldo in einem Liefer- oder Wäschereiwagen geflohen war, hätte dieser die Straße für die Zulieferer genommen, die dem Smallpox Creek folgte. Ich sah durch mein Vergrößerungsglas, um die Details besser zu erkennen. Wenn sie von dem Wagen gesprungen war, bevor er die Stadtmitte erreicht hatte, hatte sie nicht sonderlich viele Möglichkeiten gehabt – sie hätte zu Fuß am Smallpox Creek entlang in nördlicher Richtung bis zum Lake Galena gehen oder versuchen können, per Anhalter auf der Route 113 weiterzukommen, die entweder vom Krankenhaus aus am Gefängnis vorbei oder nordöstlich aus der Stadt herausführte.

Zwischen Krankenhaus und Gefängnis traf die Straße nur auf die Hollow Glen Road, die nach ungefähr eineinhalb Kilometern weiter nördlich wieder die 113 und im gleichen Abstand eine andere Staatsstraße im Süden kreuzte. Es wäre interessant herauszufinden, ob jemand Nicola mitgenommen hatte – vorausgesetzt, Robert Baladine hatte nicht mit seinem Porsche an der Hollow Glen Road gewartet. Aber das konnte nur die Polizei ermitteln. Ich legte frustriert die Karte weg.

Dann wandte ich mich wieder meiner bezahlten Arbeit zu: Ich trug Telefonnummern in eine Liste ein und verglich sie mit einer vergrößerten Karte des Gebiets, in dem die Lastwagen von Continental United immer wieder zu Schaden kamen. Ich war gerade mittendrin, als Tessa den Kopf zur Tür hereinstreckte.

»Dein Freund Murray ist draußen – er hat versehentlich bei mir geklingelt. Soll ich ihn reinlassen? Er hat so 'ne Powerfrau dabei.«

Ich hob erstaunt die Augenbrauen, folgte Tessa aber zur Tür. Draußen stand Murray in Begleitung von Alex Fisher, die eine hautenge Jeans und ein großes Netzshirt trug, das nicht nur ihr Lycra-Top enthüllte, sondern auch ihr spitz hervorstehendes Schlüsselbein. Als sie zusammen mit Murray eintrat, sah ich mir sofort ihre Füße an, aber selbst wenn sie Schuhe von

Ferragamo ihr eigen nannte, an denen das Emblem fehlte, hatte sie die nicht an.

Murray sagte zu Tessa: »Schade, daß du am Dienstagabend nicht ins Golden Glow kommen konntest. Da hast du was verpaßt.«

Tessa zuckte höflich mit den Achseln, das hatte sie in den Jahren gelernt, in denen sie mit ihren wohlhabenden Eltern um die Welt gejettet war. Ich beneide alle Leute, die nicht immer direkt werden müssen. Was ich sofort wurde.

»Sandy – tut mir leid, daß ich dich am Dienstag abend nicht gleich erkannt habe. Du hast damals, als du uns im Jurastudium auf die Barrikaden treiben wolltest, ganz anders ausgesehen.«

Sie schenkte mir ein nichtssagendes Lächeln. »Ich heiße jetzt Alex, nicht mehr Sandy – in meinem Leben hat sich eine Menge geändert.«

Sie sah sich mit unverhohlenem Interesse in meinem Büro um. Ich hatte meinen Anteil des Lagerhauses mit Pappabtrennungen in kleinere Räume unterteilt, nicht, weil ich diese brauchte, sondern weil ich dem Ganzen eine menschlichere Dimension verleihen wollte. Das einzige, wofür ich sonst noch Geld ausgegeben hatte, war gute Beleuchtung gewesen.

Alex-Sandy schien sich im Vergleich dazu ihr eigenes Büro vorzustellen. Doch da fiel ihr Blick auf ein Gemälde, das an der Pappabtrennung gleich gegenüber von meinem Schreibtisch hing. »Ist das nicht von Isabel Bishop? Wie bist du denn an das gekommen?«

»Das habe ich im Art Institute gestohlen. Möchtest du dich nicht setzen? Darf ich dir was zu trinken anbieten?« Eine ältere Frau, deren Enkel sie um den letzten Pfennig gebracht hatte, hatte mir das Gemälde von Isabel Bishop als Bezahlung gegeben, aber das ging Alex-Sandy meiner Meinung nach nichts an.

»Ach, Vic, du hast immer schon einen bizarren Sinn für Humor gehabt. Hast du Malvern-Wasser? Es ist glühend heiß draußen – ich hatte völlig vergessen, wie heiß es im Sommer in Chicago werden kann.«

»Malvern-Wasser?« Ich blieb auf dem Weg zum Kühlschrank stehen. »Hast du BB Baladine auf den Geschmack gebracht, oder war's umgekehrt?«

»Ich wußte gar nicht, daß du Bob kennst. Ich glaube, die Vorliebe für Malvern-Wasser haben wir beide von Teddy Trant, der verbringt viel Zeit in England. Hast du denn welches?« Ihre Erklärung klang sogar einigermaßen plausibel.

Sie setzte sich auf einen Hocker neben dem Schreibtisch, unter dem Peppy lag. Die Hündin hatte sich erhoben, um sie und Murray zu begrüßen, aber meine Stimme hatte wohl einen warnenden Tonfall gehabt, denn sie hatte sich wieder unter den Tisch verkrochen.

Ich konnte Alex-Sandy nur Leitungswasser oder eine Flasche Poland Springs anbieten, das billig ist und meiner Meinung nach auch nicht schlechter als die aus dem Ausland importierten Mineralwassersorten. Murray entschied sich für Eistee, den Tessa immer frisch macht und literweise trinkt, wenn sie arbeitet. Wir teilen uns einen Kühlschrank draußen auf dem Flur und notieren immer ganz genau, wer was aus welchem Fach genommen hat.

»Murray sagt, du bist jetzt Privatdetektivin«, erklärte Sandy, nachdem ich mich ebenfalls gesetzt hatte. »Ist schon merkwürdig für jemanden mit deiner Ausbildung. Hattest du denn genug von der Jura? Das kann ich natürlich verstehen, aber ich persönlich träume eher davon, mich auf eine Ranch zurückzuziehen.«

»Du weißt ja, wie das ist, Sandy – Alex –, wenn man in die Jahre kommt, besinnt man sich plötzlich auf seine Wurzeln. Du bist von den Barrikaden runtergekommen, um in den Sitzungssaal zu gehen, und ich konnte die Finger nicht von der Polizeiarbeit lassen. Ich bin einfach zu sehr die Tochter meines Vaters.« Ich wandte mich Murray zu. »Sandy hat mich ständig kritisiert, weil ich nicht zusammen mit ihr bei den ganzen Demos mitgemacht habe. Sie hat mir erklärt, daß ein Mädchen aus der Arbeiterschicht wie ich in vorderster Front kämpfen sollte.«

»Du mußt lernen, dich von diesen alten Vorstellungen zu lösen. Schließlich sind wir jetzt in den Neunzigern. Jedenfalls hat Murray dich vorgeschlagen, als wir überlegt haben, wie wir Lacey aus einer prekären Situation heraushelfen könnten.«

Nun ging es also doch um Brosamen von den Tischen des Global-Imperiums. Vielleicht war Murray unser Gespräch von neulich abend genauso peinlich gewesen wie mir, und er versuchte nun, die Sache wieder geradezubiegen. Ich konnte mir vorstellen, wie er zusammen mit Alex-Sandy beim Abendessen saß, im Filigree oder vielleicht auch im Justin's, dem neuen In-Lokal an der Randolph Street, und sich zu Alex' bescheidenem Ausschnitt vorbeugte: *Du kennst doch V. I., wie bissig sie schon immer gewesen ist. Aber sie hat mir bei ein paar Storys geholfen, die dazu beigetragen haben, meinen Ruf aufzubauen, und ich seh's nicht gern, wenn sie im Regen steht. Hat Global nicht irgend 'nen Job, den man ihr zukommen lassen könnte?*

»Global hat zig Anwälte, Privatdetektive und schwerbewaffnete Sicherheitskräfte zum Schutz seiner Stars«, sagte ich. Wahrscheinlich war ich einfach noch nicht hungrig genug, um mich auf die Brosamen von den Tischen der Reichen zu stürzen.

»Nun, die Sache ist ein bißchen komplizierter«, meinte Murray, »jedenfalls soweit ich sie verstehe. Du warst ja am Dienstag abend im Golden Glow – vielleicht hast du das Problem sogar mitbekommen.«

»Lucian Frenada«, mischte Alex sich ein. »Lacey war vor zwanzig Jahren wohl mal seine Jugendliebe, und er will einfach nicht einsehen, daß es vorbei ist.«

Ich sah sie verständnislos an. »Und?«

»Und wir wollen, daß du ihm das klarmachst, ihm erklärst, daß er aufhören muß, sie zu belästigen, sie anzurufen oder ihr in der Öffentlichkeit nachzustellen.« Alex' Stimme klang immer noch so zornig wie damals in ihrer Protestzeit.

»Ich nehme keine Aufträge als Leibwächterin an und arbeite allein. In manchen Fällen ziehe ich andere Leute zur Unterstützung heran, aber wenn ihr wirklich hundert Prozent sicheren Personenschutz wollt, müßt ihr euch an ein Unternehmen wie Carnifice wenden.«

»Es geht nicht um Personenschutz.« Alex stellte ihr Wasser

auf dem Sofa neben sich ab. »Sie sagt, sie hat keine Angst vor ihm, aber die Sache ist ihr peinlich.«

Ich verzog das Gesicht. »Murray, wenn du mir mit diesem Angebot einen Gefallen tun wolltest, dann vergiß es. Sie hat doch eurer Aussage nach keine Angst vor ihm – da kann sie auch mit ihm reden. Und wenn er sie weiter belästigt, hat Global sicher die nötigen Mittel, um ihn daran zu hindern.«

»Damals im Studium warst du noch nicht so dumm«, fuhr Alex mich an. »Wenn das alles so einfach wäre, würden wir's selber erledigen. Die beiden waren in der Kindheit befreundet und haben einander verteidigt, wenn der Rest der Straße auf sie losgegangen ist. Sie erträgt's nicht, ihn zu verletzen, weil er sie mindestens einmal vor Übergriffen im Treppenhaus bewahrt hat. Und außerdem ist der Typ ein Bilderbuchunternehmer. Wenn die spanischsprachige Presse Wind davon kriegt, daß Global ihn absägen will, kriegen wir ganz schön Probleme, und natürlich wäre das auch nicht sonderlich gut für Laceys Image.«

Murray spielte mit seinem Glas herum. Irgend etwas machte ihn nervös – ob es Alex' Überheblichkeit oder meine Gereiztheit oder die ganze Angelegenheit war, konnte ich nicht beurteilen.

»Er hat also ein Unternehmen«, sagte ich. »Was für eins?«

»Er stellt flippige Klamotten her«, sagte Murray. »Ausstattung für Kindermannschaften, T-Shirts für besondere Anlässe, solche Sachen. Zuerst hat er die Fußballtrikots für die St.-Remigio-Schule produziert, und von da an ging's bergauf. Er beschäftigt eine ganze Menge Leute aus der Gegend. In ihrem alten Wohnviertel ist er der zweitgrößte Held, gleich hinter Lacey.«

»Und was soll ich machen? Vielleicht seine Fabrik niederbrennen, damit er nicht mehr dazu kommt, Lacey zu belästigen?« Alex-Sandy schien ernsthaft über die Durchführbarkeit meines Vorschlags nachzudenken. »Lacey geht wieder zurück nach Hollywood, und er bleibt hier, also dürfte es keine weiteren Probleme geben.«

»Es geht ums Image, Vic«, herrschte Alex mich an. »Lacey wird acht Wochen lang in der Stadt bleiben – sie drehen diesen Sommer *Virgin Six* in Chicago. Wir können nicht zulassen, daß er sie weiter belästigt, aber wir dürfen ihn auch nicht zu hart anfassen. Warum schnüffelst du nicht ein bißchen in seiner Vergangenheit herum, um festzustellen, ob er sich nicht irgendwann was zuschulden hat kommen lassen? Dann könnten wir ihm einen kleinen Handel anbieten: Wenn er Lacey in Ruhe läßt, zeigen wir ihn nicht an. Global wäre dir sehr dankbar, wenn du auf etwas stoßen würdest, und das würde sich auch finanziell niederschlagen.«

Ich lehnte mich auf meinem Stuhl zurück und musterte die beiden. Murray hatte mittlerweile aufgehört, mit seinem Glas herumzuspielen, und zerrupfte statt dessen seine Serviette. Papierfetzen regneten auf seine Jeans. Alex starrte mich mit einem arrogant-ungeduldigen Blick an, der mich zornig machte.

»Ich werde keine kriminellen Taten oder Ordnungswidrigkeiten von Lucian Frenada ans Tageslicht befördern, die er nicht begangen hat, nicht einmal dann, wenn Global mir einen Anteil am Einspielerlös von *Virgin Six* anbietet.«

»Natürlich nicht, Vic«, meinte Alex. »Das verlange ich gar nicht von dir – aber du solltest wenigstens ein bißchen herumstochern. Was verlangst du normalerweise für so was?«

»Hundert Dollar die Stunde plus Spesen.«

Sie lachte. »Ich hab' ganz vergessen, wie ehrlich du bist. Die meisten Leute würden ihre Preise verdoppeln oder verdreifachen, wenn der Anwalt eines großen Fernsehsenders sich an sie wendet.«

Was im Klartext hieß: Hundert Dollar waren in ihren Augen so wenig, daß ich die Wahrheit gesagt haben mußte.

»Wir verdoppeln den Betrag, wenn du die Sache vorrangig behandelst. Und legen noch eine ordentliche fünfstellige Summe drauf, wenn du was rausfindest, was wir brauchen können. Hier sind die Adressen und Telefonnummern von Lucian Frenada.«

»Nun mal langsam mit den jungen Pferden, Sandy.« Ich ließ das Blatt Papier, das sie mir hatte reichen wollen, auf den Boden fallen, wie Aishas Vater es am Vormittag mit meiner Visitenkarte getan hatte. »Ich muß mir die Sache zuerst überlegen, und außerdem müßte ich mich mit Ms. Dowell unterhalten, um festzustellen, ob sie die Geschichte genauso sieht wie ihr.«

Alex-Sandy schürzte die Lippen. »Uns wäre es lieber, wenn du Lacey aus der Sache heraushältst.«

Ich sah sie mit offenem Mund an. »Wenn sie aus der Sache herausgehalten werden soll, warum dann das ganze Gedöns?«

Murray hüstelte verlegen, was er sonst nie tat, und das machte mich noch wütender. »Vic, ich möchte ganz offen zu dir sein. Natürlich kannst du mit Lacey reden und dir ihre Version der Geschichte mit Frenada anhören. Wir, das heißt Global, wollen lediglich vermeiden, daß irgend jemand auf die Idee kommt, wir könnten Laceys alten Freunden zu nahe treten.

Niemand verlangt von dir, daß du irgendwas erfindest. Und keiner, der dich kennt, würde bei dir jemals auf die Idee kommen, daß du so was machst. Das habe ich auch Alex gesagt, als wir uns gestern abend über die Sache unterhalten haben. Aber wenn du tatsächlich etwas herausfinden solltest, das Global gegen Frenada verwenden könnte, dann wäre es uns – ich meine Global – lieber, wenn Lacey nichts davon erfährt, daß Global die Angelegenheit für sie geregelt hat. Und wir wollen auch nicht, daß die Presse davon Wind bekommt.«

»Ich dachte, das kann ohnehin Teddy Trant entscheiden«, sagte ich mit unverhohlenem Sarkasmus.

»Teddy kontrolliert nur eine Zeitung und einen Fernsehsender, und außerdem hat die geschäftliche Seite nichts mit der redaktionellen zu tun«, sagte Alex-Sandy.

»Ja, und der Papst hat auch keinerlei Einfluß auf die katholischen Gemeinden hier in der Gegend. Ich denke über euer Angebot nach und lasse es euch dann wissen. Wenn ich mich einverstanden erklären sollte, unterzeichnet Global den Vertrag, nicht du. Und auch nicht Murray als dein Strohmann.«

»Vic, wir kennen uns doch. Und Murray ist mein Zeuge.«

»Soso, dann berufen wir uns also jetzt auf unsere gemeinsame Vergangenheit und stimmen nostalgische Kampflieder an, um uns gegenseitig unsere Loyalität zu beweisen? Wir haben in der South Side von Chicago Jura studiert, nicht in Eton. Vielleicht hat die South Side auf mich mehr Eindruck gemacht als die Jura, aber eins hat Professor Carmichael mir beigebracht: Bei einer geschäftlichen Abmachung muß es einen schriftlichen Vertrag geben.«

Ihr breiter Mund wurde zu einer schmalen Linie, aber schließlich sagte sie: »Überleg dir's. Ich rufe dich dann morgen früh an.«

»So schnell werde ich mich nicht entscheiden können. Ich habe noch ein paar wichtige Projekte abzuschließen, bevor ich mich eurem Fall zuwenden kann. Deshalb bin ich auch heute, am Samstag, im Büro. Was hat dich übrigens hierhergeführt, Murray? Du hast doch wohl nicht erwartet, mich hier anzutreffen, oder?«

Alex antwortete für ihn: »Ach, wir sind zuerst zu deiner Wohnung gefahren, aber der alte Mann hat uns gesagt, daß du hier bist. Ich rufe dich morgen an.«

»Ich bin ja gespannt, wie Mr. Contreras dich beschreiben wird. Murray wird dir bestätigen können, daß seine Beschreibungen immer ziemlich lebhaft und ausführlich sind.«

Warum nur mußte ich jedesmal aggressiv werden, wenn mich jemand aus der Ruhe brachte? fragte ich mich und rief Murray nach, der gerade Alex-Sandy durch die Tür folgte: »Hast du dir die Geschichte im Justin's oder im Filigree ausgedacht?«

Er drehte sich mit hochgezogener Augenbraue zu mir um. »Soll das heißen, daß du eifersüchtig bist, Warshawski?«

15 Familienpicknick

Ich starrte den Computer eine ganze Weile an, konnte aber keine rechte Begeisterung für das Georgia-Projekt aufbringen. Murrays letzte Bemerkung wurmte mich. Was bedeutete, daß möglicherweise etwas Wahres dran war. Nicht, daß ich auf die Frauen, mit denen er ausging, tanzte oder schlief, eifersüchtig gewesen wäre. Aber wir hatten so viele Jahre zusammengearbeitet, daß wir die Witzchen und Gewohnheiten des anderen genau kannten. Da tat es weh zu sehen, daß die

Kommunikation zwischen ihm und einer Frau wie Alex Fisher-Fishbein besser funktionierte als die zwischen ihm und mir. Schließlich hatte ich Charakter. Und sie hatte bloß Macht, Geld und Glamour.

Murray war ein Vertreter des investigativen Journalismus. Er hatte die gleichen Quellen wie ich – manchmal sogar bessere –, mit deren Hilfe er nicht ganz koschere Informationen über städtische Unternehmer aufdeckte. Vielleicht wollte er mir mit Frenada die Chance geben, ein hübsches Sümmchen zu verdienen. Möglicherweise hatte er auch ein schlechtes Gewissen, weil er sich an Global verkauft hatte. Nun, vielleicht sollte ich dankbar sein, aber ich konnte mir nicht helfen, mir war irgendwie übel.

Die Tatsache, daß Alex zu mir gekommen war, statt sich an den Sicherheitsdienst des Senders zu wenden, ergab Sinn, aber nicht genug. Während des kurzen Gesprächs, das ich im Golden Glow mit Frenada geführt hatte, war er mir angenehm und sympathisch erschienen, alles andere als aufdringlich. Andererseits las man die ganze Zeit von Massenmördern, die die Nachbarn für ganz ruhig und normal gehalten hatten. Und außerdem hatte ich selbst gesehen, wie Frenada Lacey mitten im Golden Glow angesprochen hatte. Wenn er tatsächlich gefährlich war, ging Alex ziemlich unbekümmert mit potentiellen Gefahren für Lacey um. Und wenn nicht, hatte Global vor, mich ganz schön in die Scheiße zu reiten.

Frenada hatte auf der Party gesagt, ich könne ihm vielleicht helfen – in seinem Büro passiere etwas Merkwürdiges. Meine eigenen Erlebnisse mit Nicola Aguinaldo hatten mich das Gespräch mit ihm fast völlig vergessen lassen. Jetzt fragte ich mich, ob Global möglicherweise schon etwas unternommen hatte, um ihn in Mißkredit zu bringen. Und wenn er davon Wind bekommen hatte und Global davon wußte, versuchte Alex unter Umständen, mich als neue Größe ins Spiel zu schmuggeln.

Ich loggte mich bei LifeStory ein und forderte Informationen über Frenada an, nicht etwa, weil ich bereits beschlossen hatte, den Auftrag zu übernehmen, sondern weil ich etwas über das Umfeld des Mannes erfahren wollte. Um ihn besser zu verstehen, wäre es natürlich sinnvoller gewesen, mich mit den Leuten zu unterhalten, die ihn kannten, aber ich hatte einfach nicht die Zeit, mit seinen Angestellten oder seinem Beichtvater oder seinen Nachbarn in Humboldt Park zu sprechen, wenn ich den Job dann doch nicht annahm.

Während ich versuchte, eine Liste zu erstellen, um die Aufgaben in der Georgia-Sache zwischen Mary Louise und mir aufzuteilen, dachte ich die ganze Zeit an die Bemerkung von Alex, daß Global sich erkenntlich zeigen würde, wenn ich die Arbeit leistete, die von mir erwartet wurde. Eine hübsche fünfstellige Summe. Ich fragte mich, wie hoch diese Summe ausfallen würde. Fünfzigtausend Dollar zum Beispiel wären genug, um einen neuen Wagen zu kaufen und obendrein noch ein kleines Polster zu haben. Möglicherweise könnte ich mir dann sogar eine Ganztageskraft leisten und würde nicht länger auf die wenigen Stunden angewiesen sein, die sich Mary Louise für mich abringen konnte. Und wenn es sogar siebzig- oder achtzigtausend wären? Murray fuhr nun einen taubenblauen Mercedes; ich könnte mir dann den roten Jaguar XJ-12 holen, den ich am Mittwoch in der Zeitung inseriert gesehen hatte.

»Tja, so ködert man die Leute«, sagte ich laut. »Wenn du dich für das Geld kaufen läßt, das ein Gebrauchtwagen kostet, V. I., dann bist du nicht viel wert.«

Ich konzentrierte mich in den folgenden Stunden ganz auf meine Arbeit und machte nur eine kurze Pause, um mir ein Sandwich zu holen und Peppy Gelegenheit zum Pinkeln zu geben. Danach hob ich den Blick erst wieder von meinen Unterlagen, als Tessa so gegen halb vier hereinschaute.

»Mary Louise ist schon eine ganze Weile nicht mehr dagewesen«, sagte sie und setzte sich auf die Sofalehne.

»Machst du jetzt den Sicherheitsdienst fürs Haus?«

Sie grinste. »Nein, aber du bist nicht die einzige Detektivin hier: Wenn Mary Louise da ist, bringt sie immer Ordnung in die Papiere. Ich werde dann gehen. Hast du Lust auf einen Kaffee?«

Ich sah auf die Uhr und sagte ihr, daß ich sie auf ein andermal vertrösten müsse, um nach Hause fahren und Mr. Contreras holen zu können. Dann startete ich mein Backup-Programm und begann, in den Unterlagen auf meinem Schreibtisch nach dem Bericht zu suchen, den Max mir vom Beth Israel gefaxt hatte und den ich mit Mary Louise durchsprechen wollte. Ich hatte völlig vergessen, daß ich ihn in die Mappe mit der Aufschrift »Ehemaligen-Fonds« gesteckt hatte, fand ihn aber dann doch irgendwann.

Ich holte den Bericht heraus, den die Sanitäter dem Krankenhaus geliefert hatten. Er beschrieb, wo sie Nicola Aguinaldo gefunden, was sie zu ihrer Stabilisierung unternommen und wann sie sie ins Beth Israel gebracht hatten (um drei Uhr vierzehn morgens), nannte aber nicht die Namen der Beamten, die sich in Edgewater mit Mary Louise und mir unterhalten hatten. Ich überlegte, ob das so wichtig war, daß ich Mary Louise zu den Sanitätern schicken würde, damit sie sie fragte, ob sie sich an die Beamten erinnerten. Aber ich wußte keinen anderen Weg, um herauszufinden, ob Baladine oder Poilevy dafür gesorgt hatten, daß die Beamten mir auf die Pelle gerückt waren. »Ich werde jetzt duschen und mein Werkzeug ordentlich aufräumen«, sagte Tessa, als ich die Mappe auf den Stapel zurückwarf. Wenn Mary Louise dagewesen wäre, hätte sie sofort ein Etikett dafür beschriftet und sie zu den anderen Mappen in die Schublade gesteckt.

»Ja, ja, du bist ja schon immer der Liebling des Lehrers gewesen. Das Ding hier läuft nicht weg, aber ich muß los.« Ich fuhr den Computer herunter und steckte eine Sicherungskopie meiner Daten in meine Aktentasche. Das hatte mir einmal ein alter Hacker-Freund beigebracht: Mach immer eine Kopie von deinen Dateien und bewahr sie an einem anderen Ort auf als das Original, auch wenn du nicht damit rechnest, daß dein Büro niederbrennt oder jemand einbricht.

Tessa sperrte gerade mit vom Duschen feuchten Haaren ihr Atelier zu, als ich in den Eingangsbereich trat. Sie trug nun ein goldfarbenes Kleid aus teurem Baumwollstoff. Ich fragte mich, ob ich in Zehntausend-Dollar-Klamotten genauso gut aussehen würde wie sie oder Abigail Trant. Die beiden hatten eine ähnliche Vorgeschichte – teure Privatschulen, der Vater in beiden Fällen erfolgreicher Unternehmer. Der einzige Unterschied war wahrscheinlich die Mutter – Tessas Mutter hatte sich in der von weißen Männern bestimmten Welt der Juristerei durchgesetzt.

»Ich hatte immer gedacht, daß Murray eher auf weichere Frauen steht als auf die Tante, die er heute dabeihatte«, meinte Tessa, während sie den Code für die Alarmanlage eingab. »Er hatte sich ganz schön rausgeputzt, also gehe ich davon aus, daß er nicht aus geschäftlichen Gründen hier war?«

»Die ›Tante‹, wie du sie nennst, ist eine richtige Space Beret.« Als Tessa mich fragend ansah, sagte ich: »Da merkt man doch gleich, daß es in deinem Leben nicht allzu viele kleine Jungs gibt. Die Space Berets sind Actionfiguren von Global, die in Filmen und Comic-Heften vorkommen und sich verkaufen wie warme Semmeln. Und die Frau ist Anwältin bei Global. Als wir zusammen studiert haben, hat sie noch Sandy Fishbein geheißen und Sit-ins organisiert. Jetzt ist sie zu Alexandra Fisher mutiert und sitzt in allen möglichen Ausschüssen, und ich weiß nicht mehr so recht, was ich von ihr halten oder wie ich sie nennen soll. Sie hat Murray verführt, und jetzt wollen sie mich zu einer ménage à trois mit ihnen überreden.«

»Ich habe kein Vertrauen zu Frauen, die ihre Muskeln ausschließlich im Fitneßstudio aufbauen und sie als Accessoire zu ihrer Garderobe sehen«, sagte Tessa und ließ dabei ihre eigenen Muskeln spielen, die von der jahrelangen Arbeit mit Stein und Metall gestählt waren.

Ich winkte ihr lachend nach, als sie in ihren Pick-up stieg – einer von den modernen mit Ledersitzen, Klimaanlage und perfekter Federung. Neben ihm sah mein Skylark noch klappriger aus. Wieder spürte ich so etwas wie Neid in mir aufsteigen. Ich hätte weder meinen Vater noch meine Mutter für einen reichen Tycoon aus dem Westen eingetauscht, aber hin und wieder wünschte ich mir doch, daß ich mehr geerbt hätte als das Fünfzimmerhäuschen, dessen Verkaufserlös nach dem Tod meines Vaters gerade mal die Arztrechnungen gedeckt hatte.

Ich mußte an Abigail Trant denken und fragte mich, ob sie etwas damit zu tun hatte, daß Alex und Murray zu mir gekommen waren. Meine Beschreibung meiner Tätigkeit hatte ihr Interesse geweckt. Vielleicht hatte sie Teddy davon erzählt und an seiner Krawatte herumgespielt, während sie sich umzogen, um ihre wichtigen Gäste zu empfangen: *Teddy, kennst du eigentlich die Frau, über die BB sich so ärgert? Ich glaube, man sollte sie ein bißchen unterstützen. Lassen wir ihr doch einen Auftrag zukommen.* Vielleicht sollte ich mir über das Angebot also doch mehr Gedanken machen und zumindest herausfinden, ob Frenada Lacey Dowell tatsächlich belästigte.

Als ich zu Hause ankam, rannte ich gleich nach oben, um bei Mary Louise anzurufen. Es meldete sich Emily, die mir mitteilte, daß Mary Louise bereits zu unserem Picknick unterwegs sei.

»Ist schon in Ordnung. Eigentlich wollte ich *dich* was fragen. Weißt du, wo Lacey Dowell wohnt, während sie *Virgin Six* drehen?«

»Du willst doch hoffentlich nicht beweisen, daß sie irgendein Verbrechen begangen hat, oder?« fragte Emily.

»Nein. Es behauptet nur jemand, daß ein alter Freund von ihr sie belästigt. Ich möchte mich mit dem Portier des Hauses unterhalten, in dem sie wohnt, um herauszufinden, ob das stimmt.«

Sie dachte über das nach, was ich gesagt hatte, und beschloß dann, mir den Aufenthaltsort ihrer Heldin zu verraten: Sie wohnte im Trianon, einem Luxushotel an der Spitze der Gold Coast mit Blick auf die Cardinal's Residence auf der einen und den Lake Michigan auf der anderen Seite. Eine hübsche Abwechslung zu der Gegend, in der Lacey aufgewachsen war.

»Danke, Kleines. Kommst du nicht mit heute nachmittag? Mr. Contreras kümmert sich ums Essen.«

Sie murmelte etwas davon, daß sie sich mit ihrem Vater treffen müsse. »Er hat eine neue Freundin. Er möchte, daß ich sie kennenlerne, bevor ich nach Frankreich abreise.«

»Du mußt das nicht machen, wenn du nicht willst«, sagte ich.

»Ja, mag sein. Aber ich fliege sowieso am Mittwoch, da kann ich mich ja wenigstens noch von ihm verabschieden.«

Wahrscheinlich, dachte ich, gibt man die Hoffnung nie auf,

daß die Eltern, egal, wie gemein und verletzend sie gewesen sind, sich doch noch irgendwann etwas aus einem machen. Ich gesellte mich traurig zu Mr. Contreras und den Hunden, die bereits im Wagen saßen.

Das Picknick erwies sich als äußerst angenehm. Wir trafen Mary Louise und die Jungen in einem bewaldeten Park im nordwestlichen Teil der Stadt. Während des Essens, das Mr. Contreras ganz nach dem Geschmack der Jungen zusammengestellt hatte – Brathähnchen, Kartoffelchips, Schokoladentörtchen und Marshmallows –, ging ich mit Mary Louise die Liste der Aufgaben durch, die sich im Verlauf der Woche ergeben hatten. Ich hatte etwa ein halbes Dutzend Recherchierjobs für sie und dazu noch ein paar andere Kleinigkeiten, aber eigentlich wollte ich mich mit ihr über Alex-Sandys Angebot und mein Treffen mit Baladine unterhalten.

»Ich muß dir wohl nicht sagen, daß du die Finger von dem Global-Auftrag lassen sollst, oder?« meinte sie. »Hoffentlich macht dein Freund Murray sich da die Finger nicht schmutzig – mir klingt das alles nicht sonderlich geheuer. Soweit ich das beurteilen kann, möchtest du den Job bloß annehmen, um zu sehen, was Murray vorhat – und das ist nicht Grund genug, um sich auf so was einzulassen.«

Ich wurde rot, weil ich gar nicht gewußt hatte, daß ich so leicht zu durchschauen war. »Es geht nicht nur darum. Was ist, wenn Abigail Trant sich dafür eingesetzt hat, daß Baladine mich nicht schluckt?«

Mary Louise lachte verächtlich. »Und wenn schon? Willst du ihr dann vielleicht die lackierten Zehennägel küssen? Vic, wirklich. Das ist kein Auftrag, sondern eine Falle. Du weißt das genausogut wie ich.«

Sie hatte recht. Wahrscheinlich. Ich durfte mich wirklich nicht auf ein Kräftemessen mit Global einlassen.

»Aber die Sache mit Nicola Aguinaldo ist etwas anderes«, sagte ich. »Die hat unmittelbar mit mir zu tun, weil mir dieser Lemour und obendrein auch noch der Staatsanwalt im Nacken sitzen. Würdest du bitte die Sanitäter fragen, ob die sich erinnern, wie die Polizisten heißen, die die Sache an dem Abend aufgenommen haben?«

»Natürlich kann ich das machen, Vic, aber du weißt, daß das nicht gratis geht. Und ich halte diese Ausgabe im Augenblick für überflüssig. Du hast mir gesagt, der Bericht von Cheviot habe die Staatsanwaltschaft davon überzeugt, daß dein Wagen nichts mit dem Tod von Nicola Aguinaldo zu tun hat. Also laß die Sache auf sich beruhen. Ich erledige die Anrufe nach Georgia gleich morgen früh für dich, doch du weißt genausogut wie ich, daß du irgendwann selber runterfahren mußt, weil ich das mit den beiden hier nicht kann.« Dabei deutete sie auf Nate und Joshua, die mit den Hunden Frisbee spielten.

Sie biß sich auf die Lippe, als wolle sie etwas sagen, das mir nicht gefallen würde, und meinte dann: »Vic, es steckt ein Körnchen Wahrheit in dem, was Baladine zu dir gesagt hat, daß du dich immer um aussichtslose Fälle kümmerst. Du jammerst die ganze Zeit drüber, wie wenig Geld du hast, und dabei hättest du sowohl die Kontakte als auch die Fähigkeiten, um eine große Agentur aufzubauen. Aber irgend etwas in dir sträubt sich dagegen, dich auf etwas so Großes einzulassen. Jedesmal, wenn's soweit ist, suchst du dir wieder so eine Geschichte wie die mit Nicola Aguinaldo, und schon ist deine Chance auf Expansion vertan.«

»Expansion?« Ich holte im Scherz nach ihr aus. »Das klingt wie aus einem Handbuch für junge Unternehmer.«

Sie begann, mit mir Schatten zu boxen, und schon bald jagten wir uns gegenseitig durch den Park, die Hunde immer hinter uns her, und die Jungs waren ganz aufgeregt darüber, daß wir Erwachsenen uns genauso albern aufführten wie sie. Als wir schließlich keuchend aufs Gras sanken, ging das Gespräch in eine andere Richtung.

Irgendwie, dachte ich, hatte sie recht, auch wenn ich das nicht zugeben wollte. Der Gedanke ging mir während der ganzen Heimfahrt mit Mr. Contreras und den Hunden nicht aus dem Kopf. Vielleicht stimmte das, was Alex Fisher gesagt hatte, daß ich durch meine Arbeiterwurzeln definiert wurde. Würde ich Schuldgefühle haben, wenn ich plötzlich wirtschaftlichen Erfolg genoß, den meine Eltern nicht erwirtschaftet hatten? Der meiner Mutter vielleicht sogar das Leben hätte retten können? Sie war an Gebärmutterkrebs gestorben, der Metastasen gebildet hatte, weil sie sich bei den ersten Symptomen nicht gleich in Behandlung begeben hatte.

Doch das, was Mr. Contreras erzählte, lenkte mich ein wenig von meinen ernsten Gedanken ab. »Die beiden Jungs sind wirklich süß, und der kleinere könnte mal ein guter Sportler werden. Sehen sie ihren Vater ab und zu?«

»Wollen Sie damit andeuten, daß er ein Waschlappen werden könnte, bloß weil er bei seiner Pflegemutter ohne Vater aufwächst?« fragte ich, doch als er verlegen zu husten begann, bohrte ich nicht weiter nach und erklärte ihm, daß der Vater des Kleinen nicht sonderlich sportlich sei. »Er hat 'ne neue Freundin, eine Studentin, die ungefähr halb so alt ist wie er. Vielleicht ist die idealistisch genug, die Kinder seiner ersten Frau aufzuziehen, aber ich glaube nicht, daß sie es bei ihr besser hätten.«

16 Ein Freund der Familie

Die Sonne stand immer noch relativ hoch am Himmel, als wir wieder in die Stadt kamen. Es war also noch genug Zeit, um zum Trianon Hotel zu fahren und die Sache mit Lacey zu überprüfen. Ich wußte, daß Mary Louise mit ihrer Meinung, jegliche Beschäftigung mit den Belangen von Global würde zwangsläufig zu einer Katastrophe führen, recht hatte, aber ich mußte einfach herausfinden, ob die Leute von dem Unternehmen mich absichtlich in eine Falle locken wollten. Also setzte ich Mr. Contreras und die Hunde vor unserem Haus ab und lenkte den Wagen in Richtung Süden, zuerst zu meinem Büro, wo ich rasch einen Brief formulierte, der mir die Befugnis verschaffte, Nachforschungen anzustellen, und dann weiter zur Gold Coast.

Der Portier des Trianon schickte mich zum Leiter des Sicherheitsdienstes, der gerade da war, um die Dienstpläne für die folgende Woche zu überprüfen. Als ich das Büro betrat, konnte ich mein Glück kaum fassen: Frank Siekevitz war nach dem Tod meiner Mutter als Berufsanfänger ein Jahr lang zusammen mit meinem Dad Streife gefahren. Da es in Chicago überall kleine ethnische Inselchen gab, hatte Siekevitz sich gern an die Fersen eines Mentors namens Warshawski geheftet. Deshalb freute es ihn doppelt, mich zu sehen – wir verbrachten eine halbe Stunde damit, uns nicht nur gegenseitig über das zu informieren, was sich in unserem Leben ereignet hatte, sondern auch damit, die Situation in Polen zu diskutieren.

»Du hast doch nicht etwa deine große Diamantentiara bei unserem Empfang für den französischen Präsidenten verloren, oder, Vicki?« fragte er mich mit einem Augenzwinkern.

Ich hatte völlig vergessen, daß die Kollegen meines Vaters mich alle mit dem Spitznamen ansprachen, den ich haßte. »Nein, leider nicht. Ich bin Privatdetektivin.«

»Ja, das bringt Geld. Gut, daß du dich dafür entschieden hast. Und außerdem ist das auch nicht so gefährlich wie bei der Polizei. Ich bin viel zufriedener, seit ich für einen privaten Sicherheitsdienst arbeite.«

Ja, genau so sah mein Leben aus: Ich kannte keine Geldsorgen und konnte mich immer und überall sicher fühlen. Ohne große Umschweife erklärte ich Frank, daß Global mich angeheuert hatte, Lucian Frenada daran zu hindern, daß er den großen Star des Unternehmens belästigte, und ich mich fragte, wie schlimm diese Belästigung tatsächlich war. Nachdem Siekevitz mit dem Portier gesprochen hatte, sagte er mir, Frenada sei lediglich einmal dagewesen, am Donnerstag. Lacey hatte ihn in ihre Suite mitgenommen, wo er über eine Stunde geblieben war. Er hatte zweimal angerufen, und sie hatte die Telefonate beide Male entgegengenommen. Das ließ sich leicht aufgrund der Liste nachweisen, die in der Telefonzentrale für den Fall eventueller Belästigungen geführt wurde.

Siekevitz ließ mich sogar einen Blick in diese Liste werfen – er wußte, daß mein Vater das so gewollt hätte. »So klein warst du gar nicht mehr, Vicki, als ich dich kennengelernt habe. Da hast du schon im High-School-Team gespielt. Ja, ja. Tony war wirklich stolz auf dich. Ihm würde es gefallen, wenn er wüßte, daß du in seine Fußstapfen trittst.«

Ich lächelte müde, weil ich mir nicht vorstellen konnte, was mein Vater tatsächlich über das Leben denken würde, das ich heute führte, und beugte mich über die Liste. Teddy Trant rief jeden Tag an. Manchmal sprach Lacey mit ihm, dann wieder sagte sie der Dame in der Zentrale, sie solle ihm ausrichten, sie sei im Fitneßstudio. Regine Mauger, die Klatschkolumnistin des *Herald-Star,* war die einzige Person, deren Anrufe sie nie entgegennahm. Das stimmte mich ein wenig schadenfroh.

Als ich fragte, ob ich selbst mit Lacey reden könne, schüttelte Siekevitz bedauernd den Kopf. »Die Dreharbeiten haben noch nicht begonnen; da ist sie ein paar Tage nach Kalifornien gefahren. Soweit ich weiß, kommt sie am Donnerstag zurück. Natürlich hat das Studio die Suite weiter für sie reservieren lassen. Sie kostet nur achttausend Dollar die Woche. Für Hollywood-Verhältnisse ist das nicht viel.«

Dann unterhielten wir uns noch eine Weile über sein Privatleben. Nein, er hatte nie geheiratet. Wahrscheinlich, so sagte er, hatte er einfach nie die richtige Frau kennengelernt. Schließlich begleitete er mich zum Eingang, wo ich dem Portier für seine Mühe einen Zehner gab. Ich ging durch den Park zu meinem klapprigen Wagen, den ich lieber nicht direkt vor dem Hotel abgestellt hatte.

Während ich durch die Dämmerung heimfuhr, dachte ich verärgert darüber nach, daß Alex versuchte, mich in eine Falle zu locken. Aber warum? Lacey Dowell hatte ganz offensichtlich nicht das Gefühl, von Frenada belästigt zu werden. Und Murray steckte so tief in der Sache mit drin, daß ich nicht mehr wütend, sondern nur noch traurig sein konnte. Ich hätte ihm gern erzählt, was ich von Siekevitz erfahren hatte, wollte aber nicht nach ihm suchen: Es wäre zu schmerzhaft, wenn ich ihn in Gesellschaft von Alex Fisher fände. Außerdem hatte ich keine Ahnung, wo sich das Nachtleben von Chicago heutzutage abspielte. Früher war Murray oft zu Lucy Moynihan's am Lower Wacker Drive gegangen, aber das war ein Treffpunkt für Journalisten; Fernsehleute trinken anderswo.

Also fuhr ich brav nach Hause und stopfte meine schmutzige Kleidung in die Waschmaschine im Keller. Gerade als ich die Tür zu meiner Wohnung öffnete, klingelte das Telefon.

»Ms. Warshawski?« Eine mir unbekannte Männerstimme. »Mein Name ist Morrell. Ich habe gehört, Sie wollen mit mir sprechen.«

Eine Stunde später saß ich ihm im Drummers, einem Weinlokal in Edgewater, gegenüber. Morrell war schlank und ungefähr so groß wie ich und hatte blondes, lockiges Haar.

Draußen an einem Tisch an der Straße aß ein älteres Paar zu Abend. Die beiden beugten sich ein wenig vor, um den Lärm, den die fröhlichen jungen Leute rund um sie herum machten, zu übertönen. Ich war ein bißchen neidisch auf die weißhaarige Frau, deren Hand auf dem Arm des alten Mannes ruhte. Die Tatsache, daß ich mich im Rahmen von Nachforschungen auf einen Drink mit einem Fremden traf, gab mir das Gefühl, einsam zu sein.

Ich hatte Morrell am Telefon zu erklären versucht, was ich wissen wollte, doch er hatte gesagt, er werde meine Fragen nur beantworten, wenn er mich treffen könne. Er hatte von Evanston, dem ersten Vorort nördlich von Chicago, aus angerufen; Drummers lag ungefähr auf halbem Weg.

»Sind Sie wirklich Privatdetektivin?« fragte er, nachdem der Kellner uns die Drinks gebracht hatte.

»Nein, das ist mein Hobby«, sagte ich ein wenig mürrisch. »Hauptberuflich ringe ich mit Alligatoren. Und was machen Sie, wenn Sie nicht gerade mit Leuten reden, die aus dem Gefängnis geflohen sind?«

»Haben die Kinder das gesagt?« Er lachte leise. »Eigentlich interessiert mich, wer Ihnen Geld dafür gibt, Fragen über Nicola Aguinaldo zu stellen.«

Ich nahm einen Schluck Cabernet. Er schmeckte ein bißchen nach Essig, als habe er schon zu lange auf der Theke gestanden. Nun, selber schuld, dachte ich, wenn du teuren Wein in einer Gegend bestellst, in der es noch drei Jahre zuvor bloß billiges Gesöff gegeben hat.

»Ich wäre eine ziemlich schlechte Privatdetektivin, wenn ich jedem erzählen würde, wer mich bezahlt. Besonders, wenn der Betreffende ein Fremder ist und Fragen stellt über eine Ausländerin, die auf ausgesprochen unangenehme und, wie sich mittlerweile herausgestellt hat, verdächtige Weise ums

Leben gekommen ist. Vielleicht arbeiten Sie ja als verdeckter Ermittler für die Einwanderungsbehörde? Oder für die irakische Geheimpolizei – wie heißt die gleich noch mal? Ammo oder so ähnlich?«

»Nein, Aman«, sagte er. »Gut, ich verstehe Ihr Problem.«

Er tippte mit dem Finger gegen seine Kaffeetasse und kam irgendwann zu dem Schluß, daß er selbst etwas verraten mußte, wenn er etwas aus mir herausbekommen wollte. »Ich interessiere mich für politische Gefangene. Ich schreibe schon seit über zehn Jahren über dieses Thema. Meine Artikel erscheinen im *New Yorker*, aber vieles von dem, was ich verfasse, ist für Organisationen wie Americas Watch oder das Grete Berman Institute. Sie haben mir auch den Auftrag für das Buch gegeben, an dem ich gerade arbeite.«

Ich hatte schon vom Grete Berman Institute gehört – ein Mann, dessen Mutter während des Holocaust umgekommen war, hatte dem Institut Geld hinterlassen, damit es Folteropfern dabei half, sich physisch und psychisch zu erholen. »Und worum geht's in dem Buch?«

Er aß ein paar von den Nüssen, die in einer Schale auf dem Tisch standen. »Es interessiert mich, welche Möglichkeiten politische Flüchtlinge haben, ob sie sich großen Problemen gegenübersehen, wenn sie in einer fremden Welt ein neues Leben beginnen müssen, oder ob ihnen das sogar Kraft gibt. Wenn jemand in seinem Heimatland auf eine bestimmte Sparte spezialisiert war, wird er hier oder in Europa oft von einer akademischen Institution aufgenommen. Das sind meist die Leute, denen es aufgrund ihrer Finanzen und ihrer Kontakte am besten gelingt auszuwandern, sobald sie aus dem Gefängnis entlassen sind. Aber was ist mit den anderen? Was passiert mit denen?«

Der Kellner trat an unseren Tisch und fragte, ob wir noch einen Wunsch hätten. Ich bat ihn, den Cabernet mitzunehmen und mir statt dessen einen Black Label zu bringen. »Verstehe, so jemand wäre also Aishas Vater.«

»Ja, Aishas Vater. Wie sind Sie auf ihn gekommen?«

Ich lächelte. »Ich bin selbst in einer Gegend mit vielen Ausländern aufgewachsen wie Aisha und Mina. Unter Kindern gibt es keine Geheimnisse, am allerwenigsten, wenn jemand wie Sie oder ich von außen dazukommt.«

»Ja. Ich mache mir immer Sorgen darüber, was die Kinder wem erzählen, aber wenn man ihnen einschärft, daß sie den Mund halten sollen, verhalten sie sich gegenüber Fremden noch verdächtiger. Sie haben mir von Ihnen erzählt. Daß Sie Polizistin sind und einen Polizeihund dabeihatten. Daß Sie nach Señora Mercedes suchen.«

Ich nahm einen Schluck Whisky. »Wenn Sie mit zu mir kommen würden, könnte ich Ihnen den Polizeihund vorstellen. Es handelt sich um eine achtjährige, unverbesserlich gutmütige Golden-Retriever-Hündin. Ich wollte sie Señora Mercedes bestimmt nicht auf den Hals hetzen. Und ich hatte auch nichts mit Abschiebung im Sinn. Ihre Tochter ist vor genau einer Woche aus der Gefangenenstation des Coolis-Hospitals geflohen und lag wenig später tot nur ein paar hundert Meter von ihrer alten Haustür entfernt auf der Straße.«

»Und wieso interessieren Sie sich für die junge Frau?«

»Ich habe sie Dienstag nacht auf der Straße gefunden. Sie ist ein paar Stunden später im OP des Beth-Israel-Krankenhauses an einer schweren Bauchfellentzündung gestorben, hervorgerufen durch einen heftigen Schlag oder Tritt in den Unterleib. Ich würde gern erfahren, wie sie von Coolis in die Balmoral Avenue gekommen ist und wer ihr diese Verletzung zugefügt hat.«

»Sind Sie immer so idealistisch und stellen Nachforschungen über Todesfälle bei armen ausländischen Gefängnisausbrechern an, Ms. Warshawski?«

Sein spöttischer Tonfall ärgerte mich, aber das war vermutlich seine Absicht. »Immer, ja. Wissen Sie, es ist eine nette Abwechslung zum Alligatorringen, mit so höflichen Leuten wie Ihnen zu sprechen.«

»Puh.« Er holte tief Luft. »Tut mir leid, ich hab's nicht besser verdient. Ich bin nicht so oft in Chicago. Könnte ich mich mit jemandem unterhalten, der Ihre Arbeit kennt?«

Das war ein faires Angebot. Warum sollte er einer völlig Fremden vertrauliche Informationen geben? Ich nannte ihm Lottys Namen und bat ihn seinerseits um eine Referenz. Er kannte den Pathologen Vishnikov von dessen forensischer Tätigkeit für das Berman Institute in Südamerika.

Das ältere Paar am Straßenrand zahlte. Dann gingen die beiden Arm in Arm zu ihrem Wagen. Ich fühlte mich einsamer denn je.

»Wenn Sie Vishnikov kennen, könnten Sie ihn an die Sache mit Nicola Aguinaldos Leiche erinnern. Die ist aus dem Leichenschauhaus verschwunden. Morgen möchte ich herausfinden, wieviel es kostet, Nicolas Kleidung analysieren zu lassen – immer vorausgesetzt, das Privatlabor, das sie sich schon einmal angeschaut hat, hat sie noch. Allerdings wäre alles viel einfacher, wenn ich wüßte, wo ihre Leiche ist. Es könnte sein, daß ihre Mutter sie hat, aber woher wußte die, daß ihre Tocher tot ist? Sie hat ihre Wohnung am Morgen des Tages, an dem ich Nicola gefunden habe, verlassen. Es sind ein paar ziemlich offiziell wirkende Männer in der Gegend aufgetaucht und haben die Leute dort in Angst und Schrecken versetzt. Doch das wissen Sie sicher schon, oder?«

Erst nach einer ganzen Weile nickte Morrell zögernd.

»Wer waren diese Männer?« fragte ich. »Beamte, die das Gefängnis geschickt hatte? Oder welche von der Einwanderungsbehörde, wie die Nachbarn dachten? Leute von einem großen zivilen Sicherheitsdienst? Jedenfalls sind die Männer, seit Señora Mercedes verschwunden ist, nicht mehr wiedergekommen. Das heißt, daß sie entweder nach Señora Mercedes selbst oder nach ihrer Tochter gesucht haben. Wenn eine Ihrer Kontaktpersonen im Viertel Ihnen sagen würde, wo die Mutter sich versteckt hält, könnten Sie sie vielleicht davon überzeugen, daß sie eine Obduktion durchführen lassen muß.«

Morrell sagte nichts. Erst jetzt merkte ich, daß der Kellner neben unserem Tisch stand. Es war inzwischen elf Uhr; außer uns waren nur noch zwei schmusende junge Leute in dem Lokal. Ich holte einen Zehner aus meiner Brieftasche. Der Kellner stürzte sich sofort darauf, während die anderen Bediensteten die Tische saubermachten.

Morrell reichte mir ein paar Eindollarscheine. Dann gingen wir gemeinsam die Straße in Richtung Foster Avenue hinunter, wo wir beide unsere Wagen abgestellt hatten. Drummers war nur sieben oder acht Häuserblocks von der Stelle entfernt, wo ich Nicolas Leiche gefunden hatte, aber so, wie die Gegend hier aussah, hätten es genausogut sieben oder acht Kilometer sein können.

»Ich wünschte, ich könnte mit jemandem sprechen, der etwas über Nicola Aguinaldos Leben vor ihrer Verhaftung weiß«, sagte ich, als Morrell vor seinem Wagen stehenblieb. »Hatte sie vielleicht einen Freund, der sie verprügelt hat, als sie nach Hause kam, und sie auf der Straße hat sterben lassen? Oder war's ihr reicher Chef? Dachte sie, er würde ihr helfen, wenn sie aus dem Gefängnis floh, aber er hat sie statt dessen geschlagen? Irgend jemand in dem Haus, in dem sie gewohnt hat, muß das wissen, oder zumindest, mit wem sie geschlafen hat.«

Er zögerte, als überlege er, ob er etwas sagen sollte. Schließlich holte er seine Visitenkarte heraus und reichte sie mir.

»Ich werde mit Aishas Familie sprechen und herauszufinden versuchen, ob sie irgend etwas über Señora Mercedes weiß. Ich habe sie nie persönlich kennengelernt. Wenn ich irgend etwas erfahre, das Ihnen nützen könnte, rufe ich Sie an. Und Sie können mich unter der Nummer auf der Karte erreichen.«

Es handelte sich um die Nummer der Presseagentur, die ihn in der Stadt vertrat. Ich steckte die Karte ein und wandte mich zum Gehen.

»Übrigens«, sagte er da noch, »wer zahlt Sie nun dafür, daß Sie diese Fragen stellen?«

Ich drehte mich wieder zu ihm um. »Würden Sie ein bißchen indirekter fragen, wenn ich mein Geld von der Einwanderungsbehörde bekäme?«

»Nun, ich habe nur überlegt, wie idealistisch Sie wirklich sind.«

Ich deutete über die Straße. »Sehen Sie die Rostlaube da drüben? Ich bin so idealistisch, daß das der einzige Wagen ist, den ich mir leisten kann.«

Dann stieg ich in den Skylark und wendete mit einem Aufheulen des Motors, das mich ein bißchen wie einen Teenager in seinem ersten fahrbaren Untersatz klingen ließ. Morrells

Honda bewegte sich fast lautlos in Richtung der Kreuzung vor mir. Offenbar verdiente er nicht schlecht mit seinen Berichten über Folteropfer, denn der Wagen war neu. Aber was bewies das? Auch ein Mensch mit strengen Prinzipien muß von etwas leben, und schließlich fuhr er keinen Mercedes oder Jaguar. Aber natürlich wußte ich nicht, wie seine Prinzipien aussahen.

17 Auf-der-Stelle-treten

Am nächsten Morgen ging ich früh ins Büro. Ich hatte um elf einen Termin mit potentiellen Kunden und wollte zuvor noch ein paar Dinge erledigen. Zum Beispiel holte ich Erkundigungen über Morrell im Internet ein.

Er hatte ein Buch über psychologische und physische Folter zur Unterdrückung der Proteste in Chile und Argentinien geschrieben. Außerdem hatte er sich in einem langen Essay für den *Atlantic Monthly* mit der Rückkehr Uruguays zu einer zivilen Regierung beschäftigt und untersucht, was das für Folteropfer bedeutete. Seine Arbeit über die ZAPU-Kräfte in Simbabwe, die – einst eingesetzt im Befreiungskampf gegen die weißen Kolonialherren – in den achtziger Jahren schreckliche Massaker unter der einheimischen Bevölkerung anrichteten, hatte nach ihrem etappenweisen Erscheinen im *New Yorker* einen Pulitzer-Preis erhalten.

Simbabwe? Ich fragte mich, ob er und Baladine sich dort begegnet waren. Aber wahrscheinlich war Baladine gar nicht persönlich im Süden Afrikas gewesen. Er hatte die Sache sicher vom Rapelec-Hochhaus an der östlichen Illinois Street aus organisiert oder die afrikanischen Kunden des Unternehmens in London getroffen.

Der *Herald-Star* hatte Morrell interviewt, als sein Buch über Chile herausgekommen war. Aus diesem Interview erfuhr ich, daß er ungefähr fünfzig und in Kuba geboren, aber in Chicago aufgewachsen war, Journalismus an der Northwestern University studiert hatte und immer noch ein Anhänger der Cubs war, obwohl er den größten Teil seines Erwachsenenlebens nicht in seiner Heimatstadt verbracht hatte. Und außerdem wußte ich jetzt, daß nur seine Initialen – C. L. –, nicht aber sein vollständiger Vorname bekannt waren.

Ich fragte mich, wie seine Eltern ihn genannt hatten. Vielleicht hatte er einen Namen, der an eine große Schlacht oder einen wirtschaftlichen Erfolg erinnerte und so peinlich war, daß er sich weigerte, ihn zu benutzen. War er Kubaner, oder waren seine Eltern zum Zeitpunkt seiner Geburt beruflich dort gewesen? Am liebsten wäre ich alte Unterlagen der Einwanderungsbehörde durchgegangen, um mehr über ihn herauszufinden, aber ich wußte, daß dieser Wunsch nur etwas mit meiner Frustration darüber zu tun hatte, daß ich einfach nicht vorankam.

Also wandte ich mich dem LifeStory-Bericht zu, den ich über Frenada angefordert hatte und der, weil ich ihn über Nacht hatte haben wollen, nicht ganz billig war. Ich kopierte den Bericht auf eine Diskette und druckte ihn dann aus.

Frenadas Finanzen waren klar geordnet: Er hatte ein Girokonto, auf dem die Ausgaben in etwa den dreitausendfünfhundert Dollar entsprachen, die er sich selbst als monatliches Gehalt gönnte. Sein Unternehmen mit dem Namen »Special-T Uniforms« bestand seit neun Jahren. Die Außenstände hatten sich in dieser Zeit von sechstausend Dollar jährlich auf vierhunderttausend erhöht.

Frenada stellte regelmäßig Schecks für die Ausbildung zweier Kinder – meines Wissens nicht seiner eigenen – in der katholischen Schule von St. Remigio aus. Ich konnte keinerlei Informationen über eine Heirat oder Unterhaltsübereinkünfte finden. Im Schnitt gab er mit seiner American Express und seiner MasterCard jeweils siebenhundert Dollar im Monat zum Leben aus. Er hatte ein Festgeldkonto mit zwanzigtausend Dollar und zahlte eine Hypothek auf eine Einhundertfünfzigtausend-Dollar-Eigentumswohnung im Irving-Park-Viertel ab, die im Todesfall an drei Kinder namens Caliente gehen sollte. Abgesehen davon fuhr er einen vier Jahre alten Ford Taunus, den er gerade abbezahlt hatte.

Kein Grundbesitz auf den Cayman-Inseln, keine Aktien oder Optionen. Keine Hinweise auf Drogenhandel und auch keinerlei ungewöhnliches Einkommen, von dem man auf Erpressung hätte schließen können. Entweder war Frenada ausgesprochen ehrlich oder so clever, daß nicht einmal LifeStory seine versteckten Vermögenswerte aufspüren konnte.

Welche Geheimnisse vermuteten Murray und Alex-Sandy also bei diesem Mann? Wenn er sich in seiner Jugend etwas zuschulden hatte kommen lassen, sollte mir das egal sein. Vielleicht hatte er ja einmal etwas gemauschelt, um irgendwo bevorzugt behandelt zu werden oder einen Kredit zu bekommen. Aber dann hatte er auch nichts anderes getan als Baladine und Rapelec in Afrika, nur in kleinerem Rahmen.

Ich rief Murray in seinem Büro an. »Ich kann den Frenada-Auftrag nicht annehmen. Du warst ja dabei, als Alex ihn mir angeboten hat, also gehe ich davon aus, daß ich das genausogut dir sagen kann.«

»Gut, ich sag's ihr. Gibt's irgendeinen besonderen Grund?«

Ich starrte den Fußboden an. Dabei fiel mein Blick auf die Wollmäuse rund um meinen Kopierer. »Ich hab' einfach zuviel zu tun«, sagte ich nach langem Schweigen. »Solche Nachforschungen würden mehr Ressourcen erfordern, als ich sie habe.«

»Danke für dein Vertrauen, Vic. Ich werde Alex sagen, daß du zuviel zu tun hast.«

Ich hörte, daß er beleidigt war, also sagte ich hastig: »Murray, weißt du zufällig, was Global in dieser Sache wirklich vorhat?«

»Alex hat sich am Freitag mit mir darüber unterhalten«, sagte er ziemlich distanziert. »Vielleicht klingt das alles in deinen Ohren unglaubwürdig, aber du weißt eben nicht, wie die Dinge in Hollywood laufen. Da geht's ausschließlich ums Image, so sehr, daß dieses Image irgendwann realer wird als die wirkliche Welt. Laceys Erfolg und das Image von Global sind aufs engste miteinander verbunden. Sie wollen ...«

»Ich weiß, was sie wollen«, sagte ich. »Ich weiß bloß nicht, warum sie's wollen. Ich habe in der realen Welt, in der ich lebe, mit dem Sicherheitschef vom Trianon gesprochen. Ich habe keine Ahnung, ob er mit dir auch so offen reden würde wie mit mir, aber du könntest es ja mal probieren.«

Dann legten wir, beide ein wenig verstimmt, auf. Armer Murray. Ob ich es aushielt, wenn Global ihn kaputtmachte?

Mary Louise tauchte so gegen zehn auf, nachdem sie Nate und Josh in den Sommerhort gebracht hatte. Sie würde einige Anrufe nach Georgia für mich erledigen, während ich vor ein paar Anwälten einen Vortrag hielt, die auf der Suche nach einer passenden Detektei waren. Solche Termine führen oft zu nichts, aber ich muß sie trotzdem wahrnehmen, und zwar mit dem entsprechenden Enthusiasmus, um auch meine potentiellen Kunden mitzureißen.

»Hast du diese Alex schon angerufen, um ihr zu sagen, daß du die Sache mit Global nicht machst?« fragte Mary Louise, als ich meine Präsentationsmappe zusammenstellte.

»Ja, Ma'am«, antwortete ich salutierend. »Oder besser gesagt: Ich hab' Murray informiert.«

Gerade als ich das Büro verlassen wollte, klingelte das Telefon. Mary Louise ging ran. Ihr Gesichtsausdruck verdüsterte sich.

»Warshawski Investigations ... Nein, hier spricht Detective Neely. Ms. Warshawski will gerade zu einer Besprechung. Ich werde sie fragen, ob sie mit Ihnen sprechen will. ... Wenn man vom Teufel spricht«, fügte sie an mich gewandt hinzu, nachdem sie auf »stumm« geschaltet hatte.

Ich ging zum Schreibtisch zurück.

»Vic, ich bin wirklich enttäuscht, daß du den Auftrag nicht annehmen willst«, sagte Alex, ohne mich zu begrüßen. »Ich finde, du solltest dir das noch mal überlegen.«

»Ich habe es mir schon überlegt, Sandy – ich meine Alex. Ich habe darüber nachgedacht und die Sache mit ein paar Leuten besprochen. Wir sind uns einig, daß das nicht der richtige Job für mich ist. Aber ich kenne den Sicherheitschef vom Trianon; du kannst dich drauf verlassen, daß er gut auf Lacey aufpaßt.«

»Du hast mit Lacey geredet, obwohl ich dich ausdrücklich gebeten habe, es nicht zu tun?« Ihre Stimme klang hart wie eine Ohrfeige.

»Was hat Lacey mir denn deiner Meinung nach erzählt, was ich nicht erfahren soll, Sandy?«

»Ich heiße Alex, vielleicht könntest du dir das mal merken. Teddy Trant möchte wirklich, daß du den Auftrag übernimmst. Er hat mich persönlich gebeten, an dich heranzutreten.«

Also hatte Abigail möglicherweise doch mitgemischt. »Wie aufregend. Ich hätte nicht gedacht, daß der große Boß meine Anwesenheit auf diesem Planeten überhaupt wahrnimmt. Es sei denn natürlich, BB Baladine hat ihm von mir erzählt.«

Das kam nicht gut an. »Er weiß von dir, weil ich dich empfohlen habe. Allerdings erst, nachdem Murray dich in höchsten Tönen gelobt hatte, das muß ich zugeben.«

»Ich bin euch beiden wirklich dankbar, aber meine Antwort lautet immer noch nein.«

»Dann machst du einen großen Fehler. Überleg's dir ...«

»Das klingt ja fast wie eine Drohung, Sandy. Ich meine Alex.«

»Nein, es ist ein wohlgemeinter Rat. Obwohl ich selbst nicht so genau weiß, warum ich mir die Mühe mache. Überleg dir die Sache noch mal. Das Angebot steht bis morgen mittag.« Dann legte sie auf.

»Murray hätte sich wirklich was Besseres suchen können«, sagte Mary Louise nur, nachdem ich ihr den Inhalt des Gesprächs erzählt hatte.

Meine Präsentation lief gut; die Anwälte gaben mir einen kleinen Auftrag mit der Aussicht auf größere. Als ich um vier Uhr wiederkam, hatte Mary Louise die Anrufe erledigt und einen ordentlichen Bericht geschrieben, den ich am nächsten Morgen Continental United überreichen konnte. Der Tag war um einiges produktiver gewesen als viele der vorhergehenden.

Ich ergänzte den Bericht noch um ein paar Informationen und besuchte dann Lotty. Wir versuchen, uns einmal pro Woche zu sehen, doch dieser Abend war in jenem Monat der erste, den wir gemeinsam verbrachten.

Während wir Räucherlachs auf ihrem winzigen Balkon aßen, erzählte ich Lotty das wenige, was ich über Nicola Aguinaldo wußte. Als ich Morrell erwähnte, verschwand

Lotty in ihrem Arbeitszimmer und kam mit seinem Buch *Vanishing into Silence* über Menschen, die in Chile und Argentinien verschwunden waren, zurück. Ich warf einen Blick auf das Autorenfoto auf dem Schutzumschlag. Darauf war er sieben oder acht Jahre jünger. Er hatte ein schmales Gesicht und lächelte verlegen, als könne er es selbst kaum glauben, daß er sich fotografieren ließ.

Ich lieh mir das Buch von Lotty, weil ich ein Gefühl dafür bekommen wollte, was und wie Morrell dachte. Danach unterhielten wir uns über die unterschiedlichsten Dinge. Lotty ist normalerweise ziemlich hektisch und aktiv, aber in ihrer Wohnung mit den polierten Fußböden und den bunten Farben fühle ich mich immer ruhig und geborgen.

Lottys Arbeitstag beginnt um sechs, was bedeutete, daß ich früh ging. Als ich nach Hause kam, war meine Stimmung so gut, daß ich mich ein paar langweiligen Arbeiten widmete: Ich legte die Wäsche in den Schrank, putzte die Badewanne, die Küchenschränke und den Boden. Mein Schlafzimmer hätte einen Staubsauger vertragen können, aber dazu hatte ich keine Lust mehr. Also setzte ich mich ans Klavier und begann, mit steifen Fingern zu spielen.

Vielleicht hatte Siekevitz recht gehabt, und meinen Dad hätte es gefreut zu sehen, daß ich in seine Fußstapfen trat, aber meiner Mutter wäre es mit Sicherheit nicht recht gewesen. Sie hatte immer gewollt, daß ich mich weiterbildete und mich für Kunst interessierte, daß ich in einer Welt lebte, die der Zweite Weltkrieg für sie zerstört hatte – Konzerte, Bücher, Gesangsstunden, Freunde, die ganz der Musik und Kunst lebten. Sie hatte mich in der Hoffnung, daß ich einmal die Karriere machen würde, die ihr versagt gewesen war, zu Klavier- und Gesangsunterricht gedrängt. Ganz bestimmt hätte sie Vorbehalte gegen Menschen gehabt, die ihre Tochter ein Arbeiterkind nannten.

Nachdem ich das Stück gespielt hatte, machte ich ein paar Aufwärmübungen für die Stimme – das hatte ich schon seit Wochen nicht mehr getan. Ich tastete mich soeben an die mittlere Tonlage heran, als das Telefon klingelte. Es war Morrell.

»Ms. Warshawski, ich bin gerade in Ihrer Gegend. Könnte ich auf einen Sprung bei Ihnen vorbeischauen?«

»Ich habe im Augenblick keine Lust auf Gesellschaft. Können wir das nicht am Telefon besprechen?«

»Lieber nicht. Ich verschwinde so schnell wieder, daß Sie meine Anwesenheit fast nicht bemerken werden.«

Zum Putzen hatte ich eine abgeschnittene Jeans angezogen, und meine Arme und Beine waren völlig verdreckt. Was soll's, dachte ich. Wenn er unangemeldet bei mir auftauchte, dann mußte er mich eben so nehmen, wie ich war. Ich wandte mich wieder meinen Stimmübungen zu und überließ es Mr. Contreras und den Hunden, Morrell zu begrüßen.

Ich wartete eine Weile, bevor ich auf den Flur hinausging. Mein Nachbar löcherte Morrell gerade mit Fragen: »Erwartet sie Sie noch so spät am Abend, junger Mann? Mir gegenüber hat sie Ihren Namen noch nie erwähnt.«

Ich mußte lachen und rannte barfuß die Treppe hinunter, bevor die Frau, die im selben Stockwerk wie Mr. Contreras wohnte, sich über den Lärm beschweren konnte. »Ist schon in Ordnung. Er hat ein paar Informationen für mich in einem Fall, an dem ich gerade arbeite.«

Ich stellte Morrell Peppy vor. »Das hier ist der Polizeihund. Der Große hier ist ihr Sohn. Und das ist mein Nachbar und guter Freund Mr. Contreras.«

Mr. Contreras war beleidigt darüber gewesen, daß ich ihm nichts von Morrell erzählt hatte, aber die Art und Weise, wie ich ihn vorgestellt hatte, glättete die Wogen wieder ein bißchen. Er scheuchte die Hunde zurück in seine Wohnung, allerdings erst, nachdem er mir einen Vortrag darüber gehalten hatte, daß ich ihm sagen mußte, mit welchen Besuchern er zu rechnen hätte. Schließlich sitze die Polizei mir im Nacken.

Morrell folgte mir die Treppe hoch. »Mit einem solchen Nachbarn brauchen Sie vermutlich keinen Sicherheitsdienst. Erinnert mich an die Dörfer in Guatemala. Dort passen die Leute viel mehr aufeinander auf als hier.«

»Manchmal treibt er mich fast zum Wahnsinn, aber Sie haben recht: Ohne ihn würde ich mir ganz schön verloren vorkommen.«

Ich bot Morrell den großen Sessel an und setzte mich selbst auf den Klavierhocker. Im Licht der Lampe sah ich, daß seine dichten Haare von grauen Strähnen durchzogen waren und die Lachfältchen um seine Augen sich tiefer in die Haut gruben als auf dem Foto in dem Buch.

»Ich werde Sie wirklich nicht lange aufhalten, aber die Jahre, die ich in Südamerika verbracht habe, haben mich vorsichtig gemacht. Ich gebe vertrauliche Informationen nur ungern am Telefon weiter. Es ist mir gelungen, Nicola Aguinaldos Mutter aufzuspüren. Sie wußte nichts vom Tod ihrer Tochter. Und sie hat ihre Leiche nicht.«

Ich musterte ihn, war aber nicht in der Lage zu entscheiden, ob er die Wahrheit sagte. »Ich würde mich gern selbst mit Señora Mercedes unterhalten. Können Sie mir sagen, wo Sie sie gefunden haben?«

Er zögerte. »Ich glaube nicht, daß sie sich einer Fremden anvertrauen würde.«

»Sie hat sich Ihnen anvertraut, und gestern abend haben Sie mir versichert, daß Sie sie nicht kennen.«

Sein Mund verzog sich zu der Andeutung eines Lächelns. »Ich habe mich mit ein paar Leuten über Ihre Arbeit unterhalten, und sie hatten recht: Sie bekommen wirklich alles mit. Würden Sie mir bitte glauben, daß Señora Mercedes die Leiche ihrer Tochter nicht hat?«

Ich wandte mich wieder dem Klavier zu. »Allmählich habe ich es satt, daß Leute mich mit der einen Hand auf den Fall Aguinaldo zuschieben und mich mit der anderen wieder wegziehen. Irgend etwas an der Art und Weise, wie sie gestorben ist, ist faul, aber Sie scheinen auch zu den Leuten zu gehören, die sich nicht entscheiden können, ob ich nun weiter nachforschen soll oder nicht. Ich muß jemanden finden, der mir etwas über Nicolas Privatleben sagen kann. Vielleicht würde mir ihre Mutter nichts erzählen, aber möglicherweise habe ich bei ihrem Kind mehr Glück. Kinder wissen oft ziemlich genau Bescheid über das, was ihre Mütter machen.«

Er trommelte mit den Fingern auf der Armlehne herum, während er über das, was ich gesagt hatte, nachdachte, doch schließlich schüttelte er den Kopf. »Das Problem ist nur: Je mehr Leute mit Señora Mercedes reden, desto riskanter wird ihre Lage.«

»Riskanter?«

»Ja. Ihr droht die Abschiebung. Sie möchte in Amerika bleiben, damit ihre Enkelin eine ordentliche Ausbildung bekommen und etwas Besseres werden kann als Kindermädchen oder Fabrikarbeiterin. Ich könnte versuchen, für Sie Fragen zu stellen ...«

Ich ließ mich widerwillig auf seinen Vorschlag ein, denn ich hasse es, einen wichtigen Teil der Ermittlungen jemand anders zu überlassen, besonders dann, wenn ich nicht weiß, wie gut dieser Jemand ist.

Er erhob sich, um zu gehen, warf aber zuerst noch einen bewundernden Blick auf das Klavier. »Sie scheinen es mit der Musik ziemlich ernst zu meinen, denn sonst hätten Sie keinen richtigen Stutzflügel in der Wohnung. Ich spiele auch ein bißchen, allerdings nicht auf einem so schönen Instrument.«

»Meine Mutter war die Musikerin in der Familie. Einer ihrer alten Freunde wartet für mich den Flügel, aber ich habe mich nie wirklich aufs Spielen konzentriert.« Ich hatte mich schon als Kind immer lieber bewegt, und die Übungsstunden waren eine Qual gewesen, wenn ich mich danach sehnte zu laufen oder zu schwimmen.

Morrell bedachte mich mit dem gleichen verlegen-spöttischen Lächeln, das ich schon von dem Foto kannte, und setzte sich auf den Klavierhocker, um das Instrument auszuprobieren. Er spielte mit für einen Amateur ungewöhnlichem Gefühl einen Teil einer Chopin-Nocturne. Als er die Noten zu »Erbarme dich« entdeckte, begann er zu spielen, und ich sang dazu. Bach wirkt immer beruhigend auf mich. Doch auch diese Ruhe versetzte mich nicht in die Lage zu beurteilen, ob Morrell, der sich mittlerweile mit einer Entschuldigung dafür, daß er ein wenig mit seinem Können angegeben hatte, verabschiedet hatte, im Hinblick auf Nicola Aguinaldos Mutter die Wahrheit sagte. Wenn sie die Leiche nicht hatte, wo steckte sie dann?

Ich ging hinunter zu Mr. Contreras. Wie ich es mir schon gedacht hatte, war er aufgeblieben, um zu sehen, wie lange mein Besucher mir Gesellschaft leisten würde.

»Würden Sie mich morgen gern begleiten?« fragte ich ihn, bevor er irgend etwas über Morrell sagen konnte. »Sie könnten den trauernden Großvater spielen, dessen Lieblingsenkelin aus dem Gefängnis geflohen und eines traurigen Todes gestorben ist.«

Sein Gesicht hellte sich sofort auf.

18 Gefängnismauern

Am nächsten Morgen steckte ich, während Mary Louise an meinem Schreibtisch Akten ordnete, meine Straßenkarten ein und machte mich zusammen mit Mr. Contreras und den Hunden auf den langen Weg nach Coolis. Der Auspuff schepperte schlimmer als je zuvor, und da die Klimaanlage immer noch nicht funktionierte, mußten wir mit offenen Fenstern fahren.

»Der Auspuff hat sich noch nicht ganz so schlimm angehört, wie wir den Wagen gekauft haben«, meinte Mr. Contreras, als wir an der Elgin-Mautstelle hielten, um unsere Vierteldollarmünzen einzuwerfen. »Der Kerl hat ihn wahrscheinlich mit Isolierband geklebt, damit wir's nicht so schnell merken.«

»Hoffen wir mal, daß das Ding hält, bis wir wieder in Chicago sind.«

Die Hunde streckten ihre Köpfe zu den Fenstern hinaus und wechselten hin und wieder die Seite, als wir schließlich aufs Land hinaus kamen und sie den Fluß rochen. Westlich von Rockford machten wir eine Mittagspause. Mr. Contreras war nur allzu bereit gewesen, mir zu helfen, aber er konnte seine Rolle noch nicht gut genug, also gingen wir, während die Hunde im Fox River schwammen, seinen Text so lange durch, bis er sich sicher fühlte.

Trotz der langen Mittagspause schafften wir es, mit einer konstanten Geschwindigkeit von hundertzehn Stundenkilometern – mehr gab die Rostlaube nicht her –, kurz nach zwölf in Coolis einzutrudeln, einem hübschen Städtchen, das in einem Tal zwischen zwei ungefähr fünfzehn Kilometer westlich in den Mississippi mündenden kleinen Flüssen lag. Im neunzehnten Jahrhundert war der Ort der Mittelpunkt des Bleiabbaus gewesen, aber zu dem Zeitpunkt, an dem der Staat beschlossen hatte, das neue Frauengefängnis dort zu errichten, war er bereits ziemlich heruntergekommen.

Ich hatte keine Ahnung gehabt, wer in Coolis genug Geld und Einfluß besaß, den Weg für Jean-Claude Poilevy zu ebnen, aber als wir durch den Ort zum Gefängnis fuhren, kamen wir zuerst an einem Baladine-Haushalts-und-Eisenwarengeschäft vorbei und dann an einem mit der Aufschrift Baladine Lincoln-Mercury. Ich stellte mir BB als kleinen Jungen im Haushaltswarenladen vor, wie er mit Sicherheitsschlössern spielte und davon träumte, sich später einmal mit richtig großen Schlössern und Schlüsseln zu beschäftigen. Als Freund von Poilevy hatte Baladine bei der Vergabe der Gefängnisverträge die richtigen Kontakte gehabt. Daß die Haftanstalt in seiner Heimatstadt gebaut worden war, hatte allerdings vermutlich mit einer größeren Spende an die Republikanische Partei zu tun.

Illinois sieht auf der Karte ziemlich groß aus, weil es sich mehr als sechshundert Kilometer weit zwischen Wisconsin und Missouri erstreckt, aber eigentlich ist es ein kleines Nest, in dem jeder jeden kennt und Geheimnisse in der Familie bleiben. Unternehmen zahlen Politikern Geld, um über Staatsaufträge an noch mehr Geld heranzukommen; manches davon mag nicht ganz koscher sein, aber illegal ist es nicht, weil die Leute, die sich hier gegenseitig ein bißchen unter die Arme greifen, genau die sind, die die Gesetze machen.

Das Gefängnis befand sich ungefähr drei Kilometer außerhalb des Ortes, und auf der Straße warnten Schilder Autofahrer davor, Anhalter mitzunehmen, weil es sich bei denen unter Umständen um entflohene Gefangene handelte, die gefährlich werden konnten. Da war es schon möglich, daß eine Frau wie Nicola Aguinaldo einem den Wagen mit ihrem Blut versaute, und das wollte man doch schließlich nicht, oder?

Sogar Mr. Contreras verging das Reden, als wir am Gefängnistor vorbeikamen: Drei hohe Zäune mit Stacheldraht am oberen Ende, von denen der äußerste unter Strom stand, versperrten uns den Weg ins Innere. Mit seinen niedrigen weißen Gebäuden sah es fast ein bißchen wie ein modernes Gewerbegebiet aus – nur waren die Fenster lediglich schmale Schlitze, die an die Schießscharten in einer mittelalterlichen Burg erinnerten. Dazu paßten die Wachtürme mit den Aufsehern.

Rund um das Gefängnis wuchsen wilde Blumen und Bäume, doch im Innern war der Boden entweder betoniert oder von den vielen Füßen, die darüber trampelten, platt gewalzt. In der Ferne sahen wir ein paar Frauen, die beim Softballspielen Staub aufwirbelten.

Mr. Contreras brummte etwas, als ich den Wagen wieder in Richtung Stadt lenkte. »Wenn man noch nicht am Boden war, als man hier eingeliefert wurde, hat's da drin sicher nicht lang gedauert. Wenn das nichts gegen Verbrechen hilft, dann weiß ich auch nicht.«

»Es kann aber auch passieren, daß man jede Hoffnung verliert und meint, man hätte überhaupt keine andere Wahl mehr.« Mr. Contreras und ich sind in sozialen Fragen nur sehr selten einer Meinung, aber das hindert ihn nicht daran, an all meinen Kämpfen gegen Windmühlen teilhaben zu wollen.

Das Krankenhaus lag innerhalb der Stadtgrenze, ein wenig abseits der Hauptstraße, die zum Gefängnis führte. Dahinter befand sich der Smallpox Creek, der in nordwestlicher Richtung gemächlich auf den Mississippi zufloß. Wir ließen die Hunde wieder heraus, damit sie sich im Wasser ein wenig abkühlen konnten, und sahen uns dann die kleineren Straßen rund ums Krankenhaus genauer an. Es war genau so, wie ich es auf der Karte gesehen hatte: Man konnte vom Hospital aus direkt ins Gefängnis oder in die Stadt gelangen, aber als Fluchtweg bot sich nur der Creek an. Nach einer Weile kehrten wir zum Krankenhaus zurück und stellten den Wagen dort ab.

Das Coolis General Hospital war einmal ein kleiner Ziegelbau gewesen. Doch als man das Gefängnis in der Stadt errichtet hatte und so etwas wie bescheidener Wohlstand in den Ort gekommen war, hatte man zwei riesige Flügel angebaut, so daß das Gebäude jetzt aussah wie eine riesige Libelle. Wir gingen einen langen Pfad hinunter, vorbei an Blumenbeeten und zum Eingang, der sich im alten Teil befand, dem Torso des Insekts. Schilder dirigierten Besucher zur Brest-Baladine-Chirurgie, zur Radiologie und zur Information.

»Hallo«, sagte Mr. Contreras zu der gelangweilten Frau an der Rezeption. »Ich bin wegen meiner Enkelin hier. Sie... nun, sie war bis letzte Woche Patientin in diesem Krankenhaus, aber die Sache ist nicht so gut gelaufen für sie.«

Die Frau wurde wachsam. Offenbar gingen ihr sofort die Regeln für den Umgang mit Verwandten durch den Kopf, die vorhatten, ärztliche Fehler zu beanstanden. Sie fragte Mr. Contreras nach dem Namen seiner Enkelin.

»Nicola Aguinaldo.« Er buchstabierte den Namen. »Ich will dem Krankenhaus ja nicht die Schuld geben, aber interessieren würde es mich schon, wie sie reingekommen und was dann passiert ist. Sie... na ja, sie hatte da ein Problem in Chicago und war deswegen hier in Coolis im Gefängnis, als sie krank geworden ist.«

Sobald Mr. Contreras seine anfängliche Nervosität überwunden hatte, machte er sich glänzend. Ich begann fast zu glauben, daß Nicola Aguinaldo tatsächlich seine Enkelin gewesen war und die Familie sich Sorgen um sie gemacht hatte, aber man wußte ja, wie das war mit den jungen Leuten heutzutage, die ließen sich einfach nichts sagen. Die Frau an der Rezeption versuchte immer wieder, ihn zu unterbrechen, um ihm zu erklären, daß sie sich nicht mit ihm über Patienten unterhalten konnte, besonders wenn diese Patienten Gefängnisinsassen waren, aber irgendwann gab sie es auf und holte eine Vorgesetzte.

Ein paar Minuten später kam eine Frau in meinem Alter zu uns, die sich als Muriel Paxton, Leiterin der Abteilung für Patientenfragen, vorstellte und uns bat, ihr zu ihrem Büro zu folgen. Das leuchtendrote Kostüm bewegte sich kaum, als sie ging. Es wirkte fast, als habe die Frau eine Möglichkeit gefunden, ihre Beine zu benutzen, ohne dabei den Unterleib einzusetzen.

Wie alle modernen Krankenhäuser hatte auch das Coolis General für den Verwaltungstrakt keine Kosten gescheut. Totaloperationen werden heutzutage mitunter ambulant erledigt, aber die Krankenhausleitung muß repräsentativ untergebracht sein. Muriel Paxton nahm hinter einem Rosenholzschreibtisch Platz, der farblich überhaupt nicht zu ihrem Kostüm paßte. Mr. Contreras und ich setzten uns auf nachgemachte Korbstühle, und unsere Füße versanken bis zu den Knöcheln in einem lavendelfarbenen Teppich.

»Warum sagen Sie mir nicht als erstes, wie Sie heißen?« meinte Ms. Paxton mit gezücktem Stift.

»Das hier ist Nicola Aguinaldos Großvater«, sagte ich, »und ich bin die Anwältin der Familie.«

Ich buchstabierte meinen Familiennamen ganz langsam. Genau wie ich gehofft hatte, verzichtete Ms. Paxton aufgrund der Anwesenheit einer Anwältin darauf, Mr. Contreras noch einmal nach seinem Namen zu fragen – er wollte sich nicht »Aguinaldo« nennen und hatte mir auf dem Weg nach Coolis erklärt, daß er bei der Sache nur mitmachen werde, wenn sein richtiger Name nirgends auftauche.

»Und was für ein Problem haben Sie?« Ms. Paxtons Lächeln war so strahlend wie ihr Lippenstift, aber alles andere als herzlich.

»Das Problem ist, daß mein kleines Mädchen tot ist. Ich möchte wissen, wie sie unbemerkt hier rausgekommen ist.«

Ms. Paxton legte den Stift weg und lehnte sich ein wenig vor – eine Geste, die man in Rhetorik- und Präsentationskursen lernt: Sie soll signalisieren, daß man dem anderen Aufmerksamkeit schenkt. Ihr Blick sagte jedoch etwas anderes.

»Wenn eine Patientin das Krankenhaus verlassen möchte, obwohl sie sich nicht in der Verfassung dazu befindet, können wir sie letztlich nicht daran hindern, Mr. Äh …«

»Ach, daß ich nicht lache. Man hat sie vom Gefängnis hergebracht, wahrscheinlich sogar in Ketten, und Sie wollen mir weismachen, daß sie aus dem Krankenhaus einfach so raus kann, wenn ihr das einfällt? Dann stehen die Frauen im Gefängnis sicher Schlange, damit sie hier rüber dürfen. Wieso haben wir nicht erfahren, daß sie so 'ne Frauengeschichte hatte? Wieso hat sie uns das nicht erzählt, wie sie daheim angerufen hat? Das würde ich wirklich gern wissen. Wollen Sie mir vielleicht sagen, daß jemand aus diesem Krankenhaus verschwinden kann, und die Angehörigen nicht mal erfahren, daß sie drin gewesen ist?«

»Mr. Äh…, ich versichere Ihnen, daß wir alle nötigen Maßnahmen…«

»Und noch eins: Wer hat überhaupt die Diagnose gestellt? 'ne Aufseherin im Gefängnis vielleicht? Ihr hat nichts gefehlt, das hätten wir gewußt. Keiner hier im Krankenhaus hat sich mit uns in Verbindung gesetzt und gesagt: ›Ihre Kleine ist krank, geben Sie uns die Erlaubnis, sie zu operieren?‹ oder was Sie auch immer mit ihr vorhatten. Was ist passiert? Haben Sie Murks gemacht, oder was…?«

Ich hatte Mr. Contreras in der Mittagspause vorbereitet, so gut ich konnte, aber ich hätte mir keine Sorgen zu machen brauchen: Er war nicht mehr zu bremsen. Ms. Paxton versuchte mehrmals, ihn zu unterbrechen, und wurde bei jedem mißglückten Versuch verärgerter.

»Ganz ruhig«, sagte ich. »Schließlich wissen wir nicht mal, ob sie sie operiert haben, Sir. Könnten Sie die Krankenakte von Ms. Aguinaldo konsultieren und uns mitteilen, welche therapeutischen Maßnahmen Sie tatsächlich ergriffen haben?«

Ms. Paxton hackte etwas in ihren Computer. Natürlich durfte sie uns ohne richterlichen Beschluß überhaupt nichts sagen, aber ich hoffte, daß ihr Zorn groß genug war, um sie diesen Teil ihrer Ausbildung vergessen zu lassen. Das, was sie auf dem Bildschirm ihres Computers las, sorgte dafür, daß sie sehr still wurde. Als sie schließlich etwas sagte, klang sie ganz ruhig, überhaupt nicht mehr zornig.

»Wer, sagten Sie, sind Sie?« fragte sie.

»Ich bin Anwältin und Privatdetektivin.« Ich warf meine Visitenkarte auf ihren Schreibtisch. »Und das hier ist mein Mandant. Wieso haben Sie Ms. Aguinaldo aus dem Krankenhaus entlassen?«

»Sie ist weggelaufen. Offenbar hat sie nur so getan, als wäre sie krank, um…«

»Wollen Sie damit sagen, daß meine Kleine eine Lügnerin war?« fragte Mr. Contreras voller Entrüstung. »Das ist doch das Höchste! Sie war arm und mußte ins Gefängnis, weil sie sich um ihre eigene kleine Tochter Sorgen gemacht hat, ja, aber …«

Ms. Paxtons Lächeln wurde eisig. »Die meisten Gefangenen, die sich medizinisch versorgen lassen müssen, haben sich bei der Arbeit oder während einer körperlichen Auseinandersetzung verletzt oder simulieren. Die Krankengeschichte Ihrer Enkelin kann ich Ihnen ohne die Erlaubnis des zuständigen Arztes nicht geben. Aber ich versichere Ihnen, daß sie dieses Krankenhaus aus freien Stücken verlassen hat.«

»Wie mein Mandant bereits gesagt hat: Wenn jeder dieses Krankenhaus aus freien Stücken verlassen kann, reißen die Insassinnen des Gefängnisses sich sicher darum, hierher verlegt zu werden.«

»Wir haben strenge Sicherheitsbestimmungen«, preßte sie zwischen zusammengekniffenen Lippen hervor.

»Das glaube ich Ihnen nicht«, sagte Mr. Contreras. »Sehen Sie sich ruhig mal an, was Ihr Computer sagt: Sie war ziemlich klein und zierlich. Die Leute vom Gefängnis haben sie in Ketten hierhergebracht. Wollen Sie mir vielleicht erzählen, daß sie die einfach durchgesägt hat?«

Schließlich schaffte er es doch noch, sie so wütend zu machen, daß sie eine Frau namens Daisy anrief und dieser erklärte, sie habe eine Anwältin in ihrem Büro, die Beweise dafür haben wolle, daß man die Gefangenenabteilung des Krankenhauses nicht so ohne weiteres verlassen könne. Dann marschierte sie so schnell aus ihrem Büro, daß wir fast laufen mußten, um mit ihr Schritt zu halten. Ihre Stöckelschuhe klapperten über den Fliesenboden wie bei einer Steptänzerin, aber sie bewegte die Hüften immer noch nicht. Wir passierten die Rezeption und gingen einen Flur hinunter, wo mehrere Angestellte Ms. Paxton mit der eifrigen Ehrerbietung grüßten, die Menschen normalerweise nur übellaunigen Vorgesetzten entgegenbringen. Sie verlangsamte ihre klappernden Schritte nicht, sondern nickte nur wie die Königin von England, die ihre Untertanen im Vorbeigehen grüßt.

Sie führte uns zu einem abgeschlossenen Teil des Krankenhauses, der vom Haupttrakt durch drei Türen abgetrennt war. Jede wurde von einem Mann hinter einer dicken Glaswand einzeln geöffnet, nachdem die vorhergehende sich wieder geschlossen hatte. Es war, als stiegen wir in Dantes Inferno hinab. Als wir schließlich im Gefangenentrakt ankamen, hatte ich fast alle Hoffnung aufgegeben.

Wie alle anderen Teile von Coolis General war auch dieser weiß und glänzend, aber ganz auf die Erfordernisse eines Gefängnisses abgestimmt: Auch hier waren die Fenster nur kleine Schlitze in den Wänden. Tja, mein Gedanke, Nicola könnte einfach aus einem Fenster gesprungen sein, sobald die Aufsicht ihr den Rücken kehrte, war also nicht sonderlich realistisch gewesen.

Ein Wachmann durchsuchte die Taschen von Mr. Contreras und meine Handtasche und wies uns an, uns ins Besucherbuch einzutragen. Mr. Contreras warf mir einen verärgerten Blick zu, schrieb aber seinen Namen in das Buch. Allerdings bezweifelte ich, daß seine Unterschrift jemals einen Beamten auf seine Spur führen würde, denn sie war völlig unleserlich und hätte auch »Oortneam« heißen können. Ms. Paxton mußte als Angehörige des Personals nur ihr Namensschild vorzeigen.

Hinter der dritten Tür erwartete uns Daisy – für uns Schwester Lundgren –, die Stationsschwester. Sie musterte Ms. Paxton kühl und erkundigte sich, was los sei.

»Die Leute hier wollen etwas über die Flucht dieser Farbi ... dieser jungen Frau letzte Woche erfahren. Ich möchte ihnen nur zeigen, daß die Station hier strengsten Sicherheitsbestimmungen unterliegt. Und daß es nicht an unserer Nachlässigkeit lag, wenn die junge Frau verschwunden ist.«

Schwester Lundgren runzelte die Stirn. »Sind Sie sich sicher, daß ich mit ihnen sprechen soll? Das Rundschreiben von Captain Ruzich war in dieser Hinsicht ganz eindeutig formuliert.«

Ms. Paxton bedachte sie mit einem warnenden Lächeln. »Ich verlasse mich da ganz auf Ihre Diskretion, Daisy. Aber der Großvater der jungen Frau ist die weite Strecke von Chicago hierhergekommen. Ich möchte ihm zeigen, daß wir alles in unserer Macht Stehende tun, wenn Gefangene unserer Obhut anvertraut werden.«

»Na gut«, sagte die Schwester. »Dann bringe ich sie in die

Station. Wahrscheinlich haben Sie genug zu tun und wollen uns nicht begleiten.«

Ms. Paxton schien mit sich zu ringen, ob sie Schwester Lundgren in unserer Gegenwart widersprechen sollte, drehte sich aber schließlich auf ihren bewegungslosen Hüften um und verschwand.

»Wie viele Gefangene sind schon aus dem Krankenhaus entkommen?« fragte ich die Schwester, während wir ihr in den abgeschlossenen Trakt folgten.

»Fünf«, sagte sie. »Aber das war vor dem Bau dieses Flügels. Früher war's ziemlich einfach, aus dem Fenster zu springen, obwohl Gitter davor waren, weil die Mädchen wußten, wie sie sich in die Cafeteria oder in einen anderen Teil des Gebäudes schleichen konnten, in dem sie nichts verloren hatten.«

Ich warf einen Blick in einen Raum, an dem wir vorbeikamen. Er war leer; Schwester Lundgren hatte nichts dagegen, als ich sie bat, ihn mir genauer ansehen zu dürfen. Er hatte die gleichen winzigen Schießschartenfenster wie das Gefängnis und keine Toilette. Schwester Lundgren erklärte uns, die Frauen müßten eine Toilette auf dem Flur benutzen, die bei Bedarf von einer Aufseherin aufgesperrt wurde. Das Krankenhaus durfte den Gefangenen kein Versteck innerhalb des Zimmers bieten, in dem sie sich verbergen konnten, um dic Aufseher anzugreifen oder möglicherweise Selbstmord zu begehen.

Im nächsten Raum lag eine ausgezehrte Frau schlafend im Bett. Auf der anderen Seite des Flurs schaute eine junge Frau mit dunklem, lockigem Haar fern. Erst bei näherem Hinsehen bemerkte ich, daß sie mit Handschellen ans Bett gefesselt war.

»Wie geht's Ihnen, Veronica?« rief Schwester Lundgren ihr im Vorbeigehen zu.

»Gut, Schwester. Und wie geht's meinem Baby?«

Veronica hatte am frühen Morgen ein Kind zur Welt gebracht. In ein paar Tagen würde sie wieder ins Gefängnis zurückgefahren werden, wo sie ihr Kind vier Monate lang behalten konnte. In dieser Hinsicht sei Coolis ziemlich progressiv, sagte Schwester Lundgren, während sie das Schloß aufsperrte, das das Schwesternzimmer von der Station trennte.

Sie unterbrach einen Flirt zwischen einer Schwester und einem Aufseher und wies ihre Untergebene an, ein Auge auf die Station zu haben, während sie sich mit uns unterhalten würde.

»Die Arbeit hier fällt ihnen schwer – es ist kein richtiger Pflegejob, und ihnen wird langweilig, wenn die Station so leer ist wie im Augenblick.«

Sie führte uns in einen winzigen Raum hinter dem Schwesternzimmer, in dem sich ein Tisch, eine Mikrowelle und ein kleiner Fernseher befanden. Dies war der einzige Raum im ganzen Stockwerk mit richtigen Fenstern, die allerdings aus drahtverstärktem Glas waren, so daß man nicht hindurchsehen konnte.

Schwester Lundgren erklärte uns ohne zu zögern die statistischen Daten der Station. Es gab darin zwanzig Betten, von denen jedoch nie mehr als acht oder zehn belegt waren. Das war nur ein einziges Mal anders gewesen, als zahlreiche Insassinnen des Gefängnisses an einer Lebensmittelvergiftung erkrankt waren und diejenigen unter ihnen, die unter Herzproblemen litten, beinahe gestorben wären.

Sie konnte nicht beurteilen, wie einfach oder schwierig es für eine Gefängnisinsassin war, ins Krankenhaus eingeliefert zu werden, aber ihrer Erfahrung nach waren sie alle schon ziemlich krank, wenn sie gebracht wurden. »Die Mädchen versuchen immer hierherzukommen, weil das Essen besser ist und die Regeln nicht so streng sind. Jemandem, der eine lange Haftstrafe zu verbüßen hat, kann das hier wie ein Urlaub erscheinen. Also macht das Gefängnis es den jungen Frauen schwer zu simulieren.«

»Und Nicola Aguinaldo? Wie krank war sie, als sie hierhergekommen ist?«

Schwester Lundgren preßte die Lippen zusammen, und ihre Hände bewegten sich unruhig in ihrem Schoß. »Meiner Ansicht nach sehr krank. Erstaunlich, daß es ihr in dem Zustand gelungen ist zu fliehen.«

»Was hatte sie?« fragte Mr. Contreras. »So 'ne Frauengeschichte? Das haben mir die Leute von der Polizei gesagt, aber ihrer Mutter gegenüber hat sie davon nie was erwähnt …«

»Sie ist vor ihrer Flucht nicht untersucht worden. Die Gefängnisschwester hat mir gesagt, sie hätten eine Eierstockzyste vermutet. Aber sie war verschwunden, bevor ein Arzt sie sich ansehen konnte.«

»Wie hat's die Kleine bloß geschafft, hier rauszukommen?« wollte Mr. Contreras wissen.

Schwester Lundgren sah uns nicht an. »Ich hatte keinen Dienst, als es passiert ist. Man hat mir erzählt, daß sie sich hinter dem Wäschewagen versteckt hat, auf der dem Aufseher abgewandten Seite, und wahrscheinlich ist sie in den Wagen gekrochen, als der Hausmeister stehengeblieben ist, um sich mit jemandem zu unterhalten. Theoretisch muß die Wäsche durchsucht werden, bevor sie die Station verläßt, aber in der Praxis schert sich vermutlich niemand um diese Regel: Schließlich will niemand schmutzige Wäsche anfassen. Außerdem haben ein paar von den Frauen Aids.«

»Und Sie glauben, daß Nicola Aguinaldo auf diesem Weg geflohen ist?« fragte ich in neutralem Tonfall. »War sie denn nicht mit Handschellen ans Bett gefesselt?«

»Doch, aber die Mädchen haben den ganzen Tag nichts anderes zu tun, als mit ihrer Haarnadel im Schloß der Handschellen herumzustochern. Hin und wieder schafft eine es, sie aufzukriegen, aber viel nützt ihr das dann auch nicht, weil die Station abgeschlossen ist. Ich glaube, ich kann Ihnen sonst nicht weiter behilflich sein. Wenn Sie gern noch ein bißchen allein sein möchten in der Kapelle, bevor Sie gehen, bitte ich einen Aufseher, Sie hinzubringen. Ansonsten begleitet er Sie zum Haupteingang.«

Ich legte ihr meine Visitenkarte auf den Schreibtisch, bevor wir gingen. »Für den Fall, daß sich noch etwas ereignet, das Sie mir mitteilen möchten, Schwester Lundgren.«

Auf dem Weg nach draußen sagte Mr. Contreras völlig frustriert: »Das ist doch nicht zu fassen! In einem Wäschewagen soll sie geflohen sein? Die Dinger sind winzig, da hätte nicht mal Nicola reingepaßt. Ich will, daß Sie das Krankenhaus verklagen, weil die Leute nicht richtig auf sie aufgepaßt haben.«

Veronica, die Frau, die am Morgen das Baby zur Welt gebracht hatte, kam soeben mit Handschellen an einen Aufseher gefesselt von der Toilette zurück. »Sie kennen Nicola? Was ist mit ihr passiert?«

»Sie ist tot«, sagte ich. »Wissen Sie, warum sie hier im Krankenhaus war?«

Da tauchte Schwester Lundgren neben uns auf. »Sie dürfen hier nicht mit den Patienten sprechen, Ma'am. Sie sind Häftlinge, auch wenn sie sich momentan im Krankenhaus aufhalten. Veronica, wenn Sie sich gut genug fühlen, um im Flur auf und ab zu gehen, können Sie auch wieder ins Gefängnis zurückkehren. Jock, bringen Sie diese Besucher bitte zum Haupteingang. Und zeigen Sie ihnen, wo die Kapelle ist, bevor Sie zurückkommen.«

Einen Augenblick lang wirkte Veronica zornig, doch dann schien ihr wieder einzufallen, wie ohnmächtig sie war, und sie ließ die Schultern hängen.

Jock gab dem Mann hinter der dicken Glaswand die Erlaubnis, die Türen zu öffnen. Vor dem Eingang zum Haupttrakt des Krankenhauses deutete er einen Flur entlang, um uns zu zeigen, wo sich die Kapelle befand.

19 Poweressen

»Nun, was halten Sie davon, Schätzchen?« fragte mich Mr. Contreras, während er den Sicherheitsgurt anlegte. »Die Schwester hat mir ganz schön unsicher ausgesehen. Und wie konnte eine kleine Frau wie diese Nicola bloß von dort entkommen?«

Darauf wußte ich auch keine Antwort. Schwester Lundgren hatte auf mich einen kompetenten und unter den gegebenen Umständen sogar einfühlsamen Eindruck gemacht. Ich stimmte Mr. Contreras zu, daß sie unsicher gewirkt hatte, aber eine solche Interpretation lag aus meiner Sicht natürlich nahe. Vielleicht machte es ihr zu schaffen, daß sie eine Patientin verloren hatte, und sie wollte uns gar keine Einzelheiten über Nicola Aguinaldos Flucht verschweigen.

Wir fuhren zum Smallpox Creek hinüber, damit die Hunde sich vor der Heimreise noch eimmal abkühlen konnten. Mr. Contreras, der Nicola Aguinaldo nun plötzlich als Menschen, nicht mehr als illegale Einwanderin oder Kriminelle sah, war während der Fahrt ziemlich schweigsam. Wir kamen kurz vor sechs zu Hause an. Mary Louise hatte mir ein Päckchen sowie einen Bericht über die Arbeit, die sie in meiner Abwesenheit erledigt hatte, unter der verschlossenen inneren Tür durchgeschoben. Sie hatte unseren Bericht an Continental United weitergeleitet; der stellvertretende Leiter der Personalabteilung hatte angerufen, um uns mitzuteilen, wie zufrieden er mit unserer Arbeit sei, daß sie aber wahrscheinlich trotzdem jemanden nach Georgia schicken müßten, der sich die Situation dort persönlich ansah. Und dieser Jemand wäre aller Wahrscheinlichkeit nach ich – es sei denn natürlich, Baladine überredete das Unternehmen, fortan sämtliche Aufträge an Carnifice zu geben.

Ich hatte keine Lust, mich auf den Nebenstraßen von Georgia herumzutreiben, wo mir vielleicht jemand mit einem Wagenheber auflauerte. Doch wenn ich in Chicago blieb, würde ich möglicherweise so wenig lukrative Dinge anfangen wie die Beschattung von Morrell, denn es interessierte mich doch, ob der Mann, der so große Skrupel hatte, vertrauliche Informationen übers Telefon preiszugeben, die Mutter von Nicola Aguinaldo persönlich aufsuchen würde.

Ein gewisser Rieff von den Cheviot-Labors hat um elf angerufen, hatte Mary Louise mir in ihrer runden Schulmädchenschrift notiert. *Er sagt, er kann einen Ausdruck der Substanzen liefern, die sich auf Nicola Aguinaldos Kleid befinden, aber nicht beurteilen, wie wichtig das ist. Es ist ein langes T-Shirt mit Lacey Dowell als Mad Virgin drauf. Auf dem Etikett steht leider nicht, wo das T-Shirt hergestellt wurde. Es sind Schweißspuren dran, wahrscheinlich die von Nicola, aber ohne eine DNS-Probe kann er das nicht sagen. An der Innenseite des Kragens befindet sich außerdem ein bißchen Zigarettenasche. Er berechnet nichts für diese Informationen, weil sie die Analyse schon letzte Woche gemacht haben, als sie sich das Kleid angesehen haben, aber wenn Du wissen möchtest, wel-*

che Zigarettenmarke es ist, kostet dich das noch mal ungefähr zweihundert Dollar extra.

Zigarettenasche an der Innenseite des Kragens? Hatte Nicola geraucht? Und wie schwierig war es, Asche in den eigenen Ausschnitt fallen zu lassen, wenn man rauchte?

Ich wandte mich wieder Mary Louises Notizen zu: *Um zwei hat Alex Fisher angerufen. Sie wollte wissen, ob Du Dir ihr Angebot noch mal durch den Kopf hast gehen lassen. Ich hab' ihr gesagt, daß Du heute nicht in der Stadt bist und sie morgen früh anrufst. Sie hat mich gedrängt, Dich zu überreden, daß Du den Job annimmst. Egal, wie Du Dich entscheidest, sagt sie – es wird auf jeden Fall Auswirkungen auf Dein Geschäft haben. Vic, was will diese Frau bloß?*

Die letzte Frage hatte sie mehrfach unterstrichen. Tja, da konnte ich ihr nur beipflichten: Was wollte die Frau bloß? Was würde Teddy Trant mit mir machen, wenn ich mich weigerte, in Frenadas Leben herumzuschnüffeln? Einen Chip in meinen Fernseher montieren, damit ich nur noch Global-TV-Programme empfangen konnte? Oder erklärte sich sein Eingeschnapptsein über meine Weigerung, sein Angebot anzunehmen, allein durch die Tatsache, daß Abigail Trant ihren Mann überredet hatte, mir diesen Job anzutragen?

Die andere Verbindung zu Global war natürlich Lacey Dowell. Sie oder zumindest ihr Gesicht tauchte immer wieder auf. Jetzt war es sogar auf dem T-Shirt, das Nicola Aguinaldo zum Zeitpunkt ihres Todes getragen hatte. War der große Star von Global in eine so häßliche Angelegenheit verwickelt, daß der Sender sie unbedingt Frenada anhängen wollte? Aber es bestand keinerlei Verbindung zwischen Lacey und Nicola Aguinaldo, jedenfalls sah ich keine.

Vielleicht sollte ich mich mit Lucian Frenada treffen. Ich hatte die Telefonnummern, die Alex Fisher mir gegeben hatte, in mein elektronisches Notizbuch eingetragen. Als ich seine Privatnummer wählte, erklärte mir der Anrufbeantworter in spanischer und englischer Sprache, Frenada bedauere es, meinen Anruf nicht persönlich entgegennehmen zu können, halte sich aber wahrscheinlich in der Fabrik auf und werde zurückrufen, wenn ich eine Nachricht hinterließe.

Ich spielte mit dem Gedanken, ihn dort anzurufen, doch dann erhob ich mich unvermittelt und ging nach unten. Mein Rücken war steif. Wenn Frenada tatsächlich in seiner Fabrik war, konnte ich mich auch persönlich mit ihm unterhalten. Die leise Stimme der Vernunft – gehörte sie Mary Louise oder Lotty? – sagte mir, wenn ich schon unbedingt in diesem Wespennest stochern mußte, dann doch wenigstens am Morgen. Und sie ermahnte mich, meine Waffe mitzunehmen, aber was sollte ich mit der? Sollte ich ihm das Geheimnis, auf das Trant so scharf war, vielleicht mit der Pistole entlocken?

Es gibt keinen direkten Weg von meiner Wohnung zu Frenadas Fabrik, also fuhr ich zuerst in südlicher Richtung und dann in westlicher, durch Straßen mit kleinen Holzhäusern, vorbei an skateboard- oder fahrradfahrenden Jungen und Lichtinseln, die aus Bars und Billardsalons drangen. Als ich die Ränder von Humboldt Park passierte, stieg der Lärmpegel wegen der vielen Ghettoblaster, aber in dem schmuddeligen Gewerbegebiet entlang der Grand Avenue war es wieder wie ausgestorben.

Eine Frachtlinie durchschnitt das Viertel im Nordwesten, so daß merkwürdig geformte Grundstücke und Gebäude entstanden waren. Ein Zug ratterte gerade vorbei, als ich den Wagen vor einem heruntergekommenen dreieckigen Haus ganz in der Nähe der Kreuzung Trumbull/Grand Avenue abstellte.

Licht drang aus den offenen Fenstern im ersten Stock. Die Haustür war geschlossen, aber nicht versperrt. Eine nackte Glühbirne hing gleich hinter dem Eingang von der Decke. Torkelnde Buchstaben auf einem Anschlagbrett warben für einen Perückenmacher und einen Schachtelhersteller im Erdgeschoß. Special-T Uniforms befand sich im ersten Stock. Als ich die abgetretenen Betonstufen hinaufging, fiel mein Blick auf lange Haarsträhnen in einer Vitrine. Es war, als wäre ich plötzlich im Dunkeln über eine Guillotine gestolpert.

Und der Lärm, der durchs Treppenhaus drang, klang wie fünfzig Guillotinen, die gleichzeitig die Köpfe abhackten. Ich folgte Licht und Geräuschen über eine Metallbrücke und landete schließlich vor der offenen Tür zu Special-T Uniforms. Obwohl es fast neun Uhr abends war, arbeitete knapp ein

Dutzend Leute. Sie schnitten entweder auf den langen Tischen in der Mitte des Raumes Stoff zu oder nähten mit Hilfe von Maschinen, die entlang der Wand aufgestellt waren, Kleidungsstücke zusammen. Den Lärm verursachten zum Teil die Nähmaschinen, aber hauptsächlich die Zuschneidescheren. Zwei Männer legten mehrere Stoffschichten an das Ende der Tische, klemmten sie unter einer elektrischen Schere fest und betätigten dann einen Kontrollschalter, um die Klingen in Bewegung zu setzen.

Ich sah fasziniert zu, wie die Scheren durch den Stoff schnitten und die Männer einzelne Teile zu den Leuten an den Nähmaschinen hinübertrugen. Einer von ihnen befestigte Buchstaben auf dem Rücken der Shirts, ein anderer nähte die Ärmel an. Mindestens die Hälfte der Anwesenden rauchte. Ich mußte an die Zigarettenasche an der Innenseite des Kragens von Nicola Aguinaldos T-Shirt denken. Vielleicht stammte sie von demjenigen, der dieses Kleidungsstück gefertigt hatte, und nicht von Nicola selbst.

Lucian Frenada stand an einem der Zuschneidetische, gleich neben einem stämmigen Mann mit schütterem schwarzen Haar. Sie schienen sich über die richtige Stelle für einen Aufdruck zu unterhalten. Ich ging auf die beiden zu, damit Frenada mich sah – wenn ich ihm auf die Schulter tippte, um seine Aufmerksamkeit zu erregen, erschreckte ich ihn womöglich.

Frenada hob stirnrunzelnd den Blick. *»Si? Le puedo ayudar en algo?«*

Ich hielt ihm meine Visitenkarte hin. »Wir haben uns bei Lacey Dowells Party letzte Woche schon mal unterhalten«, rief ich, um den Lärm der Maschinen zu übertönen.

Der Mann neben ihm starrte mich mit unverhohlener Neugier an: War ich Frenadas Freundin? Oder kam ich von der Einwanderungsbehörde und wollte die Papiere aller Anwesenden sehen? Frenada berührte seinen Arm und sagte etwas auf spanisch. Dann deutete er auf den Boden, auf dem knöcheltief Stoffreste lagen. Der Mann wies einen seiner Arbeiter an, den Boden zu fegen.

Frenada dirigierte mich zu einer Kammer am hinteren Ende

des Raumes, in der es ein wenig leiser war, so daß wir uns unterhalten konnten. Stoffmuster zierten die Oberfläche des Metalltisches; an der Tür und an den Seiten eines alten Aktenschrankes klebten Produktionspläne. Auf dem einzigen Stuhl lag ein Nähmaschinenmotor. Frenada lehnte sich gegen die Tür; ich stützte mich an der Kante des Tisches ab.

»Was wollen Sie hier?« fragte er.

»Sie haben am Dienstag abend erwähnt, daß in Ihrer Fabrik etwas Merkwürdiges vor sich geht.«

»Bieten Sie Ihre Dienste immer so an, von Tür zu Tür?«

Vor Verlegenheit wurde ich rot, aber ich mußte auch lächeln. »Sie meinen wie ein Staubsaugervertreter? Ein Journalist, den ich kenne, hat sich über Ihr Unternehmen erkundigt. Da ist mir eingefallen, was Sie gesagt haben, und ich wollte mir Special-T selber anschauen.«

»Was für ein Journalist? Und was wollte er wissen?«

»Welche Geheimnisse Sie hier in Ihrem Betrieb haben.« Ich ließ ihn nicht aus den Augen, aber er wirkte nur erstaunt, aber auch ein bißchen verächtlich.

Hinter dem Gebäude donnerte ein weiterer Güterzug vorbei, so daß ich das, was Frenada sagte, nicht verstand. Während ich wartete, daß der Zug vorbeifuhr, sah ich mich in dem Büro um. Auf dem Tisch, unter einem Stoffmuster, entdeckte ich einen Slogan, den ich bereits von Emily Messengers Garderobe kannte: *The Mad Virgin Bites.*

Als der Zug vorüber war, sagte Frenada: »Geheimnisse? So etwas kann ich mir nicht leisten. Ich dachte, Sie meinen – aber egal. Das Geschäft hier ist ziemlich knapp kalkuliert; wenn etwas Merkwürdiges passiert, muß ich das als Gottes Willen akzeptieren.«

»Lacey hat Ihnen Mut gemacht, als Sie sie am Donnerstag getroffen haben?«

»Hat sie … Wer hat Ihnen gesagt …?«

»Niemand. Das war eine logische Schlußfolgerung. Genau das tue ich: Ich versuche, Fakten herauszufinden, und ziehe dann meine Schlüsse daraus. Das lernt man in der Detektivschule.« Mein Gott, was für einen Quatsch redete ich da. Wahrscheinlich lag das an dem Mad-Virgin-T-Shirt.

Frenadas Blick fiel auf das T-Shirt mit dem Slogan. Er erhob sich und schob mich in Richtung Tür.

»Meine Arbeit hat nichts mit Lacey zu tun. Nicht das geringste. Also behalten Sie Ihre Schlußfolgerungen für sich, Miss Detective. Und jetzt muß ich mich wieder um eine große Bestellung kümmern, die Gott mir dankenswerterweise hat zukommen lassen. Es ist der größte Auftrag, den ich je erhalten habe – die Trikots für eine Fußball-Liga in New Jersey. Nur deshalb haben Sie mich noch so spät hier angetroffen.« Dann dirigierte er mich durch den Zuschneideraum über die Metallbrücke, wartete, bis ich den Treppenabsatz erreicht hatte, und ging selbst wieder hinein.

Ich startete meine Rostlaube und machte mich auf den Weg nach Hause, der mich an der Kirche und Schule von St. Remigio vorbeiführte, wo Lacey Dowell und Frenada zwanzig Jahre zuvor gemeinsam die Schulbank gedrückt hatten. Lacey hatte dort Schauspielkurse besucht, und Frenada war ins Geschäft gekommen, indem er die Trikots für die Fußballmannschaft der Schule herstellte. Ich fuhr ein bißchen langsamer, um lesen zu können, wann die tägliche Messe stattfand. Vielleicht, so dachte ich, sollte ich am Morgen einfach in die Kirche gehen, mich mit dem Pfarrer unterhalten und so vielleicht etwas über Frenada erfahren. Aber selbst wenn Frenada seinem Beichtvater gesagt hatte, warum er ein Mad-Virgin-T-Shirt unter seinen Stoffmustern versteckte, würde der mir das wahrscheinlich nicht verraten. War dies das Geheimnis, das ich für Trant aufdecken sollte? Fertigte Frenada in seiner kleinen Fabrik Raubkopien von Virginwear und verkaufte diese dann in seinem alten Viertel? In dem Fall war die Sorge von Trant legitim, obwohl Trant seine Produkte vermutlich von Billigstarbeitern in Burma oder Honduras herstellen ließ und es mir da schon lieber war, wenn Leute aus der Gegend zu einem reellen Lohn Frenadas Raubkopien produzierten.

Während ich in der Fabrik gewesen war, hatte Sal angerufen, um zu fragen, ob ich Murrays zweite Sendung sehen und einen Happen bei ihr essen wolle. Ich fuhr mit der Hochbahn zum Golden Glow, damit ich Alkohol trinken konnte. Es war ein langer Tag gewesen, und ich hatte auch keine Lust mehr,

Auto zu fahren. In dem Lokal waren wieder die üblichen Leute, die sich nicht groß beschwerten, als ich von einem Spiel der Sox auf Global umschaltete, denn die Sox lagen ohnehin im Rückstand.

Nach seinem Einstand mit Lacey Dowell fragte ich mich, was Murray noch finden konnte, um seinen Zuschauern etwas zu bieten, aber ich mußte Sal recht geben: Seine zweite Sendung hatte wenigstens entfernt etwas mit seriösem Journalismus zu tun. Er hatte als Ausgangspunkt den sensationellen Mord an einem bekannten Bauunternehmer gewählt und beschäftigte sich dann mit der Frage, wie die Stadt Aufträge vergab. Obwohl der Ermordete ziemlich oft in Cancún und in Begleitung von drei Damen im knappen Bikini zu sehen war, schaffte es Murray, siebenundfünfzig Sekunden darüber unterzubringen, wie die Sache mit den öffentlichen Aufträgen in Illinois funktionierte.

»Ein Teil davon war ganz passabel, aber er war zu feige, Poilevy beim Namen zu nennen«, brummte ich, als die Sendung zu Ende war.

»Man kann nicht alles haben«, meinte Sal.

»Hätte er sich als Thema doch das Frauengefängnis in Coolis ausgesucht. Da könnte er jede Menge Beispiele für halbkoschere Deals finden. Mich wundert's ja, daß der Ort nicht Baladine-City heißt.«

»Vic, ich kann dir nicht ganz folgen.«

»Seit der dämlichen Party bei dir letzte Woche bewege ich mich im Kreis. Genau wie Mitch, wenn er seinem eigenen Schwanz hinterherjagt – kraftraubend und genauso sinnvoll.« Ich erzählte ihr, was ich gemacht hatte. »Und bitte sag mir jetzt nicht, daß mich das alles nichts angeht, denn es geht mich etwas an, auch wenn ich kein Geld dafür kriege.«

»Nun komm mal wieder runter von deinem hohen Roß, du heilige Johanna.« Sal schenkte mir noch einen Black Label ein. »Es ist deine Zeit und dein Geld. Mach damit, was du willst.«

Das munterte mich nicht sonderlich auf. Aufbauender war da schon das Abendessen bei Justin's im westlichen Loop – Sal kannte den Inhaber, der uns an all den erstaunt dreinblickenden Angehörigen der Chicagoer Hautevolee vorbeiwinkte.

Doch die gute Laune verging mir wieder, als ich beim Thunfisch in Putanesca-Sauce Alex Fischer entdeckte.

Ich starrte sie an. Alex saß an einem Tisch mit Teddy Trant und einem kahlköpfigen Mann mit glänzendem Gesicht – Jean-Claude Poilevy höchstpersönlich. Wenn Trant es vorzog, mit ihm und Alex zu essen statt mit der perfekten Abigail, dann litt er unter einer ernsten Geschmacksverirrung.

Als Sal und ich uns zum Gehen wandten, unterhielten Alex und ihre Begleiter sich immer noch beim Kaffee. Obwohl Sal mich davon abzuhalten versuchte, trat ich an ihren Tisch. Trant war genauso perfekt gepflegt und gekleidet wie seine Frau.

»Mr. Trant«, sagte ich, »mein Name ist V. I. Warshawski. Ich wollte Ihnen nur mitteilen, daß ich Ihre Bereitschaft, mir Arbeit zukommen zu lassen, zu würdigen weiß. Allerdings tut es mir leid, daß ich den Auftrag nicht annehmen kann.«

Alex bedachte mich mit einem vernichtenden Blick, doch Trant schüttelte mir die Hand. »Global versucht, mit den örtlichen Firmen ins Geschäft zu kommen. Das hilft uns, Wurzeln in Städten zu schlagen, in denen wir etwas Neues aufbauen.«

»Haben Sie sich aus diesem Grund auch mit Lucian Frenada unterhalten?« Das war ein Schuß ins Blaue und gründete sich auf das Mad-Virgin-T-Shirt, das ich bei Frenada gesehen hatte, doch alle am Tisch erstarrten.

Poilevy stellte seine Kaffeetasse klappernd ab. »Ist das der Mann, mit dem Sie …«

»Lucian Frenada ist der Mann, der Lacey belästigt«, fiel Alex ihm sofort ins Wort.

»Natürlich, Sandy, stimmt. Die Geschichte ist gar nicht so schlecht, auch wenn sie nicht ganz wasserdicht ist. Ich meine Alex. Sie hat sich nämlich seit damals vor zwanzig Jahren einen neuen Namen zugelegt«, fügte ich an Trant gewandt hinzu. »Als sie noch Sandy hieß, waren wir dicke Freunde, da vergesse ich immer wieder, daß sie jetzt Alex ist.«

»Was meinen Sie mit ›nicht ganz wasserdicht‹?« fragte Poilevy.

»Ich habe mich ein bißchen umgesehen und mich mit Lucian Frenada unterhalten. Und mit dem Sicherheitschef von dem Hotel, in dem Ms. Dowell wohnt. Vielleicht reagiert Global ja einfach übertrieben auf die Szene zwischen Frenada und Ms. Dowell im Golden Glow letzte Woche – das ist bei einem so wichtigen Star natürlich verständlich –, aber ich kann einfach keinerlei Hinweise darauf finden, daß Frenada sie belästigt hätte.«

»Ich habe dich nicht gebeten, das zu recherchieren«, herrschte Alex mich an.

»Stimmt, aber ich habe dich auch nicht gebeten, mir was dafür zu zahlen.«

Sal trat zu mir und legte mir die Hand auf den Arm. »Laß uns gehen, Vic. Ich muß zurück ins Golden Glow – heute bin ich dran mit Zusperren.«

Ich erinnerte Alex und Trant daran, daß sie Sal von der Party in der vergangenen Woche kannten. Dann tauschten wir noch leere Floskeln über Murrays Debüt und Sals Lokal aus, aber viel mehr hätte mich interessiert, was sie sagten, nachdem Sal und ich außer Hörweite waren. An der Tür drehte ich mich noch einmal um; sie beugten sich über den Tisch wie die drei Hexen aus *Macbeth* über ihren Kessel.

20 Ein Kind in Trauer

Nach dem Tag in Coolis und der langen Nacht mit Sal war ich froh, ins Bett zu kommen. Dort las ich noch ein paar Seiten in Morrells Buch über die verschwundenen Personen in Südamerika und streckte die Beine unter den sauberen Laken, um meine Verspannung loszuwerden.

Gerade als ich eindöste, klingelte das Telefon. Brummend hob ich ab und meldete mich. Schweigen am anderen Ende, dann flüsterte jemand hastig meinen Namen.

»Ja, hier spricht V. I. Warshawski. Wer ist da?«

»Ich bin's, Robbie. Robbie Baladine. Ich war am Tor, als Sie letzte Woche gekommen sind, erinnern Sie sich noch? Als Sie gekommen sind, um sich mit meiner Mom über... über Nicola zu unterhalten.«

Jetzt war ich hellwach, schaltete das Licht wieder an und versicherte ihm, daß ich mich natürlich an ihn erinnerte. »Du bist doch der ausgezeichnete Fährtenleser. Was kann ich für dich tun?«

»Ich... es ist nicht für mich, sondern für Nicola. Ich möchte... ich möchte auf ihre Beerdigung gehen. Wissen Sie, wann sie ist?«

»Nun, da gibt's ein Problem«, sagte ich vorsichtig. »Offenbar ist ihre Leiche aus dem Leichenschauhaus verschwunden. Ich habe keine Ahnung, wie das passieren konnte, aber solange sie nicht gefunden wird, kann es auch keine Beerdigung geben.«

»Also hat er doch recht gehabt.« Seine Stimme klang verbittert. »Ich hab' gedacht, er sagt das bloß so, um mich zu ärgern.«

»Wer, dein Dad?«

»Ja, BB.« In seinem Schmerz vergaß er völlig zu flüstern. »Er und Eleanor, sie haben solche Gemeinheiten über Nicola gesagt. Als ich ihnen erzählt habe, daß ich zu ihrer Beerdigung möchte, haben sie mich gefragt, warum, denn da heule ich mir ja doch bloß die Seele aus dem Leib. Und dann hat BB noch gemeint, daß es sowieso keine Beerdigung gibt, weil niemand die Leiche findet, und ich soll... ich soll verdammt noch mal den Mund halten.«

»Das tut mir leid, Kleiner«, sagte ich. »Wahrscheinlich macht sich dein Dad bloß Gedanken darüber, ob er auch wirklich wie ein harter Kerl wirkt, und hat ständig Angst, seine Gefühle zu zeigen. Vermutlich tröstet dich das nicht sonderlich, aber du mußt ihn dir einfach als jemanden vorstellen, der ziemlich schwach ist und sich so aufführen muß, damit niemand merkt, welche Angst er hat.«

»Meinen Sie, das könnte wirklich so sein?« In seiner Stimme schwang Wehmut mit, die Hoffnung, daß die Gemeinheiten seines Vaters nichts mit seinem eigenen Unvermögen zu tun hatten.

»Dein Vater ist ein grausamer Mann. Egal, was der Grund für diese Grausamkeit ist – bitte vergiß nicht, daß sein Sadismus mit ihm selbst, seinen eigenen Bedürfnissen und Schwächen, zu tun hat, nicht mit dir, ja?«

Ich sprach ein paar Minuten über dieses Thema, bis ich das Gefühl hatte, daß ich das Gespräch in eine andere Richtung lenken konnte. Es gab noch zwei Fragen, die ich ihm stellen wollte, bevor wir auflegten: erstens ob Nicola geraucht hatte. Nein, nein, sagte Robbie, sie habe nie geraucht, nicht wie Rosario, ihr jetziges Kindermädchen, die immer auf eine Zigarette hinter der Garage verschwand, was Eleanor fuchsteufelswild machte, weil sie den Rauch auch dann roch, wenn Rosario noch so viele Pfefferminzbonbons lutschte. Nicola hatte gesagt, sie müsse ihr ganzes Geld für ihre Kinder sparen; sie könne es nicht für Zigaretten oder Alkohol vergeuden.

Meine zweite Frage war, ob sein Dad irgendwelche Schuhe mit Hufeisenemblemen besitze, und wenn ja, ob eins der Embleme fehle. Robbie antwortete, er wisse es nicht, werde aber nachsehen.

Ich kam mir ziemlich schäbig vor, weil ich Robbie dazu anhielt, seinem eigenen Vater nachzuspionieren, aber wahrscheinlich war das so etwas wie meine ganz persönliche Rache dafür, daß BB seinen Sohn ständig wegen seines Mangels an Härte kritisierte.

Bevor Robbie auflegte, fragte ich ihn so beiläufig wie möglich, wie er meine Privatnummer herausbekommen habe, denn sie stand weder im Telefonbuch noch auf der Visitenkarte, die ich ihm in der Woche zuvor gegeben hatte.

»Die war in BBs Aktentasche«, sagte Robbie mit leiser Stimme. »Bitte sagen Sie mir jetzt nicht, daß ich kriminell bin, weil ich in seiner Tasche herumgesucht habe. Das ist die einzige Möglichkeit, wie ich herausfinden kann, ob er wieder was Schreckliches mit mir vorhat, zum Beispiel dieses Lager für dicke Kinder, wo er mich letzten Sommer hingeschickt hat. Er hat 'ne ganze Mappe über Sie angelegt, und da steht Ihre Privatnummer und alles drin.«

Ich bekam eine Gänsehaut, obwohl ich wußte, daß BB Nachforschungen über mich angestellt hatte – schließlich hatte er daraus am Freitag kein Hehl gemacht. Doch daß er die Informationen über mich mit sich herumschleppte, verschlimmerte die Sache in meinen Augen noch.

»Schließt er seine Aktentasche denn nicht ab?«

»Doch. Aber die kriegt man ganz leicht auf. Man muß bloß den Code für sein Schiff eingeben, das ist nämlich seine große Leidenschaft.«

Ich mußte lachen. Dann erklärte ich ihm, er sei schlau genug, es mit seinem Dad aufzunehmen, wenn er sich nur emotional nicht von ihm unterkriegen ließe. Für den Fall, daß ich selbst einmal Informationen aus BBs Aktentasche brauchte, fragte ich Robbie nach dem Code des Schiffes. Dann legten wir auf.

Irgendwann schlief ich ein, doch in meinen Träumen schleppte Baladine Nicola Aguinaldos Leiche durch Frenadas Fabrik, während Lacey Dowell sich mit schweren Brüsten, ein Kruzifix dagegengepreßt, vorbeugte und flüsterte: »Ihre Hände sind schmutzig. Sag ihr nichts, sonst holt dich der Vampir.«

Am Morgen erhielt ich einen Anruf von Continental United, daß ich mich in das Unternehmen begeben solle, um meinen Bericht durchzusprechen. Besonderen Dank erntete ich für meine klaren und verständlichen Formulierungen, denn viele Detekteien kleideten Dinge, die auf der Hand lagen, in bedeutungslose Fachausdrücke. Vielleicht gab mir Continental United weiterhin Aufträge, weil ich mich so klar ausdrückte, nicht, weil ich so gut kombinieren konnte.

Continental wolle den Kurier nicht ohne handfeste Beweise entlassen, erklärte man mir weiterhin, beziehungsweise ohne zu wissen, ob der Leiter der Fabrik mit ihm unter einer Decke stecke.

»Wenn Sie bereit sind, das Geld dafür auszugeben, würde ich vorschlagen, daß Sie zwei Leute hinschicken, die sich die Sache vor Ort ansehen«, sagte ich. »Der eine müßte einen Lastwagen lenken, der andere eine Kamera bedienen. Diese beiden Leute dürften nicht aus der Fabrik sein, weil uns nicht bekannt ist, wie viele Angestellte in die Sache verwickelt sind oder darüber Bescheid wissen.«

Wie ich befürchtet hatte, beauftragten sie mich, die Arbeit mit der Kamera zu erledigen. Und ihr Fuhrparkleiter von Nebraska konnte sich als Lastwagenfahrer ausgeben, als Aushilfe für einen erkrankten Mitarbeiter. Die Strecke kostete sie so viel Geld – nicht nur wegen der ständig zu ersetzenden Reifen, sondern auch wegen der Zeit, die dabei verlorenging –, daß sie mich beauftragten, alles Nötige zu erledigen. Sie waren sicher, daß ich keine unrealistische Spesenabrechnung einreichen würde.

Ein bißchen fühlte ich mich geschmeichelt, aber dann fiel mir Alex-Sandys Verachtung für meine niedrigen Gebühren wieder ein, und ich fragte mich, ob die Worte der Continental-Leute tatsächlich als Kompliment zu verstehen waren. Jedenfalls informierten sie den Fuhrparkleiter von Nebraska, der sich am folgenden Abend in Atlanta mit mir treffen sollte. Und wenn wir die Angelegenheit schnell zu Ende brachten, war eine hübsche Prämie für mich drin.

Von Continental United aus ging ich zu Unblinking Eye, wo man Hilfsmittel zur Personenüberwachung sowie Kameras kaufen und ausleihen konnte. Sie hatten ein paar wunderbare Sachen, zum Beispiel eine Kamera, die in einen Knopf paßte, eine, die in einer Armbanduhr verborgen war, und eine in einem Teddybären, mit der man Kindermädchen bei der Arbeit beobachten konnte. Schade, daß Eleanor Baladine die nicht auf Nicola Aguinaldo gerichtet hatte. Aber vielleicht hatte sie das ja sogar getan.

Ich entschied mich für eine Videokamera, die man wie eine Brille trug und mit der man beim Fahren die Straße filmen konnte. Zu ihrer Bedienung waren zwei Leute nötig, weil man einen eigenen Batteriegürtel brauchte, aber das machte nichts, denn der Mann von Continental United würde die Brille tragen, während ich mich um die technische Seite kümmerte. Ich sah keinerlei Notwendigkeit, die Kamera für viertausend Dollar zu erwerben, sondern mietete sie für eine Woche.

Das Unblinking Eye befindet sich am westlichen Rand des Loop, nur ungefähr vierzehn Häuserblocks vom Leichenschauhaus entfernt. Ich fuhr hin, um zu sehen, ob Nicola Aguinaldos Leiche mittlerweile aufgetaucht war. Vishnikov begann bereits um sieben Uhr früh zu arbeiten, also konnte ich nicht sicher sein, ihn noch dort anzutreffen. Doch ich hatte Glück: Als ich den Skylark auf den Parkplatz lenkte, ging er gerade zu seinem Wagen. Ich rannte zu ihm.

Als er mich sah, blieb er stehen. »Die junge Frau, die im Beth Israel gestorben ist. Bist du deswegen hier?«

Ihre Leiche war noch nicht aufgetaucht; er hatte soviel zu tun gehabt, daß er die Sache völlig vergessen hatte, würde sich aber am folgenden Tag darum kümmern. »Soweit ich mich erinnere, ist das Freigabeformular nicht unterzeichnet worden. Das ist das Problem mit den Bezirksinstitutionen. Die meisten Leute, die bei uns arbeiten, sind gut, aber wir haben immer auch ein paar, die den Job bloß gekriegt haben, weil ihr Papa die richtigen Kontakte hat oder für die Mafia arbeitet. Ich hab' die Sache mit der verschwundenen Leiche dem Sheriff gemeldet, doch eine tote Gefängnisinsassin, die noch dazu illegal im Land war, steht natürlich auf der Liste der zu erledigenden Dinge nicht sonderlich weit oben – schließlich kann die Familie keinen Stunk machen, und selbst wenn sie in der Lage wäre, eine ordentliche Beerdigung zu arrangieren, würde sie es wahrscheinlich nicht tun.«

»Ich glaube nicht, daß Nicola Aguinaldos Familie sich um Beisetzungsfeierlichkeiten gekümmert hat, aber ich habe mit keinem ihrer Angehörigen gesprochen. Ich weiß nicht mal, wo sie stecken. Allerdings hat ein gewisser Morrell Einwanderer in Nicolas altem Viertel befragt. Er behauptet übrigens, dich zu kennen.«

»Morrell? Ja, der ist wirklich toll. Ich habe ihn in Südamerika kennengelernt, als ich mich dort mit Folteropfern beschäftigt habe. Er hat mich in Guatemala aus einer der schlimmsten Situationen gerettet, in denen ich mich je befunden habe. Er weiß einfach alles über Südamerika und die dortigen Foltermethoden. Ich hatte keine Ahnung, daß er in der Stadt ist. Sag ihm doch bitte, er soll mich mal anrufen. Aber jetzt muß ich los.« Er stieg in seinen Wagen.

Ich beugte mich ein wenig vor, bevor er die Tür schließen konnte. »Moment noch, Bryant, Morrell hat mit Nicola Aguinaldos Mutter gesprochen. Sie wußte nicht mal, daß ihre Tochter tot ist, also kann sie die Leiche nicht haben.«

Er sah mich verwirrt an. »Und wer hat sie dann?«

»Ich hatte gehofft, daß du mir da weiterhelfen könntest. Du sagst, das Freigabeformular wurde nicht unterzeichnet. Besteht die Möglichkeit, daß die Leiche noch im Leichenschauhaus ist? Vielleicht haben sie versehentlich den Zettel weggenommen oder verwechselt. Es könnte auch sein, daß ein Chicagoer Polizeibeamter namens Lemour sich die Leiche unter den Nagel gerissen hat. Glaubst du, das ließe sich irgendwie herausfinden?«

Er drehte den Zündschlüssel. »Warum sollte – egal. Nun, möglich ist es. Ich werde der Sache morgen nachgehen.« Dann zog er die Wagentür zu und fuhr davon.

Ich ging zu meiner Rostlaube zurück. Hätte Vishnikov doch bloß den Sheriff nicht informiert! Wenn irgend jemand Interesse daran hatte, die Leiche von Nicola verschwinden zu lassen, dann konnte man sich vorstellen, daß die Leute des Sheriffs am besten wußten, wie man so etwas machte. Aber ich hatte schon genug um die Ohren, um auch noch Ermittlungen im Leichenschauhaus anzustellen.

Ich fuhr nach Hause, um mit den Hunden kurz schwimmen zu gehen und Mr. Contreras zu sagen, daß ich ein paar Tage nach Georgia müßte. Außerdem rief ich bei der Telefongesellschaft an, um ihr mitzuteilen, daß sie alle eventuellen Gespräche bis Montag an Mary Louise weiterleiten solle.

Dann fuhr ich zusammen mit Mary Louise und den Jungen zum O'Hare-Flughafen, um Emily zu verabschieden, die nach Frankreich reisen würde. Sie war aufgeregt und hatte auch ein bißchen Angst, versuchte aber, diese mit besonderer Coolness zu überspielen. Ihr Vater hatte ihr einen Camcorder geschenkt, den sie betont lässig benutzte. Als Nate sah, daß es allmählich ernst wurde, begann er zu heulen. Während wir ihn und seinen schniefenden Bruder trösteten, mußte ich wieder an den armen Robbie denken, der seine Trauer um sein Kindermädchen nicht zeigen konnte, ohne von seinem Vater dafür verspottet zu werden.

Am Abend gingen wir mit den Jungen in eine Vorstellung von *Captain Doberman* – noch ein Kassenhit von Global. Hinterher besprachen Mary Louise und ich bei einem Eis alle möglichen Dinge.

»Emily hat mir das Versprechen abgenommen, daß du Lacey in ihrer Abwesenheit nicht in Schwierigkeiten bringst«, sagte Mary Louise grinsend. »Aber eigentlich geht's ihr, glaube ich, eher darum, daß sie jedes Wort erfährt, das du möglicherweise mit Lacey wechselst.«

»Ich habe nicht mit Lacey selbst gesprochen, sondern nur mit ihrem Jugendfreund Frenada. In seiner Special-T...« Ich schwieg. »Mary Louise, du hast mir was über den Bericht von den Cheviot-Labors und das T-Shirt von Nicola geschrieben. Könnte das Ding von Special-T gewesen sein?«

Mary sagte, sie werde am folgenden Morgen bei Cheviot anrufen, um das zu klären. Dann fragte sie mich, ob sie in meiner Abwesenheit zu Frenada gehen und sich mit ihm unterhalten solle, doch wir kamen zu dem Schluß, daß das warten könnte, bis ich wieder da wäre.

Es war nach zehn, als ich nach Hause kam, aber ich wollte unbedingt noch meine Waffe einpacken, bevor ich ins Bett ging, weil das eine ziemlich zeitaufwendige Sache war und ich am Morgen sicher in Eile wäre. Also legte ich alles Nötige auf den Eßtisch, nahm die Waffe auseinander und legte zwei leere Magazine in eine Schachtel – die Patronen müssen extra eingepackt werden. Ich war gerade mit dem Säubern der Waffe beschäftigt, als das Telefon klingelte.

Es war Rachel von meinem Anrufbeantwortungsdienst. »Tut mir leid, daß ich Sie so spät anrufe, Vic, aber ein gewisser Lucian Frenada versucht, Sie zu erreichen. Er sagt, es ist sehr dringend, es ist ihm egal, wie spät es ist. Wenn Sie ihn nicht zurückrufen, läßt er sich von der Polizei zu Ihnen bringen.«

Ich blinzelte – was für ein merkwürdiger Zufall. In der Fabrik hatte ich kein Glück, doch zu Hause ging er an den Apparat.

Er war so wütend, daß er kaum einen zusammenhängenden Satz herausbrachte. »Stecken Sie hinter dieser Geschichte? Wollen Sie mich verleumden?«

»Ich habe keine Ahnung, wovon Sie sprechen. Aber ich hätte eine Frage...«

»Tun Sie nicht so unschuldig. Sie kommen zu mir in die Fabrik und machen Andeutungen, und vierundzwanzig Stunden später stehen diese Verleumdungen in der Zeitung.«

»Was für Verleumdungen denn? Ich weiß wirklich nichts darüber.«

»Es steht in der morgigen Zeitung. Haben Sie vielleicht gedacht, die würde ich nicht sehen? Oder vielleicht bloß nicht so schnell?«

»Lassen Sie mich noch mal wiederholen, was Sie mir bis jetzt gesagt haben: In der morgigen Zeitung steht ein Artikel über Sie. Ist er über Sie und Lacey? Über Sie und das Virgin-T-Shirt? Würden Sie mir das bitte sagen, oder muß ich mir schnell selber eine Zeitung holen? Das dauert höchstens eine halbe Stunde.«

Er gab sich geschlagen und las mir einen Ausschnitt aus Regine Maugers Kolumne in der Morgenausgabe des *Herald-Star* vor: *»Ein kleines Vögelchen von der Staatsanwaltschaft hat mir gezwitschert, daß Lucian Frenada, der Lacey Dowell schon die ganze Woche auf den Fersen ist wie ein liebeskranker Pitbull, möglicherweise seine T-Shirt-Fabrik benutzt, um aus Mexiko Kokain nach Chicago zu schmuggeln.«*

»Ist das alles?« fragte ich.

»Ist das alles?« äffte er mich nach. »Das ist schlimm genug. Sie nennt mich einen liebeskranken Pitbull, was rassistisch ist, und dann beschuldigt sie mich noch des Drogenhandels, und Sie fragen mich, warum ich wütend bin? Sie erinnern sich vielleicht noch, daß ich im Augenblick den größten Auftrag meines Lebens bearbeite, die Trikots für die New Jersey Suburban Soccer League, und wenn mein Auftraggeber hört, daß ich mir möglicherweise etwas habe zuschulden kommen lassen, zieht er den Auftrag am Ende zurück.«

Ich versuchte, Geduld zu bewahren. »Ich wollte nur wissen, ob das der einzige Artikel über Sie in der Zeitung ist. Regine Mauger kann jedes Gerücht abdrucken. Ein kleines Vögelchen hat ihr gezwitschert... Ich weiß nicht, ob irgend jemand bei Global – ich meine, beim *Herald-Star* – die Behauptungen überprüft, die sie aufstellt. Wenn die Sache als seriöser Bericht erschiene, würde das bedeuten, daß sie tatsächlich Beweise haben.«

»Niemand könnte dafür Beweise haben, weil es einfach nicht stimmt. Es sei denn natürlich, sie würden diese Beweise erfinden.« Er war immer noch wütend, aber ein bißchen ruhiger als zuvor. »Und ich könnte mir vorstellen, daß Sie dieses kleine Vögelchen waren, weil Sie sich rächen wollten.«

»Den Gedanken vergessen Sie mal ganz schnell wieder«, herrschte ich ihn an. »Wenn ich im Geschäft bleiben möchte, werde ich wohl kaum Leute anschwärzen, die meine Dienste nicht in Anspruch nehmen wollen. So was spricht sich ziemlich schnell herum, und dann würden meine Kunden alle zu Carnifice gehen.«

»Und wer hat die Geschichte in die Welt gesetzt, wenn Sie es nicht waren? Und warum?«

Ich atmete tief durch. »Wenn Sie mich engagieren wollen, um das herauszufinden, unterhalte ich mich gern weiter mit Ihnen über dieses Thema, Mr. Frenada. Wenn nicht, würde ich jetzt gern ins Bett gehen, weil ich morgen früh los muß.«

»Das wäre vielleicht witzig, was? Da rufe ich Sie an, um Sie zur Schnecke zu machen, und am Ende engagiere ich Sie. Das Problem ist nur, daß mein Unternehmen mich angreifbar macht.«

Nun, dieses Gefühl kannte ich. »Wollen Sie mir jetzt vielleicht erklären, was da Merkwürdiges in Ihrer Fabrik passiert oder warum auf Ihrem Schreibtisch ein Lacey-Dowell-T-Shirt liegt?«

»Ich... sie kamen... Ich hab' einfach mal ein paar auf Verdacht hergestellt.« Er suchte nach Worten. »Aber weit bin ich damit nicht gekommen. Global läßt die Shirts im Ausland produzieren, und das ist viel, viel billiger als bei mir.«

»Und warum wollten Sie mir das gestern abend nicht sagen?«

Er schwieg einen Augenblick. »Aus persönlichen Gründen.«

»Haben diese Gründe vielleicht etwas mit Lacey zu tun?« Als er nichts darauf sagte, fügte ich hinzu: »Sie haben nicht zufällig das T-Shirt-Kleid hergestellt, das Nicola Aguinaldo zum Zeitpunkt ihres Todes trug, oder?«

Jetzt sagte er überhaupt nichts mehr. Es war so still am anderen Ende der Leitung, daß ich sogar die Frösche hinter dem Haus quaken hörte. Frenada verabschiedete sich hastig und legte auf.

Also wußte er tatsächlich etwas über Nicola Aguinaldos Tod. Das war traurig und auch ein wenig verblüffend, bewegte mich aber im Augenblick nicht so sehr wie mein Zorn auf Murray.

Hatte er Alex Fisher-Fishbein gesteckt, daß ich Beweise für die Kokain-Geschichte in Frenadas Unternehmen einschmuggeln sollte? Und hatten er und Alex beschlossen, einfach ein Gerücht in die Zeitung zu setzen, als ich nicht auf ihr Angebot eingegangen war?

Ich rief Murray an. Er war nicht zu Hause – jedenfalls ging er nicht ans Telefon –, und im Büro war er auch nicht. Ich versuchte es mit seiner Handynummer.

»Vic! Wo zum Teufel hast du diese Nummer her? Ich weiß ganz genau, daß ich *dir* die nie gegeben habe.«

»Schließlich bin ich Detektivin, Murray. An eine Handynummer ranzukommen, ist nun wirklich nicht schwierig. Mehr Kopfzerbrechen bereiten mir da schon andere Sachen. Was zum Beispiel sollte das Theater, das du mir da mit Alex Fishbein letzte Woche in meinem Büro vorgespielt hast?«

»Das war kein Theater, sondern ein ernstgemeintes Angebot, um dir …«

»… ein paar Brosamen vom reichen Global-Tisch zukommen zu lassen. Aber als ich den Köder nicht geschluckt habe, habt ihr euch einen leichteren Weg gesucht und diesem Miststück Regine Mauger eine Geschichte ins Ohr geflüstert. Daß sie ein Gerücht auf seinen Wahrheitsgehalt überprüft hat, ist wahrscheinlich 1943 das letzte Mal passiert, aber in einer Kolumne ist es ziemlich egal, ob das, was man schreibt, auch stimmt.«

»Bist du dir denn so sicher, daß es nicht stimmt? Woher willst du wissen, daß er nicht mit Hilfe seiner Fabrik Kokain ins Land schmuggelt?«

»Also steckst tatsächlich du hinter dieser Geschichte!« brüllte ich voller Zorn in den Hörer.

»Nein«, brüllte er zurück. »Aber ich lese normalerweise die Zeitung, für die ich schreibe, damit ich weiß, was drinsteht. Und im Regelfall hole ich mir die Morgenausgabe, sobald sie draußen ist. Wenn du versuchst, dich für den Kerl einzusetzen, ziehst du den kürzeren. Und das tut mir diesmal gar nicht leid. Mein Artikel erscheint am Freitag, und der hat's in sich.«

»Was redest du da?« sagte ich. »Hast du durch deinen Fernsehauftritt völlig die Bodenhaftung verloren? Ich habe mich über Frenadas Finanzen informiert, nachdem du letzte Woche mit dieser Sandy-Zicke bei mir warst. Und die sind absolut sauber.«

»Absolut sauber? Daß ich nicht lache. Ich hab' mir seine Finanzen auch angeschaut, als ich gehört habe, was Regine in ihrer Kolumne schreiben will. Der Kerl hat schwarze Konten auf der ganzen Welt.«

»Red keinen Scheiß«, brüllte ich. »Ich hab' am Sonntag bei LifeStory reingeschaut. Der Typ hat keinen Cent mehr als das Geld, das die T-Shirt-Fabrik ihm bringt.«

»Nein.« Plötzlich wurde Murray ganz ruhig. »Das kannst du nicht gemacht haben. Ich hab' gerade selber angefragt und zweitausend Dollar geblecht, damit die Sache sofort erledigt wird. Und meine Information sieht so aus: Frenada hat drei Konten in Mexiko, jedes davon mit 'ner Million Dollar drauf.«

»Murray, ich schwör's dir, ich hab's überprüft. Erst danach habe ich Sandys Angebot ausgeschlagen.«

»Sie heißt Alex. Warum du sie nicht leiden kannst ...«

»Lassen wir das mal aus dem Spiel. Laß dich von ihr nicht blenden, Murray. Und glaub ja nicht, daß du dich in deinem Artikel über mich lustig machen kannst. Ich fahre zwar morgen früh weg, aber sobald ich wieder da bin, faxe ich dir den Bericht von LifeStory. Ich an deiner Stelle würde mit dem Artikel noch warten, bis du den Bericht gesehen hast.«

Dann legte ich auf und wandte mich wieder meiner Waffe zu. Eigentlich hatte ich keine rechte Lust gehabt, nach Georgia zu fahren, aber allmählich erschien mir die Aussicht, mich mit ein paar Typen anzulegen, die Nägel unter die Reifen von Lastwagen streuten, fast schon als wohltuend im Vergleich zu dem, womit ich mich hier in Chicago auseinandersetzen mußte.

Ich war zu müde und zu wütend auf Murray, um mich auf das zu konzentrieren, was da vor sich ging. Wenn Frenada tatsächlich das T-Shirt-Kleid hergestellt hatte, das Nicola zum Zeitpunkt ihres Todes getragen hatte, wie war sie dann an das Shirt gekommen? Hatte er es jemandem bei Carnifice gegeben? Oder Nicola selbst? Oder vielleicht sogar Alex Fisher?

Und dann war da noch die Sache mit Global. Die Leute da hatten gewollt, daß ich Frenada etwas anhängte, aber als ich mich geweigert hatte, den Auftrag anzunehmen, war ihnen wunderbarerweise die Geschichte mit dem Kokain eingefallen. Hätte ich das doch bloß schon gewußt, als ich am Vorabend Trant und Poilevy begegnet war! Das hätte vielleicht etwas Pep in die Unterhaltung gebracht. Aber wahrscheinlich hätte Alex die beiden ohnehin daran gehindert, viel zu sagen.

Die Gedanken wirbelten in meinem Kopf herum. Mit den wenigen Dingen, die ich wußte, kam ich nicht weit. Ich klappte den Deckel des Kästchens mit der Waffe zu und füllte die Formulare für den Flug aus. Dann steckte ich die Waffe zusammen mit meinem Kulturbeutel, einer Jeans und ein paar Sweatshirts in eine Reisetasche. Die Überwachungskamera, ein paar leere Videokassetten und das Ladegerät sowie die Batterien legte ich zu meinen Straßenkarten in eine Aktentasche. Für ein paar Tage mußten die Sachen eigentlich reichen. Außerdem nahm ich ein Buch für den Flug mit. Ich las gerade eine historische Abhandlung über die Juden in Italien, um die Vergangenheit meiner Mutter besser zu verstehen. Vielleicht würde ich es während der Reise bis zu dem Kapitel über Napoleon schaffen.

21 Unser Motto: Wir dienen und wir schützen

Die nächsten paar Nächte verbrachte ich auf den Nebenstraßen von Georgia, genauer gesagt auf dem Beifahrersitz eines vollbeladenen Dreißigtonners. Der Fuhrparkmanager aus Nebraska, der ziemlich glaubwürdig aussah mit seinem Bierbauch über der ölverschmierten Jeans, war als Aushilfe für einen erkrankten Fahrer eingesprungen; ich war seine Freundin, die schnell noch in den Laster kletterte, als der den

Hof verließ – natürlich vor einer ausreichenden Menge von Zeugen, um uns einen gewissen Anstrich von Korrumpierbarkeit zu geben. Es gelang uns, den für die Verluste verantwortlichen Fahrer sowie drei seiner Freunde und den Leiter des Werks zu überführen. Alles war ganz einfach und auf Film gebannt, was die Sache klar und eindeutig machte. Continental United versprach, sich für diesen Dienst erkenntlich zu zeigen – vielleicht war die Prämie nicht ganz so hoch wie die, die Alex Fisher mir geboten hätte, aber sie würde für die Reparatur meines Trans Am und die nächsten paar Hypothekenzahlungen reichen.

Als ich am Samstag nachmittag nach Hause kam, fühlte ich mich frisch, wie so oft, wenn ich eine Aufgabe gut erledigt hatte. Und diese Aufgabe war klar umrissen gewesen, nicht so wirr und ausufernd wie die Geschichte mit Baladine und Frenada und Global Entertainment.

Obwohl ich so froh gewesen war, diesem Problem eine Weile entkommen zu sein, überprüfte ich sofort, nachdem ich Mr. Contreras und die Hunde begrüßt hatte, ob Murrays Artikel über Frenada und den Drogenring tatsächlich erschienen war. Zu meiner Erleichterung war das nicht der Fall. Offenbar steckte in Murray doch noch so viel von einem ernsthaften Journalisten, daß er auf belegbare Fakten wartete. Ich würde ihn für sein kooperatives Verhalten belohnen – und es mir auch für die Zukunft sichern –, indem ich sofort in mein Büro fuhr und ihm den LifeStory-Bericht über Frenada faxte. Irgendwann mußte ich sowieso die Post durchgehen, die in meiner Abwesenheit gekommen war.

Nachdem ich mit den Hunden in einem winzigen Park in der Gegend spazierengegangen war, sagte ich Mr. Contreras, er solle den Grill anwerfen, weil ich eine Stunde später wiederkommen würde und wir dann Hühnchen und Tomaten essen könnten. Ich nahm meine Aktentasche, in der immer noch die Kamera und die Videokassetten waren, und fuhr die etwas mehr als drei Kilometer in südlicher Richtung. Dabei summte ich leise *Voi che sapete* vor mich hin.

Doch die gute Laune verging mir, sobald ich mein Büro betrat: Überall auf dem Boden lag Papier herum; hier hatte offenbar jemand das Unterste zuoberst gekehrt, alle Unterlagen aus den Schubladen gerissen, die Überzüge von den Sofakissen gezogen und Kaffee über die Papiere auf dem Schreibtisch gegossen. Ich sah das Durcheinander eine ganze Weile mit offenem Mund an, ohne mich zu bewegen oder einen klaren Gedanken fassen zu können.

Vandalismus, Drogensüchtige von der Straße, die gesehen hatten, daß ich nicht da war, und das ausnutzten. Aber Computer und Drucker standen noch an Ort und Stelle. Jemand, der auf der Suche nach Geld oder Dingen gewesen war, die sich schnell zu Geld machen ließen, hätte sie mitgenommen, und außerdem waren Drogensüchtige im Regelfall nicht so clever, daß sie den Nummerncode an der Bürotür knacken konnten.

Ich bekam ein flaues Gefühl im Magen, und es lief mir kalt den Rücken hinunter. Jemand war hier eingedrungen und hatte sich nicht einmal die Mühe gemacht, die Spuren zu beseitigen. Hatte dieser Jemand nach etwas Bestimmtem gesucht oder wollte er mir nur einen Schrecken einjagen?

Mein erster Impuls war, die Polizei zu rufen und so schnell wie möglich von dem ganzen Mist wegzukommen. Aber falls sich in dem Durcheinander irgendein Hinweis darauf verbarg, wer es angerichtet hatte, würde ich ihn nicht mehr finden, wenn die Spurensicherung erst einmal hiergewesen war. Also setzte ich mich auf die Armlehne des Sofas, bis meine Knie nicht mehr ganz so stark zitterten. Dann verriegelte ich die Tür zu meinem Büro von innen. Jemand – Baladine? – hatte bewiesen, daß er den Nummerncode knacken konnte, aber jetzt müßte er auch noch die innere Tür aufbrechen, um reinzukommen.

Ich steckte die Kissen wieder in ihre Hüllen. Vielleicht vernichtete ich damit Beweise, aber ich wollte mich ordentlich hinsetzen können. Außerdem hatte ich Durst, aber wenn ich Wasser holte, bedeutete das, daß ich über den Flur zum Kühlschrank mußte, und ich wollte meine Tür erst öffnen, wenn ich mich wieder sicher fühlte.

Was befand sich in meinem Besitz, das ein anderer haben wollte? Abgesehen natürlich von meinem Computer. Das

Gemälde von Isabel Bishop war der einzige Wertgegenstand in meinem Büro. Ich stand auf und warf einen Blick auf die Abtrennung gegenüber von meinem Schreibtisch. Das Bild lag auf dem Boden. Ich berührte es nicht, um die Fingerabdrücke, die sich vielleicht auf dem Glasrahmen befanden, nicht zu verwischen.

Die Eindringlinge hatten sicher einen Heidenlärm gemacht, und selbst wenn Tessa ganz in ihre Arbeit vertieft gewesen war, hätte sie den gehört. Hatten sie Tessa vielleicht verletzt? Wieder verspürte ich den Impuls, aus meinem Büro und über den Flur in ihr Atelier zu laufen, aber die Furcht hinderte mich daran.

Schließlich holte ich das Handy aus meiner Handtasche und wählte Tessas Privatnummer. Sie wohnte zusammen mit ihren Eltern in einem Zweifamilienhaus an der Gold Coast. Es meldete sich ihre Mutter mit jener volltönenden Altstimme, die in den Gerichtssälen im ganzen Land so viel Erfolg hatte.

»Victoria. Wie geht's Ihnen? Ich habe Ihre Stimme gar nicht erkannt.«

»Das kann ich verstehen. Ich stehe unter Schock. Ich bin gerade erst nach Chicago zurückgekommen und habe feststellen müssen, daß in mein Büro eingebrochen wurde. Es ist alles verwüstet. Ich wollte hören, ob mit Tessa alles in Ordnung ist.«

Mrs. Reynolds sprach mir ihr Mitgefühl aus, versicherte mir aber, mit Tessa sei alles in Ordnung. Sie hatte ihre Tochter gegen Mittag auf eine Tasse Kaffee von ihrem Atelier abgeholt. Jetzt war Tessa übers Wochenende mit Freunden beim Segeln.

»Wenn die Polizei kommt, dann bitten Sie die Beamten doch, sich auch Tessas Atelier anzusehen. Mir ist es nie recht gewesen, daß es so nahe bei Humboldt Park liegt. Ich glaube ihr gern, daß sie Muskeln hat und Sie sich bei einer handgreiflichen Auseinandersetzung ebenfalls durchaus zu wehren wüßten, aber zwei junge Frauen wie Sie dürfen sich einfach nicht in einem so unsicheren Teil der Stadt aufhalten.«

»Wahrscheinlich haben Sie recht, Ma'am«, pflichtete ich ihr bei, weil ich mich auf keine weiteren Diskussionen einlassen wollte.

Ich lehnte mich auf dem Sofa zurück und schloß die Augen. Dann stellte ich mir vor, am Ufer des Lake Michigan zu liegen, die Sonne über mir, bis ich mich so weit beruhigt hatte, daß ich in der Lage war, über die Situation nachzudenken. Wenn dies Baladines Werk war, diente es vielleicht dazu, mir einen Schrecken einzujagen, aber vielleicht gab es auch etwas in meinem Büro, das für ihn von Interesse war. Ich ging im Geist noch einmal die Gespräche durch, die ich in der vergangenen Woche mit Frenada und Alex geführt hatte. Und mit Murray.

Ich hatte Murray von dem LifeStory-Bericht über Frenada erzählt, dem Beweis dafür, daß Frenada sich nichts hatte zuschulden kommen lassen. Aber das hier konnte nicht Murray Ryersons Werk sein. Murray war Journalist, und für ihn waren die Story und die Jagd danach wichtig. Global war es mit Sicherheit nicht gelungen, diesen Jagdinstinkt innerhalb weniger Wochen auszulöschen, dazu war Murray einfach zu gut.

Das sagte ich mir immer wieder, als wollte ich ihn vor Gericht verteidigen.

Ich schloß die Augen und versuchte mich zu erinnern, was ich mit dem Ausdruck von LifeStory gemacht hatte. Ja, ich hatte alle Unterlagen in eine Schublade des Schreibtischs gestopft, weil ich wußte, daß Mary Louise auf dem Tisch arbeiten würde, und sie haßte Unordnung. Ich zog die Schublade heraus. Eine ganze Menge Papiere fehlten, so daß die Tampons zum Vorschein kamen, die ich in der Lade aufbewahrte und die normalerweise in einer Schachtel lagen, jetzt aber lose herumrollten. Ganz automatisch begann ich, sie wieder in die Schachtel zurückzulegen, doch sie paßten nicht hinein. Ich hob die Schachtel hoch.

In ihrem Innern befand sich ein Tiefkühlbeutel mit weißem Pulver. Ich starrte ihn an. Kokain. Vielleicht auch Heroin – ich konnte es nicht unterscheiden. Jemand war in mein Büro eingedrungen und hatte Drogen darin versteckt. Ich beschloß, das Pulver weder zur Prüfung in ein Labor zu schicken noch der Polizei davon zu erzählen. Die Sache wollte ich niemandem erklären.

Ich sprang auf und begann hektisch, jede Schublade, alle elektrischen Anschlüsse und jeden Winkel zu durchsuchen.

Ich fand zwei weitere Beutel – der eine klebte an der Innenseite des Druckers, und der andere steckte in einem Riß an der Unterseite des Sofas.

Dann entriegelte ich die Tür und rannte den Flur hinunter zur Toilette, wo ich so lange spülte, bis das Pulver und auch die Beutel, die ich zuvor mit Tessas Nagelschere zerkleinert hatte, verschwunden waren. Hinterher stellte ich mich voll bekleidet unter die Dusche und ließ das warme Wasser laufen, bis ich glaubte, alle verräterischen Spuren der Drogen beseitigt zu haben. Schließlich kam ich wieder aus der Dusche heraus, zog ein Set sauberer Arbeitskleidung von Tessa an und hängte meine nassen Sachen an einen Haken an der Rückseite ihrer Ateliertür. In meiner Hysterie hätte ich fast auf den Zettel am Kühlschrank, auf den wir immer notierten, was wir herausgenommen hatten, geschrieben: *Ich habe eine Nagelschere und eine Khakihose und ein T-Shirt genommen. Werde alles so schnell wie möglich ersetzen.*

Als ich wieder in meinem Büro war, rief ich von meinem Handy aus die Polizei. Während ich auf die Beamten wartete, zog ich ein Paar Latexhandschuhe an und ging vorsichtig meine Papiere durch. Ich hatte den Frenada-Bericht in eine alte Mappe gelegt, daran erinnerte ich mich noch, aber ich wußte nicht mehr, in welche. Mir fiel nur noch ein, daß ich gedacht hatte, Mary Louise hätte sicher sofort ein neues Etikett dafür beschriftet. Der Streifenwagen war immer noch nicht da, als ich schließlich die Mappe mit der Aufschrift »Ehemaligen-Fonds« fand. Der Ausdruck war noch drin, zusammen mit dem Bericht der Sanitäter, den Max mir vom Beth Israel aus zugefaxt hatte.

Die Polizei läßt sich normalerweise Zeit, wenn sie an dieses Ende des Wicker Park gerufen wird. Einem plötzlichen Impuls folgend, steckte ich alle Unterlagen in einen Umschlag, adressierte ihn an Mr. Contreras, ging die Straße ein Stück hinunter und schob ihn in einen Briefkasten Ecke Western und North Avenue.

Dort begrüßte Elton mich mit seinem üblichen Lächeln: *Ich tu dir nichts; ich bin dein Freund; gib mir ein paar Cents.* Er rasselte seinen Text herunter wie immer: »*Streetwise,* Miss.

Lesen Sie, was die besten Bands von Chicago dieses Wochenende zu bieten haben, und suchen Sie sich 'ne hübsche Kneipe für hinterher aus – ach, guten Abend, Vic. Warst du weg?«

Ich gab ihm einen Fünfer und nahm eine Zeitung. »Ja. Und während ich weg war, ist jemand in mein Büro eingebrochen. Ist dir an den letzten Abenden irgendwas Merkwürdiges aufgefallen? Sind hier seltsame Typen herumgelungert?«

Elton runzelte die Stirn und versuchte sich zu erinnern. Dann schüttelte er bedauernd den Kopf. »Aber ab jetzt passe ich auf, Vic, darauf kannst du dich verlassen. Gott segne dich, Vic... *Streetwise,* Sir. Wie wär's mit 'ner Liste von den besten Bands hier in der Gegend? Führen Sie Ihre Freundin in 'ne hübsche Kneipe aus...«

Blaues Licht tanzte mir auf der North Avenue entgegen. Ich hastete die Leavitt Street hinauf und erreichte mein Büro gerade in dem Augenblick, als ein Streifenwagen vorfuhr. Zwei Leute stiegen aus, eine schwarze Frau und ein weißer Mann. Das Fernsehvorzeigepaar. Ich zeigte den beiden mein Büro.

»Sie haben doch nichts angefaßt, oder, Ma'am?« erkundigte sich die junge Frau sofort.

»Nun, ich habe die Kissen wieder aufs Sofa gelegt.« Irgendwie hörte sich das ziemlich schlimm an. »Ich habe versucht, keine Papiere zu berühren, aber ich bin mir nicht sicher, ob mir das geglückt ist. Außerdem sind meine Fingerabdrücke sowieso überall drauf. Die von mir und die von meiner Mitarbeiterin.«

Inzwischen hatte sich der junge Mann bereits an sein Funkgerät gehängt und forderte Verstärkung an. Das machen Polizisten immer gern. Ihre Arbeit ist normalerweise so langweilig, daß sie die Kollegen gern teilhaben lassen, wenn sie einmal etwas Interessantes finden. Zehn Minuten später hatte sich ein ganzes Bataillon in meinem Büro versammelt.

Ich beantwortete gerade die Fragen der beiden, die als erste eingetroffen waren – fehlte irgend etwas, war das Schloß aufgebrochen worden, wie lange war ich nicht in der Stadt gewesen –, als Beamte in Zivil kamen. Eine dünne, triumphierende Stimme fragte, ob das Team das Gebäude durchsucht habe.

»Ich glaube nicht, daß der Eindringling sich noch in dem Gebäude befindet, Sergeant«, sagte die junge Frau.

»Sie sollen auch nicht nach dem Eindringling suchen, sondern nach Drogen. Wir haben Informationen, daß Warshki mit Drogen handelt.«

Als ich den Hals ein wenig reckte, entdeckte ich Detective Lemour. Er hatte denselben braunen Polyester-Anzug an, den er bei unserem ersten Treffen getragen hatte – es sei denn, er besaß einen ganzen Sonderposten von den Dingern.

Ich erhob mich. »Sergeant Lummox. Was für ein Zufall. Ich wußte gar nicht, daß Sie im Einbruchsdezernat arbeiten.«

»Ich heiße Lemour, und ich bin auch nicht im Einbruchsdezernat, sondern in der Abteilung für Schwerverbrechen. Ich habe Ihnen doch gesagt, daß ich Ihnen nicht mehr von der Pelle gehe, aber Sie haben ja nicht auf mich gehört, Warshki, und jetzt haben wir Sie.«

»Wovon reden Sie, Lemming? Seit wann ist es in dieser Stadt ein Verbrechen, das Opfer eines Einbruchs zu werden?«

Die Beamtin hüstelte, um ein Lachen zu kaschieren, während ihr Partner bewegungslos wie eine Mumie neben ihr stand.

»Es ist kein Verbrechen – vorausgesetzt der Einbruch, von dem Sie sprechen, ist tatsächlich passiert.« Er lächelte, und dabei entblößte er seine kleinen Hechtzähne.

»Vorausgesetzt, er ist tatsächlich passiert? Sergeant, ich gehe davon aus, daß Sie ein Spurensicherungsteam dabei haben, das Fingerabdrücke nehmen kann, denn wenn das nicht der Fall ist, muß ich leider eine Beschwerde über Sie einreichen. Und wenn Sie mich vor Zeugen des Drogenhandels bezichtigen, werde ich Sie als Privatperson wegen Verleumdung verklagen.«

»Machen Sie das ruhig, Warshki, aber ich habe einen heißen Tip gekriegt, daß Sie ein ganzes Pfund Kokain hier im Büro versteckt haben. Und ihr Trottel könnt aufhören, hinter vorgehaltener Hand zu grinsen. Fangt lieber an, das Büro zu durchsuchen. Und zwar ein bißchen plötzlich.«

In den folgenden zwanzig Minuten stellten sieben uniformierte Polizisten mein Büro auf den Kopf. Die Papiere, die die

Eindringlinge noch nicht aus den Schubladen gerissen hatten, landeten jetzt in der Mitte des Raumes auf dem Boden. Ich saß mit verschränkten Armen da, die Lippen zornig zusammengepreßt, das Herz vor Furcht hämmernd. Was war, wenn ich eine Nische übersehen hatte? Schließlich war ich nicht auf eine Leiter gestiegen, um auch die elektrischen Anschlüsse an der Decke genauer zu inspizieren.

Ich kochte vor Wut und hätte mir gewünscht, Sergeant Lemour bei seinem Werk der Zerstörung filmen zu können. Da fiel mir die Überwachungskamera in meiner Aktentasche ein. Ich nahm sie vom Boden und holte die Brille heraus. Lemour ließ mich nicht aus den Augen. Doch als er sah, daß ich nur eine Brille aufsetzte, wandte er den Blick ab. In dem kurzen Moment griff ich in die Aktentasche und aktivierte die Batterie. Das konnte ich nach zwei Nächten auf den dunklen Straßen von Luella County, auch ohne etwas zu sehen.

Jetzt ging Lemour zum Drucker und holte die Kartusche heraus. Als er den Beutel mit dem Pulver nicht fand, ließ er die Kartusche fallen, so daß der Inhalt auf dem Boden landete, und schlug mit der flachen Hand gegen den Drucker. Ich konnte nur hoffen, daß das gute Stück, das mich zwölfhundert Dollar gekostet hatte, diese unsanfte Behandlung nicht allzu übelnahm.

Mit vor Zorn düsterem Blick marschierte Lemour zum Sofa und riß mich hoch. Dann ließ er die Hand über die Unterseite der Couch gleiten. Als er den Riß fand, griff er hinein, mußte die Hand aber leer wieder herausziehen. Er bleckte seine häßlichen Hechtzähne und wies zwei Uniformierte an, das Sofa umzudrehen. Nachdem sie das getan hatten, riß er den Stoff vollends von der Unterseite herunter und begann, in der Füllung herumzuwühlen.

Da ging ich an ihm vorbei zu meinem Schreibtisch und wählte die Nummer meines Anwalts. »Freeman«, sprach ich auf seinen Anrufbeantworter, »Ich bin's, V.I. Warshawski. Der Polizeibeamte, der mich letzte Woche belästigt hat, ist gerade in meinem Büro. Bei mir ist eingebrochen worden; er beschuldigt mich, mit Drogen zu handeln. Er hat mein Sofa ruiniert und ist gerade dabei, meine sämtlichen Papiere durcheinanderzubringen. Ich bitte dich, mich so bald wie möglich zurückzurufen.«

Lemours Lippen wurden vor Wut ganz schmal. Er schob die Uniformierten beiseite, riß mir den Hörer aus der Hand und gab mir eine schallende Ohrfeige. Ich hatte solche Mühe, nicht zurückzuschlagen, daß meine Arme sich verkrampften.

»Sie halten sich wohl für besonders schlau, was, Warshki?« zischte er mich an.

»Ich war nicht schlecht im Studium, Lemming, da haben Sie recht.« In dieser Situation profitierte ich von meinen Gesangsstunden, denn meine Atemtechnik erlaubte es mir, so zu sprechen, daß der Zorn meiner Stimme nicht anzuhören war.

Er gab mir noch eine Ohrfeige, diesmal auf die andere Seite. »So schlau sind Sie doch wieder nicht. Ich werde den Stoff finden, und wenn ich den Raum Ziegel für Ziegel auseinandernehmen muß. Ich weiß, daß das Zeug hier ist. Legt ihr Handschellen an, während ihr weitersucht«, fügte er an die junge Frau gewandt hinzu, die als erste eingetroffen war.

Sie konnte mir dabei nicht in die Augen sehen. Ihr dunkles Gesicht wurde vor Scham noch dunkler, als sie mir die Handschellen anlegte, und sie murmelte leise: »Entschuldigung.«

Die Brille war mittlerweile verrutscht und saß jetzt schief auf meiner Nase. Sie rückte sie gerade. Der Nacken tat mir weh. Das lag entweder an meiner Anspannung oder an Lemours Ohrfeigen.

Das Team ging systematisch den Raum und dann den Flur und die Toilette durch. Ziegel für Ziegel. Lemour sah den Beamten dabei zu, hektische rote Flecken auf den bleichen Wangen, Schaum vor dem Mund. Ich hielt die Brillenkamera auf ihn gerichtet, so gut ich es an die Heizung gekettet konnte.

Irgendwann klingelte Lemours Handy.

»Lemour«, preßte er zwischen den zusammengekniffenen Lippen hervor. »Nein, Sir… sie waren nicht… ja, Sir, an allen drei Stellen… das Miststück muß… ja, Sir, aber ich konnte doch nicht vierundzwanzig Stunden am Tag hier sein… Ich könnte sie immer noch mit aufs Revier nehmen… Ja. Können Sie das tun?« Er bleckte wieder seine Hechtzähne. »Darauf freue ich mich schon, Sir.«

Dann steckte er das Handy in die Tasche und wandte sich wieder mir zu. »Heute ist wirklich Ihr Glückstag, Warshki. Mein... Chef... sagt, wenn Sie die Beweisstücke verschluckt haben, kann ich Sie nicht festhalten, obwohl ich persönlich gern dafür sorgen würde, daß Sie sie wieder ausspucken. Sie können nach Hause gehen. Sie... Holcumb, stimmt's? Nehmen Sie ihr die Handschellen ab, und lassen Sie sie gehen.«

Während die Beamtin mir die Handschellen abnahm, flüsterte sie mir zu, daß ihre Mutter Polsterarbeiten ausführe und sie sie am nächsten Morgen herbringen würde, damit sie die Couch repariere, natürlich gratis. Ich war zu müde und zu wütend, um noch etwas anderes zu tun, als mit dem Kopf zu nicken. Dann lehnte ich mich mit verschränkten Armen gegen die Wand, bis alle Beamten draußen waren. Hinterher verbarrikadierte ich die Tür von innen und setzte mich aufs Sofa. Jetzt herrschte ein so großes Chaos in dem Raum, daß ich mir nicht vorstellen konnte, jemals wieder darin zu arbeiten.

22 Geschöpfe der Nacht

Mr. Contreras riß mich durch seinen Anruf aus meiner Benommenheit. Er klang besorgt, denn ich hatte ihm um halb fünf versprochen, eine Stunde später zum Essen zurück zu sein, und mittlerweile war es fast acht. Als ich ihm erzählte, was passiert war, bestand er darauf, mit dem Taxi zu mir ins Büro zu kommen. Nichts konnte ihn davon abbringen; ich muß allerdings gestehen, daß ich auch nicht allzu heftig widersprach. Fünfzehn Minuten später klopfte er an die Tür, und ich erschreckte uns beide, indem ich in Tränen ausbrach.

»Das ist ja schrecklich, Schätzchen. Wer kann so etwas bloß tun? Dieser Bulle, der Sie letzte Woche schon festnehmen wollte? Und er hat Sie geschlagen? Das dürfen Sie sich nicht gefallen lassen. Sie müssen sich beschweren. Rufen Sie den Lieutenant an, Detective Finchley.«

Ich schneuzte mich. »Ja, vielleicht mache ich das. Aber zuerst hätte ich gern ein stärkeres Schloß für die Tür. Derjenige, der hier eingedrungen ist, hat den Nummerncode geknackt. Natürlich kann man ein Schloß auch aufbrechen, aber das macht mehr Lärm, und vielleicht kriegen dann die Leute auf der Straße was davon mit.«

Nicht weit von meinem Büro entfernt befand sich ein Baumarkt, der rund um die Uhr geöffnet hatte. Der alte Mann fuhr mit mir hinüber und half mir, Werkzeug und Schloß auszusuchen. Als wir wieder zurückkamen, war ich immer noch so durcheinander, daß ich darauf bestand, mein Büro und Tessas Atelier genau zu inspizieren, um sicher zu sein, daß in meiner Abwesenheit nicht von neuem jemand eingedrungen war.

Während Mr. Contreras sich daran machte, das neue Schloß anzubringen, unternahm ich einen halbherzigen Versuch, das Durcheinander aufzuräumen. Das Gemälde von Isabel Bishop steckte ich, nachdem ich ein paar Latex-Handschuhe übergezogen hatte, in einen Plastikbeutel, den ich am Montag Mary Louise geben würde. Sie sollte es auf Fingerabdrücke untersuchen lassen. Außerdem, dachte ich, war es vermutlich das Beste, wenn ich sie dafür bezahlte, die Papiere wieder zu ordnen, denn sie war nicht nur viel organisierter als ich, sondern emotional auch längst nicht so involviert.

Ich selbst brachte das Sofa einigermaßen in Ordnung, drehte die Glühbirnen wieder in die Fassung, die die Polizeibeamten herausgenommen hatten, sammelte den Abfall auf und beseitigte den Kaffeefleck auf dem Teppich. Der Holzschnitt von den Uffizien, den ich von meiner Mutter geerbt hatte, war umgefallen und das Glas gesprungen. Den Tränen nahe steckte ich ihn zu dem Gemälde von Isabel Bishop in den Plastikbeutel. Nein, ich würde mich nicht kleinkriegen lassen von Lemour. Schließlich war der Holzschnitt selbst nicht kaputt, und das Glas ließ sich ersetzen.

Aus der Druckerkartusche, die Lemour auf den Boden hatte fallen lassen, rieselte noch immer Toner. Ich warf sie weg, reinigte den Drucker und legte eine frische Kartusche ein. Dann druckte ich ein paar Testseiten aus, die so gut wie immer wurden. Gott sei Dank – wenigstens etwas gerettet aus dem Chaos.

Irgendwann teilte Mr. Contreras mir mit, daß er das neue

Schloß angebracht hatte und nun niemand mehr so schnell in mein Büro kommen würde, doch darin sah es immer noch aus wie auf der *Titanic*, nachdem sie den Eisberg gerammt hatte. Wer hätte gedacht, daß dieser alte Raum soviel Papier beherbergte?

Mr. Contreras lobte mich, daß ich innerhalb so kurzer Zeit schon so viel aufgeräumt hatte, und ich lobte ihn meinerseits für die Anbringung des Schlosses. Er hatte es geschafft, mit einer Handvoll Werkzeug ein ziemlich stabiles Schloß zustande zu bringen. Natürlich kann man jeden Widerstand überwinden, wenn man will, aber bei dem hier hätten potentielle Eindringlinge so lange zu tun, daß Elton oder sonst jemand irgendwann auf sie aufmerksam werden würde. Ich rief Tessas Mutter an, um ihr das neue Sicherungssystem zu erklären und ihr zu sagen, daß ich ihr einen Ersatzschlüssel vorbeibringen würde, bevor Tessa von ihrem Segelausflug zurückkehrte.

Als wir dann zum Wagen gingen, tauchte Elton aus der Dunkelheit auf. »Ich hab' gesehen, daß die Bullen bei dir waren, Vic. Haben sie was gefunden?«

»*Nada.* Aber der Sergeant, der bei mir war, wollte mich reinlegen. Wenn du irgendwas Verdächtiges siehst, ruf nicht bei der Polizei an, denn die Leute da könnten gut und gern mit in der Sache drinstecken. Ruf... Kann er Sie anrufen?« fragte ich Mr. Contreras. »Ich bin nicht oft genug daheim.«

Mein Nachbar war nicht sonderlich begeistert darüber, daß ich ihn mit einem Obdachlosen in Kontakt brachte, erlaubte mir aber widerwillig, seine Telefonnummer auf eine meiner Visitenkarten zu schreiben und diese Elton zu geben. »Es kann ruhig ein R-Gespräch sein«, fügte ich ohne Rücksicht auf Mr. Contreras hinzu. Die Telefongesellschaft verlangt fünfunddreißig Cents Grundgebühr – für Obdachlose ist es noch schwieriger, den genauen Betrag parat zu haben als für die übrigen.

Als wir zu Hause waren, machte ich mich sofort daran, den Skylark auf eventuelle Drogen zu durchsuchen. Dann holte ich Mitch und Peppy zu mir in die Wohnung und stellte auch diese auf den Kopf. Natürlich schämte ich mich dafür, daß ich so ängstlich war, aber bei dem Gedanken an die Beutel mit dem weißen Pulver bekam ich eine Gänsehaut.

Mr. Contreras legte unterdessen frische Holzkohle auf den Grill hinter dem Haus und widmete sich dem Hühnchen. Bevor ich mich zu ihm gesellte, rief ich Lotty an, um ihr ein bißchen vorzujammern und mir ein Rezept für meinen verspannten Nacken geben zu lassen. Sie geizte nicht mit Mitleid und versuchte sogar, mich dazu zu bringen, daß ich die Nacht in ihrer Wohnung im siebzehnten Stock verbrachte. Doch ich sagte ihr, daß ich mich in meinen eigenen vier Wänden wohler fühlen und die Hunde bei mir behalten würde, bis sich alles wieder ein bißchen beruhigt hätte.

»Und die Sache mit deinem Nacken, Schätzchen – am besten nimmst du ein Aspirin und legst dir einen Eisbeutel drauf, jetzt gleich und dann noch mal, bevor du ins Bett gehst. Und bitte ruf mich morgen früh an.«

Nachdem wir aufgelegt hatten, fühlte ich mich doch allein. Sie hatte mir ein Bett angeboten – warum nur waren mir medizinische Ratschläge lieber als menschliche Wärme? Und Eis, wenn mir die linke Seite meines Halses weh tat? Nun, was wußte Lotty schon von Nackenschmerzen? Ich marschierte in die Küche, füllte einen Tiefkühlbeutel mit Eis und drückte ihn gegen meinen Hals. Als Mr. Contreras mich dann anrief, um mir zu sagen, daß das Hühnchen fertig sei, konnte ich den Hals wieder viel besser bewegen. Das machte mir auch das Denken leichter.

Die Videoaufnahmen, die ich in meinem Büro von Lemour gemacht hatte – ich mußte etwas mit ihnen tun. Auf jeden Fall mußte ich eine Kopie an meinen Anwalt schicken und vielleicht eine zweite an Murray. Würde er einen Artikel über den Einbruch schreiben? Wollte ich ihn auf die Probe stellen, sehen, wessen Anweisungen er folgte?

Nach dem Abendessen ging ich wieder nach oben und spielte die Kassette auf meinem Videorecorder ab. Als ich alles noch einmal sah, kam auch das Gefühl zurück, völlig überrumpelt worden zu sein. Mir wurde flau im Magen, und ich hatte Mühe, mir die ganze Aufnahme anzuschauen, doch den Schluß mit Lemours Telefonat ließ ich ein paarmal abspulen.

Der Anrufer hatte ihn immer wieder unterbrochen. Lag das daran, daß er Lemours dünne, nasale Stimme nicht mochte, oder hatte es eher etwas damit zu tun, daß Lemour nicht zuviel verraten sollte? Lemours böses Grinsen sowie seine Äußerung, daß er sich schon darauf freue – was auch immer dieses »Darauf« war –, machten deutlich, daß sie einen noch ausgeklügelteren Plan in Reserve hatten. Obwohl ich mir nicht vorstellen konnte, wie dieser Plan aussehen würde. Vielleicht wäre es doch besser gewesen, bei Lotty zu übernachten.

Ich hielt das Band noch einmal an, als Lemour gerade sagte, es sei mein Glückstag, ich könne nach Hause gehen. Er machte eine kurze Pause, bevor er meinte, sein »Chef« habe ihn angewiesen, mich freizulassen. Ein Polizist nennt seinen Vorgesetzten normalerweise nicht »Chef«, sondern bezeichnet ihn mit seinem Rang. Wer also war am anderen Ende der Leitung gewesen? Baladine? Jean-Claude Poilevy?

Vielleicht konnte man mit einem empfindlichen Gerät sogar die Stimme am anderen Ende hörbar machen. Darüber würde ich mich mit dem Mann von den Cheviot-Labs unterhalten, allerdings wahrscheinlich erst am Montag. Doch für den Fall, daß er auch am Wochenende arbeitete, sprach ich ihm eine Nachricht auf den Anrufbeantworter.

Dann legte ich die Videokassette in meinen Schranksafe und ging wieder nach unten zu Mr. Contreras, um die Hunde zu holen, die ich nach dem Essen bei ihm gelassen hatte. Anschließend nahm ich ein Aspirin und schlief sofort ein.

Zwei Stunden später riß das Klingeln des Telefons mich aus dem Schlaf. »Ms. Warshawski? Sind Sie das?« Die Stimme war so leise, daß ich sie kaum verstand. »Ich bin's, Frenada. Sie müssen mir helfen. Sofort. In meiner Fabrik.«

Er legte auf, bevor ich etwas erwidern konnte. Ich hielt den Hörer noch eine ganze Weile ans Ohr und lauschte auf die Stille am anderen Ende. Nach ein paar Stunden Schlaf war ich plötzlich geistig hellwach. Frenada hatte meine Privatnummer nicht: Als er mich einige Tage zuvor wegen Regine Maugers Kolumne im *Herald-Star* zur Schnecke gemacht hatte, war er durch meinen Telefondienst an mich weitergeleitet worden.

Vielleicht hatte er einen von diesen modernen Apparaten, die die Nummer des Anrufers anzeigten.

Ich schaltete die Lampe auf meinem Nachttisch ein und warf einen Blick auf das Display meines eigenen Hörers. »Anrufer unbekannt«, stand darauf. Also hatte er die Funktion bei seiner Nummer abgestellt. Ich ging ins Wohnzimmer. Mitch und Peppy hatten neben dem Bett geschlafen, doch nun begleiteten sie mich und liefen mir vor den Füßen herum.

Ich schob sie weg, um meine Aktentasche zu holen, die ich neben dem Fernseher abgelegt hatte, und schlug die Nummer von Special-T Uniforms in meinem elektronischen Notizbuch nach. Als ich sie wählte, klingelte es fünfzehnmal, ohne daß jemand ranging. Und unter der Privatnummer hörte ich nur seine zweisprachige Ansage auf dem Anrufbeantworter.

»Tja, und was soll ich jetzt machen?« fragte ich die Hunde.

Mitch sah mich voller Hoffnung an. *Ein bißchen joggen,* schien er sagen zu wollen. Peppy hingegen legte sich wieder hin und begann, systematisch ihre Pfoten abzulecken, als gebe sie mir den Rat, ein Bad zu nehmen und zurück ins Bett zu gehen.

»Das ist sicher eine Falle, glaubt ihr nicht auch? Lemours Boß hat ihm gesagt, er soll mich freilassen. Und jetzt wollen sie mich wahrscheinlich in der Fabrik kriegen. Oder steckt Frenada tatsächlich in Schwierigkeiten? Aber warum hat er dann mich angerufen und nicht die Polizei?«

Die Hunde versuchten besorgt, meine Stimmung aus dem herauszuhören, was ich sagte. Vielleicht hatte Frenada ja ähnlich schlechte Erfahrungen mit der Polizei wie ich und meinte nun, ihr nicht mehr vertrauen zu können.

Ein klügerer Mensch als ich wäre Peppys Rat gefolgt und zu Hause geblieben. Inzwischen bin ich in der Tat klüger – aus Erfahrungen lernt man –, aber mitten in der Nacht mit diesem übermächtigen Gefühl, das mich zu dem Irrglauben verleitete, ich wäre immer noch dreißig und könnte Bäume ausreißen, zog ich meine Jeans und meine Laufschuhe an, setzte meine Waffe wieder zusammen und steckte sie in das Schulterholster unter mein Sweatshirt, schob meine Zulassung als Privatdetektivin sowie meinen Führerschein und ein paar Dollarnoten in meine Gesäßtasche und schlich mich die Hintertreppe hinunter. Sehr zu meinem Leidwesen ließ ich die Hunde zurück, denn falls ich tatsächlich in eine Schießerei verwickelt würde, wollte ich die Sache durch sie nicht noch komplizierter machen.

Lemour glaubte also, daß er mich reinlegen konnte, aber ich würde ihm das Gegenteil beweisen. So muß ich in jener Nacht wohl gedacht haben – vorausgesetzt, impulsives Handeln hat überhaupt etwas mit Denken zu tun.

Ich fuhr an der Fabrik Grand Avenue Ecke Trumbull Avenue vorbei. Aus einem der hinteren Fenster im ersten Stock drang Licht. Für den Fall, daß Lemour mir eine Falle gestellt hatte, verlangsamte ich nicht, sondern bog an der nächsten Kreuzung in südlicher Richtung ab. Ich stellte den Wagen drei Häuserblocks entfernt ab.

Samstagnachts ist es in der Gegend von Humboldt Park nie ruhig. Auf den Straßen war niemand, aber nicht allzuweit entfernt hörte man Sirenen und das Bellen von Hunden, ja sogar das Krähen von Hähnen. Das hieß, daß irgend jemand ganz in der Nähe einen Hahnenkampf veranstaltete. Ein Güterzug ratterte und tutete in der Ferne. Als er näher kam, übertönte er alle anderen Geräusche.

Sobald ich das Gebäude erreicht hatte, in dem sich Frenadas Fabrik befand, sah ich es mir so genau an, wie dies in der Dunkelheit möglich war. Ich blieb vor einem alten Transporter stehen und lauschte an seiner Hintertür, um festzustellen, ob sich jemand darin befand, obwohl es wegen des Güterzuges schwer war, überhaupt irgend etwas zu hören.

Dann wartete ich zehn Minuten lang gegenüber vom Eingang der Fabrik, ob sich irgend etwas täte. Oder hatte ich einfach nur Angst, ein altes Gebäude im Dunkeln allein zu betreten? Je länger ich stehenblieb, desto eher würde ich mich versucht fühlen, wieder nach Hause zu fahren, ohne hineinzugehen. Aber was war, wenn es tatsächlich Frenada gewesen war, der mich angerufen hatte? Und was, wenn er wirklich in Schwierigkeiten steckte, möglicherweise verletzt oder gar tot war? Ich holte tief Atem und durchquerte die Straße.

Die Tür war nicht verschlossen. *Es ist eine Falle, Vic,* sagte mir diese vernünftige leise Stimme, aber ich schlüpfte seitwärts in das Gebäude, die Waffe in der schweißnassen Hand.

Drinnen umfing mich die Dunkelheit wie ein schwarzer Mantel. Ich spürte sie in meinem Nacken, und plötzlich war der Schmerz, den ich völlig vergessen hatte, wieder da. Ich bewegte mich vorsichtig in Richtung Treppe, den Impuls unterdrückend, kehrtzumachen und wegzurennen.

Dann ging ich die abgetretenen Betonstufen eine nach der anderen hinauf und blieb immer wieder stehen, um auf Geräusche zu lauschen. Draußen ratterte der Güterzug. Als er endlich vorbei war, hörte ich wieder die Sirenen und hupenden Autos, so daß ich mich kaum auf das Gebäude konzentrieren konnte.

Am oberen Ende der Treppe sah ich einen Lichtstreifen unter der Tür von Special-T. Ich ging ein wenig schneller. An der Tür kniete ich nieder, um durchs Schlüsselloch zu schauen, sah aber nur die Beine des langen Arbeitstisches. Schließlich legte ich mich ganz auf den Boden und versuchte, nicht an den Schmutz zu denken, mit dem mein Gesicht in Berührung kam (wie viele Männer hatten wohl schon auf den Beton gespuckt, wenn sie den Raum am Ende eines langen Tages verließen?), während ich mich bemühte, durch den Spalt unter der Tür etwas zu erkennen. Doch ich entdeckte lediglich Stoffballen und zusammengeknülltes Papier. Ich wartete eine ganze Weile darauf, daß sich irgendwo Füße oder ein Schatten bewegte. Als sich nichts tat, erhob ich mich und drückte auf die Klinke. Wie die untere war auch diese Tür nicht verschlossen.

Wahrscheinlich herrscht in einer Kleiderfabrik immer Unordnung, aber hier bei Special-T sah es aus, als habe ein Wirbelsturm gewütet. Derjenige, der mein Büro auf den Kopf gestellt hatte, war auch hier gewesen. Die langen Tische in der Mitte, auf denen tagsüber der Stoff zugeschnitten wurde, waren jetzt leer; Stoffe, Scheren und Schablonen lagen auf einem Haufen rund um sie herum. Über einem von ihnen brannte Licht; das hatte ich von der Straße aus gesehen.

Voller Angst, jeden Augenblick über die Leiche von Frenada zu stolpern, bewegte ich mich auf einen kleinen

Raum im hinteren Teil zu. Doch dort fand ich nur wieder neues Chaos. Die Vandalen hatten auch diesen Raum brutal auseinandergenommen. Sie hatten ganz offensichtlich nach etwas gesucht: Schubladen waren herausgezogen, und ihr Inhalt hing heraus oder ergoß sich auf den Boden. Eine lose Fliese war weggerissen und zur Seite geschleudert worden. Rechnungen, Musterschnitte und Stoffmuster lagen wüst durcheinander. Die Glühbirnen waren aus der Schreibtischlampe gedreht.

Ich war mir sicher, daß sich hier irgendwo Beutel mit weißem Pulver befanden, aber ich wollte mich weder allein noch in der Dunkelheit auf die Suche begeben. In Frenadas Büro sah ich mich nach dem Mad-Virgin-T-Shirt um, das mir am Dienstag aufgefallen war. Als ich es unter einem Haufen mit Papier und Stoff nicht fand, ging ich hinaus in den Flur. Vielleicht war Frenada ja auf der Toilette oder im Frachtaufzug. Wenn ich ihn nirgends aufspürte, würde ich wieder verschwinden.

Die Toilette war auf dem Flur gleich vor der Tür zu Special-T. Daneben befand sich eine Putzkammer, und den Frachtaufzug entdeckte ich auf der der Treppe gegenüberliegenden Seite. Ich hatte die Tür zu der Putzkammer geöffnet und darin nichts Schlimmeres gefunden als einen Mop, der eine Reinigung vertragen hätte, als ich hörte, wie eine Tür aufging und viele Füße so lautlos wie möglich die Treppe heraufhuschten. Gleich darauf ratterte wieder ein Güterzug heran: Wenn sie nur eine Sekunde länger gewartet hätten, hätte ich sie nicht gehört.

23 Wettlauf nach O'Hare

Ich schlüpfte aus der Putzkammer. Aber wo sollte ich mich verstecken? Die Wand konnte ich nicht hoch, um zu einem der Fenster zu gelangen. Ich duckte mich in den Frachtaufzug. Der Zug fuhr ratternd vorbei und übertönte jedes Geräusch, das ich verursachte. Wenn sie die Treppe hochkamen, würden sie nicht lange brauchen, um mich im Aufzug zu entdecken. Selbst wenn ich einen Schlüssel gehabt hätte, um ihn in Gang zu setzen, konnten sie mich unten erwarten und einfach einsammeln wie eine reife Frucht.

Mein Gott, wie dumm war ich doch gewesen, in dieses Gebäude zu kommen, wenn von vornherein alle Alarmglocken geschrillt hatten. Da kannte mich jemand zu gut, jemand, der wußte, daß ich die Risiken abwägen und mich doch für den gefährlicheren Weg entscheiden würde.

Ich sah mich in dem Gehäuse des Aufzugs um. Die Klappe über mir war offen. Ich versuchte, die Entfernung abzuschätzen. Mehr als eine Chance würde ich nicht bekommen. Da sah ich einen Lichtstrahl an der Wand entlangwandern. Ich ging in die Hocke, spannte alle Muskeln an und sprang. Meine Hände erreichten die Kante der Klappe. Ganz langsam zog ich mich hoch. Der Güterzug sorgte dafür, daß mein keuchender Atem und der Lärm, den ich machte, nicht zu hören waren.

Über mir entdeckte ich ein Oberlicht, durch das so viel Helligkeit drang, daß ich die Kabel und die Holzplatte erkennen konnte, die normalerweise die Klappe verschlossen. Ich schob die Platte über die Öffnung. Der Aufzug erzitterte, als der Güterzug direkt am Haus vorbeifuhr, beruhigte sich aber wieder, als er schließlich vorbei war. Jetzt hörte ich gedämpfte Stimmen unter mir.

»Sie müßte hiersein.«

Mir wurde übel vor Angst.

»Hast du gesehen, wie sie von daheim weggefahren ist?« Das war unverkennbar Lemours Stimme.

»Nein, aber ihr Wagen steht nicht mehr vor der Haustür. Wahrscheinlich ist sie durch die Hintertür verschwunden; an die haben wir zu spät gedacht. Und ans Telefon geht sie auch nicht.«

»Tja, dann ist sie vermutlich noch nicht da. Vielleicht hat sie unterwegs noch Hilfe geholt. Ich schicke jemanden in die Putzkammer und jemanden in Frenadas Büro. Du wartest hier.«

Dann entfernten sich die Stimmen wieder. Ich saß auf einem Stück Metall. Jetzt, da ich wußte, daß ich mich nicht bewegen durfte, nahm ich alles viel deutlicher wahr – ich spürte die Kante, die mir rasierklingenscharf ins Hinterteil schnitt, und das Kabel unter meinem rechten Fuß, das hochschnappen würde, wenn der Druck darauf nachließe.

Ich atmete ganz langsam und vorsichtig und hatte schreckliche Angst, daß ich irgendwann husten müßte. Behutsam legte ich den Kopf in den Nacken, so daß ich das Oberlicht genauer betrachten konnte. An der Wand, die zu ihm hinaufführte, waren ein paar Sprossen befestigt. Wenn ich es schaffte, die zu erreichen, ohne daß mich der Mann im Aufzug hörte... Dadurch, daß ich den Kopf nach hinten gelegt hatte, bekam ich einen starken Hustenreiz. Gerade als ich meinte, ihn nicht mehr länger unterdrücken zu können, wurde der Aufzug unter mir wieder erschüttert. Einen kurzen Augenblick lang glaubte ich, der Mann habe mich entdeckt und klettere nun zu mir herauf, doch dann, in dem Moment, als ich loshusten mußte, ratterte wieder ein Zug hinter dem Gebäude vorbei.

Als ich mich vorsichtig erhob, merkte ich, daß mein Gewicht die ganze Zeit auf meinem linken Oberschenkel geruht hatte, der jetzt vor Anstrengung zitterte. Ich streckte das Bein behutsam, um so wenig Lärm wie möglich zu machen.

Sobald der schlimmste Krampf vorbei war, trat ich an den Rand des Aufzugs und zog an der Sprosse direkt über meinem Kopf. Sie schien ordentlich an der Wand befestigt zu sein. Dann stellte ich den rechten Fuß auf die Sprosse unmittelbar vor mir. Auch sie hielt. Ich begann, mich hochzuziehen. Das war ein bißchen wie damals in der Turnstunde bei Ms. McFarlane, wenn wir das Seil hochklettern mußten.

Es waren nur knapp fünf Meter nach oben, fünf Sprossen bis zu dem Oberlicht beziehungsweise einer winzigen Plattform, auf der das Wartungspersonal sitzen konnte. Sehr dick durfte man allerdings nicht sein, wenn man in dem Schacht arbeiten wollte. Und warum ging das Oberlicht nicht auf? Mußten die Leute denn nie raus aufs Dach? Ich konnte nirgends einen Riegel entdecken. War das Fenster vielleicht nur zur Zierde da?

Unten ratterte wieder ein Zug vorbei. Ich holte die Waffe

aus meinem Schulterholster und stieß mit dem Griff gegen das Glas. Es klirrte den Aufzugsschacht hinunter. Dieses Geräusch war nun wirklich nicht mehr zu überhören. Ich schlug auch noch das restliche Glas aus dem Rahmen, schob mein Sweatshirt über den Kopf und zog mich durch das Fenster, als der Mann unten Unterstützung herbeirief.

Ich stolperte auf das flache Teerdach und rannte zur Kante. Ein Polizeiwagen stand an der Trumbull Avenue, das Blaulicht eingeschaltet, um Neugierige am Näherkommen zu hindern. Ein weiterer wartete am westlichen Ende des Gebäudes. Ich rannte zur anderen Seite. Hinter dem Haus fuhren die Güterzüge vorbei und schnitten mir den Fluchtweg ab.

Da lugte auch schon der erste Kopf aus dem Oberlicht heraus. »Stehenbleiben, Warshki!«

Ich ließ mich auf den Teer fallen, als Lemour zu schießen begann, und schwang die Füße über die Kante. Lemour rannte auf mich zu. Ich streckte mich so weit nach rechts, wie ich konnte, und sprang.

Es war, als ob man vom Fahrrad stürzte. Ich landete auf dem Waggon unter mir, versuchte, mich aufrechtzuhalten, knallte aber auf die linke Hüfte und den Unterarm.

Ich blieb liegen, so froh über mein Entkommen, daß ich mich fast über den Schmerz freute. Also war ich doch noch nicht zu alt, um von Häusern zu springen.

Ich lag ungefähr zehn Minuten lang so da und sah zu, wie Straßenlaternen und Bäume an mir vorbeiruckelten. Als sich die Euphorie über meine Flucht allmählich wieder legte, begann ich darüber nachzudenken, was ich als nächstes tun sollte. Ich konnte nicht auf diesem Zug bleiben, bis er aus der Stadt war. Denn wenn ich das tat, was sollte ich dann anfangen? Mir ein Bett im Kornfeld suchen. Oder jemanden überreden, eine abgerissene Frau in die nächste Stadt mitzunehmen. Oder ein Sheriff aus irgendeinem kleinen Kaff in Wisconsin gabelte mich mit meiner Waffe auf und glaubte mir nicht, daß ich ein Recht hatte, sie zu tragen. Noch schlimmer war die Möglichkeit, daß Lemour dem Zug folgen würde. Ich setzte mich auf.

Ich hatte keine Ahnung, wo ich war. Die Stadt, die ich

kannte wie meine Westentasche, lag längst hinter uns, und ich sah überall nur Signallichter und ineinander übergehende Gleise. Ich fühlte mich ziemlich einsam in der Dunkelheit. Der Zug fuhr jetzt schneller und eilte auf fremde Gebiete zu. Ein Güterzug in südlicher Richtung passierte uns und verursachte einen solchen Luftsog, daß ich mich wieder hinlegte.

Über mir sah ich ein Flugzeug, das aussah wie ein riesiger Grashüpfer. Ich konnte die Landelichter und die Unterseite des Fliegers genau erkennen. O'Hare. Also befanden wir uns gar nicht wo weit von der Stadt entfernt.

Plötzlich bremste der Zug, und ich fiel wieder auf meine verletzte Hüfte. Ich ließ mir nicht die Zeit zu fluchen oder mir meine Kratzer genauer anzusehen, sondern kroch zum vorderen Teil des Waggons, wo sich eine Leiter befand, und kletterte hinunter. Der Zug bewegte sich immer noch, wenn auch langsam. Ich sprang so weit wie möglich von den stampfenden Rädern weg, landete auf Gras, rollte dann einen Hügel hinunter, wobei die Waffe mir in die Brust drückte, und kam schließlich an einer Betonmauer zu liegen.

Sofort ging ich auf Hände und Knie, aber als ich mich vollends erheben wollte, spürte ich einen stechenden Schmerz in der Seite, der mir den Atem nahm. Ich lehnte mich gegen die Mauer; Tränen traten mir in die Augen. Vorsichtig tastete ich meinen Körper unter dem Holster ab. Es tat ziemlich weh. Hatte ich mir eine Rippe gebrochen? Oder einen Muskel gezerrt? Wenn Lemour den Zug angehalten hatte, konnte ich nicht hier herumstehen. Ich mußte weg.

Als ich mich zu bewegen begann, bohrte sich die Waffe in die schmerzende Stelle. Ich stützte mich an der Mauer ab und hielt den linken Arm hoch, um das Holster zu lösen. Nachdem ich die Sicherung meiner Smith & Wesson überprüft hatte, steckte ich die Waffe in die Tasche und befestigte das Holster lose an meiner Taille.

Die Ärmel meines Sweatshirts hatten riesige Löcher von dem Glas im Oberlicht. Meine restliche Kleidung war mit öligem Schlamm verschmiert. Blut klebte an meinem Hals und meinen Armen – Schnitte, die ich anfangs überhaupt nicht bemerkt hatte, begannen nun zu schmerzen. Ich humpelte weg, so schnell ich konnte, und lauschte dabei auf das Geräusch eventueller Verfolger.

Helle Lichter über der Mauer, gegen die ich mich gelehnt hatte, zeigten mir jede Einzelheit des Bodens – Fast-food-Verpackungen, die die Leute achtlos weggeworfen hatten, Coladosen, Plastiktüten, sogar Schuhe und Kleidungsstücke. Ich humpelte an der Mauer entlang zum Fuß einer Böschung. Auf dem Straßenschild, das sich dort befand, stand MONTROSE AVENUE. Vom Güterwaggon aus hatte ich geglaubt, durch ländliches Gebiet zu fahren, doch ich war immer noch innerhalb der Stadtgrenzen. Plötzlich erkannte ich die Gegend wieder. Die Betonmauer trennte mich vom Kennedy Expressway. Das Dröhnen, das ich hörte, kam also nicht von dem Zug, der inzwischen weggefahren war, sondern vom Verkehr auf der Straße.

Ich ging die Böschung hinauf und schaute mich immer wieder nervös um, konnte aber Lemour nirgends entdecken. Jetzt tat mir jeder Schritt weh. Ich schaffte es über die Expressway-Brücke zur Haltestelle der Hochbahn, wo ich ein paar Münzen in den Fahrscheinautomaten warf und dann auf eine Bank sank, um auf einen Zug zu warten.

Mittlerweile war es halb fünf Uhr morgens, und die Sommersonne begann, den östlichen Himmel schlammig grau zu färben. Als zwanzig Minuten später quietschend ein Zug einfuhr, waren die Waggons halb voll mit Leuten, die gerade die Nachtschicht im Flughafen hinter sich hatten. Ich setzte mich auf einen leeren Platz. Die Leute rückten sofort von mir weg. Niemand will mit der Armut und dem Schmutz einer Obdachlosen in Berührung kommen. Und in meiner zerfetzten, völlig verdreckten Kleidung sah ich schlimmer aus als die meisten Penner.

Die Fahrt in die Stadtmitte verdöste ich. Dort stieg ich in die Red Line um und döste weiter bis Belmont. Falls mir jemand vor meiner Wohnung auflauerte, war mir das inzwischen egal. Ich stolperte die fünf Häuserblocks nach Hause und fiel ins Bett.

Von dem Sprung aus dem Waggon hatte ich an der Stelle, an der sich die Waffe in meine Seite gebohrt hatte, einen tiefblauen Fleck. Der würde mir vier oder fünf Tage lang weh tun, aber wenn ich ein bißchen aufpaßte, war es das auch schon. Das gleiche galt für meine linke Hüfte. Dort hatte ich eine richtige Prellung, was bedeutete, daß das Abklingen länger dauern würde, aber wenigstens hatte ich mir nichts gebrochen, und auch die Schnitte an meinen Armen mußten nicht genäht werden. Das erklärte mir Lotty am Sonntag nachmittag in ihrer Klinik mit einem traurigen Blick, der mir mehr zu schaffen machte als ihr Zorn.

»Aber natürlich weiß ich, daß du keine Ruhe geben kannst. Obwohl ich jetzt begreife, was die Populärpsychologen meinen, wenn sie von Leuten sprechen, die ein solches Verhalten erst möglich machen.« Sie legte ihren Augenspiegel scheppernd weg und wusch sich die Hände. »Wenn ich den Mut hätte, dich einfach irgendwann nicht mehr zusammenzuflicken, würdest du vielleicht auch aufhören, so mit deinem Körper umzugehen. Du bist tollkühn im wahrsten Sinn des Wortes. Wie lange, meinst du, soll das noch so weitergehen? Eine Katze hat neun Leben, aber du hast nur das eine, Victoria.«

»Das brauchst du mir nicht zu sagen; das spüre ich selber«, herrschte ich sie an. »Die Arme und Beine tun mir weh. Ich kann kaum das Zimmer hier durchqueren. Ich werde allmählich alt. Das ist schrecklich. Ich hasse das Gefühl, mich nicht mehr auf meinen Körper verlassen zu können.«

»Also willst du Johanna von Orleans in die Flammen folgen, bevor dein Körper endgültig nicht mehr mitmacht und du zugeben mußt, daß auch du sterblich bist?« Lotty bedachte mich mit einem Lächeln, das eher nach einer Grimasse aussah. »Wie alt war deine Mutter, als sie starb?«

Ich starrte sie verblüfft über die unerwartete Frage an. »Sechsundvierzig.«

»Und davor war sie zwei Jahre lang krank? Es ist nicht schön zu wissen, daß man älter werden wird als seine Mutter, aber länger zu leben als sie, ist kein Verbrechen«, sagte Lotty. »Du wirst nächsten Monat vierundvierzig, stimmt's? Du brauchst nicht bis an deine Grenzen zu gehen, damit du dein Kapital auch garantiert in den nächsten beiden Jahren aufbrauchst. Es hätte heute nacht sicher eine ganze Reihe anderer Möglichkeiten gegeben, um herauszufinden, ob Mr. Frenada in dem Gebäude ist oder nicht. Vielleicht solltest du lernen, deine Kräfte für Fälle aufzusparen, in denen Körperkraft der letzte Ausweg ist, statt sie immer gleich einzusetzen. Meinst du nicht, daß deiner Mutter das auch lieber gewesen wäre?«

Ja, wahrscheinlich schon. Mit Sicherheit sogar. Meine Mutter war eine unglaublich energische Person gewesen, aber Körperkraft hatte sie nie für wichtiger gehalten als Cleverneß. Sie war an einem Gebärmuttertumor gestorben, den die Ärzte nach einem Abgang entdeckt hatten, weil die Blutungen einfach nicht aufhören wollten. Ich hatte ihr immer wieder frische Binden gebracht und meine eigenen jahrelang jeden Monat voller Angst davor gewechselt, wann es bei mir soweit wäre, daß ich von innen heraus verbluten würde. Vielleicht hatte Lotty recht. Vielleicht hatte ich tatsächlich Schuldgefühle, weil ich meine Mutter überleben würde, und das wäre sicher nicht in ihrem Sinn gewesen. Ich sollte wirklich besser auf mich aufpassen.

Lotty bestand darauf, mich mit zu sich zu nehmen. Ich wollte ein paar Telefonate erledigen, herausfinden, ob Lacey Dowell wußte, wo Lucian Frenada steckte, denn ich hatte ihn weder zu Hause noch in seiner Fabrik erreicht, bevor ich zu Lotty in die Klinik gekommen war. Ich wollte mich mit Murray darüber unterhalten, woher er die Information hatte, daß Frenada mit Kokain dealte. Ich spielte sogar mit dem verrückten Gedanken, Baladine anzurufen, um ihn zu beschuldigen, daß er die Sache mit den Drogen arrangiert hatte.

Lotty jedoch weigerte sich, meine Bitte um ein Telefon zu erfüllen – sie schob mich einfach in ihr Gästezimmer und zog den Stecker aus der Wand. Ich war ungefähr dreißig Sekunden lang wütend, aber dann war es plötzlich zehn Uhr morgens und Montag, und ich hatte einen Bärenhunger.

Lotty hatte mir einen Zettel hinterlassen: Der Portier unten an der Tür wußte, daß ich in ihrer Wohnung war, und hatte Anweisung, mich wieder ins Haus zu lassen, falls ich mal hinauswollte, um einen Spaziergang zu machen. Außerdem ermahnte sie mich, es ein paar Tage langsamer angehen zu lassen. Im zweiten Stock, schrieb sie, gab es eine Sauna und einen Fitneßraum – der Schlüssel zu ihrer Wohnungstür, der mit in dem Umschlag steckte, paßte auch dafür. *Nimm Dir ruhig Obst und Brot. Und bitte, Victoria, tu mir den Gefallen, nirgends mehr runterzuspringen, ohne Dich vorher gründlich umzuschauen.*

Nach einer Orange und einer Scheibe Toast ging ich hinunter in den Fitneßraum, in dem sich lediglich ein paar Hanteln und ein Übungsrad befanden, aber wenigstens gelang es mir dort, ein wenig von meiner Steifheit abzuarbeiten. Nach einer halben Stunde in der Sauna verschwand ich wieder im Bett. Als ich dann so gegen eins endgültig aufstand, machte ich mir mit Eiern und frischen Tomaten etwas Warmes zu essen. Die Telefonate, die ich am Vortag unbedingt hatte erledigen wollen, erschienen mir jetzt nicht mehr so wichtig, aber ich setzte mich trotzdem mit Lottys Apparat auf den Balkon, um Mary Louise anzurufen.

Als ich ihr erzählt hatte, was am Samstag in meinem Büro passiert war, sagte sie: »Dann hast du dort also tatsächlich Drogen gefunden. Und wenn Lemour sie versteckt hat, kannst du dich nicht mal an die Polizei wenden.«

»Ich habe eine Videoaufnahme von Lemour, wie er mein Büro durchsucht; die könnte ich wahrscheinlich der Staatsanwaltschaft vorlegen. Das Problem ist bloß, daß ich da mittlerweile niemanden mehr persönlich kenne, und außerdem habe ich Angst, daß Lemour sogar das Tape verschwinden lassen könnte. Wenn ich glauben würde, daß Murray etwas unternehmen könnte und wollte, würde ich's ja ihm geben, aber ich bin mir nicht mehr so sicher, ob ich mich noch auf ihn verlassen kann. Was hältst du davon, es Terry Finchley zu zeigen?«

Sie schwieg eine Weile. »Weißt du, ich bin verantwortlich für meine Kinder. Ich kann mein Leben nicht für einen Fall aufs Spiel setzen, den du dir vielleicht nur einbildest.«

Ich setzte mich mit einem Ruck auf, und sofort durchzuckte mich ein spitzer Schmerz. »Mary Louise, was willst du damit sagen? Du warst doch von Anfang an dabei. Wenn ich mich recht erinnere, hat deine Panik sogar dazu geführt, daß ich meinen Wagen zu Schrott gefahren habe. Der übrigens von der Polizei beschlagnahmt ist und den ich vielleicht nie wiedersehe. Was erfinde ich deiner Meinung nach daran?«

»Na schön, du erfindest das alles nicht«, murmelte sie. »Und die Sache mit deinem Wagen tut mir leid. Wenn ich das Geld hätte, würde ich die Reparatur für dich zahlen. Aber es ist immer wieder die gleiche Geschichte mit dir: Du kannst es einfach nicht ertragen, Angst zu haben oder von jemandem in die Enge getrieben zu werden, also versuchst du's mit allen Leuten aufzunehmen, die dir drohen, egal, wie einflußreich sie sind. Terry hat mich davor gewarnt, als ich angefangen habe, für dich zu arbeiten. Er hat gesagt, du machst das immer wieder und nimmst keinerlei Rücksicht, wenn's dir ums Prinzip geht. Aber in diesem Fall legst du dich mit Riesen an. Kapierst du das denn nicht?«

Ich umklammerte den Telefonhörer so fest, daß meine wunden Handflächen zu pochen begannen. »Nein, ich kapier's nicht.«

»Mein Gott, Vic, nun benutz doch mal dein Gehirn. Das hat Samstag nacht schließlich nichts abbekommen. Du willst dich unbedingt mit Robert Baladine anlegen. Wer ist sein bester Freund? Wer hat ihm den Vertrag in Coolis beschafft? Und wer kann eine Leiche verschwinden lassen, ohne daß irgend jemand Fragen stellt? Warum hast du den verlockenden Auftrag, den Alex Fisher dir angeboten hat, nicht angenommen?«

»Wie bitte? Du hast mir doch selber geraten, die Finger davon zu lassen. Und wenn du glaubst, ich lasse mich von irgend jemand kaufen...«

»Ja, ja, ich weiß, du bist dir viel zu gut, um dich von einem Kotzbrocken aus Hollywood kaufen zu lassen. Aber eins sage ich dir: Ich bringe Josh und Nate nicht in Gefahr. Zum Glück ist Emily in Frankreich, und ich muß mir um sie keine Sorgen machen. Wenn du weiter in diesem Wespennest herumstocherst, kündige ich und verlasse mit den Jungs die Stadt.«

Du kannst gar nicht kündigen, weil du gefeuert bist. Das

sagt man in solchen Fällen normalerweise, aber ich sagte es nicht, sondern dachte es nur, denn sobald ich mich wieder beruhigt hätte, würde ich es bereuen. Doch ich hatte mich noch nicht wieder beruhigt, und unsere Verabschiedung war beiderseits alles andere als freundlich. Besonders nachdem sie mir mitgeteilt hatte, daß sie keine Zeit haben würde, mir beim Ordnen der Akten zu helfen, weil sie sich auf Prüfungen vorbereiten mußte und für eine Anwaltskanzlei arbeitete, bei der sie vielleicht ein Praktikum machen konnte. Außerdem waren die Jungs in Sommerhorts, und sie konnte keine Woche opfern, um das Chaos zu beseitigen, das ich ihr soeben beschrieben hatte.

Ich war zu wütend, um zu denken, zwang mich aber, mich zu beruhigen, während ich in der Wohnung herumhumpelte und Lottys Kunstsammlung betrachtete. Unter ihren Sachen befand sich auch eine Alabasterfigur der Andromache, die ich Lotty mit Hilfe genau jener Methoden zurückgebracht hatte, derentwegen sie und Mary Louise mich jetzt kritisierten. Ich mußte aufhören, solche Gedanken zu wälzen, denn sonst würde ich nur wieder wütend werden.

Also trank ich ein Glas Wasser und ging hinaus auf den Balkon, um auf den See hinunterzuschauen. Am Horizont, wo See und Himmel zusammentrafen, sahen die Segelboote aus wie weiße Papierfetzen, die ein Kind in einer Collage verarbeitet hatte. Ich wäre gern an diesem fernen Horizont gewesen, sah aber keine Möglichkeit, ihn zu erreichen.

Was war es, das ich im Hinblick auf Baladine einfach nicht erkannte? Natürlich hatte Poilevy ihm den Vertrag in Coolis beschafft, um das herauszufinden, mußte man kein Sherlock Holmes sein. Aber wenn er eine Leiche verschwinden lassen wollte, ohne daß jemand Fragen stellte, wie Mary Louise gesagt hatte, mußte Poilevy Verbindungen zur Mafia haben. Wahrscheinlich hatte einer von Mary Louises alten Freunden sie vor ihm gewarnt, während ich in Georgia gewesen war – vermutlich Terry Finchley.

Man mußte auch kein Genie sein, um zu ahnen, daß Detective Lemour sich ein Zubrot bei der Mafia verdiente, höchstwahrscheinlich in den Vororten. Chicagoer Polizisten mußten innerhalb der Stadtgrenzen wohnen, aber es gab keine Regel, die es ihnen verboten hätte, ihre Fühler auch in die Umgebung auszustrecken. In den vergangenen Jahren waren schon bei zwei anderen Beamten Kontakte zur Mafia entdeckt worden.

Das hieß, daß Lemour mit ziemlicher Sicherheit für Poilevy arbeitete. Nein, nicht für Poilevy. Der würde sich die Hände bestimmt nicht auf eine Art und Weise schmutzig machen, die ein Journalist wie Murray – Murray, wie er früher gewesen war – aufdecken konnte. Lemour arbeitete für jemanden, Punkt. Aber das hatte ich schon seit dem Anruf am Samstag nachmittag gewußt, als ein namenloser »Chef« Lemour zurückgepfiffen hatte.

Allerdings begriff ich nicht, was das alles mit Nicola Aguinaldos Tod zu tun hatte. Was wußte Lucian Frenada, das für Baladine oder Poilevy von Bedeutung sein konnte? Möglicherweise etwas über das Mad-Virgin-T-Shirt-Kleid, das Nicola zum Zeitpunkt ihres Todes getragen hatte. Würde Lacey Dowell das ebenfalls wissen? Und würde sie es mir sagen, wenn dem so war?

Ich suchte die Nummer des Trianon-Hotels aus dem Telefonbuch. Die Frau in der Zentrale bat mich, meinen Namen zu buchstabieren und einen Augenblick zu warten. Als sie sich wieder meldete, erklärte sie mir, Ms. Dowell sei leider nicht zu sprechen. Ich fragte sie, ob Ms. Dowell bereits aus Santa Monica zurück sei.

»Ich kann Ihnen nur sagen, daß Ms. Dowell nicht zu sprechen ist«, meinte sie und legte auf.

Ich war also seit meinem Gespräch mit Frank Siekevitz, dem Sicherheitschef des Trianon, zur Persona non grata geworden. Hatte Lacey dafür gesorgt oder hatte Alex Fisher das für sie erledigt? Ich wählte noch einmal die Nummer des Hotels und bat, mit Siekevitz verbunden zu werden.

»Vicki!« Er klang verlegen. »Tut mir leid, aber sie will nicht mit dir sprechen. Das hat sie uns sogar schriftlich gegeben.«

»Sie persönlich, Frank? Oder eher der Sender?«

»Das kann ich dir nicht sagen. Aber du willst sie doch nicht weiter belästigen, wenn der Sender möchte, daß du nicht mit ihr redest, oder?«

»O doch. Ich muß mich nämlich über etwas sehr Wichtiges mit ihr unterhalten.«

»Nichts kann so wichtig sein, Vicki, glaub mir das.«

»Also war's der Sender.«

Er lachte ein wenig unsicher und legte auf. Am liebsten wäre ich, so schnell meine lädierten Beine mich trugen, zum Trianon gehumpelt, aber ich mußte an das denken, was Mary Louise gesagt hatte. Was würde es mir nutzen, wenn ich in dem Hotel auftauchte? Frank würde mich abblitzen lassen, weil die Riesen, wie Mary Louise sie genannt hatte, nichts dem Zufall überließen. Sie hatten ihm entweder gedroht oder ihm etwas geboten.

Diese Riesen kannten unsere Stärken und Schwächen. Das war mir Samstag nacht klargeworden: Sie hatten gewußt, daß ich den Köder schlucken und mich auf die Sache stürzen würde, ohne sie wirklich durchdacht zu haben. Johanna von Orleans hatte Lotty mich genannt. Warum glaubte mir nur niemand, daß ich nicht die Absicht hatte, Orleans zu befreien? Eigentlich wollte ich nur weiter kleine Aufträge für Continental United erledigen, bis ich genug Geld für ein geruhsames Alter beisammen hatte, das ich in meinem eigenen Haus in Umbrien verleben würde, zusammen mit meinem selbst angebauten Orvieto Classico und meiner Golden-Retriever-Zucht.

Frustriert schaltete ich den Fernseher ein, um mir die Nachrichten anzuschauen, obwohl ich ein wenig Angst davor hatte, tatsächlich etwas über Frenada zu hören. Der Kanal von Global strahlte die Lokalnachrichten um vier aus. Dabei handelte es sich um die übliche Mixtur aus Sex und Gewalt: ein umgestürzter Lastwagen auf einer Mautstraße, Flammen und Wracks, ein paar Leute, die schrien, sie hätten die Explosion gehört und gedacht, der Dritte Weltkrieg sei ausgebrochen. Aber nichts über Frenada und zum Glück auch nichts über mich.

Als die Werbung kam, stellte ich den Ton ab, aber nachdem ein Lastwagen den Grand Canyon hochgeklettert war und ein Reinigungsmittel Ölflecken von einer weißen Bluse entfernt hatte, wurde plötzlich eine Landkarte eingeblendet, auf der sich eine gepunktete Linie zwischen Mexiko und Chicago befand. Dann tauchte Murrays Gesicht auf. Ich schaltete hastig den Ton wieder an, hörte aber nur noch: »Dienstag abend um neun. Chicagos neueste Neuigkeiten, Insidernews von Murray Ryerson.«

Danach ließ ich den Sender eine halbe Stunde weiterlaufen, sah mir die Wiederholung einer langweiligen Sexkomödie sowie ungefähr zwanzig Werbespots an, bis endlich wieder die Landkarte eingeblendet wurde. »Landwirtschaftliche Erschließungsgebiete. Der ideale Weg für kleine Geschäftsleute, die es bis ganz nach oben schaffen wollen. Aber manchmal nehmen sie staatliche Agrarzuschüsse und bauen damit Kokain an. Begleiten Sie Murray Ryerson nach Chicago und erfahren Sie, wie mexikanische Einwanderer mit unverdächtigen Unternehmen wie Trikotfabriken ihre Drogendeals kaschieren. Dienstag abend um ...«

Ich schaltete den Fernseher aus. Egal, ob Johanna von Orleans oder nicht, allein gegen die Riesen oder nicht – ich konnte nicht hier auf dem Wohnzimmerteppich von Lotty herumliegen, während Global Murray benutzte, um Frenadas Ruf zu ruinieren. Ich wollte gerade Murrays Nummer wählen, als mir klarwurde, daß das nur eins dieser Gespräche werden würde, in denen ich ihn beschuldigen und wir dann irgendwann beide den Hörer auf die Gabel knallen würden.

Ich ging stirnrunzelnd in Lottys kleines Arbeitszimmer. Sie legt keinen großen Wert auf technische Ausstattung in ihrer Wohnung, hat aber immerhin eine Schreibmaschine. Bis vor ein paar Jahren hatte ich selbst noch eine benutzt. Ich suchte in Lottys Schubladen nach einem Umschlag, und als ich einen gefunden hatte, tippte ich LACEY DOWELL, TRIANON HOTEL, DREHBUCHÄNDERUNGEN. PER BOTEN in Großbuchstaben darauf. In die linke Ecke kam die Chicagoer Adresse von Global.

Liebe Ms. Dowell, schrieb ich.

Wissen Sie, daß Global am Dienstag abend eine Sendung ausstrahlen wird, in der Lucian Frenada als Drogenhändler denunziert wird? Wissen Sie, warum der Sender das vorhat?

Sind Sie damit einverstanden? Und wissen Sie außerdem, wo Mr. Frenada sich aufhält? Ich bin eine Privatdetektivin, die zufällig in diese Angelegenheit hineingeraten ist, und ich bin mir fast sicher, daß eventuelle Beweise gegen ihn nicht echt sind. Wenn Sie irgendeinen Grund kennen, warum der Sender so etwas tun könnte, erwarte ich Sie unten im Foyer, um mich mit Ihnen zu unterhalten. Natürlich können Sie mich auch gerne anrufen, wenn Ihnen das lieber ist.

Dann schrieb ich noch meine Privat- und meine Büronummer dazu, steckte den Brief in den Umschlag und verschloß ihn mit Klebestreifen. Hinterher formulierte ich eine Nachricht für Lotty, in der ich ihr mitteilte, daß ich wieder nach Hause zurückkehrte und sie abends anriefe. Schließlich fuhr ich mit dem Aufzug hinunter in den Eingangsbereich, wo ich mir vom Portier ein Taxi rufen ließ.

25 Hilfe von einem Freund?

Niemand verwehrt einem den Zutritt zu einem erstklassigen Hotel, solange man ordentlich gekleidet ist. Ich ließ den Taxifahrer unten vor meiner Haustür warten, während ich oben in meinen sandfarbenen Hosenanzug schlüpfte und Make-up auflegte. Es war Ende Juni, und die Hitze ließ nicht nach. Der Stoff rieb unangenehm an meinen Schnitten und blauen Flecken, aber der Page im Innern des Trianon nahm den Umschlag sowie einen Zehner mit dem respektvollen Versprechen entgegen, dafür zu sorgen, daß er sofort zu Ms. Dowells Suite gebracht würde. Ich setzte mich in eine Nische ein wenig abseits vom Hauptbereich und blätterte ein paar Zeitungen durch, aber trotz der Versicherung des Pagen, daß das Kuvert an Ms. Dowell ausgehändigt worden sei, kam keine Nachricht für mich.

Ohne selbst ein Zimmer im Hotel zu buchen, würde ich nicht in die oberen Geschosse des Gebäudes gelangen, wenn Lacey mich nicht zu sich bat, denn im Trianon achtete eigens jemand darauf, daß niemand unbefugt die Fahrstühle benutzte.

Ich las Washingtoner Klatschgeschichten, was ich normalerweise nie tue; ich las sogar über das traurige Ende eines noch nicht identifizierten Mannes Ende Dreißig, den man in Belmont Harbor aus dem Wasser gezogen hatte, aber von oben wollte einfach keine Nachricht für mich kommen. Frustration begann in mir aufzusteigen, was dazu führte, daß ich den Schmerz in meinen Muskeln wieder wahrnahm.

Vielleicht würde mir nach einer ordentlichen Mütze Schlaf eine andere Methode einfallen, die Sache mit Frenada und Global weiterzuverfolgen; jetzt jedenfalls hatte ich nur noch die Energie, meinen Wagen abzuholen – der hoffentlich nach wie vor drei Häuserblocks von Frenadas Fabrik entfernt stand. Als ich mich aus dem dick gepolsterten Hotelsessel erhob, marschierte jemand, den ich kannte, durch die Drehtür. Alex Fisher war so in Fahrt, daß sie den Portier gar nicht bemerkte, der die Tür daneben für sie aufhielt. Sie schenkte auch einer jüngeren Frau, die versuchte, mit ihr Schritt zu halten, kaum Beachtung.

»Ich kann nicht so lange auf Sie warten«, herrschte Alex sie mit lauter Stimme an.

»Tut mir leid, Ms. Fisher, ich mußte noch das Taxi bezahlen«, keuchte die junge Frau. Sie hatte ein teigiges Gesicht und war ein bißchen rundlich, wahrscheinlich weil sie oft noch spät abends Pizza aß, während sie auf Anweisungen von Global wartete.

Ich hatte mich hastig hinter eine Säule verdrückt, um die beiden zu beobachten, aber Alex war so in ihre eigenen Gedanken vertieft, daß nicht einmal eine Blaskapelle sie hätte aufschrecken können. Als der Mann, der den Aufzug überwachte, sie zurückhalten wollte, schob Alex ihn weg und drückte kurzerhand auf den Knopf. Ich bewunderte gerade ihre direkte Vorgehensweise, als Frank Siekevitz neben ihr auftauchte.

Ich konnte nicht hören, was der Sicherheitschef zu ihr sagte, aber Alex verkündete, Lacey Dowell erwarte sie, es sei dringend, und er solle doch bitte den Weg freimachen. Frank murmelte etwas, und seine Haltung war dabei so mißbilligend, daß ich eine leichte Gänsehaut bekam. Der für die Aufzugbenutzung Verantwortliche rief Lacey Dowell in ihrem Zimmer an, und kurz darauf durften Alex und ihre Begleiterin passieren.

Ich setzte mich wieder in der Hoffnung, daß Lacey mich vielleicht doch noch holen lassen würde, aber als Alex und ihre Begleiterin wiederkamen, hatte ich immer noch nichts von ihr gehört. Ich konnte der Versuchung, Alex nach draußen zu folgen, nicht widerstehen.

»Vic!« Sie klang halb überrascht, halb gehässig. »Ich dachte, du – was machst du denn hier?«

Also hatte Lacey ihr nichts von meinem Brief an sie erzählt, wie interessant. »Ja, ich weiß, eigentlich sollte ich ja jetzt tot oder im Gefängnis sein, aber ich bin hier. Ist Lacey in Ordnung?«

»Falls du mit ihr sprechen möchtest – das kannst du nicht.« Alex winkte ab, als ein Portier ihr ein Taxi heranholen wollte.

»Sie ist nicht der einzige Gast im Trianon. Ich habe hier gerade mit meiner Tante Tee getrunken. Sie wohnt ständig in dem Hotel.«

»Du hast keine Tante, die sich das leisten könnte.«

»Tja, dann hast du eben den LifeStory-Bericht über mich nicht gründlich genug gelesen, Sandy«, sagte ich. »Ich habe tatsächlich eine reiche Tante. Und ich habe sogar einen reichen Onkel. Er ist ein großes Tier in der Lebensmittelbranche. Seine Frau könnte es sich ohne weiteres leisten, hier zu wohnen, wenn sie wollte. Wo habt ihr übrigens das Kokain hergehabt, das ihr mir unterschieben wolltet?«

Jetzt erst nahm Alex ihre Begleiterin wahr, die angestrengt versuchte, unser Gespräch mitzuverfolgen. Sie lachte nicht sonderlich überzeugend und sagte, sie wisse nicht, wovon ich rede.

»Das hat so ein bißchen Hollywood-Touch; ist genau die richtige Geschichte für Gene Hackman in *French Connection Drei.* Hast du Teddy Trant gebeten, mit seinen Drehbuchautoren zu sprechen, damit die sich eine interessante Story für Baladine und seine Schläger ausdenken?«

»Vic, warum hast du den Auftrag nicht angenommen, den ich dir angeboten habe? Das hätte uns allen eine Menge Kummer erspart.« Ihre grünen Augen wirkten in dem düsteren Licht dunkel.

»War der als Bestechung gedacht oder als Ablenkungsmanöver?« fragte ich.

»Es gibt nichts Schlimmeres als Bestechung. Ich kann mich nicht erinnern, daß du im Studium auch so wenig kompromißbereit gewesen wärst.«

»Nein, das Adjektiv hätte damals eher auf dich gepaßt«, pflichtete ich ihr bei. »Politik und Unnachgiebigkeit. Wenn du nicht Teil der Lösung warst, dann warst du eben Teil des Problems. Aber wenn ich's recht bedenke: Wahrscheinlich hast du dich in der Hinsicht gar nicht so sehr verändert.«

Sie biß sich auf die Unterlippe, die von den vielen Unterspritzungen ganz geschwollen war. »Nun, du bist jedenfalls schon immer ziemlich stur gewesen, soviel steht fest. Aber du hast nicht immer recht. Was du sehr bald herausfinden wirst, wenn du dich nicht raushältst. Felicity, würden Sie mir bitte ein Taxi rufen? Wir haben heute abend noch eine Menge zu erledigen.«

Felicity huschte zu dem Portier hinüber, der ein Taxi herbeipfiff.

»Wenn ich mich raushalte? Aus was?«

»Nun tu nicht so naiv. Ich kann dich inzwischen ganz gut einschätzen. Kommen Sie, Felicity, worauf warten Sie noch?«

»Arme Felicity«, sagte ich. »Wenn ihre Mama gewußt hätte, daß sie mal für dich arbeiten muß, hätte sie sie wahrscheinlich nicht ›die Glückliche‹ genannt, Sandy.«

»Und du weißt ganz genau, daß ich jetzt, völlig unabhängig davon, wie *meine* Mama mich genannt hat, Alex heiße – Vicki.« Damit stieg Alex ins Taxi, Felicity reichte dem Portier einen Dollar, und die beiden fuhren los.

Ich sah ihnen noch lange nach. Ich weiß, daß ich nicht immer recht habe, doch aus ihrem Munde hatte das geklungen, als meine sie etwas Bestimmtes.

Aber ich war zu müde und hatte zu große Schmerzen, um mir an diesem Abend noch darüber Gedanken zu machen.

Außerdem drängte mich der Portier, endlich die Zufahrt zum Hotel zu verlassen und ein Taxi zu nehmen. Doch erst der fünfte Fahrer, den er herbeipfiff, erklärte sich bereit, mich zu befördern – als die ersten vier die Adresse hörten, zu der ich wollte, schüttelten sie alle den Kopf. Lieber stellten sie sich noch einmal in der Taxireihe an, als nach Humboldt Park zu fahren. Letztlich konnte ich ihnen das nicht verdenken, aber ich verstand auch, warum Leute an der West Side sich so ärgerten, wenn sie kein Taxi bekamen. Der Typ, der mich schließlich zu meinem Wagen brachte, wendete, kaum daß ich ausgestiegen war, und brauste sofort wieder zur Gold Coast zurück.

Der Skylark paßte so gut in das Viertel, daß niemand sich in den zwei Tagen, die er dort gestanden hatte, die Mühe gemacht hatte, die Reifen abzumontieren. Und das Dröhnen meines Auspuffs fügte sich perfekt in die Geräuschkulisse der frisierten Autos in der Gegend ein. Die Rostlaube war definitiv eine bessere Wahl gewesen als ein Jaguar Kabrio oder irgendein anderes teures Importauto. Ich hielt vor der Tür von Special-T. Heute konnte ich nirgends ein Licht entdecken, aber ich würde mir die Sache auch nicht genauer anschauen, weil ich noch nicht in der Verfassung war, in die nächste Falle zu laufen.

Ich stellte den Wagen ein paar Häuserblocks von meiner Wohnung entfernt ab. Jetzt, wo Alex Lemour erzählen konnte, daß ich wieder aufgetaucht war, mußte ich auf der Hut sein. Da ich nichts Verdächtiges sah, schaute ich noch auf einen Plausch bei Mr. Contreras und den Hunden vorbei. Mein Nachbar hatte den LifeStory-Bericht über Lucian Frenada erhalten, den ich am Samstag nachmittag an ihn geschickt hatte. Ich hatte völlig vergessen, ihm davon zu erzählen, erklärte ihm aber nun, wie wichtig er war.

»Wollen Sie, daß ich ihn bei mir aufbewahre, Schätzchen? Kein Problem.«

»Sie haben sicher noch nicht vergessen, wie Sie vor ein paar Jahren angeschossen wurden, als Sie mir helfen wollten, oder? Ich will nicht, daß so etwas wieder passiert. Außerdem muß ich ein paar Kopien davon machen und die so schnell wie möglich an die richtigen Leute schicken.«

Mr. Contreras versicherte mir zwar, daß er durchaus willens

sei, es mit jedem Schläger aufzunehmen, aber ich brachte den Bericht trotzdem zu mir. Hätte ich doch nur mit jemandem über den Bericht oder die potentielle Verbindung zwischen Baladine und Lemour oder auch nur über die Story sprechen können, die Murray gerade über Frenada ausarbeitete. Ich hatte überhaupt nicht gemerkt, wie abhängig ich im Lauf der Jahre von Murray geworden war. Dies war der erste größere Fall, den ich ohne seine Mithilfe lösen mußte. Und dabei hätte ich die dringend gebraucht. Das hier war ja nicht einmal ein richtiger Fall, sondern so etwas wie ein Hexenkessel, in den ich unversehens gestolpert war.

Plötzlich kam mir Morrell in den Sinn. Der hatte zwar nicht Murrays Kontakte zu den Chicagoer Politikern, aber er wußte Bescheid über Nicola Aguinaldos Welt. Vishnikov hatte für ihn gebürgt. Und meines Wissens hatte niemand eine Ahnung, daß ich mich mit ihm unterhalten hatte.

Ich suchte seine Privatnummer aus meinem elektronischen Notizbuch, aber als ich sie wählte, fiel mir wieder ein, wie ungern er sich am Telefon unterhielt. Wenn BB Baladine mir tatsächlich im Nacken saß, konnte es sein, daß er mein Telefon oder sogar meine Wohnung abhörte. Das erklärte vielleicht, warum ich draußen niemanden entdeckt hatte, der mich überwachte: Wenn sie wußten, daß sie mich zu Hause auf jeden Fall erwischen würden, konnten sie mich immer abfangen, wenn ich wegging, ohne vierundzwanzig Stunden am Tag einen Mann für mich abstellen zu müssen.

Ich mache mir wirklich nicht gern Gedanken über alles, was ich sage oder tue, hielt es aber für besser, eine Mozart-CD in mein Stereogerät zu schieben und die Sportsendung im Fernsehen einzuschalten, wo gerade über ein Spiel der Cubs berichtet wurde, bevor ich die Nummer schließlich wählte. Es war gar nicht so leicht für Morrell, mich bei dem Lärm zu verstehen, aber als es ihm schließlich glückte, erklärte er sich gern bereit, sich auf einen Drink mit mir zu treffen.

Wenn ich mit meiner Vermutung, daß Baladine mich nicht durch einen Mann auf der Straße beschatten ließ, recht hatte, konnte ich die Wohnung vermutlich verlassen, vorausgesetzt, ich tat es leise. Ich wartete, bis das Gebrüll der Fans in

Wrigley Field besonders laut war, und schlüpfte dann barfuß aus der Wohnung, um auf dem oberen Treppenabsatz keinen Lärm zu machen. Eine Stunde später war ich im Drummers in Edgewater.

Als ich für Morrell eine komische Geschichte daraus machte, wie ich die Wohnung verlassen hatte, lachte er nicht. »Das ist das Problem, wenn man Angst vor der Polizei haben muß: Man weiß nicht, ob man sich zum Narren macht oder nur ganz vernünftig und vorsichtig ist.«

»Mein Vater war Polizist und ein guter, ehrlicher Mensch. Das gleiche gilt für seine Freunde. Manche von ihnen arbeiten immer noch für die Polizei.«

Ich mußte an Frank Siekevitz denken. Den hatte Dad ausgebildet. Wir waren früher immer zu dritt zu Baseballspielen gegangen. Siekevitz hatte bei der Beerdigung meines Vaters unter Tränen geschworen, sich immer an Tonys Prinzipien zu halten, und damit auch eine ganze Menge der anderen Anwesenden zum Weinen gebracht. Doch jetzt distanzierte er sich von mir, weil Global Entertainment Druck auf ihn ausübte.

Vielleicht war das der wahre Grund dafür, warum ich mich mit meiner Geschichte nicht an den ältesten Freund meines Vaters bei der Polizei wandte. In meinem Innersten hatte ich Angst davor, daß auch Bobby Mallory sich von mir abwenden würde. Er würde sich nicht kaufen lassen – niemand konnte ihn kaufen –, aber ein Mann mit sechs Kindern und einem Dutzend Enkeln ist einfach angreifbar. Obwohl natürlich jeder jemanden hatte, der ihm nahestand. Wenn zum Beispiel jemand Lotty entführte oder drohte, ihr etwas anzutun...

»Woran denken Sie, Vic?« fragte Morrell mich.

Ich zuckte beim Klang seiner Stimme zusammen. »Daß ich Angst habe und mich allein fühle. Deshalb habe ich Sie angerufen. Ich brauche einen Verbündeten und zwar einen, den man nicht so leicht unter Druck setzen kann. Es sei denn... haben Sie Kinder oder eine Freundin?«

Er zwinkerte. »Bitten Sie mich, mein Leben für Sie aufs Spiel zu setzen, weil ich ganz allein auf der Welt bin und sich niemand grämt, wenn ich sterbe? Warum sollte ich das tun?«

Ich spürte, wie ich rot wurde. »Da kann ich Ihnen auch

keinen vernünftigen Grund nennen. Es sei denn natürlich, Sie glauben, ich könnte Ihnen etwas Nützliches beibringen, zum Beispiel wie man von einem Haus auf einen fahrenden Güterzug springt.«

»Ich glaube nicht, daß ich das gebrauchen kann: Die meisten Orte, von denen ich fliehe, haben keine Gebäude, die hoch genug wären, um herunterzuspringen. Außerdem dachte ich, Sie befassen sich mit finanziellen Nachforschungen. Wieso springen Sie da auf einen Zug?«

Ich erzählte ihm so detailliert wie möglich von den Ereignissen der vergangenen beiden Wochen. Er unterbrach mich hin und wieder mit einer Frage, aber den größten Teil der Zeit saß er schweigend da, den Kopf in die Hand gestützt, und beobachtete mich mit seinen dunklen Augen.

»Deswegen möchte ich mich unbedingt mit Nicola Aguinaldos Mutter unterhalten«, schloß ich. »Ich muß mit jemandem sprechen, der mir sagen kann, zu wem ihre Tochter gegangen – oder vor wem sie geflohen – wäre. Nicola hat für Robert Baladine gearbeitet, und der gehört definitiv zum Kreis der Verdächtigen. Hätte er sie geschlagen oder getreten, weil sie sich an ihn gewandt hat? Daß ihre Leiche verschwunden ist, ist ein wichtiger Punkt, und ich würde gern sicher sein, daß Abuelita Mercedes sie wirklich nicht ohne eine Obduktion hat beisetzen lassen.«

Morrell legte warnend die Hand auf meinen Arm; mir war gar nicht aufgefallen, daß der Kellner sich in unserer Nähe aufhielt. Ich bestellte einen doppelten Espresso und eine kleine Pizza mit Gorgonzola und Birne. Die Anstrengungen der letzten Tage hatten mir die Lust auf Alkohol verdorben. Ich war einfach kein Philip Marlowe, der jedesmal, wenn er eine Verletzung davontrug, einen Whiskey kippte.

Als der Kellner wieder weg war, sagte ich: »Zum Zeitpunkt ihres Todes trug Nicola kein richtiges Kleid, sondern ein langes T-Shirt, ein Mad-Virgin-T-Shirt. Ich glaube, daß Lucian Frenada das hergestellt hat, aber das ergibt nicht sonderlich viel Sinn. Wie ist sie nach ihrer Flucht aus Coolis an das T-Shirt gekommen? Die Frauen dürfen im Gefängnis Zivilkleidung tragen, aber keine solchen Minidinger.«

Nachdem der Kellner uns das Essen gebracht hatte, fragte Morrell mich, wie ich auf die Idee gekommen sei, jemand könnte meine Wohnung abhören. »Als wir uns das letzte Mal unterhalten haben, waren Sie nicht sonderlich entgegenkommend. Doch jetzt, wo Sie durcheinander sind, brauchen Sie meine Hilfe, wollen mich vielleicht sogar zum Verbündeten machen.«

Ich verzog das Gesicht. »Sie waren auch nicht gerade der Gesprächigste. Ich dachte eigentlich, ich müßte Sie nicht belästigen, weil ich auch anders an Informationen über Nicola Aguinaldo kommen könnte. Aber das ist mir bis jetzt nicht geglückt, und außerdem ist im Augenblick so viel gleichzeitig los, daß ich mich nicht auf ein Problem konzentrieren kann. Als ich letzten Samstag von einem Auftrag zurückgekommen bin, den ich außerhalb der Stadt zu erledigen hatte, habe ich herausgefunden, daß mir jemand eine Falle stellen wollte.«

Ich erzählte ihm, wie ich die Drogen in meinem Büro gefunden hatte, und von dem Chaos bei Special-T Uniforms. »Seit dem Anruf habe ich nicht mehr mit Frenada gesprochen – wahrscheinlich hat nicht mal er mich angerufen. Heute wollte ich mich mit Lacey Dowell unterhalten, aber die hat sofort die Anwältin von Global gerufen.«

Als ich fertig war, nickte Morrell ein paarmal, als versuche er, das, was ich ihm erzählt hatte, zu verdauen. »Abuelita Mercedes hat die Leiche ihrer Tochter wirklich nicht. Wenn derjenige, der für ihren Tod verantwortlich ist, sich die Leiche geholt hat, hat er sie mittlerweile mit ziemlicher Sicherheit begraben oder einäschern lassen. Ich glaube nicht, daß wir sie noch finden werden.«

Da pflichtete ich ihm bei. »Das fällt unter die Zuständigkeit des Bezirks. Für jemanden, der Baladine oder Poilevy noch einen Gefallen schuldete, wäre es leicht gewesen, eine Leiche verschwinden zu lassen, wenn man das von ihm verlangte. Ich habe mich übrigens neulich mit Vishnikov unterhalten, und er hat mir versprochen zu überprüfen, ob sich die Leiche möglicherweise noch im Haus befindet und nur vertauscht worden ist. Vielleicht würden die Typen, die ich verdächtige, ja aufgeben, wenn sie wüßten, daß Vishnikov vorhat, großangelegte Nachforschungen anzustellen, aber trotzdem würde ich am liebsten mit Abuelita Mercedes reden. Ich würde sie wirklich gern über die Bekannten ihrer Tochter befragen.«

Er schüttelte den Kopf. »Wenn ich Ihnen das sagen darf: Im Augenblick klingen Sie wie das reinste Dynamit. Ich möchte nicht, daß Sie irgendwen zu ihr führen. Sie hat ihre alte Wohnung verlassen, weil jemand sich nach ihr erkundigt hat. Das haben Sie doch noch nicht vergessen, oder? Sie haben es mir selbst erzählt, und sie bestätigt es.«

Ich aß einen Bissen von meiner kalten Pizza. »Und was ist, wenn dieser Jemand überhaupt nicht von der Einwanderungsbehörde oder vom Staat war? Was, wenn das die Leute waren, die Nicola umgebracht haben und die sichergehen wollten, daß sie nicht mit ihrer Mutter gesprochen hat? Egal, wie sehr Abuelita Mercedes bestritten hätte, irgend etwas von Nicola gehört zu haben – sie hätten es ihr nicht geglaubt. Haben Sie sie denn gefragt? Ich meine, ob Nicola vor ihrem Tod mit ihr gesprochen hat?«

Morrell verzog den Mund zur Andeutung eines Lächelns. »Bryant Vishnikov hat mich schon gewarnt, daß Sie mich niederreden würden, wenn ich mich auf Sie einließe. – Nein, das habe ich sie nicht gefragt, und ja, ich werde mir in den nächsten ein oder zwei Tagen die Zeit nehmen, mich noch einmal mit ihr zu unterhalten.«

»Hat Vishnikov Ihnen gesagt, daß ich ihn auch über Sie befragt habe? Ihren Charakter hat er mir allerdings nicht beschrieben.«

»Nun, vielleicht muß man die Leute vor mir einfach nicht warnen«, meinte er mit einem spöttischen Lächeln.

»Vielleicht gibt's aber auch zuviel über Sie zu sagen, als daß man es in einem Satz formulieren könnte. Wofür steht eigentlich das ›C. L.‹?«

»Du lieber Himmel. Sie haben also wirklich Nachforschungen über mich angestellt? Ich hätte nicht gedacht, daß diese Initialen noch irgendwo auftauchen. Meine Eltern konnten kein Englisch, aber für sie war Amerika das gelobte Land. Sie haben mir meinen Namen in der Hoffnung gegeben, daß ich damit nicht auffallen würde, wenn wir erst mal da wären, aber leider haben sie sich für Namen entschieden, die dazu geführt haben, daß ich regelmäßig verprügelt wurde. Doch es hätte sie verletzt, wenn ich sie geändert hätte, also verwende ich nur meinen Familiennamen. Stellen Sie sich mich einfach als jemanden wie Madonna oder Prince vor.«

Ich stellte mir vor, wie ich mit ihm im Bett lag und ihm »Morrell« zuflüsterte, nicht – nun, was für ein Name konnte wohl so peinlich sein? Vielleicht hatten sie ihn ja nach Sanitärreinigern wie Clorox und Lysol benannt. Bei dem Gedanken wurde ich rot und wandte mich wieder dem eigentlichen Thema zu.

Die Menge der noch zu erledigenden Dinge frustrierte mich. Ich kam mir vor wie ein Ball, der immer hin und her geschlagen wurde. Aber allmählich kam ich an meine körperlichen und seelischen Grenzen.

»Da wäre noch etwas anderes, worum ich Sie gern bitten würde«, sagte ich unvermittelt. »Ich glaube nicht, daß es Sie zu sehr anstrengen wird, aber wer weiß? Ich habe eine Videoaufnahme von der polizeilichen Durchsuchung meines Büros. Ich würde sie gern zu den Cheviot-Labors bringen lassen, zu einem Mann namens Rieff, der sich für mich das Kleid von Nicola Aguinaldo angesehen hat. Ich wollte ihm die Aufnahme morgen schicken, möchte sie aber zuerst noch kopieren. Ich weiß nicht so recht, wie viele von meinen Telefongesprächen möglicherweise mitgehört worden sind. Ich denke, sie haben das Gespräch mit meinem Kunden darüber, daß ich die Stadt verlassen würde, mitbekommen und die Zeit genutzt, Drogen in meinem Büro zu verstecken. Wenn sie auch gehört haben, wie ich am Samstag abend eine Nachricht für Rieff hinterlassen habe, werden sie zu ihm gehen oder versuchen, mich aufzuhalten, oder dafür sorgen, daß er das Tape nicht bekommt. Dann wäre da noch eine Kopie von einem Bericht über Lucian Frenadas Finanzen. Global will sich auf ihn stürzen – morgen abend in Murray Ryersons Sendung –, aber ich habe Beweise dafür, daß er kein Drogenmillionär ist. Ich möchte so viele Fotokopien davon wie möglich, damit die Sache an die Öffentlichkeit kommt.«

»Gut.« Morrell streckte mir die Hand entgegen. »Darum kümmere ich mich. Was soll ich mit den Kopien machen?«

»Von dem Videotape? Eine davon an meinen Anwalt schicken, das Original an Rieff, damit der versuchen kann, die Stimme des Mannes herauszufiltern, mit dem Lemour sich am Telefon unterhalten hat. Eine an Murray Ryerson. Und der Bericht über Frenada soll an dieselben Leute gehen und außerdem noch an ein paar Journalisten, die ich kenne – ich kann Ihnen die Namen auf eine Liste schreiben.«

»Wie haben Sie Lemour denn mit der Videokamera aufnehmen können, wenn Sie mit Handschellen gefesselt waren?«

»Carnifice Security ist nicht der einzige Sicherheitsdienst, der High-Tech-Spielzeug einsetzt.« Ich erzählte ihm von der Videobrille, während ich ihm die Namen der Journalisten auf die Rückseite eines alten Parkzettels schrieb.

»Einmal habe ich geholfen, Informationen über Folterungen durch die brasilianische Geheimpolizei zu fotokopieren«, sagte Morrell. »Das Projekt wurde vom Erzbischof von Rio organisiert. Es war schrecklich; wir mußten immer nach den Bürostunden reinschlüpfen, um die Unterlagen zu kopieren und wieder zurückzubringen, und durften uns dabei nicht erwischen lassen. Da hätten wir eine solche Brille gut gebrauchen können. Wollen Sie wirklich nach Hause fahren?« fügte er hinzu, als der Kellner die Rechnung brachte. »Sie könnten auch bei mir übernachten – ich habe ein Gästezimmer.«

Der Gedanke, sich keine Sorgen darüber machen zu müssen, wer mir vielleicht vor meiner Haustür auflauerte, war verlockend. Außerdem war da noch diese Vorstellung, wie er mit seinen langen Fingern meinen Körper berührte – meinen zerschlagenen Körper. Nun, vielleicht hatte er ja eine Geliebte oder einen Geliebten und würde eine erschöpfte Detektivin über vierzig ohnehin nicht sexy finden.

Lotty hatte einmal, als sie mir aus der Patsche half, fast das Leben verloren, und Mr. Contreras war meinetwegen angeschossen worden. Conrad hatte mich nach einem ganz ähnlichen Vorfall verlassen. Ich wollte nicht, daß wieder jemand verletzt wurde, weil er mir half, auch wenn ich diesen Jemand nicht sonderlich gut kannte. Also bedankte ich mich für sein Angebot und lenkte den dröhnenden Skylark in Richtung Süden, nach Hause.

26 Wenn du nicht schwimmen kannst, dann halt dich von den Haien fern

Ich hatte Lotty auf dem Heimweg von einer öffentlichen Telefonzelle aus angerufen, um ihr zu sagen, daß ich noch am Leben sei und sie mich bitte nur wegen harmloser Dinge anrufen solle. Sie war nicht sonderlich begeistert darüber, aus dem Schlaf gerissen zu werden – es war schon nach elf –, und nahm meine Bitte mit der ziemlich knappen Äußerung auf, ich solle nicht so melodramatisch sein. Melodramatisch und tollkühn: keine besonders angenehmen Adjektive, wenn sie im Zusammenhang mit der eigenen Person verwendet werden.

Mr. Contreras schließlich schickte Peppy mit zu mir hinauf, damit sie mir ein bißchen Trost und Sicherheit während der Nacht spendete, denn ich hatte immer noch Angst, daß jemand bei mir eindringen könnte.

Als ich das Licht ausschaltete, klingelte das Telefon. Ich holte tief Luft, um mich gegen das zu wappnen, was mich da wieder erwarten mochte, und meldete mich: »Warshawskis Vierundzwanzig-Stunden-Detektei.«

»Miss Warshawski?«

Eine Kinderstimme, die ausgesprochen nervös klang. »Ja, ich bin's, V.I. Warshawski. Was ist, Robbie?«

»Ich versuch' schon den ganzen Abend, Sie zu erreichen. Fast hätte ich's aufgegeben. Zuerst wollte ich Ihnen nur sagen, was mit BBs Schuhen ist – Sie haben mich doch gefragt, ob da irgendwelche Hufeisen oder so was Ähnliches dran sind, und ich glaube, daß ich nichts in der Art gefunden habe –, aber dann ist noch was Schlimmeres passiert. Es geht um diesen Mann, den Mann, den sie im Fernsehen gezeigt haben. Er ist ...« Dann hörte ich ein Klicken, und die Verbindung wurde unterbrochen.

Ich warf einen Blick auf das Display meines Telefons und wählte die Nummer des Anrufers, die darauf stand. Es klingelte fünfzehnmal, ohne daß jemand rangegangen wäre. Ich legte auf und versuchte es noch einmal, um sicher zu sein, daß ich die richtige Nummer gewählt hatte. Nach dem zwanzigsten Klingeln gab ich auf.

Offenbar hatte sein Vater oder seine Mutter mitbekommen, daß er mit mir telefonierte, und das Gespräch unterbrochen. Ich stellte mir die schwimmfanatische Eleanor neben dem Telefon vor, wie sie es einfach klingeln ließ. Oder sie schalteten auf leise und warteten darauf, bis endlich das rote Licht aufleuchtete, das signalisierte, daß ich aufgelegt hatte, während Robbie zu weinen anfing und sein Vater sich über seine Tränen lustig machte.

Eine Woche zuvor wäre ich wahrscheinlich noch zu den Baladines rausgefahren, egal, ob es mitten in der Nacht war oder nicht. Aber so etwas tat nur jemand, der tollkühn war. Oder jemand, dessen Beine nicht so sehr schmerzten, daß er nicht rennen konnte, wenn es nötig war. Bevor ich irgend etwas unternahm, mußte ich herausfinden, welchen Mann Robbie in den Nachrichten gesehen hatte. Um diese Zeit gab es keine Lokalnachrichten im Fernsehen, aber wenn die Story wichtig – oder schockierend – genug war, würde sie sicher im Radio kommen.

»Es ist Mitternacht und dunstig in Chicago, fünfundzwanzig Grad in O'Hare, siebenundzwanzig am Lake, Temperaturen in der Nacht bis auf zweiundzwanzig Grad fallend. Morgen erwartet uns wieder ein heißer Tag. Sammy Sosa hat seine tolle Leistung im Juni durch seinen zwanzigsten Homerun gekrönt, mehr hat's in einem Monat in der Liga noch nie gegeben, aber die Cubs haben heute im Wrigley-Field-Stadion erneut verloren.«

Ich trommelte ungeduldig mit den Fingern auf der Tischplatte herum, während die neuesten Erkenntnisse von Sonderermittler Starr durchgegeben wurden, der Vorsitzende des Repräsentantenhauses Heucheleien von sich gab und der Präsident mit großen Worten den Eindruck von Ehrlichkeit zu erzeugen versuchte. Schließlich wurde über weitere Massenmorde in Exjugoslawien und Unruhen in Indonesien berichtet.

»Nun zu den Lokalnachrichten: Der Ertrunkene, der spät am gestrigen Tag in Belmont Harbor gefunden wurde, ist mittlerweile als der hispanische Unternehmer Lucian Frenada identifiziert worden. Es ist noch nicht bekannt, wann oder wie Frenada ins Wasser gelangte; seine Schwester, mit der er zusammenwohnte, hat ihn am Samstag vormittag als vermißt gemeldet. Mrs. Celia Caliente sagt, sie könne sich nicht vorstellen, was ihren Bruder nach Belmont Harbor geführt habe, er habe jedenfalls nicht schwimmen können. Hier ein weiterer Fall aus der Stadt: Der mutmaßliche Mörder…«

Ich schaltete das Radio aus. Lucian Frenada war tot. Deshalb war er nicht ans Telefon gegangen. Ich fragte mich, wie man einen Mann, der nicht schwimmen konnte, dazu brachte, ins Wasser zu springen. Ich fragte mich außerdem, wie lange es dauern würde, bis ich mich zu ihm gesellte.

Ich zog eine Bluse an und ging ins Wohnzimmer, um durch die Jalousie hinunter auf die Straße zu sehen.

Dieser Teil der Racine Avenue ist nicht weit von den In-Kneipen in Wrigleyville entfernt, was bedeutet, daß eine ganze Menge Leute versuchen, hier in der Gegend einen Parkplatz zu finden. Sogar an einem Montagabend schwankten hin und wieder Gruppen junger Männer, die bierselig vor sich hin grölten, die Straße herauf. Ich blieb zwanzig Minuten am Fenster stehen, sah aber niemanden, der zweimal vorbeigekommen war.

Würde ich, wenn ich einfach zur Haustür hinausging, meinen Wagen holte und nach Oak Brook hinausfuhr, verfolgt werden? Und was würde ich tun, wenn ich dort wäre? Sollte ich vielleicht mit meinen zittrigen Beinen über den Sicherheitszaun klettern, mich wegen Hausfriedensbruchs verhaften lassen und dann behaupten, ich habe lediglich einem zwölfjährigen Jungen zu Hilfe kommen wollen, den seine perfekten Eltern als emotional labil und zur Dramatisierung neigend beschreiben würden? Vielleicht hatten sie damit nicht einmal so unrecht. Möglicherweise brachte mich lediglich meine Abneigung gegen Eleanor und BB dazu, ihren Sohn ernst zu nehmen.

Ich wählte noch einmal die Nummer der Baladines, aber wieder ging niemand ran. Dann legte ich mich ins Bett und lauschte reglos auf den Verkehr draußen auf der Straße, auf die Grillen und auf die lachenden Kneipenbesucher, alles Geräusche, die vielleicht irgendwann bedrohlich werden würden. Es gibt kein schlimmeres Gefühl als nicht zu wissen, ob man wirklich allein in seiner Wohnung ist. Irgendwann spürte ich Peppys Pfote auf meinem Arm und stellte erstaunt fest, daß es halb neun Uhr morgens war.

Ich drehte mich zu ihr herum und sah in ihre bernsteinfarbenen Augen. »Entschuldige, altes Mädchen. Ich war so kaputt von der ganzen Aufregung und vielleicht auch von dem Mittel, das Lotty mir gegeben hat, daß ich trotz meiner Angst verschlafen habe. Aber jetzt gehen wir gleich raus und holen zusammen die Zeitung.«

Seit Peppy und Mitch wußten, daß beim Zeitungholen immer ein Hundekeks für sie abfiel, holten sie sie gern für das ganze Haus. Aber an jenem Morgen waren wir so spät dran, daß nur noch mein *Herald-Star* vor der Tür lag. Mr. Contreras schickte Mitch zu uns heraus, doch Peppy vertrieb ihn mit einem Knurren, um mir selbst schwanzwedelnd die Zeitung bringen zu können. Darüber mußte ich laut lachen.

Ich schlug die Zeitung in dem kleinen Vorraum vor der Tür von Mr. Contreras auf. Im *Herald-Star* stand der Bericht über Frenadas Ableben auf der Titelseite, unter der Überschrift DROGENBARON ERTRINKT.

> Gestern am späten Abend identifizierte die Polizei den Mann, der am frühen Sonntag morgen aus Belmont Harbor geborgen worden war, als Lucian Frenada, den Inhaber von Special-T Uniforms in Humboldt Park. Frenada war Gegenstand intensiver Nachforschungen durch den *Herald-Star*-Reporter Murray Ryerson geworden, der an einem Bericht über Frenadas kleines Unternehmen, das mutmaßlich als Tarnung für einen Drogenschmugglerring diente, arbeitete. Dieser Bericht wird heute abend um neun Uhr auf GTV, Channel Thirteen, ausgestrahlt.
>
> Polizeibeamte, die die Räumlichkeiten von Special-T

Samstag nacht durchsuchten, fanden fünf Kilo Kokain im Innern von Papprollen, die für den Versand noch nicht zugeschnittener Stoffe verwendet werden. Zwar bestritt Frenada jegliche Verbindung zu den mexikanischen Drogenkartellen, aber seine Banknoten erzählen eine andere Geschichte. Die Polizei vermutet, daß er Selbstmord beging, um einer Verhaftung zu entgehen. Frenada wuchs im selben Gebäude in Humboldt Park auf wie die wegen ihrer Rolle als »Mad Virgin« bekannte Schauspielerin Lacey Dowell. Sie hat sich bisher nicht über den Tod ihres Jugendfreundes geäußert, aber Alex Fisher, die Sprecherin des Senders, sagt, sie sei am Boden zerstört. *(Unter Mitwirkung von Murray Ryerson und Julia Esteban).*

Der Artikel endete mit einer tränenreichen Aussage von Celia Caliente, der Schwester Frenadas, die erklärte, ihr Bruder habe kein Geld gehabt, und es sei immer schwierig für ihn gewesen, seinen Teil der Hypothek für die Zweizimmerwohnung aufzubringen, die ihnen gemeinsam gehörte. Neben der Story waren ein Foto von Lacey Dowell als Mad Virgin und eins von ihrer Erstkommunion abgebildet. Die Tatsache, daß sie letztlich nichts mit dem Inhalt des Artikels zu tun hatten, zeigte nur, wie sehr dieser darauf aus war, die Leser zu locken. Ich warf die Zeitung so verärgert weg, daß Peppy verunsichert zurückwich.

»Was ist denn los, Schätzchen?« Mr. Contreras hatte mich bei der Lektüre der Zeitung beobachtet.

Ich zeigte ihm den Artikel und versuchte, ihm zu erklären, warum er mich so sehr erregte. Doch Mr. Contreras verstand von meinen unzusammenhängenden Ausführungen eigentlich nur, daß Murray es auf Frenada abgesehen hatte. Es war ihm egal, ob Global Murray mit Fakten für die Story versorgte oder nicht – Mr. Contreras hatte Murray nie leiden können, noch weniger als die anderen Männer, mit denen ich zusammengewesen war. Ich hatte nie so ganz begriffen, warum, und ertappte mich nun dabei, wie ich Murray Mr. Contreras gegenüber zu verteidigen versuchte.

Mr. Contreras war außer sich vor Zorn. »Nun, entweder er

verhält sich wie ein Schwein oder er tut's nicht. Hören Sie auf, mir weismachen zu wollen, daß er eigentlich ein guter Mensch ist, denn ein Mensch mit Prinzipien tut so was nicht, das wissen Sie so gut wie ich, Schätzchen. Er will ins Rampenlicht; ihm geht's um die Fernsehsendung, die sie ihm gegeben haben, und da schaut er schon mal weg, wenn ihm was nicht in den Kram paßt. So sehe ich das, aus.«

Tja, aus. Ich wußte, daß er recht hatte, aber Murray und ich waren schon so lange befreundet, daß es mir besonders weh tat, ihn zu verlieren, weil er sich weiter und weiter von der Wahrheit distanzierte. Ich verzog das Gesicht, als mir bewußt wurde, daß ich selbst in puncto Wahrheit auch nicht gerade ein leuchtendes Vorbild war.

Mr. Contreras stand, immer noch wütend, mit in die Hüften gestemmten Händen da. »Und was wollen Sie jetzt machen?«

»Ich werde ein bißchen Gymnastik machen und dann frühstücken«, sagte ich. Meine anderen Pläne für den Vormittag verriet ich ihm lieber nicht.

Allerdings versprach ich Mr. Contreras, nicht allein in den Park zu gehen: Mitch und Peppy freuten sich schon, Wachhund spielen zu können. Im Park machte ich ein paar Dehnübungen und lief dann ein bißchen, um zu sehen, ob meine Beine schon wieder mitmachten. Meine Smith & Wesson hatte ich in einer Bauchtasche, die beim Joggen unangenehm gegen meinen Unterleib schlug; die Prellung an der Seite tat mir immer noch zu weh, als daß ich ein Schulterholster hätte tragen können.

Insgesamt schaffte ich nur knapp fünf Kilometer, aber ich freute mich, daß ich mich überhaupt wieder einigermaßen rühren konnte. Beim Joggen behielt ich die Hunde an der Leine, was ihnen nicht sonderlich gefiel. Sie zogen und zerrten, und darüber beschwerten sich die Muskeln in meinem Körper. Ich drehte mich immer wieder um, um zu sehen, ob mir jemand folgte, doch wir schafften es einmal rund um den kleinen Hafen, in dem die Polizei Lucian Frenada gefunden hatte, ohne daß jemand versucht hätte, mich von den Felsen zu stoßen.

Auf dem Weg zurück zum Wagen rief ich Morrell von einer Telefonzelle aus an. Ich fragte ihn nach dem LifeStory-Bericht, doch er fiel mir ins Wort.

»Sie rufen von einer Telefonzelle aus an, aber ich spreche von meinem Privatapparat. Ich glaube, daß Sie bei diesen Leuten kein Risiko eingehen sollten. Zwei Häuserblocks nördlich von dem Lokal, wo wir gestern abend gegessen haben, gibt's einen Coffee-Shop, auf der Ostseite der Straße. Ich könnte in einer halben Stunde dasein.«

»Das ist ja wie im Räuber-und-Gendarm-Spiel«, sagte ich zu den Hunden. »Einfach lächerlich.«

Tags zuvor hatte ich Alex-Sandy beschuldigt, einen Drehbuchautor in Hollywood beauftragt zu haben, das Skript für die Kokaingeschichte in meinem Büro zu schreiben, aber nun hatte ich das Gefühl, selbst in einem schlechten Film mitzuspielen, und zwar mit einem Mann, der so abgedreht war, daß er nicht einmal seinen Vornamen benutzte. Ich fuhr hoch nach Edgewater und besorgte Wasser für die Hunde, während ich auf Morrell wartete. Als er schließlich kam, wirkte er eher besorgt als abgedreht, aber wer weiß schon, wie Paranoia sich der Welt präsentiert. Ich fragte ihn, ob dieses ganze Theater wirklich nötig sei.

»Sie haben mich gestern abend angerufen und mir gesagt, daß Sie Angst haben, abgehört zu werden. Und ob das alles nötig ist – nun, so ist das nun mal in einer solchen Situation. Man weiß einfach nicht, ob man tatsächlich beschattet wird oder sich das nur einbildet. Der psychologische Druck wächst und wächst, bis man sich fast nach einer Chance sehnt aufzugeben, damit endlich diese Unsicherheit aufhört. Deshalb ist es so wichtig, daß Partner sich immer wieder gegenseitig aufbauen.«

Ich nahm den Umschlag, den er mir reichte, und bedankte mich kleinlaut. »Ich weiß, daß ich mich hilfesuchend an Sie gewandt habe, aber ich finde es einfach verrückt, in meiner Heimatstadt James Bond zu spielen.«

Er bückte sich zu den Hunden, die ihn winselnd umkreisten. »Na, da haben Sie ja eine ganz schöne Sammlung von Prellungen. Sind die alle von dem Sprung am Samstag?«

Ich hatte keine Zeit gehabt, meine kurze Laufhose und das Top aus- und etwas anderes anzuziehen, so daß man die großen, inzwischen grünen Flecken auf meinen Beinen und meinem Oberkörper gut erkennen konnte. Es sah ein bißchen so aus, als habe Jackson Pollock mit mir ein lebendes Kunstwerk kreieren wollen.

»Nun, jedenfalls sind Sie nicht vor einem Phantom weggelaufen.« Er richtete sich wieder auf und sah mich mit seinen braunen Augen an. »Ich weiß, daß meine Zeit in Mittelamerika mein Urteilsvermögen ein wenig getrübt hat, und ich versuche, wenn ich hier bin, etwas dagegen zu tun. Aber Sie sehen ja, wie schmal der Grat zwischen Polizei und Macht ist, besonders in einem Land wie Amerika, wo wir ständig auf der Hut sind vor potentiellen Feinden. Nach fünfzig Jahren Kaltem Krieg sind unsere Reflexe so sensibel geworden, daß wir sogar anfangen, uns gegen unsere eigenen Bürger zu wenden. Wenn ich nach Hause komme, möchte ich mich eigentlich entspannen, aber es ist gar nicht so leicht, die Gewohnheiten abzulegen, die mir in neun von zwölf Monaten helfen zu überleben. Und was Sie angeht: Sie haben die Drogen in Ihrem Büro tatsächlich gefunden. Und Lucian Frenada ist wirklich tot.«

Da fiel mir plötzlich wieder Robbie Baladines Anruf ein. »Es ist etwas Merkwürdiges an seinem Tod. Könnten Sie Vishnikov anrufen und ihn bitten, die Obduktion selbst durchzuführen? Nur für den Fall, daß sich irgendein nur den Eingeborenen von Papua bekanntes Gift in Frenadas Körper befindet.«

Er grinste. »Sie stehen die Sache schon durch, Vic, wenn Sie noch darüber lachen können.« Ein bißchen verlegen fügte er hinzu: »Sie haben schöne Beine, trotz der blauen Flecken.«

Dann ging er abrupt zu seinem Wagen, als könnte ihn dieses Kompliment verletzlich machen. Als ich ihm ein Danke nachrief, verabschiedete er sich mit einem Lächeln und einem Winken von mir. Doch plötzlich gab er mir ein Zeichen, daß ich zu ihm kommen solle.

»Das habe ich völlig vergessen. Wenn wir schon James Bond spielen, sollten wir uns eine bessere Möglichkeit der

Kontaktaufnahme ausdenken. Hätten Sie heute abend Lust, mit mir zum Essen zu gehen? Kennen Sie ein Restaurant, in dem wir uns treffen könnten?«

Ich schlug das Cockatrice vor, eins der Lokale, die erst vor kurzem am Wicker Park aus dem Boden geschossen waren. Es war zu Fuß nicht weit von meinem Büro entfernt, wo ich den Nachmittag damit verbringen wollte, die Akten zu ordnen. Aber zuerst mußte ich noch ein paar andere Dinge erledigen.

27 Einem Reporter auf der Spur

Murray war nicht im *Herald-Star,* hatte aber inzwischen eine Assistentin, so daß ich mich zumindest nicht mehr mit seinem Anrufbeantworter unterhalten mußte. Als ich ihr sagte, daß ich wichtige Informationen zu der Frenada-Story hatte und dies auch anhand von Details belegen konnte, verriet sie mir, daß Murray zu Hause arbeitete.

»Wenn Sie mir Ihre Nummer hinterlassen, gebe ich sie ihm durch, sobald er hier anruft, um die Nachrichten für ihn abzufragen«, versprach sie mir.

Ich sagte ihr, ich werde später noch einmal anrufen, und gab ihr meinen Namen nicht.

Dann zog ich eine saubere Jeans und ein rotes Top an und holte die Smith & Wesson aus der Bauchtasche. Ich wog sie in der Hand und überlegte, ob ich sie mitnehmen sollte oder nicht. In meiner gegenwärtigen Stimmung kam ich vielleicht noch auf die Idee, Murray damit zu bedrohen, aber mit dem Risiko mußte er leben: Ich fühlte mich einfach sicherer mit der Waffe. Also steckte ich sie in ein Beinholster, wo ich sie nur unter Mühen erreichen konnte. Die Riemen schnitten mir in den Unterschenkel.

Niemand hielt mich auf dem Weg zu dem Skylark auf. Ich sah immer wieder in den Rückspiegel, während ich zum Lake Shore Drive fuhr, aber wenn mir tatsächlich jemand folgte, dann machte er das perfekt. Ich machte noch einen Umweg nach Downtown zu meiner Bank, wo ich eine Kopie des

LifeStory-Berichts über Frenada in mein Schließfach steckte. Hinterher schaute ich bei Tessas Mutter an der Gold Coast vorbei, wo ich dem Portier den Zweitschlüssel zum Schloß an meinem Büro gab, damit auch Tessa hineinkonnte, wenn sie wieder da war.

Ich machte mir nicht die Mühe, in der Nähe von Murrays Wohnung nach einem Parkplatz Ausschau zu halten, weil es dort sowieso nie einen gab. Statt dessen stellte ich den Skylark in der kleinen Straße hinter dem Gebäude ab, direkt unter einem Schild mit der Aufschrift: WIDERRECHTLICH ABGESTELLTE FAHRZEUGE WERDEN ABGESCHLEPPT. Sollten sie doch.

Murray lebt in einer Sechszimmerwohnung mit Kamin, Marmormosaikfußboden im Eingangsbereich und all den anderen Dingen, die ein Mensch so hat, wenn er sich ein Mercedes Kabrio leisten kann. Die Klingel war aus hochglanzpoliertem Messing und befand sich auf einem Klingelbrett aus Kirschholz.

Als ich Murrays Stimme über die Gegensprechanlage hörte, sagte ich mit verstellter Stimme: »Eine Blumenlieferung für Ryerson.«

Wir halten uns alle für so besonders, daß uns eine unerwartete Blumenlieferung nicht überrascht. Murray drückte auf den Türöffner. Als ich im ersten Stock ankam, hörte ich schon ein Lied von Sinéad O'Connor aus seinem Wohnzimmer dringen. Murray wirkte überrascht, aber nicht unbedingt erfreut.

»Was zum Teufel willst du ...«

»Hallo, Murray. Wir müssen uns unterhalten. Ist Alex-Sandy da?«

Er bewegte sich nicht aus der Tür. »Wofür hältst du meine Wohnung eigentlich? Für eine öffentliche Leihbibliothek mit festen Öffnungszeiten?«

»Guter Witz. Den muß ich mir merken fürs nächste Mal, wenn du zusammen mit Alex Fisher-Fishbein unangemeldet bei mir auftauchst und mich dazu zu kriegen versuchst, daß ich jemanden für dich in die Scheiße reite. Was hast du wohl zu ihr gesagt? ›Warshawski soll auch ein paar Krumen vom üppig gedeckten Global-Tisch abbekommen. Sie wird sich sicher auf das Angebot stürzen wie ein Karpfen auf den Köder, weil sie ständig unter Geldmangel leidet‹, oder was?«

Sein Gesicht wurde rot vor Zorn. »Ich habe versucht, dir einen Gefallen zu tun. Bloß weil du Alex nicht leiden kannst...«

»Mein lieber Murray, wenn ich jemanden wirklich nicht leiden kann, dann siehst du die Spuren an ihm. Aber gegen einen Hai wie sie kann man vermutlich ohnehin nicht viel ausrichten. Bist du ihr Partner oder ihr persönlicher Schlappschwanz?«

»Ich habe ja schon viele beleidigende Dinge aus deinem Mund gehört, aber das ist das Schlimmste, was du je von dir gegeben hast.«

»Hat sie dir erzählt, daß Global vorgehabt hat, mein Büro auf den Kopf zu stellen? Und hat sie vielleicht auch erwähnt, ob sie dort was gesucht haben oder was verstecken wollten?«

Sein Blick wurde noch finsterer, aber zumindest trat er jetzt beiseite, um mich hereinzulassen. »Komm lieber rein und erzähl mir, was passiert ist, bevor du in der Verfassung zu Alex gehst.«

Ich folgte ihm ins Wohnzimmer und setzte mich unaufgefordert auf eins seiner Sofas. Er schaltete seine ultramoderne Stereoanlage mit der Fernbedienung aus.

Dann lehnte er sich an die Wand: Dies war kein Freundschaftsbesuch, und er würde sich nicht setzen. »Na schön. Nun erzähl mir, was mit deinem Büro passiert ist.«

Ich beobachtete ihn genau, obwohl ich wußte, daß man es den meisten Menschen nicht ansieht, wenn sie lügen. »Jemand hat, als ich letzte Woche nicht in der Stadt war, drei ziemlich große Beutel Kokain darin versteckt.«

»Und warum erzählst du das mir und nicht der Polizei?«

»Nun, das habe ich getan. Aber da hat mich ein gewisser Lemour, der offensichtlich in seiner Freizeit für BB Baladine, vielleicht auch für Jean-Claude Poilevy, arbeitet, verprügelt und versucht, mich festzunehmen. Allerdings erst, als er den Stoff nicht hat finden können. Er wußte übrigens genau, wo das Zeug eigentlich hätte sein sollen.« Ich bedachte Murray mit einem unfreundlichen Lächeln und fiel ihm ins Wort, als er etwas sagen wollte. »Ich habe das Ganze mit einer versteckten Kamera aufgenommen.«

Sein Blick war immer noch finster, aber immerhin war jetzt auch so etwas wie Zweifel in seinen Augen zu erkennen. »Den Film würde ich gern sehen.«

»Das wirst du auch. Ich lasse gerade eine Kopie davon für dich machen. Und hier habe ich, weil wir nun schon so lange befreundet sind und ich es nicht mit ansehen kann, wie aus dir ein Speichellecker wird, den LifeStory-Bericht, den ich mir zwei Tage, bevor Global zu dem Schluß gekommen ist, daß Frenada in Mißkredit gebracht werden muß, über ihn habe ausdrucken lassen.«

Murray war fuchsteufelswild über meine bewußte Beleidigung, aber er riß mir den Umschlag aus der Hand und setzte sich mir gegenüber. Während er den Bericht las, warf ich einen Blick auf die Unterlagen, die auf dem Glastisch vor ihm lagen. Er war gerade dabei gewesen, sein Skript für den Abend noch einmal zu überarbeiten, als ich gekommen war – sogar umgedreht konnte ich Frenadas Namen erkennen.

Nach ein paar Minuten holte Murray einen anderen Bericht aus dem Stapel vor ihm – seine Informationen über Frenadas Finanzen – und verglich Seite für Seite. Als er fertig war, warf er beide auf den Tisch.

»Woher soll ich wissen, daß du den Bericht nicht gefälscht hast?«

»Murray, du warst auch schon mal besser: Du weißt, daß das Ausdruckdatum auf dem Bericht vermerkt ist. Mich würde interessieren, was Frenada über BB Baladine oder Teddy Trant gewußt hat, daß der Sender ihm an den Kragen wollte.«

»Er hat Lacey Dowell belästigt.«

»Nein«, sagte ich sofort. »Er hat sich nicht vor dem Hotel rumgetrieben. Er war einmal dort, und da hat Lacey sich in ihrer Suite eine Stunde lang mit ihm unterhalten. Frank Siekevitz, das ist der Sicherheitschef vom Trianon, behauptet jetzt vielleicht was anderes, doch vor einer Woche hat er mir das gesagt. Ich muß gestehen, daß Lacey nicht mit mir sprechen wollte, aber ich kann einfach nicht glauben, daß Frenada sie belästigt hat. Ich vermute eher, daß Global mich und Frenada aus dem Spiel haben wollte. Die Leute vom Sender hätten mir viel Geld dafür gegeben, ihm Schmutz vor die Haustür zu schaufeln und den Mund zu halten – und er wäre obendrein noch diskreditiert gewesen. Ich weiß nichts, was dem Sender schaden oder ihn interessieren könnte, also würde ich gern erfahren, warum er mir so zusetzt. Ob Frenada etwas wußte, kann ich nicht beurteilen, und das werden wir im Moment wahrscheinlich auch nicht rausfinden können. Aber eins würde ich wetten: daß er nicht mit Drogen gehandelt hat.«

Murray preßte die Lippen zusammen. Da wurde mir zum erstenmal bewußt, daß ich es nicht gewöhnt war, seinen Mund zu sehen, denn in all den Jahren zuvor hatte er ihn mit einem Bart verdeckt. Jetzt wirkte sein Gesicht irgendwie nackt, und der Zorn wich allmählich Verwirrung und Trotz. Das verunsicherte mich, und ich spürte, daß meine eigene Wut nachließ. Der Rat, den Mr. Contreras mir gegeben hatte, fiel mir wieder ein, und ich mußte lachen.

»Ja, wirklich komisch. Vielleicht verstehe ich den Witz in ein oder zwei Jahren auch«, sagte Murray.

»Ich habe über mich selbst gelacht, nicht über dich. Was willst du mit dem Bericht anfangen?«

Er zuckte mit den Achseln. »Die Polizei hat am Samstag abend fünf Kilo Koks in seinem Büro gefunden.«

»Die wahrscheinlich dieselben Leute dort versteckt haben wie bei mir. Es sei denn, du glaubst auch, daß ich Drogen aus Mexiko ins Land schmuggle.«

»Bei dir würde mich nichts mehr überraschen, Warshawski. Allerdings würde es dir nicht ähnlich sehen, etwas zu tun, das wirklich Geld bringt. Wo ist das Zeug, das du bei dir im Büro gefunden hast?«

»In St. Louis.«

»In St. Louis? Ach so, du hast's runtergespült.«

Das Abwasser von Chicago wird in den Chicago River geleitet. Um den See sauber zu halten, wurde der Fluß in die Gegenrichtung gelenkt, so daß das Zeug – natürlich fachkundig behandelt – in den Mississippi fließt. Wahrscheinlich landet es dann irgendwann in New Orleans, aber wir in Chicago stellen uns lieber vor, daß wir unseren Dreck in St. Louis abladen.

»Tja, dann hast du leider keine Beweise. Ich weiß nicht, was ich von diesem Bericht halten soll. Er ist das einzige, was meiner Story widerspricht. Möglicherweise sind einfach nur neue Daten bei LifeStory eingegangen in der Zeit zwischen deiner und meiner Abfrage.«

»In achtundvierzig Stunden?« Ich wurde wieder wütend. »Wenn du heute abend in deiner Sendung diese Verleumdungen gegen Frenada bringst, überrede ich seine Schwester, den Sender und dich zu verklagen. Und dann geht's euch schlecht.«

Auch er wurde wieder wütend. »Du mußt immer recht haben, was? Du marschierst hier mit einem einzigen winzigen Gegenbeweis rein wie eine wildgewordene Amazone, und ich soll sofort meine Nachforschungen aufgeben, in die ich jede Menge Arbeit gesteckt habe. Geh mit deiner Story doch zum *Enquirer* oder stell sie ins Internet. Ziemlich viele Menschen lieben Verschwörungen. Und Frenadas Schwester solltest du, wenn sie nicht eine Feindin von dir ist, lieber nicht gegen den Sender aufhetzen: Global hat schon einflußreichere Leute als Celia Caliente kaputtgemacht.«

»Und damit drohen sie dir auch?«

Sein Gesicht wurde tiefrot. »Raus jetzt! Verschwinde und komm mir nie wieder unter die Augen.«

Ich stand auf. »Ich sage dir jetzt was: Die Geschichte mit Frenada und Global hat nichts mit Drogen zu tun. Ich bin mir nicht sicher, aber ich glaube, es geht da um T-Shirts, um Mad-Virgin-T-Shirts. Wir könnten die Sache zusammen auskundschaften – wenn du dich nicht von Global kaufen lassen würdest. In dem Fall meine ich natürlich die Zeitung.«

Er schob mich zur Tür. Nachdem er sie hinter mir zugeschlagen hatte, hätte ich am liebsten das Ohr ans Schlüsselloch gelegt, um zu hören, ob er telefonierte: Würde er die Sache sofort Alex erzählen? Zum Glück folgte ich meinem Impuls nicht, denn als ich gerade die Treppe hinunterging, öffnete sich die Tür noch einmal.

Ich wandte mich zu ihm um. »Na, hast du's dir anders überlegt, Murray?«

»Nein, ich wollte nur sicher sein, daß du tatsächlich verschwindest, Vic.«

Ich warf ihm eine Kußhand zu und ging weiter die Treppe hinunter. Unten überlegte ich, was ich mit diesem Besuch bezweckt hatte. Es ist ein Fehler, etwas aus jemandem herausbekommen zu wollen, wenn man wütend ist. Aber wenigstens galt das an jenem Morgen auch für Murray.

Mein Wagen stand noch in der kleinen Straße – eines der wenigen positiven Erlebnisse an diesem unangenehmen Tag.

28 Eine gutgemeinte Warnung

Ich erklärte einer Aushilfe von einer Agentur gerade, wie sie Rechnungen und Berichte ordnen mußte, als der Anruf kam. »Ein R-Gespräch für V. I. Wachewski von Veronica Fassler«, sagte die Frau von der Vermittlung.

Ich dachte einen Augenblick lang nach, verband aber nichts mit dem Namen. »Tut mir leid. Ich glaube, das ist ein Irrtum.«

»Sagen Sie ihr, ich war in Coolis; sie hat mich im Krankenhaus kennengelernt«, sagte eine Stimme am anderen Ende hastig, bevor die Verbindung unterbrochen wurde.

Veronica Fassler. Die Frau, die an jenem Tag ein Kind zur Welt gebracht hatte und an den Aufseher gefesselt den Flur entlanggegangen war, als Mr. Contreras und ich die Krankenstation verließen. In der vergangenen Woche war so viel passiert, daß ich mich daran kaum noch erinnerte. Ich fragte mich, wie sie an meinen Namen und meine Nummer gekommen war, doch dann fiel mir wieder ein, daß ich meine Visitenkarten in dem Krankenhaus ziemlich großzügig verteilt hatte.

»Ja«, sagte ich. »Ich nehme das Gespräch an.«

»Ich warte jetzt schon dreißig Minuten in der Schlange, und hinter mir stehen noch andere Leute. Sie wollen was über Nicola wissen, stimmt's?«

Nicola Aguinaldo. Irgendwie hatte ich sie in den letzten Tagen aus den Augen verloren.

»Wissen Sie was über sie?« fragte ich.

»Gibt's 'ne Belohnung?«

»Ihre Familie hat nicht viel Geld«, sagte ich. »Aber wenn Sie ihr sagen können, wie Nicola es geschafft hat, aus der Krankenstation zu fliehen, kriegen Sie vielleicht ein paar hundert Dollar.«

»Aus der Krankenstation? Ich weiß bloß, wie sie gestorben ist. Auf 'ner Bahre. Das sollte ihrer Familie mehr wert sein als zu erfahren, wie sie geflohen ist.«

»Soweit ich weiß, hatte sie ein Frauenleiden«, sagte ich und versuchte, meine Stimme prüde klingen zu lassen.

»Ist das vielleicht ein ›Frauenleiden‹, wenn Sie mit Ihren kleinen Fäusten auf einen Aufseher einschlagen und der Sie brennt? Dann haben Sie aber einen anderen Körper als ich, Miss.«

»Brennt?« Jetzt war ich wirklich verwirrt: Ich konnte mich nicht erinnern, irgendwelche Brandverletzungen an Nicolas Leiche gesehen zu haben, aber das ließ sich jetzt nicht mehr nachprüfen.

»Sie haben wirklich keine Ahnung, was? Mit 'nem Elektroschocker. So was haben die Aufseher alle, damit Ruhe ist in der Werkstatt. Aber daß sie den mal für Nicola brauchen, hätte niemand gedacht.«

»Deswegen ist sie ins Krankenhaus gekommen?«

»Sagen Sie mir erst, wie's mit der Belohnung aussieht, bevor Sie weiterfragen.«

»Haben Sie gesehen, wie der Aufseher sie mit dem Elektroschocker verletzt hat?«

Schweigen. Bevor sie mir etwas vorlügen konnte, erklärte ich ihr, daß die Information wahrscheinlich fünfzig Dollar wert wäre.

Sie schwieg wieder und sagte dann hastig: »Nicola hat dem Aufseher den Elektroschocker weggenommen und ihn damit bedroht. Da ist er so wütend geworden, daß er ihr einen starken Stromstoß versetzt hat. Da bleibt das Herz stehen, wie auf dem elektrischen Stuhl, wenn man genug Saft draufgibt. Da haben die anderen Aufseher gedacht, sie ist tot, und sie selber aus der Krankenstation rausgerollt, damit niemand merkt, daß sie da gestorben ist. Sie wollten nicht, daß irgend jemand genauer nachfragt. So ist das passiert.«

»Die Geschichte gefällt mir, sie ist wirklich gut. Aber so ist sie nicht gestorben. Wo soll ich den Fünfziger hinschicken?«

»Verdammtes Miststück! Schließlich will ich helfen, oder? Woher wollen Sie das wissen, wenn Sie nicht dabei waren?«

»Ich habe Nicolas Leiche gesehen.« Ich sagte ihr lieber nicht, an welchen Verletzungen Nicola gestorben war, weil Veronica sich dann rund um diese Information eine weitere Geschichte ausdenken würde. Statt dessen erklärte ich ihr, es wäre mir einen weiteren Fünfziger wert, wenn sie mir jemanden in Coolis nennen könne, der Nicola wirklich gut gekannt habe.

»Vielleicht wüßte ich da jemanden«, sagte sie ein wenig zweifelnd. »Sie hat nicht viel Englisch gekonnt, aber die Mädchen aus Mexiko haben sich nicht so mit ihr abgegeben, weil sie aus China war.«

Ich war verwirrt, kam dann aber zu dem Schluß, daß Veronica sich bloß in der Geographie vertan und mir nichts über Nicola Aguinaldo gesagt hatte, was ich nicht schon wußte. »Sie sagen, sie ist in der Werkstatt verletzt worden?«

»Sie wissen schon, da, wo wir die Arbeit fürs Gefängnis machen. Sie war in der Näherei. Meine Freundin Erica – ihre Zellengenossin Monique hat an dem Tag da gearbeitet, wo der Aufseher auf Nicola losgegangen ist.«

»Vielleicht könnte ich ja mit dieser Zellengenossin sprechen.«

»Damit die die Belohnung kriegt, wo ich doch die ganze Arbeit gemacht habe? Nein danke!«

»Sie würden einen Finderlohn bekommen«, ermutigte ich sie. »Und die Zellengenossin die Belohnung für die Information.«

Bevor ich weiter drängen konnte, wurde die Verbindung unterbrochen. Ich rief in der Vermittlung an, um zu fragen, ob man sie wiederherstellen könne, aber dort erfuhr ich, was ich ohnehin schon wußte: Man konnte vom Gefängnis aus nach draußen rufen, aber nicht hinein.

Ich lehnte mich auf meinem Stuhl zurück. Also hatten die

Leute im Gefängnis im Hinblick auf die Eierstockzyste gelogen. Der Gedanke, daß Nicola einen Aufseher angegriffen hatte, erschien mir ausgesprochen unwahrscheinlich, aber andererseits hatte ich ganz genau gemerkt, wann Veronica anfing zu lügen – bei der Geschichte, daß die Aufseher Nicolas Leiche aus der Krankenstation gebracht hätten. Natürlich hatte sie eine ganze Woche Zeit gehabt, sich eine halbwegs realistische Geschichte auszudenken. Man braucht nicht hinter Gittern zu sitzen, um einfallsreich zu werden, aber die Chancen sind dort ungleich größer. In meiner Zeit als Pflichtverteidigerin waren mir alle nur erdenklichen Geschichten untergekommen.

Ich brauchte mehr Informationen über Coolis, darüber, was Nicola an dem Tag, bevor sie in die Krankenstation gebracht worden war, getan hatte. Ich würde also noch einmal dorthin fahren müssen, in meiner Rolle als Anwältin.

Doch zuvor mußte ich eine ganze Menge anderer Dinge erledigen. Die Frau von der Agentur stand mit einem Stapel Computerausdrucke vor mir, die sortiert werden mußten.

Wir waren halb mit dieser Aufgabe fertig, als Tessa hereinmarschierte. Sie hatte rote Perlenschnüre um ihre Locken geschlungen und das Ganze mit einem Tuch zurückgebunden.

»Was ist denn hier los, V. I., daß du dieses lächerliche …?« Erst jetzt nahm sie das Chaos wahr. »Du gütiger Himmel! Ich wußte ja, daß du nicht sonderlich ordentlich bist, aber solche Formen hat's noch nie angenommen.«

Ich erklärte der Aushilfe noch einmal genau, was sie tun mußte, und ging dann mit Tessa in ihr Atelier, um mich mit ihr zu unterhalten. Sie sah mich stirnrunzelnd an, als ich mit meiner Geschichte fertig war.

»Ich fühle mich jetzt ganz schön ausgesetzt hier.«

»Ich auch«, pflichtete ich ihr bei. »Aber wenn dich das tröstet: Ich glaube nicht, daß die Leute, die dieses Chaos angerichtet haben, dir was wollen.«

»Ich werde ein besseres Schloß anbringen lassen. Eins, das noch sicherer ist als das, das du jetzt dran hast. Und ich bin der Meinung, daß du es bezahlen solltest, weil die Eindringlinge ja was von dir wollten und nicht von mir.«

Ich atmete laut und vernehmlich aus. »Das heißt also, daß du das Schloß aussuchen willst und ich es finanzieren soll? Nein danke. Das letzte Mal hast du ein Code-System gewählt, das offenbar ziemlich leicht zu knacken ist.«

Sie runzelte wieder die Stirn. »Wie haben sie das gemacht?«

Ich zuckte mit den Achseln. »Sie haben sich nicht an dem Nummerncode selbst zu schaffen gemacht, also könnte ich mir vorstellen, daß sie Tinte verwendet haben, die auf UV-Strahlen reagiert. Da besprüht man die Tastatur, wartet, bis jemand die Nummer eingibt und reingeht und richtet dann eine Lampe mit UV-Licht drauf. Die Tasten, die man gedrückt hat, sind sauber. Dann braucht man diese Zahlen nur in unterschiedlichen Kombinationen durchzuprobieren. Wenn wir uns wieder so ein System anschaffen, müssen wir dran denken, jedesmal alle Tasten zu berühren. Ein Magnetkartenschloß wäre schwieriger zu knacken, aber dann müßten wir die ganze Zeit die Karte mit uns rumtragen. Natürlich kann jeder ein Schloß aufbrechen, aber dazu braucht man Werkzeug, und das ist auffälliger. Ich habe Elton gebeten, für uns ein Auge auf unsere Räume zu haben.«

»Mein Gott, Vic! Wie kannst du nur einen obdachlosen Alkoholiker um so was bitten.«

»Er ist ja normalerweise nicht sturzbesoffen«, sagte ich. »Und wenn er trinkt, kann er trotzdem noch die Augen offenhalten. Außerdem werde ich Mary Louise bitten, sich darum zu kümmern. Vorausgesetzt, sie hat Zeit.«

Ich schwieg nachdenklich. Irgendwie hatte ich das Gefühl, daß Mary Louise im Augenblick verdächtig wenig Zeit für mich hatte. Sie schien mir eher Angst zu haben.

Tessa war zu sehr in ihre eigenen Gedanken vertieft, um mein Zögern zu bemerken. »Daddy meint, wir sollten uns ein System von Honeywell anschaffen – das ist an einen zentralen Computer angeschlossen.«

»Möglicherweise hat dein Daddy recht. Aber die Typen, die hier eingedrungen sind, hätten das auch ausgetrickst.«

Wir diskutierten das Problem noch eine Weile, bis die Frau von der Agentur zu mir kam, um mich etwas zu fragen.

Am Nachmittag versuchte ich ein paarmal, die Baladines zu

erreichen, erwischte aber nur das Hausmädchen Rosario, das sagte: »Robbie nicht zu Hause, Robbie weg, Missus weg.« Als ich das dritte Mal anrief, verlangte ich eine der frühreifen Schwimmtöchter. Ich erinnerte mich noch, daß sie merkwürdige Namen gehabt hatten, aber es dauerte eine Weile, bis mir »Madison« und »Utah« wieder einfielen.

Ich stellte mich nicht namentlich vor, weil ich mir denken konnte, daß die Baladines ihre Töchter vor mir gewarnt hatten. Madison war zwei Wochen zuvor ziemlich redselig gewesen, und auch jetzt enttäuschte sie mich nicht.

»Robbie ist nicht daheim. Er ist weggelaufen, und Mommy sucht nach ihm. Daddy ist stinkesauer. Er sagt, wenn er Robbie findet, sorgt er dafür, daß er mehr Mumm kriegt. Wir sind schon viel zu lange nachsichtig mit ihm gewesen.«

»Er ist weggelaufen? Weißt du denn, wohin?« Ich hoffte nur, daß es irgendwo eine Großmutter oder eine Tante gab, die Robbie gut leiden konnte.

Ja, bestätigte Madison, Eleanor sei zu ihrer Mutter gefahren, um nachzusehen, ob Robbie sich dort versteckte. »Wir fahren am Samstag nach Frankreich, und bis dahin muß Robbie wieder dasein. Wir haben ein Schloß mit Swimmingpool gemietet, damit ich und Utah und Rhiannon trainieren können. Wissen Sie, daß wir am Labor Day hier einen Schwimmwettbewerb haben? Wenn Rhiannon mich da im Rückenschwimmen schlägt, kriege ich einen Anfall. Robbie kann mich nicht schlagen, er ist viel zu fett, der schafft überhaupt nichts mit seinem Körper. Letzten Sommer zum Beispiel – da ist er über seine eigenen Füße gefallen, als er bei unserer Cousine Fußball gespielt hat. Ist über seine Schnürsenkel gestolpert. Das hat so lustig ausgeschaut, daß ich und meine Cousine Gail uns fast kaputtgelacht haben. Robbie hat dann die ganze Nacht geweint. So was machen bloß Heulsusen.«

»Ja, ich erinnere mich«, sagte ich. »Du hast nicht mal geweint, als ein Feuerwehrwagen deine Katze überfahren hat. Oder hast du geweint, weil hinterher auf dem hübschen glänzenden Lack ein Fleck war?«

»Was? Fluffy ist nicht von einem Feuerwehrwagen überfahren worden. Das war Mom; sie hat sie überfahren. Robbie hat geweint. Er hat auch geweint, als die Katze einen toten Vogel gebracht hat. Ich hab' nicht geweint.«

»Du wirst irgendwann noch Dr. Mengele Ehre machen.«

»Wem?« fragte sie.

»Dr. Mengele.« Ich buchstabierte den Namen. »Sag BB und Eleanor, daß er gern ein aufgewecktes Kind wie dich ausbilden würde.«

Ich riß mich zusammen und knallte den Hörer nicht auf die Gabel; schließlich konnte sie nichts dafür, daß ihre Eltern sie zu einem unsensiblen Menschen erzogen. Ich hätte mir gern Zeit genommen, um nach Robbie zu suchen, hatte aber einfach zuviel um die Ohren. Zum Beispiel wußte ich nicht, was ich mit Veronica Fasslers Anruf aus Coolis anfangen sollte. Am folgenden Morgen würde ich noch einmal hinfahren, und jetzt konnte ich versuchen, mit dem Arzt zu sprechen, der Nicola Aguinaldo im Beth Israel operiert hatte.

Bevor ich im Krankenhaus anrief, schraubte ich mein Telefon auf, um zu sehen, ob die Eindringlinge eine Wanze darin versteckt hatten. Als ich nichts Ungewöhnliches entdeckte, beschloß ich, mir auch noch das Telefonkästchen draußen hinter dem Lagergebäude anzuschauen. Dort stellte ich fest, daß die Drähte angezapft waren. Ich tippte nachdenklich dagegen. Wahrscheinlich war es das beste, wenn ich alles so ließ, wie es war, denn wenn ich etwas daran veränderte, würde Baladine sich ein komplizierteres und schwerer auszutricksendes Überwachungssystem ausdenken.

Als ich wieder drinnen war, schob ich eine Aufnahme der *Goldberg-Variationen* von András Schiff in den CD-Player, den ich im Büro hatte, setzte mich mit meinem Handy neben den Lautsprecher und rief das Krankenhaus an. Die Frau von der Agentur starrte mich neugierig an und wandte sich dann achselzuckend ab. Wahrscheinlich glaubte sie, ich wolle sie am Lauschen hindern.

Max Loewenthals Sekretärin Cynthia Dowling meldete sich mit ihrer üblichen Freundlichkeit.

»Ich kann mich nicht mehr an den Namen des Chirurgen in der Notaufnahme erinnern«, sagte ich. »Eigentlich sollte ich das, weil er polnisch ist, aber ich weiß nur noch, daß jede Menge ›Zs‹ und ›Cs‹ drin waren.«

»Dr. Szymczyk«, half sie mir auf die Sprünge.

Nachdem ich ihr erklärt hatte, was ich wollte, bat sie mich, einen Augenblick zu warten, und suchte nach dem Bericht. Natürlich hatte Dr. Szymczyk keine Obduktion vorgenommen, aber er hatte seine Beobachtungen während der Operation an Nicola Aguinaldo in ein Diktaphon gesprochen. Er hatte abgestorbene Haut am Unterleib erwähnt, aber nichts von ernsthaften Brandverletzungen gesagt. Außerdem hatte er ein paar wunde Stellen oberhalb der Brüste bemerkt, die nichts mit dem tödlichen Schlag oder Tritt zu tun hatten.

Wunde Stellen. Die konnten von einem Elektroschocker stammen, also hatte Veronica Fassler sich die Geschichte vielleicht doch nicht vollends aus den Fingern gesogen. Am nächsten Morgen würde ich ihr fünfzig Dollar geben.

Ich half der Frau von der Agentur halbherzig bei der Arbeit, aber es fiel mir schwer, mich auf die Akten zu konzentrieren. Auf manche Menschen wirkt das Ordnen von Papieren beruhigend, aber ich sah so wenig Sinn in der Welt rund um mich herum, daß ich auch keinen Sinn in diese Papiere bringen konnte.

Am späten Nachmittag, als ich mich gerade zu erinnern versuchte, in welches Jahr und in welchen Ordner die Unterlagen über Humboldt Chemical gehörten, klingelte es. Ich erstarrte und nahm die Waffe in die Hand, bevor ich zur Tür ging. Es überraschte mich ziemlich, Abigail Trant zu sehen, deren honigfarbenes Haar und leicht gebräuntes Gesicht genauso perfekt waren wie zwei Wochen zuvor. Ihr Mercedes Geländewagen stand draußen auf der Straße in zweiter Reihe geparkt. Als ich sie hereinbat, erklärte sie mir, ihr sei es lieber, wenn ich mich in ihrem Wagen mit ihr unterhielte. Ich zögerte einen Augenblick, weil ich fürchtete, daß sie ein Lockvogel sein könnte, doch dann folgte ich ihr hinaus.

»Wissen Sie, daß Robbie Baladine verschwunden ist? Und wenn Sie wissen, wo er ist, könnten Sie ihn dann nach Hause schicken?«

Ich blinzelte überrascht und versicherte ihr, daß ich schon

ein paar Tage nichts mehr von ihm gehört hatte. »Hat Eleanor oder BB Sie zu mir geschickt?«

Sie sah geradeaus und schenkte den Autofahrern, die wütend hupend hinter ihr standen, keine Beachtung. »Nein, ich bin auf eigene Faust hier und hoffe, daß Sie mein Vertrauen in Sie zu schätzen wissen. Wir fliegen am Samstag zusammen mit den Baladines und den Poilevys nach Frankreich, deshalb hat Eleanor mir ganz offen von Robbies Verschwinden erzählt. Sie haben beide das Gefühl, daß Sie Robbie zum Ungehorsam verleitet haben. Ich weiß nicht, ob das der wahre Grund ist, aber jedenfalls habe ich BB wütend darüber sprechen hören, daß er Ihnen das Geschäft verderben oder Sie ernsthaft in Mißkredit bringen möchte. Da ich seine Methoden kenne, wollte ich Sie nicht anrufen – es könnte gut sein, daß er Ihre Telefonate mithört. Als wir uns das erste Mal unterhalten haben, habe ich Ihnen, glaube ich, schon gesagt, daß er es nicht leiden kann, wenn ihn jemand aussticht: Aus irgendeinem Grund scheint er das Gefühl zu haben, daß Sie ihn verspotten oder ihm Knüppel zwischen die Beine werfen wollen.«

Ich lachte verächtlich. »Er hat es mir schon fast unmöglich gemacht, meine Arbeit zu erledigen.«

Ein Wagen schoß von hinten an ihr vorbei. Der Fahrer darin beschimpfte sie wüst. Sie schenkte ihm keine Beachtung.

»Ich hatte Teddy gesagt, Global sollte Ihrer Detektei einen Auftrag geben, weil es gut sei, Leute aus der Stadt zu unterstützen. Aber er hat gesagt, Sie hätten sich geweigert, den Auftrag anzunehmen.«

Mir fiel die Kinnlade herunter. »Dann stecken Sie also hinter dieser Geschichte? Mrs. Trant, das war wirklich sehr nett von Ihnen. Das Problem ist nur, daß dieser Auftrag, den Alex Fisher mir geben wollte, darin bestanden hätte, jemandem eine Falle zu stellen, einem Mann namens Lucian Frenada, der am Wochenende ertrunken ist. Deshalb konnte ich ihn nicht annehmen.«

Sie seufzte. »Das ist typisch Alex. Mir wäre es lieb, wenn Teddy sich nicht so sehr auf ihren Rat verlassen würde – ich habe das Gefühl, daß sie ihn oft vom rechten Pfad abbringt.«

Was für eine gute Ehefrau sie doch war: Sie glaubte tatsächlich, daß ihr Mann das unschuldige Opfer schlechter Berater war. Aber ich würde sie nicht kritisieren – schließlich hatte sie sich für mich eingesetzt, ohne selbst davon zu profitieren. Ich fragte sie, was sie dazu gebracht habe, mich ihrem Mann zu empfehlen.

Nun sah sie mich das erste Mal an. »Wissen Sie, ich habe nur ein einziges Mal selbst Geld verdient, das war als Teenager, da habe ich für andere Leute die Pferde versorgt. Ich liebe mein Leben und meinen Mann, aber ich habe mich schon oft gefragt, was ich tun würde, wenn er – und meine Familie – alles verlieren würden. Wäre ich in der Lage, mich selbst über Wasser zu halten, wie Sie es tun? Daß ich Ihnen helfen wollte, war wie …«

»… eine Opfergabe an die Götter, damit sie Sie nie auf die Probe stellen?« sagte ich, als sie nach Worten suchte.

Sie bedachte mich mit einem strahlenden Lächeln. »Genau! Wie schön Sie das ausgedrückt haben! Aber wenn Sie etwas von Robbie hören sollten, schicken Sie ihn doch bitte nach Hause. Selbst wenn er dort nicht immer glücklich ist, wollen seine Eltern nur sein Bestes. Außerdem glaube ich nicht, daß sie gegen BB gewinnen können. Er ist zu einflußreich und hat zu viele mächtige Freunde.«

Da konnte ich nicht widersprechen. Ich schwieg eine Weile und meinte dann: »Mrs. Trant, Sie haben sich für mich eingesetzt, also bringe ich Sie ungern in Verlegenheit, aber ist Ihnen aufgefallen – oder besser gesagt: Würde es Ihnen auffallen, wenn einer der Männer, mit denen Sie gesellschaftlich verkehren, zum Beispiel BB oder Poilevy, das Emblem von einem Ferragamo-Schuh verloren hätte?«

»Was für eine seltsame Frage. Das bedeutet wohl, daß Sie ein solches Emblem gefunden haben? Wo? Können Sie mir das sagen?«

»Ganz in der Nähe des Ortes, an dem Nicola Aguinaldo – das frühere Kindermädchen der Baladines – gestorben ist.«

Sie lächelte wieder. »Tut mir leid, aber solche Dinge fallen mir nicht auf. Doch jetzt muß ich los. Zu dieser Zeit muß ich mit einer Stunde auf dem Expressway rechnen, und heute abend kommen Leute vom Sender zu uns. Da werde ich ganz besonders auf die Füße der Gäste achten. Bitte vergessen Sie die Sache mit Robbie nicht, ja? Er muß wieder nach Hause.«

Damit schien sie mich verabschieden zu wollen. Also dankte ich ihr für ihre Warnung und dafür, daß sie versucht hatte, meiner kleinen Detektei einen Auftrag zu verschaffen. Vielleicht hatte Baladine mich deshalb noch nicht umgebracht, dachte ich, während ich in mein Büro zurückging. Vielleicht hatte Teddy ihm gesagt, Abigail würde es nicht gutheißen, wenn sie mich beseitigten. Aber ich war mir sicher, daß sie wußte, wem der Schuh gehörte. Darauf hätte ich meine mickrige Rente verwettet.

29 Hilf mir, Vater, denn ich weiß nicht, was ich tue

Um halb sechs schickte ich die Frau von der Agentur nach Hause, weil ich ihr keine Überstunden für eine Arbeit zahlen wollte, die ohnehin mindestens noch zwei bis drei Tage dauern würde. Außerdem wollte ich, daß sie ging, wenn noch genügend Pendler unterwegs waren und niemand, der sie vielleicht mit mir verwechselte, auf sie schießen konnte.

Tessa arbeitete immer noch in ihrem Atelier, legte allerdings Hammer und Meißel weg, nachdem ich ihr ungefähr sechs Minuten lang zugeschaut hatte. Ich weiß, Künstler darf man nicht stören, wenn sie sich auf ihr Werk konzentrieren. Ich sagte ihr, daß ich mir wegen ihrer Sicherheit Sorgen mache, solange Baladine es auf mich abgesehen habe.

»Ich nehme meinen Computer mit nach Hause. Das ist das einzige, was ich fürs erste aus dem Büro brauche. Und dann sage ich allen, daß ich die nächste Zeit nicht hier arbeite. Wir könnten eine kleine Videokamera in einer deiner Metallskulpturen verstecken und gleich neben dem Eingang aufstellen; dann hätten wir zumindest Aufnahmen von den Leuten, die hier einbrechen. Für noch mal fünfhundert Dollar könnten wir uns kleine Monitore besorgen, die den Eingang überwachen. Und wir könnten einen fünfstelligen Nummerncode installieren lassen, der nach dem dritten falschen Versuch innerhalb von zehn Minuten blockiert. Dann brauchst du dir wegen deiner Sicherheit wahrscheinlich keine Gedanken mehr zu machen.«

Sie wischte sich das Gesicht mit einem benutzten Handtuch ab, so daß eine Schicht glitzernden Staubs auf ihren Wangen zurückblieb. »Wie großzügig von dir, Vic. Eigentlich war ich ja stinkesauer auf dich und wollte dich anblaffen, aber das kann ich jetzt wohl nicht mehr machen, oder?«

»Wenn du BB Baladine zur Schnecke machen würdest, wäre mir mehr gedient. Ich weiß, alle denken, daß ich nur in dieser Scheiße stecke, weil ich einfach zu impulsiv bin, aber glaub mir, ich habe wirklich nur angehalten und einer Frau geholfen, die auf der Straße lag.«

»Wie die Geschichte gelaufen ist, verstehst wahrscheinlich nur du. Sorg dafür, daß morgen eine Videokamera und ein Nummerncode installiert werden, und laß deinen verdammten Computer hier. Mein Daddy besteht übrigens darauf, daß mich heute abend jemand von seinen Angestellten hier abholt.«

»Aha, der nächste Kandidat, den deine Mutter als zukünftigen Vater ihrer Enkel ausersehen hat, was?«

Sie grinste. »Nun, sie gibt die Hoffnung nicht auf. Er heißt Jason Goodrich – klingt irgendwie solide, findest du nicht? Ist einer von diesen Computerfreaks, die schon online auf die Welt kommen.«

»Wichtiger wäre, ob der Mann auch weiß, wie man einen Mann mit 'ner Automatic entwaffnet. Aber wenn du glücklich bist, soll's mir auch recht sein.«

Ich ging wieder in mein Büro, um Mary Louise anzurufen. Als ich sie fragte, ob sie Zeit habe, sich um die Sicherheitsmaßnahmen zu kümmern, über die ich mit Tessa gesprochen hatte, druckste sie herum und murmelte etwas von Prüfungen.

»Mein Gott, Mary Louise. Ich bitte dich doch nicht, einen Monat lang nach Georgia zu gehen. Es würde mir wirklich sehr helfen, wenn du dich um die Sicherung des Büros kümmern könntest. Ich möchte nicht am Telefon darüber sprechen, aber ich hätte Zeit, heute abend oder morgen früh zu dir zu kommen, um dir alles zu erklären.«

»Nein!« herrschte sie mich an. »Du wirst nicht in die Nähe meiner Wohnung kommen.«

»Was um Himmels willen geht da vor sich?« Ich war eher verletzt als erstaunt. »Was habe ich dir getan?«

»Ich ... du ... Vic, ich kann nicht mehr für dich arbeiten. Du gehst mir zu viele Risiken ein.«

»Du hast zehn Jahre Polizeidienst hinter dir, traust dich aber nicht mal, für mich zu Unblinking Eye zu gehen?« Ich knallte den Hörer so heftig auf die Gabel, daß mir die Hand weh tat.

War es wirklich gefährlicher, für mich als für die Chicagoer Polizei zu arbeiten? Ich lief wütend in dem Raum hin und her. Und das alles, weil sie ihre Kinder keiner Gefahr aussetzen wollte. Ich hatte doch nicht vor, sie als menschliche Schutzschilde zu verwenden.

Ich blieb vor meinem Schreibtisch stehen. Natürlich. Jemand hatte die Kinder bedroht, das war passiert. Ich griff zum Telefonhörer, überlegte es mir dann aber anders. Wenn BB meine Anrufe mithörte, würde er davon ausgehen, daß Mary Louise mir Bescheid gesagt hatte, und dann würde er den Kindern vielleicht tatsächlich etwas tun. Ich fühlte mich in die Enge getrieben, schrecklich allein. Ich setzte mich hin, stützte den Kopf in die Hände und versuchte, nicht zu weinen.

»Vic! Was ist denn los?« Tessa beugte sich mit besorgtem Gesicht über mich.

Ich fuhr mir mit der Hand durch die Haare. »Nichts. Ich hab' nur Selbstmitleid, was nicht gerade gut ist für eine Privatdetektivin. Machst du für heute Schluß?«

»Ja, mein Verehrer ist da. Ich muß los, sonst hetzt meine Mutter mir das FBI auf den Hals.«

Sie deutete auf die Tür, und ein Mann kam herein. Er war groß und dunkel, fast so dunkel wie Tessa selbst, hatte ein feingeschnittenes Gesicht und das Selbstbewußtsein, das man bekommt, wenn man nie unter Geldnot gelitten hat. Ich konnte verstehen, warum Mrs. Reynolds einen geeigneten Ehemann in ihm sah.

»Sitz hier nicht allein herum und brüte vor dich hin«, sagte Tessa. »Wir bringen dich zum Golden Glow oder in 'ne andere Kneipe, wo du ein paar Leute kennst.«

Ich stand auf. Allmählich beschwerten sich meine Beine nicht mehr über jede Bewegung – vielleicht lag das an meiner täglichen Gymnastik, vielleicht aber auch nur an meinen guten Genen.

»Im Augenblick ist es keine so gute Idee, sich mit mir abzugeben.« Ich bemühte mich, nicht allzu melodramatisch zu klingen, aber irgendwie hörte ich mich jetzt wichtigtuerisch an. »Außerdem wollte ich sowieso zu einem Priester, also werde ich in guten Händen sein.«

»Zu einem Priester?« fragte Tessa ungläubig. »Vic! Du machst dich wohl über mich lustig. Nun, bleib jedenfalls nicht zu lang allein hier, ja?«

Ich folgte ihr zur Tür und sah ihr und ihrem Begleiter nach. Er fuhr eine marineblaue BMW-Limousine, ein Wagen, der sich leicht verfolgen ließ, wenn man es darauf abgesehen hatte. Gut, daß ich ihr Angebot, mich mitzunehmen, abgelehnt hatte.

Dann beobachtete ich die Straße ungefähr fünf Minuten lang durch das kleine, drahtverstärkte Fenster. Wer wußte schon, ob ich nicht doch beschattet wurde? Schließlich ging ich zur nächsten Straßenecke und ließ den Skylark auf dem Parkplatz stehen.

Elton verkaufte das *Streetwise*-Magazin in der Nähe der Hochbahnhaltestelle. Ich kaufte ihm ein paar Hefte ab; seine geröteten Augen musterten mich neugierig. »Heut' hab' ich ein paar Typen vor dem Haus rumhängen sehen«, flüsterte er mir mit bedeutungsschwangerer Stimme zu. *»Streetwise,* Miss, *Streetwise,* Sir – lesen Sie den Artikel über den Bürgermeister und die Obdachlosen am Lower Wacker Driver ... die hatten 'nen ziemlich neuen braunen Wagen, vielleicht 'nen Honda. Da, Sie kommen gerade die Leavitt Street hoch, direkt hinter Ihnen. *Streetwise,* Sir, danke, Sir.«

Ich hastete die Stufen zur Hochbahn hinauf und suchte dabei in meinem Geldbeutel hektisch nach Münzen für den Fahrscheinautomaten. Unter mir blieb der braune Honda stehen. Ich riß das Ticket aus dem Automaten und schob die anderen Leute, die ebenfalls zur Bahn wollten und mich wegen meiner Unhöflichkeit beschimpften, beiseite. Ein Zug in südlicher Richtung setzte sich gerade in Bewegung. Ich drückte die sich bereits schließende Tür noch einmal auseinander und wurde wieder beschimpft, diesmal vom Fahrer. Dann sprang ich in den Wagen, und wir fuhren los.

Ich stieg erst im Loop wieder aus, wo ich ganz langsam um Marshall Field's herumging und die Bademoden in den Schaufenstern an der State Street sowie die Gartenmöbel am nördlichen Ende des Kaufhauses bewunderte. Die untergehende Sonne ließ die Schaufenster zum Spiegel werden, in dem ich die Leute hinter mir beobachten konnte. Offenbar schenkte mir niemand besondere Aufmerksamkeit.

Nach einer Weile ging ich wieder die Stufen zur Hochbahn hinauf und stieg in einen stadtauswärts fahrenden Zug der Blue Line. Während ich mich in meinem Büro in Selbstmitleid gesuhlt hatte, war mir ein Gedanke gekommen. Ich fuhr bis zur California-Haltestelle, die im Herzen von Humboldt Park lag. Die sechs Häuserblocks bis St. Remigio ging ich zu Fuß.

St. Remigio war ein viktorianisches Backsteinmonstrum, das um die Jahrhundertwende gebaut worden war, als in Humboldt Park noch viele Italiener gelebt hatten. Wer auch immer Remigio gewesen war – seine Wunderkraft hatte nicht ausgereicht, das Gebäude zu beschützen: Die großen Bogenfenster des Altarraums waren mit Brettern vernagelt, und an den alten Holztüren hingen schwere Ketten.

Obwohl es schon ziemlich spät war, liefen auf dem umzäunten Schulhof immer noch kleine Jungen hinter einem Fußball her. Ein stämmiger Mann mit schütterem weißem Haar übertönte ihre Rufe mit Anweisungen in spanischer Sprache. Nach ein paar Minuten sah er mich an dem verschlossenen Tor stehen, kam zu mir und fragte mich auf spanisch, was ich wolle.

»Ando buscando a el Padre«, erklärte ich ihm mit dem bißchen Spanisch, an das ich mich noch von der Schule her erinnerte.

Er deutete auf den hinteren Teil der Kirche und redete dabei so schnell, daß ich ihn nicht verstand. Bevor ich ihn bitten konnte, es zu wiederholen, kamen schon zwei der kleinen Jungen zu ihm gerannt, zupften an seinem Ärmel und forderten ihn auf – zumindest verstand ich das so –, einen Streit zu schlichten. Ich war sofort vergessen.

Ich ging an der Vorderseite der Kirche vorbei und entdeckte einen schmalen Fußweg, der zur hinteren Seite führte. Teile des Bürgersteigs fehlten, aber immerhin hatte jemand versucht, die Gegend ein wenig ansehnlicher zu machen. Ein paar magere Rosenbüsche standen um eine deprimierend wirkende Statue herum, die vermutlich St. Remigio selbst darstellen sollte. Ich nahm die leere Flasche Four Roses, die hinter ihm stand, und sah mich nach einem Abfalleimer um. Als ich keinen fand, steckte ich sie schließlich in meine Handtasche, weil ich den Priester nicht mit einer Whiskeyflasche in der Hand besuchen wollte, und drückte auf eine Klingel, unter der VATER LOU stand.

Nach einer ganzen Weile, in der ich allmählich den Verdacht bekam, daß der Fußballtrainer mir erklärt haben könnte, Vater Lou sei nicht da, hörte ich plötzlich ein heiseres Krächzen. Ich hatte die Gegensprechanlage links von der Tür überhaupt nicht wahrgenommen.

»Mein Name ist V.I. Warshawski. Ich würde mich gern mit dem Priester über eines seiner Gemeindemitglieder unterhalten.«

Es dauerte wieder eine ganze Weile, bis ein alter Mann in T-Shirt und Pantoffeln die Tür öffnete. Sein Oberkörper und Nacken waren kräftig wie bei einem Gewichtheber. Er sah mich an, als wolle er mich gleich hochheben und die Treppe hinunterwerfen.

»Vater Lou?«

»Sind Sie von der Polizei oder von der Presse?« Er hatte die rauhe Stimme, die man oft bei alten Iren an der South Side hört.

»Nein, ich bin Privatdetektivin...«

»Es ist mir egal, ob Sie privat arbeiten oder für die Polizei. Jedenfalls werde ich es nicht zulassen, daß Sie in der Vergangenheit des Jungen herumschnüffeln und versuchen, ihm irgendwas anzuhängen.« Er drehte sich um und schickte sich an, die Tür wieder zuzumachen.

Ich drückte gegen die Tür; es kostete mich alle Kraft, sie so weit offen zu halten, daß ich durch den Spalt rufen konnte: »Ich will Lucian Frenada nichts anhängen. Im Gegenteil: Ich habe versucht, den *Herald-Star* daran zu hindern, daß er die Drogengeschichte über ihn bringt. Ich habe außerdem versucht, mit Lacey Dowell zu sprechen, weil sie etwas über den wahren Grund weiß, warum er umgebracht wurde, aber sie will nicht mit mir reden. Ich hatte gehofft, daß Sie vielleicht etwas wissen.«

Der Druck von der anderen Seite ließ etwas nach. Vater Lou tauchte stirnrunzelnd wieder in der Tür auf. »Und was wollen Sie, wenn Sie nicht vorhaben, schmutzige Geschichten über Lucy auszugraben?«

»Bitte. Könnten wir uns in Ruhe unterhalten? Ich kann Ihnen das alles erklären, aber nicht, wenn ich hier draußen in der Hitze stehen und den Fuß in der Tür lassen muß, weil ich Angst habe, daß Sie sie mir vor der Nase zuknallen.«

»Ich mache gerade Pause«, brummte der Priester. »Alle hier wissen, daß sie mich zwischen sechs und sieben nicht stören dürfen. Nur so kann ein alter Mann wie ich noch eine große Gemeinde leiten.«

Offenbar hatte der Fußballtrainer mir das zu erklären versucht – der Priester ist da hinten, aber stören Sie ihn nicht, er macht gerade ein Schläfchen. Ich wollte mich soeben entschuldigen, als Vater Lou sagte: »Aber seit Lucys Tod kann ich sowieso nicht mehr richtig schlafen. Da kann ich mich auch mit Ihnen unterhalten.«

Er führte mich in einen großen, dunklen Vorraum. Trotz seines Alters bewegte er sich leichtfüßig wie ein Tänzer oder Boxer.

»Vorsicht, Stufe. Ich habe kein Licht im Flur – ich muß jeden Cent sparen, weil wir in der Gemeinde kein Geld haben; schließlich will ich nicht, daß der Kardinal den Laden hier dichtmacht, weil wir zuviel kosten.«

Dann schloß Vater Lou einen kleinen Nebenraum auf, in

dem schwere Möbel aus dem neunzehnten Jahrhundert standen. Acht Stühle mit verzierten Beinen waren ordentlich um einen schwarzen Tisch arrangiert. Ein rußschwarzes Gemälde von Jesus mit Dornenkrone hing über einem kalten Kamin.

Der Priester bot mir einen der Stühle an. »Ich koche uns einen Tee. Machen Sie es sich bequem.«

Leichter gesagt als getan auf dem Holzstuhl. Die Blumen, die in seinen Rücken geschnitzt waren, drückten mir in die Schulterblätter. Ich rutschte ein Stück nach vorn. Vom Tisch aus lächelte mich eine Gipsfigur der Jungfrau Maria traurig an. Ihre Lippen hatten Sprünge, und die Farbe an ihrem linken Auge fehlte, aber das rechte musterte mich geduldig. Sie trug einen Mantel aus ausgeblichenem Taft, ordentlich mit handgeklöppelter Spitze gesäumt.

Vater Lou kam mit einem zerbeulten Metalltablett wieder, auf dem sich eine Teekanne und zwei Tassen befanden, als ich gerade die Finger über den Stoff des Mantels gleiten ließ. »Die Spitze ist hundert Jahre alt; die gleiche haben wir auch am Altar. Wie, sagten Sie, heißen Sie?«

Als ich ihm meinen Namen noch einmal sagte, versuchte er, sich auf polnisch mit mir zu unterhalten. Da mußte ich ihm gestehen, daß ich nur eine Handvoll Worte konnte, die mir die Mutter meines Vaters beigebracht hatte; meine eigene Mutter, eine italienische Einwanderin, hatte immer in ihrer Sprache mit mir geredet. Da wechselte er zu Italienisch über und freute sich diebisch über mein Erstaunen.

»Ich bin schon ziemlich lange hier. Habe schon Italiener getauft und Polen verheiratet, und jetzt halte ich die Messe auf spanisch. Die Gegend hier ist schon immer ein Armeleuteviertel gewesen; allerdings war's nicht immer so gefährlich. Die Leute von der Kirchenverwaltung haben vorgeschlagen, daß wir Fußball spielen mit den Jungs. Scheint gut zu sein für die Kinder; da arbeiten sie ihre überschüssige Energie ab.«

»Aber Sie selbst waren Boxer?« fragte ich.

»Ja. Ich hab' in den Vierzigern für Loyola geboxt. Irgendwann habe ich dann meine Berufung gefunden, aber das Boxen nicht aufgegeben. Ich leite immer noch einen Verein hier, und St. Remigio ist immer noch die beste Schule dafür –

das gibt den Jungs etwas, worauf sie stolz sein können. Gegen die großen Schulen draußen in den Vororten können wir nicht Fußball spielen. Wir kriegen die nötige Ausrüstung für elf Jungs, geschweige denn für fünfzig oder sechzig wie die da draußen, einfach nicht zusammen. Aber Boxer brauchen nicht viel. Lucy war einer von meinen besten. Ich war wirklich stolz auf ihn.«

Er preßte die Lippen aufeinander. Einen Augenblick lang wirkte er wie ein müder alter Mann mit wäßrigen Augen, doch dann riß er sich zusammen.

Er sah mich mit aggressivem Blick an, als wolle er sichergehen, daß ich ihn nicht wegen seiner Schwäche bemitleidete. »Leute von der Polizei waren hier und haben behauptet, daß er von seiner Fabrik aus mit Drogen handelt. Sie wollten, daß ich ihm nachspioniere. Ich habe ihnen gesagt, was ich davon halte. Dann sind auch noch die Zeitungen und das Fernsehen bei mir aufgetaucht. Ein junger Mexikaner hat Erfolg, also muß er mit Drogen handeln, so ähnlich hat's der *Herald-Star* wohl ausgedrückt. Sie haben dem armen Jungen, der einen uralten Wagen gefahren hat, damit er die Schulgebühren von St. Remigio für die Kinder seiner Schwester bezahlen konnte, einfach keine Ruhe gelassen.«

Er nahm einen Schluck Tee. Ich tat es ihm der Höflichkeit halber gleich. Er war leicht und blumig und in der Hitze erstaunlich erfrischend.

»Wann haben Sie sich das letzte Mal mit ihm unterhalten?« fragte ich.

»Er ist ein- oder zweimal die Woche zur Messe hierhergekommen. Ich glaube, am letzten Dienstag. Er ist als Ministrant eingesprungen, als er gesehen hat, daß der Junge, der's eigentlich hätte machen sollen, nicht erschienen ist. Damals, als er vierzehn war, haben sie ihn ausgelacht, als ich ihn überredet habe zu ministrieren – kleiner Altarjunge, haben sie ihn immer gehänselt –, aber dann hat er irgendwann angefangen, Boxkämpfe zu gewinnen, und sie haben bald damit aufgehört.

Aber ich schweife ab. Ich kann mich einfach nicht an den Gedanken gewöhnen, daß er tot ist. Es ist leicht zu sagen, daß die Menschen zu Jesus gehen, wenn sie sterben, und ich glaube sogar, daß das stimmt, aber wir hätten Lucy hier gebraucht. Ich jedenfalls. Jesus weinte, als Lazarus starb – also wird der Herr mich nicht dafür verurteilen, daß ich über den Tod von Lucy weine.«

Er nahm die Marienfigur in die Hand und drehte sie zwischen den Fingern. Dabei glättete er den Taft über ihren Hüften. Ich sagte kein Wort. Er würde selbst entscheiden, wann er weitersprach.

»Nun, er ist also weiter zu uns in die Messe gekommen. Als er seine Fabrik Special-T aufgebaut hat, hätte er das in einem sichereren Viertel machen können, aber er wollte in der Nähe der Kirche bleiben. Er hatte das Gefühl, daß sie ihm das Leben, das er nun führte, erst ermöglicht hatte. Anfangs hat er noch für 'ne Gang Schmiere gestanden und Drogen verkauft, aber dann hat er sich zum Stadtmeister im Leichtgewicht hochgearbeitet. Später ist er auf die Loyola University, meine alte Schule, gegangen. Das hat er sich durch Nachtschichten in einem Hotel in der Innenstadt finanziert. Und seit er für mich geboxt hat, hat er die Finger von den Drogen gelassen. Das sage ich allen Jungen: Sie können nicht gleichzeitig an Jesus glauben und mit Drogen handeln, das geht nicht.« Er sagte das ganz ohne Pathos. Niemand, der diese Oberarme oder den unnachgiebigen Zug um seinen Mund gesehen hatte, konnte daran zweifeln, daß sich Vater Lou ohne zu zögern mit einem Gangmitglied anlegen würde.

»Jedenfalls glaube ich, daß er am Dienstag das letzte Mal hier war, vielleicht war's aber auch am Mittwoch, so genau kann ich das nicht mehr sagen. Wir haben uns nach der Messe einen Kaffee und ein Donut gegönnt.«

»Hat er da beunruhigt gewirkt?«

»Natürlich. Schließlich haben die Leute diesen ganzen Mist über ihn und die Drogen erzählt!« brüllte der alte Mann und schlug so heftig auf den Tisch, daß die Marienfigur ins Wanken geriet. »Aber was geht Sie das an?«

»Wenn Sie das tröstet: Ich glaube, daß jemand die Sache mit den Drogen manipuliert hat.« Wieder einmal erzählte ich die lange Geschichte von Nicola Aguinaldo, von Global und Alex Fisher, die mich gebeten hatte, mir Frenadas Finanzen genauer anzusehen, und von den beiden Berichten, die sich so deutlich unterschieden.

»Es ist eine Schande«, sagte Vater Lou, »daß man einfach so im Privatleben eines Menschen herumschnüffeln kann.«

Ich wurde rot und versuchte nicht, mich zu verteidigen.

Vater Lou starrte mich eine Weile wütend an und sagte dann: »Aber wahrscheinlich war es gar nicht so schlecht, daß Sie den Bericht in seiner ursprünglichen Form gesehen haben. Wie kann es passieren, daß ein Bericht so verändert wird, daß Sie die eine Version bekommen und Ihr Reporterfreund eine andere?«

»Nun, darüber habe ich mir auch schon meine Gedanken gemacht«, sagte ich. »Das ist einer der Gründe, warum ich zu Ihnen gekommen bin. Man liest immer wieder von Hackern, die mit dem Computer die Sicherheitssysteme der Banken überlisten und Geld auf ihre Konten transferieren; schwierig wird's erst, wenn sie dann versuchen, es abzuheben. Ich könnte mir vorstellen, daß es für einen, der sich auskennt, nicht so schwierig ist, Kontenbestände zu verändern. Aber was passiert, wenn der Kontoinhaber versucht, es abzuheben? Lucian Frenada wird doch sicher von seiner Schwester beerbt. Könnten Sie sie bitten, das Geld abzuheben? Das würde nämlich zeigen, ob es wirklich auf dem Konto ist oder nur ein Phantom.«

Er dachte über meinen Vorschlag nach, ließ sich Zeit, stellte Fragen, um sicher zu sein, daß Frenadas Schwester keine Schwierigkeiten bekommen würde, wenn sie versuchte, das Geld abzuheben.

»Gut. Ich werde Ihnen jetzt noch keine definitive Auskunft geben, verspreche Ihnen aber, morgen früh mit Celia darüber zu reden. Und Sie müssen mir versprechen, daß Sie sie nicht belästigen. Sind Sie katholisch? Gibt es irgend etwas, worauf Sie schwören würden?«

Ich rutschte unruhig auf meinem harten Stuhl herum; meine Mutter, die seinerzeit aus religiösen Gründen aus dem faschistischen Italien geflohen war, hatte nicht gewollt, daß die Religion das Leben ihrer Tochter in der Neuen Welt bestimmte. »Ich geben Ihnen mein Wort. Und das gebe ich nicht leichtfertig.«

Er brummte etwas. »Nun, dann wird mir das wohl genügen müssen. Und was wollten Sie noch von mir?«

Ich atmete tief durch und sagte: »Lacey Dowell. Sie weiß etwas über Frenada und seine T-Shirts, warum er diese Mad-Virgin-T-Shirts hergestellt und hinterher so getan hat, als hätte er das nicht gemacht. Aber sie will nicht mit mir reden.«

»Magdalena. Mit diesem albernen Künstlernamen kann ich einfach nichts anfangen. Glauben Sie, ich kann sie dazu bringen, ihr Geheimnis zu verraten?« Sein voller Mund verzog sich ein wenig, ob belustigt oder verächtlich, konnte ich nicht beurteilen. »Mal sehen, mal sehen. Sie sind ja Detektivin, da wissen Sie sicher, in was für einem schicken Hotel sie wohnt, wenn sie hier in der Stadt ist. In ihr altes Viertel kommt sie jedenfalls bloß noch, wenn sie in Gesellschaft von 'ner ganzen Horde Kameras ist.«

30 Die Geschichte der Mad Virgin

Vater Lou verschwand ungefähr zwanzig Minuten lang. Als er zurückkam, erklärte er mir, wenn ich warten könne, werde ich Magdalena mit ziemlicher Sicherheit irgendwann am Abend in der Kirche treffen.

Unvermittelt fiel mir Morrell ein, der in der Damen Avenue in einem Restaurant auf mich wartete, und bat, einen Anruf tätigen zu dürfen. Vater Lou führte mich in sein Arbeitszimmer, das zwar schäbig war, aber viel einladender als der Raum, in dem wir zuvor gewesen waren. Hier standen Boxtrophäen in Regalen mit alten Papieren. Auf dem Schreibtisch, über dem ein einfaches Holzkreuz hing, lagen Stapel von Finanzberichten und alten Predigten. Er hatte nicht viele Bücher; ich entdeckte eine Sammlung mit Kurzgeschichten von Frank O'Connnor und zu meiner Überraschung auch eine mit welchen von Sandra Cisneros – schließlich müsse man eine Ahnung haben, was die Leute in der Gemeinde interessiert, meinte er, als er meinen Blick merkte.

Er hatte ein altes schwarzes Telefon mit Wählscheibe, das

im Vergleich zum leicht zu handhabenden Tastentelefon ziemlich schwerfällig wirkte. Er lauschte ganz ungeniert, als ich meinen Anruf erledigte – wahrscheinlich wollte er sicher sein, daß ich Frenadas Schwester nicht die Mafia auf den Hals hetzte –, und als er mitbekam, daß ich den Kellner bat, Morrell an den Apparat zu holen, ging ein Strahlen über sein Gesicht.

»Sie kennen also Morrell«, sagte er, nachdem ich aufgelegt hatte. »Das hätten Sie mir gleich sagen sollen. Ich wußte gar nicht, daß er wieder in der Stadt ist.«

»Sie haben ihn aus Guatemala rausgeschmissen«, sagte ich. »Sonderlich gut kenne ich ihn nicht.«

Vater Lou hatte ihn während der Amtszeit von Reagan kennengelernt, als amerikanische Kirchen Flüchtlingen aus El Salvador manchmal Zuflucht gewährten. In St. Remigio war eine Familie untergekommen, die nach Humboldt Park geflohen war, und Morrell hatte einen Artikel über sie geschrieben.

»Morrell tut eine Menge Gutes. Es wundert mich nicht, daß sie ihn aus Guatemala rausgeschmissen haben. Er kümmert sich ständig um irgendwelche armen Kerle. Wenn Sie mit ihm zum Essen verabredet sind, haben Sie wahrscheinlich Hunger.«

Er führte mich einen langen, dunklen Flur entlang zu seiner Küche, einer richtigen Höhle mit einem Herd, der noch älter war als das Telefon mit der Wählscheibe. Er fragte mich nicht, was ich wollte oder ob ich irgend etwas nicht mochte, sondern schlug einfach ein paar Eier in eine Pfanne. Er aß drei davon, ich zwei, aber ich nahm mir genausoviel Toast wie er.

Als Lacey um neun immer noch nicht da war, sahen wir uns zusammen Murrays Sendung auf einem Fernseher im Gemeindesaal an, der so alt war, daß Murrays Gesicht auf dem Bildschirm ganz rot und grün ausschaute. Sein Bericht wirkte nicht so spritzig wie die Sachen, die Murray sonst machte: Offenbar hatten ihm meine Informationen doch zu denken gegeben, egal, wie wütend er mich am Vormittag aus seiner Wohnung hinauskomplimentiert hatte. Der größte Teil der Sendung konzentrierte sich auf den Lieferweg der Drogen von Mexiko nach Chicago, und nur neunzig Sekunden beschäftigten sich mit Lucian Frenada, »einem aufstrebenden Jungunternehmer, dessen früher Tod viele Fragen aufwirft. Hatte er Verbindungen zu einem Drogenring, worauf die fünf Kilo Kokain, die letzte Woche in seiner Fabrik gefunden wurden, hinweisen? Wurde er von Komplizen ermordet, mit denen er in Konflikt geraten war? Oder hatte er überhaupt nichts mit der Angelegenheit zu tun, wie seine Schwester und andere Freunde behaupten?«

Dann wandte sich Murray Aufnahmen von Frenadas Fabrik zu, von Kokainbeuteln in einem Ballen T-Shirt-Stoff, von Lacey und Frenada vor der Kirche, in der wir gerade saßen. »Vater Lou Corrigan, der Lucian Frenada in jenem Gebäude zum Stadtmeister im Leichtgewicht aufgebaut hat, war nicht bereit, mit Channel Thirteen über Frenada oder seine preisgekrönte Schülerin Lacey Dowell zu sprechen.«

Dann folgten Einzelheiten aus Laceys Leben, Aufnahmen von einem zwei Wochen alten Interview mit ihr und schließlich eine Zusammenfassung, die ich als ziemlich lahm empfand. Vater Lou war wütend, ich aber wußte, daß Murrays Sendung sehr viel zahmer gewesen war, als sie es ohne mein Einschreiten geworden wäre. Natürlich hatte der Priester Frenada dreißig Jahre lang gekannt, und so hatte die Angelegenheit für ihn eine persönliche Dimension.

Wir gingen wieder in sein Arbeitszimmer und unterhielten uns bei einer zweiten Kanne Tee weiter über die Sendung, als es klingelte. Vater Lou erhob sich von seinem Stuhl und trat leichtfüßig auf den Flur hinaus. Ich folgte ihm: Wenn Lacey ein Köder war, den Global nach mir auswarf, dann würde ich nicht im Angesicht eines Kreuzes auf ihn warten.

Doch Lacey war allein. Ihre roten Locken steckten unter einem Motorradhelm. In ihrer Jeans und der Jacke hätte niemand sie erkannt.

Sie legte den Arm um den Priester. »Tut mir leid, Vater Lou. Alles.«

»Ach? Und was muß dir leid tun, Miss? Irgend etwas, über das wir uns unter vier Augen im Beichtstuhl unterhalten sollten?«

Sie hob den Kopf und sah blinzelnd den Flur hinunter. Als

sie mich entdeckte, wich sie von Vater Lou zurück und straffte die Schultern. »Wer ist das?«

»Das ist eine Detektivin, Magdalena«, sagte der Priester. »Eine Privatdetektivin, um genau zu sein. Sie hat ein paar Fragen über Lucy, die du meiner Meinung nach beantworten solltest.«

Lacey wandte sich der Tür zu, doch Vater Lou packte sie am linken Handgelenk und zog sie zu sich heran. »Mit dem hast du früher gespielt, aber ich muß dich eigens anrufen, damit du herkommst und mit mir über ihn redest. Das spricht für sich selbst, Magdalena.«

»Ist das nicht ziemlich melodramatisch?« sagte Lacey. »Mitternächtliche Treffen in der Kirche?«

»Warum nicht?« mischte ich mich ein. »Die letzten beiden Wochen waren sowieso wie aus einem schlechten Film. Haben Sie Alex Fisher erzählt, daß Sie hierherkommen? Wird Sie gleich an die Tür klopfen?«

»Alex weiß nicht, daß ich hier bin. Sie macht mich in letzter Zeit ziemlich nervös.«

»Ist Ihnen das erst aufgefallen, nachdem Sie die Sendung über Frenada gesehen haben?« fragte ich.

»Ganz ruhig, meine Damen. Setzen wir uns lieber gemütlich hin.«

Vater Lou legte einen Arm um jede von uns und dirigierte uns in sein Arbeitszimmer. Er war nicht sonderlich groß, reichte mir gerade mal bis zur Nase, aber wieviel Kraft er in den Armen hatte, probierte ich lieber nicht aus. Er goß kalten Tee in drei Tassen und stellte die Kanne wieder aufs Tablett zurück.

»Magdalena, du solltest mir jetzt lieber alles erzählen, was du über Lucys Tod weißt«, sagte er in bestimmtem Tonfall.

»Ich weiß gar nichts über seinen Tod. Aber – ach, ich weiß nicht mal, wo ich anfangen soll. Ich bin ziemlich durcheinander.«

Sie blinzelte die Tränen aus ihren großen blauen Augen weg, aber mich rührte sie damit nicht und Vater Lou offenbar auch nicht. Er fixierte sie mit unerbittlichem Blick und erklärte ihr, sie solle sich ihre dramatischen Auftritte für ihre Filme aufsparen. Sie wurde rot und biß sich auf die Lippe.

»Was ist mit dem Kokain?« fragte Vater Lou. »Weißt du irgend etwas über die Drogen, die jemand in seiner Fabrik versteckt hat?«

»Versteckt? Nein, das war anders.« Sie schüttelte den Kopf. »Ich war schockiert. Ich hatte mich Wochen zuvor in meinem Hotel mit Lucy unterhalten, und er hat keinen Ton davon gesagt. Natürlich mußte er das auch nicht unbedingt, aber... aber jedenfalls war es ganz schön unerwartet.«

»Woher wissen Sie, daß die Drogen nicht in seiner Fabrik versteckt wurden?« fragte ich. »Hat Alex Ihnen das gesagt? Nachdem Sie die Nachricht von mir bekommen hatten, daß Global heute abend die Sendung ausstrahlt?«

»Woher wissen Sie... Sie hat nicht...«, stotterte Lacey.

»Alex?« sagte Vater Lou. »Ach so, die junge Frau aus Hollywood. Lüg uns nicht an, Magdalena. Wenn sie mit dir darüber gesprochen hat, möchte ich es wissen.«

Lacey machte einen Schmollmund. »Als ich die Nachricht von dieser Warshawski gelesen hatte, habe ich Alex angerufen. Nun sehen Sie mich nicht so böse an: Sie kenne ich, und diese Warshawski kenne ich nicht. Jemand wie ich hört am Tag tausendmal, daß jemand besondere Neuigkeiten hat oder einen vor irgend jemandem beschützen kann. Ich dachte, diese Warshawski will mir Angst einjagen, damit ich sie anheuere.«

»Das klingt nicht mal so abwegig«, sagte ich. »Aber es erklärt nicht, warum Sie dann auch noch Alex angerufen haben. Ich habe Ms. Dowell geschrieben, daß Global Frenada im Fernsehen anschwärzen will«, fügte ich an den Priester gewandt hinzu. »Und ich wollte mich mit Ms. Dowell darüber unterhalten. Weil ich telefonisch nicht zu ihr durchgedrungen bin, habe ich ihr geschrieben und im Foyer auf sie gewartet, für den Fall, daß sie mit mir reden will. Aber eine halbe Stunde später ist dann der Hausdobermann von Global aufgetaucht, und zwar ziemlich aufgeregt.«

»Was hat sie dir gesagt, Magdalena?« fragte Vater Lou.

»Sie – Alex – sie ist ins Trianon gekommen und hat mir gesagt, daß es stimmt. Sie hat mir sogar ein Foto von einem Kilo

Kokain in einem Stoffballen gezeigt, den Lucy aus Mexiko importiert hat.« Lacey sah den Priester hilfesuchend an. »Wenn Sie glauben, daß ich nicht hierherkommen wollte, weil ich kein Herz habe, dann täuschen Sie sich. Ich wollte mich einfach nicht mit Ihnen über Lucy unterhalten, wenn er tatsächlich mit Drogen handelt. Sie haben doch nie was auf Lucy kommen lassen. Nicht mal damals, als er mit elf für die Lions Schmiere gestanden hat. Wenn Sie glauben wollen, daß ihn jemand reinlegen wollte, gut, aber Alex hat mich gewarnt, daß diese Warshawski versuchen würde, mich in eine Schmutzkampagne hineinzuziehen. Und sie hat mir außerdem gesagt, daß ich nicht darüber reden soll. Es ist die eine Sache, wenn ein Hugh Grant oder irgendein anderer männlicher Star Probleme wegen Sex- oder Drogengeschichten bekommt, aber bei einer Frau, besonders bei einer Frau in meinem Alter, ist das etwas anderes. Die sieht dann gleich wie ein Flittchen aus. Alex hat gesagt, wenn sich so was rumspricht, könnte ich mich aus dem Filmgeschäft verabschieden.« Lacey sah mich an. »Sie haben sich wahrscheinlich hinter der Topfpalme im Foyer versteckt, oder?«

»Du hast Alex geglaubt, ohne irgend jemand anders zu fragen?« wollte Vater Lou wissen. »Da geht's um deinen alten Freund aus Kindertagen, der dir ein paarmal aus der Patsche geholfen hat, und du hast nicht mal nachgeprüft, was so ein Fernsehsender über ihn behauptet? Hast du gesehen, was sie heute abend mit ihm gemacht haben, mit dem Jungen, der Tag und Nacht gearbeitet hat, damit seine Schwester nach dem Tod ihres Mannes ein Dach über dem Kopf hat?«

»Alex hatte ein Foto«, sagte Lacey, hob den Blick aber nicht von ihren Händen. »Ich hab' das Kokain auf dem Foto gesehen.«

»Sie haben ihm eine Falle gestellt«, sagte ich. »Sie leben in einer Welt manipulierter Bilder; Sie wissen doch, wie leicht es ist, ein Foto aussehen zu lassen, als wäre es echt. Und woher wollten Sie wissen, daß das Kokain in dem Stoffballen sich überhaupt in Frenadas Fabrik befand? Aber eigentlich ist mir die Sache mit dem Kokain nicht so wichtig. Viel mehr würde mich interessieren, warum sie ihn unbedingt mundtot machen wollten. Hatte es etwas mit den T-Shirts zu tun? Warum hatte er ein Mad-Virgin-T-Shirt in seinem Büro?«

»Es kann nichts mit den T-Shirts zu tun haben«, sagte sie. »Ich erzähle Ihnen jetzt, was wirklich passiert ist: Lucy und ich haben weiter Kontakt gehalten, wenn auch nicht mehr so eng wie früher. Er hat mir den Artikel geschickt, der vor zwei Jahren im *Herald-Star* über ihn erschienen ist. Da stand drin, daß er ein Vorbild für alle aufstrebenden Jungunternehmer der zweiten Einwanderergeneration ist. Und dann haben wir beschlossen, *Virgin Six* hier zu drehen, und natürlich war ein großer Bericht darüber in der Zeitung. Den hat Lucy gesehen. Er hat mir geschrieben und mich gefragt, ob ich den Sender dazu bringen könnte, daß er einen Vertrag für die Herstellung von Mad-Virgin-T-Shirts kriegt, mit einem speziellen Aufdruck für Chicago oder so. Ich habe ihm geantwortet, daß ich mit Teddy Trant reden würde, und das habe ich auch getan, aber Teddy hat mich mit einer sarkastischen Bemerkung abblitzen lassen. Tja, und da habe ich die Sache aufgegeben.«

»Stimmt, besonders zupackend bist du noch nie gewesen, Magdalena. Aber hast du dir denn nicht genug aus Lucy gemacht, um dich für ihn einzusetzen?« Der Priester sah sie über den Rand seiner Teetasse hinweg an.

»Wir waren gerade mitten in wichtigen Vertragsverhandlungen. Ich weiß, ich hätte mehr an Lucy denken sollen, aber ich bin jetzt siebenunddreißig; wenn ich nicht sehr großes Glück habe, ist es mit dem Stardasein in ein paar Jahren aus. Und außerdem bin ich vor mehr als zwanzig Jahren aus dieser Gegend weggezogen, Vater Lou.« Sie streckte die Hände aus, eine Geste, die sie oft im Beisein ihres alten Geliebten ungefähr in der Mitte ihrer Filme machte.

»Aber er hat trotzdem auf Verdacht ein paar T-Shirts hergestellt?« sagte ich.

»Ja, wahrscheinlich. Jedenfalls hat mich an dem Tag, bevor ich weggeflogen bin, plötzlich Teddy angerufen und mich um Lucys Nummer gebeten. Er wollte sich, glaube ich, die Fabrik ansehen.«

»Und warum sind Sie vor zwei Wochen bei Murrays Party im Golden Glow so wütend auf Frenada geworden?«

»Waren Sie da?« fragte sie. »Vielleicht wieder hinter einer Topfpalme oder so? Teddy hat gesagt, er hätte sich die Sachen von Lucy angesehen, aber die hätten nicht dem Standard von Global entsprochen. Doch Lucy hat behauptet, Teddy hätte eins seiner T-Shirts gestohlen. Ich hab' gesagt, Unsinn, wir – ich meine der Sender – stellen Millionen von den Dingern her, warum sollte Teddy da eins stehlen? Lucy hat gedroht, eine Szene zu machen, und ich hasse es, auf diese Weise in der Öffentlichkeit vorgeführt zu werden. Also habe ich ihn rauswerfen lassen. Aber hinterher habe ich mich schrecklich gefühlt. Wirklich, Vater Lou. Ich habe ihn angerufen, mich bei ihm entschuldigt und ihn zum Mittagessen in mein Hotel eingeladen. Wir haben uns ziemlich lange unterhalten, und er hat gesagt, eins von den T-Shirts, die er gemacht hat, fehlt tatsächlich. Ich habe ihn nicht dazu bringen können, die Sache zu vergessen, also habe ich ihm versprochen, mit Alex darüber zu reden, aber ich dachte, wahrscheinlich hat einer von seinen Arbeitern das Ding mitgehen lassen; so was klauen die Leute schon mal.«

»Ja, das ist möglich«, sagte Vater Lou. »Und was hast du zu dieser Alex oder zu deinem Chef gesagt?«

Sie spielte mit ihren Fingern herum. »Ich wußte nicht, was ich zu Teddy sagen sollte. Schließlich hatte er mir ja schon versichert, daß er das T-Shirt nicht hatte. Und außerdem hat er etwas ziemlich Schreckliches über Lucy gesagt, und ich hab' ihn dran erinnern müssen, daß ich auch aus Mexiko komme. Aber ich hab' Alex davon erzählt, und sie hat gemeint, ich soll aufhören, mir darüber Gedanken zu machen; wenn Lucy ein T-Shirt fehlt, dann schickt sie ihm eben eins. Doch darum ging's natürlich nicht.«

»Und was war so außergewöhnlich an diesen T-Shirts?« fragte ich. »Der Stoff? Oder das Bild darauf?«

»Ehrlich, ich weiß es nicht«, sagte sie und breitete wieder die Hände aus. »Ich glaube, Lucy war einfach wütend, weil Global ihm den Vertrag nicht gegeben hat, und das hat seine Perspektive verzerrt.«

»Wo stellt Global seine Merchandising-Produkte her? T-Shirts und Puppen und solche Sachen?« fragte ich.

»Das habe ich nie gefragt. Wahrscheinlich überall auf der Welt.«

»In den Ländern der Dritten Welt? Oder in Amerika?«

Sie schüttelte ungeduldig den Kopf. »Ich weiß es nicht.«

»Sie kassieren zwar die Tantiemen, aber Sie fragen lieber nicht so genau nach, weil Sie Angst haben vor dem, was Sie vielleicht erfahren könnten?« sagte ich.

»Es reicht mir jetzt, von Ihnen wie Dreck behandelt zu werden«, sagte sie und erhob sich von ihrem Stuhl. »Ich gehe.«

Doch Vater Lou erreichte die Tür vor ihr und versperrte ihr den Weg. »Gleich kannst du gehen, Magdalena. Ich bin froh, daß du heute abend zu mir gekommen bist. Und ich glaube, daß du jetzt besser schlafen kannst, weil du die Wahrheit gesagt hast, denn das hast du ja sicher getan.

Morgen ist übrigens die Messe für Lucy«, fügte er hinzu, als sie nichts erwiderte. »Ich erwarte, daß du kommst. Sie ist um elf. Die Kinder von Lucys Schwester erhalten seine Lebensversicherung, aber sie könnten noch ein bißchen Geld für die Schulgebühren brauchen. Und es wäre außerdem eine schöne Geste, wenn du zu seinem Angedenken ein Stipendium für die Schüler dieser Schule einrichtest.«

Sie war wütend, aber nachdem sie den Priester eine ganze Weile angesehen hatte, nickte sie schließlich. Er ließ sie los. Ein paar Minuten später hörten wir draußen einen Motor anspringen. Ihr Motorrad. Ich würde Emily fragen, welche Marke Lacey Dowell fuhr.

Zwanzigtausend Dollar für St. Remigio statt drei Gegrüßet-seist-du-Maria? So hörte sich die Sache für mich jedenfalls an.

»Ich bin müde; ich möchte jetzt ins Bett«, sagte Vater Lou. »Haben Sie erfahren, was Sie wissen wollten?«

Ich hatte keine Ahnung, denn ich begriff immer noch nicht, warum das T-Shirt, das Frenada hergestellt hatte, so wichtig war. Und ich war nicht so sicher wie Vater Lou, daß Lacey die Wahrheit gesagt hatte. Als ich ihn verließ, überlegte ich, wieviel Zeit ich wohl noch hatte, bis ich wie Lucian Frenada in einem Sarg landete. Vielleicht würde Vater Lou dann auch für mich eine Messe halten, obwohl ich nicht religiös war.

Inzwischen machte mich alles nervös. Ich hatte Angst, nach Hause zu fahren, weil ich nicht wußte, ob mir dort jemand auflauerte. Aus demselben Grund hatte ich Angst, zu meinem Wagen zu gehen. Und ich hatte Angst, Mr. Contreras zu meinem Büro zu schicken, um den Wagen abzuholen, weil ich mir vorstellen konnte, daß Baladine eine Bombe unter der Motorhaube versteckt hatte. Am Ende war ich so wütend über mich selbst und meine Furcht, daß ich, nachdem ich aus der Hochbahn ausgestiegen war, direkt nach Hause ging: ganz normal den Gehsteig entlang und zur Vordertür hinein. Nichts passierte, und perverserweise machte mich das noch nervöser.

Am Morgen fuhr ich mit der Hochbahn zu meinem Büro und warf einen Stein auf die Motorhaube meines Wagens. Er prallte davon ab. Der Skylark ging nicht in die Luft, aber ein paar Jungen, die auf der anderen Seite der Straße herumlungerten, verdrückten sich in eine Gasse: Mit einer Verrückten wollten sie nichts zu tun haben.

Drinnen wartete bereits die Frau von der Agentur auf mich: Tessa war ungewöhnlich früh eingetroffen und hatte sie hineingelassen. Ich sagte der Frau, wie sie die Papiere weiter ordnen sollte, bevor ich bei Unblinking Eye anrief und mich von den Leuten dort wegen des neuen Sicherungssystems beraten ließ. Weil Tessa und ich denselben Eingang benutzten, brauchten wir nur zwei Überwachungsbildschirme – einen für jeden Arbeitsbereich. Das ging zwar trotzdem ins Geld, aber bei weitem nicht so, wie ich befürchtet hatte. Die Leute von Unblinking Eye würden am nächsten Morgen kommen und das System installieren und bei dieser Gelegenheit gleich die Kamera mitnehmen, die ich mir für den Continental-United-Auftrag geliehen hatte.

Danach setzte ich mich an den Computer und recherchierte Gerichtsakten, um etwas über Veronica Fassler herauszufinden. Das war wie die berühmte Suche nach der Nadel im Heuhaufen, denn die Fälle sind nicht nach Angeklagten geordnet. Ich versuchte, das Jahr zu erraten, in dem sie verurteilt worden war – sie hatte gesagt, sie sei schon vor Nicola Aguinaldo nach Coolis gekommen. Schließlich hatte ich Glück und spürte ihren Fall, der vier Jahre zurücklag, tatsächlich auf. Veronica Fassler war mit vier Gramm Crack Winona Street Ecke Broadway verhaftet worden, und dafür hatte sie die übliche Strafe von drei bis fünf Jahren erhalten. Sozusagen ein Jahr für jedes Gramm.

Außerdem versuchte ich, mehr über Coolis herauszufinden. Ich hatte seinerzeit nicht mit verfolgt, wie das Gefängnis gebaut worden war, weil ich nicht mehr als Pflichtverteidigerin arbeitete. Jetzt las ich folgenden Artikel aus dem *Corrections Courier: Carnifice bekommt Zuschlag für neue Gefängnisanlage. Es ist ein völlig neuer Gedanke, Untersuchungsgefängnis und Haftanstalt im nordwestlichen Illinois miteinander zu kombinieren, typisch für den innovativen Ansatz zur vertikalen Integration, der Carnifice Security auszeichnet.* Wegen der Überfüllung in den Bezirksgefängnissen von Cook und Du Page County wurden Frauen, die man verhaftet hatte und die das Geld für die Kaution nicht aufbringen konnten, nun in einem eigenen Flügel von Coolis untergebracht. Auf diese Weise brauchten sie nur den Flur zum Gefängnis hinüberzugehen, sobald sie rechtskräftig verurteilt waren. Wenn man vor der Verhandlung schon ein Jahr oder länger in der Anstalt gewesen war, erhöhte sich die Wahrscheinlichkeit der Verurteilung um einiges. Vermutlich genügte es als Beweis für die Schuld, wenn man das Geld für die Kaution nicht hatte.

Weil man vom Gefängnis direkt zur Verhandlung gebracht wird, sollten sich die Gefängnisse in der Nähe der Gerichte befinden – diese Voraussetzung erfüllte Coolis eindeutig nicht. Ein Artikel im *Herald-Star* beschrieb, wie Illinois House Speaker Poilevy dieses kleine Hindernis überwand. In dem Jahr, in dem Coolis eröffnet wurde, beschäftigte er sich in einer Sondersitzung der Legislative ausschließlich mit Verbrechen. In jener Sitzung wurden fünfzehn oder sechzehn Gesetzesentwürfe durchgepeitscht. Einer davon legte fest, daß ein bestimmter Raum in Coolis montags, dienstags und mittwochs von Cook County, donnerstags von Du Page und freitags zu gleichen Teilen von Lake und McHenry für Verhandlungen genutzt würde. Ein paar Pflichtverteidiger aus jedem Bezirk konnten sich mit dem Staatsanwalt in einer Fahrgemeinschaft zusammentun, ein paar Tage in Coolis verbringen und dem Staat eine Menge Geld sparen, weil man so nicht alle Frauen von ihrem Gefängnis zum zuständigen Bezirksgericht fahren mußte.

Allmählich begriff ich, wieso Baladine so eng mit Poilevy befreundet war: Poilevy ging wirklich locker mit der Gesetzgebung um. Was ich allerdings nicht herausfinden konnte, war, wie sich Teddy Trant und Global Entertainment ins Bild fügten. Die Zeitungen gaben darüber keinen Aufschluß.

Der einzige Artikel, der im *Wall Street Journal* über das Thema erschienen war, hatte bezweifelt, daß Carnifice das Geld in der multifunktionalen Frauenhaftanstalt von Coolis richtig investierte. Das *REIT Bulletin* hingegen lobte die Aktion und empfahl das Projekt potentiellen Investoren aufs wärmste.

Weibliche Gefangene machten den am schnellsten wachsenden Teil der ohnehin stetig zunehmenden Zahl von Inhaftierten in den Vereinigten Staaten aus, hieß es im *Bulletin.* Ein zwölffacher Anstieg bei den weiblichen Gefangenen im letzten Jahrzehnt... fünfundsiebzig Prozent davon mit Kindern... achtzig Prozent wegen Diebstahlsdelikten oder Prostitution...

Diebstahl, um Geld für die Miete oder andere lebenswichtige Dinge zu bekommen, nicht wie bei den Männern für Drogen oder andere Vergnügungen.

Ich überflog die Artikel und landete schließlich bei einem mit der Überschrift »Modellwerkstätten im Gefängnis: Coolis, ein Ort von den und für die Gefangenen«. In den Gefängniswerkstätten von Coolis durften die Insassen bis zu dreißig Dollar die Woche für die Herstellung von Kleidungsstücken und Nahrungsmitteln verdienen, die im staatlichen Gefängnissystem verbraucht wurden. Nun erschien auf dem Monitor das verschwommene Bild lächelnder Gefangener in einer Gefängnisküche und zweier ernst dreinblickender Frauen, die riesige Nähmaschinen bedienten. Carnifice hatte beim Bau des Gefängnisses eine Menge Geld in die Werkstätten investiert und vergeblich versucht, die Verantwortlichen in Illinois dazu zu bringen, daß sie ein Gesetz abschafften, das verfügte, daß im Gefängnis hergestellte Waren nicht außerhalb des Gefängnissystems verkauft werden durften. Das war der einzige Vorstoß in Poilevys Sitzung gewesen, der abgeschmettert worden war.

»Die Gewerkschaften haben diesen Staat im Würgegriff«, hatte Jean-Claude Poilevy gemurrt, als er nicht die nötigen Stimmen zur Abschaffung dieses Gesetzes hatte zusammenbringen können. »Sie machen eine effektive Nutzung industrieller Einrichtungen unmöglich, um ihre eigenen Pfründe zu sichern.«

Während ich darauf wartete, daß die Artikel ausgedruckt wurden, rief ich die Daten auf, die ich von LifeStory über Lucian Frenada heruntergeladen hatte. Schon seit Tagen hatte ich mir die Informationen noch einmal ansehen wollen, es wegen der ganzen Aufregung um die Kokaingeschichte aber immer wieder vergessen.

Als die besagten Informationen auf dem Bildschirm erschienen, traute ich meinen Augen nicht: Statt der bescheidenen Bankkonten und der beiden Kreditkartenverträge, die ich zehn Tage zuvor gesehen hatte, bekam ich nun seitenweise Einzelheiten – Bankkonten in Mexiko und Panama; achtzehn Kreditkarten, von denen jede im Monat mit bis zu zwanzigtausend Dollar für Reisen und Schmuck belastet war; ein Haus in Acapulco und noch eins an der Côte d'Azur. Die Liste hörte überhaupt nicht mehr auf.

Ich war so verblüfft, daß ich eine ganze Weile keinen klaren Gedanken fassen konnte. Schließlich ging ich zu meiner Aktentasche und holte die Sicherungsdisketten heraus, die ich immer zwischen Büro und Wohnung hin und her trage. Ich steckte die Diskette mit dem Bericht über Frenada ins Laufwerk und öffnete die Datei. Die Zahlen, die jetzt auf dem Bildschirm erschienen, entsprachen denen, die ich Murray am vorigen Morgen gezeigt hatte.

Erst nach ein paar Minuten wurde mir klar, was passiert war: Die Leute, die in mein Büro eingedrungen waren, hatten die Dateien auf meinem Computer verändert.

Vielleicht hatten sie sich auch mit meinen anderen Dokumenten vergnügt – meinen Fallberichten, meinen Daten für die Steuer –, alles war möglich. Wieder einmal bekam ich ein flaues Gefühl im Magen bei dem Gedanken, wie hilflos ich ihnen ausgeliefert war.

Eigentlich hatte ich heute morgen nach Coolis hinausfahren wollen, um mit Veronica Fassler zu sprechen, sobald ich ihre Gerichtsakte gefunden hätte, aber jetzt war ich zu durcheinander, um mich weiter damit zu befassen. Hätte ich doch nur meinen alten Hacker-Freund Mackenzie Graham noch aufspüren können! Der hätte mir erklären können, wie es die Eindringlinge geschafft hatten, die LifeStory-Daten zu verändern, doch leider hielt er sich gerade mit dem Friedenskorps irgendwo in Ostafrika auf.

Ich öffnete mehrere alte Dateien, merkte aber bald, daß ich eigentlich gar keine weiteren Hinweise auf Manipulationen finden wollte. Ich löschte alles. *Sind Sie sicher, daß Sie alles löschen wollen?* fragte mich das System zweimal und schien sich dann achselzuckend mit meiner Antwort abzufinden. Nachdem ich alles gelöscht hatte, überspielte ich sämtliche Daten von den Sicherungsdisketten auf meine Festplatte und dankte Mackenzie im nachhinein dafür, daß er mich seinerzeit angehalten hatte, immer alle neuen Dateien sofort zu kopieren.

Den Rest des Tages arbeitete ich fleißig mit der Frau von der Agentur. Um fünf Uhr hatten wir schließlich zweiundachtzig ordentliche Stapel Papiere, für die sie am folgenden Morgen Mappen beschriften konnte. Ich erklärte ihr gerade, wie sie vorgehen müßte, als die Leute von Unblinking Eye kamen, um unsere Überwachungskamera sowie die Monitore zu installieren. Hinterher lud ich meinen Computer in den Wagen und nahm ihn mit nach Hause. Eigentlich wußte ich keinen wirklich sicheren Ort dafür, aber meine Wohnung befand sich immerhin in einem Gebäude, in dem normalerweise immer jemand da war.

Nachdem ich meinen Computer angeschlossen hatte, legte ich mich eine halbe Stunde in die Badewanne, hörte Bach und versuchte, mich zu entspannen. Es hätte mir sehr geholfen, wenn ich gewußt hätte, was meine Gegner wollten. Abgesehen davon, daß sie mich offensichtlich durch genau diese Ungewißheit zum Wahnsinn treiben wollten. Nach dem Bad schenkte ich mir einen Whiskey ein und ging zu Mr. Contreras hinunter. Ich hatte vor, ihn dazu zu überreden, daß er untertauchte, bis diese unselige Geschichte irgendwie ein Ende gefunden hätte. Als er mir die Tür öffnete, legte ich ihm eine Hand auf den Mund und dirigierte ihn durch seine Wohnung zum Innenhof. Das Paar im ersten Stock stand mit Gästen auf dem Balkon. Freundliches Lachen und das beruhigende Klappern von Gläsern drangen zu uns herunter. Im Schutz dieser Geräuschkulisse erklärte ich Mr. Contreras, daß jemand Mary Louise bedroht hatte und ich nicht wollte, daß es ihm genauso erginge.

»Ich möchte nicht, daß Sie ein leichtes Ziel für BB Baladine werden«, sagte ich mit eindringlicher Stimme. »Was ist, wenn er plötzlich nachforscht, wer mich nach Coolis begleitet hat? Soweit ich weiß, hat eine Videokamera uns aufgenommen – besonders schlau war das nicht von mir, ich weiß. Ich habe mich sofort in die Sache reingestürzt, ohne vorher nachzudenken. Es tut mir leid, daß ich Sie auch in Gefahr gebracht habe. Sie hatten schon recht, als Sie Ihren Namen nicht in die Liste eintragen wollten.«

»So leicht jagt man Ihnen aber normalerweise keine Angst ein, Schätzchen.«

»Nun, so oft habe ich es auch nicht mit Leuten zu tun, die das Aufspießen von Neugeborenen für alltägliche Arbeit halten. Würden Sie mir einen Gefallen tun und zu Ihrer Tochter fahren, bis diese Aguinaldo-Geschichte vorbei ist?«

Natürlich wollte er das nicht. Abgesehen von der Tatsache, daß seine einzige Tochter und er ungefähr soviel gemein hatten wie ein Hund und ein Fisch, beabsichtigte er nicht, nun einen Rückzieher zu machen. Dann fragte er mich, ob ich ihm denn nie zuhöre, wenn er von Anzio erzähle.

»Mein Gott!« rief ich aus, so daß die Leute auf dem Balkon einen Augenblick lang erschreckt schwiegen. »Damals in Anzio waren Sie kaum älter als zwanzig. Vielleicht haben Sie heute immer noch den Willen von damals, aber nicht mehr die Kraft. Und wenn dieser Typ merkt, wie eng wir befreundet sind, was er über kurz oder lang tut, dann weiß er, daß Sie mich nach Coolis begleitet haben, nicht Nicola Aguinaldos Großvater.«

Wir stritten uns ungefähr eine Stunde lang, doch ich brachte Mr. Contreras nur dazu, irgendwann zu sagen: »Na schön, ich mache niemandem auf, den ich nicht kenne, wenn Sie nicht da sind, aber selbst wenn ich nicht mehr der Gleiche bin wie damals mit zwanzig, kann ich immer noch auf mich selbst aufpassen und muß mich nicht wie ein Feigling bei meiner Tochter verkriechen.«

Am Donnerstag morgen stand ich früh auf, ging mit den Hunden ausführlich zum Schwimmen und machte mich dann auf den Weg nach Coolis. Obwohl ich nicht einmal eine Essenspause einlegte, erschien mir die Fahrt diesmal länger als eine Woche zuvor mit Mr. Contreras. Trotzdem kam ich vor Mittag am Gefängnis an und stellte den Wagen auf dem Parkplatz ab.

Ich hatte mich geschäftsmäßig gekleidet und trug meinen sandfarbenen Hosenanzug. Natürlich waren nach der langen Fahrt in dem Wagen ohne Klimaanlage Schwitzflecken unter meinen Achseln, aber meiner Ansicht nach sah die Vorderseite meiner weißen Bluse immer noch ordentlich genug aus, um Eindruck zu machen. Ich hatte die Aktentasche dabei, die mein Dad mir zum Abschluß des Jurastudiums geschenkt hatte. Sie ist mittlerweile fast zwanzig Jahre alt, und das rote Leder ist abgegriffen und an den Ecken pink-weiß. Damit sie noch ein bißchen hält, benutze ich sie nicht oft, aber heute wollte ich das Gefühl haben, daß mein Vater mich begleitete.

Die Sonne brannte auf mich herunter, als ich über den Asphalt zum ersten Wachhäuschen ging. Draußen konnte ich die Grashüpfer hören, die in dem hohen Gras herumschwirrten, doch innerhalb des Gefängnisses gab es keine Bäume und kein Gras, die die flirrende Hitze ein bißchen gelindert hätten. Die weißen Wände waren so hell, daß meine Augen sogar hinter der Sonnenbrille zu tränen anfingen.

Ich blieb am ersten Wachhäuschen stehen, zeigte meinen Ausweis und erklärte, ich sei Anwältin und wolle mit einer der Insassinnen sprechen. Am zweiten Häuschen wurde meine

Aktentasche nach Waffen durchsucht. Dort mußte ich vierzig Minuten warten, bis ich zum Gefängniseingang eskortiert wurde. Die Aufseherin, die mich schließlich abholte, war eine kleine, rundliche Frau, die mit dem Wachmann scherzte, aber zu mir kein Wort sagte.

Am Eingang öffnete sich die automatische Tür lautlos. Nun standen wir vor einer weiteren Tür, die erst aufgehen würde, wenn sich die hinter uns wieder geschlossen hatte. Drinnen wurde ich dann zu einer weiteren Wachstation geführt, wo ich erklärte, aus welchem Grund ich gekommen war: Ich sei Anwältin und hier, um mit Veronica Fassler zu sprechen.

Nun wurde ich in ein Wartezimmer geschickt, einen kleinen, fensterlosen Raum mit Plastikstühlen, abgetretenem Linoleum und einem Fernseher, der hoch oben an der Wand befestigt war und aus dem Oprah Winfrey mir und den anderen drei Frauen in dem Zimmer etwas entgegenbrüllte.

Zwei der wartenden Frauen waren schwarz, die einzigen farbigen Gesichter, die ich seit Betreten des Gefängnisgeländes gesehen hatte; alle drei starrten stumpf vor sich hin, als wären sie es gewöhnt, von ihrer Umwelt nicht wahrgenommen zu werden. Hin und wieder schaute eine Aufseherin herein. Als ich sie bat, die Lautstärke des Fernsehers herunterzudrehen, weil niemand von uns die Sendung verfolgte, sagte sie, ich solle mich um meine eigenen Angelegenheiten kümmern, und verschwand wieder.

Gegen halb zwei wurde die ältere der beiden schwarzen Frauen ins Besucherzimmer gebracht. Dann kamen zwei weitere Leute – ein Hispano-Paar mittleren Alters, beide nervös, die wissen wollten, was sie zu erwarten hätten, wenn sie ihre Tochter sähen. Die weiße Frau starrte weiter stumpf vor sich hin, doch die zweite schwarze Frau erklärte dem Paar alles, wo man saß und worüber man sich unterhalten durfte. Es fiel den beiden schwer, ihren Ausführungen beim Lärm des Fernsehers zu folgen. Als sie gerade etwas zum drittenmal wiederholte, kam die Aufseherin, um mich zum Büro des Gefängnisdirektors zu bringen.

CAPTAIN FREDERICK RUZICH, DIREKTOR, stand auf dem Schild an seiner Tür. Die Aufseherin salutierte; der

Gefängnisdirektor sagte ihr, sie könne gehen, und bot mir einen Stuhl an. Trotz seines militärischen Ranges trug er Zivilkleidung, einen hellen Tropenanzug aus Kammgarn und dazu eine marineblaue Krawatte. Er war ziemlich groß und kräftig; selbst im Sitzen schien er mich noch zu überragen. Mit seinen grauen Haaren und Augen wirkte er fast farblos, ja einschüchternd.

»Man hat mir gesagt, Sie wollen mit einer unserer Insassinnen sprechen, Miss ...«

»Warshawski. Ja. Mit Veronica Fassler. Sie verbüßt eine fünfjährige Haftstrafe wegen eines Eigentumsdelikts und ...«

»Sie sind also vertraut mit ihrem Fall. Ich dachte schon, Sie sind zum Mandantenangeln hergekommen.« Dabei lächelte er, allerdings so herablassend, daß die Äußerung zur Beleidigung wurde.

»Niemand fährt ins Gefängnis, um Mandanten zu werben, Captain. Die finanzielle Unterstützung des Staates deckt nicht einmal das Benzingeld und die Mautgebühren für die Strecke von Chicago hierher. Interessieren Sie sich für alle Gespräche zwischen Anwalt und Insassin hier in Coolis?«

»Für die wichtigen schon. Haben Sie sich mit Veronicas Hauptanwalt über den Fall unterhalten? Ich hätte schon erwartet, daß er Sie begleitet oder uns zumindest in Kenntnis setzt, wenn er eine Vertreterin schickt.«

»Ms. Fassler hat in meinem Büro angerufen und mich gebeten, zu ihr zu kommen. Dazu hat sie das Recht.«

Er lehnte sich auf seinem Stuhl zurück, verschränkte die Hände hinter dem Kopf und lächelte mich spöttisch an. »Wie dem auch sei – wir hatten jedenfalls Anweisung, sie zu verlegen. Sie ist jetzt in einem anderen Teil des Gefängnissystems. Das heißt, Sie sind völlig umsonst hier herausgefahren, Detective.«

Ich hielt seinem Blick stand. »Ja, ich bin Detektivin, Captain. Aber ich bin auch Anwältin und habe gute Verbindungen zu den Kollegen in Illinois. Wohin haben Sie Ms. Fassler verlegt?«

»Das würde ich Ihnen gern verraten, aber ich kann es nicht, weil ich es selbst nicht weiß. Carnifice Security hat jemanden mit einem Transporter hergeschickt und sie gestern zusammen mit dem Kind abgeholt. Mehr kann ich Ihnen dazu nicht sagen.« Seine grauen Augen wirkten jetzt mehr denn je wie die eines Fisches.

»Warum ist sie verlegt worden? Davon hat sie nichts erwähnt, als sie mich angerufen hat.«

Wieder dieses herablassende Lächeln. »Es gibt immer Probleme, wenn eine Insassin ein Baby hat. Die Logistik hier ist für so etwas nicht geeignet. Vermutlich haben sich die anderen Gefangenen beschwert.«

»Das ist aber schön, daß die Beschwerden der Insassinnen so ernstgenommen werden.« Er würde mich nicht dazu bringen, die Beherrschung zu verlieren. »Ich kann mir allerdings nicht vorstellen, daß ein Mann wie Sie, der sich gern selbst um alles Wichtige kümmert, einfach ja und amen sagt, wenn die Vorgesetzten Anweisung geben, eine Insassin an einen unbekannten Ort zu verlegen. Besonders nicht in einem Gefängnis unter privater Leitung, wo die Zahl der belegten Betten den Gewinn beeinflußt.«

Das herablassende Lächeln spielte immer noch um seine Mundwinkel. »Wie Sie meinen, Warshawski, wie Sie meinen. Woher hatte Veronica Fassler überhaupt Ihre Nummer?«

»Wahrscheinlich aus den Gelben Seiten. So finden mich die meisten Leute.«

»Nicht zufällig, als Sie in der Krankenstation waren und Fragen über Nicola Aguinaldo gestellt haben, oder? Zusammen mit ihrem – wie haben Sie ihn genannt? – … Großvater … Waren Sie da übrigens in Ihrer Funktion als Detektivin oder als Anwältin hier?«

»Wenn jemand eine Klage anstrebt, ist meistens ein Anwalt anwesend.«

Jetzt wurde aus dem Lächeln ein Grinsen. »Sie haben behauptet, daß der Mann der Großvater der jungen Frau ist, aber sie hat keinen Großvater. Jedenfalls nicht in Amerika. Und der Mann, den Sie dabei hatten, war definitiv Amerikaner.«

Ich legte die Hände um mein rechtes Knie, um entspannt zu wirken. »Stammen Ihre Informationen über Nicola Aguinaldos Familie von BB Baladine oder von der Einwanderungsbehörde? Es fällt mir schwer zu glauben, daß BB den Familien der illegalen Einwanderer, die er beschäftigt, viel Aufmerksamkeit schenkt. Jedenfalls nicht genug, um zu wissen, ob ein amerikanischer Soldat während des Zweiten Weltkriegs auf den Philippinen gewesen ist und eine Filipina als Enkelin hat.«

Armer Mr. Contreras: Er hätte sicher aufs heftigste protestiert, wenn er gewußt hätte, welch unmoralisches Handeln ich ihm da unterstellte. Vielleicht hatte er, als er in der Armee diente, tatsächlich mit Frauen geschlafen, in deren Heimatorten er stationiert war, aber er hätte sie bestimmt nicht mit einem unehelichen Kind allein gelassen.

»Wenn die junge Frau ihm so wichtig war, wundert's mich doch, daß er nie versucht hat, sie hier zu besuchen.«

»Nun, was in Familien vor sich geht, wird Außenstehenden immer ein Rätsel bleiben, nicht wahr?« sagte ich in liebenswürdigem Tonfall.

»Wenn es diesen Großvater wirklich gibt, würde ich mich gern mit ihm unterhalten, insbesondere wenn er das Krankenhaus verklagen möchte.«

»Falls er sich tatsächlich zu einer Klage gegen das Krankenhaus entschließt, werden sich die Anwälte des Krankenhauses mit ihm unterhalten können. Wenn Sie bis dahin Fragen an ihn haben, können Sie sie durch mich überbringen lassen. Die Aussicht auf eine Klage würde sich übrigens verringern, wenn ich ihm konkretere Informationen darüber liefern könnte, wieso Sie Ms. Aguinaldo überhaupt in die Krankenstation geschickt haben und wie sie aus dieser Station fliehen konnte, die doch offenbar schwer bewacht wird.«

»Soweit ich weiß, hat es sich um Frauengeschichten gehandelt. Da kennen Sie sich vermutlich besser aus als ich.« Wieder dieses spöttische Lächeln um seine Mundwinkel.

»Eierstockzysten oder Unterleibskrebs, von denen aber nichts zu sehen war, als die Ärzte in Chicago sie operiert haben.«

Jetzt vergaß er tatsächlich zu lächeln und platzte sogar heraus, daß die Leiche verschwunden und keine Obduktion durchgeführt worden sei.

»Sie interessieren sich aber wirklich lebhaft für Ihre Insassinnen, selbst, wenn sie schon tot sind«, sagte ich. »Es stimmt, daß ihre Leiche aus dem Leichenschauhaus verschwunden ist, bevor eine Obduktion durchgeführt werden konnte, aber der Chirurg in der Notaufnahme hat einen detaillierten Bericht über den Zustand ihres Unterleibs verfaßt, nachdem es ihm nicht gelungen war, sie zu retten. Darin fragt er sich, ob die Bauchfellentzündung, unter der Nicola offenbar litt, möglicherweise durch einen Darmriß verursacht worden sein könnte. Aus dem Grund hat er sich die betreffenden Organe genauer angesehen.«

Natürlich dachte ich mir das alles nur aus, aber das war nicht so wichtig. Ich war fest davon überzeugt, daß Nicola Aguinaldo nicht wegen einer Eierstockentzündung ins Krankenhaus gebracht worden war. Jedenfalls war es mir nun zum erstenmal gelungen, Ruzich zu verunsichern. Wieso hatte er vor dem Ergebnis einer Obduktion Angst?

»Warum zeigen Sie mir nicht die Werkstatt, in der Ms. Aguinaldo gearbeitet hat, als sie krank wurde und in die Krankenstation eingeliefert werden mußte? Wenn ich ihren Großvater davon überzeugen kann, daß die Sicherheitsbestimmungen dort befolgt werden, könnte ich ihn vielleicht von einer Klage abhalten.«

Er bedachte mich mit einem finsteren Blick. »Das werde ich mit Sicherheit nicht tun. Es besteht keinerlei Anlaß dazu.«

»Nicht einmal dann, wenn Ms. Aguinaldo sich ihre Verletzungen dort zugezogen hat?« fragte ich mit sanfter Stimme.

»Sie hat sich dort keine Verletzungen zugezogen, auch wenn Veronica Fassler solche Gerüchte in die Welt setzt. Ja, Ms. Warshawski, wir hören alle Telefongespräche mit. Das müssen wir. Nur so bekommen wir mit, wenn Drogen und andere Dinge im Gefängnis eingeschmuggelt werden sollen. Es tut mir leid, daß Sie die lange Fahrt völlig umsonst unternommen haben, aber hier gibt es sonst nichts mehr für Sie zu tun. Es sei denn natürlich, Ihnen fällt der Name einer weiteren Insassin ein, die Sie vertreten möchten.« Dann forderte er einen Aufseher an, der mich aus dem Gebäude eskortieren sollte.

Ich versuchte, über das nachzudenken, was der Gefängnisdirektor mir verraten hatte, aber weil ich so lange auf ihn hatte warten müssen, geriet ich nun in die Rush-hour. Und die Zeit, die ich auf der Mautstraße im Stau stand, konnte ich mir eigentlich nur mit dem Gedanken an ein erfrischendes Bad im Lake Michigan und einen kühlen Drink versüßen.

Sie hatten Veronica Fassler also sofort nach ihrem Anruf bei mir verlegt. Ob sie in ein anderes Frauengefängnis innerhalb oder außerhalb von Illinois geschickt worden war oder in Coolis in Einzelhaft saß, machte keinen großen Unterschied. Wichtiger war da schon, daß Veronica Fassler etwas über Nicola Aguinaldos Ableben wußte, das ich nicht herausfinden sollte.

Zu weiteren Erkenntnissen konnte ich meinen Kopf nicht zwingen. Als ich schließlich zu Hause ankam, wollte ich so schnell wie möglich aus meinem Hosenanzug schlüpfen und hätte fast Mr. Contreras angebrüllt, der zusammen mit den Hunden auf den Flur herausstürzte. Offenbar hatte unser Gespräch vom Vorabend nur bewirkt, daß er sich noch stärker bemühte, sich als Zerberus zu bewähren.

Ich lehnte mich gegen das Treppengeländer und kraulte die Hunde hinter den Ohren. Nun, ich konnte Mr. Contreras ja schlecht in meine Angelegenheiten hineinziehen und ihm dann nichts sagen. Doch während ich ihm erzählte, was sich im Lauf des Tages ereignet hatte, konnte ich eigentlich nur an meine heißen, geschwollenen Füße denken.

Nach einer Weile machte die Frau, die im gleichen Stockwerk wie Mr. Contreras wohnt, die Tür auf und sagte: »Ich muß morgen vor einem wichtigen Kunden einen Vortrag halten; da kann ich den Lärm hier draußen nicht brauchen. Wenn Sie sich so viel zu sagen haben, könnten Sie doch zusammenziehen. Dann hätten die anderen Mieter hier endlich ein bißchen Ruhe.«

»Wenn wir zusammenziehen, ist das noch lang' keine Garantie für Ruhe«, sagte Mr. Contreras, dem die Zornesröte ins Gesicht gestiegen war. »Vielleicht hat Ihnen das noch niemand gesagt, aber wenn Sie und Ihr Mann oder Freund oder wer das auch ist sich anbrüllen, verstehe sogar ich jedes Wort, und mein Gehör ist wirklich nicht mehr das allerbeste.«

Bevor es zu einem richtigen Streit kommen konnte, sagte ich, ich müsse jetzt duschen und mich umziehen. Die Frau murmelte daraufhin etwas von wegen »ein bißchen mehr Rücksicht wäre nicht schlecht«, und schlug die Tür zu. Mitch bellte, um ihr zu zeigen, daß ihm ihr Tonfall nicht behagte. Ich bat Mr. Contreras, ihn mit zu sich zu nehmen, damit ich mich ein bißchen ausruhen konnte.

Oben blieb ich dann noch eine ganze Weile länger in der Badewanne liegen, als nötig gewesen wäre, um den Schmutz und die Verspannungen loszuwerden, und dachte darüber nach, was Baladine im Schilde führte. Vielleicht wollte er mich nur in Mißkredit bringen, wahrscheinlich durch eine spektakuläre Festnahme wegen Drogenbesitzes, und mich nicht unbedingt umbringen, aber letztlich machte das keinen großen Unterschied.

Ich konnte einfach nicht so weitermachen, ohne zu wissen, aus welcher Richtung der nächste Angriff kommen würde. Egal, ob Baladine einen Nervenkrieg gegen mich führte, mich umbringen oder nur hinter Gitter bringen wollte – ich konnte nicht ordentlich arbeiten, wenn ich sowohl im Büro als auch zu Hause Angst hatte. Auch an meine ältesten Freunde konnte ich mich nicht wenden, weil ich sie und ihre Familien nicht in Gefahr bringen wollte. Murray, mit dem ich so viele Jahre zusammengearbeitet hatte, war diesmal auf der Gegenseite. Und Mary Louise hatte so viel Angst um die Kinder, daß sie mir nicht mehr helfen wollte.

Wenn es mir nur gelänge, Licht in die Geschichte zu bringen, würde ich es schon schaffen, sie der Öffentlichkeit zu präsentieren. Die Sache hatte etwas mit Coolis und Frenadas Fabrik zu tun, obwohl ich nicht begriff, welche Verbindung zwischen Nicola Aguinaldo und den beiden bestand. Ich mußte Kontakt mit Morrell aufnehmen und ihn davon überzeugen, daß er mich zu Nicolas Mutter führte, bevor Baladine seinen Plan in die Tat umsetzte.

Als ich schließlich aus der Wanne stieg, war es draußen schon dunkel. Ich hörte das Knallen von Feuerwerkskörpern, die die Leute schon jetzt anläßlich der Feiern zum Vierten Juli, dem Unabhängigkeitstag, hochschossen, die am Samstag stattfinden sollten.

Als ich noch ein Kind gewesen war, hatte mein Vater an diesem Tag immer einen Spaziergang mit mir gemacht und mir eine aufregende Version des Unabhängigkeitskrieges erzählt. Dabei hatte er für gewöhnlich die Rolle von General Kosciuszko und anderer Polen hervorgehoben. Meine Mutter hatte uns daraufhin daran erinnert, daß Italiener die Neue Welt entdeckt und es so den Engländern und Polen erst ermöglicht hatten, Europa zu verlassen.

Am Nachmittag hatten wir dann meist zusammen mit den Polizeikollegen meines Vaters und der Gesangslehrerin meiner Mutter sowie deren Tochter ein Picknick gemacht. Meine Mutter hatte zu diesem Anlaß meine Lieblingsnachspeise gekocht – ein umbrisches Reisgericht mit Johannisbeergelee und süßer Weinsauce –, und ich war mit den anderen Kindern herumgerannt und hatte Baseball gespielt. Dabei hatte ich mir immer gewünscht, eine große Familie zu haben, nicht nur meinen einzigen Cousin Boom-Boom.

Ich fragte mich, was die Baladines ihren Kindern anläßlich des Vierten Juli beibrachten. Vielleicht irgend etwas Nützliches über die freie Marktwirtschaft.

Mit diesem bitteren Gedanken legte ich mich ins Bett. Aber trotz meiner Müdigkeit kam ich nicht zur Ruhe. Coolis, Nicola Aguinaldo und Frenada – sie alle rasten durch meinen Kopf, manchmal verfolgt von Baladine, manchmal von Alex Fisher. Gerade wollte ich aufstehen, um Überweisungen auszuschreiben, statt mich sinnlos im Bett hin und her zu wälzen, als es klingelte.

Auch in Chicago gibt es keine wohlmeinenden mitternächtlichen Besuche. Also schlüpfte ich in meine Jeans und holte meine Waffe aus dem Schranksafe, bevor ich die Gegensprechanlage betätigte.

Eine Stimme quäkte: »Ich bin's, Robbie Baladine.«

Ich steckte die Waffe hinten in meinen Hosenbund und ging nach unten. Ja, da stand Robbie Baladine tatsächlich ganz allein vor der Tür. Seine runden Backen waren dreckverschmiert, und er sah erschöpft aus. Ich öffnete die Tür im selben Augenblick, als Mr. Contreras zusammen mit Mitch und Peppy in den Flur kam: Wahrscheinlich dachte er, daß Morrell mir wieder einen nächtlichen Besuch abstattete.

Als die Hunde auf Robbie losstürzten, um ihn zu begrüßen, blieb dieser wie angewurzelt stehen und wurde kreidebleich. Ich rief die Hunde zurück und fing den Jungen auf, der gerade zusammenzusacken begann.

»Bringen Sie die Hunde rein, ja?« sagte ich zu Mr. Contreras. »Und dann müssen wir sehen, daß wir den jungen Mann hier wieder auf die Beine kriegen.«

Robbie war nicht richtig in Ohnmacht gefallen. Während Mr. Contreras die widerstrebenden Hunde in seine Wohnung zurückzog, half ich Robbie zum Fuß der Treppe und sagte ihm, er solle sich auf die unterste Stufe setzen und den Kopf zwischen die Knie legen. Sein ganzer Körper bebte, weil er sich bemühte, einen Weinkrampf zu unterdrücken. Seine Haut war schweißnaß; der Schweiß roch nach Angst.

»Mein Gott, was bin ich doch für ein Schwächling, daß ich umkippe, wenn ich 'nen Hund sehe«, keuchte er.

»Nun, weißt du, Mitch ist ziemlich groß, und du warst nicht darauf gefaßt, daß er aus der Wohnung springt. Außerdem siehst du ziemlich fertig aus. Mach dir also darüber mal keine Gedanken.«

Mr. Contreras kam mit einem alten Pullover zurück und half mir, ihn Robbie über die Schultern zu hängen. »Ist das ein Freund von Ihnen, Schätzchen? Was der braucht, ist heiße Schokolade. Bleiben Sie hier bei ihm, dann mache ich Milch heiß.«

Wieder ging die Tür gegenüber von Mr. Contreras' Wohnung auf, und die Frau von vorhin stürmte mit einem Jogginganzug bekleidet heraus. »Zahlen Sie seit neuestem Miete fürs Treppenhaus, daß Sie es die ganze Zeit als Wohnzimmer nutzen?« fragte sie. »Wenn nicht, sollten Sie mit Ihren Gästen nach oben gehen, damit Leute, die morgen arbeiten müssen, schlafen können.«

Mitch, der hinter der Tür von Mr. Contreras stand, stieß ein warnendes Bellen aus.

»Meinst du, du schaffst es, die Treppe hochzugehen?« fragte ich Robbie. »Denn wenn die Frau sich noch weiter aufregt, kriegt sie einen Herzinfarkt, und dann sind wir die ganze Nacht damit beschäftigt, sie ins Krankenhaus zu bringen, und können uns gar nicht anhören, warum und wie du hergekommen bist.«

»Ich bitte Sie nur, ein bißchen Rücksicht zu nehmen«, sagte die Frau.

Ich unterdrückte einen bissigen Kommentar und half Robbie die Treppe hinauf. Als ich der Frau den Rücken zudrehte, schnappte sie deutlich hörbar nach Luft und verschwand in ihrer Wohnung. Erst auf dem zweiten Treppenabsatz wurde mir bewußt, daß sie wahrscheinlich die Waffe in meinem Hosenbund gesehen hatte. Ich mußte lachen – so schnell würde sie sich nicht mehr über den Lärm beschweren.

Robbie und ich gingen ganz langsam. Als wir meine Wohnungstür erreichten, kam Mr. Contreras schon mit einem Tablett, auf dem sich drei Tassen Kakao befanden, heraufgekeucht. Der alte Mann versteht es meisterhaft, den Lahmen und den Kranken wieder Lebensmut einzuflößen. Ich überließ es ihm, Robbie dazu zu bringen, daß er ein bißchen Kakao trank, während ich meine Waffe ins Schlafzimmer zurückbrachte.

»Sie finden das wahrscheinlich ziemlich seltsam, daß ich einfach zu Ihnen komme und dann gleich in Ohnmacht falle«, sagte Robbie, als ich wieder bei ihm war.

Ich zog den Klavierhocker näher an den Sessel heran. »Ich finde überhaupt nichts, aber ich platze vor Neugierde. Deine Schwester hat mir gesagt, daß du weggelaufen bist. Wie bist du nach Wrigleyville gekommen?«

»Sind wir in der Nähe von Wrigley Field? Da war ich schon mal mit meinem Dad.« Die Anspannung wich aus seinem Gesicht – wenn ich in einem Viertel wohnte, das er kannte, konnte die ganze Angelegenheit nicht so schlimm sein, wie er gedacht hatte. »Ich hab's so gemacht wie früher Nicola – ich bin mit dem Rad zum Bus gefahren und mit dem zum Zug. Aber dann hab' ich mich auf der Suche nach Ihnen verlaufen, und ich hab' nicht genug Geld für ein Taxi gehabt, also bin ich zu Fuß gegangen, Ewigkeiten, sicher sieben, acht Kilometer. Das würde BB und Eleanor ganz schön freuen, wenn sie wüßten, daß ich an einem Nachmittag so weit gelaufen bin.«

»Wer sind denn BB und Eleanor?« wollte Mr. Contreras wissen.

»Seine Eltern«, erklärte ich. »Baladines Spitzname in Annapolis war BB-Gun Baladine.«

»Den liebt er«, sagte Robbie. »Er ist ein richtiger Macho, und wenn die Leute ihn so nennen, ist das der beste Beweis. Aber ich bin nicht so wie er. Das haßt er. Oder besser gesagt, er haßt mich; ihm wär's lieber gewesen, Madison und Utah wären die Jungs und ich das Mädchen. Er hat gesagt, wenn ich ein Mädchen wäre, könnte er mir wenigstens pinkfarbene Rüschen anziehen.«

Nun begann er mit den Zähnen zu klappern. Ich setzte mich auf die Armlehne des Sessels und brachte ihn dazu, noch ein bißchen Kakao zu trinken. »Du bist erschöpft«, sagte ich ganz sachlich. »Wahrscheinlich bist du auch vom vielen Laufen dehydriert. Deshalb macht dein Körper dir jetzt zu schaffen. Das geht allen Menschen so, wenn sie übermüdet sind und dann in eine unerwartete Situation kommen: Mir ist das auch schon passiert, deshalb weiß ich es. Trink erst den Kakao aus, bevor du weitererzählst.«

»Wirklich?« Er sah mich mit hoffnungsvollem Blick an. »Ich dachte, das ist bloß passiert, weil ich wirklich so bin, wie er immer sagt.«

Vermutlich hatte Baladine seinen Sohn schon als Schlappschwanz oder Schwuchtel beschimpft. »Es ist schrecklich, wenn jemand solche Sachen zu einem sagt, besonders wenn's die eigenen Eltern sind, weil man dann so hilflos ist.«

Er trank in großen Schlucken und hielt sich an der Tasse fest, um seine Gefühle halbwegs in den Griff zu bekommen. Als er sich wieder einigermaßen beruhigt zu haben schien, fragte ich ihn, warum er zu mir gekommen sei.

»Das war wahrscheinlich das allerdümmste überhaupt, daß ich zu Ihnen gekommen bin, denn was können Sie schon machen? Aber als ich gesehen hab', daß er mich ins Militärlager schicken will, wußte ich, daß ich das nicht noch mal aushalte. Das Lager für die dicken Kinder damals war schon schlimm genug, aber wenigstens hatten da alle Übergewicht. Doch im Militärlager hänseln einen die anderen, daß man schwul oder irgendwie anders ist. Das ist, wie wenn ich einen Monat bei meinen Cousins verbringen muß. Die spielen Fußball und sollen mich härter machen.«

»Ist das denn schon fest ausgemacht?«

»Ja.« Er sah mich traurig an. »Bitte sagen Sie mir jetzt nicht, daß es falsch ist, in seiner Aktentasche rumzuschnüffeln. Anders kriege ich doch nicht raus, was er vorhat. Jedenfalls habe ich da das Fax von diesem Lager in South Carolina gesehen – natürlich wollen alle, die irgendwas mit Gefängnissen und dem Militär zu tun haben, BB helfen. Tja, da ist dieser Typ, der ist der Leiter der Militärschule und macht ein Sommerlager für Rekruten. Er hat BB gefaxt, daß sie mich am Samstag abend erwarten; am Montag morgen kann ich dann anfangen. BB und Eleanor können mich einfach in einen Flieger nach Columbia setzen, wenn sie selber nach Frankreich fliegen. Nicht, daß ich unbedingt mit diesen schrecklichen Poilevy-Zwillingen und meinen Schwestern nach Frankreich reisen und ihnen den ganzen Tag beim Schwimmtraining zuschauen will. Die bereiten sich da nämlich auf eine Wohltätigkeitsveranstaltung mit Wettbewerb vor, die Mom am Labor Day organisiert, und natürlich will sie, daß Madison gewinnt. Aber ich würde noch lieber die Zeit für Madison und Rhiannon Trant stoppen, als in dieses Militärlager zu fahren.«

»Du bist doch schon vorletzten Abend weggelaufen, oder? Wo hast du dich denn in der Zwischenzeit herumgetrieben?«

Er betrachtete seine Hände. »Ich hab' mich auf unserem Grundstück versteckt. Wenn BB und Eleanor schlafen gegangen sind, habe ich im Gartenhäuschen übernachtet. Aber heute morgen haben mich die Gärtner gefunden, und ich hatte Angst, daß sie Eleanor Bescheid sagen.«

»Deine Eltern suchen nach dir – daher weiß ich auch, daß du weggelaufen bist. Meinst du, daß sie sich an die Polizei wenden, oder werden sie sich voll und ganz auf den Sicherheitsdienst von deinem Vater verlassen?«

»Mein Gott, bin ich dumm, daran habe ich überhaupt nicht

gedacht«, murmelte Robbie. »Ich wollte nur so schnell wie möglich weg. Natürlich wird er mir seine ganze Mannschaft auf den Hals hetzen. Eigentlich ist es ihm gar nicht so wichtig, daß sie mich finden, aber es ärgert ihn, wenn ihn jemand austrickst.«

»Tja, du hast das ziemlich clever gemacht«, sagte ich. »Hast dich zwei Tage lang sozusagen direkt vor der Nase deiner Eltern versteckt. Und dann hast du mich aufgespürt, was für einen Jungen aus den Vororten, der sonst immer mit dem Auto überallhin chauffiert wird, gar nicht so leicht ist.

Allerdings haben wir ein Problem: Es macht mir nichts aus, dich bei mir unterzubringen, aber dein Vater hat mich auf dem Kieker, und wenn er hierherkäme, könnte ich ihn nicht daran hindern, dich mitzunehmen. Du bist minderjährig, und ich bin nicht mit dir verwandt. Könntest du zu irgend jemandem, der deinem Vater widersprechen würde? Vielleicht zu einer Lehrerin oder einer Tante? Oder zu deinen Großeltern?«

Er schüttelte traurig den Kopf. »Nein, ich bin wirklich ein Außenseiter in meiner Familie. Sogar meine Großmutter sagt zu BB, daß er mir zuviel durchgehen läßt. Wenn ich bei ihr auftauche, bringt sie mich höchstpersönlich in dieses Militärlager.«

Mr. Contreras räusperte sich. »Er könnte bei mir übernachten, Schätzchen. Ich habe ein ausziehbares Sofa.«

Robbie wurde blaß, sagte aber nichts.

»Hast du Angst vor den Hunden?« fragte ich ihn. »Sie sehen ziemlich wild aus, weil sie so groß sind, aber sie sind wirklich ganz friedlich.«

»Ich weiß, daß es feige ist, vor Hunden Angst zu haben«, sagte er mit leiser Stimme, »aber... einer von BBs Kunden arbeitet mit Rottweilern, und der hat gedacht, es ist sicher lustig... alle haben gelacht... Nicola hat versucht, die Hunde zu vertreiben, und einer hat sie gebissen.«

»Was war mit den Rottweilern?« fragte ich entsetzt.

»Er hat sie mit nach Hause gebracht, und den Trainer gleich dazu. Das war damals, als er die Leitung von Carnifice übernommen hat. *Ein Guter hält's aus, und um einen Schlechten ist's nicht schade,* sagt er immer zu mir. Da hat er... na ja, er hat die Hunde nicht richtig auf mich gehetzt, aber er hat ihnen gesagt, sie sollen mich in die Ecke treiben, im Wohnzimmer. Ich hab' grad' ferngesehen, und die sind einfach nicht mehr weggegangen, dabei hätte ich so dringend aufs Klo gemußt… und…«

Wieder begannen seine Schultern zu beben. Ich drückte ihn ein wenig und nahm einen Schluck Kakao, um das flaue Gefühl in meinem Magen zu bekämpfen. So also sahen die Familienabende bei den Baladines aus. Spaß für alle.

»Nun hör mir mal zu, junger Mann«, sagte Mr. Contreras plötzlich. »Ich bin Soldat und Maschinist gewesen, ich hab' mit Männern zu tun gehabt, die deinen Daddy ohne große Anstrengung hätten auseinandernehmen können, und ich sage dir: Ein richtiger Mann macht so was nicht, der hetzt keinen Hund auf seinen Sohn.«

»Allerdings«, sagte ich. »Ich würde vorschlagen, daß wir die Hunde heute nacht hier raufbringen und Robbie unten bei Ihnen schläft. Wenn BB dann wirklich auftauchen sollte, wird Mitch ihm was vorbellen, aber seinen Sohn findet er nicht.«

Da hellte sich Robbies Gesicht ein wenig auf. Ich half ihm wieder die Treppe zu Mr. Contreras' Wohnung hinunter und hielt die Hunde fest, während er hineinging. Mr. Contreras meinte, er könne zum Schlafen ein Pyjama-Oberteil von ihm haben, und am Morgen würden sie ihm eine Jeans und ein paar T-Shirts besorgen.

»Ich weiß, daß du ziemlich müde bist, aber würdest du mir noch eine Frage beantworten, bevor du ins Bett gehst?« sagte ich, während ich das Schlafsofa auszog und Mr. Contreras sauberes Bettzeug brachte. »Was wolltest du mir sagen, als du mich letzte Woche angerufen hast?«

Das hatte er angesichts seiner anderen Abenteuer völlig vergessen, obwohl dieser Anruf BB und Eleanor veranlaßt hatte, ihn in dem Militärlager anzumelden. Er blinzelte ein paarmal, dann erinnerte er sich wieder.

»Sie haben doch von dem Mann gehört, den sie aus dem Lake Michigan gezogen haben, oder? Ich bin mir ziemlich sicher, daß er bei BB war. Zusammen mit Mr. Trant.«

»Teddy Trant von Global? Bist du dir da wirklich sicher?«

»Nun lassen Sie ihn in Ruhe, der Junge schläft doch schon im Stehen ein. Das kann bis morgen warten.«

»Sie haben recht. Tut mir leid, ich hab' nicht mitgedacht«, sagte ich, doch Robbie, der sein eigenes Hemd auszog und ein grell gestreiftes Pyjama-Oberteil von Mr. Contreras überstreifte, meinte: »Natürlich kenne ich Mr. Trant, und ich bin mir ziemlich sicher, daß der Mann aus dem Fernsehen bei ihm war. Er war ganz schön wütend, aber ich hab' nicht hören können, was er gesagt hat, und außerdem haben sie mich zusammen mit Rosario und Utah ins Kinderzimmer gesperrt. Weil ich – das hat Mom gesagt – ein kleiner Schnüffler bin, der sofort alles weitertratscht. Aber mitten in der Nacht bin ich aufgewacht, weil sie unter meinem Fenster gestanden haben und Mr. Trant gesagt hat, das sollte das Problem fürs erste lösen, vorausgesetzt Abigail – Mrs. Trant, Sie wissen schon – kommt nicht wieder auf die Idee, irgend jemandem zu helfen.«

»Schluß jetzt, Victoria. Der Junge muß ins Bett. Für heute reicht's mit den Detektivspielen.«

»Ms. Warshawski, danke, daß ich hierbleiben darf, und Ihnen auch, Sir. Tut mir leid, aber ich weiß nicht, wie Sie heißen, und die Sache mit den Hunden tut mir auch leid, ich meine, daß sie wegen mir nicht hierbleiben dürfen. Vielleicht... vielleicht hab' ich morgen nicht mehr soviel Angst vor ihnen.«

Ich drückte seine Schultern. »Nun schlaf gut. Morgen sieht alles ganz anders aus.«

Erst als ich nach oben ging, fiel mir wieder ein, daß BB möglicherweise meine Wohnung abhörte. Hoffentlich täuschte ich mich mit dieser Vermutung, denn wohl war mir nicht bei dem Gedanken, was Baladine als nächstes tun könnte.

33 Unter Hechten

Lemour nahm mich fest, als ich die Haustür am Freitag nachmittag aufschloß. Er drängte mich gegen das Geländer aus Stein und riß mir die Handtasche von der Schulter. Ein

Deputy Sheriff von Du Page County, der ihn begleitete, versuchte, ihn zu beruhigen, wurde aber mit einer rüden Geste weggestoßen.

Nachdem Lemour mir Handschellen angelegt hatte, hielt er mir einen Haftbefehl auf den Namen Victoria Iphigenia Warshawski unter die Nase, die gesetzwidrig und ohne Erlaubnis der Eltern Robert Durant Baladine, ein minderjähriges, nicht verwandtes Kind, gegen seinen Willen festhielt.

Da erschien Mr. Contreras mit den Hunden auf der Bildfläche. Mitch riß sich von ihm los und stürzte sich auf Lemour. Der Beamte schlug ihm auf den Kopf. Mitch wich jaulend zurück. Lemour wollte ihm einen Tritt versetzen, doch ich warf mich zwischen seinen Fuß und den Hund. Wir fielen alle in einem Knäuel aus Menschen, Hund und Leine zu Boden. Peppy gesellte sich jammernd zu uns.

»Das war's, Warshki«, keuchte Lemour auf dem Boden liegend. »Jetzt müssen Sie sich auch noch wegen Widerstand gegen die Staatsgewalt verantworten. Sie können von Glück sagen, wenn Sie Weihnachten wieder daheim sind. Und den Hund da lasse ich einschläfern, weil er mich angegriffen hat.«

Inzwischen hatte sich eine Gruppe von Schaulustigen versammelt. Eine junge Frau sagte, es sei doch ein starkes Stück, einen Hund zuerst zu schlagen und dann damit zu drohen, daß man ihn einschläfern lassen wolle.

»Man sieht doch, daß er ganz friedlich ist, und außerdem ist er angeleint«, meinte sie und beugte sich zu Mitch herunter.

»Halten Sie den Mund, wenn Sie nicht auch noch verhaftet werden wollen«, sagte Lemour voller Zorn.

Die junge Frau wich zurück, und der Deputy Sheriff versuchte ein zweites Mal einzugreifen – erfolglos.

Wegen der Handschellen hatte ich den Sturz nicht mit den Händen abmildern können und lag nun, nach Luft schnappend und die rechte Wange von dem Aufprall auf dem Beton schmerzend, auf dem Gehsteig. Mitch rappelte sich hoch und schüttelte sich wie ein Preisboxer, der gerade einen harten Schlag einstecken hat müssen, aber bereit ist, wieder in den Ring zu gehen. Peppy leckte ihm voller Sorge übers Fell. Mitch ist ein ziemlich großer und nicht gerade schöner Hund, halb schwarzer Labrador, halb Golden Retriever wie Peppy, und er ist mir nie so wichtig gewesen wie sie, aber im Augenblick mußte ich fast weinen, als ich ihn mit dem Schwanz wedeln sah.

Ich rollte mich auf die Knie. Mr. Contreras half mir auf die Füße und ließ dabei Lemour nicht aus den Augen, der sich den Schmutz von seinem Anzug wischte, den Blick voller Zorn. Als er wieder auf den Beinen war, machten die Hunde Anstalten, auf ihn loszugehen.

»Mitch, Peppy! Sitz!« keuchte ich, und ausnahmsweise gehorchten die Hunde mir. »Bringen Sie sie rein, bevor Lemour völlig ausrastet und auf sie schießt«, sagte ich zu Mr. Contreras. »Und bitte nehmen Sie auch meine Handtasche mit, bevor er sich meine Brieftasche unter den Nagel reißt. Könnten Sie bitte Freeman für mich anrufen? Und Morrell? Mit dem bin ich morgen zu einem Picknick verabredet. Könnten Sie ihm Bescheid sagen, wenn ich nicht rechtzeitig wieder freikomme? Seine Nummer steht in meinem elektronischen Notizbuch, und das ist in meiner Handtasche.«

Mr. Contreras schaute mich so verwirrt an, daß ich nicht sicher war, ob er mich gehört hatte, aber er nahm die Handtasche vom Boden. Ich wollte gerade noch einmal alles, was ich gesagt hatte, wiederholen, doch Lemour packte, nachdem er wütend versucht hatte, seine Krawatte geradezuziehen, meinen Arm und schob mich den Gehsteig hinunter. Als wir beim Streifenwagen angekommen waren, wollte er mich auf den Rücksitz stoßen, schaffte es aber nicht, weil er aufgrund seiner geringen Größe nicht die richtige Hebelwirkung hatte. Der Deputy Sheriff von Du Page County nahm mich am linken Arm und murmelte eine Entschuldigung, während er mich auf den Rücksitz schob.

»Äh, Doug, können Sie mir den Schlüssel geben? Ich muß sie am Sitz festketten – mit den Armen hinter dem Körper kann sie nicht fahren.«

Lemour kletterte hinter das Steuer des Wagens, ohne ihm Beachtung zu schenken. Der Deputy Sheriff sah mich unsicher an, doch als Lemour den Wagen anließ, schloß er hastig die Tür und setzte sich auf den Beifahrersitz. Lemour fuhr so schnell an, daß ich mit dem Kopf gegen das Metallgitter prallte, das den vorderen Teil des Innenraums vom hinteren trennte.

Wut stieg in mir auf, doch ich wußte, daß ich sie unterdrücken mußte, weil ich im Moment nichts gegen Lemour ausrichten konnte. Als er an der Ampel Ecke Addison Street anhielt, rappelte ich mich so weit hoch, daß ich seitlich saß und die Beine auf dem Beifahrersitz ausstrecken konnte. Meine Schultern begannen allmählich höllisch zu schmerzen.

Dabei hatte der Tag so gut angefangen. Als ich vom Schwimmen mit den Hunden zurückgekommen war, hatte Robbie bereits ausgeschlafen und machte erste vorsichtige Annäherungsversuche mit Peppy. Mr. Contreras hatte seine Frühstücksspezialität French Toast zubereitet, und Robbie entspannte sich sichtlich, als er ihm noch eine zweite Portion aufdrängte: Vermutlich war dies das erste Mal in seinem Leben, daß er nicht für jeden Bissen, den er aß, kritisiert wurde.

Später war ich zu Morrell nach Evanston gefahren. Ganz die Agentin spielend, hatte ich ihm einen Zettel geschrieben, auf dem ich ihm meinen Besuch in Coolis vom Vortag erklärte und wie wichtig es sei, daß ich mich mit Señora Mercedes unterhielt. Morrell hatte beim Lesen des Zettels die Stirn gerunzelt und war schließlich – ob wegen meiner Beharrlichkeit, meiner logischen Fähigkeiten oder meiner schönen Beine, weiß ich nicht – zu dem Schluß gekommen, mich zu Nicola Aguinaldos Mutter zu bringen. Wir waren mit der Hochbahn gefahren, weil wir so am schnellsten bemerkten, ob wir verfolgt wurden, zuerst in den Loop und dann wieder hinaus und irgendwann nach Pilsen auf der südwestlichen Seite der Stadt.

Als ich Abuelita Mercedes sah, wurde mir klar, daß ich beim Gedanken an sie unbewußt das Klischee von der »Oma« im Kopf gehabt hatte – ich hatte eine alte Frau mit Kopftuch und runden roten Wangen erwartet. Aber natürlich war eine Frau, deren Tochter erst siebenundzwanzig war, noch längst nicht so alt, nur ein paar Jahre älter als ich selbst. Sie war klein und stämmig, hatte schwarze Haare, die sich um Ohren und Stirn lockten, und eine Sorgenfalte zwischen den Augenbrauen.

Ihre Muttersprache war Tagalog, aber sie konnte sich auch mit Spanisch durchschlagen, das Morrell fließend sprach – obwohl er mir erklärte, daß seine Version die mittelamerikanische war und sich hin und wieder von der der Filipinos unterschied. Ihr Englisch beschränkte sich auf ein paar Höflichkeitsfloskeln, die sie verwendete, nachdem Morrell uns folgendermaßen vorgestellt hatte: *Señora Mercedes, le presento a la Señora Victoria.* Er versicherte ihr, daß ich ihr und Nicola wohlgesonnen war und mich als Anwältin für die Armen einsetzte.

Nicolas Tochter Sherree begrüßte Morrell mit einem erfreuten »*Tío!*«, plapperte dann aber auf englisch weiter. Nach einer Tasse starkem schwarzem Kaffee mit kleinen Donuts wandten wir uns dem Tod von Nicola zu.

Morrell übersetzte Señora Mercedes' Spanisch, und Sherree half widerwillig mit dem einen oder anderen Satz auf Tagalog aus, damit Nicolas Mutter es schaffte, die Geschichte von Nicola zu erzählen. Sie erklärte mir, sie wisse nur sehr wenig von dem, was im Gefängnis mit ihrer Tochter passiert sei. Sie könne sich kein Telefon leisten und habe sich deshalb nur selten mit ihrer Tochter unterhalten können: Sie habe immer eine Nachbarin, für gewöhnlich Señora Attar, gebeten, ihr Telefon benutzen zu dürfen, damit Nicola an einem vorher ausgemachten Tag anrufen konnte. Aber alles sei davon abhängig gewesen, ob Nicola ihren Brief, in dem sie das Datum nannte, rechtzeitig bekommen hatte, und ob sie an jenem Tag überhaupt telefonieren durfte.

Da alle Briefe in Tagalog automatisch zurückgeschickt wurden, hatten sie und Nicola auf spanisch schreiben müssen, was sie beide nicht so gut beherrschten. Doch in Coolis gab es trotz der zahlreichen Hispano-Insassen lediglich zwei spanischsprechende Aufseher, was nicht selten dazu führte, daß auch Briefe in spanischer Sprache oft nicht an den Empfänger weitergegeben wurden, weil der Absender möglicherweise versuchte, nicht erlaubte Informationen ins Gefängnis zu schmuggeln.

Sherree war mittlerweile in der dritten Klasse und konnte auf englisch schreiben – sie war sehr gut in Englisch –, aber

Nicola hatte die Sprache nicht gut genug beherrscht, um ihr Leben im Gefängnis in den Briefen genauer schildern zu können.

Als das Baby gestorben war, ja, das war schrecklich gewesen. Señora Mercedes hatte nicht nach Coolis fahren können, weil sie keine Green Card hatte und nicht wußte, welche Papiere man dort vorzeigen mußte. Was wäre gewesen, wenn sie sie bei dem Besuch verhaftet hätten? Außerdem kostete alles Geld, der Bus nach Coolis, es war einfach zuviel. Also hatte sie einen Brief in spanischer Sprache geschickt, und Sherree hatte ebenfalls einen geschrieben – der Priester hatte ihr geholfen, ihn auf englisch zu verfassen; das war gewesen, bevor Señor Morrell sich mit ihnen angefreundet hatte –, aber sie hatte nie wieder etwas von ihrer Tochter gehört; sie wußte nicht einmal, ob Nicola erfahren hatte, daß ihr Baby gestorben war, bevor sie selbst starb. Nun, und jetzt war die arme Sherree ganz allein. Sie hatte keine Mutter mehr und keine Schwester, und der Vater auf den Philippinen war auch nicht mehr am Leben.

Sherree schien dieses Klagelied nicht zum erstenmal zu hören. Sie spielte stirnrunzelnd mit ihren Puppen und wandte Señora Mercedes den Rücken zu, als diese die Einzelheiten vom Tod des Babys erzählte. Das arme Baby, die Ursache von soviel Leid, denn das Kind war krank gewesen, und Nicola hätte Geld fürs Krankenhaus gebraucht, also hatte sie gestohlen, und die Leute, bei denen sie arbeitete, hatten sie nicht zu ihrem Baby ins Krankenhaus gelassen; sie hatten ihr auch kein Geld geliehen; natürlich war es nicht richtig gewesen, daß Nicola gestohlen hatte, aber Señora Mercedes konnte verstehen, warum sie es getan hatte. Und dann hatte sie dafür fünf Jahre Gefängnis bekommen, obwohl Männer, die viel schlimmere Verbrechen begingen, längst keine so langen Haftstrafen bekamen. Hier in Amerika war alles ziemlich schrecklich. Wenn es nicht darum gegangen wäre, daß Sherree eine gute Ausbildung erhielt, wären sie nie geblieben.

Es herrschte kurzes Schweigen, bevor ich Señora Mercedes fragte, was mich am meisten interessierte: Nicolas Arbeit in der Gefängniswerkstatt. Die sei gut gewesen, sagte ihre Mutter, weil sie zwei Dollar fünfzig pro Stunde erhielt fürs Nähen, das Nähen von Hemden. Nicola sei sehr schnell gewesen, ihre Finger so... ja, so flink, das sei das richtige Wort. Sie sei die Beste der Gruppe gewesen, hatten die Chefs vom Gefängnis gesagt.

»Was für Hemden?« fragte ich, doch das wußte Señora Mercedes nicht. Natürlich hatte sie die Arbeit ihrer Tochter nie gesehen. Die hätte sie nicht einmal bei einem Besuch gesehen. Sie wußte lediglich, daß sie Hemden genäht hatte. Dann holte sie einen Brief von Nicola heraus und zeigte ihn mir.

Morrell half mir bei der Übersetzung des Textes, der ziemlich stark zensiert worden war:

> Liebe Mama,
> mir geht es gut, und ich hoffe, daß es auch Dir und Sherree und Anna gutgeht. Ich arbeite jetzt in der Näherei, wo ich gutes Geld verdiene. Wir nähen *(ausgestrichen)*, ich schaffe mehr als alle anderen in der Stunde, die anderen Mädchen sind neidisch. Für mehr Geld kann man in *(ausgestrichen)* arbeiten, aber das ist zu hart für mich.
>
> Du brauchst Dir meinetwegen keine Sorgen zu machen, auch wenn ich klein und zierlich bin *(zwei Zeilen dick durchgestrichen)*. Señora Ruby ist eine nette alte Frau, die sich um mich kümmert, und jetzt, wo die Leute sehen, daß sie auf meiner Seite steht, machen die kräftigen Frauen nicht mehr *(ausgestrichen)*. Das Essen ist gut, ich esse genug, und ich spreche jeden Tag meine Gebete. Bitte gib Sherree und Anna viele, viele Küsse von mir.
>
> Nicola

Also hatte das Baby Anna geheißen. Nicola hatte in fünfzehn Monaten lediglich sechs Briefe schicken können, und von denen waren große Abschnitte durchgestrichen.

Als wir uns auf heikleres Terrain vorwagten – nämlich Nicolas Liebesleben –, wußte Señora Mercedes entweder tatsächlich nichts oder es gab nichts zu wissen. Wann hatte Nicola denn Zeit haben sollen, sich mit einem Mann zu treffen? fragte Señora Mercedes. Schließlich arbeitete sie sechs Tage die Woche. Und am Sonntag fuhr sie nach Hause und verbrachte den Tag mit den Kindern. Nicola arbeitete, und Señora Mercedes arbeitete ebenfalls in der Nachtschicht in einer Kartonfabrik, damit Sherree und Anna es gut hatten. Ein Mann namens Lemour? Nein, von dem hatte Nicola nie etwas erwähnt. Und Mr. Baladine, Nicolas Arbeitgeber? Nicola konnte ihn nicht sonderlich leiden, aber er zahlte gut, und sie versuchte, sich nicht zu beklagen. Sherree, die immer noch auf dem Boden mit ihren Puppen spielte, schien dem, was Señora Mercedes gesagt hatte, nichts hinzuzufügen zu haben.

Wir hatten uns mittlerweile zwei Stunden lang unterhalten. Nun lud Morrell uns in einer Tacqueria zum Essen ein. Bei Burritos und gebratenen Plantainbananen erzählte Señora Mercedes mir von dem Tag, an dem Nicola gestorben war.

»Ich habe erst am nächsten Tag von ihrem Tod erfahren. Vom Tod meiner eigenen Tochter. Am Montag sind die Marshals gekommen. Señora Attar, eine gute Frau, auch wenn sie eine andere Religion und eine andere Sprache hat als ich, ist aufgewacht und hat sie gesehen, bevor sie mich und Sherree festnehmen konnten. Sie hat den Beamten gesagt, ich bin ihre Mutter. Was für eine gute Frau! Aber natürlich mußte ich danach sofort die Wohnung verlassen.«

Ich unterbrach Morrell, der das alles für mich übersetzte, damit er sie um eine genaue Beschreibung der Männer bat. Es waren zwei gewesen. Und was hatten sie getragen? Anzüge. Keine Uniformen?

»Wieso ist das so wichtig?« fragte Morrell, als ich weiterbohrte.

»Wenn sie State Marshals gewesen wären, hätten sie Uniformen getragen. Vielleicht waren das Leute von der Einwanderungsbehörde, ja, aber ich habe nach der Beschreibung das Gefühl, daß sie zu teure Kleidung anhatten. Ich glaube nicht, daß das Beamte waren.«

»Qué?« fragte Señora Mercedes Sherree. *»Qué dicen?«*

Sherree weigerte sich, den Blick von den Puppen zu heben, die sie in die Tacqueria mitgenommen hatte.

»Die Frau meint, daß das keine Beamten waren, sondern

eher Leute, die Nicola und ihrer Familie nichts Gutes wollten«, sagte Morrell auf spanisch.

Mehr erfuhren wir nicht. Señora Mercedes hatte in den Jahren, die Nicola für die Baladines gearbeitet hatte, vielleicht viermal beobachtet, wie Señor Baladine Nicola nach Hause gefahren hatte, aber er war immer im Auto geblieben, so daß sie sein Gesicht nicht erkennen würde. Falls er an dem Tag vor Nicolas Tod bei ihr zu Hause gewesen war, hatte sie das nicht mitbekommen.

Wir verließen die Tacqueria, nachdem wir uns bei Señora Mercedes bedankt hatten. Morrell kaufte Sherree an einem der Stände, an denen wir auf dem Nachhauseweg vorbeikamen, eine gefrorene Mango am Stil. In der Hochbahn gingen Morrell und ich das Gespräch noch einmal durch, das wir soeben geführt hatten, entdeckten aber keine neuen Aspekte.

Auch die Geschichte mit Nicolas Leiche blieb ein Rätsel. Morrell sagte mir, er habe mit Vishnikov gesprochen, der sie nicht hatte finden können. Außerdem hatte Vishnikov inzwischen den Obduktionsbericht im Fall Frenada fertig: Der Mann war ertrunken, das bewies das Wasser in seinen Lungen.

»Frenada war in der Nacht vor seinem Tod draußen bei den Baladines«, sagte ich. »Robbie Baladine hat ihn dort gesehen. Mich würde wirklich sehr interessieren, ob das Wasser in seiner Lunge aus einem Swimmingpool oder aus dem Lake Michigan stammt.«

Morrell stieß einen lautlosen Pfiff aus. »Ich werde Vishnikov fragen. Allerdings weiß ich nicht, ob er mir auf diese Frage noch eine Antwort geben kann – die Leiche ist bereits gestern nachmittag freigegeben worden. Nun etwas ganz anderes: Ich habe gut mit Ihnen zusammengearbeitet, Sie zu Señora Mercedes gebracht und herausgefunden, welche Neuigkeiten es im Hinblick auf Lucian Frenada gibt. Würden Sie mir jetzt auch einen Gefallen tun?«

»Wenn ich kann, sicher.«

»Dann machen Sie morgen mit mir ein Picknick zum Vierten Juli. Ich besorge das Essen. Wir könnten an den Privatstrand gar nicht weit von meiner Wohnung gehen – ich kenne eine der Familien, die dort wohnt.«

Ich mußte lachen. »Nun, ich habe das Gefühl, daß ich das ohne weiteres kann. Danke.«

Ich lächelte immer noch, als ich zu Hause ankam und Lemour in die Arme lief. Es sollte ziemlich lange dauern, bis ich wieder so locker und unbefangen lächeln konnte.

34 Ein Picknick am 4. Juli

Freitag nacht verbrachte ich im Rogers-Park-Revier. Als wir dort ankamen, wurden meine Fingerabdrücke genommen, und man durchsuchte mich. Die Beamten machten eine Leibesvisitation, und Lemour sah mit glänzenden Augen dabei zu. Das einzige, was ich tun konnte, war, mich von der Situation zu distanzieren, genau so, wie es alle Gefängnisinsassen machen. Und im Verlauf der nächsten Wochen sollte ich in dieser Hinsicht noch eine Menge dazulernen.

Die Polizei hat Vorschriften für die Befragung von Festgenommenen, aber wenn sie sich nicht daran hält, kann man kaum etwas dagegen machen – besonders an einem Freitagabend, vor einem Feiertag, wenn der Anwalt weiß Gott wo steckt. Ich versuchte, auf meinem Recht auf telefonische Beratung zu bestehen, aber Lemour und der Beamte im Revier schenkten mir keine Beachtung.

Ich wurde in ein Vernehmungszimmer gebracht, in dem ich stundenlang ohne Wasser saß, während Lemour mich mit sinnlosen Fragen traktierte. Wann würde ich endlich zugeben, Kokain in meinem Besitz zu haben? Wie war ich an Robbie Baladine herangekommen? Immer wieder Fragen und Schläge im Wechsel. In unregelmäßigen Zeitabständen verließ er den Raum, und ein Uniformierter kam herein und sagte: »Sagen Sie ihm, was er wissen will; es wird sonst nur noch schlimmer.«

Anfangs wiederholte ich immer wieder, daß ich Fragen nur im Beisein meines Anwalts beantworten würde. Ich betete, daß Freeman endlich auftauchte. Hatte Mr. Contreras meine Bitte, ihn anzurufen, verstanden?

Nach einer Weile hörte ich ganz auf zu sprechen. Das machte Lemour nur noch wütender, und irgendwann versetzte er mir einen so heftigen Schlag, daß ich zu Boden fiel. Ich weiß nicht so genau, was als nächstes passierte – der Sergeant vom Revier schob Lemour aus dem Raum und kam wieder zu mir herein.

»Schlafen Sie ein bißchen«, sagte er. »Morgen sieht alles schon viel besser aus.«

»Was wird besser aussehen?« murmelte ich mit geschwollenen Lippen. »Meine Beschwerde gegen Lemour wegen polizeilicher Gewaltanwendung vielleicht?«

Der Sergeant brachte mich in eine Zelle, in der bereits ein halbes Dutzend Frauen wartete. Eine von ihnen musterte mich mit halb schockiertem, halb bewunderndem Blick. »Was hast du Lemour bloß angetan, Mädel? Ich hab' ihn schon öfter durchdrehen sehen, aber so wie heute noch nie.«

Ich versuchte, ihr zu antworten, aber meine Lippen waren zu geschwollen, als daß ich etwas hätte sagen können. Die Frau schlug gegen das Gitter und verlangte Wasser. Irgendwann kam eine Beamtin mit einem Pappbecher voll lauwarmem Leitungswasser. Ich schluckte, so gut ich konnte, und rieb mir vorsichtig die wunden Schultern und den Kopf. Ich versuchte, mich bei der Frau zu bedanken, brachte aber kein verständliches Wort heraus.

In jener Nacht tat ich kein Auge zu. Eine Frau rauchte eine Zigarette nach der anderen; die Frau, die neben mir auf dem Boden saß, fluchte, als ihre Asche auf sie herabregnete; und eine dritte jammerte über das Schicksal ihres Babys. Kakerlaken leisteten uns Gesellschaft. Ihnen gehörte der Raum; wir waren hier nur geduldete Gäste.

Am Morgen kam eine Beamtin in die Zelle und scheuchte uns alle auf. Das Licht in dem Raum war grell, doch wenn ich die Augen schloß, drehte sich alles. Ich spürte, wie sich mir der Magen hob, und stützte mich an der Wand ab. Ich wollte mich nicht übergeben, nicht in der Öffentlichkeit, konnte aber nicht anders.

»Mein Gott, müßt ihr Flittchen eigentlich immer in die Zelle kotzen? Komm, wasch dich, zieh das hier an, und dann los.«

Ich wurde an eine andere Frau gefesselt, die sich ebenfalls übergeben hatte. Wir wurden in eine winzige Toilette gebracht, wo wir uns säuberten, so gut es ging. Ich hielt den Kopf unters laufende Wasser, bis die Beamtin mich wegzog.

»Warshki, los, beweg deinen Hintern.«

»Ich brauche einen Arzt«, keuchte ich heiser. »Ich habe eine Gehirnerschütterung.«

»Du brauchst Kleidung. Da, zieh das an. Du fährst raus nach Coolis.«

»Nach Coolis?« Ich brachte lediglich ein Flüstern hervor. »Nicht nach Coolis. Ich bin nur festgenommen, nicht verurteilt.«

Die Polizistin zog mich noch einmal vom Waschbecken weg. »Bist du heut' nacht hingefallen oder hast du dich geprügelt, oder was? Da, zieh das Hemd an.«

Das Hemd war so leuchtend gelb, daß mir die Augen weh taten. Auf dem Rücken stand IDOC – Illinois Department of Corrections. »Dieser Lemour ist der brutalste Polizist von Chicago. Die Blessuren habe ich alle von ihm. Ich fahre nicht nach Coolis. Ich warte hier auf meinen Anwalt. Der soll einen Antrag auf Kaution stellen.«

»Hör zu, Warshki, ich hab' keine Zeit für solche Mätzchen. Ich hab' hier vier Mädels, die in den Bus müssen, du eingeschlossen, und du bist nicht in der Verfassung, um irgendetwas anderes als ›Jawohl, Ma'am‹ zu sagen. Es ist Wochenende, da werden keine Kautionsanträge bearbeitet; wenn dein Anwalt anruft, sagen wir ihm, wo du bist. In Coolis werden alle untergebracht, die keinen Platz mehr in Cook und Du Page County haben, also kommt ihr Mädels zu 'ner Busfahrt in die gute Landluft. Das ist mehr, als ich am Vierten Juli kriege, das kann ich euch sagen.«

Ich zog das Hemd an, weil ich keine andere Wahl hatte. Ich war so sicher gewesen, daß Freeman am Morgen dasein würde, um mich herauszuholen, und jetzt hatte ich einfach keine Kraft mehr, mich zu wehren. Nur vier der Frauen aus der Zelle wurden nach Coolis geschickt – wurden die anderen freigelassen? Und wenn ja, warum?

Die Beamtin fesselte mich wieder an die andere Frau und

dirigierte uns hinaus auf die Straße, wo bereits ein alter weißer Bus mit der Aufschrift IDOC auf uns wartete. Dort wechselte sie ein paar freundliche Worte mit einem Aufseher, während sie uns übergab. Ich bekam die Uhr zurück und die sechs Dollar, die ich in meiner Jeans gehabt hatte, aber meine Schlüssel wurden als potentielle Waffe einbehalten und dem Wachmann zusammen mit meinen Unterlagen in einem versiegelten Umschlag gereicht.

Das Rogers-Park-Revier war der letzte Halt für den Bus, der bereits mehrere Frauen von anderen Revieren im westlichen und nördlichen Teil der Stadt eingesammelt hatte. Insgesamt waren wir nun neunundzwanzig. Der Wachmann drückte mich auf einen Sitz, legte mir Hand- und Fußfesseln an, schloß beide um eine Stange in der Mitte und gab dem Fahrer ein Zeichen, den Bus zu starten.

Während wir in Richtung Westen zum Expressway fuhren, wurde mir von den Dieselabgasen wieder schlecht. Eine schwangere Frau zwei Sitze links vor mir bat den Fahrer in stockendem Englisch anzuhalten. Doch niemand schenkte ihr Beachtung. Sie übergab sich und versuchte dabei, die gefesselte Hand vor den Mund zu halten.

»Können Sie bitte anhalten?« rief ich, so gut es mit meinen geschwollenen Lippen ging. »Einer Frau hier ist schlecht.«

Keine Reaktion.

Ich rief noch einmal. Ein paar der Frauen stampften mit den Füßen. Ein Wachmann brüllte über den Lautsprecher, daß sie den Bus anhalten und uns zwingen würden, eine Stunde am Straßenrand zu stehen, wenn wir weiter solchen Krach machten. Alle, auch ich, wurden ruhig – ich wollte nicht schuld daran sein, daß wir eine Stunde lang in der gleißenden Mittagssonne stehen mußten.

»Verdammte Arschlöcher«, murmelte die Frau neben mir, als der Bus sich in die Warteschlange vor der Mautstraße einreihte. »Zuerst lassen sie dich nicht aufs Klo, und dann ruckelt das hier so, daß man sich in die Hose macht.«

Sie sagte das nicht zu mir, also erwiderte ich auch nichts. Sie hatte ununterbrochen geflucht, seit wir gefesselt worden waren. Nach einer Weile begann sich in ihren Mundwinkeln

Speichel zu sammeln, aber sie hörte immer noch nicht auf zu fluchen.

Mittags machten wir an der Stelle Rast, an der Mr. Contreras und ich zwei Wochen zuvor mit den Hunden gepicknickt hatten. Man löste jeweils zweien von uns die Fesseln und führte uns in die Toilette, die in der Zeit für die Öffentlichkeit gesperrt war. Es war gar nicht so leicht, an den starrenden Leuten vorbeizugehen.

Wir bekamen fünfzehn Minuten Zeit zum Pinkeln und um uns an den Automaten etwas zu kaufen. Ich gab einen von meinen sechs Dollar für eine Dose Fruchtsaft aus, die ich unter dem aufmerksamen Blick des Wachmannes in schnellen Schlucken leeren mußte, weil uns vor Besteigen des Busses alle Metallgegenstände abgenommen wurden.

Während wir auf den Fahrer warteten, machten ein paar von den Frauen Small talk mit den Wachleuten. Als wir schließlich wieder drinnen waren, durften die Frauen, die mit den Aufsehern geredet hatten, weiter nach vorne, weg von den Dieselabgasen. Ich mußte weiter nach hinten. Das war der Lohn dafür, daß ich mich für die Schwangere eingesetzt hatte.

Es war drei Uhr, als der Bus durch das Haupttor von Coolis fuhr. Ein schwerbewaffneter Aufseher überwachte, wie unsere Fesseln von der Stange gelöst und wir in den Gefängnishof geführt wurden. Ich landete hinter der Schwangeren. Sie war klein und dunkel wie Nicola Aguinaldo und schämte sich schrecklich dafür, daß sie sich auf ihre Kleidung übergeben hatte. Sie versuchte, schüchtern um Hilfe zu bitten, aber keiner der Wachleute reagierte. Sie waren damit beschäftigt, uns zu zählen und Listen zu vergleichen. Hier wurden die Schafe von den Böcken getrennt – einige wanderten ins Gefängnis, die anderen in die Untersuchungshaft.

»Die Frau hier braucht Hilfe«, sagte ich zu einem der Wachmänner neben mir.

Als er mir keine Beachtung schenkte, wiederholte ich das, was ich gesagt hatte, doch die Frau neben mir fauchte mich an und trat mir auf den linken Fuß. »Sei still. Wenn sie unterbrochen werden, fangen sie wieder von vorn an, und ich muß unbedingt aufs Klo.«

Jetzt wehte ein Geruch von Urin von der Schwangeren herüber, und sie begann zu weinen. Die Wachleute achteten nicht auf sie und begannen wieder zu zählen. Als ich schließlich Sorge bekam, daß die Frau angesichts der Sonne und der langen Steherei in Ohnmacht fallen könnte, riefen die Aufseher uns namentlich auf. Meine Leidensgenossinnen verschwanden eine nach der anderen in dem Gebäude. Es verging eine weitere halbe Stunde. Inzwischen hätte ich auch dringend eine Toilette gebraucht, aber wir kamen in alphabetischer Reihenfolge dran. Es waren nur noch drei Frauen übrig, als ich aufgerufen wurde.

»Warshki.«

Ich trippelte mit meinen Fußfesseln vor. »Warshawski, nicht Warshki.«

Ich hätte lieber den Mund halten sollen – wenn jemand etwas sagte, wurde er bestraft. Sie schickten mich wieder an meinen Platz zurück und riefen »White« und »Zarzuela« auf, während ich die Oberschenkel zusammenpreßte, so gut es ging. Schließlich war ich wieder an der Reihe. Diesmal nannten sie mich nicht »Warshki«, sondern »Warshitski«.

An der Tür wurden meine Fesseln gelöst, und man nahm noch einmal meine Fingerabdrücke. Dann brachten zwei Wachleute mich in einen Raum, wo ich meine gesamte Kleidung ausziehen und in die Hocke gehen mußte, wo ich schließlich hustete und es nicht länger schaffte, den Urin zurückzuhalten. Ich schämte mich schrecklich. Ein Wachmann wies mich mit lauter Stimme an, in die Dusche zu gehen, die völlig verdreckt und voller Haare war. Danach erhielt ich eine saubere IDOC-Uniform, die Hose zu kurz für meine langen Beine und zu eng im Schritt, das Hemd dafür viel zu weit. Aber wenigstens konnte ich die Hose darunter geöffnet lassen.

Hier wurden mir endlich die Fußfesseln abgenommen. Ein Wachmann brachte mich durch eine Reihe verschlossener Flure zum Flügel des Untersuchungsgefängnisses. Um fünf reihte ich mich in die Warteschlange im Speisesaal ein und erhielt ein spezielles Festessen zum Vierten Juli: steinhartes Brathühnchen, matschige grüne Bohnen, Maiskolben und

Apfelkompott auf etwas, das aussah wie Pappe. Das Zeug war so hart, daß wir es mit dem Plastikbesteck, das man uns gereicht hatte, nicht schneiden konnten, also nahmen die meisten Frauen ihr Essen in die Hand.

Ich biß gerade in den Maiskolben, als ich etwas an meinem Bein spürte. Ich schaute hinunter und sah, wie eine Kakerlake heraufkrabbelte, um zu meinem Teller zu gelangen. Nachdem ich sie angewidert weggewischt hatte, sah ich erst, daß Boden und Tisch voll von den Viechern waren. Ich versuchte aufzustehen, aber ein Aufseher drückte mich sofort wieder auf meinen Sitz. Obwohl ich seit der Mahlzeit, die Morrell mir tags zuvor in Pilsen spendiert hatte, nichts mehr zu mir genommen hatte, hatte ich jetzt keinen Appetit mehr. Ich schnippte immer wieder reale und eingebildete Kakerlaken von meinen Armen und Beinen, bis die Wachleute endlich bereit waren, uns zu unseren Zellen zu bringen.

Um neun wurde ich zusammen mit einer schwarzen Frau, die jung genug war, um meine Tochter zu sein, und mir erzählte, sie sei wegen Crack-Besitzes festgenommen worden, in einen zweieinhalb mal knapp vier Meter großen Raum gesperrt. Wir hatten Etagenbetten, deren Metallgestell fest in der Wand verdübelt war, darauf eine dünne Matratze, ein Nylonlaken und jeweils eine Decke. Eine Toilette sowie ein Waschbecken, die aus einem einzigen Stück Edelstahl bestanden, waren im Betonboden verankert. Im Gefängnis gibt es keine Privatsphäre – ich würde lernen müssen, wirklich alles in Gesellschaft von anderen zu machen.

Das Waschbecken war genau wie zuvor die Dusche völlig verdreckt und voller Haare. Ich hatte keine Ahnung, wie ich an Seife und Reinigungsmittel kommen sollte, um es zu säubern, damit ich mir darin die Zähne putzen konnte – aber ich hatte auch keine Zahnbürste.

Meine Zellengenossin war wütend und nervös und rauchte die ganze Zeit, so daß ich schon bald Kopfweh bekam. Irgendwann würde ich sie bitten müssen, damit aufzuhören, aber ich wollte vorerst keinen Streit provozieren.

Ich war erschöpft, mir war schlecht, die Schultern taten mir weh, aber ich konnte nicht schlafen. Es machte mir angst, in einen Raum gesperrt und der Laune von Männern und Frauen in Uniform ausgesetzt zu sein. Ich lag die ganze Nacht starr auf der schmalen Matratze und hörte die Rufe und Gebete aus den anderen Zellen herüberdringen. Ich bin kräftig und von den Straßen der South Side etliches gewöhnt, aber das, was ich hier erlebte, grenzte schon fast an Massenhysterie. Von Zeit zu Zeit döste ich ein, doch dann schrie wieder eine Frau auf, oder meine Zellengenossin murmelte etwas im Schlaf, und schon war ich wieder wach. Ich war fast froh, als um fünf ein Aufseher kam, um uns fürs Frühstück und die erste Abzählung des Tages zu wecken.

35 Kleines Spiel auf kleinem Platz

Den ganzen Sonntag bemühte ich mich um eine Erlaubnis zu telefonieren, erhielt aber erst einen Termin am Montag nachmittag. Und den ganzen Sonntag war ich wütend über meine Inhaftierung, ohne irgend etwas dagegen unternehmen zu können. In dem Gebäude herrschte eine Atmosphäre ohnmächtigen Zorns. Wohin wir auch gingen, die Wachleute beobachteten uns durch dicke Glasfenster oder über Monitore, um eventuell aufflammende Aggressionen im Keim ersticken zu können.

Am gelassensten waren die Frauen, die schon seit ein paar Monaten im Trakt des Untersuchungsgefängnisses auf ihre Verhandlung warteten. Ihnen hatte man entweder die Freilassung auf Kaution verweigert, oder – und das war der üblichere Fall – sie hatten keine tausend oder fünfzehnhundert Dollar übrig. Ungefähr ein halbes Dutzend Frauen verbrachte schon den zweiten Unabhängigkeitstag hinter Gittern. Sie hatten sich an den Tagesablauf dort gewöhnt und machten sich mehr Sorgen um ihre Kinder, ihre Partner, kranken Eltern oder ob sie immer noch eine Wohnung haben würden, wenn sie aus dem Gefängnis kämen.

Im Untersuchungsgefängnis wartet man auf seine Verhandlung, ins Gefängnis hingegen kommt man, wenn man rechtskräftig verurteilt ist. Coolis wagte das Experiment, diese beiden Institutionen aus Kostengründen miteinander zu kombinieren. Wir Frauen im Untersuchungsgefängnis aßen zusammen mit den normalen Gefangenen und benutzten auch dieselben Räume für die Freizeit.

Am Sonntag nachmittag brachte ein Aufseher mich in einen dieser Freizeiträume, der zur Hälfte für Sport, zur anderen für Fernsehen und andere Unterhaltungsmöglichkeiten genutzt wurde. Die Abtrennung erfolgte einfach durch die unterschiedliche Farbe des Bodens – grünes Linoleum für den Gemeinschaftsraum, nackter Beton für den Sport. Im Unterhaltungsteil befanden sich ein an der Wand angebrachter Fernseher sowie ein langer Tisch mit Spielkarten, einem Damespiel und ein paar Puzzles. Einige Frauen schauten sich eine ziemlich alberne Show an, die in voller Lautstärke lief, während drei andere sich beim Kartenspiel gegenseitig unflätige Ausdrücke an den Kopf warfen.

Ich ging in den Sportbereich, um die schlimmsten Verspannungen in Schultern und Beinen loszuwerden. Allzu viele Geräte gab es in dem Raum nicht, aber zumindest konnte ich einen Basketballkorb und einen Ball nutzen. Ich begann, Würfe zu üben. Anfangs waren meine Schultern noch ziemlich verkrampft, aber nach einer Weile lockerte sich meine Muskulatur ein wenig, und ich fand meinen Rhythmus. Würfe zu üben, hat etwas Meditatives: dribbeln, werfen, den Ball holen, dribbeln, werfen, den Ball holen. Zum erstenmal seit Freitag nachmittag entspannte ich mich und hörte den Fernseher und die kartenspielenden Frauen kaum noch.

»Du bist ziemlich gut.« Eine der Frauen, die sich bis dahin auf den Fernseher konzentriert hatte, sah mir jetzt zu.

Ich brummte nur etwas. Ich spiele im Winter fast jeden Samstag mit einer Gruppe von Frauen, die schon seit fünfzehn Jahren zusammen ist. Einige der jüngeren waren ziemlich gut in Form, so daß ich mich anstrengen mußte, mit ihnen mitzuhalten. Die meiste Zeit allerdings spielte ich nur zum Spaß Basketball.

»Ich spiel' gegen dich«, sagte die Frau. »Pro Punkt ein Dollar.«

»Ich spiele auch ohne Geld gegen dich«, keuchte ich, ohne mich aus meinem Rhythmus bringen zu lassen. »Ich habe keinen Cent.«

»Ehrlich?« sagte sie. »Haben deine Angehörigen dir denn nichts für dein Konto hier geschickt?«

»Nein. Außerdem bin ich erst seit gestern hier.«

Die Frau erhob sich und stellte sich neben mich. Die anderen feuerten uns an. »Mach schon, Angie, da hast du endlich mal 'ne echte Gegnerin.« »Ich wette, daß Angie gewinnt.« »Nein, nein, ich setze fünf Dollar auf Cream. Die Neue ist besser als Angie.« Ich sah, daß meine Zellengenossin bei den Frauen stand und sich zitternd die Arme rieb.

Angie nahm mir den Ball ab und stellte sich in Position. Ich sprang, als sie warf, und schlug den Ball vom Korb weg. Sie stieß mir den Ellbogen in die Seite, packte den Ball wieder, warf und traf. Als ich einen Rebound versuchte, griff sie mich von unten an und wollte mir den Kopf in den Bauch stoßen. Ich wich ihr aus und warf über sie hinweg. Der Ball rollte um den Korbrand und fiel dann hinein. Sie nahm ihn, versetzte mir einen heftigen Tritt gegen das Schienbein und zog unterm Korb an mir vorbei. Als sie warf, schlug ich ihr die Arme weg. Sie fluchte und erwischte mein Kinn. Ich wich ihr wieder aus und griff mir den Ball. Hier ging es nicht um Korbwürfe, sondern darum zu beweisen, wer stärker war.

Die Rufe der Zuschauerinnen wurden lauter. Aus den Augenwinkeln sah ich Wachleute auftauchen, aber ich wagte es nicht, den Blick von Angie zu wenden. Auch meine schmerzenden Schultern und meinen flauen Magen mußte ich fürs erste vergessen. Werfen, Ball packen, antäuschen, springen, wieder werfen.

Allmählich begann mir der Schweiß in die Augen zu laufen. Angie war ziemlich fit und kräftig und außerdem ein paar Jahre jünger als ich, aber sie hatte nicht soviel Kondition und auch weniger Disziplin und technische Fähigkeiten, sowohl im Spiel als auch im Kampf. Ich konnte ihr durchaus Kontra geben. Tricks, die ich dreißig Jahre zuvor auf den Straßen der South Side gelernt hatte, als hätte ich mich erst tags zuvor auf der Commercial Avenue gegen einen Angreifer verteidigen müssen.

Jetzt jubelten die Zuschauerinnen bei jedem meiner Würfe. Das brachte Angie dazu, noch heftiger, aber auch noch undisziplinierter zu kämpfen, so daß sie kaum noch an den Ball kam. Ich wollte gerade zum Korb sprinten, als ich Metall in ihrer Hand aufblitzen sah. Ich ließ mich sofort auf den Boden fallen, rollte auf den Rücken und schlug ihr mit den Beinen die Füße unter dem Leib weg. Als ich aufsprang, um ihre Waffe wegzukicken, lag Angie bereits unter dem Korb, neben sich ein Messer, das sie aus einer Aluminiumdose gebastelt hatte.

Die Frauen, die uns zugesehen hatten, begannen durcheinanderzurufen und uns zum Kampf anzustacheln. Ein paar von ihnen hielten zu Angie und wünschten sich eine richtige Auseinandersetzung; die anderen wollten, daß ich ihr ein für allemal den Mund stopfte: »Ramm ihr das Messer rein, solang' sie am Boden liegt«, hörte ich eine brüllen. Ein Wachmann trat vor und hob das Messer auf, während ein anderer mich in den Schwitzkasten nahm. Ich wußte, wie man sich aus diesem Griff winden konnte, erinnerte mich aber noch gerade rechtzeitig, daß ich mich nicht wehren durfte. Die Aufseher hatten Elektroschocker am Gürtel und dazu – was schlimmer war – die Möglichkeit, mich länger in Coolis zu behalten, wenn ich aufbegehrte.

»Das Miststück hat mir das untergejubelt«, murmelte Angie.

Einer der Aufseher, der uns am lautesten angefeuert hatte, sagte, er werde uns beide auf die Liste setzen. Wenn man auf der Liste steht, bedeutet das, daß sich die Anzahl der Anklagepunkte für die Verhandlung erhöht. Und wenn man bereits im Gefängnis ist, landet man unter Umständen in Einzelhaft oder verwirkt das Recht auf vorzeitige Entlassung.

Während Angie und ich von den Wachleuten festgehalten wurden, meldete sich eine Frau in der Mitte der Zuschauergruppe zu Wort. Alle Anwesenden – Aufseher und Insassinnen gleichermaßen – hielten sofort den Mund. Die Frau sagte, es habe keinen Kampf gegeben, lediglich ein Basketballspiel, und sie wisse nicht, woher das Messer gekommen sei, aber ich habe es jedenfalls nicht gezückt.

»Stimmt«, pflichteten ihr mehrere Frauen bei. »Sie waren

da, Cornish, Sie haben's gesehen. Sie haben gegeneinander gespielt. Angie muß auf ihrem eigenen Schweiß ausgerutscht sein.«

Cornish war ein Aufseher, der unser Spiel beobachtet hatte. Er fragte die Frau, ob sie sich sicher sei, denn wenn ja, würde er Angie und mich wegen des Feiertags nicht verwarnen.

»Ja, ich bin sicher. Aber jetzt hole ich mir was zu trinken. Es ist ganz schön heiß heute.« Sie war groß und hatte karamelfarbene Haut sowie dickes, allmählich ergrauendes Haar, das aus der Stirn gekämmt und zurückgebunden war. Als sie auf den Getränkeautomaten in der einen Ecke des Raumes zuging, teilte sich die Menge vor ihr wie einst das Rote Meer vor Moses.

Der Wachmann, der mich festgehalten hatte, ließ mich los. Ein paar Frauen kamen zu mir, um mir anerkennend auf die Schulter zu klopfen und mir zu sagen, sie seien von Anfang an auf meiner Seite gewesen. Andere wiederum, wahrscheinlich Frauen, die zu Angies Gang gehörten, bedachten mich mit bösen Blicken und Schimpfworten.

Aufseher Cornish packte mich am Arm und erklärte mir, ich müsse in meine Zelle zurück, um mich ein wenig zu beruhigen. Und wie war gleich noch mein Name? Warshawski? »Neu hier, was, und in U-Haft? Dann hast du hier nichts zu suchen, wenn die aus dem Gefängnis Sport machen. Die Mädels aus der U-Haft sind am Vormittag dran.« Ich machte den Mund auf, um zu sagen, man habe mich um drei Uhr heruntergeschickt, überlegte es mir dann aber anders. Du sollst das Schicksal nicht herausfordern, hatte meine Mutter mir immer geraten.

Eine Aufseherin – bisher hatte ich lediglich zwei oder drei weibliche Wachleute gesehen – wurde beauftragt, mich zurück ins Untersuchungsgefängnis zu eskortieren. »Da hast du aber Glück gehabt, daß Miss Ruby sich für dich eingesetzt hat. Sonst wäre deine Kaution sicher verdoppelt worden.«

»Miss Ruby? Wer ist denn das?«

Die Aufseherin schnaubte verächtlich. »Miss Ruby hält sich für die Königin von Coolis, weil sie schon so lange im Gefängnis ist, zuerst acht Jahre lang in Dwight, bevor sie das hier aufgemacht haben. Sie hat ihren Mann in kleine Stücke gehackt und ihn auf unterschiedliche Abfalleimer in ganz Chicago verteilt. Hat auf Notwehr plädiert, man stelle sich das mal vor, aber das hat der Richter ihr nicht abgekauft und ihr dreißig Jahre aufgebrummt. Jetzt hat sie sich der Religion zugewandt, und ein paar von den Aufsehern behandeln sie wie eine Heilige. Sie hat 'ne ganze Menge Einfluß auf die jungen Frauen hier; es zahlt sich also nicht aus, sich mit ihr anzulegen.«

Inzwischen waren wir in dem Flügel angekommen, in dem sich meine Zelle befand. Die Aufseherin signalisierte dem Wachmann am Kontrollschalter, uns durchzulassen. Sie wartete zusammen mit mir darauf, daß die erste Tür sich hinter uns schloß. Als die zweite aufging, machte sie sich wieder auf den Rückweg.

In dem Flügel befand sich zwischen dem Zellenblock und dem Wachhäuschen eine Dusche. Ich wußte, daß die Aufseher die Kameras auf die Duschen gerichtet hielten, und außerdem konnten sie jederzeit hineingehen, aber ich mußte einfach meinen Schweiß und mein Blut abwaschen: Angie hatte mir ein paar ziemlich heftige Schläge versetzt. Mitten im Spiel – oder in diesem Fall im Kampf – bemerkt man die Verletzungen nicht. Doch später, wenn der Adrenalinstoß vorbei ist, beginnt dann alles weh zu tun.

Ich hatte keine Seife. Am Morgen hatte ich erfahren, daß man sogar die Grundausstattung wie Zahnbürste und Shampoo im Gefängnisladen kaufen mußte. Doch dazu brauchte man Geld, und das mußte man zuerst auf ein Treuhandkonto einzahlen. Natürlich war das ein hübscher Nebenerwerb für die Aufseher, denn als Gefangene ist man auf die Waren angewiesen, die dort angeboten werden, so daß sie zu willkürlich festgesetzten Preisen verkauft werden können. Selbst wenn die fünf Dollar, die ich noch hatte, für Toilettenartikel gereicht hätten, konnte ich mein Konto erst nach dem Wochenende eröffnen.

Also trocknete ich mich nur mit dem dünnen grauen Handtuch ab, das man mir bei meiner Ankunft gegeben hatte, und schlüpfte wieder in meine Hose. Sie roch alles andere als angenehm, paßte aber wenigstens.

Um fünf mußten wir alle zum Abzählen in die Zellen und wurden anschließend in den Speisesaal geführt. Am Vortag war mir nicht klargewesen, daß man beeinflussen konnte, was man auf den Teller bekam, und daß es sogar Salat gab, wenn man wollte. An jenem Abend verlangte ich Salat und zusätzliches Brot, rollte den Salat in das Brot und aß beides, während ich zum Tisch ging. Dann versuchte ich es mit dem weichgekochten Fleisch und den Bohnen auf meinem Teller, ekelte mich aber immer noch vor den Kakerlaken. Wahrscheinlich, so dachte ich, würde ich einfach lernen müssen, ihnen keine Beachtung zu schenken, aber soweit war ich noch nicht.

Schon fünf Minuten nachdem ich mich gesetzt hatte, war ich als die Frau identifiziert, die »es Angie gezeigt« hatte. Die Frau, die mir gegenüber am Tisch saß, erklärte mir, ich solle lieber aufpassen, denn Angie gehöre zu den West Side Iscariots, und die wollten Rache. Eine andere meinte, sie habe gehört, ich habe Angie mit Karate besiegt, und ob ich ihr das nicht auch beibringen könne. Wieder eine andere mit bunten Zöpfen sagte, Miss Ruby habe gelogen, um meine Haut zu retten, aber drei Frauen, die das hörten, widersprachen sofort.

»Miss Ruby hat noch nie gelogen. Sie hat die Wahrheit gesagt. Cream hat kein Messer gezogen. Sie hat gesagt, Cream und Angie haben bloß Basketball gespielt, nicht gekämpft. Und das stimmt, hab' ich recht, Cream?«

»Tja, es war allerdings das kämpferischste Basketballspiel, das ich je erlebt habe«, sagte ich, und das schien ihr zu genügen.

Die Frau mit den Zöpfen sagte: »Nein, es stimmt – Angie hat Miss Ruby reingelegt, ihr das Shampoo aus der Dusche gestohlen, also hat Miss Ruby nur darauf gewartet, daß sie Angie eins auswischen kann. Deswegen hat sie sich für die Neue eingesetzt. Obwohl die weiß ist.«

Das führte zu einer heftigen Diskussion darüber, ob ich weiß oder eine Latina oder eine Schwarze sei. Die Frau, die mir den Spitznamen »Cream« gegeben hatte, beharrte darauf, daß ich schwarz sei. Mit meiner olivfarbenen Haut und meinen dunklen lockigen Haaren hätte ich alles sein können. Da es an den Tischen nur sehr wenige weiße Gesichter gab, gingen alle einfach davon aus, daß ich zur Mehrheit gehörte. Irgendwann einigten sie sich darauf, daß ich eine Latina sei.

»Nein, ich bin aus Italien«, erklärte ich schließlich. Nun folgten weitere Diskussionen darüber, ob Italien ein Teil von Spanien sei. Ich mischte mich nicht ein, denn ich hatte das Gefühl, daß ich besser fuhr, wenn ich mein Wissen nicht allzu deutlich zur Schau stellte.

Außerdem wollten sie wissen, wie alt ich sei. Als ich es ihnen sagte, rief die Frau mit den bunten Zöpfen aus, nein, das könne nicht sein, denn ihre Mutter sei noch nicht so alt, und ich sehe jünger aus als sie. Erst jetzt wurde mir bewußt, wie jung die Frauen rund um mich herum waren. Nur sehr wenige von ihnen waren in meinem Alter; und Miss Ruby war die Älteste von uns allen. Die meisten schienen kaum dem Teenageralter entwachsen; keine war über fünfundzwanzig. Vermutlich sehnten sie sich alle nach ihrer Mutter. Kein Wunder, daß sie sich an Miss Ruby hängten und sich darüber stritten, wer ihr Liebling sei.

Ich konnte Miss Ruby nirgends im Speisesaal entdecken, aber das war nicht weiter erstaunlich, weil wir in drei Schichten zu je dreihundert Frauen durchgeschleust wurden. Selbst wenn sie in meiner Schicht gewesen wäre, hätte ich sie in der Menge der Leute wahrscheinlich nicht gesehen. Als ich mich nach ihr erkundigte, erklärten mir die anderen, sie esse vermutlich in ihrer Zelle: Frauen mit genug Geld und Status konnten im Gefängnisladen besonderes Essen kaufen. Doch das sei so teuer, daß die meisten von ihnen sich das nur zum Geburtstag leisteten. Allerdings gebe es immer jemanden, der bereit sei, Miss Ruby ein Essen zu spendieren.

Meine Zellengenossin aß in der Schicht nach mir, so daß ich den Raum fünfundvierzig Minuten lang rauchfrei für mich hatte. Als sie zurückkam, sah ich, daß die Erzählungen über meine Auseinandersetzung mit Angie sie beeindruckt hatten: Jetzt zollte sie mir nervös Respekt, und als ich sie bat, nach dem Löschen des Lichts nicht mehr zu rauchen, drückte sie ihre Zigarette sofort auf dem Boden aus.

Ihre Nervosität machte mir bewußt, daß ich groß und kräftig genug war, um bedrohlich zu wirken. Das erinnerte mich unangenehm an das Jahr nach dem Tod meiner Mutter, als ich mich in die Straßen der South Side gestürzt hatte. Ich war immer schon ziemlich kräftig gewesen für mein Alter und hatte – zum Teil durch das Hockeyspielen mit meinem Cousin Boom-Boom, zum Teil auch durch Erfahrung – gelernt, mich in dem rauhen Viertel zu verteidigen, in dem wir aufgewachsen waren. Aber in dem Jahr, in dem ich sechzehn wurde, fing ich auf der Straße bewußt Streit an. Es war fast, als könnte ich nach dem Tod von Gabriella nur noch etwas empfinden, wenn ich körperlichen Schmerz fühlte. Nach einer Weile waren mir sogar die kräftigsten Jungs aus dem Weg gegangen: Ich war einfach zu wild und kämpfte ohne Rücksicht auf Verluste. Irgendwann war ich dann aufgegriffen worden, und Tony hatte davon erfahren und mir darüber hinweggeholfen. Damals hatte ich dieselbe wahnsinnige Wut empfunden wie beim Basketball mit Angie. Doch ich wollte nicht, daß diese Wut von mir Besitz ergriff und ich anfing, die anderen Frauen im Gefängnis zu terrorisieren.

Also beugte ich mich über den Rand meines Bettes und fragte meine Zellengenossin, wie sie heiße und wann ihre Verhandlung sei. Solina, antwortete sie, und sie habe noch keinen Termin für die Verhandlung. Geduldig entlockte ich ihr ihre Geschichte. Sie begann von ihren Babys, ihrer Mutter und dem Vater ihrer Kinder zu erzählen und beteuerte, sie wisse, daß Crack nicht gut sei, aber es sei so schwer, damit aufzuhören, und letztlich wolle sie nichts anderes als ein gutes Leben für ihre Kinder.

Um neun beendete eine Lautsprecherdurchsage unser Gespräch. Es war Zeit fürs letzte Abzählen des Tages. Wir standen neben den Betten in unseren Zellen, während die Aufseher hereinschauten, uns nach unseren Namen fragten, sie auf ihrer Liste überprüften und uns für die Nacht einschlossen. Als das Licht ausging, kletterte ich auf das obere Bett und betete darum, daß Freeman von Mr. Contreras benachrichtigt werden würde, daß er herausfände, wo ich inhaftiert war und am Morgen mit der Kaution im Gefängnis erschiene.

Schließlich ließ die Erschöpfung mich in unruhigen Schlaf fallen; ich träumte die ganze Nacht von Kakerlaken. Hin und wieder wachte ich auf, weil eine Frau schrie, und angesichts meiner Ohnmacht begann mein Herz zu rasen.

Ich mußte an Nicola Aguinaldo denken, die im Gefängnisflügel von Coolis auf einer Pritsche wie der meinen gelegen hatte. Sie mußte sich noch viel hilfloser als ich gefühlt haben, weil sie weder einen Anwalt hatte, der die Kaution für sie beschaffen konnte, noch mächtige Freunde. Sie war allein gewesen in einem fremden Land und hatte Anweisungen in einer Sprache erhalten, die sie kaum verstand. Aber wenigstens hatte sie in ihrem letzten Brief an ihre Mutter geschrieben, daß... ich setzte mich mit einem Ruck auf. Nicola hatte Abuelita Mercedes mitgeteilt, sie solle sich keine Sorgen machen, weil Señora Ruby sie unter ihre Fittiche genommen habe. Miss Ruby, der mächtige Schutzengel der jungen Gefangenen.

Ich war wirklich dumm gewesen, mich über meine Inhaftierung in Coolis zu beklagen, denn hier war ich genau am richtigen Ort: mitten im Herzen des Hoheitsgebiets von Carnifice, wo Nicola Aguinaldo das letzte Mal lebend gesehen worden war. Ich drehte mich auf der schmalen Pritsche auf die Seite und schlief ein.

36 Kaution? Aber warum denn?

Als Freeman Carter am Dienstag morgen zu mir kam, war er entsetzt über meine Entscheidung, die Kaution nicht zu zahlen. »Ich gebe ja zu, daß zweitausendfünfhundert unverschämt viel ist. Das liegt nur daran, daß Baladine und Carnifice dahinterstecken. Ich habe den Richter nicht dazu bringen können, den Betrag zu reduzieren. Aber trotzdem gibt es keinerlei Grund, hier drinzubleiben, Vic. Ehrlich gesagt riechst du schrecklich, und du siehst noch schlimmer aus. Das macht einen ziemlich schlechten Eindruck auf die Geschworenen.«

»Ich werde nicht mehr so schrecklich riechen, wenn du Geld auf mein Gefängniskonto einzahlst und ich mir Seife und Shampoo kaufen kann«, sagte ich. »Außerdem habe ich nicht vor, bis zu meiner Verhandlung hier drinzubleiben – ich möchte nur etwas herausfinden, das mich interessiert.«

Da ging er in die Luft. »Du zahlst zweihundert Dollar die Stunde dafür, daß ich dir einen Rat gebe, und den ignorierst du dann. Aber ich werde dir trotzdem was sagen: Sieh zu, daß du hier rauskommst. Wenn du im Gefängnis bleibst, um mehr über die Mißstände in Coolis herauszufinden, wirst du schlimmer auf die Schnauze fallen als je zuvor. Und wenn du hinterher nach mir schreist, damit ich das, was von dir übrigbleibt, wieder zusammenflicke, wird mich das nicht sonderlich glücklich machen.«

»Freeman, ich behaupte ja gar nicht, daß mein Gehirn im Moment besonders gut funktioniert, denn eingesperrt zu sein, verzerrt die Perspektive. Aber jetzt weiche ich schon seit drei Wochen allen möglichen Geschossen aus, die Carnifice und Global Entertainment auf mich abfeuern. Ich war mir sicher, daß du mich verstehst, wenn du erst das Video siehst, das Morrell dir in meinem Auftrag geschickt hat, das Ding, auf dem man diesen Lemour sieht, wie er nach dem Kokain sucht, das er in meinem Büro versteckt hat. Ausnahmsweise mal habe ich mich nicht selber drum bemüht, mir Feinde zu machen: Diesmal sind *sie* auf mich zugekommen.«

Wir saßen in einem besonderen Zimmer für Anwaltsbesuche. Darin befand sich außer zwei Plastikstühlen und einem am Boden festgeschraubten Tisch absolut nichts. Wir mußten auf den Stühlen sitzen bleiben. Wenn nicht, würde der Aufseher, der uns durch eine Glastür beobachtete, mich wieder in meine Zelle bringen. Offiziell war der Raum schalldicht, aber soweit ich wußte, wurde hier alles aufgenommen, was wir sagten.

Als ich mich am Montag nachmittag in meiner fünfzehnminütigen Telefonzeit mit Freeman unterhalten hatte, hatte ich darauf bestanden, daß er eine Kamera besorgte, mit der er die allmählich verblassenden blauen Flecken von Lemours Angriff auf mich fotografieren konnte. Er hatte zwar ein bißchen protestiert, aber dann doch eine Polaroid mitgebracht. Als er dann meine Prellungen an Armen und Beinen gesehen hatte, war er ziemlich wütend geworden, hatte etliche

Aufnahmen gemacht und mir versprochen, eine Beschwerde gegen Lemour zu formulieren. Allerdings verstand er nun noch weniger, warum ich in Coolis bleiben wollte.

Ich drückte die Handflächen gegeneinander und versuchte, so logisch wie möglich zu argumentieren: »Es hat alles vor drei Wochen begonnen, als ich den Wagen angehalten habe, um Baladines Exkindermädchen zu helfen. Wenn ich nicht herausfinde, warum das so wichtig für ihn und Teddy Trant ist, werden sie mir wahrscheinlich auch außerhalb des Gefängnisses keine Ruhe lassen. Die Antwort liegt hier, zumindest die Antwort darauf, was aus dem Kindermädchen Nicola Aguinaldo geworden ist. Wenn ich ein bißchen Geld auf dem Treuhandkonto und noch ein paar Scheine hätte, um die Wachleute zu bestechen, sollte ich eigentlich in ein paar Wochen wissen, was ich erfahren möchte. Vielleicht dauert's nicht mal so lange.«

Nun hielt er mich nicht mehr nur für wahnsinnig, sondern auch für hoffnungslos idealistisch, und präsentierte mir seine Argumentation: Möglicherweise hatte ich geglaubt, Baladine nicht bewußt zu verärgern, aber warum hatte ich keine Ruhe gegeben, als er im vergangenen Monat mit der Staatsanwaltschaft über meinen Wagen verhandelt hatte? Ein Gefängnis war ein ziemlich zerstörerischer Ort. Es zehrte an Nerven und Gesundheit und veränderte Urteilsvermögen und Moral.

»Das weißt du genausogut wie ich, Vic: Schließlich hast du selber mal als Pflichtverteidigerin gearbeitet.«

»In den vier Tagen hier habe ich auch eine ganze Menge gelernt. Am Sonntag habe ich mich mit der Anführerin der West Side Iscariots angelegt, und seitdem muß ich höllisch aufpassen. Ich hasse dieses Gefängnis. Ich bin einsam. Selbst wenn das Essen nicht so furchtbar wäre, würde einem das Grauen kommen, weil man sich bei den Mahlzeiten ständig die Kakerlaken von Armen und Beinen wischen muß; jedesmal wenn die Zellentür abends geschlossen wird, bekomme ich ein so flaues Gefühl im Magen, daß ich kaum schlafen kann; außerdem kann man sich nirgendwohin zurückziehen – nicht mal auf der Toilette ist man allein.« Zu meiner Bestürzung traten mir die Tränen in die Augen. »Aber wenn ich deinem Rat folge und dich die Kaution hinterlegen lasse, muß ich meine Detektei schließen und mich irgendwo verstecken. Das könnte ich mir nicht leisten, nicht mal dann, wenn es meine Selbstachtung zulassen würde.«

»Du wirst mich nicht davon überzeugen, daß das die einzigen beiden Alternativen sind, aber ich habe keine Zeit, mich mit dir darüber auseinanderzusetzen. Ich habe einen Gerichtstermin in Chicago.« Er sah auf seine Uhr. »Außerdem hast du sowieso schon beschlossen, stur zu sein, also hat's überhaupt keinen Sinn, wenn ich mich mit dir rumstreite. Sag mir, was du brauchst – wieviel Geld und was für Sachen –, dann schicke ich Callie in deine Wohnung, die kann alles holen. Ich habe eine Praktikantin, die dir die Sachen hier rausbringen und den Papierkram mit dem Geld erledigen kann.«

Außer der Kleidung, die mir im Gefängnis zustand (zwei BHs, zwei Jeans, drei Unterhosen, fünf T-Shirts, ein Paar Shorts und bescheidene Ohrringe), wollte ich, daß Morrell mich besuchen kam. »Außerdem sollen alle kommen, die die Fahrt auf sich nehmen wollen – Lotty und Mr. Contreras und Sal stehen schon auf meiner Besucherliste –, aber sagst du bitte Morrell, daß er so bald wie möglich hier rauskommen soll? Und was das Geld anbelangt: Ich hätte gern dreihundert Dollar auf meinem Gefängniskonto.«

Für das, was ich sonst noch zu sagen hatte, wählte ich meine Worte sorgfältig: »Ich weiß, daß man sich strafbar macht, wenn man einem Gefangenen Geld bringt, also werde ich dich nicht drum bitten. Wenn ich allerdings vierhundert Dollar in kleinen Scheinen kriegen könnte, würde mir das sehr helfen. Könntest du das Lotty sagen, sie aber auf das Risiko hinweisen?«

Ich brauchte das Geld, um im Bedarfsfall Aufseher oder Insassen oder beide bestechen zu können. In der Theorie gab es in Coolis kein Bargeld, weil man bei der Aufnahme einen Ausweis mit Foto und Computerchip ausgestellt bekam. Die Summe, die man auf dem Gefängniskonto hatte, wurde auf den Chip geladen. Wenn man die Karte dann an den Automaten, im Laden oder an den Münzwaschmaschinen benutzte, wurde jeweils der entsprechende Betrag abgebucht. Der

Gedanke dahinter war, daß man keinerlei Bargeld für Glücksspiel, Bestechungen oder Drogen hatte, aber in den vier Tagen, die ich mittlerweile in Coolis war, hatte ich schon eine ganze Menge Geldscheine den Besitzer wechseln sehen – übrigens nicht einmal besonders unauffällig.

Freeman runzelte die Stirn und sagte in seinem strengsten Tonfall, daß er mit Lotty sprechen würde, allerdings nur, um ihr klarzumachen, wie gesetzwidrig mein Vorschlag war.

Er machte sich noch ein paar Notizen in seiner winzigen Schrift und steckte dann alle Unterlagen in seine Aktentasche. »Vic, du weißt, daß mein einziger Rat für dich in meiner Eigenschaft als dein Anwalt nur sein kann, daß du die Kaution hinterlegen läßt und nach Hause kommst. Falls du doch noch beschließen solltest, auf mich zu hören, brauchst du nur in meinem Büro anzurufen. Dann kommt sofort jemand raus.«

»Freeman, eine Frage noch, bevor du gehst: Weißt du, warum ich überhaupt hier bin? Und nicht in Cook County? Hat Baladine das eingefädelt?«

Er schüttelte den Kopf. »Ich muß zugeben, daß ich mir darüber auch Gedanken gemacht habe, aber durch deine Festnahme – auch wenn sie durch Lemour erfolgt ist – bist du aus dem Einflußbereich von Baladine herausgekommen. Nein, es hat eher damit zu tun, daß Cook County immer bis obenhin voll ist, und am Vierten Juli ist das dortige Gefängnis dann aus allen Nähten geplatzt. Also wurden alle Frauen, die man in der North und West Side festgenommen hat, automatisch hierhergebracht. Außerdem ist Baladine im Augenblick sowieso nicht im Land. Er macht mit seiner Familie irgendwo in Europa Urlaub.«

»Ich weiß, in Südfrankreich. Ist Robbie bei ihnen? Ich habe leider keine Ahnung, was aus ihm geworden ist, nachdem ich das Haus am Freitag morgen verlassen habe.«

Freeman erzählte mir, daß Baladine Robbie mitten in der Nacht zum Samstag von Mr. Contreras hatte abholen lassen. Der alte Mann (»Er ist einfach schon zu lange mit dir befreundet«, meinte Freeman überflüssigerweise) hatte versucht, sich einem Deputy Sheriff von Du Page County zu widersetzen, und erst nachgegeben, als Robbie gesagt hatte, er wolle auf keinen Fall, daß Mr. Contreras festgenommen werde – er werde den Sheriff begleiten, wenn dieser ihm verspreche, dem alten Mann nichts zu tun. Robbies Vater hatte ihn daraufhin nach South Carolina ins Militärlager gebracht, bevor er zusammen mit den Poilevys und den Trants und dem Rest der Familie in die Pyrenäen geflogen war.

»Ich habe versucht, Baladine zu erreichen, aber seine Leute hier wollten mir seine Nummer in Frankreich nicht geben. Sie sagen, er hat strikte Anweisungen hinterlassen, daß er keinen Deal mit dir macht, auch wenn er den Jungen jetzt wiederhat«, fügte Freeman hinzu.

»Freeman – wenn sie nicht wissen, daß ich hier bin, dann sag's ihnen bitte auch nicht. Falls irgend jemand dich fragen sollte: Sie sollen denken, daß ich auf Kaution freigekommen bin und mich zurückgezogen habe.«

Er bedachte mich mit einem merkwürdigen Lächeln, das liebevoll aber gleichzeitig auch ein bißchen verzweifelt wirkte. »Wie Sie wollen, Donna Victoria von der traurigen Gestalt.«

Dann klopfte er an das Glasfenster, um dem Wachmann zu signalisieren, daß wir fertig waren. Ich wurde durchsucht; der Aufseher beschäftigte sich deutlich intensiver als nötig mit meinem Büstenhalter; und schließlich wurde ich in den Flügel des Untersuchungsgefängnisses zurückgebracht. Als ich allein war, spürte ich, wie Verzweiflung in mir hochstieg. Ich legte mich auf meine Pritsche, ein gefaltetes Handtuch über den Augen, damit ich das Licht nicht sah, das von fünf Uhr morgens bis neun Uhr abends ununterbrochen brannte, und gab mich ganz meinem Elend hin.

37 Im großen Haus

Die folgenden vier Wochen waren die schlimmsten meines Lebens. Ich versuchte, die Regeln zu lernen, die in Coolis galten – zum Beispiel, wie ich es am besten vermied, von meinen Mitinsassinnen verprügelt zu werden; wie ich mich mit den Aufsehern gutstellte, ohne mit ihnen schlafen zu müssen; wie ich ausreichend Beschäftigung finden konnte, damit Ohnmacht und Langeweile mich nicht völlig handlungsunfähig machten.

Ich wollte mit Miss Ruby sprechen, um mich dafür zu bedanken, daß sie mir am Sonntag geholfen hatte, aber hauptsächlich, um herauszufinden, was sie mir über Nicola und die Arbeit in der Näherei sagen konnte. Ich ließ alle, mit denen ich mich unterhielt, wissen, daß ich mich mit ihr treffen wollte, doch abgesehen von ein paar Malen im Speisesaal, wo die Aufseher uns nicht aus den Augen ließen, sah ich sie nach dem ersten Tag nicht mehr.

Freemans Besuch hatte eine deutliche Veränderung meiner Situation zur Folge: Wie versprochen, schickte er seine Praktikantin mit Geld für mein Konto sowie den mir zustehenden Kleidungsstücken zu mir heraus. Außerdem hatte sie einen ganzen Stapel juristischer Unterlagen dabei, die ich unterzeichnen mußte. Darunter befand sich ein Brief von Lotty. Sie bat mich darin so flehentlich, mich auf Kaution freisetzen zu lassen, daß es mir schwerfiel, meinem ursprünglichen Beschluß treu zu bleiben. In einem Postskriptum fügte sie hinzu: *Ich habe Freemans Sekretärin geholfen, Deine Kleider zu packen, und ein paar kaputte Sachen genäht.*

»Es war ihr besonders wichtig, daß Sie von einem Loch im Bund Ihrer Shorts erfahren«, meinte die Praktikantin.

Lotty war nicht besonders geschickt im Nähen, also wußte ich, worauf sie hinauswollte. Als ich wieder in meiner Zelle war, zupfte ich vorsichtig etwa zwei Zentimeter der Naht am Bund der Shorts auf. Die gefalteten Geldscheine darin hatten fast die gleiche Farbe wie der Stoff. Ich holte einen Zwanziger heraus, bevor ich den Saum wieder zunähte – das hier war der sicherste Ort zur Aufbewahrung von Geld.

Mit Hilfe meines Kontos war ich nun in der Lage, mir im Laden eine Zahnbürste und Seife sowie ein Putzmittel zu kaufen, mit dem ich das Waschbecken und die Toilette in meiner Zelle reinigen könnte. Doch abgesehen von dem Vergnügen, mir nun überteuertes, schlechtes Shampoo leisten zu können, war mein erster Besuch im Gefängnisladen eine ziemliche Enttäuschung. Die anderen Frauen hatten so voller Begeisterung über ihre wöchentliche dreißigminütige Einkaufszeit gesprochen, als handele es sich dabei um einen Ausflug zum Water Tower Place. Wahrscheinlich hatte das damit zu tun, daß sie ein bißchen Abwechslung brachte. Außerdem war sie unser einziger Kontakt zur Außenwelt, die wir in Form von Zeitschriften wie *Cosmopolitan* oder *Essence* dargeboten bekamen. Auch *Soap Opera Digest* war sehr beliebt.

Außer Zeitschriften und Toilettenartikeln konnte man im Laden konservierte Lebensmittel, Zigaretten und Dinge kaufen, die die Gefangenen von Illinois gefertigt hatten. Viele männliche Insassen schienen gern zu sticken. Wir konnten Taschentücher, Platzsets, Kopftücher, ja sogar Blusen mit komplizierten Blumen- und Vogelmustern aus Joliet und Gefängnissen weiter südlich erwerben.

Es gab auch Mad-Virgin-T-Shirts und Jacken – schließlich waren die meisten Gefangenen jung und Lacey-Dowell-Fans. Ich warf einen neugierigen Blick auf die Etiketten, auf denen *Made with Pride in the USA* stand. Also hatte Nicola Aguinaldo das Shirt, das sie zum Zeitpunkt ihres Todes getragen hatte, wahrscheinlich nicht in Coolis gekauft, denn in ihrem Shirt fehlte ein solches Etikett. Im Laden konnte man auch andere Merchandising-Produkte von Global erwerben, zum Beispiel Captain Doberman oder die Space Berets, die die Frauen gern ihren Kindern schenkten.

Während meiner ersten Einkaufszeit besorgte ich mir billiges liniertes Schreibpapier – die einzige Sorte, die der Laden führte –, sowie ein paar Kugelschreiber. Als ich die Aufseherin dort fragte, ob sie auch unliniertes Papier habe, rümpfte sie nur verächtlich die Nase und erklärte mir, ich solle doch zu Marshall Field's gehen, wenn mir die Auswahl im Laden zu klein sei.

Als ich wieder in der Zelle war, sah meine Zellengenossin Solina mir teilnahmslos dabei zu, wie ich das Waschbecken sauberschrubbte. Sie war lediglich eine Woche länger als ich in Coolis, und die Tatsache, daß das Waschbecken bei ihrer Ankunft schmutzig gewesen war, bedeutete für sie, daß es nicht ihre Aufgabe war, es zu reinigen.

»Wir machen das abwechselnd«, sagte ich in bedrohlichem

Tonfall. »Ich putze das Ding jetzt blitzblank, dann brauchst du dich morgen, wenn du dran bist, nicht mehr so anzustrengen.«

Sie wollte mir gerade erklären, daß sie von mir keine Befehle entgegennehmen mußte, aber dann erinnerte sie sich wieder, wie ich mich gegen Angie gewehrt hatte, und meinte, sie werde es sich überlegen.

»Hier drin gibt's so wenige Dinge, die wir selbst beeinflussen können«, sagte ich. »Wenn wir in unserer Zelle für Sauberkeit sorgen, heißt das, daß wir zumindest nicht im Gestank leben müssen.«

»Ja, ja, ich hab's ja schon kapiert.« Dann marschierte sie aus unserer Zelle und den Flur hinaus zu einer Insassin, die nun schon seit elf Monaten auf ihre Verhandlung wartete und einen kleinen Fernseher ihr eigen nannte.

Ich mußte lachen, als ich mir meine Freunde vorstellte, die sich im Lauf der Jahre alle schon mal über meine Schlampigkeit beklagt hatten – sie wären ganz schön erstaunt, wenn sie hörten, daß ausgerechnet ich meine Zellengenossin zur Sauberkeit anhielt.

Freeman hatte mir nicht nur Geld aufs Konto eingezahlt, damit ich mich endlich waschen konnte, sondern auch Morrell meine Nachricht überbracht. Am Donnerstag, also fast am Ende meiner ersten Woche in Coolis, wurde ich ins Besucherzimmer gerufen.

Meine Festnahme hatte Morrell ziemlich verblüfft. Er hatte aus der *Tribune* am Sonntag davon erfahren – Mr. Contreras, der immer schon so wenig Kontakt mit den Männern in meinem Leben gesucht hatte wie möglich, war zu durcheinander gewesen, um ihn anzurufen. Ähnlich wie Freeman erklärte auch Morrell mir all die Gründe, die dafür sprachen, Coolis zu verlassen, aber anders als dieser begriff er, warum ich bleiben wollte.

»Haben Sie schon irgend etwas Nützliches herausgefunden?«

Ich verzog das Gesicht. »Nicht über Nicola, nein. Aber darüber, wie Menschen aufeinander losgehen, die es nicht einmal mehr schaffen zu erkennen, wer für ihren Zustand verantwortlich ist, erfahre ich jede Menge.«

Ich beugte mich ein wenig vor, um besser mit Morrell reden zu können, aber eine wachsame Aufseherin pfiff mich sofort zurück – wenn Morrell und ich uns berührten, konnte es ja sein, daß er mir Drogen zusteckte. Nachdem die Aufseherin uns ungefähr fünf Minuten lang genauestens beobachtet hatte, kam sie offenbar zu dem Schluß, daß ich nichts allzu Schlimmes vorhatte, und wandte ihre Aufmerksamkeit einer anderen Insassin zu. Nur wenige Frauen bekamen wochentags Besuch; also war es ohnehin schwierig, etwas zu sagen, ohne daß es alle Anwesenden hörten.

»Es gibt einen Laden, der heißt Unblinking Eye, und da kann man Überwachungskameras kriegen«, murmelte ich, sobald die Aufseherin sich abgewandt hatte. »Kaufen Sie eine für mich und bringen Sie sie mir an einem Samstag oder Sonntag, wenn mehr Besucher hier sind, dann müßten wir es eigentlich schaffen, daß Sie sie mir geben.«

»Vic, die Sache gefällt mir nicht.«

Ich lächelte ihn provozierend an. »Ich kann mir nicht vorstellen, daß sie Ihnen irgendwas antun, wenn sie das Ding bei Ihnen finden – wahrscheinlich dürfen Sie mich dann bloß nicht mehr besuchen.«

Er seufzte entnervt auf. »Darüber mache ich mir doch keine Gedanken, sondern über Sie!«

»Danke, Morrell. Aber wenn es mir tatsächlich gelingen sollte, in die Näherei vorzudringen, sehe ich dort vielleicht etwas, das ich aufzeichnen muß. Außerdem gibt's hier jede Menge andere Dinge zwischen den Insassen und den Aufsehern, die es wert wären, dokumentiert zu werden.«

Morrell schaute mich fragend an, sagte aber, er werde sehen, was er tun könne. Dann lenkte er das Gespräch auf neutrale Themen – zum Beispiel auf Mr. Contreras, der über meinen Gefängnisaufenthalt so außer sich war, daß er mich nicht einmal besuchen wollte. Außerdem erzählte Morrell mir von Lotty und den Hunden und allen Menschen, die mir sonst noch am Herzen lagen, um die ich mich im Augenblick aber nicht kümmern konnte. Er blieb ungefähr eine Stunde. Als er ging, spürte ich wieder dieses Gefühl der Verzweiflung in mir aufsteigen, also ging ich hinunter in den Sportraum, wo ich eine Stunde lang Korbwürfe übte, bis ich völlig verschwitzt und zu müde war, um noch Selbstmitleid zu haben.

Als ich hinauf zur Dusche ging, hatte ich den Eindruck, daß der Aufseher am Eingang, ein Mann namens Rohde, merkwürdig reagierte. Ich mußte fünf Minuten warten, bevor er mich hineinließ, und auch erst, nachdem zwei andere Aufseher sich zu ihm gesellt hatten. Ich fragte mich, ob sie mein Gespräch mit Morrell belauscht hatten und mich auf die Strafliste setzen würden, aber Rohde beobachtete mich wortlos, als ich am Wachhäuschen vorbeiging. Er wirkte immer noch irgendwie aufgeregt, und die beiden anderen Männer standen nun hinter der Glaswand neben ihm. Die Duschen wurden wie alle anderen Gemeinschaftseinrichtungen mit Videokamera überwacht, doch ich hatte schon herausgefunden, unter welcher Brause am wenigsten von der Duschenden zu sehen war. Falls Rohde seine Freunde zu einer Peepshow herbeigerufen hatte, würde ich ihnen den Spaß einfach verderben.

Ich hatte die Duschräume kaum erreicht, als sich schon zwei Frauen auf mich stürzten, eine von vorne und eine von hinten. Zum Glück hatte Rohdes seltsames Benehmen mich argwöhnisch gemacht. Ich ließ das Duschgel und das Handtuch fallen und trat um mich, alles in einer einzigen Bewegung. Dabei erwischte ich die Frau vor mir an der Kniescheibe, und sie wich stöhnend zurück.

Doch die Frau hinter mir umfaßte meine Schulter mit eisernem Griff und zog mich zu sich heran. Ich schnappte nach Luft – sie hatte etwas Scharfes in der Hand, das mir in die rechte Schulter schnitt. Ich hakte meinen Fuß um einen ihrer Knöchel und nutzte ihre eigene Kraft, um sie nach vorne zu schleudern. Allerdings machte der feuchte Boden es schwer, einen festen Stand zu finden, und wir fielen beide hin. Ich schlug ihr aufs rechte Handgelenk, bevor sie sich hochrappeln konnte, so daß sie ihre Waffe losließ.

Jetzt stürzte sich die Frau, die ich zuvor mit dem Fuß erwischt hatte, auf mich. Ich rollte auf dem schimmeligen Boden der Dusche zur Seite und richtete mich zur Hocke auf. Aber sie sprang schon auf mich zu, bevor ich die Waffe wegtreten konnte, und packte mich am Hals. Ich ergriff meinerseits ihre

Schultern und rammte ihr das Knie in den Magen. Sie schrie vor Schmerz auf und ließ mich los.

Jetzt war die Frau mit der Waffe wieder hinter mir. Allmählich ließen meine Kräfte nach; ich hatte schon eine Stunde lang Sport getrieben und wußte nicht, wie lange ich noch in der Lage sein würde weiterzukämpfen. Als sie sich auf mich stürzte, duckte ich mich weg. Der feuchte Boden besorgte den Rest. Sie verlor das Gleichgewicht, bemühte sich, es wiederzuerlangen, und knallte dabei mit voller Wucht gegen die Betonwand. Ihre Partnerin sah sie fallen und rief um Hilfe.

Die Aufseher waren so schnell zur Stelle, daß sie sich mit Sicherheit in dem Augenblick in Bewegung gesetzt hatten, in dem die Frau gegen die Wand geknallt war.

»Sie hat sich auf mich gestürzt! Und auf Celia auch. Sie hat sie k.o. geschlagen!«

Rohde packte mich und drehte mir die Arme auf den Rücken. Polsen, der Aufseher, der sich hinter der Glaswand zu ihm gesellt hatte, machte keinerlei Anstalten, auch meine Angreiferin zu packen.

»Unsinn«, keuchte ich. »Celia hat eine Waffe in der Hand, mit der sie mich an der Schulter verletzt hat. Und du – ich weiß zwar nicht, wer du bist, aber wenn du wirklich duschen wolltest, wo sind dann dein Handtuch und deine Seife? Und Sie beide wissen das sicher, weil Sie ja alles über die Videokamera beobachtet haben.«

»Du hast mir Seife und Handtuch weggenommen.«

»Die Sachen auf dem Boden gehören mir. Und wo sind deine?« fragte ich.

Da tauchte Aufseher Cornish auf. Er war der fairste der Wachleute in unserem Flügel.

»Na, kämpfen wir schon wieder?« fragte er mich.

»Die Frau, die da auf dem Boden liegt, hat mich mit einer Waffe verletzt, als ich in die Dusche kam«, sagte ich. »Sie hat die Rasierklinge oder was es auch immer ist, noch in der rechten Hand.«

Die Frau am Boden begann sich allmählich wieder zu rühren. Bevor Rohde oder Polsen etwas unternehmen konnten, bückte sich Cornish und nahm ihr ein Stück Metall aus der Hand.

»Sie gehört in den Gefängnisflügel. Genau wie die andere auch. Ich setze euch alle drei auf die Strafliste. Warshawski, wenn ich Sie noch einmal in einer Auseinandersetzung erwische, kommen Sie in Einzelhaft. Und ihr beide verschwindet in euren eigenen Flügel. Wie seid ihr überhaupt hier reingekommen?«

Rohde mußte mich loslassen. Er und Polsen brachten die beiden Frauen, die mich angegriffen hatten, hinaus. Cornish sah sich meine Schulter an und sagte, ich solle mir in der Krankenstation eine Tetanusspritze geben lassen. Das war fast so etwas wie ein Eingeständnis, daß ich tatsächlich angegriffen worden war.

»Ich würde mich gern zuerst waschen«, sagte ich.

Cornish wartete draußen im Flur, während ich mein Shampoo und mein Handtuch von dem schmutzigen Boden aufhob. Dann zog ich T-Shirt und Büstenhalter aus und ging unter die Dusche, die am weitesten von der Videokamera entfernt war. Hinterher brachte Cornish mich mit dem Aufzug hinunter in den Keller, den ich noch nicht kannte, und blieb bei mir, als ich die Spritze bekam. Die Frau in der Krankenstation trug eine desinfizierende Salbe auf meine Wunde auf. Sie war zum Glück nicht so tief, daß sie genäht werden mußte, denn dazu hätte die Frau nicht die nötige Ausrüstung gehabt.

Schließlich brachte Cornish mich in meine Zelle zurück und sagte mir, ich solle besonders in der Nacht aufpassen. Alle in meinem Flügel schienen bereits über den Angriff auf mich Bescheid zu wissen. Offenbar hatte man sie davor gewarnt, in die Dusche zu gehen, wenn ich hinein wollte.

»Tja, jetzt steckst du in der Scheiße«, sagte Solina, nicht ganz ohne Schadenfreude. »Rohde fickt eine von den Iscariots. Er hat den zwei Mädels gesagt, sie sollen dir auflauern. Hat sogar Geld auf sie gesetzt. Das war die Rache für die Sache mit Angie.«

Als wir uns vor dem Essen zum Zählen aufstellten, erklärte mir Rohde, er habe mich auf die Strafliste gesetzt, weil ich einen Streit angefangen habe, in dem zwei andere Insassinnen verletzt worden seien. Meine Verhandlung werde in einem Monat stattfinden, wenn der Captain sich die Sache angesehen habe. Na wunderbar. Jetzt würde Captain Ruzich also erfahren, daß ich in seinem Gefängnis einsaß. Doch als ich den Strafzettel ansah, den Rohde mir gegeben hatte, bekam ich wieder Hoffnung: Er hatte meinen Namen als »Washki« vermerkt. Vielleicht war es doch nicht so schlecht, daß keiner der Aufseher meinen Familiennamen richtig aussprach oder buchstabierte.

Nach dem Essen gesellte sich Miss Ruby zu mir und erklärte mir, sie sei enttäuscht von mir, denn gewalttätige Auseinandersetzungen seien ihrer Meinung nach nicht die richtige Methode, Probleme zwischen den Insassinnen zu lösen. »Die Frauen haben mir erzählt, daß du die Mutter von den meisten sein könntest. Das ist einfach nicht der richtige Weg, sich um die Jüngeren zu kümmern oder ihnen ein Beispiel zu geben.«

Ich zog mein T-Shirt ein wenig herunter, um ihr die Wunde zu zeigen, die ich bei dem Kampf davongetragen hatte. »Hätte ich vielleicht noch die andere Wange hinhalten und mich zu Hackfleisch verarbeiten lassen sollen?« fragte ich. Sie schnaubte verächtlich, wollte sich aber auf keine weitere Diskussion einlassen.

Nach dem Gespräch kam ich ins Grübeln darüber, ob der Angriff in der Dusche es mir unmöglich machen würde, irgend etwas über Nicola herauszufinden. Ich bildete mir sogar ein, daß Baladine von meinem Aufenthalt in Coolis wußte und dem Aufseher von Frankreich aus den Auftrag gegeben hatte, den Angriff zu inszenieren. Lediglich die Tatsache, daß alle Wachleute mich in den folgenden Tagen völlig unverändert behandelten, ließ mich zu dem Schluß kommen, daß meine Mutmaßungen bloß ein Anflug von Paranoia gewesen waren.

Je öfter die Insassinnen von dem Kampf in der Dusche erzählten, desto ausgeschmückter wurden die Schilderungen. Plötzlich konnte ich Karate wie die Kung-Fu-Kämpfer in den Filmen. Angeblich hatte ich die beiden Frauen von der Iscariot-Gang zuerst außer Gefecht gesetzt und dann ein Messer gezückt, um sie ganz fertigzumachen, doch dann waren die Aufseher dazwischengegangen. Einige der Frauen wollten sich nun unter meinen Schutz begeben, doch andere, besonders die Gangmitglieder, reizte mein Ruf zu weiteren Kämpfen. Es gelang mir, mich aus einer ganzen Reihe von potentiellen Konflikten herauszureden, aber natürlich erhöhte es meine Anspannung nur noch, wenn ich auch während der Freizeit und im Speisesaal auf der Hut sein mußte. Jedesmal wenn ich das Gefühl hatte, daß es irgendwo zu Aggressionen kommen könnte, ging ich sofort in meine Zelle zurück.

Denn Aggressionen gab es mehr als genug. Sie brachen bei den nichtigsten Anlässen auf, waren aber angesichts der Situation, in der wir uns alle befanden, verständlich: hinter Gittern mit tausend anderen Leuten, ohne jegliche Privatsphäre, immer den Launen der Aufseher ausgeliefert. Eine stahl der anderen die Bodylotion oder drängte sich in der Warteschlange vor oder sagte etwas Abfälliges über einen Verwandten der anderen, und schon wurden selbstgebastelte Waffen gezückt und Fäuste erhoben.

Kämpfe gab es auch wegen der Kleidung. Im Gefängnis bekam man nur alle fünf Jahre Ersatzkleidung, so daß ein zerrissenes Hemd oder ein verlorener Knopf ziemlich viel ausmachten. Frauen wurden zu Paaren und stritten sich wegen ihrer Beziehungen. Abgesehen von den Iscariots gab es noch eine Reihe anderer Gangs, die um Territorien kämpften und zum Beispiel den Drogenhandel zu kontrollieren versuchten.

Nach der Sache in der Dusche war meine Zellengenossin in meiner Gegenwart nervöser denn je. Zumindest sorgte die Angst dafür, daß sie ihren Zigarettenkonsum einschränkte und alle paar Tage halbherzig das Waschbecken saubermachte, doch irgendwann erfuhr ich, daß sie um eine Verlegung nachgesucht hatte, weil sie fürchtete, daß ich mich in der Nacht auf sie stürzen könnte, aber sie änderte ihre Meinung ziemlich schnell. Als ich am zweiten Donnerstag meines Aufenthalts in Coolis von meinem Basketball-Training in die Zelle zurückkehrte, fand ich sie weinend auf ihrem Bett vor.

»Die Sozialarbeiterin hat was mit meinen Kindern vor«, schluchzte sie, als ich sie fragte, was denn los sei. »Die will sie zu einer Pflegemutter geben, weil ich nicht erziehungstauglich bin. Selbst wenn ich hier rauskomme, kann ich sie nicht behalten. Aber ich liebe meine Kinder. Niemand kann behaupten, daß ich sie je ohne Socken oder Schuhe in die Schule geschickt habe. Und die Sozialarbeiterin, hat die mir irgendwann mal dabei zugeschaut, wie ich meinen Kindern das Essen gekocht habe? Die kriegen jeden Abend 'ne warme Mahlzeit.«

»Hast du denn keine Mutter oder Schwester, die sich um sie kümmern könnte?«

»Denen geht's noch schlechter wie mir. Meine Mutter ist high, solang' ich denken kann, und meine Schwester hat acht Kinder – die weiß selbst nicht, wie sie über die Runden kommt. Meine Tante unten in Alabama würde sie nehmen, wenn ich sie ihr schicke, aber die Sozialarbeiterin will nichts von meiner Tante hören. Und wer gibt mir das Geld, damit ich die Kinder in den Bus setzen kann, wenn die Sozialarbeiterin gegen mich ist?«

Ich lehnte mich gegen die Wand – natürlich hatten wir keinen Stuhl. »Du könntest ihr einen Brief schreiben, in dem du ihr sagst, daß du ein ordentliches Zuhause für sie hast und bereit bist, eine Entziehungskur zu machen.«

Sie sah mich argwöhnisch an. »Was weißt du denn von Entziehungskuren und Abmachungen mit Sozialarbeitern? Und wie soll ich in ein Wiedereingliederungsprogramm kommen, wenn ich mir nicht mal 'nen Anwalt leisten kann? Meinst du denn, solche Sachen wachsen für Leute ohne Geld auf den Bäumen? Das einzige, was mir bleibt, ist, daß ich meine Strafe absitze.«

Ich sagte ihr nicht, woher ich die Dinge wußte, die ich angedeutet hatte, sondern erklärte ihr, daß sie sich darauf konzentrieren müsse, sich über die wenigen vom Staat finanzierten Drogenprogramme zu informieren. Natürlich gibt es für die guten Programme lange Wartelisten. Ich fragte mich, ob Solina zu den Leuten gehörte, die bereit waren, sich auf eine Entziehungskur einzulassen, nur um aus dem Gefängnis herauszukommen, aber ohne ernsthaft an ein Leben ohne Drogen zu denken. In Coolis konnte man wie in vielen anderen

Untersuchungshaftanstalten und Gefängnissen durchaus an Drogen herankommen, und die plötzlichen Stimmungsumschwünge, unter denen sie litt, sagten mir, daß Solina bereits einen Crack-Dealer im Gefängnis gefunden hatte. Aber wenn ich den Brief für sie formulierte, hatte ich wenigstens eine sinnvolle Beschäftigung.

Solina betrachtete den Brief, den ich für sie geschrieben hatte, voller Hochachtung. Wir durften keine Computer oder Schreibmaschinen benutzen, so daß ich ihn sorgfältig in Druckbuchstaben auf das linierte Papier schreiben mußte. Sie las ihn immer wieder, nahm ihn mit in die Zelle, in der sie den größten Teil des Tages verbrachte, und zeigte ihn schließlich den Frauen vor dem Fernseher. Ein paar der Insassinnen beschäftigten sich in der Bibliothek mit juristischen Werken und reichten für sich selbst und ihre Freundinnen Beschwerden und Gesuche ein, aber die meisten in Coolis lasen und schrieben so schlecht, daß sie dazu nicht in der Lage waren.

Daß ich den Brief geschrieben hatte und eine Menge über Gesetze wußte, sprach sich schnell herum: Bereits am Wochenende kamen mehrere Frauen in meine Zelle und baten mich, Briefe für sie zu formulieren – an die Staatsanwaltschaft oder den Pflichtverteidiger, den Arbeitgeber, den Mann oder Freund. Wenn ich diese Schreiben für sie verfaßte, würden sie mir alles besorgen, was ich wollte – Zigaretten, Marihuana, Koks, Crack. Was, ich nahm keine Drogen? Dann vielleicht Alkohol, Schokolade oder Parfüm.

Wenn ich mir nichts geben ließ, hielten sie mich wahrscheinlich für eine Hochstaplerin, also sagte ich, ich schreibe die Briefe für frisches Obst oder Gemüse – und das war in Coolis viel schwerer zu kriegen als Drogen.

Die Briefe waren es letztlich, die mich in Coolis überleben ließen, denn die Frauen, denen ich auf diese Weise half, bildeten nun so etwas wie eine Wächterinnengruppe für mich und warnten mich, wenn irgendwo Probleme auftauchten.

Und die Briefe ermöglichten es mir auch, Fragen über Nicola und die Näherei zu stellen.

Egal, ob U-Haft oder richtiges Gefängnis: Wer mehr als zwei Wochen in Coolis war, mußte arbeiten. Lieutenant Dockery, eine Frau, die die meisten Insassinnen für streng, aber fair hielten, stellte die Arbeitspläne auf. Diejenigen, die noch nicht so lange da waren, wurden zum Küchen- und Putzdienst eingeteilt, weil es dafür am wenigsten Geld gab und diese Arbeiten deshalb am unbeliebtesten waren. Soweit ich das beurteilen konnte, war der Küchendienst der schlimmste, denn man mußte die ganze Zeit in der Hitze mit Fett und schweren Töpfen hantieren, doch die Reinigung von Duschen und anderen Gemeinschaftsräumen war wahrscheinlich nicht viel besser.

Zu den begehrtesten Tätigkeiten zählten die Bereiche Telemarketing und Hotelreservierung. Dort wurde man am besten bezahlt und brauchte keine schweren Dinge zu heben. Aber diese Art von Arbeit bekamen nur die Gefängnisinsassinnen. Nach Ansicht der Gefängnisleitung würden wir aus der U-Haft uns ohnehin nicht lange genug in Coolis aufhalten, um die dafür nötige Ausbildung zu Ende zu bringen – oder, und ich denke, das war die realistischere Interpretation, es würde einfach zu lange dauern, bis wir auf der Warteliste für die begehrtesten Jobs nach oben gerückt waren.

Natürlich interessierte ich mich am stärksten für die Näherei. Wenn ich im Speisesaal in der Warteschlange stand oder Sport trieb oder in meiner Zelle für die anderen Frauen Briefe schrieb, versuchte ich immer wieder, jemanden zu finden, der dort arbeitete oder die Zelle mit einer Frau teilte, die in der Näherei war. Die Geschichten darüber unterschieden sich, und niemand wollte dort arbeiten.

»Aber ich kenne eine Frau – Nicola –, die hat ihrer Mutter geschrieben, daß die Bezahlung dort sehr gut ist«, sagte ich eines Tages zu den Frauen, die mir dabei zusahen, wie ich Korbwürfe übte.

Die Frauen spielten selbst nicht, hofften aber, daß jemand auftauchen würde, um mich herauszufordern, denn Wetten waren in Coolis ein beliebter Zeitvertreib. Eine der Frauen erkundigte sich, wer Nicola sei.

»Das war die junge Chinesin, die weggelaufen ist«, sagte eine Frau.

»Die war nicht aus China, aber auch irgendwo aus der Gegend, vielleicht aus Japan«, meldete sich eine Frau namens Dolores zu Wort.

»Sie kam von den Philippinen«, sagte ich und sprang nach dem Ball, der gerade vom Korbrand abgeprallt war. »Ich kenne ihre Mutter, und sie hat gesagt, Nicola hat ihr geschrieben, sie ist wirklich froh, in der Näherei arbeiten zu dürfen.«

»Tja, wenn sie das in einem Brief nach Hause geschrieben hat…«, meinte Dolores mit einem verächtlichen Schnauben. »Die lassen einen in den Briefen nichts Negatives schreiben und zensieren alles. Eine Frau, die in der Näherei gearbeitet hat, hat die ganze Zeit geweint, weil die Leute da sie so hart anpacken.«

Eine dritte Frau sagte, in der Näherei arbeiteten nur Ausländerinnen, die sie so lange antrieben, bis sie starben, und dann holten sie als Ersatz neue junge Ausländerinnen.

»Ach, sei nicht albern«, meinte Dolores. »Sie nehmen bloß Ausländerinnen, weil sie wissen, daß die sich nicht beschweren. Die haben Angst, daß ihre Kinder abgeschoben werden.«

»Stimmt, aber du erinnerst dich doch noch an Monique, oder? Sie war aus Haiti, und die hat gesagt, im hinteren Zimmer arbeiten nur Ausländerinnen aus der Todeszelle. Die sind alle in Einzelhaft, und die Aufseher bringen sie am Morgen in einem abgesperrten Lieferwagen zur Arbeit und holen sie am Abend wieder ab.«

Der Gedanke war gar nicht so uninteressant, doch ich sagte den anderen, daß es in Coolis meiner Meinung nach keine Todeszellen gab.

»Mag sein«, sagte die Frau, die das erzählt hatte, »aber irgendwas Merkwürdiges passiert da. Vielleicht liegt's daran, daß sie in der Näherei keine Amerikanerinnen arbeiten lassen. Da sind bloß Frauen aus Mexiko und China und – wo, hast du gesagt, war diese Nicola her? – Vorsicht, Polsen beobachtet uns. Gehen wir lieber wieder in unsere Zellen.«

Die letzten Sätze murmelte sie mit sich kaum bewegenden

Lippen. Das lernte man im Gefängnis schon nach ein paar Tagen. Polsen beobachtete die Frauen praktisch immer mit seltsamem Blick, wenn er sie nicht gerade begrabschte oder drohte, es zu tun.

Polsen gehörte zu den Aufsehern, denen ich wenn möglich aus dem Weg ging, aber natürlich hatten alle Wachleute einen immensen Einfluß auf unser Leben. Wenn sie einen nicht leiden konnten, schrieben sie einen auf, was zur Folge haben konnte, daß man nicht mehr in den Gefängnisladen durfte oder eine Weile in Einzelhaft kam. Den Frauen jedoch, die sie mochten, brachten sie kleine Geschenke mit, zum Beispiel bessere Kosmetika, als es sie im Laden gab, oder Drogen. Aber das war natürlich nicht umsonst. Rohde, der mit einer der Frauen von der Iscariot-Gang schlief, war nicht der einzige Aufseher, der Sex mit einer Insassin hatte.

Mit zu den schlimmsten Dingen in Coolis gehörte für mich die ständige sexuelle Belästigung, die sowohl auf verbaler als auch auf körperlicher Ebene stattfand. Viele der Wachleute, nicht nur Rohde, legten einem die Hand auf den Hintern, wenn man an der Essensausgabe stand. Und wenn sie einen nach einem Besuch von draußen durchsuchten, ließen sie sich für gewöhnlich bei den Brüsten sehr viel mehr Zeit als nötig. Ich hatte mittlerweile gelernt, mich dabei nicht zu bewegen, mich zu distanzieren, nicht aggressiv zu werden. Wenn ich etwas besonders Schlimmes beobachtete, versuchte ich, es mit meiner Armbandkamera zu fotografieren, doch die verbalen Beschimpfungen, die mit diesen Übergriffen einhergingen, konnte die Kamera natürlich nicht dokumentieren. Dafür hätte ich die Videokamera gebraucht, die mir schon in Georgia gute Dienste geleistet hatte. Es war ziemlich schwierig, sich nicht zu wehren, und führte bei mir dazu, daß sowohl meine Wut als auch meine Angst wuchsen.

Morrell hatte mir die Armbandkamera von Unblinking Eye an meinem zweiten Sonntag in Coolis gebracht. In dem Besucherraum voller Frauen und Kinder war es nicht so schwierig gewesen, meine Armbanduhr gegen die winzige Kamerauhr auszutauschen. Nun hatte ich eine Uhr, die Fotos machen konnte; allerdings bedauerte ich es, die andere weggeben zu müssen, denn die hatte mein Vater von seiner Mutter bekommen, als er vor fünfundfünzig Jahren die Polizeischule abgeschlossen hatte.

Die winzige Kamera hatte mehr als vierzehnhundert Dollar gekostet. Zwar bezahlte Freeman meine Rechnungen, während ich mich in Coolis aufhielt, aber ich fragte mich, wie ich ihm das Geld je wieder zurückgeben sollte – meine Zeit im Gefängnis war mit Sicherheit keine gute Werbung für meine Detektei. Zumindest aber gab mir die Kamera das Gefühl, ein gewisses Maß an Kontrolle über die verrückte Welt zu haben, zu deren Teil ich geworden war.

»Siehst gut aus, Cream«, sagte Polsen, als ich ein paar Tage später den Sportraum betrat. »Besonders in Shorts. Ich wette, deine Muschi hat schon 'ne ganze Menge Besucher gehabt; da würde ich auch noch ganz gut reinpassen.«

Ich ging an ihm vorbei, ohne meine Schritte zu verlangsamen oder ihn anzusehen: Polsen hatte beschlossen, mein Feind zu werden, und im Augenblick blieb mir nicht viel anderes übrig, als so zu tun, als ihm keine Beachtung zu schenken.

Das Problem hatte mit dem Kampf in der Dusche begonnen: Er hatte ihn über die Monitore verfolgt und das Gefühl gehabt, um sein Vergnügen betrogen worden zu sein, als ich die beiden Angreiferinnen außer Gefecht setzte, bevor Schlimmeres passieren konnte. Besonders schlimm war seine Feindseligkeit am ersten Abend, an dem ich meine kleine Kamera hatte. Ich machte gerade meine Wäsche. Der Waschraum lag hinter dem Freizeitraum, und ich sah zusammen mit ein paar anderen Frauen fern, während ich darauf wartete, daß meine Sachen fertig wurden.

An jenem Abend hatte Polsen Dienst. Er rief Dolores aus dem Raum. Ihre resignierte Körperhaltung und ihr deprimiertes Gesicht veranlaßten mich, ihr wenig später in den Waschraum zu folgen.

Polsen stand hinter der Tür und versuchte, ihr die Jeans herunterzuziehen. Dolores wehrte sich flüsternd: »Nein, bitte tun Sie's nicht, tun Sie's nicht. Ich sag's dem Lieutenant.« Aber er lachte nur und sagte, sie sei ein Stück Dreck, niemand würde ihr glauben. Wenn sie den Mund aufmachte, würde sie in null Komma nichts in Einzelhaft landen. Ich hatte am Nachmittag bereits mit meiner Armbandkamera geübt und fotografierte die Szene jetzt. Wieder bedauerte ich, daß ich mit dem Gerät den Ton nicht aufnehmen konnte. Als Polsen den Blick hob, drehte ich mich rasch um und holte meine Kleidung aus der Waschmaschine. Daraufhin ließ er Dolores los, die aus dem Raum und wieder zurück in Richtung Gefängnisflügel lief. Polsen sah mich bitterböse an.

Als ich wieder in den Gemeinschaftsraum kam, wichen die Frauen, die bis jetzt ferngesehen hatten, vor mir zurück: Sie wußten alle, warum Polsen Dolores gerufen hatte, und hatten uns drei im Waschraum beobachtet. Sie wollten von Polsen nicht als meine Helferinnen eingestuft werden.

In meiner Zelle schrieb ich einen genauen Bericht über das, was ich beobachtet hatte, mit Datum und Uhrzeit, den ich zwischen die Seiten eines *Cosmopolitan*-Heftes aus dem Gefängnisladen steckte. Als Freemans Praktikantin mich am nächsten Tag besuchte, um mir zu sagen, daß meine Verhandlung für die letzte Septemberwoche festgesetzt worden war, gelang es mir, ihr das Heft inmitten eines Stapels anderer Dokumente zuzuschieben. Ich bat sie, das Magazin mitzunehmen und für mich aufzubewahren. Zwar wußte ich noch nicht so genau, welche Verwendung ich für meine Aufzeichnungen finden würde, aber ich wollte sie keinesfalls in meiner Zelle verstecken, denn während der kurzen Zeit, die ich nun in Coolis war, hatte man die schon zweimal durchsucht.

Bevor die Praktikantin ging, fragte sie mich, ob Freeman nun veranlassen sollte, daß ich auf Kaution freigelassen wurde. Es fiel mir schwer, nein zu sagen, aber ich wollte unbedingt selbst noch einen Blick in die Näherei werfen. Also erklärte ich ihr, ich werde mir noch eine Woche Zeit nehmen, bevor ich endgültig das Handtuch werfen würde.

Ich war mir ziemlich sicher, daß mindestens einer der Aufseher in die Zellen in unserem Block kam, sobald das Licht ausgemacht wurde – das war die einzige Erklärung, die ich für das Türenschlagen und die Schreie hatte, die mich manchmal in der Nacht weckten. Aber keine der Frauen sagte je etwas. Allerdings waren etliche der Frauen, die schon mehr als ein Jahr – in einem Fall sogar sechs Jahre – einsaßen, schwanger.

Wenn ich die Frauen, die sich Briefe von mir schreiben ließen, danach fragte, wurden sie schweigsam. Eine von ihnen flüsterte mir in der Warteschlange vor der Essensausgabe zu, eine Frau namens Cynthia habe ein ganzes Jahr in Einzelhaft verbringen müssen, weil sie nach einer Vergewaltigung durch einen Aufseher Beschwerde eingereicht hatte. Die Gefängnisleitung hatte erklärt, sie habe sich die Sache mit der Vergewaltigung nur ausgedacht, um schneller aus dem Gefängnis herauszukommen. Danach seien die Frauen mit ihren Beschwerden noch zurückhaltender gewesen. Wenn man in Coolis schwanger wurde, bekam man normalerweise Medikamente. »Sie sagen: ›Soso, dein Zyklus ist ein bißchen durcheinander. Dann nimm mal das da. Hinterher bist du drei Tage, vielleicht auch ’ne Woche, krank, und das Baby geht ab.‹«

Durch Arzneien herbeigeführte Abgänge, und das in einem Land, in dem die Pille danach verboten war. Wirklich einfallsreich. Ich fragte mich, wer die Diagnose stellte und die Mittel verabreichte, aber mittlerweile waren wir an der Essensausgabe angekommen, und die Frau trennte sich von mir, um sich zu ihren Freundinnen zu gesellen.

Was würde ich machen, wenn es Polsen einfiel, nach dem Verlöschen der Lichter zu mir in die Zelle zu kommen? Der Gedanke daran ließ mich in jener und den folgenden Nächten kaum Schlaf finden.

39 Audienz bei Miss Ruby

Am Anfang der dritten Woche wurde ich dem Küchendienst zugewiesen, eine furchtbare Arbeit, besonders im Sommer. Wir hievten Fünfzig-Pfund-Töpfe mit Essen zwischen Herd und Warmhalteplatten hin und her, trugen riesige Säcke mit Abfällen, rutschten auf dem schmierigen Boden aus und holten uns Verbrennungen von Fettspritzern. Für die Arbeit bekamen wir sechzig Cents die Stunde. Meine Mitarbeiterinnen waren ziemlich mürrisch und schlampig, was es noch schwieriger machte, sich keine Verletzungen einzuhandeln.

Zwar konnte man sich weigern zu arbeiten, aber dann wurde man aufgeschrieben, und wenn man oft genug aufgeschrieben worden war, landete man in Einzelhaft. Sobald diese dann zu Ende war, wurde einem wieder neue Arbeit zugewiesen. In der Küche war die Fluktuation besonders groß, aber ich konnte mir einfach keine Zeit in Einzelhaft leisten, also biß ich die Zähne zusammen.

»Das hier ist kein Ferienlager«, sagte der diensthabende Aufseher, wenn eine Frau sich über eine Verbrennung oder Rückenschmerzen beklagte. »Das hättest du dir überlegen sollen, bevor du auf die schiefe Bahn gekommen bist. Du bist nicht hier, um dich zu pflegen, sondern um was zu lernen.«

Ich hatte bereits herausgefunden, daß die rudimentäre medizinische Versorgung, die es in Coolis gab, gar nicht so leicht zu bekommen war. Als eine Frau sich mit heißem Fett den Arm verbrannte, rügte der Küchenaufseher sie, sie weine wegen nichts und wieder nichts. Am nächsten Tag erschien sie nicht zur Arbeit; von den anderen Frauen erfuhr ich, daß ihr Arm sich über Nacht entzündet hatte und voller Eiterpusteln war. Sie war vom »Hausarzt« behandelt worden, einem Aufseher, der eine einjährige Pflegerausbildung gemacht hatte, bevor er nach Coolis gekommen war.

Der Gestank des zu lange gekochten Essens und der Anblick von Kakerlaken und Mäusekot raubten mir den Appetit; wenn die Frauen, für die ich die Briefe schrieb, mir kein frisches Obst gebracht hätten, hätte ich wahrscheinlich fast gar nichts mehr gegessen. Nach einer Woche in der Küche fiel es mir schwer, mich daran zu erinnern, warum ich beschlossen hatte, im Gefängnis zu bleiben. Am Freitag abend lag ich gerade auf meiner Pritsche und überlegte, ob ich Freeman anrufen und bitten sollte, mich am Montag herauszuholen, als Solina hereinkam und mir mitteilte, daß Miss Ruby mich sehen wolle.

An meinem ersten Tag in Coolis hatte Cornish mich mit einer Rüge in meine Zelle zurückgeschickt, weil die Frauen aus der U-Haft die Freizeiteinrichtungen zu einer anderen

Zeit nutzen mußten als die richtigen Gefangenen, aber ich hatte schon bald begriffen, daß die Aufseher nur auf der Einhaltung dieser Vorschrift bestanden, wenn sie eine Ausrede für eine Verwarnung suchten.

Der Hauptgrund, warum ich Miss Ruby seit dem Unabhängigkeitstag nicht mehr im Freizeitraum gesehen hatte, war ihr Arbeitsplan. Sie hatte einen der begehrtesten Jobs in der telefonischen Reservierung für Passport, eine Motel- und Mietwagenkette. Die meisten Jobs im Gefängnis dauerten von neun Uhr morgens bis drei Uhr nachmittags, doch die telefonische Reservierung mußte vierundzwanzig Stunden täglich besetzt sein. Ruby hatte in letzter Zeit die Schicht von mittags bis sechs Uhr abends gehabt, und ich war nicht auf die Idee gekommen, am Vormittag im Freizeitraum nach ihr zu sehen.

Tags zuvor hatte ich für eine Frau einen Brief an Rapelec Electronics geschrieben, in dem ich erklärte, warum sie nicht in der Lage war, an ihrem speziellen Ausbildungsprogramm teilzunehmen, und bat, ihre Stelle für den September freizuhalten. Die Frau hatte mir als Gegenleistung eine kleine Kiste mit Tomaten aus der Gegend gegeben, das beste, was ich seit meiner Verhaftung gegessen hatte. Ich nahm zwei von ihnen als Gastgeschenk für Miss Ruby und begleitete die Frau, die Miss Rubys Nachricht an Solina überbracht hatte: Jorjette war mit einer Enkelin der alten Dame aufgewachsen.

Es war gar nicht so leicht, die Aufseher dazu zu bringen, daß sie Jorjette und mich vormittags in den Freizeitraum ließen. Cornish, der an jenem Morgen Dienst hatte, hielt sich strenger an die Regeln als Rohde und Polsen am Nachmittag.

»Vic will mir zeigen, wie man Körbe wirft«, jammerte Jorjette. »Alle sagen, sie ist die beste. Sie hat Angie geschlagen. Und außerdem müssen wir in einer Stunde zum Arbeiten in die Küche; wir müssen das jetzt machen, wenn wir's überhaupt machen wollen.«

»Wir können auch ein andermal wiederkommen«, sagte ich. »Aber ein andermal haben wir wahrscheinlich keine Tomaten. Pflanzen Sie auch welche, Cornish?«

Ich hielt ihm eine Tomate hin. Er sagte, ja, das Gärtnern sei sein Hobby, aber seine Tomaten seien noch nicht reif.

»Na schön, Mädels, ihr habt eine Stunde im Freizeitraum«, sagte er schließlich, nahm die Tomate und signalisierte dem Mann hinter der schußsicheren Glaswand, die Tür zum Gefängnisflügel zu öffnen.

Als wir den Freizeitraum betraten, hatte eine Aufseherin Dienst, die ich noch nicht kannte. Sie schaute sich zusammen mit einer Handvoll Frauen die Show von Oprah Winfrey im Fernsehen an. Miss Ruby saß in der Mitte der Gruppe, die grauen Haare frisch geschnitten und gelegt, Muschelohrringe, die mindestens dreimal so groß waren wie erlaubt, in den Ohren.

Sie sah Jorjette und mich kurz an, als wir hereinkamen und Stühle neben das Sofa stellten, auf dem die Frauen saßen, ließ sich aber ansonsten nicht anmerken, daß sie uns bemerkt hatte. Als die Sendung für einen Werbeblock unterbrochen wurde, ging Jorjette auf sie zu und fragte sie nervös, wie es ihr heute gehe.

Miss Ruby neigte daraufhin den Kopf und erwiderte, nun, so gut es in dieser Hitze eben gehen könne, sie sehne sich nach der frischen Luft. Jorjette meinte, es sei für alle schlimm, aber sie wisse, daß Miss Rubys Gelenke bei der Hitze besonders schmerzten. Vielleicht hätte sie gern eine frische Tomate, die sie an die frische Luft von draußen erinnern würde?

»Cream hat sie dir extra mitgebracht.«

Miss Ruby nahm die Tomate an und deutete mit dem Kopf ans andere Ende des Tisches. Die Aufseherin sah sich von der Couch aus weiter Oprah an, und die anderen Insassinnen ließen uns in Ruhe: Wenn Miss Ruby nicht gestört werden wollte, wurde sie nicht gestört.

»Ich weiß wirklich nicht so recht, was ich von dir halten soll, Cream«, sagte sie, nachdem wir uns gesetzt hatten. »Bist du nun eine Kämpferin oder eine barmherzige Samariterin? Zuerst verprügelst du ein paar von den Iscariots, aber jetzt höre ich, daß du in deiner Freizeit Briefe für die Mädels schreibst. Manche von ihnen halten dich für einen Polizeispitzel.«

Ich blinzelte. Natürlich war das gar nicht so falsch, aber ich kannte Miss Ruby nicht gut genug und wollte mich keiner

Fremden anvertrauen, am allerwenigsten einer Frau, die alle Gerüchte mitzubekommen schien.

»Wenn ich gewußt hätte, daß meine Lebensgeschichte hier drin so wichtig ist, hätte ich sie an die Wand der Dusche geschrieben«, sagte ich. »Ich bin festgenommen worden, wie alle andern auch.«

»Und weswegen?«

»Kennst du die traurige alte Geschichte von dem Mann, der seine Frau wegen einer Jüngeren verläßt? Und diese Frau, die hart gearbeitet hat, damit er seine Ausbildung beenden und sein Geschäft aufbauen konnte, hat am Schluß nicht viel mehr als das, was sie am Leib trägt? Tja, und er kriegt die Kinder, weil sie den Kindern ja kein ordentliches Zuhause geben kann, wenn sie kein Geld hat und den ganzen Tag arbeiten muß, um welches zu verdienen.«

»Ja, von der Geschichte habe ich schon ziemlich viele Versionen gehört.« Sie hielt den Blick geradeaus gerichtet und sprach leise, fast, ohne die Lippen zu bewegen, wie wir alle im Gefängnis.

»Jedenfalls halte ich den Typ für so ziemlich das größte Arschloch von Chicago. Und deshalb hab' ich ihm sein ältestes Kind weggenommen, einen Jungen, der ein bißchen zuviel wiegt und ziemlich sensibel ist. Aber Daddy gefällt's, wenn er ihn quälen kann, und der Junge weint. Und wenn er weint, dann quält er ihn noch ein bißchen weiter, weil er so ein Schlappschwanz ist. Daddy hat mich verhaften lassen, weil ich das Kind entführt habe.«

»Soso. Und das Geld für die Kaution hast du nicht gehabt. Alle sagen, du hast einen richtigen Anwalt, nicht bloß 'nen Pflichtverteidiger. Ganz zu schweigen natürlich von deiner Bildung, denn ohne die könntest du ja die Briefe nicht schreiben.«

»Der Typ hat 'ne Menge einflußreiche Freunde. Der Richter hat die Kaution auf 'ne Viertelmillion festgesetzt. Wenn deine Freunde sich ein bißchen mit meiner finanziellen Situation befassen würden, wäre ihnen klar, warum ich über Nacht nicht so viel Geld zusammenkratzen konnte.«

»Und wo hast du gelernt, so zu kämpfen? Schließlich

hast du in der Dusche zwei ziemlich kräftige Frauen fertiggemacht«, sagte sie. »Angie noch gar nicht dazugerechnet, und die Sache mit der habe ich selber gesehen.«

»Am gleichen Ort wie Angie«, sagte ich. »Auf den Straßen von Chicago, genauer gesagt Ecke Ninety-first/Commercial Avenue. Aber ich hab' Glück gehabt. Meine Mutter wollte, daß ich 'ne ordentliche Ausbildung kriege; sie hat mich gezwungen zu lernen, während die anderen Mädels auf der Straße schwanger wurden oder Drogen genommen haben.«

Miss Ruby dachte über das nach, was ich gesagt hatte. »Ich weiß nicht, ob ich dir glauben soll oder nicht. Aber ich habe gehört, daß du dich nach einer jungen Frau erkundigt hast, die auch hier gewesen ist. Die anderen haben mir gesagt, du willst dich mit mir über sie unterhalten. Tja, hier bin ich also. Und ich frage mich, woher du die junge Frau kennst und ob sie vielleicht der wirkliche Grund ist, warum du hier in Coolis bist.«

Ich ging nicht auf ihre Bemerkung ein. »Ich habe Nicola Aguinaldo nie persönlich kennengelernt, aber ich kenne ihre Mutter. Señora Mercedes möchte sich bei dir bedanken, daß du dich um Nicola gekümmert hast.«

»Hmm. Die Dankbarkeit hat sie mir aber noch nie persönlich gezeigt.«

»Sie hat kein Geld und keine Green Card. Sie hat Angst, hier rauszukommen, weil sie am Tor wahrscheinlich ihren Ausweis sehen wollen, und dann benachrichtigen sie die Einwanderungsbehörde. Außerdem kann sie nicht Englisch schreiben. Aber Nicolas letzter Brief hat sie sehr getröstet, weil Nicola ihrer Mutter darin mitgeteilt hat, daß du dich um sie kümmerst.«

Miss Ruby neigte leicht den Kopf. »Und wieso ist jemand wie du mit Nicolas Mutter befreundet?«

Ich lächelte. »Ich habe nicht gesagt, daß wir befreundet sind, sondern daß ich sie kenne. Vor meiner Festnahme habe ich Señora Mercedes dabei geholfen herauszufinden, was mit Nicola passiert ist. Weißt du, daß sie gestorben ist?«

Wieder nickte Miss Ruby leicht.

»Alle Frauen sagen, daß du alles weißt, was hier im Gefängnis passiert. Ich möchte wissen, was mit Nicola war. Wie ist sie ins Krankenhaus gekommen?«

»Vielleicht bist du nicht selber bei der Polizei, aber die haben dich hergeschickt, damit du mit mir redest«, sagte sie, versuchte aber nicht, von mir wegzurutschen.

»Der Polizei ist es völlig egal, wer ein armes Mädchen umgebracht hat, das nicht mal 'ne Green Card hatte.«

»Und wer hat dafür gesorgt, daß du nach Coolis gekommen bist?«

»Sagt dir der Name Robert Baladine was?« Als sie den Kopf schüttelte, erklärte ich ihr, daß er Coolis leitete und daß Nicola vor ihrer Festnahme für ihn gearbeitet hatte. »Er ist der Mann, von dem ich vorher erzählt habe. Er hat viel mehr Macht und Geld, als ich je haben werde. Ihm gefällt der Gedanke, daß ich in seinem Gefängnis eingesperrt bin.«

Nun sah sie mir zum erstenmal in die Augen und dachte über meine Geschichte nach, die den Vorteil hatte, fast ganz zu stimmen – auch wenn sie möglicherweise der Meinung war, Baladine sei mein Mann. »Niemand weiß, was mit Nicola passiert ist«, sagte sie. »Ich hab' 'ne ganze Menge unterschiedliche Geschichten gehört, und ich weiß nicht, welche davon stimmt. Der Aufseher meint, sie hätte Frauenprobleme gehabt und mußte ins Krankenhaus, und von da ist sie dann abgehauen. Jemand anders hat gesagt, sie ist in eine von den großen Maschinen in der Näherei geraten und gestorben. Da haben die Aufseher Angst bekommen, weil sie die Maschine nicht rechtzeitig ausgeschaltet haben, und ihre Leiche irgendwo in Chicago rausgeschmissen. Wieder andere von den Frauen behaupten, sie hätte sich mit einem Aufseher angelegt, aber das ist Unsinn, weil sie viel zu klein dazu war.«

»Sie ist in Chicago gestorben«, sagte ich.

Miss Ruby liebte es, Exklusivinformationen zu bekommen. Das war ihr lieber als ein ganzer Strauch Tomaten, also stellte sie mir ziemlich viele Fragen über Nicolas Tod. Ich erzählte ihr alles, was ich wußte – nur nicht, wie ich überhaupt auf Nicola gestoßen war –, und fragte sie, wieso sie Nicola unter ihre Fittiche genommen habe.

»Viele von den Mädchen hier haben nicht die geringste

Achtung vor anderen. Nicola jedoch kam aus einem Land, in dem man alte Leute mit Respekt behandelt – irgendwo in der Nähe von Japan, das ist wahrscheinlich der Grund. Sie hat gesehen, daß mir Schultern und Nacken weh tun, wenn ich sechs Stunden lang am Telefon sitze, und mich massiert. Dafür habe ich natürlich meinerseits versucht, ihr ein bißchen zu helfen.«

Während Miss Ruby mir das erzählte, überlegte ich, ob Nicola vielleicht überhaupt nie im Krankenhaus gewesen war. Möglicherweise hatte Captain Ruzich sie direkt von Coolis aus nach Chicago bringen lassen. Nein, das konnte nicht sein, denn die Stationsschwester in der Krankenstation hatte über Nicola Bescheid gewußt. Es sei denn natürlich, man hatte ihr eingeschärft zu sagen, Nicola sei dortgewesen, obwohl das nicht der Fall war.

»Ich muß jemanden finden, der mir sagen kann, was in der Werkstatt passiert ist an dem Tag, nachdem sie weg war. Oder ich brauche einen Job in der Näherei.«

Miss Ruby grunzte etwas. »Du wirst die Mädchen nicht dazu bringen, über das zu reden, was in der Näherei passiert. Alle hier haben Angst. Die Wachleute können einem das Recht wegnehmen, im Laden einzukaufen oder zu telefonieren, oder einen in Einzelhaft stecken. Aber die Mädchen aus der Näherei reden mit niemandem. Die meisten von ihnen können sowieso kein Englisch.«

»Wenn ich also in die Näherei möchte, müßte ich eine Ausländerin sein.«

»Als allererstes müßtest du deine Verhandlung verlieren. Die Mädchen in U-Haft müssen den Küchendienst und die anderen üblen Sachen machen, nicht die, die Geld bringen.«

»Ich muß aber in die Näherei«, sagte ich. Aus den Augenwinkeln nahm ich Polsen wahr. »Wieviel würde das kosten, und wer könnte es für mich arrangieren?«

»Was willst du wirklich hier, Cream?« fragte Miss Ruby leise.

Ich sah weiter geradeaus und sprach, fast ohne die Lippen zu bewegen. »Ich möchte Robert Baladine vernichten. Wenn ich herausfinde, was mit Nicola passiert ist, habe ich vielleicht eine Möglichkeit, ihm alles heimzuzahlen.«

»Paß mal auf, daß du dir an deinen Rachegelüsten nicht die Zähne ausbeißt. So was zahlt sich nicht aus, Cream, glaub mir das. Ich hab' das auch ein paar Jahre lang versucht, bevor Jesus mir einen besseren Weg gezeigt hat.«

Sie schwieg, als warte sie darauf, daß ich amen sagte oder sie bat, mir ihre Bekehrungsgeschichte zu erzählen, aber ich schaffte es einfach nicht, einen Glauben vorzutäuschen, den ich nicht hatte.

Enttäuscht über mein mangelndes Interesse sagte sie schließlich: »Niemand will die Jobs in der Näherei; die Geschichten darüber, wie sie die Mädels da behandeln, sind einfach zu übel. Folglich habe ich noch nie gehört, daß jemand sich einen Platz in der Näherei kaufen will – normalerweise sind alle drauf aus, wieder rauszukommen. Und die meisten von ihnen schlafen und essen auch zusammen. Wenn du wirklich rein willst: Lieutenant Dockery kümmert sich um die Arbeitspläne, aber die hat noch nie jemand bestochen – sie ist streng, aber gerecht. Erik Wenzel, das ist der Mann, der die Näherei leitet, ist da ganz anders. Der ist kein Aufseher, sondern irgend so ein Manager, den sie eigens eingestellt haben, genau wie bei mir in der Reservierungsabteilung, damit er sein organisatorisches Wissen einbringt. Gib mir einen oder zwei Tage Zeit, dann versuche ich, was rauszukriegen.«

Sie tippte mir mit ihren manikürten Fingern auf den Arm. »Du weißt immer noch nicht, wie man sich hier drin verhalten muß, Cream. Vielleicht bist du ja die härteste Frau bei dir in der Gegend, aber hier provozierst du die Aufseher nur damit. Die wollen dich fertigmachen. In Coolis gibt's keine Geheimnisse. Auch nicht vor den Aufsehern. Irgendein Mädel erzählt denen schon was, wenn sie dafür was kriegt, 'nen besseren Job oder ein ordentliches Make-up zum Beispiel. Ist dir schon aufgefallen, daß die meisten Mädchen hier schwarz sind, aber das Make-up im Laden für Weiße? Das kannst du tragen, aber unsereins nicht. Was mich dran erinnert: Wenn du karmesinroten Nagellack und Lippenstift für mich auftreiben könntest, würde ich mich schneller um die Sache kümmern.

Noch eins möchte ich dir sagen, Cream: Troy Polsen ist

wirklich ein Ekel, aber versuch nicht, ihm ans Bein zu pinkeln. Das lohnt sich einfach nicht. Denn der sorgt dafür, daß du in Einzelhaft landest, und aus der kommst du bis zu deiner Verhandlung nicht mehr raus. Das würde bedeuten, daß du in Gefängniskleidung vor Gericht mußt, und du kannst dir vorstellen, was das für einen Eindruck macht. Paß auf, was du tust, Cream.«

Polsen brüllte Jorjette und mir zu, daß wir unseren Dienst in der Küche beginnen sollten. »Ihr seid hier nicht in den Ferien; bewegt eure lahmen Ärsche.«

»Er hat wirklich vorzügliche Manieren«, murmelte ich. »Die und die vorzügliche Küche hier sind einfach unwiderstehlich. Danke für die Warnung und das Angebot zu helfen, Miss Ruby. Ich möchte ja nicht indiskret sein, aber ...«

»... aber dich interessiert, warum ich dir helfe? Du brauchst nicht alles über mein Leben zu wissen.« Sie lächelte. »Eins kann ich dir allerdings verraten: Ich bin ziemlich neugierig. Meine Mama hat immer gesagt, daß die Neugierde mich noch mal umbringen wird, doch ich würde selber gern erfahren, was in der Näherei los ist. Ich muß noch acht Jahre hierbleiben. Ich hasse es, wenn es Dinge in diesem Gefängnis gibt, über die ich nicht Bescheid weiß.«

Polsen kam zu mir und zerrte mich hoch. »Mach schon, Prinzeßchen, sie haben im Palast schon nach dir gefragt.«

Während er mich den Flur entlangschob, überlegte ich, ob ich vielleicht selbst Opfer der Neugierde werden würde.

40 Nähkreis

»Mannaggia!« fluchte ich. *»Puttana macchina!«*

Meine Finger waren wieder einmal auf dem Stoff ausgeglitten, so daß die Armlöcher Falten warfen. Während ich den Faden herauszog, rollte ich die Schultern, um die Verspannung darin loszuwerden. Keine der Frauen um mich herum hob den Blick oder hörte auf zu arbeiten. Sie waren alle an die Nähmaschinen gekettet. Ihre Finger bewegten sich so schnell, daß ich Arme, Stoff und Nadel nur noch verschwommen wahrnahm.

»Hey, du, Victoria!« Plötzlich stand Erik Wenzel vor mir. »Ich dachte, du weißt, wie man mit der Maschine umgeht. *Sabes usar esta máquina?*«

Ich sagte auf italienisch, wie unerträglich ich Wenzel fand, und fügte auf spanisch hinzu: *»Si, si, sé usarla.«*

»Dann arbeite auch so, als ob du *fabricar* kannst.« Er zog mir das T-Shirt aus den Fingern, zerriß es und gab mir eine Ohrfeige. »Das kann man nicht mehr brauchen. *La estropeaste!* Das wird dir vom Geld abgezogen. *No te pago por esto!*«

Ich hatte fast meine ganzen vierhundert Dollar einsetzen müssen, um in die Näherei zu kommen; doch das einzige, was ich bis jetzt herausgefunden hatte, war, daß in einer Gefängniswerkstatt der Vorarbeiter praktisch alles machen kann, was er will. Miss Ruby war es gelungen, das Geld auf Rohde im Untersuchungsgefängnisflügel, seinen Kollegen im Gefängnistrakt und einen von Erik Wenzels Untergebenen zu verteilen, der die Arbeitspläne für die Näherei zusammenstellte. Sie hatte dem Mann gesagt, ich sei körperlich nicht belastbar, eine arme Einwanderin weit weg von zu Hause, und die schwere Arbeit in der Küche würde mich irgendwann umbringen. Dafür hatte ich ihr einen Revlon-Lippenstift und eine Puderdose besorgt, und die waren alles andere als leicht aufzutreiben.

Hoffentlich, so dachte ich nun, mußte ich mir meinen Lebensunterhalt nie mit Nähen verdienen. Ich hatte gemeint, es wäre ein Klacks, die Maschinen zu bedienen, und die reinste Erholung nach der schweren Arbeit in der Küche, aber nach vier Tagen waren meine Schultern und mein Nacken völlig verspannt, meine Finger zerstochen und voller blauer Flecke, weil ich sie immer wieder unter die Nadel brachte, und ich hatte drei Dollar vierundzwanzig Cents verdient, die allerdings erst am Ende der Woche auf mein Gefängniskonto eingezahlt würden.

Wir wurden pro fertigem Stück bezahlt: neun Cents für T-Shirts, die am leichtesten zusammenzunähen waren, fünfzehn Cents für Shorts, und dreiunddreißig für schwere Jeansjacken. Manche von den Frauen schafften neun oder zehn Jacken in der Stunde. Eine Frau neben mir hatte nach einer Stunde zweiunddreißig T-Shirts fertig.

Als ich anfing, hatte man eine Frau abgestellt, die mir zeigte, wie man T-Shirts zusammennähte. Sie machte das in rasender Geschwindigkeit, weil sie keine Lust hatte, ihren Ausstoß einer Anfängerin zuliebe zu reduzieren. Ich hatte ihre Bewegungen so aufmerksam verfolgt, wie ich konnte. Am Ende des zweiten Tages war ich schon in der Lage gewesen, achtzehn Stück pro Stunde zu produzieren, aber von denen wurden nur ungefähr zehn den Qualitätsmaßstäben gerecht; die verdorbenen wurden mir von meinem Lohn abgezogen. Und wenn Wenzel sich über eine Frau ärgerte wie über mich, machte er schon mal ein T-Shirt absichtlich kaputt und zog die Kosten dann vom Geld ab, das sie bereits verdient hatte. Im Gefängnis gibt es keinen Betriebsrat und keine Gewerkschaft, an die man sich in solchen Fällen wenden kann. Wenn der Vorarbeiter einen nicht leiden kann, einem ins Gesicht spuckt, einen schlägt oder die Sachen, die man produziert hat, vernichtet, kann man nicht viel dagegen tun.

Und ironischerweise nähten wir am Schluß kleine Etiketten mit der Aufschrift *Made with Pride in the USA* – Mit Stolz hergestellt in USA – in die T-Shirts. Mir wurde klar, daß die Shirts, die im Laden verkauft wurden, aus einer Gefängniswerkstatt stammten, obwohl diejenigen, die wir nähten, alle weiß und unbedruckt waren. Vielleicht wurden sie anschließend in ein anderes Gefängnis gebracht, wo man die Mad-Virgin- oder Captain-Dobermann-Motive aufbrachte.

In einem Nebenraum bedienten Frauen schwere Scheren, mit denen sie den Stoff für die Kleidungsstücke zerschnitten, die wir zusammennähten. Ein paar Leute rannten immer zwischen den beiden Räumen hin und her, um uns die Rohmaterialien zu bringen.

In einer Sechs-Stunden-Schicht bekamen wir zwei jeweils zehnminütige Pausen sowie eine halbe Stunde im Speisesaal, aber die meisten Frauen – nur die Raucherinnen bildeten da eine Ausnahme – zogen es vor, die Pausen durchzuarbeiten. Es war, wie Miss Ruby gesagt hatte: Die Frauen hier waren alle aus dem Ausland, hauptsächlich Latinas und dazu eine Handvoll aus Kambodscha und Vietnam.

Auch hinsichtlich ihrer Unterbringung hatte Miss Ruby recht gehabt: Die meisten Näherinnen wohnten im selben Trakt, trafen am Morgen in einer Gruppe ein, wurden ebenfalls in der Gruppe zum Laden oder in den Speisesaal eskortiert und am Abend gemeinsam wieder weggebracht. Mich hatte man nicht in ihren Trakt verlegt, aber die Aufseher beobachteten mich nun noch genauer als zuvor. So genau, daß ich beschloß, nur noch Italienisch oder mein gebrochenes Spanisch zu sprechen, sogar in meiner Zelle.

Die Tatsache, daß ich nun kein Englisch mehr sprach, ließ die Frauen, die wollten, daß ich Briefe für sie schrieb, zuerst schier verzweifeln und machte sie dann wütend. Aus Rache begann Solina in der Zelle Kette zu rauchen, als könnte sie mich so dazu bringen, sie auf englisch anzubrüllen. Jeden Abend schlief sie mit einer brennenden Zigarette auf dem Boden neben sich ein, und jeden Abend kletterte ich hinunter, um sie auszudrücken.

Natürlich machte ich mir nicht allzu viele Hoffnungen, daß es mir gelingen würde, die Aufseher mit meinem Italienisch und Spanisch zum Narren zu halten, aber ich hoffte, daß sie es mir wenigstens so lange abkauften, bis ich etwas über Nicola herausgefunden hätte. Polsen würde mich am ehesten in Schwierigkeiten bringen. Wenn er Nachmittagsdienst hatte und mich von meiner Arbeitsschicht in den Freizeitraum brachte, überschüttete er mich mit Beschimpfungen. Ich behandelte ihn dann wie Luft, und wenn er versuchte, mich zu begrabschen, rief ich so lange laut auf italienisch, bis wir endlich wieder in einem Gemeinschaftsraum waren. Toll war diese Art der Verteidigung nicht, aber eine bessere Methode fiel mir nicht ein.

In der Näherei hielt ich mich in den kurzen Pausen in Gesellschaft der Raucherinnen auf und versuchte, sie über Nicola und die Kleidungsstücke auszufragen, die wir herstellten – wohin wurden sie geliefert, wenn sie fertig waren? Das Gesetz von Illinois schrieb vor, daß alles, was in einem Gefängnis produziert wurde, auch im Gefängnis verbraucht werden mußte, aber ich hatte in unserem Laden noch nie eins von unseren Stücken gesehen. Und der Ausstoß war enorm, zumindest bei meinen Mitarbeiterinnen.

Die Tatsache, daß in der Näherei so viel ausschließlich von ausländischen Frauen hergestellt wurde, hielt mich trotz meiner zerstochenen Hände und der üblen Behandlung durch Erik Wenzel bei der Stange.

Und noch etwas ließ mich nicht aufgeben: ein Raum am unteren Ende des Flurs, in den die fertigen Kleidungsstücke gebracht wurden. Jede Stunde sammelten Wenzel und Hartigan, der Aufseher, der mein Geld von Miss Ruby entgegengenommen hatte, um mir diesen Job zu verschaffen, unsere Produktion ein, überprüften sie, schrieben auf eine Karte, wieviel davon zu gebrauchen war, und stapelten die Sachen auf einen großen Handwagen. Eine der Kambodschanerinnen schob den Wagen dann den Flur zu dem anderen Raum hinunter.

Am zweiten Morgen, den ich in der Näherei arbeitete, schlenderte ich in der Zigarettenpause hinter ihr her. Als die Tür für den Wagen geöffnet wurde, sah ich eine ganze Reihe von Lichtern, Maschinen und Menschen. Aber bevor ich genauer hinschauen konnte, wurde ich zu Boden geworfen. Ich rollte weiter, bereit, meinem Angreifer einen Tritt zu versetzen, doch da fiel mir wieder ein, daß ich mich im Gefängnis nicht wehren durfte. Wenzel stand über mir, das Gesicht rot vor Zorn, und befahl mir in einer Mischung aus Englisch und Spanisch, wieder in die Näherei zurückzukehren. Sein Spanisch war nicht besser als meines, enthielt aber jede Menge grober Ausdrücke für den weiblichen Körper. Und dann schrieb er mich auf; das war meine dritte Verwarnung, seit ich in Coolis war. Die Gefahr, daß ich in Einzelhaft landen würde, wurde immer größer, weil die Verwarnungen samt und sonders für Vergehen waren, die man als tätlichen Angriff interpretieren konnte.

Ich hatte nur so kurz in den Raum schauen können, daß ich mir das, was ich darin entdeckt hatte, nicht erklären konnte. Wie geheim konnte die Sache sein, wenn die kambodschanischen Frauen hineindurften? Andererseits hatten meine Mitarbeiterinnen wahnsinnige Angst, über diesen Raum zu sprechen. Die Frauen, die dort arbeiteten, verbüßten alle eine lebenslange Haftstrafe – das war das einzige, was ich herausgefunden hatte. Niemand redete je mit ihnen, denn sie waren in einem eigenen Trakt des Gefängnisses untergebracht.

Als ich am nächsten Morgen wieder nach dem Raum fragte, wichen die Raucherinnen ängstlich vor mir zurück. Aufseher Hartigan war selbst starker Raucher; die Frauen sahen nervös zu ihm hinüber, wenn ich mit ihnen sprach.

»*Tu preguntas demasiado*, du fragst zuviel«, flüsterte mir eine der Frauen schließlich zu, als Hartigan im Zuschneideraum verschwand, um sich mit einer Maschine zu beschäftigen, die nicht mehr richtig funktionierte. »*No sigas preguntando por Nicola.* Frag nicht mehr weiter nach Nicola. Sie hat erfahren, daß ihr Baby tot ist, und sie wollte nach Chicago, um ihr Kind zu begraben. Natürlich hat ihr niemand erlaubt zu gehen, aber sie war außer sich vor Zorn und hat angefangen, mit bloßen Fäusten auf Wenzel einzuschlagen. Er und Hartigan haben sie mit ihren Elektroschockern außer Gefecht gesetzt, und dann haben sie gelacht und sich einen Spaß mit ihr gemacht. Aber jetzt frag nicht mehr weiter. Für uns hat sie nie existiert, und die Aufseher werden dich schwer bestrafen, wenn sie herausfinden, daß du Fragen über sie stellst. Sie werden auch mich bestrafen, wenn sie glauben, daß ich mich noch an sie erinnere.«

Es fiel mir schwer, ihr rauhes Spanisch zu verstehen, doch bevor ich sie bitten konnte, das eine oder andere zu wiederholen, zuckte sie zusammen und versuchte, wieder im Arbeitsraum zu verschwinden. Aufseher Hartigan packte ihren Arm und dann eine ihrer Brüste, die er preßte und herumdrehte, bis die Frau vor Schmerz keuchte.

»Du redest doch hier keine unsinnigen Sachen, oder?« fragte er die Frau. »Vergiß nicht: Wir wissen, wo deine kleinen Jungen sind. *Sabemos donde están tuos niños.*«

Die Tränen liefen der Frau herunter, und sie sprach stockend: »Ich habe Frau nur gesagt, sie hat kein Geld, dann kann auch nicht haben meine Zigarette. Sie faul, arbeitet nicht, kann mir Geld auch später nicht geben.«

Sie versuchte, sich selbst zu schützen, nicht mich, und sah

mich voller Haß an. Hartigan ließ sie los und gab mir eine Ohrfeige. Ich sei eine faule Fotze, sagte er, und sie würden nicht ewig Geduld mit mir haben.

Wieder gelang es mir gerade noch rechtzeitig, mich zu beherrschen. Allerdings wußte ich, daß ich Coolis bald verlassen müßte, weil ich meine Wut nicht mehr lang im Griff hätte. Wenn ich nicht bald etwas herausfand, was ich gegen Baladine verwenden konnte, würde ich die Sache mit der Näherei aufgeben. Inzwischen hatte ich eine ziemlich klare Vorstellung davon, warum Nicola ins Krankenhaus gemußt hatte, auch wenn ich nicht wußte, wie sie in Chicago zu Tode gekommen war. Doch das reichte noch nicht, um ihre Mörder dingfest zu machen.

Ich dachte lieber nicht darüber nach, was hinter dem Ausdruck »sie haben sich einen Spaß mit ihr gemacht« steckte, den die Frau vorhin verwendet hatte. Mir war lediglich klar, daß ich schnell etwas herausfinden mußte, weil meine mangelnden Sprachkenntnisse oder meine noch mangelnderen Fähigkeiten an der Nähmaschine mich schon bald würden auffliegen lassen. Wie schnell, wurde mir bewußt, als ich bei der Rückkehr in meinen Flügel die Nachricht erhielt, daß Besuch für mich da sei.

Morrell erhob sich, als ich eintrat – eine altmodische Geste der Höflichkeit, die so wenig mit dem Alltag von Coolis zu tun hatte, daß ich mich sehr beherrschen mußte, um nicht loszuweinen. Es war Donnerstag, und wie immer mitten in der Woche war der Besucherraum fast leer.

Morrell drückte schnell meine Hand, eine so flüchtige Bewegung, daß der Aufseher sie übersah. »Vic, Sie müssen so schnell wie möglich hier raus.«

Ich pflichtete ihm bei und schilderte ihm, wie die Aufseher mit uns umsprangen.

Doch Morrell fiel mir ins Wort. »Das ist entsetzlich, Vic, aber ich spreche von etwas anderem. Draußen haben sich ein paar Dinge ereignet. Baladine hat Chicago kurz nach Ihrer Festnahme verlassen und wußte deshalb bis jetzt offensichtlich nicht, was aus Ihnen geworden ist. Aber morgen kommt er aus Europa zurück. Spätestens wenn er in Chicago landet, weiß er, daß Sie hier sind. Und solange Sie in Coolis sind, hat er alle Macht der Welt über Sie.«

Ich bekam eine Gänsehaut. »Woher wissen Sie das?«

Er lächelte kurz. »Ich bin Journalist und bemühe mich schon seit geraumer Zeit um Alex Fisher von Global. Ich habe ihr gesagt, daß ich an einem Buch über Sicherheitsdienste arbeite.«

Sehr zu meinem Ärger spürte ich Eifersucht in mir aufsteigen. In meiner Mischung aus Elend und Angst stellte ich mir den Kontrast zwischen Alex mit ihrer sauberen, glatten Haut und der gepflegten Kleidung und meinem eigenen heruntergekommenen Zustand vor. Es reichte ihr offenbar noch nicht, Murray zu verführen – jetzt mußte sie mir auch noch Morrell wegnehmen. Ich murmelte etwas von wegen, sie könne ihm bestimmt einen guten Filmvertrag für sein Buch sichern.

»Tja, dann sollte ich mir den Vertrag allerdings sichern, bevor sie das Buch liest. Sie hält übrigens viel von Ihnen und meint, es sei schade, daß Sie sich durch Ihre Sturheit immer wieder den Weg zum Erfolg verbauen. Ich habe ihr gesagt, daß Sie nicht in der Stadt sind, Urlaub machen bis zu Ihrer Verhandlung, und ich glaube nicht, daß sie das überprüft hat. Und weil sie immer viel zu tun hat, hat sie mich ohnehin gleich an ihre arme, überarbeitete Assistentin weitergereicht, die noch nicht gelernt hat, Neuigkeiten für sich zu behalten. Wie zum Beispiel die dringende E-Mail, die Baladine Alex gestern geschickt hat und in der er wissen wollte, wo Sie sich seit der Kautionsstellung aufhalten. Sie werden nicht lange brauchen, um rauszufinden, daß Sie hier sind. Haben Sie inzwischen erfahren, was Sie wissen wollten?«

Ich schüttelte den Kopf. »Ich habe ein paar Dinge herausgefunden, aber noch nicht genug. Es ist ziemlich klar, daß Nicola an Verletzungen gestorben ist, die sie sich hier zugezogen hat, doch ich glaube nicht, daß ich das je beweisen kann. Die Frauen in der Näherei, mit denen Nicola zusammengearbeitet hat, haben furchtbare Angst – der Vorarbeiter hat heute einer Frau, die mit mir gesprochen hat, gedroht, ihren Kindern etwas anzutun. Ob es dabei um etwas Bestimmtes geht, das die Frauen nicht sagen sollen, oder ob das nur der allgemeinen

Atmosphäre der Bedrohung und Beschimpfung zuzurechnen ist, weiß ich nicht. Jedenfalls ist es ausgesprochen merkwürdig, daß in der Näherei nur Frauen arbeiten, die kein Englisch können.«

Morrell trommelte ungeduldig mit den Fingern auf den Tisch. »Vic, habe ich Ihre Erlaubnis, zu Freeman zu gehen und ihm zu sagen, daß er die Kaution so schnell wie möglich hinterlegen soll? Möglicherweise müßte er nicht einmal das Wochenende abwarten.«

Ich rieb mir das Gesicht, überwältigt von dem Wunsch, den Kopf einfach auf den Tisch zu legen und mich auszuheulen. Alles, was ich seit jenem Abend, an dem ich Nicola Aguinaldo gefunden hatte, getan hatte, erschien mir jetzt so sinnlos. Meine Karriere war zu Ende, ich selbst durch die Wochen in Coolis demoralisiert, und ich wußte genausowenig wie einen Monat zuvor, warum Baladine hinter mir her war.

»Ja, sagen Sie Freeman, er soll die Kaution für mich hinterlegen. Mir bleibt sowieso nicht mehr viel Zeit, bis mein Lügengebäude hier einstürzt. Alle Insassinnen wissen, daß ich Englisch spreche, daß ich sogar juristische Briefe für manche Frauen geschrieben habe. Es wird nicht lange dauern, bis der Typ, der die Näherei leitet, Wind davon bekommt, und dann… tja, die geringste Strafe, die ich mir vorstellen kann, ist die, daß ich wieder zurück in die Küche muß.«

»Vic, ich weiß wirklich nicht, ob Sie einfach nur idealistisch sind oder völlig von der Rolle, aber jedenfalls sind Sie mehr wert als ein Dutzend Alex Fishers, übrigens inklusive ihrer Aktienbestände. Bitte stellen Sie nichts allzu Tollkühnes an, bevor Freeman Sie hier herausholen kann.« Dann spürte ich den Bruchteil einer Sekunde seine Lippen auf meinem Handrücken, und schon war er weg.

An jenem Nachmittag hatte Polsen keinen Dienst; die Aufseherin tastete mich nur flüchtig ab und schickte mich zurück in meine Zelle, wo wir vor dem Essen wieder gezählt wurden. Ich strich mir mit dem Handrücken über die Wange. Eine letzte Chance hatte ich noch, etwas Brauchbares über Coolis herauszufinden. Ich weiß nicht, ob ich von Idealismus oder von Wahnsinn getrieben wurde, aber jedenfalls bekam ich bei dem Gedanken an den einzigen Plan, der mir einfiel, eine Gänsehaut, und ich blieb zitternd unter meiner Decke liegen, während Solina und ihre Gefährtinnen geschlossen zum Speisesaal marschierten.

41 Fotosession

Mitten in der Nacht, als ich nicht schlafen konnte, schrieb ich Lotty einen Brief. Vom Flur drang genug Licht herein, daß ich das, was ich zu Papier brachte, einigermaßen erkennen konnte.

Ich wollte Lotty mitteilen, wie wichtig sie mir immer gewesen war, seit meiner Studentenzeit an der University of Chicago, als ich nicht nur jung, sondern auch noch ziemlich naiv gewesen war. Sie hatte mich unter ihre Fittiche genommen und mir die Grundlagen des höflichen zwischenmenschlichen Umgangs beigebracht, die ich in meinem rauhen Viertel und mit meiner todkranken Mutter nicht mitbekommen hatte. Irgendwann im Lauf der Jahre war sie dann vom Muttersatz zur Freundin geworden.

Ich schrieb:

Falls ich tatsächlich tollkühn bin, wie Du behauptest, Lotty, liegt das nicht daran, daß ich Dich nicht gern habe. Ich mache Dir wirklich ungern Kummer, und ich weiß, daß Du Kummer haben wirst, wenn mir etwas passiert. Ich habe einfach keine Antwort auf dieses Rätsel. Es geht mir nicht um den alten Macho-Satz, daß Du mir gar nicht so wichtig sein könntest, wenn die Ehre mir nicht noch wichtiger wäre, sondern um die Angst, daß ich auf ewig mit meiner Ohnmacht leben muß, wenn ich mich nicht selbst um alles kümmere. Du hast mir mehr als jeder andere, den ich kenne, geholfen, dieses Gefühl der Ohnmacht im Zaum zu halten. Danke für all die Jahre der Liebe, die Du mir geschenkt hast.

Am Morgen steckte ich den Brief rasch in einen Umschlag, ohne ihn noch einmal durchzulesen. Auf dem Weg zum Frühstück gab ich ihn dann Aufseher Cornish.

Die Henkersmahlzeit: Cornflakes, Orangensaftkonzentrat, wäßriger Kaffee, eine Scheibe durchweichter Toast. Um neun brachte Aufseher Cornish mich zu dem Teil des Gefängnisses, in dem sich die Arbeitsräume befanden. Dort wurden wir wieder gezählt und marschierten dann die Flure zu unseren jeweiligen Arbeitsbereichen hinunter. Eine Gruppe wurde zu den Telefonnischen gebracht, wo Miss Ruby und andere Insassinnen die Hotelreservierungen von amerikanischen Familien für die Sommerferien annahmen. Wir anderen wurden zur Näherei eskortiert. Wir mußten uns ein weiteres Mal zählen lassen, diesmal von Wenzel und Hartigan, und wurden dann zu unseren Maschinen geschickt.

Bevor ich mich an den Stapel mit den Kleidungsstücken machen konnte, die ich am Vortag nicht geschafft hatte, packte Hartigan mich am Arm. »Du!« fauchte er mich auf englisch an. Einen entsetzlichen Augenblick lang dachte ich, Baladine habe mich bereits aufgespürt und Anweisung gegeben, mich weiter zu quälen.

Doch offenbar war es nur mein mangelndes Können als Näherin, das Hartigan dazu veranlaßt hatte, mich am Arm zu packen. In einer ziemlich anschaulichen Mischung aus Spanisch und Englisch erklärte er mir, daß ich von nun an bei den Zuschneidern eingesetzt sei. Dort würde ich einen Dollar dreißig pro Stunde erhalten, hatte ich das verstanden?

»Comprendo«, sagte ich mit zusammengepreßten Lippen.

Die folgenden drei Stunden stand ich, unterbrochen durch eine zehnminütige Pause, im Zuschneideraum, pinnte Schablonen an dicke Baumwollstapel und hielt diese Stapel dann unter die Zuschneidescheren. Das war harte Arbeit, die noch härter wurde, weil Hartigan immer wieder brüllte: *»Vamos, más rápido!«*

Ich ging wie in der schlaflosen Nacht zuvor immer wieder durch, was ich vorhatte. Die Gelegenheit ergab sich dann in der Mittagspause. Wir durften die Schablonen weglegen und die Zuschneidescheren gerade in dem Augenblick ausschalten, in dem die kambodschanische Frau die Produktion der vergangenen Stunde auf den Wagen lud. Während alle anderen geschlossen zum Mittagessen gingen, folgte ich dem Wagen in die andere Richtung. Die Frauen plapperten und streckten sich, um ihre Verspannungen loszuwerden, und Wenzel und Hartigan merkten nicht, daß ich den falschen Weg einschlug.

Die kambodschanische Frau drückte auf einen Knopf in der Tür, die sich daraufhin öffnete. Ich folgte ihr hinein. In dem Durcheinander aus Licht und Geräuschen, das mich darin empfing, konnte ich anfangs nicht viel erkennen: riesige Maschinen, Frauen in Gefängniskleidung, das Rattern von Fließbändern. Hier war eine richtige Fabrik. Ich ging zu dem Fließband mit den T-Shirts hinüber.

Lacey Dowells Gesicht starrte mich an. Ihre roten Haare umrahmten unschuldig ihren Kopf, und ihre Lippen waren leicht zu einem verschmitzten Lächeln geöffnet. Dieses Lächeln wiederholte sich ungefähr ein halbes dutzendmal, als das T-Shirt auf dem Fließband vor mir vorbeitransportiert wurde. Die heißen Lampen über mir brachten mich ins Schwitzen; sie dienten dazu, die feuchte Tinte auf den Shirts zu trocknen – zwei Frauen druckten an einer riesigen Maschine zu meiner Rechten Bilder auf die Hemden, die die Frau aus Kambodscha gerade von dem Wagen lud. An einem zweiten Fließband mir gegenüber brachten zwei andere ein Space-Berets-Motiv auf Jeansjacken auf.

Am anderen Ende des Fließbandes holten Frauen die Kleidungsstücke herunter, legten sie zusammen und reichten sie einer Kollegin, die sie mit einem Industriebügeleisen glättete. Dann wurden die gebügelten Sachen in Kartons gepackt. Ich sah fasziniert zu, bis mich ein Ruf von hinten erstarren ließ. Sofort begann ich, mit meiner Armbandkamera so schnell ich konnte Bilder zu machen, von Laceys Gesicht auf den T-Shirts, von den Fließbändern, von den Frauen, die die Motive auf Hemden und Jacken druckten.

Ein Mann packte mich am Arm und brüllte: »Was zum Teufel machst du hier drin? Wo kommst du her?«

Ich riß mich los und versuchte, von den Maschinen, von den Arbeiterinnen, von allem, was ich einigermaßen klar vor die

Linse bekam, Fotos zu machen. Der Mann, der mich angebrüllt hatte, lief mir nach. Ich duckte mich unter einem Fließband durch und schlitterte auf Händen und Knien zum Eingang. Die Frauen, die die T-Shirts an die Büglerinnen reichten, hörten auf zu arbeiten und drängten sich gegen eine Wand. Kleidungsstücke begannen sich am Ende des Fließbands zu stapeln und schließlich zu Boden zu fallen.

Mein Verfolger stolperte über die T-Shirts und rief Hilfe herbei. Aufseher Hartigan kam sofort durch die Tür. Jacken und Hemden verhedderten sich in den Maschinen. Sirenen heulten, und die Maschinen kamen zum Stillstand.

Ich duckte mich unter Hartigans ausgestrecktem Arm hindurch und drückte die Tür in der albernen Hoffnung auf, ich könnte so tun, als sei ich aus Versehen im falschen Raum gelandet. Doch vor der Tür stand Wenzel. Er packte mich an den Armen. Ich schlang einen Fuß um seinen Knöchel und zog ihm die Beine unter dem Leib weg. Er fiel nach hinten, ohne mich loszulassen, doch immerhin lockerte sich sein Griff ein wenig, so daß ich mich befreien, wegrollen und in die Hocke gehen konnte.

Nun zückte Hartigan eine Waffe. Ich wich aus, aber plötzlich verlor ich die Kontrolle über meine Gliedmaßen. Ich wurde durch die Luft geschleudert wie eine Kanonenkugel und landete mit dem Kopf zuerst in einem Stapel Jacken. Ich bekam keine Luft. Ich konnte mich nicht bewegen. Die Haut auf meiner Brust brannte. Meine Beine waren naß, und ich roch Urin und verbrannten Stoff. Meine Arme und Beine zuckten.

Hartigan stand über mir, ein sadistisches Lächeln auf den Lippen, und hob einen schweren Stiefel. Es gelang mir, mich ein wenig zur Seite zu drehen, bevor er zutrat. Sein Stiefel landete mit Wucht in meinen Rippen und dann auf meinem Kopf.

Als ich aufwachte, befand ich mich in einem dunklen Zimmer. In meinem Kopf dröhnte es. Ich versuchte, die Hand zu heben und meinen Kopf zu berühren, aber ich konnte die Arme nicht bewegen. Meine Rippen schmerzten, und mir wurde flau im Magen. Ich verlor das Bewußtsein.

Dann spürte ich irgendwann eine Hand auf meinem Arm,

und jemand sagte: »Lebt sie noch?« Ich hätte gern meinen Arm weggezogen, konnte ihn jedoch immer noch nicht bewegen. Ja, ich sei am Leben, bestätigte eine zweite Stimme, aber ich würde nirgendwohin verschwinden, also konnten sie mir die Fesseln abnehmen.

»Paß auf, Hartigan, vielleicht verstellt sie sich bloß«, sagte die erste Stimme, die, das merkte ich jetzt, Polsen gehörte. »Wenzel hat von dem Schlag, den sie ihm versetzt hat, eine Gehirnerschütterung. Laß die Fesseln lieber dran, dann bist du wenigstens sicher.«

Ich habe ihn nicht geschlagen, er ist gestürzt, wollte ich sagen. Aber der Kiefer tat mir weh, und ich konnte nicht sprechen. Später brachte mir jemand Wasser. Dafür war ich so dankbar, daß ich weinen mußte.

Mein Cousin Boom-Boom hat gewettet, daß ich den Kran nicht hochklettern kann, versuchte ich meiner Mutter zu sagen. Und warum hast du's getan? fragte sie mich auf italienisch. *Mußt du diesem verrückten Jungen denn alles nachmachen? Was willst du damit beweisen? Daß du eine Katze bist und neun Leben hast?* Daraufhin sagte mein Vater ihr, sie solle mich in Ruhe lassen, denn ich habe eine Gehirnerschütterung und zwei gebrochene Rippen, und das sei Strafe genug. *Und meine Strafe?* rief meine Mutter auf englisch. *Wenn ich sie bei einem dieser verrückten Abenteuer verliere, über die du und dein Bruder bloß lachen, überlebe ich das nicht.*

Wahrscheinlich, so dachte ich, konnte ich jetzt die Augen aufmachen, denn mein Vater würde mich anlächeln, aber als ich sie aufschlug, war ich in einer Zelle – nicht in der, die ich mir mit Solina teilte, sondern in einer mit nur einem einzigen Bett. Ich hörte ein Schnappen. Das Hämmern in meinem Kopf war mittlerweile zu einem dumpfen Pochen geworden, und es gelang mir, den Kopf ein wenig zu drehen. Ich sah die Tür mit einem kleinen Fenster, durch das mich ein Auge anstarrte. Dann hörte ich ein zweites Schnappen, als das Türchen vor dem Fenster vorgeschoben wurde.

Ich döste immer wieder ein und träumte von Zeiten, in denen ich acht oder neun oder zehn gewesen war, als meine Mutter mich Tonleitern hatte üben lassen, bis mir die Arme so weh taten, daß ich sie anbettelte, aufhören zu dürfen; oder zusammen mit Boom-Boom beim Picknick am Unabhängigkeitstag, als ich vom Feuerwerk Kopfschmerzen und tränende Augen bekommen hatte. Und das Feuerwerk stank wie eine ungeputzte Toilette.

Das Schnappen des Fensterchens weckte mich in unregelmäßigen Zeitabständen auf. Jetzt konnte ich meine Arme wieder bewegen, aber der Schmerz in meinen Rippen und meinem Bauch war so groß, daß ich das lieber nicht zu oft tat. Ich war abwechselnd schweißgebadet und eiskalt. Ich zitterte so sehr, daß ich das Gefühl hatte, meine Knochen klapperten. Als ich mich aufsetzen wollte, um meine Füße anzusehen, durchzuckte mich ein spitzer Schmerz im Bauch. Ich schrie auf und sank wieder aufs Bett. Als das Fensterchen sich wieder einmal öffnete, wurde mir klar, daß meine Beine gefesselt waren. Aber das war egal, mir tat ohnehin alles viel zu weh, als daß ich irgendwo hätte hingehen wollen. Ich machte die Augen zu.

Irgendwann fragte jemand noch einmal, ob ich am Leben sei. Ich kannte die Stimme, konnte mich aber nicht darauf konzentrieren. »Sie sieht nicht gut aus«, sagte eine zweite Männerstimme. »Sie stinkt«, sagte die erste Stimme. »Sie kommt nach hinten, Polsen, da riechst du sie nicht. Wenzel kann nicht fahren; du mußt mitkommen. Zieh Handschuhe und 'ne Gesichtsmaske an. Streif ihr ein anderes Hemd über; schließlich wollen wir nicht die gleiche Sauerei haben wie bei der anderen. Ich will nicht wieder ein sauberes Hemd herzaubern müssen, weil auf dem anderen Brandspuren sind.«

Polsen. Er riß mir das Hemd vom Leib; er würde genau das gleiche machen wie mit der anderen Frau, und ich könnte mich nicht dagegen wehren. Ich würde nicht weinen, nein, die Befriedigung würde ich ihm nicht verschaffen, nein, ich würde nicht weinen, wenn er die wunde Haut an meinen Brüsten berührte. Dann wurde ich hochgerissen, und der Schmerz in meinem Unterleib war so heftig, daß ich das Bewußtsein verlor. Ich war krank, und mein Vater trug mich, aber er ging zu grob mit mir um, er tat mir weh, mir, meinem Kopf und meinem Bauch.

»Nein, Papa«, bettelte ich. »Laß mich runter.«

Das brachte ihn zum Lachen, und ich rief nach meiner Mutter, aber die hörte mich nicht. Als er mich schließlich herunterließ, landete ich auf etwas Hartem, nicht auf meinem Bett. *»Il mio letto«*, schluchzte ich. *»Voglio il mio proprio letto.«* Er gab mir eine Ohrfeige und schlug die Tür zu. Da fiel mir wieder ein, daß es ihn verletzte, wenn ich Italienisch sprach, weil er das nicht konnte. »Ich will mein eigenes Bett«, wiederholte ich auf englisch, aber das nützte mir nichts; er begann, den Raum hin und her zu schütteln, so daß meine schmerzenden Rippen und mein Bauch immer wieder auf dem harten Boden aufkamen.

Ich verlor mehrmals das Bewußtsein und wachte wieder auf, wenn ein besonders heftiger Ruck mich auf den Boden warf. Irgendwann hörte das Gepolter auf, und eine Tür wurde geöffnet. Erneut hatte ich einen klaren Moment: Ich befand mich in einem Lieferwagen, auf einem Stapel Packkartons. Ein paar Männer kamen auf mich zu. Ich konnte mich nicht wehren, als sie mich ergriffen. Sie warfen mich auf den Boden und knallten die Tür des Lieferwagens zu. Polsen nannte mich eine dumme Fotze und sagte, das würde mir sicher beibringen, mich um meine eigenen Angelegenheiten zu kümmern. Dann ließen sie mich auf dem Boden liegen und kehrten zum Lieferwagen zurück. Als sie losfuhren, schwang die hintere Tür auf, und ein paar Kartons fielen auf die Straße.

Jetzt wußte ich, wie Nicola Aguinaldo aus dem Gefängnis herausgekommen und in Chicago gestorben war.

42 Langsame Fortschritte

Ich hob den Blick und sah die Maschine, die die Muster aufdruckte, auf mich zukommen. Meine Arme waren ans Bett gefesselt, und ich konnte sie nicht heben, um mein Gesicht zu schützen. Ein Mann beugte sich über mich. Ich wollte nicht, daß Polsen meine Angst bemerkte, konnte aber nicht anders und schrie auf. Der Mann nannte mich »Schätzchen« und schien zu weinen. Ich schloß die Augen und schlief wieder ein.

Als ich das nächste Mal aufwachte, merkte ich, daß die Maschine über mir die Halterung für den Tropf war. Ich trug keine Fesseln, sondern hatte an beiden Armen Schläuche sowie in der Nase eine Kanüle für den Sauerstoff. Eine Frau fühlte meinen linken Puls. Sie hatte einen gelben Pullover an und lächelte, als sie sah, daß ich sie beobachtete.

»Es ist alles in Ordnung. Sie sind bei Freunden, machen Sie sich keine Sorgen. Sie sind nicht mehr im Gefängnis, und Sie werden sich wieder erholen.«

Ich sah auf mein Handgelenk. Es war leer. Ich hatte die Uhr nicht mehr, die Uhr, die mein Vater so viele Jahre lang getragen hatte.

Ich krächzte etwas, und die Frau sagte: »Ihre Uhr haben uns die Leute vom Krankenhaus nicht mitgegeben. Ich frage Dr. Herschel danach.«

Das erschien mir so schrecklich, daß ich wieder zu weinen anfing. Die Frau mit dem gelben Pullover setzte sich neben mich und wischte mir die Tränen ab, weil ich selbst Probleme hatte, die Arme zu bewegen. Die Finger meiner rechten Hand waren geschient.

»Wir werden alles in unserer Macht Stehende tun, damit Sie Ihre Uhr wiederbekommen. Und jetzt, wo Sie wach sind, würde ich gern sehen, ob Sie etwas trinken können. Sie erholen sich schneller, wenn Sie so bald wie möglich selbst etwas zu sich nehmen. Wenn Sie ein bißchen hiervon getrunken haben, frage ich im Krankenhaus nach Ihrer Uhr.« Sie stellte das Bett hoch, und ich schluckte etwas Süßes.

Dann krächzte ich wieder.

»Sie sind im Grete-Berman-Institut und erholen sich von Ihren Verletzungen.«

Ich wußte, daß ich schon einmal etwas vom Grete-Berman-Institut gehört hatte, aber ich erinnerte mich nicht mehr, was das war. Über dieser Frage schlief ich wieder ein. Jedesmal, wenn ich aufwachte, trank ich ein bißchen und blieb ein wenig länger wach. Manchmal war der Mann da, der mich »Schätzchen« nannte, und irgendwann fiel mir wieder ein, daß er Mr. Contreras hieß. Ich versuchte zu lächeln und etwas zu sagen, damit er wußte, daß ich ihn erkannt hatte und mich über seine Anwesenheit freute; ich brachte lediglich »Peppy« heraus, was ihn zum Weinen brachte.

Als ich ein andermal aufwachte, reichte mir die Frau im gelben Pullover die Uhr meines Vaters und half mir, sie an meinem Handgelenk zu befestigen. Ich war erleichtert, sie wiederzuhaben, war aber immer noch durcheinander, als fehle mir etwas sehr Wichtiges. Die Frau im gelben Pullover drängte mich, Miso-Suppe zu essen. Ich wurde allmählich kräftiger – noch ein paar Tage, dann wäre ich in der Lage, Reis zu essen, und dann würde mir auch wieder einfallen, was mich so durcheinanderbrachte.

Ich war zu müde zum Denken. Irgendwann hörte ich auf, über die Uhr nachzugrübeln, und wechselte zwischen Dösen, Essen und dem Versuch, mich aufzurichten: Die Verletzung in meinem Unterleib machte das Sitzen zu einer äußerst schmerzhaften Angelegenheit. Es waren erst drei Tage vergangen, seit ich das erste Mal aufgewacht war, aber der Schmerz und die Schmerzmittel verzerrten mein Zeitempfinden auf merkwürdige Weise.

An dem Tag, an dem Mr. Contreras mir auf einen Stuhl half, so daß ich meinen Reis essen und mir das Spiel der Cubs im Fernsehen anschauen konnte, kam Lotty herein. Sammy Sosa hatte soeben seinen sechsundvierzigsten Homerun geschafft, und Mr. Contreras stellte den Fernseher leiser und ließ uns in einer seltenen Anwandlung von Taktgefühl allein.

Als Lotty sah, daß ich nicht mehr im Bett lag, sondern auf einem Stuhl saß, brach sie in Tränen aus, kniete neben mir nieder und legte die Arme um mich. »Victoria. Ich dachte schon, ich verliere dich. Ich bin ja so dankbar, dich wieder zurückzuhaben.«

Jetzt, wo sie mir so nahe war, sah ich, daß sie schon ziemlich viele graue Haare hatte; aus einem Grund, den ich nicht ganz verstand, brachte mich das auch zum Weinen. »Ich dachte, du blaffst mich an.«

Sie kämpfte gegen die Tränen an. »Später. Wenn du wieder stark genug bist, um dich zu wehren.«

»Sie darf sich nicht aufregen, Dr. Herschel«, sagte die Krankenschwester.

Lotty erhob sich. Trotz ihrer grauen Haare bewegte sie sich noch erstaunlich behende. Ich lächelte sie ein wenig dümmlich an. Sie blieb nicht lang, kam aber am nächsten Abend zusammen mit Morrell wieder. Die beiden erzählten mir gemeinsam, was passiert war.

Ein Beamter der Landespolizei hatte mich gegen drei Uhr morgens am Sonntag auf der Belmont-Ausfahrt zum Kennedy-Expressway gefunden. Die Kartons, die beim Anfahren aus dem Lieferwagen von Polsen gefallen waren, hatten mir das Leben gerettet: Ein Autofahrer, der ihnen ausgewichen war, hatte mich auf der Straße liegen sehen und die Polizei gerufen. Die Beamten von der Landespolizei hatten mich ins Beth Israel Hospital gebracht, wo Dr. Szymczyk – derselbe Arzt, der in der Nacht, in der ich Nicola Aguinaldo gefunden hatte, Dienst gehabt hatte – mich wieder zusammenflickte.

Ich hatte in mehrfacher Hinsicht mehr Glück gehabt als Nicola. Als Hartigan mir einen Tritt versetzte, war es mir gelungen, mich so weit zur Seite zu drehen, daß meine Rippen die Hauptwucht auffingen. Er hatte meinen Darm trotzdem getroffen, und ich litt jetzt unter einer schweren Entzündung, was mein Fieber erklärte; als der Beamte mich gefunden hatte, war die Perforation meines Darms allerdings noch im Anfangsstadium gewesen. Nicola hingegen hatte bereits eine so fortgeschrittene Bauchfellentzündung gehabt, daß sie, als ich sie entdeckte, praktisch keine Chance mehr gehabt hatte.

Außerdem befand ich mich, anders als Nicola, in guter körperlicher Verfassung und war es gewöhnt, mich zu verteidigen, so daß es mir trotz des Elektroschockers, den Hartigan auf mich gerichtet hatte, gelungen war, mich vor den allerschlimmsten Tritten und Schlägen zu schützen. Offenbar hatte ich es sogar geschafft, die Hände vor den Kopf zu halten, so daß der Tritt zwar die Finger meiner rechten Hand gebrochen, aber an meinem Kopf keinen allzu großen Schaden angerichtet hatte.

»Du hast Glück gehabt, Vic«, sagte Lotty. »Aber du bist einfach auch nicht der klassische Opfertyp.«

»Und wieso bin ich jetzt hier und nicht im Krankenhaus?

Das Grete-Berman-Institut ist doch für Folteropfer, oder? Ich bin aber kein Folteropfer.«

»Ich war der Meinung, daß man dich noch nicht aus dem Beth Israel verlegen sollte, doch Morrell hat mich davon überzeugt, daß dieser Baladine dich in einem Krankenhaus ohne weiteres finden könnte. Ich hätte dich gern mit zu mir nach Hause genommen, aber das Berman-Institut ist sicher und gut mit Pflegepersonal ausgestattet, also habe ich zugestimmt, dich sofort nach der Operation hierherzubringen. Und abgesehen davon...« Sie hatte Mühe, ruhig zu bleiben. »...warst du völlig hilflos, mit einem Elektroschocker traktiert, bewußtlos geschlagen und an ein Bett gefesselt. Ich würde das durchaus Folter nennen, Victoria.«

»Sie muß sich jetzt ein bißchen ausruhen, Dr. Herschel«, meldete sich die Krankenschwester zu Wort.

Im Lauf der folgenden Tage, als ich allmählich wieder auf die Beine kam und im Garten des Berman-Instituts herumzugehen begann, erzählte Morrell mir den Rest der Geschichte. Er hatte Freeman Carter nach seiner Rückkehr aus Coolis am Donnerstag angerufen und ihn gedrängt, die Sache mit der Kaution noch am Freitag zu regeln, weil er Angst hatte, daß Baladine Anweisung geben könnte, mich am Wochenende aus der Welt zu schaffen. Freeman war anfangs ein wenig skeptisch gewesen, hatte sich dann aber überzeugen lassen.

Freeman hatte sich den ganzen Freitag für mich eingesetzt und es schließlich geschafft, die Angelegenheit mit der Kaution noch am selben Tag zu regeln.

Zu dem Zeitpunkt hatte ich bereits mit steigendem Fieber an ein Bett im Einzelhafttrakt gekettet gelegen, ohne daß das irgend jemand außerhalb des Gefängnisses gewußt hätte. Freeman hatte niemanden in Coolis dazu bringen können, ihm zu sagen, wo ich mich aufhielt. Schließlich hatte man ihm mitgeteilt, man habe nicht genug Verwaltungspersonal, um mich am Freitag nach fünf Uhr nachmittags zu entlassen, und Freeman müsse am Montag noch einmal wiederkommen.

Daraufhin hatte Freeman eine gerichtliche Verfügung zu meiner sofortigen Freilassung erwirkt. Die Verantwortlichen im Gefängnis hatten ihm erklärt, ich habe einen Arbeitsunfall vorgetäuscht und sei im Krankenhaus eingeliefert worden. Am Samstag schließlich hatten sie Freeman ständig zwischen Gefängnis und Krankenhaus hin und her geschickt, während mein Fieber immer weiter gestiegen war.

Natürlich hatten Freeman und Morrell keine Ahnung, wie die Dinge innerhalb des Gefängnisses liefen, aber vermutlich bekamen die Leute dort irgendwann einfach Panik. Vielleicht glaubten sie, daß ich sterben würde, und Freeman machte ihnen klar, daß sie mit ausgesprochen gründlichen Nachforschungen zu rechnen hätten, wenn sie mich nicht in gutem Zustand auslieferten. Wahrscheinlich waren sie irgendwann zu dem Schluß gekommen, daß das, was sie mit Nicola gemacht hatten, noch einmal funktionieren könnte, und den Zeitungen mitgeteilt, daß mir die Flucht gelungen war. Morrell zeigte mir den Artikel darüber im *Herald-Star.*

DER ENTFÜHRUNG VERDÄCHTIGTE
PRIVATDETEKTIVIN AUS COOLIS GEFLOHEN

Schon zum zweitenmal in diesem Sommer ist es einer Frau gelungen, aus dem von Carnifice geleiteten kombinierten Untersuchungsgefängnis- und Gefängniskomplex in Coolis auszubrechen. Doch diesmal schlägt der Vorfall höhere Wellen, weil es sich bei der Frau um die bekannte Chicagoer Privatdetektivin V. (Victoria) I. (Iphigenia) Warshawski handelt. Sie war verhaftet worden, weil sie angeblich den Sohn von Carnifice-Chef Robert Baladine entführt hatte, und verbrachte einen Monat im Untersuchungsgefängnistrakt von Coolis, nachdem sie es versäumt hatte, die festgesetzte Kaution hinterlegen zu lassen.

Sie sei keine einfache Gefangene gewesen, teilte Frederick Ruzich, der Direktor des Gefängnisses, mit, und oft in handgreifliche Auseinandersetzungen mit anderen Inhaftierten verwickelt gewesen. Zudem habe sie sich wiederholt über die Anweisungen des Wachpersonals hinweggesetzt, das für die Integration der Neuankömmlinge in Coolis verantwortlich ist.

Wie Warshawski die Flucht gelang, werden wir wohl nie

erfahren. Sie wurde lebensgefährlich verletzt am unteren Ende der Belmont-Ausfahrt zum Kennedy-Expressway aufgefunden. Sie ist am Leben, hat aber schwerste Gehirnverletzungen erlitten und wird vielleicht nie wieder sprechen können. Dr. Charlotte Herschel, die behandelnde Ärztin im Beth Israel Hospital, sagt, Warshawski müsse nicht künstlich beatmet werden, was Anlaß zu der Hoffnung gibt, daß sie sich wieder erholt. Mittlerweile ist sie in ein Pflegeheim verlegt worden, doch Dr. Herschel weigert sich, genauere Auskünfte zu geben.

Bekanntgeworden ist Warshawski aufgrund der Aufklärung des Mordfalles Deirdre Messenger im vergangenen Jahr, aber ihre Erfolge bei der Aufdeckung von Wirtschaftsverbrechen haben ihr in Chicago von vielen Seiten Respekt eingetragen, nicht zuletzt von der Chicagoer Polizei.

Robert Baladine, der Leiter von Carnifice Security, ist außer sich über die mangelnde Beachtung der Sicherheitsvorschriften im Coolis-Komplex und hat eine gründliche Untersuchung angekündigt. Der Speaker des Illinois House Jean-Claude Poilevy (R-Oak Brook) sagt, der Staat habe Carnifice einige Steuernachlässe gewährt, um das Unternehmen für die Führung des Frauengefängnisses zu interessieren, und erwarte, daß es seine Seite der Abmachung einhalte. *(Siehe auch Murray Ryersons Artikel auf Seite 16 über die wichtigsten Fälle von Warshawski.)*

Darunter war eine Landkarte von Illinois mit einer Vergrößerung des nordwestlichen Teils und Coolis, dem Gefängnis und den nach Chicago führenden Straßen zu sehen.

Ich legte die Zeitung müde beiseite. Es war mir sogar egal, was Murray mir in seinem Artikel mitzuteilen hatte, denn inzwischen war mir eingefallen, warum die Sache mit der Uhr mir keine Ruhe ließ, und ich kam mir wieder einmal ziemlich hilflos vor.

»Die Minikamera ist verschwunden«, sagte ich zu Morrell. »Ich weiß nicht, ob sie sie mir abgenommen haben, als sie mich in den Einzelhafttrakt gebracht haben, oder ob sie im

Krankenhaus verlorengegangen ist, aber jedenfalls ist sie verschwunden.«

Morrell sah mich erstaunt an. »V. I. – das hätten sie Ihnen sagen sollen, als sie Ihnen die Uhr Ihres Vaters zurückgegeben haben. Die Minikamera habe ich. Und ich habe sie zu Unblinking Eye gebracht, damit die den Film entwickeln. Ich habe das bis jetzt nicht erwähnt, weil sie mir immer wieder sagen, ich soll Sie nicht unnötig aufregen, und außerdem dachte ich mir, Sie werden es schon selbst erwähnen, wenn Sie bereit sind, sich die Bilder anzusehen. Sie sind in ein oder zwei Tagen fertig.«

Mir wurde ganz schwindelig vor Erleichterung. »Haben Sie und Lotty wirklich gedacht, ich würde vielleicht nie wieder sprechen können, oder war das nur Wunschdenken?«

Morrell grinste. »Alex Fisher von Global hat mich die ganze Zeit gelöchert, da habe ich mir gedacht, es ist besser, wenn wir auf Nummer Sicher gehen. Freeman hat der Presse dieselbe Information gegeben. Die einzigen, die außer ihm und Dr. Herschel wissen, was wirklich los ist, sind Sal und natürlich Ihr Nachbar. Dr. Herschel war der Meinung, daß es zu grausam wäre, Mr. Contreras in dem Glauben zu lassen, die Informationen aus der Zeitung stimmten. So haben wir ein bißchen Luft, um herauszufinden, was wir mit Baladine und Global Entertainment machen.«

Ja. Baladine und Global Entertainment. Natürlich wollte ich etwas mit denen machen, aber im Augenblick hatte ich noch keine rechte Vorstellung, was. In der ersten Woche im Berman-Institut war ich zu müde und hatte zu große Schmerzen, um über alles nachzudenken. Als ich mich dann allmählich wieder erholte, wunderte ich mich selbst über meine Stimmungsschwankungen. Im einen Moment war ich voller Euphorie darüber, daß es mir gelungen war zu fliehen und Fotos aus dem Gefängnis zu schmuggeln, und im nächsten glaubte ich, wenn ein Fremder auf mich zukam, Polsen oder Hartigan zu sehen. Dann fühlte ich mich plötzlich wieder so unendlich hilflos wie in Coolis und ging weg, so schnell es meine wackeligen Beine zuließen.

Im Berman-Institut wurden viele Leute behandelt, die

schlimmere Dinge als ich durchgemacht hatten. Ich hatte ein schlechtes Gewissen, jemandem aus Ruanda oder Guatemala das Bett wegzunehmen, doch der Psychologe, der sich zweimal die Woche mit mir unterhielt, erklärte mir, daß das Institut das nicht so sah.

»Glauben Sie denn, unser Arzt sollte sich nicht um Ihre gebrochene Hand kümmern, weil es andere Menschen gibt, die unter Brustkrebs leiden und intensivere Pflege nötig hätten? Sie haben das Recht, sich so gut wie möglich von Ihrer Erfahrung zu erholen.«

»Aber die anderen Leute hier haben sich nicht freiwillig in die Folter begeben«, platzte ich heraus. »Ich habe bewußt die Entscheidung gefällt, in Coolis zu bleiben. Wenn ich den Rat meines Anwalts befolgt hätte, wäre das alles nicht passiert.«

»Also geben Sie sich für die Sache selbst die Schuld. Viele der Leute hier quälen sich auf ganz ähnliche Weise: Wenn ich an dem Morgen nicht zu meinem Haus zurückgegangen wäre, wenn ich meine Mutter besucht hätte, wie sie das wollte, wenn ich die Petition nicht unterzeichnet hätte... Natürlich wünschen wir uns, daß wir unser Schicksal selbst bestimmen können, und so suchen wir die Schuld bei uns, wenn etwas schiefgeht. Sie hatten beschlossen, in Coolis zu bleiben, um herauszufinden, was mit einer jungen Frau passiert ist, der Sie helfen wollten. Das ist alles andere als selbstsüchtig. Schließlich können Sie nicht sich die Schuld dafür geben, daß Menschen, die uneingeschränkte Macht über andere Menschen haben, diese Macht mißbrauchen. Wenn Coolis menschlicher geleitet würde, wäre die junge Frau überhaupt nicht gestorben.«

Ich versuchte, mir das, was er sagte, zu Herzen zu nehmen, litt aber immer noch unter so schlimmen Alpträumen, daß ich manchmal Angst vor dem Einschlafen hatte. Dabei wußte ich, daß ich mich schneller erholen würde, wenn ich in der Lage wäre, mich wirklich auszuruhen.

»Was würde Ihnen das Einschlafen erleichtern?« fragte mich der Psychologe bei seinem nächsten Besuch.

»Wenn ich mich nicht mehr so hilflos fühlen müßte. Ich weiß, daß ich Coolis nicht schließen kann. Ich kann keins der

Gefängnisse in Amerika ändern. Die Frauen, die dort landen, werden auch weiterhin diese Demütigungen über sich ergehen lassen müssen, die ständige sexuelle Belästigung und die Vergewaltigungen. Das Gesetz macht es einer Frau fast unmöglich, eine Beschwerde einzureichen, und selbst wenn sie es tut, haben die Aufseher so große Macht, daß sie sie irgendwann zum Schweigen bringen.«

Freeman hatte für mich Klage erhoben – zum einen gegen die Chicagoer Polizei wegen der Gewalt, die David Lemour mir körperlich angetan hatte, und wegen des Übergriffs auf mein Büro, und zum anderen gegen das Illinois Department of Corrections wegen der Verletzungen, die mir dort zugefügt worden waren. Bryant Vishnikov war damit beschäftigt, sich die Operationsbilder von meinen Verletzungen anzusehen, und meinte, vielleicht sogar nachweisen zu können, daß sie von einer bestimmten Art Stiefel stammten. Zum Beispiel von denen, die Hartigan draußen in Coolis trug.

»Aber diese Fälle werden jahrelang von den Gerichten verhandelt werden«, sagte ich dem Psychologen des Berman-Instituts. »Bis dahin bin ich vielleicht gar nicht mehr im Beruf und zu abgebrannt, als daß mir irgendeine finanzielle Entschädigung noch helfen könnte. Ich möchte, daß Robert Baladine jetzt zahlen muß für das, was er mir angetan hat. Ich will, daß Lemour vom Polizeidienst suspendiert wird, und ich will, daß die Sache mit Baladine an die Öffentlichkeit kommt. Ich muß sicher sein, daß er mich nie wieder belästigt, wenn ich weiter meinen Beruf ausüben möchte.« Miss Ruby hatte mir gesagt, ich solle aufpassen, daß ich mir an meinen Rachegelüsten nicht die Zähne ausbiß, aber ich hatte das Gefühl, wenn ich nichts täte, würde mir das noch weniger bekommen.

Der Psychologe billigte meine Wünsche nicht unbedingt: Er erklärte mir vielmehr, es würde mir helfen, mir eine Genesung aus eigener Kraft vorzustellen.

Doch das bedeutete, daß ich erst einmal wieder körperlich fit werden mußte, also begann ich, ernsthafter zu trainieren. Vier Wochen nachdem der Mann mich auf dem Expressway gefunden hatte, lief ich mit wackeligen Beinen bereits eineinhalb Kilometer, und danach wurde ich von Tag zu Tag kräftiger. Am Donnerstag vor dem Labor Day, dem Tag der Arbeit, als die El-Niño-Hitze sich endlich in erträgliche Wärme verwandelte, hatte ich das Gefühl, wieder einigermaßen auf dem Damm zu sein.

43 Pläne

Ich hatte beschlossen weiterzumachen, aber in welche Richtung, wußte ich noch nicht so genau. In meine eigene Wohnung konnte ich nicht, weil Baladine mich dort sofort finden würde. Aus dem gleichen Grund schlug ich Lottys Einladung aus, zu ihr nach Hause zu kommen: Lieber ließ ich mich umbringen, als ihr Leben noch einmal in Gefahr zu bringen.

Morrell schließlich meinte, ich solle doch eine Woche oder zwei bei Vater Lou verbringen. Ich fragte ihn immer wieder, ob er das auch mit Vater Lou besprochen habe und ob der Priester sich über das Risiko im klaren sei; irgendwann schickte Vater Lou mir dann eine eher knappe Notiz, in der er mir erklärte, ich sei willkommen, solange ich nicht rauche. Die Kinder, die um die Schule herum wohnten, waren an fremde Gesichter gewöhnt, weil der Priester immer wieder Leute bei sich aufnahm, die eine Bleibe suchten; sie würden mich also nicht verraten. Also zog ich am Freitag vor dem Labor Day von den modernen, warmen und gut eingerichteten Räumen des Berman-Instituts in ein winziges Zimmer mit einem schmalen Bett unter einem Kruzifix, neben dem sich ein Bad mit einer ziemlich schmutzigen Badewanne und einer Toilette befand. Trotzdem war das noch um Klassen besser als Coolis.

In den Wochen meiner Genesung besuchten Morrell und Lotty mich fast jeden Tag. Lotty brachte mir Blumen mit, die die Leute für mich in ihr Büro schickten. Darraugh Graham, mein wichtigster Kunde, sandte mir ein Orangenbäumchen sowie einen Brief, in dem er mir mitteilte, falls ich jemals wieder in der Lage sein sollte zu arbeiten, würde er sich freuen, mir Aufträge zu geben. Ich war gerührt und auch ein wenig erleichtert, obwohl Morrell, der für mich die Post aus meinem

Büro holte, eine ganze Menge Schreiben von Kunden mitbrachte, die mir den Vertrag aufkündigten. *(Wir sind der Meinung, daß ein großes Unternehmen wie Carnifice momentan unseren Bedürfnissen entspricht...)*

Mr. Contreras besuchte mich regelmäßig im Berman-Institut. Als er merkte, daß er Mitch und Peppy mitbringen konnte, packte er die Hunde in den Skylark und fuhr mit ihnen zu mir, immer Morrells Warnung im Ohr, daß er eventuelle Verfolger abhängen müsse. Die Hunde halfen mir, mich schneller zu erholen. Als ich im Garten hinter dem Haus mit ihnen herumtollte, begann ich allmählich wieder, mich mehr wie ich selbst zu fühlen.

Von Abigail Trant kam ein Strauß Anemonen zusammen mit einem Briefchen, in dem sie mir rasche Genesung wünschte. Nach ihrem überraschenden Besuch in der Woche vor meiner Verhaftung erstaunte mich das nicht allzusehr, freute mich aber.

Ich sah Mrs. Trants Namen von Zeit zu Zeit in der Zeitung, besonders als der Termin des von Eleanor Baladine organisierten Schwimmwettbewerbs näher rückte. Der *Herald-Star* widmete dem Ereignis in seiner neuen Rolle als Sprachrohr von Global Entertainment tatsächlich die Schlagzeile. Der Wettbewerb sollte dazu dienen, Geld für einige Kinderprogramme zu sammeln, die Abigail Trant, Jennifer Poilevy und Eleanor Baladine am Herzen lagen. Die drei Frauen wurden an Eleanors Pool fotografiert und sahen in ihren hübschen Badeanzügen aus wie Schönheitsköniginnen. Die Eintrittskarten kosteten tausend Dollar das Stück; wer ein Kind unter dreizehn Jahren hatte, das an dem Wettbewerb teilnehmen wollte, sollte sich bei Alex Fisher bei Global melden.

An einem Abend kam Lotty mit einem riesigen Strauß scharlachroter und goldgelber Blumen nebst einem Brief von Murray Ryerson zu mir. Murray hatte folgendes geschrieben:

Liebe Vic,

ich kann gar nicht glauben, daß Du in so einer Art Koma liegst. Ich habe versucht herauszufinden, wo Du bist, Dich in allen Pflegeheimen der Gegend gesucht, aber nirgends entdecken können. Also kann ich nur hoffen, daß Lotty Herschel Dir diese Blumen und meinen Brief bringen wird.

Es tut mir leid, daß man Dich verhaftet hat. Und es tut mir auch leid, daß Du im Gefängnis warst. Ich habe keine Ahnung, wie es Dir gelungen ist, ohne die Zahlung einer Kaution herauszukommen, aber mein Kompliment: Einfach war das wahrscheinlich nicht. Am meisten tut mir leid, daß ich Dich wegen der Finanzen von Frenada so angeblafft habe. Ich habe keine Ahnung, wie diese merkwürdigen Daten in den Bericht von LifeStory gelangt sind, aber fest steht, daß sie nicht stimmen. Als seine Schwester versucht hat, das Geld von einem seiner Konten abzuheben, hat sich herausgestellt, daß gar nicht soviel drauf war. Aus Gründen, die mir nicht klar sind, war Carnifice möglicherweise darauf aus, Frenada in Mißkredit zu bringen. Jedenfalls hat das Unternehmen mit Sicherheit das technische Know-how, Frenada falsche Daten unterzuschieben.

Ich möchte Dir sagen, daß ich versucht habe, das Richtige zu tun. Ich wollte eine Berichtigung zu meiner Sendung aufnehmen, um zu erklären, daß ich falsche Informationen über Frenada erhalten hatte. Aber der Sender hat diese Aufnahme unterbunden. Ich habe außerdem versucht, einen Artikel im *Star* unterzubringen, aber der ist ebenfalls nicht gedruckt worden. Man hat mich gebeten, ein paar Wochen Urlaub zu nehmen, um »wieder ein Gefühl für die richtige Perspektive« zu bekommen.

Falls Du am Leben bist und es Dir gutgeht, ruf mich bitte an. Falls Du allerdings tatsächlich in Lebensgefahr schweben solltest, V. I., wünschte ich, ich könnte Dich sehen, um Dir zu sagen, wie leid mir alles tut. Und ich bitte Dich, nicht aufzugeben. Ich glaube nicht, daß ich in Chicago weiterarbeiten könnte, wenn Du nicht mehr da wärst.

Murray

Ich steckte eine der Blumen an meine Bluse und tanzte damit im Garten des Berman-Instituts herum. Einen Augenblick lang spielte ich in meiner Euphorie mit dem Gedanken, Murray tatsächlich anzurufen, um ihn von seinen Ängsten um mich zu erlösen, aber dann entschied ich mich doch dagegen, weil ich es mir im Moment nicht leisten konnte, irgendein Risiko einzugehen, nicht einmal für einen alten Freund. Außerdem hatte sich Murray in diesem Sommer längst nicht verläßlich genug verhalten, um ihm aufgrund eines einzigen Briefes wieder zu vertrauen.

Am selben Tag, an dem ich sein Schreiben erhielt, brachte mir Morrell die Bilder, die ich in Coolis gemacht hatte. Es waren insgesamt dreiunddreißig: Ich hatte nicht genug Zeit gehabt, den ganzen Film zu verknipsen. Auf einigen waren Momentaufnahmen aus Coolis zu sehen, zum Beispiel, wie Aufseher Polsen versuchte, Dolores die Jeans herunterzuziehen, oder die Eiterpusteln auf dem verbrannten Arm der Frau aus der Küche. Wo ich genug Zeit gehabt hatte, die Schärfe einzustellen, war die Qualität der Bilder gut genug, um auch Details zu erkennen.

Viele der Fotos, die ich in dem Raum hinter der Näherei gemacht hatte, waren unscharf, weil ich so hektisch herumgerannt war, doch auf einem konnte man ganz deutlich Laceys Gesicht auf einem T-Shirt sehen, dahinter einen Mann in der IDOC-Uniform des Gefängnisses. Dazu kamen zwei Aufnahmen von Frauen an den Maschinen für die Aufdrucke. Und am Ende war mir – ich weiß nicht, wie – sogar ein Foto von Hartigan, den Elektroschocker auf mich gerichtet, gelungen. Ich konnte mich nicht erinnern, das Bild gemacht zu haben; vielleicht hatte er den Auslöser erwischt, als er mich getreten hatte. Weil ich auf dem Boden lag, wirkte er auf der Aufnahme verzerrt; sein Kopf mit den sadistisch blitzenden Augen wirkte größer als sein Körper. In einer Ecke war die Waffe zu erkennen.

Als ich das Bild sah, brach mir kalter Schweiß aus. Erst nachdem ich eine Weile im Garten des Berman-Instituts spazierengegangen war, konnte ich mich wieder zu Morrell setzen. Meine Schwäche war mir peinlich.

»Was zeigen die Bilder, Vic? Ich meine, abgesehen vom Sadismus in dem Gefängnis?«

Ich hatte während meiner Genesung viel Zeit zum Nachdenken gehabt und erklärte das, was mir klargeworden war, nicht nur Morrell, sondern letztlich auch mir selbst: »Ein Gefängnis ist ein hervorragender Ort für eine Fabrik. Die Arbeitskraft dort ist billig und kann vor allen Dingen nicht weglaufen. Außerdem besteht keinerlei Gefahr, daß eine Gewerkschaft gegründet wird oder sich irgend jemand über die Arbeitsbedingungen beschwert. Selbst wenn die Arbeiter dort mehr Lohn bekommen als die in Südostasien, spart man immer noch Geld, weil man keinerlei Investitionen tätigen muß. Der Staat stellt die Fabrik sowie die Maschinen zur Verfügung. Und der Transport zum größten Markt der Welt ist billiger als von Thailand oder Burma aus, besonders wenn sich die Produktionsstätte so nah an den Hauptschiffahrtswegen vor Chicago befindet. Also hat man in Coolis begonnen, T-Shirts und Jacken für Global Entertainment herzustellen.«

Morrell runzelte die Stirn. »Klingt widerlich, aber ob das Grund genug wäre, Sie unbedingt umbringen zu wollen?«

»Ich glaube schon, denn da wäre noch dieses Gesetz in Illinois, das bestimmt, daß im Gefängnis nur Dinge hergestellt werden dürfen, die auch im Gefängnis verbraucht werden. Baladine und Teddy Trant von Global sind gut befreundet. Als Baladine die Leitung von Carnifice Security übernommen und den Auftrag bekommen hat, Coolis zu bauen und zu leiten, haben die beiden vermutlich erkannt, welches Potential in den Arbeitskräften eines Gefängnisses steckt. Die beiden sind wiederum mit dem Speaker des Illinois House befreundet. Poilevy hat vor ein paar Jahren sogar eine Sondersitzung der Legislative zum Thema Kriminalität einberufen. Vermutlich hat er Baladine damals weisgemacht, wenn er nur genug Geld in die richtigen Kanäle lenke, könne es ihm gelingen, das Gesetz über den ausschließlichen Verbrauch von Gefängnisprodukten im Gefängnis abzuschaffen, aber das ist schiefgegangen. Normalerweise wird ziemlich genau das gemacht, was der Speaker sagt, aber in diesem Fall war nichts zu machen, weil das einer Sabotage der offiziellen Arbeitsplätze gleichgekommen wäre und die Parteiabgeordneten auf die Barrikaden getrieben hätte.«

Morrell spielte mit den Fotos herum. »Ich verstehe das

immer noch nicht ganz. Hat Baladine sein Kindermädchen also nur deshalb festnehmen lassen, weil sie noch Arbeitskräfte gebraucht haben in der Gefängnisnäherei?«

»Nein. Man hat Nicola wegen Diebstahls verhaftet. Sie wurde rechtskräftig verurteilt und ist schließlich in der Näherei gelandet, weil sie zierlich und geschickt mit den Händen war und nicht allzuviel Englisch konnte und die Leute im Gefängnis alles tun, um Informationen über die Gefängnisproduktion nicht nach außen dringen zu lassen. Sie schüchtern die Frauen, die in der Näherei arbeiten, ein und versuchen, sie von den anderen Gefängnisinsassinnen fernzuhalten. Ich habe schon sehr bald herausgefunden, daß die Frauen Angst vor der Arbeit in der Näherei haben, auch wenn sie dort besser verdienen.

Dann hat Nicola erfahren, daß ihr Baby an Asthma gestorben ist. Wenn die Krankenhauskosten für das Baby zuvor nicht so hoch gewesen wären, hätte Nicola nie die Halskette gestohlen und wäre auch nie im Gefängnis gelandet. Jedenfalls wollte sie das tote Kind sehen und selbst begraben, aber sie haben sie nur ausgelacht. Da hat sie den Kopf verloren und ist auf diesen Typ hier« – ich deutete mit dem Finger auf Hartigans Gesicht – »losgegangen. Er hat sie mit dem Elektroschocker niedergestreckt und ihr Tritte versetzt. Dabei hat sie sich einen Darmriß zugezogen. Sie haben sie in Einzelhaft verfrachtet, es dann aber mit der Angst zu tun gekriegt und sie ins Krankenhaus geschickt. Wahrscheinlich haben die Ärzte dort gesagt, es sei eine teure Operation nötig, um sie wiederherzustellen, die möglicherweise auch schiefgehen könne. Irgendwann sind sie vermutlich auf die Idee gekommen, sie einfach in der Nähe ihrer Wohnung auf die Straße zu legen, weil sie dann sagen konnten, sie sei weggerannt und kurz vorm Ziel vor ein Auto gelaufen.«

Meine Stimme wurde trockener und trockener, unpersönlicher und unpersönlicher, als ich versuchte, meine Gefühle während des Erzählens auf Eis zu legen. Morrell legte seine Hand ganz leicht auf meine, so daß ich sie wegziehen konnte, wenn ich wollte. Das lernt man im Berman-Institut: Man muß den Menschen genug Raum lassen, sich zurückzuziehen, wenn sie eine Berührung nicht ertragen. Ich drückte seine Finger dankbar, hatte aber das Bedürfnis aufzustehen und mich zu bewegen. Wir gingen hinaus in den Garten und unterhielten uns dort weiter, während ich ruhelos zwischen den spätblühenden Büschen hin und her wanderte.

»Als sie Nicola in Chicago hatten, haben sie gesehen, daß die Vorderseite ihres T-Shirts durch den Elektroschocker versengt war. Für den Fall, daß der Gerichtsmediziner die Brandlöcher bei einer Obduktion bemerkte, zogen sie sie aus und streiften ihr ein Mad-Virgin-T-Shirt über – mit ziemlicher Sicherheit eins von denen, die Lucian Frenada versuchsweise für Global hergestellt hatte.«

Ich erklärte Morrell, was ich an dem Abend bei Vater Lou, also unmittelbar vor meiner Festnahme, über Frenada und Trant erfahren hatte, daß er ein paar T-Shirts für Global hergestellt und sich sowohl mit Lacey als auch mit Trant über ihren Verbleib gestritten hatte.

»Er hat behauptet, daß Trant eins gestohlen habe, aber Lacey hat das mit einem Lachen abgetan. Ich anfangs auch – warum sollte einer von den Global-Bossen ein T-Shirt stehlen, wenn er jederzeit ein Dutzend davon umsonst haben konnte? Aber die, die Trant kriegen konnte, hatten alle ein Etikett mit der Aufschrift *Made with Pride in the USA.* Warum sie Nicola unbedingt ein Mad-Virgin-T-Shirt anziehen wollten, weiß ich nicht – vielleicht hat Trant gedacht, daß er dann Frenada den Mord anhängen könnte, wenn irgend jemand Fragen stellen sollte. Jedenfalls war alles, was sie gemacht haben, wie aus einem schlechten Film und könnte gut und gern dem Gehirn eines Filmmenschen entsprungen sein. Aber vielleicht war auch alles Alex Fishers Idee.

Als sie glaubten, ich würde sterben, haben sie mir das T-Shirt mit den Brandlöchern von dem Elektroschocker in der Zelle ausgezogen und ein anderes übergestreift. Sie haben irgendwas darüber gesagt. Obwohl ich immer wieder das Bewußtsein verloren habe, habe ich mitbekommen, was passierte, obwohl das alles keinen Sinn für mich ergab.«

Vor meiner Festnahme hatte ich mich gefragt, ob Frenada etwas mit Nicola Aguinaldos Tod zu tun hatte, aber in einer meiner schlaflosen Nächte in Coolis war mir einiges klargeworden. Frenada hatte plötzlich geschwiegen und aufgelegt, als ich ihn fragte, wieso Nicolas Leiche ein T-Shirt aus seiner Produktion getragen hatte. Also hatte Frenada in der Nacht, in der Robbie ihn in Oak Brook gesehen hatte, Trant und Baladine zur Rede gestellt. Leider konnte ich nicht beweisen, daß Baladine Frenada umgebracht hatte. Ich fragte Morrell, ob Vishnikovs Obduktion irgend etwas Ungewöhnliches zutage gefördert habe.

»Stimmt, das hätte ich fast vergessen«, sagte Morrell. »Frenada ist definitiv ertrunken. Vishnikov sagt, er habe außerdem eine Beule seitlich am Kopf gehabt, die daher stammen könnte, daß er auf den Felsen am Hafen ausgerutscht ist – er hat sie sich jedenfalls vor seinem Tod zugezogen. Vielleicht ist er deshalb ins Wasser gefallen. Andere Quetschungen sind aber erst nach seinem Tod dazugekommen.«

Ich machte ein finsteres Gesicht. »Er war an dem Abend, an dem er gestorben ist, draußen bei Baladine. Robbie hat ihn dort gesehen und eine Bemerkung Trants gehört, etwas von wegen, das würde das Problem wohl lösen. Ich glaube, sie haben Frenada im Pool ertränkt und ihn dann zum Lake Michigan gebracht, aber wahrscheinlich steht das nicht im Obduktionsbericht.«

Morrell schüttelte den Kopf. »Nachdem Sie mich gebeten hatten, noch einmal zu ihm zu gehen, hat Vishnikov sich alle Organe von Frenada genau angesehen, aber er sagt, es gibt zum jetzigen Zeitpunkt keine Möglichkeit mehr nachzuweisen, ob er in See- oder in Chlorwasser ertrunken ist.«

Ich fing an, die allmählich dahinwelkende Blume in meinem Knopfloch zu zerrupfen. »Wenn ich diesem Schwein nichts wirklich Schlimmes nachweisen kann, werde ich auch nicht wieder arbeiten können. Ich habe keine Beweise dafür, daß er Frenada umgebracht hat. Die Sache mit den T-Shirts kann ich bezeugen, aber ich kann auch nicht beweisen, daß sie in Coolis eine Fabrik aufgezogen haben. Das heißt, ich kann nicht beweisen, daß sie die T-Shirts und Jacken und anderen Sachen außerhalb des Gefängnissystems verkaufen, jedenfalls nicht ohne einen Mordsaufwand.«

»Und was müßte man tun, um es zu beweisen?« fragte Morrell.

»Ach, das wäre anstrengende Detektivarbeit, wie wir sie früher gemacht haben, vor den Tagen von Computer und Internet. Man müßte Ausschau halten nach Lieferwagen wie dem, der mich aus dem Gefängnis gebracht hat, ihnen folgen, nachsehen, welche davon Produkte von Global transportieren und wohin sie sie bringen. Wahrscheinlich könnte man die Fahrer bestechen und die Sache so ein bißchen abkürzen, aber selbst dann gäbe es Ermittlungen und Anhörungen, und in der Zwischenzeit müßte ich Geld zum Leben auftreiben, ganz zu schweigen von dem Geld für die Nachforschungen. Es wäre leichter, wenn ich Baladine dazu bringen könnte, alles zuzugeben.«

Morrell sah mich erstaunt an. »Sie glauben doch nicht wirklich, daß Sie das schaffen, oder? Dazu ist Baladine einfach nicht der Typ. Sein Image, sein Bedürfnis, immer alles unter Kontrolle zu haben …«

Während Morrell sprach, dachte ich über die Methoden nach, die Baladine gegen Frenada und mich eingesetzt hatte: Er hatte in Frenadas Fabrik und in meinem Büro Kokain versteckt, mich wegen Entführung festnehmen lassen und falsche Daten über Frenada ins Internet gestellt. Baladine hatte also trotz der ihm zur Verfügung stehenden Technologie keine Skrupel, sich die Hände schmutzig zu machen. Allerdings erkannte ich allmählich, wie ich ihn mit seinen eigenen Waffen schlagen konnte. Bedeutete das, daß ich wieder einmal tollkühn war, nicht genug überlegte, bevor ich handelte? Letztlich war mir das egal, denn ich war bereits durch die Hölle gegangen, und ich hatte sie überstanden. Nichts, was jetzt noch kam, konnte so schlimm sein wie das, was ich hinter mir hatte.

»Ich habe eine Idee«, fiel ich Morrell ins Wort. »Aber für ihre Umsetzung bräuchte ich ein bißchen Hilfe.«

Der Schwimmwettbewerb von Eleanor Baladine lockte erstaunlich viele Interessenten an. Morrell setzte mich ungefähr zwanzig Meter vom Tor zum Anwesen der Baladines entfernt ab. Es stand offen, wurde aber von uniformierten Sicherheitskräften von Carnifice Security bewacht. Ich stellte mich in die Warteschlange, die bis auf die Straße reichte, und landete zwischen ein paar kleinen Mädchen, die sich wegen einer Sporttasche stritten, und zwei Männern mit gepflegtem Haarschnitt, die sich über Basketball unterhielten. Die Schlange bewegte sich nur langsam vorwärts, weil die Wachleute jeden Gast überprüften. Sie sahen sich meinen Presseausweis genau an und warfen auch einen Blick in meine Aktentasche, entdeckten dort aber nur Videokassetten und einen Notizblock. Ein weiterer Mann teilte Pläne und Programme aus. Er dirigierte mich in Richtung Pool, wo ein eigenes Zelt mit Erfrischungen für die Medienleute stand.

»Sie können die Toilette gleich bei der Küche benutzen, Ma'am. Die Zuschauer und die Schwimmer gehen in das Gartenhäuschen.«

Es tat mir gut, von einem Beschäftigten des Carnifice-Imperiums »Ma'am« genannt zu werden. Also bedankte ich mich freundlich und mischte mich unter die Leute, die die Auffahrt hinaufgingen. Ich hatte mich nicht eigens verkleidet, hoffte aber, daß mein breitkrempiger Hut und die Tatsache, daß mich niemand hier erwartete, mich schützen würden. Ich bewegte mich zum hinteren Ende des Hauses, wo mehr Leute waren.

Im Medienzelt holte ich mir die Pressemappe, die auf den Namen Morrell ausgestellt war, verschwand aber wieder nach draußen, bevor ich mich auf Small talk mit irgend jemandem einlassen mußte. Alex Fishers gestreßte Assistentin war auch da; ich wollte nicht, daß sie mich nach Morrell fragte. Außerdem hatte ich schon einige Reporter entdeckt, die ich kannte, und die würden nicht lange brauchen, mein Gesicht trotz der breiten Krempe meines Hutes und der Sonnenbrille, die ich mittlerweile aufgesetzt hatte, zu erkennen.

Meiner Pressemappe entnahm ich, daß sich zweiunddreißig

Kinder zu dem Wettbewerb angemeldet hatten, der nach Alter und Können in unterschiedliche Kategorien eingeteilt war. Der eigentliche Wettkampf sollte um ein Uhr beginnen, doch Global und Carnifice hatten sowohl davor als auch danach für jede Menge Unterhaltung gesorgt. Lacey Dowell war eingeladen, und die ersten drei Virgin-Filme wurden in einem Zelt hinter der Garage vorgeführt.

Die Veranstaltung hatte siebenundsechzigtausend Dollar eingebracht, die auf drei Wohltätigkeitseinrichtungen für behinderte Kinder, Kinder im Stadtzentrum und Kindersportprogramme verteilt werden sollten. Dazu kamen jeweils zehntausend Dollar von Carnifice Security und Global Entertainment. Es war ein Event, wie die Medien es sich erträumten, und deshalb wimmelte es auch nur so von Medienleuten.

»Jennifer! Wir sollen in fünf Minuten zur Pressekonferenz drinnen sein.«

Es war Eleanor Baladine. Ihre Stimme erklang so dicht neben mir, daß ich vor Schreck zusammenzuckte. Zwischen ihr und mir befand sich nur ein dichter Busch. Ich nippte nachdenklich an meinem Malvern-Wasser und behielt den türkisfarbenen Leinenstoff, das einzige, was ich von ihr sehen konnte, im Auge.

»Ich ärgere mich über Abigail«, sagte Eleanor gerade. »Sie sagt, Rhiannon hat seit Limoux genug vom Schwimmen und will nicht am Wettbewerb teilnehmen. Wenn sie das doch nur gesagt hätte, bevor wir die Programme haben drucken lassen: Ich habe versucht, ihr klarzumachen, was für einen schlechten Eindruck es macht, wenn eine der Organisatorinnen ihre Tochter vom Wettbewerb zurückzieht. Ich habe es sowieso lächerlich gefunden, wie sie ständig mit ihrer Tochter nach Toulouse zum Einkaufen gefahren ist, wie zwei Freundinnen. Meine Mädchen waren sechs Stunden am Tag im Pool und haben's genossen.«

»Aber nicht jeder hat soviel Energie wie du, Eleanor«, sagte Jennifer Poilevy. »Natürlich haben deine Mädchen deinen Kampfgeist geerbt. Daß Robbie nicht so ist, ist wirklich schade, aber es wäre schön gewesen, wenn du und BB ihn nach

Frankreich mitgenommen hättet. Er hätte die Zwillinge vielleicht davon abhalten können, mich mit ihrer Kletterei und Springerei in Angst und Schrecken zu versetzen. Ich habe mir fast den ganzen Urlaub Sorgen gemacht, daß sie irgendwann auf einer Bahre zurückgebracht werden.«

»Tja, darüber brauchen wir uns bei Robbie keine Sorgen zu machen«, sagte Eleanor.

»Eleanor – da bist du ja.« Jetzt trat Baladine zu den beiden Frauen. Der Klang seiner Stimme löste solchen Haß und solche Wut in mir aus, daß ich mich verdrücken mußte, um mich nicht auf ihn zu stürzen.

Bevor ich außer Hörweite war, bekam ich noch mit, was Baladine sagte: »Hat deine Schwester etwas von einem Besuch bei Robbie in Camp Muggerton am Freitag erwähnt? Major Enderby hat mich angerufen, um mir zu sagen, daß Tante Claudia den Jungen zum Essen ausgeführt und ihn erst spät abends wieder zurückgebracht hat.«

Mir wurde ein wenig flau im Magen. Daß der Lagerleiter sogar den Besuch einer Verwandten überprüfen würde, hatte ich nicht gedacht. Das bedeutete, daß ich so schnell wie möglich vorgehen mußte.

Ich huschte am Medienzelt vorbei in die Küche, zu der Toilette, weil die Toilette, die wir Presseleute benutzen durften, sich dahinter befand. In der Küche spülte das Kinder- und Hausmädchen Rosario gerade Gläser ab, während der Partyservice riesige Platten mit Shrimps, Pilztörtchen und anderen Leckerbissen anrichtete. Mir fiel die Küche in Coolis ein, wo Kakerlaken über altes eingetrocknetes Fett krabbelten und die Frauen einander beschimpften, während sie die riesigen zerbeulten Töpfe hin und her hievten, und wieder stieg Zorn in mir auf. Als ein Kellner mir ein Tablett mit Lachstatar, in der Mitte ein Häubchen aus Kaviar, anbot, schickte ich ihn mit einer ziemlich unhöflichen Geste weg.

Die Toilette befand sich neben einer Schwingtür zum eigentlichen Haus. Ich drückte dagegen – man konnte sich ja mal irren –, und schon tauchte ein Wachmann von Carnifice auf. Er sah meinen grünen Presseanstecker und sagte: »Die Gäste dürfen leider nicht ins Haus, Ma'am. Wenn Sie die Toilette suchen – die ist gleich nebenan. Wollen Sie nicht zur Pressekonferenz? Die beginnt in zwei Minuten.«

Ich murmelte eine Entschuldigung und schlüpfte in die Toilette. Das erste Wettschwimmen der Kleinsten, an dem auch die jüngste Tochter von Baladine teilnehmen würde, fand unmittelbar nach der Pressekonferenz statt. Das würden sich Eleanor und BB nicht entgehen lassen. Das hatte zumindest Robbie gemeint: »Sie werden beide sehen wollen, wie die Mädchen alle anderen schlagen, und falls sie verlieren sollten, werden sie ihnen sagen, was sie falsch gemacht haben. Sowas lieben sie.«

Das hatte er mir am Freitag abend beim Essen gesagt. Als er mit schleppenden Schritten und gesenktem Kopf den Besucherraum in Camp Muggerton betreten hatte, war mir wieder Coolis in den Sinn gekommen. Doch als er mich gesehen hatte, war sein Gesicht fröhlicher geworden.

Ich hatte Angst gehabt, daß er mich in seiner Überraschung verraten könnte, doch nach einem Augenblick der Verwirrung hatte er gesagt: »Ich dachte … ach, du bist's, Tante Claudia.«

Bei Hühnchen und Kartoffelbrei in einem Diner in Columbia hatte er mich angebettelt, ihn mitzunehmen. Natürlich hätte ich das gern getan, aber ich hatte ihm sagen müssen, daß ich seinem Vater damit nur wirklichen Grund für eine Anklage wegen Entführung geben und möglicherweise nicht mehr freikommen würde.

Daraufhin hatte er zu weinen angefangen und sich zwischendurch immer wieder dafür entschuldigt, aber Camp Muggerton sei schrecklich, er mache alles falsch, er sei bei allen Übungen immer der letzte. Und außerdem müsse er strenge Diät halten, ob ich das wisse?

Natürlich wußte ich das – Major Enderby hatte mir das eigens gesagt, als ich mir in seinem Büro einen Besucherausweis hatte ausstellen lassen. Der Major hatte sich gefreut, daß eine Angehörige von Robbie zu Besuch kam: Die meisten Jungen verbrachten das Wochenende zu Hause, und der kleine Robert fühlte sich einsam in dem Lager, aber Commander und Mrs. Baladine hielten es für besser, ihn nicht durch die große Party in Versuchung zu führen. Ich hatte dem Major ein strahlendes Lächeln geschenkt und ernst genickt, als er mir erklärte, Robbie dürfe keinerlei Fett oder Süßigkeiten zu sich nehmen – also weder Big Macs noch Milchshakes.

Ich hatte daraufhin gesagt, Robbies Gewicht mache der ganzen Familie Sorgen, und alle fragten sich, wieso er zur Fettleibigkeit neige. Von meiner Schwester und unserer Seite der Familie habe er das sicher nicht; die Mutter von Commander Baladine sei allerdings ein bißchen rundlich und ziemlich klein gewesen.

Ich erzählte Robbie von diesem Gespräch, während ich ihm bei der Entscheidung half, ob er Karamel- oder Schokoladensauce auf seinen Eisbecher nehmen sollte. Er hatte schon etwas Gewicht verloren, und seine runden Pausbacken waren einem hungrigen Blick gewichen.

»Sie haben auch abgenommen, Ms. Warshawski. Kommt das daher, daß Sie im Gefängnis waren? War's im Gefängnis genauso schrecklich wie in diesem Lager? Wollen Sie kein Eis?«

Ich esse normalerweise kaum Süßigkeiten, bestellte mir aber auch eine Kugel, um ihm Gesellschaft zu leisten. Während wir unser Eis genossen, zeichnete Robbie mir einen Plan vom Haus der Baladines auf – wo sich Baladines Arbeitszimmer und die Kontrollschalter für die Alarmanlage befanden beziehungsweise welche Teile des Hauses die Videokameras überwachten. Ich hatte ihm gesagt, das interessiere mich im Zusammenhang mit Nicolas Tod.

»Aber ich möchte diese Informationen nutzen, um ... nun, einerseits, um deinen Vater daran zu hindern, daß er mich und meine Detektei kaputtmacht, und andererseits, um ihm das heimzuzahlen, was er mir durch den Gefängnisaufenthalt angetan hat. Ich möchte, daß du es dir genau überlegst, bevor du deine Eltern an mich verrätst.«

Er verzog das Gesicht. »Bitte fangen Sie nicht auch noch an, mir Predigten zu halten wie die hier. Ich weiß, daß ich Vater und Mutter ehren soll, aber wieso denken die nie auch mal an mich? Manchmal habe ich das Gefühl, daß irgendwas mit mir nicht stimmt, und ich weiß, daß sie am glücklichsten wären, wenn ich einfach verschwinden würde. Ich wünschte, ich könnte das; ich wünschte, ich wäre stark genug, um mich selbst umzubringen.«

Ich tröstete ihn, so gut ich konnte – nicht damit, daß seine Eltern ihn im Innersten doch liebten, sondern damit, daß er ein interessanter und ungewöhnlicher Mensch sei und das niemals vergessen dürfe. Ich war froh, daß er sich nach einer Weile zu entspannen schien. Ich fragte ihn nur, ob er mehr Zeit brauche, um sich meine Bitte zu überlegen, aber er sagte, nein, ihm sei es recht, solange Utah nichts passiere.

»Sie ist manchmal ziemlich widerlich, aber ich mag sie trotzdem.«

»Ich glaube nicht, daß ihr irgendwas passiert. Jedenfalls nicht körperlich, obwohl ich hoffe, daß dein Vater sich einen neuen Job suchen muß, vielleicht in einer anderen Stadt. Das könnte für deine Mutter ziemlich schlimm werden.«

Er aß noch ein Eis, während er mir dabei half, den Plan vom Innern des Hauses zu zeichnen. Hinterher unterhielten wir uns ein bißchen über das Leben im allgemeinen und darüber, was die Zukunft für ihn bereithielt, wenn er erwachsen wäre. Dabei bemerkte ich gar nicht, wie es langsam dunkel wurde; wir würden zu spät ins Lager kommen. Ich dirigierte Robbie in den Mietwagen und fuhr wie eine Verrückte zum Lager zurück.

Bevor ich ihn am Wachhäuschen ablieferte, drückte ich ihm noch ein paar Zwanziger in die Hand. »Das Geld reicht für den Bus von Columbia zurück nach Chicago, falls du zu dem Schluß kommst, daß du's hier nicht mehr aushältst. Näh's in den Bund deiner Shorts ein, aber benutz es bitte erst, wenn ich weiß, ob dein Vater die Anklage wegen Entführung fallenläßt. Oder nach meiner Verhandlung, je nachdem, was zuerst ist.«

Diese Fluchtmöglichkeit schien ihn ein wenig optimistischer zu stimmen. Ich entschuldigte mich bei dem Wachmann dafür, daß ich meinen Neffen zu spät zurückbrachte, und bat ihn, Robbie nicht dafür verantwortlich zu machen – ich hatte mich verfahren, und dafür konnte der Junge nichts. Ich hatte gedacht, daß ein weiteres strahlendes Lächeln die Sache ein für allemal in Ordnung bringen würde, aber jetzt rief dieser Major Enderby die Baladines doch tatsächlich an, um ihnen zu sagen, daß Tante Claudia ihren Neffen zu lange vom Lager ferngehalten hatte.

Ich wartete in der Toilette, bis ich hörte, wie über Lautsprecher der Start des ersten Schwimmwettbewerbs durchgesagt wurde. Die Toilette hatte eine zweite, verschlossene Tür, die ins Zimmer des Kinder- und Hausmädchens führte. Ich brauchte ungefähr fünfzehn Sekunden, um das Schloß zu knacken. Ich machte schnell, weil ich Angst hatte, daß Rosario während des Wettschwimmens Pause hatte, und blieb nur einen Augenblick vor einer kleinen Metallfigur der heiligen Jungfrau von Guadeloupe stehen, die über das ordentliche schmale Bett genagelt war. Mit einem kurzen Gebet in ihre Richtung ging ich zur Hintertreppe, die zu den Räumen von Utah und Madison sowie zum Spielzimmer führte. Auf der anderen Seite befand sich ein Flur, durch den ich zu Baladines Arbeitszimmer gelangte, nachdem ich den auf meiner Karte vom Haus vermerkten Überwachungskameras ausgewichen war. Ich kroch auf Händen und Knien hinein.

Robbie hatte mir gesagt, die Alarmanlage reagiere auf Stimmen und Bewegungen. Das Geräusch meiner Hände und Knie auf dem Teppich würde sie nicht aktivieren; bei einem Hustenanfall wäre das etwas anderes.

Ich kroch an der Wand entlang und näherte mich Baladines Schreibtisch von hinten. Auf dem Bauch liegend, streckte ich die Hand aus und schaltete die Video-Überwachungsanlage für das Büro aus. Als nach ein paar Minuten immer noch keine Leute vom Sicherheitsdienst auftauchten, beruhigte ich mich soweit, um mich im Raum umsehen zu können.

Ich lauschte immer wieder auf Geräusche. Das ganze Haus war schallgedämpft, und die Rufe am Pool drangen nur als fernes Echo herüber. Ich hatte vielleicht eine halbe Stunde Zeit und mußte ganz ruhig werden, um sie so gut wie möglich zu nutzen.

In dem Raum befand sich alles, was sich ein echter Kerl für sein Arbeitszimmer wünschen konnte, von der weichen schwarzen Ledercouch im Erker bis zu den elektrischen Geräten auf dem Schreibtisch: Reißwolf, Fax, Scanner, Bildtelefon.

Ich schaltete den Computer ein. Dabei verwendete ich ein Kleenex, weil ich den Wachleuten wahrscheinlich nicht hätte erklären können, warum ich Gummihandschuhe in meiner Handtasche herumtrug. Nachdem der Computer hochgefahren war, stand auf dem Bildschirm die Bitte nach einem Paßwort. Robbie hatte gemeint, vermutlich würde sein Vater die Nummer seines Schiffes dafür verwenden. Als das nicht funktionierte, versuchte ich es mit dem Namen des Schiffes. Wunderbar. Um in die Dateien von Carnifice zu gelangen, benötigte ich ein weiteres Paßwort. Ich probierte es noch einmal mit der Kennummer seines Schiffes, doch dem Computer war Baladines Dienstzeit beim Militär lieber.

Ich rief das Sicherheitssystem fürs Haus auf und ließ die Flurkamera auf dem geteilten Bildschirm erscheinen. So würde ich früh genug wissen, wenn Baladine beschloß, in sein Büro zu gehen. Ich öffnete die Türen auf der anderen Seite des Raumes. Die erste führte in einen Schrank, die zweite in ein kleines Bad und die dritte in einen Flur.

Ich loggte mich beim E-Mail-Server ein und rief die Liste der Kunden auf. Fünf meiner früheren Kunden hatten Sternchen neben ihrem Namen; hinter dem von Darraugh Graham befand sich ein Fragezeichen. Ich hatte das, was ich schreiben wollte, auswendig gelernt, so daß ich ziemlich schnell tippen konnte. Ob ich an alle aufgelisteten Empfänger senden wolle, fragte mich der Bildschirm. Ja, das wollte ich.

Als nächstes tippte ich meine eigene Presseliste ein und verfaßte eine weitere Botschaft. Nachdem ich diese Liste per E-Mail verschickt hatte, war ich nicht mehr ganz so nervös. Ich löschte alle Nachrichten, sowohl aus dem Postausgang als auch aus dem Papierkorb, so daß Baladine nach einem Blick auf seine Mailbox nicht merkte, daß jemand den Server benutzt hatte. Selbst wenn er mich jetzt fand, hatte ich schon eine ganze Menge Schaden angerichtet.

Als Vorsichtsmaßnahme kopierte ich seine Daten für die Haussicherung auf eine Diskette und seine Kundendatei auf eine weitere. Hinterher suchte ich in seinem Posteingang nach Nachrichten, die sich auf mich beziehen konnten.

Meine Suche hatte zu viel Zeit in Anspruch genommen. Ich

kam ins Schwitzen und spielte gerade mit dem Gedanken, mich auf den Weg nach draußen zu machen, als ich auf dem Kamerabild Baladine und Alex Fisher im Flur auftauchen sah. Ich schaltete den Computer aus, packte meine Disketten und verkroch mich mit vor Aufregung heftig pochendem Herzen in dem Schrank am anderen Ende des Raumes.

Die beiden unterhielten sich, als sie das Zimmer betraten, aber sie sprachen so leise, daß ich nichts verstand. Der Schweiß begann mir in Strömen herunterzulaufen, während ich mir vorstellte, daß ich eine Diskette oder ein Kleenex hatte liegenlassen, die sie auf meine Spur führen könnten.

Erst nach einer ganzen Weile merkte ich, daß Baladine und Alex nicht in sein Arbeitszimmer gekommen waren, um einen Blick auf seinen Computer zu werfen, sondern um ein bißchen Zeit für sich zu haben, während Eleanor sich voll und ganz auf den Pool konzentrierte. Einmal allerdings sprach Baladine so laut, daß ich hörte, was er sagte: Er könne sich nicht erinnern, die Videokamera ausgeschaltet zu haben. Nach etwa zwanzig Minuten intensivster körperlicher Betätigung der beiden auf der Ledercouch legte sich eine Hand auf die Klinke der Schranktür.

Sie öffnete sich einen Spalt, doch Baladine sagte: »Nein, nein, Schatz, die Toilette ist gleich daneben – das ist bloß ein Putzschrank.«

Die schlampige Alex schloß die Tür nicht ganz. »Ich muß wieder nach unten, BB, man hat mich angepiepst. Das bedeutet, daß die Limousine von Lacey Dowell gerade die Auffahrt raufkommt, und Teddy braucht mich bei ihrer Ankunft. Sie ist seit dem Tod von Frenada ziemlich auffahrend; schließlich wollen wir nicht, daß sie sich in Scheißlaune mit einem Journalisten unterhält, oder?«

»Zum Beispiel mit Ryerson?« sagte Baladine.

»Ryerson ist immer schon ein Zeitungsmann gewesen. Ich hätte verhindern müssen, daß Teddy ihn auch ins Fernsehen läßt – da hat er sich deutlich übernommen. Allerdings haben wir immer noch niemanden, der sich um die Sendung ›Hinter den Kulissen von Chicago‹ kümmern könnte. Aber Schluß mit dem Liebesgeturtel, jetzt beginnt wieder der Ernst des Lebens.«

»Möchtest du dich auf Video sehen, während du dich anziehst?«

»Du hast eine Kamera hier drin? Mein Gott, und ich dachte, Teddy Trant ist völlig vernarrt in seinen Körper! Aber nicht mal der filmt sich selbst dabei.«

»Nein, nein, ich bin völlig vernarrt in deinen Körper. Ich habe uns dabei aufgenommen, damit ich ihn mir immer wieder anschauen kann.«

»Kann schon sein, BB, aber das Tape nehme lieber ich. Ich will mich nicht selbst im Internet sehen, und ich könnte mir vorstellen, daß du die Kassette so nutzt.«

Danach rangen sie ein paar Minuten miteinander; Baladine lachte zuerst und beschimpfte sie dann als verklemmte Zicke. Ich war ja nicht gerade ein Alex-Fan, hoffte aber, daß sie ihm die Kassette entwunden hatte. Schließlich hörte ich das Geräusch einer Hand, die auf Haut landete, und einen Wutausbruch von Alex. Ich spähte durch den Spalt in der Tür. Baladine hatte Alex den linken Arm nach hinten gedreht. Ihr Gesicht war schmerzverzerrt, und sie ließ das Tape fallen.

Baladine sagte lachend: »Ich hatte gedacht, du würdest das sehen wie ich, mein Schatz. Aber keine Sorge, ich werde dich nicht mit dem Internet teilen. Die Leute da draußen wissen dich nicht so zu würdigen wie ich.«

Sie beschimpfte ihn, ging aber schließlich, als Eleanor BB anrief, um ihm zu sagen, daß Lacey da sei und sie überall verzweifelt nach Alex suchten. Nachdem die Tür sich hinter ihr geschlossen hatte, wusch Baladine sich laut vor sich hin summend in dem kleinen Bad. Kurz darauf verschwand auch er.

Ich war inzwischen so aufgeregt, daß ich mit dem Gedanken spielte, den Raum ebenfalls zu verlassen – aber ich wußte nicht, ob sich mir je wieder eine solche Chance bieten würde. Also schaltete ich seine Videokamera erneut aus und wandte mich noch einmal dem Computer zu. Daß ich ihn abgewürgt hatte, ohne vorher alle Dateien zu schließen, hatte er mir übelgenommen; ich mußte ungefähr fünf Minuten warten, während er sämtliche Dateien überprüfte. Ich sah mich unterdessen nach dem Tape um, das Baladine soeben mit der Videokamera aufgenommen hatte. Er hatte es auf dem Waschbecken im Bad gelassen. Ich ließ es in meine Tasche gleiten.

Schließlich wandte ich mich wieder Baladines E-Mail-Server und seinem Posteingang zu. Im Juni, als ich in Georgia gewesen war, fand ich bei *AOL* einen Absender namens »Hai«, der über eine »erfolgreiche Lieferung« berichtete.

Dahinter stand: »Objekt nicht in der Stadt. 3 Packungen kolumbianisches Gold erfolgreich an Ort 1 deponiert, 4 weitere an Ort 2.«

Wieder einmal wurde mir flau im Magen, doch ich kopierte Baladines gesamte Korrespondenz mit »Hai«, ging aus dem Internet heraus und wandte mich erneut seinen Dateien zu, um dort nach irgendwelchen Informationen über mich oder »Hai« zu suchen. Ich fand seinen ausführlichen Bericht von LifeStory und weitere Berichte über die Überwachung meiner Wohnung. In diesen Dateien wurde »Hai« mit den Initialen »D.L.« identifiziert. Es lag auf der Hand, daß damit Douglas Lemour gemeint war.

Erst drei Tage zuvor war D.L. in meinem Viertel herumgefahren, um sicher zu sein, daß ich nicht wieder aufgetaucht war. Auch in Lottys Gegend hatte er mehrfach vorbeigeschaut. Ich sah mir rasch den Rest des Berichts an und kam dann zu dem Abschnitt »Ausgaben«. Fünftausend Dollar an D.L. für seine Arbeit im Sicherheitsdienst. Allzuviel schien mir das für die Qualen, die er mir bereitet hatte, nicht zu sein.

Ich wurde jetzt zu nervös, um mich weiter auf den Bildschirm konzentrieren zu können, also kopierte ich die Datei und fuhr den Computer herunter. Es war höchste Zeit, daß ich ging.

Auf einem Regal in dem Wandschrank, in dem ich mich versteckt hatte, bewahrte Baladine weitere Videokassetten auf. Nach seinem Gerangel mit Alex interessierte es mich sehr, was sich auf den anderen Tapes befand. Ich wählte eine aus dem letzten Monat aus, in dem Nicola bei den Baladines gearbeitet hatte, und eine aus der Zeit sechs Monate zuvor. Ich zog die Etiketten von den beiden Kassetten ab, klebte sie auf die leeren, die ich mitgebracht hatte, und stellte diese in die Lücke, die die anderen hinterlassen hatten.

Ich war bereits auf halber Höhe des Flurs, als mir Frenada einfiel. Hektisch rechnete ich zurück. Obwohl ich kein drittes leeres Tape dabeihatte, das ich aufs Regal hätte stellen können, rannte ich ins Arbeitszimmer zurück und holte die Kassette von zwei Wochen vor dem Vierten Juli. Als ich den Raum das zweite Mal verließ, dachte ich auch daran, Baladines Videokamera wieder einzuschalten. Dann hastete ich den Flur und schließlich die Treppe zur Küche hinunter. In Rosarios Zimmer blieb ich kurz vor der Heiligen Jungfrau von Guadeloupe stehen, um mich bei ihr zu bedanken.

Ich hatte mich neunzig Minuten lang im Obergeschoß aufgehalten – mir war es noch länger vorgekommen. Jetzt schlüpfte ich ins Freie und lief die Auffahrt hinunter, ohne daß irgend jemand mich aufgehalten hätte. Morrell wartete an der nächsten Biegung der Straße auf mich. Seine Gesichtszüge waren vor Sorge völlig verkrampft, doch mir war so leicht ums Herz wie schon seit Monaten nicht mehr.

45 Auf der Flucht

Morrell kam ziemlich früh am nächsten Morgen und brachte die Zeitungen und Cappuccino mit – Vater Lou nahm zum Frühstück süßen Tee und Schinkensandwiches zu sich und hatte weder Kaffee noch frisches Obst im Haus. Ich war bereits seit ein paar Stunden wach, als Morrell eintraf. Wahrscheinlich waren das die Nerven.

Auch Vater Lou war schon seit einigen Stunden auf den Beinen. Er begann den Labor Day wie jeden anderen Tag mit der Messe. An jenem Morgen überraschte er mich mit der Bitte zu ministrieren, weil keins der Kinder, die das normalerweise machten, aufgetaucht war. Als ich ihm sagte, daß ich nicht einmal getauft war, brummte er, wenn man Haare spalten wolle, könne man das vermutlich als Hindernis interpretieren, aber ich solle ihm doch wenigstens helfen, indem ich die Lesung hielt.

Also stand ich in der Lady Chapel der riesigen Kirche und

las aus dem Buch Hiob über den Wunsch Gottes, daß die Menschen das Licht sehen. Später sprach Vater Lou Gebete für die Seelen von Lucian Frenada und Nicola Aguinaldo, für die Arbeiter von Chicago, für alle, die hart arbeiteten und wenig verdienten. Schließlich überraschte er mich durch seine Bitte um Licht für mein Unternehmen, damit ich erkennen würde, ob es gut sei. Ich mußte an Miss Ruby denken, die mir gesagt hatte, daß man sich an Rachegelüsten nur die Zähne ausbeiße.

Nach der Messe stellte ich mich vor eine hölzerne Statue der heiligen Jungfrau von Guadeloupe und argumentierte im Kopf. Suchte in Gedanken halsstarrig nach Argumenten für mein Vorhaben. Selbst wenn es Rache war: Hatte ich denn kein Recht, in dieser Stadt zu leben und zu arbeiten? Das sagte ich auch Vater Lou, als er in seiner höhlenartigen Küche Speck briet.

Er brummte wieder: »Ich sage ja auch gar nicht, daß Sie nicht recht haben. Die andere Wange hinzuhalten ist nicht der einzige Rat, den der Herr uns gibt. Ich möchte Sie bloß daran erinnern, daß Sie nicht der Allmächtige sind und über Robert Baladine Gericht halten können. Das war allerdings nicht der Grund, warum ich Sie gebeten habe, die Lesung zu übernehmen. Ich wollte Ihnen keine Lektion erteilen, sondern bloß ein bißchen Gesellschaft haben.« Er lachte. »Die Kirche ist ziemlich groß und kalt, wenn man die Messe allein halten muß.«

Morrells Eintreffen unterbrach unsere kurze theologische Diskussion. Er warf einen Stapel von Zeitungen vor mir auf den Tisch.

»Volltreffer, Warshawski. Alle drei Chicagoer Tagesblätter und dann noch der absolute Knüller aus New York.«

Ich nahm die Zeitungen in die Hand. Der Knüller lag obenauf:

VERWIRRUNG BEI CARNIFICE SECURITY

Oak Brook, Ill. – Die sonst für Illinois so typische Prärie ist in dieser Gegend der Reichen glatten Böden und kühlem weißem Marmor gewichen, aber im Büroturm von Carnifice war das Leben am gestrigen Labor Day alles andere als ruhig. Robert Baladine widerspricht aufs heftigste einer E-Mail-Nachricht an die Kunden von Carnifice, in der er seinen Rücktritt als Leiter von Carnifice Security bekanntgibt. Angestellte des Unternehmens erklärten, daß möglicherweise eine dritte Person den E-Mail-Server von Mr. Baladine manipuliert habe, doch die Nachrichten tragen allesamt den unverwechselbaren »Fingerabdruck« von Mr. Baladines persönlicher E-Mail-Adresse.

Sie besagen unter anderem, daß die bevorstehende Aufdeckung angeblicher Mißstände im Gefängnis von Coolis, das von Carnifice geführt wird, Mr. Baladine zum Rücktritt zwinge. *(Siehe Seite C23 mit dem vollständigen Text der E-Mail an Ajax Insurance in Chicago.)* Die Mißstände scheinen mit der offenbar widerrechtlichen Produktion von T-Shirts und Jacken für die Global-Entertainment-Gruppe in Zusammenhang zu stehen, da die Gesetze von Illinois den Verkauf von Gefängnisprodukten außerhalb des staatlichen Gefängnissystems untersagen. Der Kongreßabgeordnete Blair Yerkes (R-Ill.) hat eine eingehende Untersuchung des gesamten Gefängniskomplexes gefordert, um herauszufinden, ob diese Behauptungen der Wahrheit entsprechen. »Ich habe schon als Junge zusammen mit BB Baladine gejagt und kann mir nicht vorstellen, daß er lügt.«

Doch weitaus verstörender für die Kunden von Carnifice dürfte sein, daß möglicherweise ein Fremder in den Computer von Carnifice eingedrungen ist. Das bedeutet, daß vertrauliche – häufig äußerst brisante – Daten, die dem Sicherheitsdienst anvertraut wurden, Gefahr laufen, übers Internet verbreitet zu werden. Ralph Devereux, der Direktor von Ajax Insurance, drückt es folgendermaßen aus: »Aus unserer Sicht ergeben sich zwei gleichermaßen unerfreuliche Alternativen: Entweder lügt Robert Baladine hinsichtlich seines Rücktritts, oder einem Hacker ist es gelungen, sämtliche Sicherheitsvorkehrungen von Carnifice zu überlisten. Beide Möglichkeiten führen uns zu der Frage, ob Carnifice das richtige Unternehmen für den Schutz unserer hochsensiblen Daten ist.«

Auch mehrere Zeitungen und Fernsehsender haben eine E-Mail vom Carnifice-Server erhalten, in der die Produktionsgemeinschaft von Carnifice und Global im Gefängnis von Coolis beschrieben wird. Da die Quelle der Nachricht nicht identifiziert werden konnte, bleibt unklar, ob die Informationen darin korrekt sind oder möglicherweise von einem unzufriedenen Carnifice-Angestellten stammen. Die Leitung des Gefängnisses von Coolis hat sich bisher geweigert, neutralen Beobachtern Zutritt zu den Gefängniswerkstätten zu gestatten, aber Politiker fordern intensive Nachforschungen.

Mr. Baladine war bisher nicht bereit, Anrufe unserer Zeitung entgegenzunehmen, doch Alexandra Fischer, die Sprecherin von Global Entertainment, sagt, bei Global vermute man, daß hinter der Manipulation der E-Mail-Nachrichten eine Chicagoer Privatdetektivin stecke, die vor einiger Zeit mit Baladine in Konflikt geraten ist. Die Privatdetektivin V. I. Warshawski hat einen Monat in Coolis verbracht, nachdem Mr. Baladine sie aufgrund eines Entführungsdelikts hatte festnehmen lassen. Obwohl die Ärztin Dr. Charlotte Herschel behauptet, Ms. Warshawski habe bei ihrer Flucht Hirnschäden erlitten, meint Ms. Fisher, niemand wisse, wo genau die Privatdetektivin sich aufhalte. Somit ist es jetzt die wichtigste Aufgabe von Carnifice Security, die Detektivin aufzuspüren. *(Siehe Seite B45 zur Berichterstattung über einige von Ms. Warshawskis Ermittlungen in Fällen von Industriespionage.)*

Vater Lou las den Artikel in der *Sun-Times*, die sich von den Chicagoer Zeitungen am ausführlichsten mit der Angelegenheit beschäftigte. Der *Herald-Star* als Hauszeitung von Global Entertainment handelte die Affäre im Wirtschaftsteil in einem einzigen Absatz ab, der die Geschichte so hinstellte, als habe es nur ein kurzes Durcheinander im E-Mail-Server von Carnifice gegeben. Der *Star* erwähnte die T-Shirt-Affäre mit keinem Wort. Die *Tribune* widmete der Sache eine halbe Spalte inmitten der großen Labor-Day-Werbeanzeige von Marshal Field's.

»Und was jetzt?« fragte Morrell, nachdem ich alles gelesen hatte. »Sollen wir darauf warten, daß alle Kunden sich von Carnifice abwenden und zur Detektei Warshawski überlaufen?«

Ich verzog das Gesicht. »Im Augenblick sind sie bei Carnifice mit Schadensbegrenzung beschäftigt. Und die Leiterin der Detektei Warshawski muß jetzt allmählich wieder auftauchen, wenn sie irgendwelche Kunden gewinnen will. Ich glaube, als nächstes steht ein Medienspektakel an. Aber für das brauchen wir einen sicheren Ort. Das wird BB so wild machen, daß er sich wahrscheinlich persönlich auf den Weg zu mir macht. Ich möchte eine Kassette mit allen meinen Bildern und Informationen zusammenstellen und ein paar hieb- und stichfeste Dias produzieren – mit Bildern kann man fast jeden überzeugen. Außerdem brauche ich einen Videorecorder, damit ich mir die Videos aus Baladines Büro ansehen kann. Er hat sich gestern beim Sex mit Alex Fisher aufgenommen. Ich hab's merkwürdig gefunden, daß er die alten Tapes aus den Überwachungskameras aufhebt, also habe ich drei mitgehen lassen.«

Vater Lou sah mich angeekelt an. »Der Mann nimmt sich selbst beim Geschlechtsverkehr auf? Hat das Mädchen das gewußt?«

»Sie hat versucht, ihm das Tape abzunehmen, aber er hat's nicht zugelassen.« Ich erklärte ihm lieber nicht, daß ich die Kassette jetzt hatte. Ich war mir selbst nicht im klaren darüber, was ich damit anfangen wollte.

»Wir haben in der Schule einen Videorecorder, den können Sie benutzen«, sagte der Priester. »Ich bin mir immer noch nicht sicher, ob Sie das Richtige tun, und auch nicht, ob ich Ihnen helfen soll, nachdem Sie die Kassetten gestohlen haben, aber dieser Baladine scheint allen möglichen Leuten zu schaden. Ich richte Ihnen den Videorecorder her, und hinterher habe ich einen Termin mit den Mitgliedern des Gemeinderats. Außerdem kommen ein paar von den Kindern her und machen die Krypta sauber, bevor morgen die Schule wieder losgeht. Und heute nachmittag findet das Gemeindepicknick statt. Ich habe jede Menge zu tun.«

Ich lief in mein Zimmer und holte die Kassetten, die ich tags zuvor aus Baladines Schrank genommen hatte. Dann gingen wir zu dritt durch die Kirche zu einer Tür, die zur Schule führte. Der dunkle Raum war voller Leben, weil hinter dem Altar ein paar Jungen herumliefen und einander Scherze zuriefen.

Vater Lou unterbrach sie mit einer gutmütigen Bemerkung, schob den Riegel zurück und führte uns in einen weiteren langen, dunklen Flur. Trotz der Finsternis ging er ziemlich schnell. Morrell und ich hingegen stolperten immer wieder über lose Fliesen, während wir versuchten, mit ihm Schritt zu halten. Vater Lou leitete uns über eine Treppe in die alte Schulbibliothek. Dort brauchte auch er etwas Licht und schaltete eine Schreibtischlampe mit ziemlich schwacher Birne ein.

Als er merkte, daß Morrell und ich wußten, wie wir den Videorecorder bedienen mußten, ging er wieder nach unten, um nach den Jungen zu sehen. Ich begann mit der Kassette aus der Woche, in der Frenada gestorben war.

Wir sahen ein paar Aufnahmen von Rosario, die Utah und Madison aufweckte, von Eleanor, die mit ihren Kindern das Training im Pool anfing und die Kamera ausschaltete. Dann plötzlich war Frenada zusammen mit Trant und Baladine am Pool. Auf dem Bild war in der Ecke in roter Schrift das Datum vermerkt, der sechsundzwanzigste Juni, also der Tag, an dem Frenada ertrunken war. Trant sagte, soweit er wisse, erzähle Frenada herum, daß er, Trant, ein T-Shirt gestohlen habe, und er wolle sich das nicht mehr länger gefallen lassen. Offenbar hatte Baladine die Kamera in diesem Augenblick ausgeschaltet, denn als nächstes sahen wir wieder Rosario mit den Kindern, und zwar am folgenden Tag.

Ich lehnte mich auf meinem Stuhl zurück. »Kein Beweis, aber höchst interessant«, sagte ich zu Morrell. »Machen wir ein paar Kopien davon, bevor wir es den Baladines zurückschicken.«

Morrell brummte zustimmend, meinte aber auch, daß das noch nicht ausreiche, um Baladine verhaften oder gar verurteilen zu lassen. Ich pflichtete ihm bei und legte das erste von den Bändern mit Nicola ein, um zu sehen, ob sich darauf etwas Konkreteres befand.

Das Tape war auf einen Tag ungefähr sechs Monate vor Nicolas Festnahme datiert. Wir sahen Nicola dabei zu, wie sie Utah und Madison weckte, wie eine völlig verschlafene Utah sich an ihr Kindermädchen klammerte, während Madison lebhaft von den Dingen erzählte, die sie in der Schule besser konnte als alle anderen. Dann beobachteten wir Eleanor und BB bei einem kurzen Kuß, bevor er ins Büro ging und sagte: »Ich weiß noch nicht genau, wann ich wiederkomme, Schatz.« Hinterher folgte eine Szene mit Eleanor im Kinderzimmer, die Nicola ermahnte, Utah nicht wie ein Kleinkind zu behandeln. »Sie ist fast drei. Es wird Zeit, daß Sie aufhören, Sie überall herumzutragen.« Als Nicola in gebrochenem Englisch sagte, sie verstehe sie nicht, erklärte Eleanor ihr, sie solle sich nicht dumm stellen, und riß Utah so heftig aus Nicolas Armen, daß das kleine Mädchen auf den Boden fiel. Nicola hob Utah wieder auf und begann, sie in einer Sprache, die ich nicht kannte, wahrscheinlich Tagalog, zu trösten.

Es war ziemlich beunruhigend, Nicola Aguinaldo lebendig zu sehen, auch wenn es nur auf den grobkörnigen Bildern der Videokassette war. Sie war klein und zierlich, so klein, daß sie neben Eleanor selbst wie ein Kind wirkte. In Eleanors Gegenwart wurde sie so starr wie eine Puppe, doch allein mit den Kindern entspannte sie sich ein wenig. Robbie kam herein und begann, mit Utah zu spielen. Er sprach Spanisch mit Nicola, die ihn wegen seines Akzents neckte und ihn zum Lachen brachte. Ich hatte Robbie noch nie glücklich gesehen. Wenn Nicola spanisch mit ihm sprach, wurde sie lebhaft, fast schön. Eleanor rief nach oben, um ihr zu sagen, daß der Schulbus da sei.

Die Kassette umfaßte einen Zeitraum von zwei Wochen. Szenen brachen abrupt ab, wenn Leute sich aus dem Blickfeld der Kamera herausbewegten oder die Kamera ganz ausschalteten. Ein Gespräch, das Eleanor mit einem Gärtner führte, endete unvermittelt, als Baladine Nicola in sein Arbeitszimmer rief. Wir sahen sie eintreten und mit ausdruckslosem Gesicht stehenbleiben. Als sie stumm ihre Kleidung auszog und zusammenlegte, schien sie das als ganz ähnliche Pflicht zu betrachten wie das Aufräumen von Madisons und Utahs

Kleidern. Baladine selbst zog sich nicht aus. Es war unerträglich, und ich schaffte es nicht, mir die Szene anzusehen. Als Morrell mich weinen hörte, schaltete er das Gerät aus.

»Das kann ich nicht in einem Raum voller Journalisten zeigen«, murmelte ich. »Das ist einfach zu intim.«

»Soll ich die andere Kassette für Sie anschauen und Ihnen dann den Inhalt erzählen?« fragte er.

»Ja. Nein. Ich glaube, es ist besser, wenn ich sie mir selbst ansehe.«

Die zweite Kassette war ganz ähnlich wie die erste, abgesehen von der Szene in Baladines Arbeitszimmer. Diesmal bettelte Nicola um Geld zur Bezahlung der Krankenhausrechnungen für ihr Kind, und Baladine erklärte ihr geduldig, daß er ihr genug Geld zahle und sie ganz schön dreist sei, ihn mit einer erfundenen Geschichte um Geld anzugehen. Nicola bot ihm ihren Körper an, aber er lachte sie nur aus. Es war so schrecklich demütigend, daß ich die Bibliothek verließ und draußen auf dem Schulflur auf und ab ging. Als ich zurückkam, hatte Morrell die Kassette bereits fertig angesehen und zurückgespult. Vater Lou war in den Raum gekommen, während ich auf dem Flur hin und her marschiert war.

»Es war nichts drauf, was mit der Halskette oder der Festnahme zu tun hat. Den Teil müssen wir uns wohl selber ausdenken«, sagte Morrell.

»Armes Kind«, sagt Vater Lou.»Was für Qualen sie erduldet hat. Ist ihr Chef der Mann, hinter dem Sie her sind?«

Ich war völlig verschwitzt und erschöpft wie nach einem Marathon und hatte nur noch Kraft zu nicken.

»Ich weiß immer noch nicht, ob Sie das Richtige tun oder nicht, aber ich werde Ihnen helfen. Sie könnten die Bibliothek hier für Ihre Pressekonferenz verwenden.«

Ich blinzelte. »Aber wissen Sie, Vater Lou – Baladine hat nicht nur eine Menge Waffen im Arsenal, er zögert auch nicht, sie einzusetzen. Frauen und Kinder sind ihm nicht wichtig. Ich könnte weder für Ihre eigene Sicherheit noch für die der Schule eine Garantie geben. Es sei denn…«

»Es sei denn was?« fragte Morrell, als ich den Satz nicht zu Ende führte.

»Es sei denn, ich bringe Baladine dazu, zuerst zu mir zu kommen. Bevor wir die Sache in den Medien präsentieren. Schließlich können wir beweisen, daß Frenada in der Nacht seines Todes an seinem Pool war. Wenn ich ihn zu mir locke, muß ich nicht voller Angst auf seinen nächsten Schachzug warten.«

»Nein«, sagte Morrell. »Es ist der pure Wahnsinn, sich ihm sozusagen mit entblößter Brust zu präsentieren. Sie wissen, daß Freeman Carter Ihnen den gleichen Rat geben würde.«

Ich verzog das Gesicht. »Tja, da haben Sie wahrscheinlich recht. Aber ich habe es satt, ständig Angst zu haben. Seit er im Juni Lemour auf mich gehetzt hat, muß ich bei jedem Schritt, den ich tue, aufpassen, und die Zeit in Coolis hat mich nur noch nervöser gemacht. Wenn ich ihm mitteile, daß ich die Kassetten habe, wird er mit ziemlicher Sicherheit kommen, um sie sich zu holen. Und wenn ich die Kirche vorher verlasse, tut er's nicht hier, wo die Kinder in Gefahr wären.«

»Der beste Weg ist die Pressekonferenz«, sagte Morrell. »Wenn die Journalisten von der Sache mit Coolis und obendrein noch davon erfahren, daß er einen Chicagoer Polizisten beauftragt hat, Drogen in Ihrem Büro zu verstecken, wird Baladine gezwungen sein, mit seinen Belästigungen aufzuhören. Und möglicherweise beschließt die Unternehmensleitung außerdem, ihn vor die Tür zu setzen.«

»Abigail Trant hat mir erzählt, daß er's nicht ausstehen kann, übertrumpft zu werden. Das hab' ich gestern gesehen – oder besser gesagt gehört: Er war fuchsteufelswild, als Alex ihm das Tape weggenommen hat, und er hat ihr weh getan, um es zurückzubekommen. Das war kein Spiel für ihn. Ich wage nicht, mir vorzustellen, wozu er fähig ist.«

»Schlafen Sie eine Nacht über die Sache«, meinte Vater Lou. »Halten Sie morgen früh bei der Messe Zwiesprache mit Gott. Betätigen Sie sich körperlich in der Krypta. Es gibt nichts Besseres als harte Arbeit, um den Kopf frei zu bekommen.«

Also verbrachten Morrell und ich den restlichen Vormittag in der Kammer unter dem Altar, schleppten Kartons mit Gesangbüchern hin und her, die die Kirche nach Meinung von Vater Lou nicht mehr brauchte, gruben die Kostüme aus, die die Kinder beim Krippenspiel trugen, und entdeckten sogar einen echten Reliquienschrein, den die Italiener, die die Kirche hundert Jahre zuvor erbaut hatten, mitgebracht hatten. Diese Entdeckung führte zum angeregten Austausch von Zoten durch die Jungen, die uns beim Aufräumen der Krypta halfen.

Um drei Uhr, als Vater Lou uns sagte, wir sollten mit der Arbeit aufhören, damit die Jungen beim Gemeindepicknick mitmachen könnten, war ich immer noch zu keinem Entschluß gekommen. Auch ein kurzes Schläfchen, das ich hielt, während Morrell mit den Jungs Baseball im Humboldt Park spielte, brachte mir keine Erleuchtung. Ich hatte immer noch vor, Baladine anzurufen und ihm zu sagen, daß ich die Tapes hatte.

Doch da war nach wie vor das Problem, von wo aus ich diesen Anruf tätigen sollte. Von der Kirche aus brachte ich Vater Lou und die Kinder in Gefahr. In dem Haus, in dem sich meine Wohnung befand, waren Mr. Contreras und die anderen Mieter. Mein Büro grenzte unmittelbar an Tessas Atelier an. Und jemanden wie Lotty würde er möglicherweise sogar bedrohen, wenn ich nicht einmal in ihrer Nähe war.

Morrell und ich arbeiteten den ganzen Abend an meiner Präsentation für die Journalisten – wir brachten die Fotos in eine vernünftige Reihenfolge, entschieden, welche Videosequenzen mit Lemour ich zeigen wollte, an welcher Stelle Trant und Baladine mit Frenada am Pool auftauchen, ob wir überhaupt irgendwelche Aufnahmen von Nicola verwenden sollten, und verfaßten schließlich noch einen Text auf dem Schulcomputer von St. Remigio. Als Morrell mich gegen Mitternacht verließ – er wollte die fertige Präsentation am Morgen zu Unblinking Eye bringen, damit die Leute dort sie professionell bearbeiteten – war ich der Lösung des Problems noch keinen Schritt näher gekommen.

Ich ging ins Bett und schlief sofort ein. Doch schon eine Stunde später weckte mich Vater Lou. »An der Tür ist ein alter Mann mit einem Kind und zwei Hunden. Er sagt, er ist Ihr Nachbar.«

»Mein Nachbar?« Ich schlüpfte in Jeans und Turnschuhe und rannte den Flur hinunter, Vater Lou im Schlepptau.

Ich sah durch den Spion hinaus. Mr. Contreras. Mit Mitch, Peppy und Robbie Baladine. Mir fiel das Herz in die Hose, doch ich mußte Vater Lou sagen, daß das tatsächlich mein Nachbar war.

»Zusammen mit dem Jungen, dessen Vater mich verhaften ließ, als der Kleine das letzte Mal weggelaufen ist.«

Vater Lou schob die Riegel zurück und ließ sie herein. Mr. Contreras machte den Mund in dem Moment auf, in dem die Tür sich öffnete. Ich verstand lediglich: »Tut mir leid, Schätzchen, aber ich wollte nicht telefonieren, weil ich Angst hatte, daß sie das Gespräch abhören.« Da stürzten sich schon die Hunde auf mich, und Robbie, der ziemlich schmal und schmuddelig aussah, begann, sich zu entschuldigen: »Ich weiß, Sie haben gesagt, ich soll warten, bis ich was von Ihnen höre, aber BB hat angerufen.«

Vater Lou schloß die Tür. »Na schön. Ab in die Küche, da trinken wir erst mal einen Tee. Und hinterher erzählen alle nacheinander, was passiert ist. Sind die Hunde stubenrein?«

»Wo ist der Wagen?« fragte ich, bevor Vater Lou die Riegel wieder vorschob.

»Tut mir leid, Schätzchen, der steht vor der Tür. Wollen Sie, daß ich ihn wegfahre?«

»Er muß weg. Der Wagen ist einfach zu leicht zu erkennen, und wenn Baladine die Stadt nach mir absucht, findet er ihn bestimmt.«

»Stellen Sie ihn in die Garage des Pfarrhauses«, sagte Vater Lou. »Die ist voll mit altem Gerümpel, aber für den Wagen ist sicher noch Platz. Ich zeige Ihnen – wie heißen Sie gleich noch mal? – Mr. Contreras die Garage. Und Sie bringen den Jungen in die Küche. Setzen Sie Wasser für den Tee auf.«

Robbie und die Hunde liefen zusammen mit mir den Flur entlang zur Küche. Robbie versuchte, nicht allzuviel Angst vor Mitch zu haben, und das rührte mich fast am meisten.

»Tut mir leid, Ms. Warshawski«, flüsterte er. »Aber sie haben gemerkt, daß Sie nicht Tante Claudia sind. Sie wollten mich in der Strafbaracke einsperren. Ich wußte nicht, wann ich da wieder rauskommen würde. Und außerdem habe ich gedacht, wenn BB Ihnen wieder was Schlimmes antut, weil

Sie mich besucht haben, muß ich mich umbringen. Also bin ich weggerannt. Aber jetzt begreife ich, daß er Sie ins Gefängnis stecken kann, egal, was ich mache.«

»Sch, sch, *poverino*. Es ist alles in Ordnung. Nun bist du erst mal hier. Erzähl mir die Geschichte, wenn Vater Lou und Mr. Contreras wieder da sind; so hören wir alle dieselbe Version, und du brauchst sie nur einmal zu erzählen.«

Als die beiden Männer hereinkamen, kochte das Wasser bereits. Vater Lou machte eine große Tasse Kräutertee für Robbie und schwarzen Tee mit Zucker für sich selbst. Ich schenkte mir heiße Milch ein.

Mr. Contreras winkte ungeduldig ab. »Er ist vor ungefähr einer Stunde völlig fertig vor meiner Tür gestanden, Schätzchen. Ich wußte nicht, was ich tun soll – wie gesagt, ich hatte Angst anzurufen –, aber ich dachte mir, wenn sie das Haus tatsächlich in irgendeiner Form im Auge behalten, ist es nicht gut, wenn er bei mir bleibt. Wahrscheinlich hätte ich zu Morrell fahren können, aber ich habe befürchtet, daß es ernsthafte Probleme gibt, wenn dieses Schwein Baladine – tut mir leid, Kleiner, er ist dein Vater, ja, aber…«

»Jetzt mal von Anfang an und in der Kurzfassung«, sagte Vater Lou. »Ich muß in ein paar Stunden eine Messe halten und will nicht die ganze Nacht aufbleiben.«

Die Geschichte, die Mr. Contreras erzählte, geriet für seine Verhältnisse einigermaßen kurz: Der Lagerleiter hatte Robbie zu sich gerufen und ihn zu meinem Besuch befragt. Robbie war nicht von seiner Aussage abgegangen, daß ich seine Tante Claudia sei, die jüngere Schwester seiner Mutter, aber da hatte der Lagerleiter ihm erklärt, er habe am Sonntag abend nach dem Schwimmwettbewerb sowohl mit BB als auch mit der wirklichen Claudia gesprochen. Robbie war nichts anderes übriggeblieben, als weiter zu behaupten, ich sei seine Tante Claudia. Daraufhin hatte der Lagerleiter gesagt, Robbie müsse ein paar Tage lang in die Strafbaracke, bis Eleanor persönlich komme, um sich mit dem Lagerleiter zu unterhalten.

»Bei der Reveille habe ich mich dann weggeschlichen. Das war erst heute morgen, aber mir kommt's vor, als wär's schon ein ganzes Jahr her. Ich bin einen Graben runtergerannt, der am Lager entlang verläuft, an der hinteren Seite raus und per Anhalter nach Columbia gefahren. Dann habe ich Ihr Geld für den Bus nach Chicago verwendet, aber nicht gewußt, wo ich sonst hin soll außer zu Ihnen in die Wohnung. Es tut mir schrecklich leid, Ms. Warshawski; wenn das bedeutet, daß BB Sie wieder ins Gefängnis schickt, weiß ich nicht, was ich machen soll.«

Er bekam vor Müdigkeit und Angst ganz große Augen. Vater Lou schnitt eine Scheibe Brot ab und bestrich sie mit Butter.

»Iß das, mein Junge. Eins verspreche ich dir: Wenn du vor Gericht deine Geschichte wie ein Mann erzählst, schickt niemand sie ins Gefängnis. Doch jetzt ist es Zeit, daß du ins Bett kommst. Du hast einen langen Tag hinter dir. Am Morgen kannst du ausschlafen, aber am Nachmittag wirst du in die Schule gehen. In welcher Klasse bist du? In der siebten? Ich besorge dir eine Uniform – ich habe ein paar extra hier für die Kinder, die zu arm sind, um sich selber eine leisten zu können. Über alles andere machen wir uns später Gedanken.«

Vater Lou mochte ein bißchen wie Popeye aussehen, aber in seiner Stimme lag die Autorität, die Kinder gehorchen läßt. Robbie beruhigte sich und folgte mir artig zu dem Schlafzimmer gleich neben dem meinen. Ich holte saubere Laken aus einem Schrank und bezog das schmale Bett.

Aus der Küche hörte ich Bellen und Jaulen. Als ich hinlief, sah ich, daß Mitch zum Helden geworden war: Er hatte in der Speisekammer eine Ratte gefangen. Vater Lou sagte, wenn er das öfter mache, könnten die Hunde über Nacht bleiben. Erst ein paar Sekunden später bot er auch Mr. Contreras ein Bett an.

Dann stapfte er in Richtung seines Zimmers davon und überließ es mir, das Bett für Mr. Contreras zu richten. Als wir einander gute Nacht sagten, reichte dieser mir eine Papiertüte. »Die habe ich seit dem Tag Ihrer Festnahme für Sie aufbewahrt, Schätzchen. Ich hab' mir gedacht, vielleicht brauchen Sie sie jetzt.«

Es war meine Smith & Wesson. Sie hatte sich in der Handtasche befunden, die ich Mr. Contreras am Tag meiner Festnahme durch Lemour zugeworfen hatte.

Mitch fing eine weitere Ratte und bellte vor Freude. »Guter Junge«, murmelte ich. »Aber jetzt sei still und laß mich schlafen.«

Ich streckte die Hand nach ihm aus, um ihn zu streicheln, und wachte auf, als ich wieder sein Bellen hörte. Ich zog meine Jeans an und nahm die Smith & Wesson in die Hand.

Mittlerweile hatte ich mich daran gewöhnt, mich im Dunkeln im Pfarrhaus zurechtzufinden, und folgte einfach dem Bellen von Mitch. Er und Peppy versuchten, von der Pfarrhausseite aus in die Kirche zu gelangen. Als sie mich hörten, kamen sie angerannt und sprangen an mir hoch, damit ich die Tür zur Kirche für sie öffnete.

Peppy, die an der Tür kratzte, machte nur leise ungeduldige Geräusche, aber Mitch konnte ich nicht genug beruhigen, um zu hören, was in der Kirche los war. Schließlich hielt ich ihm mit der linken Hand die Schnauze zu, aber er wehrte sich so heftig, daß ich immer noch nichts hören konnte. Ich versuchte mir gerade vorzustellen, wie ich am besten zum anderen Ende der Kirche gelangen könnte, als Vater Lou hinter mir auftauchte.

»Glauben Sie, der Mann, den Sie suchen, ist da drin?«

»Ich weiß es nicht. Brechen hier oft Leute in der Nacht ein?« flüsterte ich zurück.

»Die meisten trauen sich nicht. Natürlich könnte ich in so einem Fall die Polizei rufen, aber die brauchen normalerweise eine Stunde, bis sie hier auftauchen. Halten Sie die Hunde fest. Ich mache jetzt die Tür zur Kirche auf, und ich möchte sehen, was da drüben los ist, ohne daß die beiden im Altarraum herumrennen.«

Er öffnete die drei massiven Schlösser der Kirchentür und ging hinein. Mitch zerrte jammernd an der Leine, und sogar Peppy wollte dem Priester nach. Ich zählte bis hundert und wollte noch bis einhundertfünfzig weitermachen, als Vater Lou wieder zurückkam.

»Ich habe das Gefühl, daß sie durch die Schule reinkommen. Die Fenster im dritten Stock sind nicht vergittert –

irgendwie sind sie wohl die Wand hochgeklettert. Ich geh' raus und brülle sie an, damit sie wieder runterkommen.«

»Nein!« Ich ließ Mitch los. Er rannte in die Küche und sofort zu der Tür, die das Mittelschiff mit der Schule verband. »Wenn das Baladine ist, hat er möglicherweise draußen jemanden postiert, der alle aufhält, die aus dem Gebäude wollen. Wenn er's durch die Schule versucht, erhofft er sich wahrscheinlich einen Überraschungsangriff, aber es könnte auch eine Finte sein, um uns – mich – hinauszulocken.«

Da wir immer noch in der Dunkelheit standen, spürte ich das finstere Gesicht des Priesters eher als daß ich es sah. »Alte Kohlenschächte verbinden Kirche, Schule und Pfarrhaus über die Krypta. Ich halte sie verschlossen, damit die Kinder da unten keinen Unsinn treiben. Aber ich kann mich über den Keller von hinten an die Schule anschleichen. Ich finde mich im Dunkeln zurecht und Sie nicht, also bleiben Sie hier. Ich möchte keine Schießerei in der Kirche; tun Sie Ihr Bestes, wenn die es doch schaffen, hier reinzukommen. Ich rufe unterwegs die Polizei; hoffentlich ist die hier, bevor wir alle tot sind.«

Stillschweigend einigten wir uns darauf, Mr. Contreras schlafen zu lassen. Vater Lou ging den Flur zur Küche hinunter, und ich begab mich in die Kirche. Ich hatte keine Ahnung, wie spät es war, aber jedenfalls noch zu früh, als daß Helligkeit durch die schmutzigen Ostfenster der Kirche hereingedrungen wäre. Das einzige Licht stammte von der roten Altarlampe. Ich tastete mich zum Altarraum vor und versuchte mich an der Lampe und am Gebell von Mitch zu orientieren, das von der Tür zur Schule herüberkam.

Dann stieß ich gegen Peppy und hätte vor Schreck fast aufgeschrien. Sie wedelte mit dem Schwanz. Ich packte sie am Halsband und ließ mich von ihr führen. Als wir an den Altarstufen ankamen, konnte ich mich an dem Geländer zu dem erhöhten Podium hochtasten, von dem aus bei besonderen Anlässen die Predigt gehalten wurde.

Als wir Mitch schließlich erreichten, hatte er genug von seinen Angriffen auf die Tür und lag davor. Ich spürte, daß seine Haare gesträubt waren, als ich ihn berührte, und er zog den Kopf mit einem ungeduldigen Ruck weg. Die Tür war zu dick, als daß ich die Geräusche wahrgenommen hätte, die er von der anderen Seite hörte. Ich wartete ungefähr fünf Minuten lang, dann tastete ich mich wieder zum Altar zurück. Eine massive Skulptur aus Holz und Marmor erhob sich dahinter. Als ich mich zu ihrer Rückseite vorarbeitete, wo sich der Eingang zur Krpyta befand, verdeckte diese Skulptur den größten Teil des Lichts von der Altarlampe.

Die Tür zur Krypta war nicht verschlossen. Ich kletterte leise die schmale Wendeltreppe hinunter, Peppy auf unsicheren Sohlen hinter mir. Sie knurrte unglücklich vor sich hin, und ich hievte sie Stufe für Stufe zu mir herunter.

Unten war es so dunkel, daß ich keinerlei Möglichkeit zur Orientierung hatte. Ich schaltete kurz das Licht am Fuß der Wendeltreppe ein und sah die Schächte, die mir bei der morgendlichen Arbeit hier unten entgangen waren, einer an der Nordseite des Pfarrhauses und ein anderer, der zur Schule führte, gegenüber. Ich schaltete das Licht wieder aus und ging durch die südliche Tür in den Keller der Schule.

Ich packte Peppy am Halsband und ließ mich wieder von ihr führen, bis sie eine Treppe fand. Wir schlichen uns hinauf und verharrten nach jedem Schritt, um zu lauschen. Ich hörte das Brummen einer Maschine, aber keine Geräusche, die von Menschen stammten. Oben drückte ich eine Tür auf. Vater Lou hatte sie nicht verschlossen.

Jetzt waren wir in der Schulküche; das Licht von der Straße ließ mich große Herde und Kühlschränke erkennen. Ich ging durch eine Schwingtür in einen Flur, und plötzlich hörte ich Stimmen. Ich nahm Peppy wieder am Halsband, eher, um ihr zu verstehen zu geben, daß sie leise sein sollte, als zur Orientierung für mich, und bewegte mich auf das Geräusch zu. Vater Lou war auf der anderen Seite der Tür, die von der Schule in die Kirche führte.

»Wenn Sie geglaubt hätten, daß Ihr Sohn bei mir ist, hätten Sie an die Tür geklopft wie ein ehrlicher Mensch«, sagte Vater Lou gerade. »Sie sind dabei, in eine Schule einzubrechen. Ich habe ja keine Ahnung, welche Wertgegenstände Sie in einer armen Schule in einer Gegend wie dieser vermuten, aber jedenfalls habe ich Sie auf frischer Tat ertappt. Um den Rest werden sich die Leute von der Polizei kümmern.«

Baladine lachte. »Draußen vor Tür steht bereits ein Polizeibeamter. Wenn die anderen jemals hier aufkreuzen, sagt er ihnen, daß er die Situation im Griff hat. Ich kann mir vorstellen, daß die Leute hier in der Gegend sehr um Sie trauern würden, aber halten Sie es nicht auch für vernünftiger, mir aus dem Weg zu gehen, statt diese Warshawski und meinen langweiligen Sohn zu verteidigen und möglicherweise dabei zu sterben?«

Mir verkrampfte sich der Magen beim Klang seiner Stimme. Zuerst dachte ich, Baladine sei allein, und ich hätte fast einen Schuß riskiert, doch als sich meine Augen und meine Ohren allmählich an die gedämpfte Dunkelheit gewöhnten, merkte ich, daß er zwei Männer bei sich hatte. Ich konnte lediglich ihre Umrisse erkennen. Baladine stand hinter Vater Lou. Ich senkte die Waffe, weil ich einfach kein klares Ziel vor Augen hatte.

»Ich weiß, daß Sie das Schulgebäude von der Kirche aus betreten haben, Padre«, sagte Baladine mit seiner herablassenden Stimme, »weil mein Mann den Ausgang bewacht. Also seien Sie brav und lassen Sie uns in die Kirche, dann verspreche ich Ihnen, daß Sie am Morgen noch am Leben sein werden, um die Messe zu halten.«

»Wenn Jesus mich heute nacht zu sich rufen will, dann soll er mich haben«, sagte Vater Lou. »Und wenn nicht, ist das nicht Ihre Entscheidung, junger Mann.«

Baladine lachte. Er machte gerade eine besonders clevere Bemerkung, als ich ein noch schlimmeres Geräusch hörte als Baladines Stimme: einen gedämpften Wutausbruch von der anderen Seite der Tür. Ich verstand die Worte nicht, aber der Klang sagte mir, daß Mr. Contreras aufgewacht war. Er wollte wissen, was los war. Hatte Mitch irgend jemanden in die Enge getrieben? Schon machte er sich am Schloß zu schaffen.

In dem Augenblick, als alle durch Mr. Contreras abgelenkt waren, versetzte Vater Lou einem der Männer einen Faustschlag, der diesen zu Boden warf. Ich brüllte Mr. Contreras an, er solle von der Tür weggehen, und sprintete selbst den

Flur hinunter zur Kellertreppe. Auf dem Boden sah ich ein rotes Licht auf der Suche nach mir hin und her huschen. Einen wahnsinnigen Moment lang glaubte ich, das sei ein weiteres Altarlicht. Dann hörte ich einen Schuß. Baladine hatte also ein Nachtsichtgerät. Ich bekam es so sehr mit der Angst zu tun, daß ich durch die Schwingtür in die Küche stürzte, Peppy hinter mir her. Im Licht der Straßenlampe fand ich die Treppe und stolperte sie so schnell hinunter, daß ich über meine eigenen Füße fiel und schließlich ganz unten landete. Hinter mir hallte ein weiterer Schuß den Flur entlang. Ich betete, daß er weder Vater Lou noch Mr. Contreras getroffen hatte.

Peppy landete auf mir. Wir rappelten uns hoch und bewegten uns so schnell wie möglich in Richtung Krypta. Hinter mir hörte ich Türen schlagen, als meine Verfolger nach dem Weg suchten, den ich genommen hatte, und dann sah ich den Strahl einer Taschenlampe im Treppenhaus. Endlich hatte ich genug Licht, um zu erkennen, daß ich mich von der Tür zur Krypta wegbewegte. Ich korrigierte meinen Kurs, rief Peppy zu mir und schaffte es, zusammen mit ihr dahinter zu verschwinden. Ich schob gerade den Riegel vor, als ich einen weiteren Schuß hörte.

Meine Beine zitterten, als ich die Wendeltreppe wieder hinaufkletterte. In der Kirche über mir war es immer noch dunkel, doch als ich oben ankam, sah ich ein Licht über eins der Seitenschiffe wandern. Ich wartete hinter dem Altar und versuchte, mich an den Geräuschen zu orientieren, als ich Baladines Stimme hörte.

»Warshawski? Ich habe den Priester und den alten Mann. Kommen Sie raus. Ihr Leben für das der Männer.«

»Machen Sie's nicht, Schätzchen«, keuchte Mr. Contreras. »Machen Sie's nicht; holen Sie lieber Hilfe. Ich bin nicht so wichtig, ich bin nur ein alter Mann. Außerdem hätte ich bloß nicht die Tür aufmachen brauchen.«

Ich bewegte mich geduckt um den Altar herum und zu der alten Kanzel hinüber, auf die ich hinaufkletterte. Von dort aus sah ich, daß das Licht im Seitenschiff von einer Taschenlampe stammte. Das, was dahinter war, konnte ich nicht richtig erkennen, aber Vater Lou und Mr. Contreras schienen aneinander gefesselt zu sein. Einer von Baladines Leuten hatte eine Waffe auf sie gerichtet. Von Mitch war nichts zu sehen oder zu hören.

»Die Sache geht nur Sie und mich was an, Baladine«, rief ich. »Lassen Sie die Männer los. Wenn sie sicher im Pfarrhaus sind, komme ich raus.«

Der Strahl der Taschenlampe schwang in meine Richtung. Baladine konnte mich nicht sehen, richtete aber den Strahl auf den Altar.

»Machen Sie die Kirchentür auf«, sagte er schließlich zu einem seiner Männer. »Und holen Sie Lemour rein, damit der was für sein Geld tut. Der Priester hat Fergus k. o. geschlagen, und die Kirche hier ist zu groß für einen Mann. Versuchen Sie keine Mätzchen, Warshawski: Ich erschieße Ihre Freunde bei der ersten falschen Bewegung, die Sie machen.«

Der Mann, mit dem er gesprochen hatte, fummelte an dem schweren Schloß herum. Ich wußte nicht, was ich als nächstes tun sollte. Peppy jammerte von unten, und Baladine sagte mit verärgerter Stimme, er habe gedacht, sie hätten den verdammten Hund erschossen. Offenbar sah er Peppy nicht. Er selbst stand hinter einer Säule, sonst hätte ich einen Schuß auf ihn riskiert.

»Gibt's denn hier drin nirgends ein Licht?« Das war Lemours Stimme. »Wozu brauchen Sie mich, Boß? Soll ich diese verdammte Warshki für Sie finden? Machen Sie das Licht an, dann haben wir sie sofort. Drabek, gehen Sie nach hinten und suchen Sie nach dem Lichtschalter. Ich behalte den Altar im Auge.«

Während Lemour seine Anweisungen gab, schlüpfte ich aus der Kanzel. Ich war hinaufgeklettert, weil ich von dort aus jeden Angreifer niederstrecken konnte, aber dann war mir klar geworden, daß das ein ziemlich dummes Versteck war, denn während ich mich von dort oben verteidigte, würden sie alle meine Freunde erschießen, und irgendwann würden mir die Kugeln ausgehen, und ich würde ebenfalls das Zeitliche segnen. Ich ging auf Hände und Knie und kroch das Mittelschiff bis zu den ersten Kirchenbänken hinunter. Nachdem ich mich vergewissert hatte, daß meine Waffe gesichert war, steckte ich sie in eine Tasche meiner Jeans und bewegte mich auf dem Boden auf Baladine zu. Am liebsten wäre es mir natürlich gewesen, wenn Peppy bei der Kanzel geblieben wäre, doch sie folgte mir.

»Ich weiß, daß Sie da hinten sind, Warshawski, ich höre Sie. Ich zähle jetzt bis fünf. Wenn Sie dann nicht rauskommen, verpasse ich dem Alten eine Kugel.«

»Alles in Ordnung, Schätzchen, machen Sie sich wegen mir keine Sorgen, ich packe das schon. Aber bitte seien Sie mir nicht böse, daß ich den Kerl reingelassen habe. Sie wissen, daß es noch nie jemanden wie Sie in meinem Leben gegeben hat, in den ganzen neunundsiebzig Jahren, und ich möchte nicht, daß Sie sich erschießen lassen, bloß damit ich achtzig werde.«

Baladine wies ihn mit zorniger Stimme an, den Mund zu halten, aber der alte Mann war entweder so aufgeregt, daß er ihm überhaupt nicht mehr zuhörte, oder er gab mir bewußt Geräuschdeckung. Jetzt begann er, von unserer ersten Begegnung zu erzählen, damals habe ich ein rotes Top und eine abgeschnittene Jeans getragen und sei hinter einem Typ von der Straße her gewesen, einem richtig üblen Subjekt, aber lange nicht so schlimm wie dieses Schwein hier – Verzeihung wegen seiner Ausdrucksweise.

Baladine versetzte ihm einen Schlag, ich glaube, mit seiner Pistole. Als Mr. Contreras zu reden aufhörte, fing Vater Lou zu singen an, mit lauter, unmelodischer Stimme, etwas Lateinisches. Ich riskierte es, mich aufzurichten und auf Baladine zuzurennen. In der einen Hand hatte er die Taschenlampe, in der anderen die auf Mr. Contreras gerichtete Waffe. Baladine brüllte Vater Lou an, er solle sofort den Mund halten, sonst erschieße er ihn. Da erreichte ich ihn und schlug ihm von hinten mit aller Wucht auf den Kopf.

Er ließ die Taschenlampe fallen. Die Knie knickten unter ihm weg, und ich packte seinen rechten Arm mit aller Kraft. Als er sich aus meinem Griff befreite, ging die Waffe los. Ein Fenster zerbarst. Vater Lou kickte die Taschenlampe weg, und ich rang im Dunkeln weiter mit Baladine. Lemour brüllte den dritten Mann an, er solle endlich das Licht anmachen, denn wenn es erst einmal hell wäre, würde er dieser verdammten Warshki endlich zeigen, was Sache war.

Baladine versuchte, den Arm zu verdrehen, um auf mich schießen zu können, doch ich blieb hinter ihm und hielt seinen linken Arm so fest, daß er nur die Hand mit der Waffe bewegen konnte. Wenn er kämpfen wollte, mußte er die Waffe fallen lassen. Er holte mit der rechten Hand nach hinten aus. Ich preßte ihm das Knie in den Rücken und zog seine linke Schulter zu mir heran. Er ließ die Waffe fallen, die wieder losging, und zog mich seinerseits dicht an sich heran, um mich über seinen Kopf zu schleudern. Doch ich ließ nicht los, und so landeten wir beide auf dem Boden. Er rappelte sich schneller hoch als ich, setzte sich auf mich und legte beide Hände um meinen Hals. Ich ließ ein Knie in seinen Unterleib schnellen. Nun lockerte sich sein Griff so weit, daß ich wieder Luft bekam und einen Versuch unternehmen konnte, die Waffe aus der Jeans zu ziehen.

Da hörte ich in der Dunkelheit neben mir ein tiefes, zorniges Knurren und spürte einen schweren, weichen Körper, der sich gegen mich lehnte. Baladine stieß einen lauten Schrei aus und ließ meinen Hals los. Ich rollte von ihm weg und sprang auf die Füße. Dann trat ich heftig um mich, ohne ihn in der Dunkelheit zu sehen. Ich zielte hoch, um nicht den Hund zu treffen. Mein Fuß erwischte ihn, und Baladine fiel auf mich. Ich wich zurück, bereit, ihm einen neuerlichen Tritt zu versetzen, aber er bewegte sich nicht. Offenbar hatte ich ihn k. o. geschlagen. Ich kroch unter die Kirchenbank und holte die Taschenlampe.

Mitch lag über Baladines Beinen. Mitch, blutend, aber am Leben. Ich hatte keine Zeit zu überlegen, was passiert war, wo er Baladine gebissen hatte, denn ich mußte mich noch um Lemour und seinen Partner kümmern. Ich richtete den Strahl der Taschenlampe auf Vater Lou und Mr. Contreras. Die beiden waren immer noch aneinander gefesselt, doch ich konnte sie jetzt nicht befreien.

Vater Lou rief mir eine Warnung zu, denn Lemour hatte sich mittlerweile auf meiner Seite zu mir vorgearbeitet. Ich schleuderte ihm die Taschenlampe ins Gesicht und rannte zurück zum Altar.

Eine Kugel schlug in den Altar ein, und ich roch Rauch. Ich rannte hinter den Altar. Lemour feuerte noch einmal, diesmal direkt vor mir. Plötzlich erfüllte Licht den Raum, und ich war geblendet. Auch Lemour, der auf mich zugerannt kam, sah einen Moment lang nichts. Er stolperte über die offene Tür zur Krypta und fiel mit dem Kopf zuerst die Wendeltreppe hinunter. Glas splitterte, als er unten aufkam.

Ich wappnete mich gegen den Angriff des dritten Mannes, als ein Feuerwehrmann hinter dem Altar auftauchte. Im ersten Augenblick hatte ich das Gefühl zu halluzinieren und fürchtete schon, daß Baladine zusätzlich zur Polizei auch noch die Feuerwehr unter seine Kontrolle gebracht hatte. Ich hob die Waffe.

»Es besteht keine Notwendigkeit, auf mich zu schießen, junge Frau«, sagte der Mann. »Ich bin nur hier, um das Feuer zu löschen.«

47 Für die, die auch dienen

»Die Schüsse haben mich geweckt, und ich hab' gesehen, daß die Tür zur Kirche offen war, also hab' ich mich hineingeschlichen. Ich habe alles gehört, wußte aber nicht, was ich tun sollte, weil BB gesagt hat, er hätte einen Polizisten draußen stehen. Dann hab' ich mir gedacht, nun, wenn die Kirche brennt, kommt sicher die Feuerwehr, also habe ich in der Küche eine Zeitung angezündet und die Feuerwehr gerufen. Aber dann hab' ich es mit der Angst zu tun bekommen, daß ich wirklich die Kirche abbrenne. Wird Mitch sich wieder erholen? Was hat denn der Tierarzt gesagt?«

Wir saßen in der Pfarrhausküche und tranken Kräutertee, während Vater Lou und ich versuchten, das triefende Chaos zu beseitigen, das die Leute von der Feuerwehr hinterlassen hatten.

»Robbie, du bist ein Held. Das war eine geniale Idee, aber das nächste Mal brauchst du die Küche nicht wirklich in Brand zu setzen. Von der Stadt aus können sie nicht beurteilen, ob es hier tatsächlich brennt oder nicht.« Ich lachte müde. »Mitch kommt wieder in Ordnung. Der Tierarzt hat gesagt, daß die Kugel in seine Schulter eingedrungen ist, nicht ins Herz, und obwohl er eine Menge Blut verloren hat, wird er's schaffen.«

Peppy war ebenfalls beim Tierarzt geblieben, um ihrem Sohn als Blutspenderin zu helfen. Nachdem die Leute von der Feuerwehr den Brand in der Küche gelöscht hatten, hatten sie einen Notarzt für die Verletzten gerufen. Mr. Contreras und Baladine waren ins County Hospital gebracht worden, obwohl Mr. Contreras protestiert hatte, daß es sich lediglich um eine kleine Kopfverletzung handle; in Anzio habe er Schlimmeres überlebt.

Detective Lemour lag in der Leichenhalle. Er hatte sich das Genick gebrochen, als er auf dem Reliquienschrein am unteren Ende der Wendeltreppe gelandet war. Die beiden anderen Männer von Carnifice waren von der Polizei mitgenommen worden, die die Leute von der Feuerwehr gerufen hatten. Einer der Polizeibeamten hatte erst sechs Jahre zuvor die Schule von St. Remigio abgeschlossen. Er war entsetzt, als er seinen ehemaligen Lehrer und Priester in Handschellen sah und hörte sich gern Vater Lous Version der Ereignisse an: daß Baladine zusammen mit zwei Männern eingebrochen und Lemour bei dem Versuch gestorben sei, den Priester zu retten.

»Das erspart uns Probleme«, sagte er, als die Polizisten weg waren. »Die Leute von der Polizei haben immer Mühe zu glauben, daß einer der ihren was auf dem Kerbholz hat. Falls Baladine der Geschichte widerspricht, wenn er wieder bei Bewußtsein ist, wird er eine Menge erklären müssen, zum Beispiel, warum er Lemour überhaupt bei sich hatte.«

Die Leute von der Feuerwehr halfen mir, Mitch zu ihrem Wagen zu bringen. Sie chauffierten Peppy und mich zum Tierarzt und blieben sogar bei mir, um mich eine Stunde später zur Kirche zurückzubringen.

»Sechs Uhr«, verkündete Vater Lou nun. »Messe. Wollen Sie ministrieren, junge Frau?«

Ich wollte ihn gerade wieder daran erinnern, daß ich nicht getauft war, doch dann sah ich seinen entschlossenen Blick und schwieg. Ich folgte ihm den Flur entlang zur Kirche, Robbie im Schlepptau. Im Seitenschiff befanden sich Glasscherben, und ein Stück vom Arm der heiligen Veronika fehlte am Hochaltar, aber ansonsten wirkte die Kirche bei Tageslicht erstaunlich ruhig und friedlich.

Ich ging zusammen mit Vater Lou in die Sakristei und sah ihm dabei zu, wie er seine Robe anlegte. Er erklärte mir, welche Gefäße ich bringen und daß ich ansonsten einfach tun solle, was er sage, dann würde schon alles gutgehen. Ich folgte ihm zur Lady Chapel, wo bereits ein halbes Dutzend Frauen wartete, Lehrerinnen, die am ersten Schultag die Messe besuchten.

Vater Lou verneigte sich vor dem Altar und wandte sich den Frauen zu. »Und ich freute mich, als sie zu mir sagten: Laß uns ins Haus des Herrn gehen.«

48 Pressekonferenz

»Dieses Foto ist eine Vergrößerung einer Prellung an meinem Unterleib. Ein Gerichtsmediziner sagt, er kann Größe und Art des Stiefels bestimmen, der sie verursacht hat. Es wird eine Gerichtsverhandlung geben, weil ich vorhabe, die Person, die mir den Tritt versetzt hat, zu verklagen. Und ich werde den Mann vor Gericht identifizieren, so daß es egal ist, ob er den Stiefel jetzt verbrennt oder gründlich säubert. Wichtig ist nur, daß ich am Leben bin und diese Identifizierung vornehmen kann.«

Die elf Leute, die von ihren Zeitungen und Fernsehsendern zur Schule von St. Remigio geschickt worden waren, sahen einander ungläubig an, als wollten sie sagen: Und deswegen hat sie uns hier raus bestellt? Ich lächelte sie an, freundlich, wie ich hoffte. Als sie die Schulbibliothek betreten hatten, in der Morrell Projektor und Leinwand für mich aufgebaut hatte, waren sie mit allen möglichen Fragen auf mich zugekommen, zum Beispiel, was ich über Baladines Verletzungen wisse, oder wo ich mich seit meiner Zeit in Coolis aufgehalten habe. Ich hatte ihnen versprochen, daß sie mich fragen konnten, was sie wollten, sobald ich meine Präsentation hinter mir hätte.

Murray Ryerson, der gleichzeitig angriffslustig und verlegen wirkte, war der einzige, der sich ein wenig abseits von den anderen Presseleuten hielt. Er erklärte mir, er habe genau gewußt, daß ich nicht tot sein könne, verzog sich dann in eine Ecke und studierte besonders auffällig seine eigene Zeitung, als ich zu sprechen anfing.

Am hinteren Ende des Raumes saß Vater Lou mit zwei kräftig gebauten Männern, die der Priester schlicht als Gemeindemitglieder vorstellte, welche da seien, um Hilfe zu leisten, wenn sich die Notwendigkeit dazu ergeben sollte. Ebenfalls hinten saßen Mr. Contreras mit Mitch und Peppy, Lotty und Max und Sal. Mr. Contreras und Mitch schienen die Nacht in der Kirche ganz gut verkraftet zu haben, auch wenn Mitch einen großen Verband um Bauch und Schulter trug. Er hechelte alle freundlich an, die ihn streicheln wollten. Morrell stand ein wenig seitlich und bediente den Projektor.

Eine Woche war seit Baladines Angriff auf die Kirche vergangen. Wir hatten beschlossen, bei unserem ursprünglichen Plan zu bleiben und die Präsentation zu veranstalten, weil es einfach zu viele offene Fragen gab. Baladine würde sich bald wieder erholen, und er hatte bereits angedeutet, daß er nur in die Schule eingedrungen sei und den Priester angegriffen habe, um seinen Sohn zurückzubekommen. Deshalb wollte ich, daß meine Version der Dinge so vielen Menschen wie möglich bekannt war.

»Ich beginne mit diesem Bild hier, weil es auf merkwürdige Weise den schwierigen Fall zusammenfaßt, in den Global Entertainment, Carnifice Security und die Landespolitik von Illinois im allgemeinen verwickelt sind. Ich bin am Leben und kann mit Ihnen reden, doch für eine andere junge Frau, die ganz ähnliche Verletzungen erlitten hatte wie ich, ist es nicht so gut ausgegangen. Nicola Aguinaldo ist in den frühen Morgenstunden des siebzehnten Juni an einem Darmriß gestorben. Ihre Leiche ist aus der Gerichtsmedizin verschwunden, bevor eine Obduktion durchgeführt werden konnte.«

Wir hatten ein Dia von einer lächelnden Nicola von dem

Videoausschnitt gefertigt, in dem sie mit Robbie sprach. Ich erklärte den Anwesenden, wer sie war, wie sie im Gefängnis gelandet war, und wie ich sie schließlich gefunden hatte.

»Ich glaube nicht, daß wir je erfahren werden, was aus ihrer Leiche geworden ist, denn ihre trauernde Mutter hatte leider keine Gelegenheit, sie zu begraben. Aber ich vermute, daß jemand in der Leichenhalle, der Jean-Claude Poilevy noch einen Gefallen schuldete, sie auf Poilevys Anweisung hin beseitigt hat, damit niemand nachweisen konnte, was für eine Art Stiefel für Nicola Aguinaldos Unterleibsverletzungen verantwortlich war.«

Ich nickte Morrell zu, der das Dia mit Hartigan und dem Elektroschocker an die Wand warf. Die Zuschauer schnappten vor Entsetzen nach Luft.

»Er war knapp einsneunzig groß und vielleicht hundert oder hundertzehn Kilo schwer. Sie hingegen war gerade mal einsfünfzig groß und brachte ungefähr fünfundvierzig Kilo auf die Waage. Große Chancen hatte sie nicht gegen ihn. Ich habe dieses Foto ein paar Sekunden, nachdem ich von einem Elektroschocker getroffen worden war, mit einer versteckten Kamera gemacht, unmittelbar bevor ich durch einen schweren Tritt das Bewußtsein verlor.« Ich hielt die rechte Hand hoch, die wieder geschient war, weil ich mir die Finger im Kampf mit Baladine erneut verletzt hatte. »Ich habe mir zwei Finger und fünf kleine Knochen im Handrücken bei dem Versuch, meinen Kopf zu schützen, gebrochen.«

Trotz des neuerlichen entsetzten Nach-Luft-Schnappens fuhr ich mit neutraler Stimme mit meiner Präsentation fort. Anders hätte ich das nicht durchgestanden. Ich beschrieb die Einzelheiten von Nicolas Tod, was die Frauen in Coolis mir über Nicolas Trauer und Verzweiflung gesagt hatten und wie sie den Aufseher angegriffen hatte, weil er ihr nicht erlaubte, bei der Beisetzung des Babys dabeizusein.

Morrell schob ein weiteres Dia in den Projektor, auf dem sich ein roter Pfeil und darunter der Text »Reine Spekulation!« befanden. Wir hatten beschlossen, unsere Mutmaßungen auf diese Weise von den Fakten zu unterscheiden. Ich erklärte den Anwesenden, daß Nicola meiner Meinung nach auf die gleiche Art auf den Straßen von Chicago gelandet war wie ich.

»Ich fühle mich in meiner Vermutung bestätigt, weil die Aufseher mir das T-Shirt aus- und ein anderes angezogen haben, bevor sie mich aus Coolis herausbrachten. Ich hatte eine Gehirnerschütterung, war gefesselt, litt unter hohem Fieber und konnte mich nicht wehren; sie haben mir das T-Shirt vom Leib gerissen und mir ein anderes übergestreift, damit man die Brandmale des Elektroschockers, die sich auf dem alten befanden, nicht sah.« Ich nahm einen Schluck Wasser und erinnerte mich wieder daran, wie Polsen die verbrannte Haut auf meiner Brust berührt hatte. »Sie haben darüber gesprochen, daß sie nicht noch einmal den gleichen Fehler machen wollten wie beim letztenmal, als sie dem Opfer erst in Chicago ein neues T-Shirt anzogen. Es steht also fest, daß sie das nicht zum erstenmal getan hatten. Vermutung ist lediglich, daß Nicola Aguinaldo die betreffende Person war.

Ich werde Ihnen jetzt noch ein paar meiner Mutmaßungen vorstellen, die ich für sehr interessant halte: Das T-Shirt, das sie Nicola Aguinaldo angezogen haben, hatte Lucian Frenada gefertigt. Sie erinnern sich vielleicht noch an Mr. Frenadas Namen: Seine Leiche wurde unmittelbar vor dem Vierten Juli im Lake Michigan gefunden. Es ist allgemein bekannt, daß Frenada ein Jugendfreund von Lacey Dowell war, weil Global diese Information zwei Monate lang im Fernsehen und im *Herald-Star* platt gewalzt hat. Die beiden sind zusammen aufgewachsen und haben sogar dieselbe Schule besucht, diese hier, St. Remigio.« Ich warf Murray einen Blick zu. Er sah zu Boden.

Beth Blacksin von Channel 8 unterbrach mich mit einer Frage zu Lacey, und mehrere andere Journalisten taten es ihr gleich. Ich schenkte ihnen keine Beachtung und erklärte ihnen statt dessen, wie Frenada zu Lacey gegangen war und sie gebeten hatte, sich dafür einzusetzen, daß ihm die Herstellung einiger Merchandising-Produkte für Global Entertainment übertragen wurde.

»In der Filmbranche wird das Geld nicht nur durch den Film auf der Leinwand verdient. Wenn Ihr Kind unbedingt das T-Shirt mit dem Captain-Doberman-Aufdruck oder die Space-Berets-Figuren möchte, klingelt bei Global die Kasse. Die Mad-Virgin-T-Shirts sind besonders beliebt bei den Teenagern, und Jeansjacken gehören ebenfalls zu den Bestsellern in der Virginwear-Linie von Global.

Als Nicola Aguinaldos Leiche gefunden wurde, trug sie eins der T-Shirts, die Lucian Frenada zur Demonstration für Teddy Trant bei Global hergestellt hatte. Sie erinnern sich wahrscheinlich alle noch an die Party im Golden Glow im Juni, als Frenada mit Lacey gesprochen hat und sie ihn rauswerfen ließ. Da wollte er wissen, warum Trant eins seiner T-Shirts gestohlen hatte. Global wollte nicht mit ihm zusammenarbeiten, doch Frenada hatte den Verdacht, Trant würde seine Vorlage kopieren. Natürlich dachten alle, daß Frenada nur alle Taktiken durchprobierte, um Lacey dazu zu bringen, daß sie sich bei Global für ihn einsetzte: Warum sollte der Leiter eines Fernsehsenders, der jederzeit ein solches Mad-Virgin-T-Shirt bekommen konnte, sich die Mühe machen, einem Kleinunternehmer in Humboldt Park ein solches Shirt zu stehlen?

Aber ich glaube, daß Trant genau das getan hat. Er war Dienstag nacht, also unmittelbar vor Nicolas Tod, in Frenadas Fabrik. Das ist eine erwiesene Tatsache. Meine nächste Äußerung hingegen ist wieder reine Mutmaßung: Meiner Ansicht nach hat Trant eines von Frenadas T-Shirts gestohlen und es Nicola angezogen, so daß ein eventueller Verdacht von Coolis und Global abgelenkt und auf einen Unbeteiligten gerichtet würde.«

Inzwischen herrschte ziemliche Unruhe in dem Raum. Ich wiederholte meine Ausführungen. Als sich alle ein bißchen beruhigt hatten, wandte ich mich erneut dem Thema Baladine zu und warum er so wütend auf mich war. Ich erzählte, wie Global anfangs versucht hatte, mich mit einem Auftrag zu ködern, damit ich Frenada etwas anhängte, wie Baladine schließlich, als ich sein Angebot ausgeschlagen hatte, begann, mir die Hölle heiß zu machen, und wie er schließlich noch Kokain in meinem Büro hatte verstecken lassen.

Jetzt zeigte ich das Video, das ich in meinem Büro gemacht

hatte. Die anwesenden Journalisten hatten nun so viele Fragen, daß ich es dreimal abspielen mußte, bevor ich weitermachen konnte.

»Ich weiß nicht, ob Baladine mich umbringen oder mich nur in Mißkredit bringen wollte...«, fing ich an, als Murray sich völlig unerwartet vom hinteren Ende des Raumes zu Wort meldete.

»Er hat sich's anders überlegt. Wahrscheinlich hätte er sowieso niemandem sagen können, daß er dich am liebsten umbringen würde, aber als ein paar von uns beim *Star* von deiner Verwicklung in den Fall Wind gekriegt haben, haben wir es so klar gemacht, wie wir konnten, daß wenn irgendwas... nun... daß es dann eine ganze Menge Leute in Chicago interessieren würde, warum dir... äh... etwas zugestoßen ist. Außerdem hatte ich den Eindruck, daß jemand in der Chefetage von Global sich für dich eingesetzt hat, obwohl Al – mein Kontaktmann – mir nie verraten hat, wer dieser Jemand war. Jedenfalls habe ich das Gefühl... ich war in die Diskussionen über dich nicht verwickelt..., daß Baladine der Meinung war, es wäre das beste, dich in Mißkredit zu bringen. Von den Drogen habe ich nichts gewußt. Und ich war genauso erstaunt wie alle anderen Anwesenden hier, als man dich plötzlich wegen Entführung festgenommen hat. Und warum um Himmels willen hast du nicht einfach die Kaution hinterlegen lassen...?« Er schwieg. »Wahrscheinlich wolltest du wieder mal beweisen, daß du einfach unschlagbar bist.«

Ich wurde rot, fuhr aber mit meiner Präsentation fort. »Was Frenada anbelangt: Den wollten sie meiner Meinung nach ein für allemal beseitigen, weil er sich mittlerweile bei zu vielen Leuten darüber beschwert hatte, daß Trant sich eins seiner Virginwear-Shirts unter den Nagel gerissen hatte. Sie waren der Ansicht, daß sie ihn mit Drogen in Verruf bringen konnten, also haben sie Kokain in seiner Fabrik versteckt und gefälschte Daten über ihn ins Internet gestellt, um zu beweisen, daß er ein großer Dealer ist. Ich fürchte, daß eine Äußerung von mir ihn schließlich dazu getrieben hat, am Abend des sechsundzwanzigsten Juni nach Oak Brook hinauszufahren und Baladine und Trant zur Rede zu stellen.«

Jetzt zeigte Morrell die Aufnahmen von Frenada mit Baladine und Trant an Baladines Pool. Er hielt den Film an der entsprechenden Stelle an, damit auch alle das darauf vermerkte Datum sahen.

»Dieser Film beweist natürlich nicht, daß Baladine und Trant Frenada umgebracht haben, aber zumindest zeigt er, daß die drei Männer sich am Abend vor Frenadas Tod gesehen haben. Lucian Frenada hatte mir gesagt, daß er nicht mit Globals gegenwärtigem Lieferanten konkurrieren könne, weil seine Lohnkosten zu hoch seien. Außerdem hatte er andere Unkosten, die in einer Gefängnisfabrik einfach nicht anfallen. Der Staat Illinois gibt das Geld für die Maschinen, die Global benutzt. Der Staat Illinois zahlt außerdem die Miete für die Global-Fabrik, das Gefängnis. Niedrigere Produktionskosten sind einfach nicht möglich, auch wenn man die Herstellung nach Burma verlegt. Und obendrein hat man Arbeiter, die nie streiken können, sich nie über die Arbeitsbedingungen beschweren und auch keine Gewerkschaften benachrichtigen. Dies ist ein wunderbarer Modellfall in unseren Tagen der globalen Wirtschaft.«

Wieder wurden mir zahlreiche Fragen gestellt, diesmal über die Fabrik von Global und Carnifice. »Sie haben mir jetzt schon ziemlich lange geduldig zugehört«, sagte ich schließlich. »Es gibt nur noch ein paar Dinge, die ich Ihnen mitteilen möchte. Den ganzen Sommer habe ich, während Baladine und Trant versuchten, mich in die Enge zu treiben, überlegt, warum es den beiden so wichtig war, jemanden zu finden, dem sie die Schuld für Nicola Aguinaldos Tod aufhalsen konnten. Letztlich machten sie sich keine Gedanken über sie, sondern nur über den Fortbestand ihres kleinen Unternehmens. Die Sache war nun schon seit mehreren Jahren glattgelaufen, ohne daß irgend jemand Fragen gestellt hätte; da wollten sie natürlich nicht, daß jemand von außen die Sache gefährdete.

Vielleicht fragen Sie sich nun, wie sie die Angelegenheit so lange am Laufen halten konnten, ohne daß irgend jemandem etwas auffiel. Nun, das liegt daran, daß sie zum einen gute Verbindungen zum Speaker des Illinois House hatten, der sowohl inner- als auch außerhalb von Springfield ziemlich einflußreich ist.

Zum anderen nehmen wir alle an, daß das, was hinter Gittern vor sich geht, dazu dient, uns gesetzestreue Bürger zu schützen – Verzeihung, ich meine natürlich *Sie* gesetzestreue Bürger, denn ich bin ja nur auf Kaution auf freiem Fuß.« Die Anwesenden lachten lauter über meinen kleinen Scherz, als es eigentlich nötig gewesen wäre, weil sie einfach ein bißchen Distanz zu den schrecklichen Dingen gewinnen mußten, von denen sie soeben gehört hatten.

»Manches von dem, was dort passiert, mag ziemlich übel sein, aber letztlich stimmt das, was die Aufseher mir und meinen Mitinsassinnen mehr als nur einmal gesagt haben, zum Beispiel als eine Frau keine richtige medizinische Versorgung bekam, nachdem sie sich den Arm in der Küche verbrannt hatte.« Ich nickte, und Morrell zeigte ein Dia des verbrannten Armes. »Man komme nicht nach Coolis, um Ferien zu machen. Wir gesetzestreuen Bürger wollen nicht unbedingt die Rehabilitierung, aber auf jeden Fall die Bestrafung von Gefangenen. Und diese Bestrafung bekommen sie in ausreichendem Maß, das können Sie mir glauben.«

Ich schloß meine Präsentation mit den Dias, die ich von Aufseher Polsens Belästigungen im Waschraum gemacht hatte. Nun war es mucksmäuschenstill in der Bibliothek; ich hörte nur noch das Winseln von Peppy, die unbedingt zu mir wollte.

»Solche Dinge sind dort an der Tagesordnung. Ich habe das persönlich miterlebt und bin auf ganz ähnliche Weise gedemütigt worden. Frauen haben keine Möglichkeit, sich gegen solche Belästigungen zu wehren, und das Gesetz von Illinois sieht letztlich nicht vor, Aufseher, die ihre Macht mißbrauchen, zu entfernen oder sie ernsthaft zu bestrafen. Es kann bis zu einem Jahr dauern, bis eine Frau, die wegen Vergewaltigung oder körperlicher Mißhandlung Beschwerde eingereicht hat, vor Gericht angehört wird. Und während dieses Jahres landet sie möglicherweise in Einzelhaft. Dort kann sie wiederholt mißhandelt werden. Und wenn ihre Beschwerde abgewiesen wird, können die Aufseher alles mit ihr machen, was sie wollen. So sieht der Alltag in Coolis aus.

Soweit ich weiß, hat Robert Baladine eine E-Mail verschickt, in der er seinen Rücktritt ankündigt. Ich weiß nicht, ob das der Wahrheit entspricht oder nicht, aber selbst wenn Lucian Frenada nicht – wie ich vermute – umgebracht wurde, um die Herstellung von Virginwear für Global in Coolis zu verschleiern, sollte Baladine meiner Meinung nach zurücktreten, und zwar weil die Häftlinge in einem Gefängnis, das sein Unternehmen gebaut hat und immer noch für den Staat Illinois leitet, permanent gedemütigt werden.«

Jetzt hatte ich doch noch die Fassung verloren. Ich setzte mich zitternd und mit klappernden Zähnen. Morrell trat zu mir, um mir eine Jacke um die Schultern zu legen. Murray war zusammen mit den anderen Anwesenden auf mich zugekommen, doch als er Morrell hinter mir stehen sah, machte er auf dem Absatz kehrt und ging.

Lotty, Max, Sal und Mr. Contreras applaudierten heftig, und endlich ließ Mr. Contreras Peppy los, so daß sie zu mir konnte. Ich vergrub die Hände dankbar in ihrem hellen Fell und versuchte mich so weit zu beruhigen, daß ich Fragen beantworten konnte.

Abgesehen von den sexuellen Dingen, die im Gefängnis abliefen, interessierte die Reporter hauptsächlich, wie Baladine sich die Verletzung zugezogen hatte.

»Er sagt, er mußte in die Kirche einbrechen, um seinen Sohn wiederzubekommen. Soweit ich weiß, hat Vater Lou unter Eid ausgesagt, daß Baladine ihn nie gebeten hat, ihm seinen Sohn zurückzugeben. Robbie kam nur ein paar Stunden früher als sein Vater in die Kirche, der ja auch anrufen oder an der Tür hätte klingeln können, wie es die meisten anderen Menschen gemacht hätten. Aber offenbar hat jemand, der meine Wohnung beschattete, den Jungen gesehen, ihn hierher verfolgt und dann Baladine angerufen, um weitere Anweisungen entgegenzunehmen. Baladine hat daraufhin beschlossen, sich seinem Sohn auf höchst unübliche Weise zu nähern, was unter anderem zum Tod eines Polizeibeamten geführt hat.«

Einer der Männer von Carnifice, der in der vergangenen Woche in der Kirche mit von der Partie gewesen war, hatte einen Handel mit der Staatsanwaltschaft abgeschlossen. Niemand in der Staatsanwaltschaft schien sich große Gedanken über Lucian Frenada oder Nicola Aguinaldo – oder auch mich – zu machen. Aber Vater Lou war in der Gegend eine Berühmtheit. Seit vierzig Jahren kannte ihn jeder Polizist, der jemals geboxt hatte. Ein Angriff auf ihn, und noch dazu in seiner eigenen Kirche, war schlimmer als Blasphemie. Als der Typ, den Vater Lou k. o. geschlagen hatte, merkte, daß seine Kollegen sich keineswegs für seine Leiden, sondern vielmehr dafür interessierten, welchen Schlag der Priester eingesetzt hatte, hatte er sich gegen seinen Chef und seinen Partner gewendet und den Beamten gesagt, wie er das Gebäude beobachtet, Robbie zu Fuß eintreffen gesehen und schließlich Baladine angerufen hatte, um genauere Instruktionen einzuholen.

»Ist der tote Beamte nicht derselbe, den wir bei der Durchsuchung Ihres Büros gesehen haben?«

Ich lächelte. »Da müssen Sie die Leute im Revier fragen. Ich habe den Mann, der in St. Remigio gestorben ist, überhaupt nicht gesehen: Die ganze Sache hat sich im Dunkeln abgespielt.«

»Und was ist mit Baladine?« fragte Beth Blacksin von Channel 8. »Ich habe gehört, daß er sich eine Tetanusspritze hat geben lassen müssen, weil Ihr Hund ihn gebissen hat. Will er Sie verklagen?«

»Da haben Sie etwas mißverstanden«, sagte ich. »Ich lasse meinen Hund Mitch gegen Tollwut impfen für den Fall, daß er sich bei Baladine angesteckt hat. Nein, im Ernst: Er hat auf den Hund geschossen, weil dieser ihn daran hindern wollte, Vater Lou und meinen alten Freund und Nachbarn Salvatore Contreras aneinanderzufesseln. Und er dachte, er hätte ihn getötet. Als Baladine dann versucht hat, mich zu erwürgen, hat Mitch sich mit letzter Kraft noch einmal hochgerappelt und die Zähne in Baladines Hinterteil geschlagen. Falls Baladine tatsächlich beschließt, mich zu verklagen, freut sich mein Anwalt schon auf das Kreuzverhör mit ihm, aber darüber sprechen wir, wenn's soweit ist.«

Dann erhob sich Regine Mauger, die Klatschkolumnistin des *Herald-Star,* um mich zu fragen, mit welchem Recht ich die Familie Trant diffamiere. Schließlich sei Abigail Trant eine liebenswürdige Frau, die sich sehr für bedürftige Chicagoer Bürger einsetze, und ich solle mich schämen, ihren Mann auf diese Weise anzugreifen.

Ich sagte ihr nicht, daß ich Abigail Trant am Tag nach dem Kampf in der Kirche angerufen hatte. Aufgrund ihrer Bemühungen, mir zu helfen, verdiente sie es, als erste zu erfahren, was ich über ihren Mann sagen würde. Sie hatte mich lediglich gefragt, ob ich mir sicher sei. Und ich hatte ihr geantwortet, nicht in jeder Hinsicht, aber es stehe fest, daß Trant in der Nacht, in der Frenada gestorben war, mit Baladine und Frenada zusammengewesen sei. Und ich könne auch mit Sicherheit sagen, daß Global einen Teil seiner Merchandising-Produkte in Coolis herstellen lasse.

Sie hatte nichts erwidert, besuchte mich aber zwei Tage später – wieder ohne Vorankündigung – und stellte den Geländewagen draußen auf der Racine Avenue in zweiter Reihe ab. Sie war so perfekt wie immer, doch sie wirkte angespannt.

»Rhiannon und ich haben uns diesen Sommer in Frankreich verliebt. Ich fahre mit ihr nach Toulouse. Ich habe dort eine wunderbare Schule gefunden, die sie besuchen kann. Ich weiß nicht, was Teddy machen wird, weil ich keine Ahnung habe, was die Leute von Global unternehmen werden, wenn sie von Ihrem Bericht hören.«

Nach kurzem Zögern fügte sie hinzu: »Ich möchte Ihnen keine Vorwürfe für … für das Scheitern meiner Ehe machen. Vermutlich wird irgendwann die Zeit kommen, in der ich dankbar dafür sein kann, daß mir die Augen geöffnet wurden, aber im Moment kann ich nicht viel mehr als Schmerz empfinden. Sie sollten noch etwas wissen: Teddy ist an dem Abend von Globals Fernsehstart heimgekommen, und ich habe gesehen, daß das Emblem an einem seiner Ferragamo-Schuhe fehlte. Vielleicht habe ich falsch reagiert, aber an dem Tag, an dem sie mich nach dem Emblem gefragt haben, habe ich die Schuhe sofort weggeworfen.«

Dann ging sie. Ich hatte nicht den Eindruck, daß Regine Mauger irgend etwas von dem, was Abigail Trant mit mir besprochen hatte, anging.

Doch sie und ein paar von den anderen ließen mir keine Ruhe. Schließlich trat Lotty vor und erklärte in ihrer Eigenschaft als meine Ärztin, ich brauche jetzt Ruhe. Ich sei immer noch dabei, mich von meinen schweren Verletzungen zu erholen, falls die Anwesenden das schon vergessen hätten. Die Journalisten wirkten angemessen zerknirscht und packten ihre Kassettenrecorder und anderen Sachen zusammen. Morrell gab allen eine Kopie der Videokassette und der Dias. Die beiden Männer, die Vater Lou begleitet hatten, erhoben sich brummend und machten sich daran, die Reporter aus dem Gebäude zu eskortieren.

»Und was machen wir jetzt?« fragte Sal, als alle draußen waren.

»Tja...« Ich zuckte mit den Achseln. »Jetzt werde ich wohl versuchen, meine berufliche Reputation wieder zusammenzuflicken. Ich hoffe nur, daß genug Leute meine Version der Geschichte glauben und sich die Verhältnisse in Coolis ändern, auch wenn vielleicht nie jemand für den Mord an Nicola Aguinaldo verantwortlich gemacht wird.«

»Und was wird Robbie tun?« fragte Sal.

Ich grinste. »Eleanor ist am Mittwoch nachmittag gekommen, um ihn abzuholen. Der Kleine ist in die Kirche gelaufen und hat gebrüllt, daß er dort Zuflucht sucht, daß er sich an den Altar kettet und einen Hungerstreik anfängt. Eigentlich hätte sie das freuen sollen, aber es hat sie nur noch wütender gemacht. Schließlich hat sie sich mit Vater Lou geeinigt, daß Robbie hier wohnen und die Schule von St. Remigio besuchen kann. Vater Lou hat gesagt, daß er gegen eine Einzahlung in die Stipendienkasse der Schule sowie eine Entschädigung für den kaputten Altar bereit sei, die Anzeige gegen Baladine wegen Hausfriedensbruchs zurückzuziehen.«

Vater Lou dabei zuzusehen, wie er Eleanor Baladine ganz abgebrüht eine Fünfzigtausend-Dollar-Spende entlockte, war einer der wenigen vergnüglichen Momente der letzten Monate für mich gewesen. Sie war zusammen mit ihrem Anwalt bei ihm aufgetaucht, überzeugt davon, daß es ihr gelingen würde, den Priester mit der Androhung weiterer Anzeigen unter Druck zu setzen. Doch am Ende hatte sie ohne ihren Sohn gehen müssen und es Vater Lou sogar noch schriftlich gegeben, daß sie Robbie in der neuen Schule finanziell unterstützen würde. Am allerschlimmsten für sie dürfte jedoch gewesen sein, als Vater Lou ihr erklärte, das Boxen werde Robbie zu einem richtigen Mann machen, und er, Vater Lou, werde sich persönlich um das Training ihres Sohnes kümmern.

»Das Komische ist, daß Robbie das Boxen tatsächlich lernen möchte«, sagte ich zu Sal. »Der Junge, der es nicht geschafft hat, Tennis zu spielen oder zu schwimmen, um seinen Eltern einen Gefallen zu tun, macht jetzt jeden Morgen nach der Messe Sprinttraining.«

Ich selbst war natürlich wieder in meine Wohnung zurückgekehrt, aber aus Gründen, die mir selbst nicht so klar waren, stand ich nun jeden Tag früh auf und fuhr zur Sechs-Uhr-Messe in die Kirche St. Remigio, wo Robbie oder einer der anderen Boxer aus der Gemeinde ministrierte. Vater Lou erklärte mir mürrisch wie immer, ich könne weiter die Lesung halten, solange ich regelmäßig komme. Während ich mich in jener Woche durch das Buch Hiob arbeitete, mußte ich immer wieder an die Frauen in Coolis denken. Hatte Gott – immer vorausgesetzt, es gab überhaupt einen Gott – diese Frauen an Satan ausgeliefert? Und würde er sie irgendwann von ihm erlösen?

49 Narben

Meine Rechtfertigung durch die Chicagoer Presse führte zu einem kleinen Wunder. Kunden, die zu Carnifice abgewandert waren, riefen mich nun an und erklärten mir, sie hätten nie an meinen Fähigkeiten gezweifelt. Sobald ich wieder voll einsatzbereit wäre, würden sie mir Aufträge geben. Alte Freunde von der Chicagoer Polizei meldeten sich ebenfalls bei mir, um mich zu fragen, warum ich ihnen nichts von der Sache mit Douglas Lemour erzählt hatte; sie hätten das Problem doch für mich erledigt. Ich erwähnte lieber nichts von all den anderen Malen, die sie mir gesagt hatten, ich solle mich um meine eigenen Angelegenheiten kümmern und ihnen die Polizeiarbeit überlassen. Eines Morgens tauchte Mary Louise Neely reumütig bei mir auf.

»Vic, ich könnte es dir nicht verdenken, wenn du mir nie wieder vertrauen würdest, aber sie haben mich damals angerufen und mich und die Kinder bedroht. Der Mann am Telefon wußte Emilys genaue Adresse in Frankreich und konnte mir sogar sagen, was sie am Abend zuvor gegessen hatte. Ich hatte schreckliche Angst und fühlte mich in die Enge getrieben – ich konnte die Jungs nicht zu ihrem Vater zurückschicken, und was ich sonst hätte tun können, wußte ich nicht. Ich dachte, wenn ich dir das erzähle, machst du wieder was Unüberlegtes und bringst uns alle um.« Sie rang die Hände, als könnte sie so ihren Kummer loswerden.

»Vielleicht hattest du mit deinen Ängsten gar nicht so unrecht.« Ich versuchte ein Lächeln, schaffte es aber nicht ganz. »Ich werde dir keine Vorwürfe machen, daß du Angst gehabt hast, und schon gar nicht dafür, daß du versucht hast, Nate und Josh zu schützen. Verletzt hat mich nur das Urteil, das du über mich gefällt hast, als du behauptet hast, ich renne sehenden Auges in mein Unglück, obwohl ich in Wirklichkeit um mein Leben gekämpft habe. Ich mußte mitten rein in die Hölle, um mich selbst zu retten. Wenn du genug Vertrauen zu mir gehabt hättest, mir zu sagen, warum du dich von mir zurückziehst, wäre alles viel leichter gewesen.«

»Du hast recht, Vic«, sagte sie kleinlaut. »Ich hätte mich wegen Lemour an Terry wenden können; vielleicht hätte ihn das davon abgehalten, dir das Kokain unterzuschieben oder dich bei deiner Verhaftung zu verprügeln. Ich kann nur sagen, daß es mir leid tut. Es würde mich allerdings freuen, wenn du mir noch eine Chance geben würdest.«

Wir beließen es dabei, daß sie das Büro wieder eröffnen, die Akten in Ordnung bringen und erste Informationen von Kunden aufnehmen würde, solange ich mich noch in der Genesungsphase befand. Drei Monate lang würden wir es erst mal so probieren und dann sehen, wie wir miteinander zurechtkamen.

Ich versuchte mehrfach, wieder mit der Arbeit zu beginnen,

fühlte mich aber zu ausgelaugt. Ich hatte dem Psychologen vom Grete-Berman-Institut gesagt, ich würde mich besser fühlen, wenn ich aufhören könnte, mir so hilflos vorzukommen. Eigentlich hätte die Ausschaltung von Lemour und Baladine meine Probleme lösen sollen, aber ich litt immer noch unter Schlaflosigkeit. Vielleicht lag das daran, daß ich nach wie vor den üblen Geschmack von Coolis im Mund hatte, vielleicht hatte es aber auch etwas damit zu tun, daß ich mir Vorwürfe machte, dort geblieben zu sein, obwohl die Kaution in meinem Fall keine Schwierigkeiten bereitet hätte, denn nun hatte ich den Eindruck, daß ich das Schicksal selbst herausgefordert hatte. Es gab noch immer zu viele Nächte, in denen ich mich vor dem Einschlafen fürchtete, weil auf der anderen Seite zu viele schlimme Träume auf mich warteten.

Am Abend nach meiner Pressepräsentation hatte ich Morrell mit zu mir nach Hause genommen, aber als er angefangen hatte, sich zu entkleiden, hatte ich ihn gebeten zu gehen. Er hatte mich lange angesehen und seine Jeans wieder zugeknöpft. Am nächsten Morgen hatte er mir eine einzelne Rose und einen kurzen Brief geschickt, in dem er schrieb, er werde mein Bedürfnis nach Distanz respektieren, freue sich aber schon auf das nächste Gespräch mit mir und auf ein Treffen in der Öffentlichkeit.

Das Wissen, daß ich selbst entscheiden konnte, daß Morrell sich mir nicht aufdrängen würde, erleichterte mir das Einschlafen ein wenig. Am Ende der Saison ging ich zusammen mit ihm zu ein paar Spielen der Cubs und sah Sammy Sosa mit seinem siebenundvierzigsten Homerun. Ich lud Morrell zu meinem samstagnachmittäglichen Basketballspiel in den Park ein, ging mit ihm zum Abendessen, verbrachte aber die Nächte allein mit den Hunden.

Ansonsten hatte ich jede Menge zu tun. Ich machte Aussagen vor der Staatsanwaltschaft, vor den Anwälten der Aufseher in Coolis, die ich verklagt hatte, vor den Anwälten von Baladine, vor den Anwälten von Global. Ich traf mich sogar mit Alex Fisher. Ihrer Meinung nach war es gut, wenn ich ein paar meiner Aussagen über Global und Frenada ein wenig abmilderte.

»Sandy, und ich nenne dich weiter Sandy, weil dieser Name das einzige ist, was ich an dir jemals leiden konnte: Du bist schon damals im Jurastudium ein ziemliches Ekelpaket gewesen. Du wolltest unbedingt eine Aufwieglerin sein und die Botschaft von Rassismus und sozialer Ungerechtigkeit ins Proletariat tragen, doch ich habe dir Unbehagen bereitet, weil ich ein ziemlich merkwürdiges Phänomen in dieser angesehenen Fakultät verkörpert habe – ich war ein echtes Arbeiterkind. Aber damals warst du zumindest noch, wer du eben warst: Sandy Fishbein. Du hast dich nicht für was anderes ausgegeben. Doch plötzlich hast du den Kapitalismus entdeckt und dir Nase und Lippen korrigieren lassen, und dabei haben sie gleich auch noch ein Stück von deinem Namen weggeschnitten.«

»Darüber wollte ich mich eigentlich nicht mit dir unterhalten«, sagte sie, aber ihre Stimme klang jetzt weniger schneidend.

»Und noch was. Ich habe eine Videokassette von dir. Baladine hat sie während des Schwimmwettbewerbs aufgenommen.«

»Woher hast du die?« fauchte sie mich an. »Hat er sie dir gegeben?«

Ich lächelte. »Er weiß nicht, daß ich sie habe. Sie gehört dir, Alex, und zwar an dem Tag, an dem ich konkrete Beweise dafür habe, daß Global Wenzel, den Leiter der Werkstatt in Coolis, gefeuert hat, und daß er nirgendwo sonst in eurem Unternehmen arbeitet. An dem Tag, an dem Carnifice den Aufsehern Polsen und Hartigan kündigt, ohne sie irgendwo anders unterzubringen.«

Sie erstarrte. »Ich habe wenig Einfluß auf das Tagesgeschäft von Global, und ich arbeite nicht für Carnifice.«

Ich lächelte weiter. »Natürlich nicht. Und es sieht auch nicht so aus, als würde Baladine noch sehr lange für Carnifice arbeiten, jedenfalls nicht, wenn man den Berichten in den heutigen Zeitungen Glauben schenken darf. Die Unternehmensleitung übt aufgrund der E-Mail und der Publicity, für die wir diese Woche gesorgt haben, Druck auf ihn aus, tatsächlich zurückzutreten. Und Jean-Claude Poilevy, der immer schon ziemlich genau gewußt hat, wie man Krisen übersteht, zieht sich aus der Affäre, so schnell er kann. Er sagt, Baladine habe das Geschäft in Coolis ganz ohne sein Wissen aufgezogen, und er sei schockiert über den sexuellen Mißbrauch, der offenbar in dem Gefängnis stattfindet. Ich glaube, den Verantwortlichen bei Carnifice käme es ganz gelegen, ein paar von den unteren Chargen zu entlassen. Wenn sie Polsen und Hartigan kündigen, können sie in der Presse groß damit angeben, daß sie jetzt mit dem eisernen Besen kehren.«

»Ich kann dir nichts versprechen.«

»Natürlich nicht. Übrigens bist du nicht die einzige Frau, die Baladine auf dieser Couch mit der Videokamera aufgenommen hat. Er hat auch mit dem Exkindermädchen geschlafen, der Frau, die zu Tode gekommen ist. Er ist wirklich kein sonderlich angenehmer Zeitgenosse.«

Sie mußte schlucken. Dann machte sie Anstalten, mich zu fragen, was ich gesehen hatte, verließ aber den Raum doch, ohne irgend etwas gesagt zu haben.

Ursprünglich hatte ich daran gedacht, die Videos mit Nicola Aguinaldo zu verwenden, um Baladine von seiner Entführungsklage abzubringen, aber ich hatte keine Lust, sie im Tod noch genauso auszubeuten, wie sie es im Leben hatte ertragen müssen. Außerdem war ich mir mittlerweile ziemlich sicher, daß ich die Anklage vor Gericht abschmettern konnte. Und ich hatte recht: Als mein Fall sechs Tage später vor Gericht kam, wurde ich von allen Anklagepunkten freigesprochen. Der Richter meinte sogar, er begreife nicht, warum der Staat die Anklage überhaupt erhoben habe, aber da die Eltern des Jungen nicht anwesend seien, um eine Erklärung dafür abzugeben, warum sie die Polizei gerufen hatten, könne er auch keine Spekulationen über ihre Gründe anstellen. Außerdem sei der verhaftende Beamte nun tot, und damit solle die Sache ein Ende haben. Was für ein Spatzenfurz nach all dem Gedöns!

Als ich nach Hause kam, fand ich dort einen von Alex Fisher persönlich abgelieferten Umschlag mit den Kopien der Kündigungsschreiben an Wenzel von Global und an Polsen und Hartigan von Carnifice vor. Die drei wurden wegen Fehlverhaltens im Dienst gefeuert und hatten somit keinerlei Anspruch auf Ausgleichszahlungen. Ich schickte Alex das Tape, auf dem sie zu sehen war, ließ die anderen drei jedoch weiter in meinem Schließfach bei der Bank.

Ein Artikel in der Zeitung vom nächsten Tag erklärte, daß Baladine unter Erschöpfungszuständen aufgrund von Überarbeitung leide und die Unternehmensleitung sein Rücktrittsgesuch angenommen habe, während er sich in Houston einer medizinischen Behandlung unterziehe. Seine Frau siedle zusammen mit ihren Töchtern nach Kalifornien über, um sie in einem Schwimmförderprogramm einzuschreiben, und sie selbst werde fortan das Amt der Schwimmtrainerin für das Team der University of Southern California bekleiden. Die gute alte Eleanor. Sie hatte wirklich nicht viel für Verlierer übrig.

Und ich konnte in der Nacht immer noch nicht schlafen. Irgendwann kam ich zu dem Schluß, daß ich nach Coolis zurück mußte. Ich mußte das Gefängnis noch einmal sehen, erkennen, daß es keine Macht mehr über mich hatte.

Landarbeiter ernteten gerade das Getreide, als ich am nächsten Morgen in Richtung Westen fuhr. Das leuchtende Grün des Sommers hatte den gedämpften Brauntönen in den Wäldern des Fox River Platz gemacht, aber es war immer noch erstaunlich warm für die Jahreszeit.

Als ich mich dem Gefängnis näherte, verkrampfte sich die Stelle in meinem Unterleib, in die Hartigan mich getreten hatte. Ich kam aus freien Stücken hierher, als freie Frau, aber der Anblick der Stacheldrahtzäune ließ mich so heftig zittern, daß ich den Wagen an den Straßenrand lenken mußte.

Morrell hatte mir angeboten, mich zu begleiten, doch ich wollte beweisen, daß ich diese Fahrt allein schaffte. Jetzt wünschte ich mir, daß ich sein Angebot angenommen hätte. Am liebsten wäre ich umgedreht und so schnell wie möglich wieder nach Chicago zurückgefahren, aber ich zwang mich, den Wagen auf den Besucherparkplatz im Innern des Geländes zu lenken.

Der Wachmann im ersten Häuschen schien meinen Namen nicht wiederzuerkennen. Er reichte mich an die nächste

Station weiter, und schließlich saß ich wieder im Warteraum. Aufseher Cornish hatte die Aufgabe, mich von dort aus weiterzuführen.

Er versuchte, mich in jovialem Tonfall zu begrüßen. »Sie haben's wohl nicht ohne uns ausgehalten, was?«

Ich brummte etwas Unverbindliches. Ich hatte Anzeige gegen die gesamte Gefängnisverwaltung erstattet und Polsen und Hartigan namentlich erwähnt. Cornish würde wahrscheinlich als Zeuge vorgeladen werden, also hatte es keinen Sinn, ihn zu verärgern.

Miss Ruby erwartete mich schon im Besucherzimmer. »Dann hast du's also geschafft, Cream. Du hast's nach draußen geschafft und bist wieder zurückgekommen. Du bist so was wie 'ne Heldin hier, weißt du das? Die Mädchen wissen Bescheid, weil sie Wenzel und Polsen und Hartigan auf dein Betreiben hin rausgeschmissen haben. Außerdem haben sie die T-Shirt-Fabrik geschlossen, aber das weißt du wahrscheinlich schon.«

Ja, das wußte ich. Ein Artikel im Wirtschaftsteil der aktuellen Zeitung berichtete darüber, daß Global seine Virginwear-Linie fortan in Myanmar, dem früheren Burma, herstellen lassen würde. Wahrscheinlich sollte es mich glücklich machen zu wissen, daß die Sachen von Global nun nicht mehr in einem Gefängnis in Illinois hergestellt wurden, sondern in einem Zwangsarbeiterlager in Myanmar.

»Ein paar Sachen produzieren sie immer noch hier, aber nichts für Hollywood, also ist längst nicht mehr so viel los. Es ist ziemlich schwer für die Frauen, die in der Näherei gearbeitet haben; sie können kein Englisch und kriegen nur noch die schlecht bezahlte Arbeit in der Küche. Aber wahrscheinlich sind sie ganz froh, daß sie nichts mehr in der Näherei machen müssen. Die Frauen da hatten einfach immer alle zuviel Angst. Tja, also bist du jetzt wohl eine Heldin.«

»Du klingst verbittert. Ich wollte überhaupt keine Heldin werden.«

»Stimmt, aber du hast dich als Spionin hier eingeschlichen. Ich habe dich damals gefragt, und du hast gelogen. Das hättest du mir sagen können, als du mich um Hilfe gebeten hast.«

»Ich bin wirklich verhaftet worden, genau, wie ich es dir gesagt habe, weil Robert Baladine mich beschuldigt hat, seinen Sohn entführt zu haben. Die Beamten haben mich hier rausgeschickt, weil ich an einem Wochenende mit Feiertag festgenommen worden bin. Ich habe dann beschlossen zu bleiben, weil ich unbedingt herausfinden wollte, was mit der armen Nicola passiert ist. Und ich habe es nicht gewagt, das irgend jemandem zu erzählen. Nicht nur, um mich selbst zu schützen. Du hast natürlich viel Einfluß auf die Frauen hier, und sogar die meisten Aufseher behandeln dich mit Respekt, aber du bist hier drin, und damit bist du verletzlich. Ich wollte nicht, daß dir was passiert und ich mir deswegen mein ganzes Leben lang Vorwürfe machen muß.«

Sie dachte über das, was ich gesagt hatte, nach und kam zu dem Schluß, daß ich möglicherweise recht hatte. Dann erzählte ich ihr die ganze Geschichte, die Geschichte, die ich auch den Leuten von der Presse gegeben hatte. Es gefiel ihr, zu den Insidern zu gehören, und besonders genoß sie die Beschreibung meiner Konfrontation mit Baladine und Lemour in St. Remigio.

»Ein Mädel, das es mit Angie und den Iscariots aufnimmt, schafft auch 'nen korrupten Bullen. Freut mich, das zu hören.«

Bevor ich ging, reichte ich ihr einen kleinen Beutel mit Kosmetika, den ich unter einem ganzen Stapel juristischer Dokumente versteckt hereingeschmuggelt hatte. Aufseher Cornish beobachtete mich dabei, wie ich Miss Ruby den Beutel gab, aber er schritt nicht ein.

»Revlon! Du hast also dran gedacht. Feuchtigkeits- und Reinigungscreme, Lippenstift in meiner Lieblingsfarbe – du bist eine gute Frau, auch wenn du mir etwas vorgeschwindelt hast. Und weil ich jetzt weiß, daß du tatsächlich Anwältin und Detektivin bist, möchte ich dich bitten, einen deiner berühmten Briefe für mich zu schreiben. Ich habe inzwischen vierzehn Jahre im Gefängnis hinter mir, das ist schon weit über dem Durchschnitt der Strafe, die in diesem Staat normalerweise für Mord ausgesprochen wird, aber ich muß noch mal acht Jahre hierbleiben. Sieh zu, ob du für mich 'ne Bewährung rausschlagen kannst. Ich würde gern meine Enkelin sehen, bevor die selber Großmutter ist.«

Ich versprach ihr zu tun, was ich konnte. Draußen auf dem Parkplatz blieb ich, die Hand auf der Autotür, eine ganze Weile stehen, bevor ich den Wagen öffnete. Es handelte sich um ein neueres Ford-Mustang-Modell, den Ersatz für den Trans Am und die Rostlaube. Freeman hatte versucht, mir meinen geliebten Sportflitzer zurückzuholen, aber zuerst behaupteten die Leute von der Polizei, ihn nicht finden zu können, und dann mußten sie irgendwann zugeben, daß sie ihn praktisch verschrottet hatten. Luke war hingefahren, um sich den Trans Am anzusehen, aber leider hatte nicht einmal er noch etwas für den Wagen tun können. Freeman hatte die Stadt auf Ersatz des Trans Am verklagt, doch vermutlich würde der Fall erst endgültig geklärt, wenn ich siebzig wäre.

Lacey Dowell hatte mir das Geld für den Mustang gegeben. Eigentlich hätte der Betrag auch für ein Jaguar XJ-12 Kabrio gereicht, aber das war ein Wagen, der ins Reich der Phantasie gehörte. Er war nichts für eine Detektivin, die ihren fahrbaren Untersatz durch den Schmutz der Stadt lenken muß.

Lacey besuchte mich am Ende der Dreharbeiten zu *Virgin Six.* Vater Lou hatte ihr gesagt, daß ich den Mord an Frenada aufgekärt hatte, auch wenn Trant und Baladine wahrscheinlich nie für die Tat zur Rechenschaft gezogen werden würden. Aber immerhin wußte sie jetzt, daß diese beiden Männer ihren Jugendfreund ermordet hatten.

»Ich habe den Leuten bei Global gesagt, daß ich nicht mehr mit Teddy zusammenarbeiten kann, daß ich nicht mehr weitermachen würde, wenn er irgend etwas mit dem Film zu tun hätte. Offenbar bin ich ihnen immer noch so wichtig, daß das etwas bewirkt hat. Sie haben Teddy als Leiter ihrer Sektion Südamerika nach Chile geschickt. Aber Vater Lou hat mir gesagt, daß Sie eine ganze Menge Arbeit in den Fall gesteckt haben, ohne auch nur einen Cent dafür erhalten zu haben. Er hat mir außerdem erzählt, daß Sie bei Ihren Nachforschungen sogar schwer verletzt wurden. Also habe ich mir gedacht, ich gebe Ihnen Geld für den erfolgreichen Abschluß des Falles, weil Lucy und ich alte Freunde waren. Wir haben uns damals mit zehn geschworen, uns gegenseitig aus der Patsche zu helfen, wenn der andere in Schwierigkeiten steckt. Ich habe dieses Versprechen ihm gegenüber in diesem Jahr nicht sonderlich gut eingelöst: Das wenigste, was ich tun kann, ist, Ihnen dafür zu danken, daß Sie auf ihn aufgepaßt haben.«

Der Scheck war auf den Betrag von vierzigtausend Dollar ausgestellt. Das reichte, um alle Rechnungen zu begleichen, die sich in meiner Zeit ohne Arbeit angesammelt hatten. Es reichte auch für einen Wagen mit nur sechstausend Kilometern auf dem Tacho. Und es reichte, um einen Teil von Freemans Gebühren zu bezahlen. Das war das Geld, das Frauen in in- und ausländischen Gefängnissen verdienten, indem sie T-Shirts nähten. Nun war es also auch in meinen Händen gelandet. Ich hätte es ablehnen können, aber ich tat es nicht.

Ich wollte gerade in den Wagen einsteigen, als der Wachmann zu mir kam, um nachzusehen, was los war. Ich winkte ihm halbherzig zu und fuhr in Richtung Mautstraße.

Als ich die Stadt erreichte, lenkte ich den Wagen zu Morrell nach Evanston. Ich versuchte, ihm zu erklären, was ich während der Heimfahrt gedacht hatte.

Er nahm mein Gesicht in seine langen Hände. »Vic, sieh mich an. Du hast dir die Latte, über die du springen wolltest, einfach zu hoch gelegt. Wenn du nun dagegenrennst, statt drüberzufliegen, holst du dir blaue Flecken und gibst dir selber die Schuld für die Verletzungen. Du mußt hier in dieser Welt leben. Etwas anderes bleibt dir nicht übrig. Sogar ein Mönch, der der Welt und dem Fleisch entsagt, bekommt seine Kleidung und seine Nahrung von jemandem, der bereit ist, die schmutzige Arbeit für ihn zu tun.

Du kannst nicht alle Menschen retten und alles reparieren, was in dieser Welt kaputt ist. Du tust ohnehin schon mehr als die meisten. Selbst wenn Laceys Geld zum Teil aus Ausbeuterbetrieben stammt, hast du den Frauen im Gefängnis hier in Illinois das Leben ein bißchen leichter gemacht. Und Hartigan, der dir den Tritt versetzt hat, wandert wahrscheinlich selber ins Gefängnis. Ein bißchen Gerechtigkeit gibt's also doch noch auf der Welt, auch wenn er wahrscheinlich nicht wegen des Mordes an Nicola Aguinaldo verurteilt wird. Gut, Trant und Baladine sind auf freiem Fuß, doch Trant hat immerhin seine Ehefrau verloren, und es sieht ganz so aus, als würde der Sender ihn spürbar zurechtstutzen. Du hast mir selbst gesagt, daß Lacey erzählt hat, sie wollen ihn nach Chile schicken.

Und dann wäre da noch Robbie Baladine, der hinter Vater Lou hertrippelt wie ein kleines Entchen. Freu dich am Leben wie er. Das hast du dir verdient, denn du hast ihm diese Freude erst ermöglicht. Versprichst du mir das?«

»Ja«, sagte ich leise.

Jene Nacht sowie eine ganze Reihe von Nächten danach verbrachte ich mit ihm. Und selbst wenn ich immer noch unter Schlafstörungen litt und die Bilder des Schreckens mich immer noch manchmal aufweckten, hatte ich nun wenigstens den Trost, auf meiner beschwerlichen Reise einen Begleiter an meiner Seite zu wissen.

Dank

Wie immer haben mir viele Leute beim Schreiben dieses Buches geholfen. Dr. Robert Kirschner von der University of Chicago zum Beispiel habe ich wertvolle Informationen über die Gerichtsmedizin zu verdanken – sie haben mich dazu gezwungen, einen frühen Entwurf dieses Romans zu verwerfen und von vorne anzufangen. Professor Shelley Bannister von der Northeastern Illinois University hat mir eine ganze Menge über die Gefängnisse von Illinois erklärt, darunter auch die rechtlichen Grundlagen von Gefängnisarbeit. Die Anwältin Margaret Byrne hat mich über die Behandlung der Insassinnen in den Gefängnissen von Illinois informiert. Sie hat mich auch auf die Idee gebracht, wie ich mein fiktives Gefängnis in Coolis gestalten könnte. Angela Andrews hat mir freundlicherweise ihre persönlichen Erfahrungen mitgeteilt.

In technischen Fragen, besonders hinsichtlich der unterschiedlichen Kameras, die V. I. in diesem Roman verwendet, hat mich Sandy Weiss von Packer Engineering beraten. Jesus Mata hat für mich Texte aus dem Spanischen übersetzt und Mena di Mario aus dem Italienischen. Rachel Lyle hat mir die Grundidee zu dem vorliegenden Buch geliefert. Jonathan Paretsky hat mir wie immer bei juristischen Fragen geholfen.

Dies ist ein Werk der Fiktion, und keinerlei Ähnlichkeit ist beabsichtigt zwischen den Figuren darin und lebenden oder toten Personen, egal, ob ich sie je kennengelernt habe. Soweit ich weiß, gibt es den Gefängniskomplex von Coolis nirgendwo in Amerika, aber ich glaube, daß es ihn so geben könnte. Einzelheiten über die Behandlung von Gefangenen in Coolis orientieren sich an einem Bericht der Menschenrechtsorganisation Human Rights Watch mit der Überschrift *All Too Familiar: Sexual Abuse of Women in U. S. State Prisons*, der sich mit dem sexuellen Mißbrauch von Frauen in amerikanischen Gefängnissen auseinandersetzt.